Elisabeth Klee, Jahrgang 1953, ist Radio- und Romanautorin. Sie lebt in Berlin und in der Provence.

Elisabeth Klee

Die Ketzerbibel

Historischer Roman

Rowohlt Taschenbuch Verlag

Veröffentlicht im Rowohlt Taschenbuch Verlag,
Reinbek bei Hamburg, Februar 2010

Umschlaggestaltung any.way, Hamburg,
nach einem Entwurf von PEPPERZAK BRAND
(Illustration: © National Gallery, London/Bridgeman Berlin;
Landschaftsmotiv: © Nelahozeves Castle,
Tschechien/Bridgeman Berlin;
Frauenporträt: © Musée des Beaux-Arts,
Straßburg/Bridgeman Berlin)
Satz ITC New Baskerville PostScript (InDesign) bei
Pinkuin Satz und Datentechnik, Berlin
Druck und Bindung CPI – Clausen & Bosse, Leck
Printed in Germany
ISBN 978 3 499 24724 8

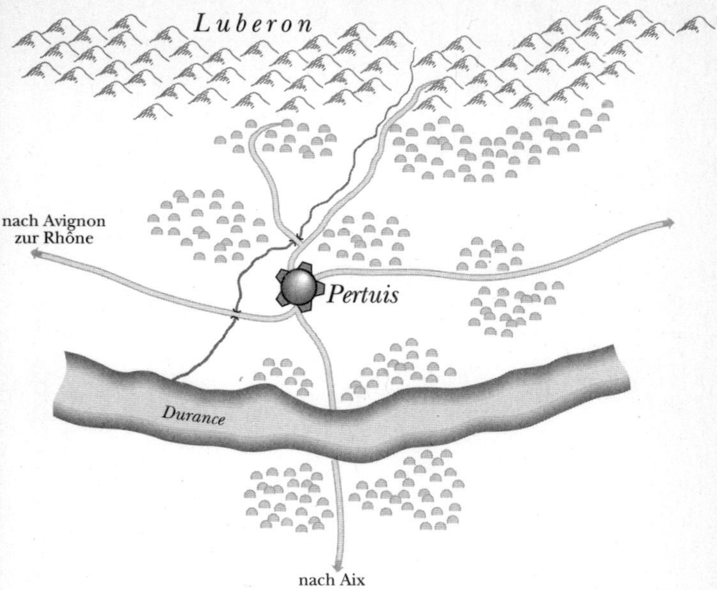
Luberon
nach Avignon
zur Rhône
Pertuis
Durance
nach Aix

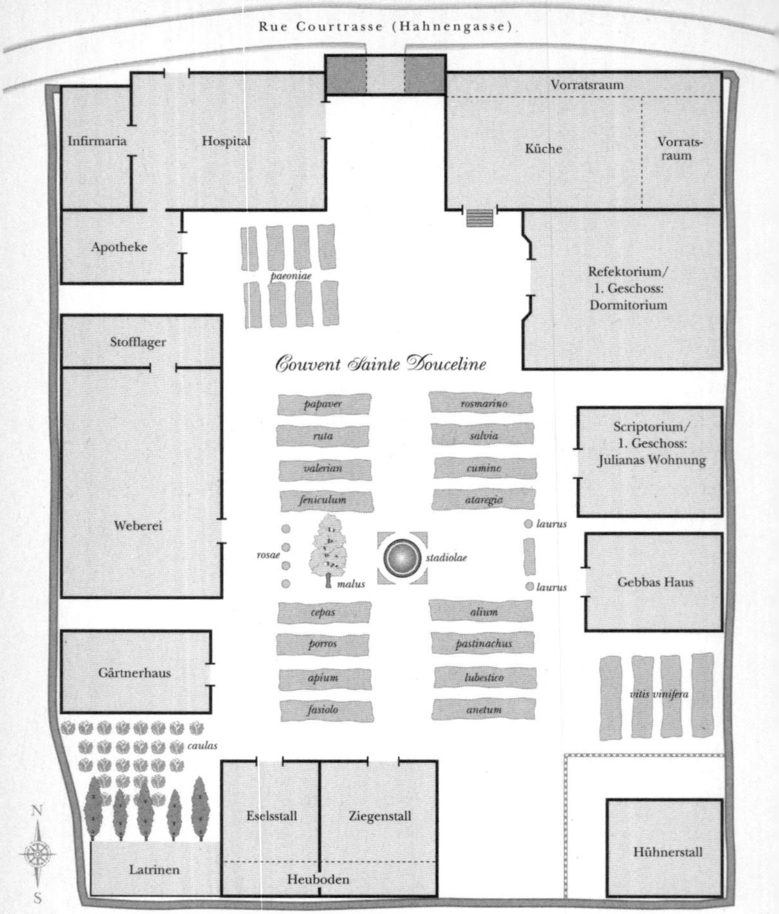
Rue Courtrasse (Hahnengasse)
Vorratsraum
Infirmaria
Hospital
Küche
Vorrats-
raum
Apotheke
paeoniae
Refektorium/
1. Geschoss:
Dormitorium
Stofflager
Couvent Sainte Douceline
papaver
rosmarino
ruta
salvia
valerian
cumino
feniculum
ataregia
Scriptorium/
1. Geschoss:
Julianas Wohnung
Weberei
rosae
malus
stadiolae
laurus
laurus
Gebbas Haus
cepas
alium
porros
pastinachus
apium
lubestico
fasiolo
anetum
Gärtnerhaus
vitis vinifera
caulas
N
S
Eselsstall
Ziegenstall
Latrinen
Heuboden
Hühnerstall

1.

Ohne den Mistral wäre alles nicht passiert. «Der Mistral bläst entweder drei Tage oder sechs, oder längstens neune», pflegten die Alten im Brustton ewiger Wahrheit zu verkünden. Aber nun fegte der eisige, scharfe Wind aus dem Nordwesten schon den elften Tag über die Provence. Alles trug er mit sich, was nicht angenagelt war. Er ließ Fuhrwerke umstürzen und riss Ziegel von den Dächern. Er türmte die Wasser der Durance zu schaumigen Wellen. Erde und alte Blätter fegte er vor sich her, der *«mangio-fango»*, der Schlammfresser. Und vor allem zerrte er am Gemüt der Menschen, tobte um ihre Häuser, unablässig pfeifend und stöhnend wie eine Seele im Fegefeuer.

Bruder Calixtus bekreuzigte sich. «Und das im März! Die Mandelblüte ist lange vorbei! Wir sollten längst Bohnen säen», schimpfte er leise vor sich hin. Es war nicht mehr die Zeit für den *mangio-fango.* Aber der Winter war ungewöhnlich kalt gewesen und weigerte sich zu gehen.

«Hör schon auf, du!» Der Mönch drohte dem Wind mit der Faust. Aber der ließ sich nicht beirren. Mit einem höhnischen Pfeifen zerrte er dem Franziskaner die Kapuze vom Kopf. Er zog sie sich rasch wieder über und hielt sie mit der Hand vor dem Gesicht zusammen. Es war empfindlich kalt auf der Tonsur.

Bruder Calixtus kam von der Kirche Saint Nicolas, wo er als Zimmermann arbeitete. Zimmermann war er schon gewesen, als er sich mit knapp zwanzig Jahren für ein religiöses Leben entschieden hatte. Und die Franziskaner hatten ihn nur zu gerne aufgenommen. Im Unterschied zu den anderen Bettelorden forderte die Franziskanerregel, dass man für seinen Unterhalt arbeiten sollte. Nur in der Not setzten sich die minderen Brüder an den Tisch des Herrn und lebten von Almosen. Und welches Handwerk konnte unter den Ordensleuten größeres Ansehen genießen als jenes, das der heilige Josef ausgeübt hatte, Jesu Ziehvater? So hatte Calixtus weiterhin als Zimmermann gewirkt.

Und nun hatte Bertrand de Got, der neue Herr der Stadt Pertuis, angeordnet, die bescheidene Kapelle zu vergrößern und zu verschönern. Sie sollte das baufällig gewordene und viel zu enge Kirchlein Saint Pierre als Gemeindekirche ablösen.

Calixtus bog aus der Grande Rue Saint Jacques in die kleine Gasse «Zur Fontaine». Ein kurzer Augenblick der Erleichterung: Die Gasse lag quer zur Windrichtung, und die geschlossene Häuserfront ließ den bösen Wind nicht durch.

Doch gleich dahinter, dort, wo sich die Place de l'Ange weit vor ihm öffnete, fing er wieder an zu fauchen. An drei Seiten war der Platz von Häusern eingegrenzt. Die vornehmeren Villen von Pertuis lagen hier: Zur Linken das dreistöckige Stadthaus der Grafen der Provence. Geradeaus ein paar Kaufmannshäuser, stolz und hoch, mit steinernen Reliefsäulen, Wappen und dem dreifachen Ziegelabschluss am Dach, unter dem Schwalben nisteten. Auf der rechten Seite lag das Haus des Konsuls. Dahinter befand sich der öffentliche Brotofen. In der Mitte schließlich stand der große Brunnen mit dem steinernen Engel, der dem Platz seinen Namen gegeben hatte. Zu seinen Füßen entsprang der ergiebige Quell, der die Stadt auch in Belagerungszeiten mit Wasser versorgte, der einzige innerhalb der Stadtmauern.

Heute war Markttag. Doch war es bei diesem Sturmwind

kaum möglich, auf normale Weise die Geschäfte abzuhalten. Die wenigen Bauern aus der Umgebung, die sich herausgewagt hatten, verkauften ihre letzten eingelagerten Zwiebeln, Pastinaken und runzligen Äpfel in den Hauseingängen. Ein einziges altes Weib kauerte am Brunnen, in wollene Decken gehüllt, sodass nur ihre Nasenspitze zu sehen war. «Ziegenkäse! Feine Ziegenkäse!», rief sie. «Kommt und kauft rasch, verdammt sollt ihr sein, damit ich endlich nach Hause an mein Feuer zurückkehren kann!» Die Umstehenden lachten und feilschten mit ihr, in der Hoffnung, einen Vorteil aus ihrer Eile ziehen zu können. «Nichts da!», schrie sie, «je länger ihr zögert, desto mehr friert's mich am Hintern und desto teurer mach ich's! Ich bin die Einzige heute, die Käse feilhält, also beeilt euch gefälligst und kauft! Kauft, ihr Damen, verflixt nochmal!»

Bruder Calixtus stand an eine Hausecke gedrückt und zögerte noch, sich dem Wind wieder auszusetzen, als er am anderen Ende des Platzes einen Tumult wahrnahm.

«Halt! Hiergeblieben, du dreckiger kleiner Dieb!», brüllte der Bäcker Guillaume. Ein rotzverschmiertes Kind rannte vor ihm davon, eine Stange Brot unter dem Arm. Es schlug Haken durch die Menge wie ein Hase. «Na warte, dir ziehe ich das Fell über die Ohren! Ich prügel ihn dir aus, den Appetit auf mein Brot!» Rot vor Wut verfolgte der Bäcker das Kind. Da stellte sich ihm eine Bettlerin in den Weg.

Der Bäcker holte aus und schlug ihr mit der flachen Hand ins Gesicht. Ohne einen Laut brach sie zusammen.

«Lieber Jesus!» Calixtus raffte seine Kutte und rannte zu ihr hin. Schon sammelte sich eine kleine Traube von Schaulustigen um den Bäcker und sein Opfer. Der große, fleischige Kerl sah betroffen auf das Lumpenbündel herab. Sein Blick traf den von Bruder Calixtus. «Ich hab doch gar nicht so stark zugeschlagen!», murmelte er erschrocken.

Calixtus kniete sich auf das eisige Kopfsteinpflaster. Vorsichtig drehte er die Frau auf den Rücken, hob ihren Kopf an und tätschelte ihre Wange. Ein einziger Faden Blut lief aus ihrer Nase. Ihre Gesichtshaut war weiß und matt wie Wachs. Jetzt, da das zerfetzte Tuch von ihrem Kopf geglitten war, sah man, dass der Schädel von kaum verheilten Brandwunden bedeckt war. Ihr Haar war geschoren worden.

«Geteert und gefedert!», raunten die Umstehenden. «Eine Hure!», «Eine Verbrecherin!» Der Bäcker rang weiter die Hände: «Ist sie tot, Bruder? Bitte sag, dass sie nicht tot ist! Es war doch nur eine klitzekleine Ohrfeige! Warum hat sie sich auch vor den Dieb gestellt?»

Der Franziskaner tastete nach der Halsschlagader der ohnmächtigen Frau. Ihr Puls schlug schwach.

«Sie lebt», sagte er. «Ihr habt Glück gehabt.»

«Es wär doch nicht schade um so eine!», sagte einer.

«Es ist schade um jeden Menschen», erwiderte Calixtus ruhig. «Ihr wisst doch gar nichts von ihr.»

«Man kann sie nicht einfach hier liegen lassen», sagte der Bäcker.

Calixtus nahm die leblose Frau in seine Arme und richtete sich auf. Sie war groß für eine Frau und hatte kräftige Knochen. Er wunderte sich darüber, wie leicht sie war. «Am besten ich bringe sie in die Charité zu den Beginen», sagte er. Die Menge der Schaulustigen teilte sich vor ihm. Mit seiner Last auf den Armen schlug er den kurzen Weg zur Rue Courtrasse, der Hahnengasse ein, wo die mildtätigen Frauen ein kleines Hospital betrieben. Der Bäcker lief hinter ihm her: «Ach, wenn ihr doch nur nichts geschehen ist! Der verfluchte Wind ist schuld! Der kann aber auch den Sanftmütigsten verrückt machen. Tag und Nacht das Gejaule!»

«Beschuldige nicht den Wind, Meister Guillaume! Mäßigt

lieber Euer böses Temperament!», mahnte der Mönch. «Wie kann so ein großer, kräftiger Kerl nur eine schwache Frau schlagen!»

«Aber ich tu doch sonst keiner Fliege was», jammerte der fette Guillaume. «Wenn sie doch nur aufwachen würde! Heiliger Nicolas! Ich spende eine extra große Kerze aus reinem Bienenwachs! Lass mich nur nicht zum Mörder werden!»

«Nun sei endlich still. Sie wird schon wieder zu sich kommen», versetzte Calixtus schließlich ungeduldig. «Da ist nichts, was ein Bett und ein paar warme Mahlzeiten nicht richten könnten.»

Sie waren schließlich am Beginenhof Sainte Douceline angelangt. Er hatte nur eine schmale Front zur Straße hin, die eine massive Tür aus Eichenholz fast ganz einnahm. In Augenhöhe befand sich ein winziges vergittertes Fensterchen. Calixtus betätigte den Türklopfer. Das hallende Geräusch ließ einen weiten Raum hinter der Tür erahnen.

Schritte näherten sich. Das Fensterchen in der Tür wurde geöffnet. Eine kurze Pause, dann hörte man, wie innen ein schwerer Balken zur Seite geschoben wurde. Eine Frau im braunen Habit schaute aus dem Türspalt heraus.

«Bruder Calixtus. Was ist geschehen? Wen bringst du denn da?», fragte sie.

«Eine verletzte Frau, einen Fall für euer Hospital! Sie wurde …», er warf einen Blick auf den Bäcker, der sichtlich schrumpfte, soweit das bei seiner Körpermasse überhaupt möglich war. «Sie ist auf dem Markt ohnmächtig zusammengebrochen und will nicht wieder aufwachen.»

Die Begine zog die Tür weit auf und ließ den Mönch passieren.

«Du kennst ja den Weg», sagte sie. Der Bäcker versuchte sich hineinzudrängen, aber sie schob ihn hinaus. «Geh nach Hause, Guillaume, du stehst uns doch nur im Weg herum.»

«Aber ich …»

«Komm morgen und erkundige dich nach ihr, wenn du willst.» Damit ließ sie die Tür ins Schloss fallen, und der Bäcker fand sich allein in der Gasse wieder. Bedrückt machte er sich davon.

Drinnen schritt die Begine vor dem Mönch her. Hinter der schmalen Front und dem Torhaus öffnete sich ein langer Gang unter offenem Himmel, von dem rechter und linker Hand Türen in die Quergebäude führten. An seinem Ende öffnete er sich in einen weiten Hof mit Wirtschaftsgebäuden, Ställen und einem Garten.

Die Infirmaria Jeanne hielt eine Tür zur Rechten auf, die in das kleine Hospital führte, einen weiten Raum mit je vier Bettkästen an jeder Längsseite. Jedes dieser Betten konnte im Notfall doppelt belegt werden, Kopf an Fuß, und besaß einen Vorhang, mit dem man die Kranken vor Zugluft und Blicken schützen konnte.

Calixtus legte die Frau auf ein leeres Bett. Schwester Jeanne betätigte eine Glocke an einer Schnur, und auf das Läuten hin kamen nun weitere Frauen und machten sich daran, die Ohnmächtige zu entkleiden, zu waschen und warm zuzudecken.

«Mein Gott! Die ist ja wohl vor nicht allzu langer Zeit geschoren worden!», sagte eine. «Und sie sind dabei nicht gerade zimperlich gewesen!»

«Tsk! Und geteert und gefedert! Na, was das wohl für eine ist?», fragte eine andere.

«Eine Diebin!»

«Nein! Denen hackt man die rechte Hand ab!»

«Dann eine Betrügerin!»

«Eine Hure!»

«Ach, dazu ist sie nicht hübsch genug!»

«Du musst es ja wissen, Magdalène!»

«Schscht! Kinder, schämt euch! Was ist das für ein unchristliches Benehmen!», ertönte eine strenge Stimme hinter den Frauen. Juliana war eingetreten, die Grande Dame, die Meisterin des Beginenhofes, deren Rang einer Äbtissin entsprach.

Juliana trat an das Bett und betrachtete die reglose Bettlerin. Dürr und ausgehungert war sie, nicht mehr als Haut und Knochen. Und so farblos wie die Fetzen waren, die sie getragen hatte, so bunt war der Rest von ihr: Am rechten Wangenbein bildete sich ein rötlichblauer, blutunterlaufener Fleck. Finger und Zehen trugen violette Spuren von Erfrierungen. An Hals und Armen sah man ältere Verletzungen: die gelbgrünlichen Hinterlassenschaften von Schlägen, hellrote Stellen, wo die Haut verbrannt gewesen war und nun grindig verzogen über den Knochen spannte wie ein schlechtsitzendes Kleidungsstück. Die Kopfhaut war mit halbverheilten Brand- und Schnittwunden gescheckt, stellenweise wuchs das Haar in kurzen Büscheln nach, lockig und dunkelbraun.

«Armes Ding! Was haben sie ihr nur angetan», murmelte die Meisterin nachdenklich. Sie sah in das blasse Gesicht der Fremden: Es war nicht schön, aber wohl proportioniert und angenehm. Ihr Alter war schwer einzuschätzen, da sie offenbar schwere Zeiten hinter sich hatte. Sie mochte vielleicht Mitte zwanzig sein, möglicherweise auch jünger. Sie hatte ein breites, flaches Gesicht mit hohen Wangenknochen und einer geraden Nase, deren Flügel leicht nach oben gebogen waren. Ihre Stirn war ungewöhnlich hoch, die Brauen dunkel und dicht. Die Kinnpartie ließ Eigensinn ahnen, die Lippen waren voll und wohl geformt, wenn auch rissig. Doch die Mundwinkel zogen sich etwas abwärts, und die steile Falte zwischen den Brauen sprach von Enttäuschungen und Not.

Bruder Calixtus, der sich abgewandt hatte, solange die Fremde entkleidet und gewaschen wurde, war wieder an das Bett getreten.

«Sie hat das Kind verteidigen wollen. Ich glaube nicht, dass sie eine gewöhnliche Bettlerin ist», sagte er. «Und eine Verbrecherin schon gar nicht.»

«Nein», sagte Juliana. Ihre Fingerspitzen strichen ganz sacht über das magere Gesicht und die dunklen Schatten unter den Augen. «Vielleicht werde ich kindisch in meinem Alter und suche nach Wundern und Märchen. Aber ich meine fast, es sei etwas Besonderes an ihr. Sie rührt mich. Ich habe das Gefühl, dass sie uns eine interessante Geschichte erzählen wird, wenn sie aufwacht.»

Als sie erwachte, hörte sie jemanden schluchzen. Sanfte Stimmen kamen aus einem weißen Nebel. Jemand redete beruhigend auf sie ein. Etwas Weiches, Nasses, Kühles berührte ihre Stirn. Etwas Warmes stieß an die Schwelle ihres Mundes, hart, körnig, rau: Ton – ein Gefäß – eine Schale. Eine süße Flüssigkeit floss, jedoch mit einem bitteren Nachgeschmack – Kräutertee? Honig. Sie fühlte: Lippen, Zähne, Zunge – ihre Zunge, ihre Lippen, das Gesicht, den Kopf auf dem Kissen, ein schwerer Körper, matt und zerschlagen und doch lebendig. Sie hörte auf zu schluchzen. Ihr Selbst war noch zu groß, um es zu erfassen. Die Lippen, die Zunge, die Muskeln in der Kehle taten, was sie zu tun gewohnt waren, und schluckten.

«Ja – gut. So ist es gut», drang eine Stimme von weither aus dem weißen Nebel.

Sie trank die Schale gehorsam leer und schlief wieder ein.

Als sie das nächste Mal aufwachte, war es dunkel und still.

Sie schaute in sich selbst hinein, suchte nach Wegmarken: Wer? Bin? Ich? Unbekannt, aber vertraut. Ihre Hände befühlten den Stoff, auf dem sie ruhten: Eine grobe wollene Decke. Sauber. Ein Schutz. Zum ersten Mal – seit wann? – war ihr warm. Ihre Sinne kehrten zurück, einer nach dem anderen. Ihr Magen schmerzte, aber er war nicht mehr leer. Sie hatte etwas zu sich genommen. Sie fühlte sich erfrischt. Jemand musste sie gewaschen haben. Eine Weile genoss sie diese Empfindungen.

Dann öffnete sie die Augen. Da war ein gelbes Licht, das sie aus den Augenwinkeln wahrnahm. Es bewegte sich, flackerte. Da war ein Atem außerhalb des eigenen Atems. Sie drehte den Kopf. Eine zusammengesunkene Gestalt richtete sich auf, näherte sich. Ein Gesicht beugte sich über sie, eine Frau.

«So! Wir sind wach», sagte die Gestalt, erhob sich und berührte ihre Stirn mit einer kühlen Hand.

«Sehr gut! Das Fieber ist gesunken. Morgen wird es dir besser gehen.»

Ihre Kehle brachte einen raspelnden Ton hervor, der sie selbst überraschte.

«Nein, nein», sagte die Gestalt, eine lichtumhüllte Silhouette gegen das Kerzenlicht, «versuche nicht zu sprechen. Dafür ist morgen noch Zeit. Schlaf! Hab keine Angst. Du bist unter Freunden.»

Freunde? Was mag das sein, fragte eine bittere Stimme in ihrem Kopf. Freunde. Ihre Bewacherin, Beschützerin?, hatte es sich wieder auf ihrem Sessel am Bett bequem gemacht und döste. Sie selbst lag mit offenen Augen da und starrte reglos an den Betthimmel. Irgendwann glitt sie in den Schlaf.

Als sie erneut erwachte, war es Morgen, es musste Morgen sein. Sonne drang durch hohe Fenster mit einem frischen, kühlen Licht, so wie es nur am Morgen ist, ein Licht wie reingefegt. Sie schaute umher und erkannte den Raum als Krankensaal.

Zwei Frauen in weiten braunen Kleidern liefen geschäftig durch den Saal. Sie trugen Hauben wie Nonnen, doch von keinem Orden, der ihr bekannt war. Die eine schaute etwas verkniffen und besorgt. Die andere war außerordentlich hübsch. Ihre Haut war wie Rahm, die Augen dunkel und lustig, die schwarzen Wimpern dicht und lang, die Lippen so rosig und prall wie eine reife Frucht, und als sie lächelte, entstanden Grübchen in ihren Wangen.

«So! Hast du dich doch entschlossen, wieder unter die Lebenden zurückzukehren», lachte die Hübsche, als sie an ihr Bett trat. «Wie heißt du denn?»

«Ich …», begann sie, stockte, überlegte lange. «Ich weiß es nicht», sagte sie schließlich überrascht. «Es fällt mir gerade nicht ein.» Das war eigenartig! Sie kramte in ihrem Kopf nach einem Namen. Sie hatte doch einen Namen! Ihr Name war …, aber er ließ sich nicht finden. Ihr Kopf war wie mit Werg ausgestopft.

«Na, macht nichts», sagte die Hübsche heiter, «ich heiße Magdalène, und die da ist Jeanne, unsere Krankenpflegerin. Weißt du noch, wie du hierhergekommen bist?»

«Wo ist hier?», fragte sie.

«Pertuis.»

«So? Pertuis …» Sie überlegte eine Weile. «Zu Fuß nehme ich an», sagte sie schließlich.

Magdalène lachte wieder: «Das will ich gern glauben. Du hast sie dir beinahe durchgelaufen, deine Füße, weißt du? Was hast du denn bloß gemacht, Schwester? Ich habe schon lange niemanden in einem solchen Zustand gesehen! Sogar die Bettler, die ich kenne, passen besser auf sich auf.»

«Ich war das Betteln nicht gewohnt», sagte sie.

«Ja, das merkt man. Du hast es nicht sehr geschickt angestellt. Und was hast du vorher gemacht?»

Sie runzelte die Stirn und dachte angestrengt nach. Doch ihr Verstand weigerte sich zu arbeiten. Von innen ganz taub fühlte der Kopf sich an. Erschrocken schaute sie Magdalène an. «Ich weiß es nicht! Ich weiß gar nichts mehr, es ist alles fort!», rief sie und fing an zu weinen.

«Na, na! Ganz ruhig. Es ist ja alles gut.» Jeanne, die hinzugetreten war, tätschelte ihr die Hand. Vorwurfsvoll wandte sie sich an Magdalène. «Nun löchere sie nicht so, das arme Ding! Der Sturz, der Hunger und das Fieber ... Sie hat einiges hinter sich. Wer würde da nicht durcheinanderkommen?» Und wieder zu der unbekannten Kranken: «Ich bringe dir erst mal was zu essen, dann schläfst du noch ein bisschen, und dann wird's dir schon wieder einfallen, nach und nach, du wirst sehen!»

Sie verschwand in Richtung Küche und brachte wenig später eine Schüssel mit dampfender Gemüsesuppe und ein Stück Brot.

«Da! Meinst du, du kannst das kauen? Oder willst du lieber Brei?»

Die Fremde schüttelte den Kopf, ergriff die Schüssel und begann sofort, hastig und gierig zu löffeln.

«Nicht so rasch! Du wirst es nicht bei dir behalten können, wenn du so schlingst», mahnte Magdalène. «Iss langsam. Es nimmt dir keiner weg.»

Die Frau schaute misstrauisch und umklammerte die Schüssel, dann nickte sie und strengte sich an, langsam zu essen und bedächtig zu kauen. Kaum hatte sie die Schüssel mit dem Brot ausgewischt und den letzten Krümel heruntergeschluckt, da fielen ihr schon wieder die Lider zu. Jeanne nahm ihr vorsichtig Schüssel und Löffel fort. Die beiden Beginen betrachteten die Schlafende.

«Sie sieht aus wie ein guter Mensch. Ich glaube nicht, dass sie etwas Schlimmes angestellt hat», sagte Jeanne leise.

«Nein, ich auch nicht», meinte Magdalène. «Bestimmt hat man ihr unrecht getan.»

Jeanne wies auf die feingliedrigen Hände, die auf der Bettdecke lagen: lange Finger, aber abgebrochene Fingernägel, darunter immer noch Spuren von tief eingedrungenem Schmutz und Blut. «Vielleicht ist sie in Wirklichkeit eine Fürstentochter, die von Räubern entführt wurde. Durch die grausamen Erlebnisse hat sie ihren Verstand verloren. Und wer sie rettet und sie ihren Verwandten wieder zuführt, der wird reich belohnt.»

«Nun ist es aber gut, Jeanne», lachte Magdalène. «Deine Phantasie geht mit dir durch. Geh du lieber wieder an deine Arbeit. Ich bleibe hier sitzen und passe ein wenig auf deine Fürstentochter auf.»

In der Nacht hatte der Mistral endlich aufgehört zu heulen, so als hätte er genug Unheil angerichtet. Der Himmel hatte sich wieder in unschuldiges Blau gehüllt. Die Menschen atmeten auf und gingen deutlich besser gelaunt ihren Geschäften nach. Guillaume, der Bäcker, kam und brachte einen Korb frisches weißes Brot aus dreimal gesiebtem Mehl. Als man ihm sagte, dass die Frau sich auf dem Weg der Besserung befinde, zeigte er sich immens erleichtert und eilte sogleich, dem heiligen Nicolas wie versprochen eine Kerze abzuliefern.

Die Beginen pflegten die Fremde in ihrem Hospital, strichen ihre Wunden mit Schafsfett und Arnika ein, verbanden ihre Füße, gaben ihr reichhaltiges Essen und heißen Holundersaft mit Honig zu trinken. Doch es dauerte volle zwei Wochen, ehe sie das erste Mal wieder aufstehen und ein wenig herumlaufen konnte. Und noch immer wusste sie nichts über sich zu sagen. Dafür machte sie sich im

Hospital nützlich. Sie scheute keine noch so schmutzige Arbeit. Sie leerte Nachttöpfe, wusch schmutzige Verbände, zerstieß Kräuter im Mörser, rührte Salben, räumte still hinter Jeanne auf, wo Unordnung entstanden war, und ging ihr zur Hand.

Sie sprach wenig.

«Kommst du aus dem Süden?», fragte Magdalène. «Du hast einen Akzent wie ein Kaufmann aus Neapel, den ich einmal kannte. Kommst du vielleicht von dort?»

Sie ließ sich das Wort auf der Zunge zergehen. «Neapel. – Möglich», antwortete sie dann. «Ich erinnere mich nicht.» Da ihre Augen wieder feucht glänzten, ließ Magdalène es dabei bewenden, doch fortan hieß die Fremde bei den Beginen nur noch «die Italienerin», wenn sie mit ihr oder über sie sprachen.

«Du, Italienerin», sagte eines Morgens Jeanne. «Die Meisterin will mit dir sprechen. Sie erwartet dich im Garten.»

Die Italienerin legte ihre Arbeit fort, wusch sich die Hände, band sich die Schürze ab und ging hinaus, den langen Gang entlang, vorbei an den Türen des eigentlichen Konvents, die ihr verschlossen waren.

Sie fand die Meisterin auf einer steinernen Bank sitzend. Juliana war eine Greisin. Ihr Körper wirkte geschrumpft, ihre Haut war dünn und gelblich, die Hände altersfleckig. Aber sie saß kerzengerade. Mit grauen, wachen Augen sah sie ihrem Gast forschend ins Gesicht. Die Unbekannte blieb vor ihr stehen und gab den Blick gelassen zurück.

Juliana klopfte mit der flachen Hand auf den freien Platz neben sich. Da saßen sie eine kleine Weile schweigend nebeneinander und hörten den Tauben auf dem Dach beim Turteln zu.

Der Frühling war endlich gekommen, nachdem der Mistral den Himmel geputzt hatte. Die Bohnen waren ausgesät und auch die Saatzwiebeln, der Knoblauch und die Fechser von Pastinaken und Rettich. Die Kräuter schossen auf, die Linsenranken und die nützlichen Blumen des Heilgartens: Ringelblumen und Baldrian, Kamille, Schlafmohn, Schafgarbe und Pfingstrose.

«Wie ich den Garten um diese Jahreszeit liebe!», sagte Juliana. «Es ist alles so voller Hoffnung und Anfang.»

Die Fremde zuckte die Achseln. Hoffnung und Anfang schienen ihr nicht viel zu bedeuten. Überhaupt wirkte sie fast übermäßig ruhig, geradezu unbeteiligt.

«Sie sagen mir, du seist gesund», sagte Juliana schließlich. «Was wirst du jetzt tun?»

«Ich weiß nicht», antwortete die Unbekannte. Ihr Kopf war nun fast vollständig von kurzen braunen Locken bedeckt, und ihr Gesicht war voller geworden. «Könnte ich nicht hierbleiben?»

«Bist du sicher, dass du das willst? Du weißt, wir leben ähnlich wie die wohlgeborenen Nonnen: keusch und bescheiden. Wir beten und arbeiten und tun gute Werke. Wir leben für Gott, nicht für uns selbst.»

«Es kommt mir so vor», sagte die Fremde langsam, «als ob es das Richtige wäre. Ich habe auch sonst nichts und niemand, wohin ich gehen könnte.»

«Dass du kein Dach über dem Kopf hast, ist kein Grund», sagte Juliana streng. «Wir sind keine Herberge für alleinstehende Frauen. Du musst schon wirklich fromm sein. Und eigentlich nehmen wir auch nur Frauen auf, die einen guten Leumund haben. Von dir wissen wir ja gar nichts.»

Die Italienerin schwieg und betrachtete Vogelspuren in der frisch aufgehackten Beeterde.

«Wir werden dich nicht einfach fortjagen. Ich habe einen angenehmen Eindruck von dir, und einige der anderen haben für dich gesprochen», fügte Juliana begütigend hinzu.

«Danke. Aber einen Leumund habe ich ja nun mal nicht», sagte die Fremde kaum hörbar.

«Nein, hast du nicht. Ja, die Mutter Kirche möchte uns nur zu gerne Vorschriften machen. Aber Jesus hat auch nicht nach dem Leumund gefragt. Am liebsten wäre es ihnen ohnehin, wenn wir keine Frauen unter vierzig aufnähmen, weil sie argwöhnen, dass in unseren Häusern gegen das Keuschheitsgebot verstoßen wird. Eine wie Magdalène dürfte schon gar nicht bei uns sein. Aber wir machen hier unsere eigenen Regeln. Ich schlage also vor, dass du ein halbes Jahr Probezeit erhältst. Danach kannst du entscheiden, ob du bei uns bleiben willst – und wir, ob du zu uns passt. Ist dir das recht?»

Die Italienerin schaute auf und lächelte ein kleines frostiges Lächeln.

«Was mich betrifft, so brauche ich mit der Entscheidung nicht zu warten. Es wäre das Beste, wenn ich der Welt entsagte und nur noch Gott diente», sagte sie.

«Ach, du solltest die Welt nicht allzu rasch verstoßen, Kind. Man sagt das so dahin, wenn man eine große Enttäuschung erlitten hat. Aber die Zeit heilt viel. In einem halben Jahr sehen wir weiter. Und übrigens kannst du auch später wieder in die Welt hinausgehen. Bei uns muss sich keine bis an das Lebensende verpflichten. Wir schwören keine Eide und stehen dem Leben nicht im Weg.»

«Ich werde für immer hierbleiben – wenn ich darf», war die schnelle Antwort.

Julianas Mundwinkel zuckten amüsiert. «Ja, ja. Und wie sollen wir dich nun nennen? Wir können schließlich nicht immer weiter ‹he du› oder ‹Italienerin› zu dir sagen.»

«Einen Namen?» Ihr Gesicht nahm wieder diesen gequälten Ausdruck an, wie immer, wenn sie sich anstrengte, sich zu erinnern.

Juliana beugte sich vor und nahm ihre Hand. «Es muss nicht dein richtiger Name sein. Viele von uns wählen einen neuen Namen, wenn sie hierherkommen. Einen Namen, der ausdrückt, was sie sich vorgenommen haben, worauf sie hoffen oder wie sie gesehen werden möchten. Ein Name ist ein Wunsch, eine Idee. Man kann damit einen neuen Anfang versuchen, auch wenn man tief im Innern die Alte bleibt. Also, wie möchtest du, dass wir dich nennen?»

Sie dachte nach. «Danielle», erwiderte sie dann.

«Danielle? Das bedeutet ‹Gott ist der Richter›», sagte Gebba spitz, als sie davon hörte. «Na – bitte sehr! Und sie hat doch was ausgefressen! Jetzt besitzt sie noch die Frechheit und lässt uns alle wissen, dass man ihr nichts anhaben kann!»

«Genauso gut könnte es bedeuten, dass sie sich Gottes Urteil unterwirft. Das wäre doch fromm und sehr angemessen», meinte eine andere Begine.

«Oder dass ihr ein Unrecht widerfahren ist und Gott für Gerechtigkeit sorgen wird», sagte Jeanne.

«Ihr werdet schon sehen! Sie wird Ärger machen! Wer weiß, was wir uns da ins Haus geholt haben», murrte Gebba.

Am selben Abend erschien die Neue im Speisesaal, im geliehenen Kleid. Statt des Schleiers trug sie nur einen einfachen weißen Wimpel, der ihr Gesicht sittsam umrahmte. Die anderen saßen bereits an der langen Tafel. Danielle blieb im Halbdunkel des Flurs stehen und wäre am liebsten wieder umgekehrt. Da waren so viele Fremde beisammen. Sie spürte die Gemeinschaft, die diese Frauen verband. Unwillkürlich tat sie einen Schritt zurück, doch man hatte sie schon entdeckt. Sofort erstarben die Gespräche. Alle Gesichter wandten sich ihr zu, ein Dutzend blasse Ovale im Kerzenlicht.

Juliana stand auf, mit der Bibel in der Hand. «Komm, Danielle! Nun tu, was wir besprochen haben. Komm, nur nicht so langsam! Lass deine Schwestern nicht warten!»

Danielle machte zwei Schritte in den Raum hinein und fühlte sich linkisch und bloß. Neugierige Augen musterten sie. Köpfe steckten zusammen und tuschelten. Aber Juliana winkte ihr und klopfte mit den Fingerknöcheln auf den Tisch. Das Gemurmel verstummte. «Dies ist eure neue Schwester Danielle.» Ihre Stimme klang überraschend kräftig und durchdringend für eine so kleine Person. «Sie ist auf Probe bei uns, und ich erwarte von euch allen, dass ihr sie aufnehmt als Schwester in der Liebe Gottes, dass ihr sie freundlich aufnehmt in unsere Gemeinschaft, dass ihr Danielle helft, wenn sie der Hilfe bedarf, sie offen zur Rede stellt, wenn sie einen Fehler begeht und es nicht gegen sie verwendet. Keine soll sich über sie stellen oder besser dünken. Ihr sollt sie lieben und auf dem rechten Weg unterstützen, so wie es Jesus mit den Seinen getan hat, wenn sie auch schwache Menschen waren.»

Danielle trat vor mit einer irdenen Schüssel und einem Krug Wasser. Umständlich kniete sie sich vor die Begine, die zunächst in der Bank saß, und stellte die Schüssel vor ihr auf den Boden. Beim Eingießen des Wassers verschüttete sie etwas davon.

«Gib doch acht, du ungeschicktes Ding!», zischte Gebba und zog den Saum ihres Rocks in die Höhe.

«Verzeih, Schwester», murmelte Danielle. Sie wusch ihr die Füße und trocknete sie mit einem alten Tuch. Und so ging sie mit ihrer Schüssel von einer zur anderen. Jede von ihnen bedankte sich bei ihr und gab ihr einen Kuss auf die Stirn. Zum Abschluss las Juliana eine Passage aus der Bibel, segnete Danielle und hängte ihr ein hölzernes Kreuz am Lederband um den Hals, so wie sie alle eines trugen.

Kaum dass diese feierlichen Formalitäten erledigt waren, begann plötzlich ein lautes Schwatzen und Lachen am Tisch. Danielle schaute verwirrt um sich. Sie hatte erwartet, dass es hier still und mit Dekorum zuginge. Stattdessen benahmen sich ihre «Schwestern in Gott» wie ein Haufen – na, eben ganz normaler Weiber.

«Danielle! Hierher!», hörte sie jemanden rufen. Es war Magdalène, die ihr einen Platz am unteren Ende der Tafel freigehalten hatte. Sie setzte sich auf die lange Holzbank neben sie.

«Ich freu mich, dass du bleibst! Du wirst sehen: Es ist gut hier», flüsterte sie ihr zu. «Man kann nicht immer machen, was einem passt, und muss viel beten, aber sonst ist es ganz lustig!» Sie langte mit ihrem Holzlöffel in die allgemeine Schüssel und häufte sich gedünstetes Gemüse und Speck auf ein dickes Stück Brot, das ihr als Teller diente. Eine ebensolche Scheibe war vor Danielle auf dem Tisch gelandet.

«Da! Greif zu! Sonst essen dir die anderen alles weg! Und zum Nachtisch gibt es heute Ingwerkuchen, weil wir deine Aufnahme feiern! Los doch!», ermunterte Magdalène sie. Und dann ging sie unmittelbar dazu über, ihr lauthals und mit vollem Mund die anderen Beginen vorzustellen:

«Die Dicke da, das ist Manon. Das ist unsere beste Weberin, aber sie isst so gerne Süßigkeiten, dass sie eines Tages nicht mehr hinter den Webstuhl passen wird!»

Manon lachte und beklopfte sich den stattlichen Wanst: «Mir schmeckt's eben.»

«Und die Kleine da …», Magdalène wies auf ein winziges, feingliedriges Weiblein mit flinken Vogelaugen, das sich zuletzt an den Tisch gesetzt hatte, «… ist Annik. Sie ist für die Küche zuständig. Da ist sie die Meisterin. Wir anderen werden ihr reihum als Helferinnen zugeteilt. Ich mache das ganz gern, vor allem im Winter. In der Küche ist es warm, und die Arbeit ist nicht so anstrengend. – Da ist Renata, die kümmert sich hauptsächlich um unsere Tiere. Sie geht schon fast auf allen vieren! Wir haben übrigens zwei Maultiere, fünf Ziegen, ein paar Hühner und ein paar Schweinchen zum Mästen.» Dann etwas leiser: «Und die da, die ihre Nase so hoch trägt, das ist Gebba. Sie ist eine reiche Witwe und hat sich hierher geflüchtet, weil ihre Söhne ihr das Geld abknöpfen und sie auf die Straße setzen wollten!» Magdalène kicherte. «Drei Jahre hintereinander hat sie versucht, zur Grande Dame gewählt zu werden, aber gegen Juliana hat sie jedes Mal haushoch verloren!»

«Den Teufel freut so recht ein loses Maul», zischte die Witwe Gebba in ihre Richtung, denn sie hatte Magdalènes Tratsch doch gehört. Aber diese ließ sich nicht einschüchtern. «Und ehe du es von den anderen hörst, will ich dir gleich sagen: Ja, ich war eine Hure. Deshalb nenne ich mich auch Magdalène. Denn wenn Jesus der Sünderin vergeben konnte, warum sollten meine Schwestern das nicht auch fertigbringen?» Das Letzte sagte sie mit einem kampflustigen Blick in Gebbas Richtung.

Der letzte Krümel Ingwerkuchen war vom Tisch gepickt. Juliana klatschte in die Hände. «Liebe Schwestern. Wir wollen nun auch unsere Seelen nähren! Danielle», sie wies auf ein kleines Pult am Kopfende des Raumes, «bitte lies uns etwas vor. Die Stelle ist markiert, bis zu der wir gestern Abend gekommen sind. Fahre einfach fort!»

Danielle stand auf und ging zum Pult. Da lag ein schön illuminiertes Buch. Sie schlug es so vorsichtig auf, wie es einer solchen Kostbarkeit gebührte, und begann:

«Sicelides Musae, paulo maiora canamus. Non omnis arbusta iuvant humilesque myricae; si canimus silvas, silvae sint consule dignae …»

Sie bemerkte eine verblüffte Stille im Raum und blickte von den Seiten auf.

Julianas Mund umspielte ein zufriedenes Lächeln. «Ach», sagte sie nur, «verzeih, das ist das falsche Buch. Schau doch unter dem Pult nach, da muss dasjenige liegen, das wir gestern angefangen haben.»

Danielle holte das andere Buch hervor und begann mit ihrer ruhigen, warmen Altstimme daraus in der Landessprache vorzulesen.

«Schau, schau! Die Neue kann lesen! Sogar Latein!», raunte Anne, die Kopistin.

2.

«Komm mit mir», sagte Magdalène zu Danielle. «Ich zeige dir, wo du schlafen kannst.»

Sie lief vor ihr die Treppe zum Schlafsaal hoch. Geschmeidig bewegten sich ihre Hüften unter dem vollen Rock, den alle Beginen trugen. Er war aus ungefärbter Wolle, schmucklos und weit, um die weibliche Form keusch zu verbergen, und dennoch wirkte er an Magdalène wie ein Festgewand. Sie hatte die trägen, sinnlichen Bewegungen einer Katze – da war nichts zu machen.

Danielle riss ihren Blick von Magdalènes wiegenden Hüften los und nahm den Schlafsaal in Augenschein, der von nun an ihr Zuhause sein würde: Ein luftiger, weiter Raum unter dem Dach, die Wände weiß gekalkt, eine Reihe von Strohsäcken auf den Dielen, dahinter die Holztruhen, in denen die Frauen ihre Habseligkeiten aufbewahrten.

«Hier schlafen diejenigen, die sich kein eigenes Haus leisten können», plauderte Magdalène, «das sind fast alle außer Juliana, Anne und Gebba. Und dass Gebba nicht hier wohnt, dafür danke ich dem Herrn jeden Tag. So muss man sich ihre Spitzigkeiten nicht auch noch zur guten Nacht anhören! Ich wette, sie muss ihre Zunge nachts in ein Futteral tun, damit sie sich nicht von innen durch die Lippen sticht!»

Danielle lächelte, ein vorsichtiges kleines Lächeln nur. Es gelang nicht oft, sie zum Lächeln zu bringen, obwohl sie immer freundlich war. Magdalène freute sich.

«Welches Bett soll ich nehmen?»

«Das da!» Magdalène ließ sich auf einen Strohsack am

Ende der Reihe fallen und wies einladend auf das Lager neben sich. «Da. Rutsch ein wenig heran. Leg dich zu mir! Dann können wir noch ein bisschen schwatzen, wenn sie die Kerzen ausmachen. Das habe ich mit meiner Schwester immer getan, als wir Kinder waren. Wir haben immer alles besprochen, was wir am Tage erlebt hatten und uns unsere Sorgen und Wünsche erzählt.»

Zögernd ließ sich Danielle auf die Bettstelle nieder. Sie setzte sich ganz auf den Rand, zog die Beine an und wickelte den weiten Rock um die Knie. Sie zeigte auf die Truhe, ein abgestoßenes altes Ding aus Pinienholz, dunkel von jahrelangem Gebrauch und unzähligen Schichten Wachs und Rauch.

«Die brauche ich nicht. Ich habe ja nichts, was ich hineintun könnte.»

«Ach, da wird es schon bald etwas geben. Du musst ja auch deine Kleider irgendwo lassen. Du bekommst noch etwas zum Wechseln, etwas Abgelegtes fürchte ich, so lange, bis du dir selbst etwas genäht hast. Und später wirst du Geld verdienen und kannst dir dann auch etwas Neues, eigens für dich Gemachtes kaufen.»

Danielle strich mit der Hand über den Stoff ihres Ärmels. Kleidung, die sauber war und ohne Risse oder Löcher. Sie duftete sogar zart nach Lavendel. Allein das erschien ihr schon unerhört luxuriös. Und da war noch etwas: Dieses Gewand war ganz anders als alles, was sie bisher getragen hatte, das spürte sie. Es war nicht einfach ein Kleidungsstück, sondern stand für ein Bekenntnis, einen inneren Wandel. Die fremde Hülle fühlte sich an wie eine neue Haut, nicht wie eine Verkleidung. Dies war ein Neubeginn, ein neues Leben.

«Ich brauche nichts anderes als dies hier», sagte sie leise. «Ich bin zufrieden. Und sollten Beginen denn überhaupt hübsche und neue Sachen besitzen? Seid ihr – sind wir nicht eigentlich zur Armut verpflichtet?»

Magdalène lachte. «O ja. Das schon, aber ich wette, sogar Jesus hat ein Paar Sandalen zum Wechseln gehabt. Und Magdalena besaß ganz gewiss einen schönen Gürtel oder ein buntes Tuch oder eine Kette aus Achat, auch wenn die Kirche das natürlich bestreitet. Aber ich weiß es besser: Eine Frau braucht so etwas. Übrigens verdienen wir hier alle so viel Geld, wie wir können, und das meiste davon geben wir für wohltätige Zwecke aus. Also hält sich der Magistrat mit Kritik zurück. Wir speisen die Armen, wir behandeln Kranke kostenlos, wir halten Totenwache. Sie wüssten ja gar nicht, wie sie ohne uns zurechtkommen sollten!»

«Aber womit sollte ich wohl Geld verdienen», sagte Danielle. «Ich weiß ja nicht einmal, was ich kann!»

«Die Hände erinnern sich oft, wenn auch der Kopf versagt», prophezeite Magdalène.

Im Hospital war Danielle offensichtlich fehl am Platz. Sie hatte eine zu große Scheu, die Kranken zu berühren.

«Nun stell dich doch nicht so an!», schimpfte Jeanne. «Du wirst doch wohl so eine kleine Wunde auswaschen und verbinden können. Das ist doch nun wirklich keine Kunst! Was hast du denn nur?»

«Ich habe Angst, ihr wehzutun. Ich will den Kranken nicht schaden», sagte Danielle verzagt. Jeanne glaubte eher, dass die Italienerin sich vor Blut und Wunden ekelte und es nur nicht zugeben wollte. Auf Dauer war sie hier jedenfalls nicht zu gebrauchen.

Da erschien Anne im Krankensaal und fragte: «Wo ist die Italienerin? Ah – da bist du ja. Du sollst sofort zur Meisterin kommen!»

Danielles Herz krampfte sich zu einem ängstlichen Kloß in ihrer Brust zusammen. ‹Ich bin zu nichts nütze. Nun schicken sie mich fort›, dachte sie. Das Haus der Grande Dame lag auf der anderen Seite des Hofs zur linken Hand und hatte eine schöne Aussicht auf den Garten. Doch Danielle hatte keinen Blick dafür. Beklommen und langsam stieg sie die drei Stufen zu Julianas Haus hoch und klopfte an die Tür.

«Herein, herein», rief die Meisterin ungeduldig von drinnen. Zögernd öffnete Danielle die Tür, aber Anne gab ihr von hinten einen sanften Schubs. «Nun geh schon, sie wird dich nicht fressen.»

Danielle stand in einer Schreibstube mit einem Stehpult. Darauf lag ein Blatt liniertes Pergament ausgebreitet, mit Bleischnur und Gewichten gehalten. Daneben stand ein Fässchen mit angeriebener Tinte. Eine Anzahl gespitzter Schreibfedern in verschiedenen Größen wartete auf ihren Gebrauch: eine Schwanenfeder für Initialen und Überschriften, verschiedene Gänsefedern bis hin zu feinen Krähenkielen für Schnörkel und Verzierungen.

Juliana saß an einem Tisch, der mit Schriftrollen und Büchern bedeckt war, und hielt einen Abakus in der Hand.

«Stell dich ans Pult und schreib!», kommandierte sie.

Danielle tat wie befohlen.

«Da ist ein Brief vom Magistrat. Kopiere ihn», sagte Anne.

Danielle ergriff die mittlere der ausgelegten Gänsefedern, die eine kräftige, aber nicht zu pointierte Schrift ergeben würde. Sie prüfte mit dem Daumen den Schnitt der Spitze und tauchte die Feder in das Tintenfässchen. Sie begann zu schreiben, in großzügigen, geschwungenen Lettern. Anne schaute ihr über die Schulter. Juliana beobachtete alles gespannt, die Ellenbogen auf den Tisch gestützt, die Fingerspitzen aneinandergelegt.

«Und?», fragte sie nach einer Weile.

Anne schüttelte den Kopf. «Passabel», brummte sie. «Aber nicht gut genug.»

Danielle zuckte die Achseln, wischte die Feder mit einem Läppchen sauber, legte sie wieder zu den anderen und verschränkte die Arme vor der Brust. Anne nahm das beschriebene Blatt mit beiden Händen an den Rändern auf und ging damit zum Tisch der Meisterin.

«Hm», sagte Juliana. Sie schaute hoch und sah den betroffenen Blick Danielles. «Ich mache dir doch keinen Vorwurf, schau nicht so traurig! Wir wollten nur wissen, ob du vielleicht das Kopistenhandwerk beherrschst. Ich habe dich überraschen wollen, damit du handelst, bevor du auf den Gedanken kommst, dass du es vielleicht nicht kannst.»

«Du schreibst ordentlich genug für den Hausgebrauch», sagte Anne freundlich. «Offenbar hast du eine gute Erziehung genossen. Kannst du rechnen? Ja? Wir führen die Bücher für die Franziskaner. Dabei könntest du mir helfen. Aber das Kopieren ist offenbar nicht dein Metier.»

Juliana stand auf. «Wir werden schon noch herausfinden, was in dir steckt. Komm mit.»

Wieder lief Danielle wie ein Schoßhündchen hinter Juliana her. Die Meisterin überquerte den Hof und hielt auf das größte der Wirtschaftsgebäude zu. Türen und Läden standen angelehnt, denn es war jetzt, Anfang Mai, schon sehr warm. Von drinnen klangen Schwatzen, Lachen, ein Klacken von Holz auf Holz und emsiges Gesumm.

Juliana winkte Danielle mit einem gekrümmten Finger herein.

«Komm! Das hier ist unser Lebensunterhalt und unsere beste Einnahmequelle. Hier stellen wir Stoffe her, die wir hernach mit gutem Gewinn verkaufen.»

Sie traten ein. Danielle musste den Kopf einziehen, um sich nicht am Türbalken zu stoßen. Sie war für eine Frau ungewöhnlich hochgewachsen.

Drinnen standen vier Webstühle, ein Tisch mit Garnrollen, naturweiß und in verschiedenen Farben, sowie einige Körbe mit Wolle. Drei Frauen saßen auf Schemeln in der Mitte des Raums. Die eine rupfte und sortierte die rohe Wolle, eine andere kämmte sie; eine weitere stand und betätigte Spindel und Rad.

«Ho! Hier kommt Verstärkung!», riefen sie, ohne die Arbeit zu unterbrechen. So flink ging das, und so leicht sah das aus! Die Schiffchen flogen förmlich hin und her, die Pedale klapperten, die Schäfte klickten und ratterten, die Kardierkämme kratzten, das Spinnrad schnurrte, und die Finger schienen sich ganz von selbst zu bewegen.

«Erkennst du, was du hier siehst?», fragte Juliana.

Danielle drehte sich um ihre eigene Achse und nahm alles gründlich in Augenschein. «Schon», sagte sie langsam. «Das da, die senkrechten Gestelle an den Wänden, das sind Hochwebstühle. Sie haben nur zwei Fächer, damit kann man nur Leinwandbindungen und einfache Muster machen. Und das da, das ist ein Trittwebstuhl. Oh! Das wird aber ein feiner Stoff! Damast! Und so ein schönes Muster!» Unwillkürlich war sie vorgetreten und strich mit den Fingerspitzen über das bereits fertige Gewebe. «Das ist eine ausgezeichnete Arbeit!»

Die dicke Manon grinste breit und zufrieden. «Danke, meine Liebe. Tatsächlich ist das eine sehr gute Ware. Ein hauchdünner Damast mit einem Rosenmuster. Den werden sie uns aus der Hand reißen!»

Danielle ging durch den Raum in die hintere Ecke, wo Gebba an einem weiteren, schmaleren Webrahmen saß. Sie beugte sich vor und streckte die Hand aus, um den Stoff zu befühlen – es war Seide –, aber Gebba schlug ihr mit dem hölzernen Schwert auf die Finger. «Nicht berühren! Das ist viel zu fein für solche wie dich!»

«Verzeih!» Mit einer Ruhe, die Gebba als Demut missverstand, wandte sich Danielle von ihr ab und wieder Manon zu. Drei Frauen arbeiteten gemeinsam an dem Trittwebstuhl, der gut fünf Ellen breit war, zu breit für eine allein. Sie reichten sich die Schiffchen zu, aber es war Manon, die die hölzernen Tritte mit den Füßen bewegte und damit das Muster bestimmte. Klack, klack! Die Schäfte hoben und senkten sich im Takt – klack, klack! Es waren Rahmen, durch deren Führungen die Kettfäden liefen, je mehr solcher Schäfte, desto komplizierter das Muster. Danach aber hatte man nur noch die Pedale in einem bestimmten Rhythmus zu bedienen, eine noch neuartige Verbesserung. Danielle erkannte zwar die Funktion, wäre aber nie in der Lage gewesen, so ein Muster auszurechnen und die Ösen entsprechend zu belegen. Die Manufaktur der Beginen war offenbar gut ausgestattet.

«Rück einmal beiseite», sagte Manon zu Guilhelme, ihrer Gehilfin, die ganz rechts auf den Bank saß. «Möchtest du es einmal versuchen?», fragte sie Danielle.

«Aber ich will doch das schöne Werk nicht verderben», entgegnete Danielle schüchtern.

«Na, das wäre ja ganz furchtbar», spottete Manon und winkte. «Los, trau dich! Ist nicht so schlimm. Wenn es schiefgeht, *eh bèh,* dann webt man die Reihe eben wieder zurück. Na los!»

Gehorsam raffte Danielle ihre Röcke und stieg in die Bank. Und ohne abzuwarten warf Manon flink das Schiffchen mit dem Faden durch die senkrechten Kettfäden hindurch. Die *scolana* in der Mitte gab es flink weiter. Doch Danielle verfehlte es. Es schoss einfach an ihr vorbei und fiel polternd auf den gestampften Lehmboden. Alle lachten gutmütig, bis auf Gebba. Sie kniff die Lippen zusammen und schüttelte säuerlich den Kopf.

«Es tut mir leid!», stammelte Danielle.

«Macht nichts!», tröstete Guilhelme. Sie hatte sich gebückt, das Schiffchen aufgehoben und legte es Danielle in die Hand. Manons Gehilfin gab dem Schussfaden mit der rechten Hand den nötigen Zug. Diesmal klappte es, doch nach ein paar Runden gab Manon ihr ein Zeichen, die Bank zu räumen.

«Na, eine Weberin bist du wohl auch nicht. Zu langsam! Man merkt gleich: Du weißt im Prinzip, wie es geht, aber du bist die Arbeit nicht gewohnt!»

Auch der Versuch an der Spindel führte zu keinem befriedigenden Ergebnis. Der Faden wurde zu locker, zu unregelmäßig, und es ging viel zu langsam. Juliana war zu Gebba getreten und unterhielt sich mit leiser Stimme mit ihr. Manons Gehilfin zur Rechten, die *socia*, hatte ihren Platz wiedereingenommen. Danielle stand für einen Augenblick unbeachtet im Raum herum. Sie fühlte sich ungeschickt und überflüssig. Es musste doch irgendetwas geben, das sie beherrschte, etwas, das sie zum Wohl der Gemeinschaft beitragen konnte.

Da fiel ihr Blick auf einen schmalen, kleinen Hochwebstuhl, der staubig und unbenutzt in einer Ecke stand: Einige Stränge gefärbter Wolle hingen am Hakenbord. Sie ging näher heran und betrachtete den Webrahmen.

«Ich könnte einen Bildteppich machen», sagte sie laut.

Alle Gesichter wandten sich ihr wieder zu.

«Ach!», machte Gebba. «Gleich einen Bildteppich! Und wie würdest du das wohl angehen?»

«Ganz einfach», erwiderte Danielle. «Da, die Gewichte … ich würde Kettfäden aufziehen und unten mit Gewichten beschweren. Dann bräuchte ich nur noch farbige Wolle …»

«Und warum sollten wir wohl teure farbige Wolle an dich verschwenden?», fragte Gebba schneidend.

«Dafür benötigt man ja keine neuen, ganzen Partien.

Wenn ich die Reste verwenden dürfte …?» Sie wies auf einen Korb mit abgeschnittenen Enden.

«Warum denn nicht», rief die dicke Manon gutmütig, ehe Gebba sich erneut einmischen konnte. «Die Reste sind ohnehin zu kurz, und man müsste sie zu oft verknoten, als dass sie anders zu gebrauchen wären. Lassen wir es sie doch versuchen!» Fragend sah sie Juliana an.

«Einverstanden», sagte die Meisterin, «aber erst wenn du dein Tagewerk verrichtet hast. Wenn dir dann noch Muße bleibt, dann darfst du versuchen, ein Bildwerk zu machen.»

Gebba klapperte laut und hörbar ärgerlich mit ihren Schäften, doch sie wagte nichts mehr dazu zu äußern.

«Und was kann ich nun arbeiten?»

«Du kannst uns helfen, die Wolle auszukämmen», rief eine der Frauen, die in der Mitte saßen. Die Meisterin nickte zustimmend.

«Von mir aus», sagte sie. «Wir werden dich ein wenig hier und da einsetzen, wo gerade Hilfe gebraucht wird, so lange, bis dir wieder einfällt, was du früher getan hast, oder bis wir es herausfinden.» Mit diesen Worten ging Juliana hinaus.

Danielle zog sich einen hölzernen Schemel heran und setzte sich zu Philippa und Marthe. Sie reichten ihr zwei große hölzerne Nagelbretter, die mit Rohwolle besteckt und gegeneinander bewegt werden mussten, sodass die Fasern sich glätteten und grobe Verschmutzungen herausfielen. Sie wusste, dass sie so etwas noch nie gemacht hatte, aber sie hatte schon zugesehen. Es war eine einfache und befriedigende Tätigkeit. Aus verfilztem Vlies wurden so ordentlich in eine Richtung ausgerichtete Wollfäden, leicht gelockt. Was vorher matt und schmutzig wirkte, bekam einen feinen öligen Glanz. War die Partie ausreichend ausgekämmt, rollte man sie zu einer Locke zusammen und warf sie in den Korb, aus dem die Spinnerin sich bediente. Die anderen Frauen begannen wieder zu schwatzen, die Webstühle klapperten gleichmäßig wie ein Musikstück für Rasseln und Tambourin. Danielle arbeitete still vor sich hin. Es war gut dazuzugehören, wie ein Schaf mit der Herde zu verschmelzen. Viel zu lange war sie allein gewesen. Sie schnupperte an der Wolle. Sie roch leicht süßlich und fettig, nach grünen Pflanzen und Sonnenwärme.

«Diese Wolle riecht überhaupt nicht nach Schafsstall», sagte sie erstaunt. «Werden die Vliese vor dem Spinnen gewaschen?»

«Ja, auf dem Rücken», rief Manon. «Im Frühjahr, wenn es Zeit für die Schur ist, dann hofft man auf einen kräftigen Regen, der die Schafe mal ordentlich sauber wäscht. Dieses Jahr war es zu trocken, da hat man sie durch den Fluss getrieben.»

Danielle kämmte eine Weile weiter. Ihre Finger wurden leicht ölig und die Haut ganz weich.

«Man bekommt davon Hände wie eine Prinzessin», sagte Philippa. «Ja», fügte Marthe hinzu, «und Muskeln wie ein Schmiedegeselle.» Es stimmte: Nach einiger Zeit wurden Danielles Arme schwer, und die Schultern begannen zu schmerzen. Die energischen Bewegungen mit den schweren Kämmen erforderten Kraft.

Draußen hörte man Stimmen, die sich näherten. Alle schauten von ihrer Arbeit auf, als eine junge Frau über die Schwelle trat, reich und farbig gekleidet, von einer zweiten Frau gefolgt, beide offenbar Adlige.

Danielle ließ die Kämme sinken und konnte nicht anders: Sie musste sie anstarren. Die erste Frau war fast noch ein Kind, vielleicht vierzehn Jahre alt, aber sie war der Inbegriff von Jugend, Gesundheit und Schönheit: Klein und zierlich, verfügte sie über honigblondes Haar, ein herzförmiges Gesicht mit kleinem Mund, eine perfekte Pfirsichhaut und hellbraune Augen. Ihr enggeschneidertes Brokatkleid betonte eine winzige Taille, hochgeschnürte weiße Apfelbrüstchen und den weichen kleinen Hügel ihres Bauches. Die beginnende Schwangerschaft hatte ihre Haut – wenn das überhaupt möglich war – noch zarter, fast durchscheinend gemacht. Und dabei strahlte sie eine solche Freundlichkeit und Unschuld aus, dass Danielle die junge Frau unwillkürlich anlächelte. Dasselbe taten auch alle anderen Beginen. Gebba sprang auf, eilte zu der neu Hinzugekommenen, umarmte sie auf das Herzlichste und küsste sie auf beide Wangen.

«Mestra Laura! Welch eine Freude! Und Mestra Catherine!»

Die zweite Frau stand etwas abseits. Sie sah Laura ähnlich, war aber älter und weit weniger auffallend. Ihr Blond spielte mehr in ein helles rötliches Braun, wie das von getrockneten Haselnüssen. Ihr Gesicht war flächiger, runder – recht hübsch auf den zweiten Blick. Doch war die eine wie ein sonniger Morgen am Fluss, so war die andere wie ein angenehmer Nachmittag, matter, ein wenig gewöhnlicher.

Annik trat ein, atemlos, mit Zinnbechern und Krug.

«Mestra Laura – eine Erfrischung? Frisches Brunnenwasser mit Rosensirup! Oder – ich hol euch auch gerne Wein, wenn ihr mögt!»

Alle Frauen lachten und freuten sich, als sei ein Engel eingetreten. Und die junge Frau grüßte alle zurück. Sie sprach jede der Frauen mit Namen an und machte zu jeder eine persönliche Bemerkung. Dann fiel ihr Blick auf Danielle: «Oh, meine Liebe, du musst die Neue sein, die Italienerin, Danielle, nicht wahr? – Aber du bist ganz und gar nicht so, wie man mich hat glauben lassen.»

Danielle nickte höflich und fragte sich beunruhigt, was der letzte Satz wohl zu bedeuten hatte. Wer hatte über sie geredet, und was sagte man von ihr? Konnte ihr das Gerede schaden oder sie gar ihren Platz in diesem Nest kosten?

«Wie interessant! Ich würde so gern mehr von dir erfahren», plauderte die junge Frau weiter.

Danielle war verlegen. «Ach, über mich gibt es wenig zu sagen», murmelte sie.

«Eben», schnarrte Gebba eifersüchtig und zog Laura fort zu ihrem Webstuhl: «Schaut doch den neuen Stoff, den ich mache, ein Rautenmuster in zartem Krapp. Das wäre doch etwas für Euch!» Die zweite Frau folgte Laura wie ein Echo.

«Wer ist sie?», fragte Danielle leise.

«Laura ist unsere Gönnerin», sagte Guilhelme. «Sie ist die Frau von Mestre Marius de Vidal, einem Ratsherrn. Er ist sehr reich und vergöttert sie. Und sie unterstützt von seinem Geld unser Hospital und unsere Armenfürsorge. Die andere, das ist Mestra Catherine, ihre ältere Schwester.» Sie senkte ihre Stimme zu einem Raunen: «Unverheiratet und schon achtzehn – na ja … Aber nun wird es ja bald etwas werden: Sie ist verlobt.»

Laura hatte genug von dem Seidenstoff gesehen und kam zurück. Sie zog sich einen Schemel heran und setzte sich neben Danielle.

«Darf ich dich etwas fragen?», sagte sie. Die anderen Frauen hatten ihre Arbeit wiederaufgenommen.

Danielle nickte und hielt ihren Blick auf die Kämme mit der Rohwolle gesenkt.

«Verzeih meine Neugier, bitte. Ist es wirklich wahr, dass du dein Gedächtnis verloren hast?»

«Ja», gab Danielle zurück, schroffer, als sie es beabsichtigt hatte.

«Sehr bequem!», rief Gebba aus ihrer Ecke. Catherine stand noch bei ihr und beobachtete Laura. Auch sie schien das Gespräch zu missbilligen.

«*Pssst!* Das ist nicht freundlich, Gebba», kritisierte Manon.

«Aber wahr», sagte Gebba trotzig. Laura beachtete sie nicht. Sie legte Danielle eine kleine, noch kindliche Hand auf die Schulter. Danielle zuckte ganz leicht zusammen. Berührungen von Fremden konnte sie nur schwer ertragen.

«Das muss ja schrecklich sein, nicht zu wissen, wer man ist, wie man gelebt hat ...», fuhr sie fort. Danielle ließ die Kämme sinken und schaute Mestra Laura gerade ins Gesicht. Sie war im Begriff gewesen, ihr eine zurückweisende Antwort zu geben. Bei jeder anderen Frau hätte sie diese Art von Fragen als lästig empfunden, neugierige Einmischung, Aufdringlichkeit. Doch in Lauras Augen sah sie ein unschuldiges, fast kindliches Interesse, ohne falsches Mitleid, ohne jede Herablassung.

«Es ist nicht schrecklich. Es kommt mir so vor, als sei ich ein sauber geschabtes und geglättetes Pergament. Als hätte eine mächtige, unsichtbare Hand alles, was bisher auf meiner Seele geschrieben war, abgeschabt und gelöscht. Ich bin ganz weiß und neu. Gott hat mir eine große Gnade erwiesen. Von nun an soll nur Gutes und Schönes auf mir geschrieben werden!»

«Das ist erstaunlich! Doch, ja, genauso musst du es sehen. Ich bin froh, dass du nicht darunter leidest. Und ganz gleich, was jemand sagt, jetzt, da ich dich kennengelernt habe, bin ich ganz sicher, dass du ein guter und wertvoller Mensch bist. Ich heiße dich herzlich willkommen in unserer Stadt.»

Sie küsste Danielle auf die Wange und stand auf. Ein Hauch von Rosenduft blieb in der Luft hängen.

«Annik! Ist die Meisterin da?», fragte sie.

«Sie erwartet Euch in Ihrem Haus», antwortete die Angesprochene.

«Gut. Ich muss dringend mit ihr sprechen! Kommst du,

Catherine? Oh, und – Annik, mein Diener hat einen Korb mit Brot und Kleidung für die Armen am Tor abgestellt.»

Annik knickste. «Der Herr möge es Euch danken! Wir werden Eure Wohltaten gleich heute Abend verteilen!» Sie eilte nach draußen, während sie schon eifrig die Namen der armen Familien vor sich herbetete, die davon profitieren sollten.

Laura verabschiedete sich von den Weberinnen und ging hinaus in den Hof. Ihre Schwester, die in der Zwischenzeit mit Gebba über einen Kleiderstoff verhandelt hatte, folgte ihr.

Danielle schaute Laura nach und fühlte sich plötzlich ganz leicht und optimistisch. Es gefiel ihr in diesem Haus unter den Frauen. Hier wollte sie bleiben.

«Worüber muss Laura wohl so dringend mit unserer Meisterin sprechen?», fragte die Frau neben ihr.

«Wahrscheinlich hat die Zunft wieder irgendeine Gemeinheit ausgeheckt, und sie will uns vorwarnen», vermutete Manon.

«Die Zunft?», fragte Danielle.

«Ja, die Wollweberzunft in der Stadt, sie sind eifersüchtig auf uns. Wir nehmen ihnen einen Teil ihrer Kundschaft weg. Es passt ihnen nicht, dass wir so erfolgreich sind, und deshalb schwärzen sie uns alle naselang an. Behaupten, dass wir beim Gewicht betrügen oder schlechte Qualität liefern. Aber das ist natürlich alles Unsinn.»

«Es schmeckt ihnen einfach nicht, dass wir keine Steuern zahlen müssen», rief Gebba aus ihrer Ecke. «Aber da können sie nichts machen, weil wir die Einnahmen ja nicht für uns selbst verwenden.»

Aber wenig später ließ die Meisterin Danielle zu sich rufen.

«Du darfst jetzt keinen Schrecken bekommen», sagte

sie. «Mestra Laura war so freundlich, uns eine Warnung zukommen zu lassen: Abbé Grégoire von Saint Nicolas hat sich beim Magistrat darüber beklagt, dass wir dich aufgenommen haben: wegen deiner ‹zweifelhaften Herkunft› hat er gesagt. Mestre Marius hat es gehört und gleich an uns weitergegeben, damit wir angemessen reagieren können. Wasch dich und zieh dich besonders sorgfältig an heute Abend, wenn wir zum Gottesdienst gehen. Achte darauf, dass dein Haar vollständig vom Wimpeltuch verdeckt ist! Nach der Mette stelle ich dich dem Abbé vor.»

Danielles Magen krampfte sich zusammen. Ihre Hände wurden kalt.

«Habt Ihr nicht gesagt, die Beginen machen ihre eigenen Regeln? Was kann er denn tun?»

«Er kann gar nichts tun, hab keine Angst!», sagte Juliana beruhigend. «Wir sind kein kirchlicher Orden. Aber wir sind auf das Wohlwollen der Kirche angewiesen. Deshalb ist es besser, den Abbé nicht zu übergehen. Ich will dir nicht verhehlen, dass er gute Verbindungen hat. Er ist – hm – ehrgeizig. Calixtus, der stammt von hier und ist zufrieden, in Pertuis zu leben. Aber Abbé Grégoire, den zieht es zur Macht. Er will unbedingt nach Avignon, wo der neue Papst sich gerade einzurichten beginnt. Es heißt, er will aus Avignon eine Heilige Stadt machen, schöner und mächtiger noch als Rom.»

Danielle war überrascht. «Aber leben nicht alle Päpste in Rom?»

Juliana sah durch das Fenster den Rauchschwalben zu, die ihre Nester unter die Ziegel gebaut hatten. Auf ihrer Stirn erschien eine tiefe Falte.

«Bislang war das so. Dieser scheint es nicht vorzuhaben. Clemens V. ist Franzose und macht alle Anstalten, hierzubleiben. Damit sind die Römer gar nicht zufrieden. Sie befürchten natürlich, dass ihre Stadt an Bedeutung und

Reichtum verlieren wird, wenn sie plötzlich nicht mehr der Mittelpunkt der christlichen Welt sind. Ach, ich sehe große Schwierigkeiten auf die Kirche zukommen! Jedenfalls wollen wir dem Abbé keine Gelegenheit geben, das Augenmerk des Papstes auf Pertuis und auf uns zu lenken, nicht wahr.»

Danielle fühlte sich unbehaglich, aber Juliana lächelte schon wieder.

«Nur Mut! Es wird schon nicht so schlimm werden. Wenn er dich erst einmal gesehen hat, wird er seine Bedenken ganz sicher aufgeben. Sei ganz ruhig. Du gehörst jetzt zu uns. Daran wird sich nichts ändern!»

Doch es schien mehr Grund zur Besorgnis zu geben, als Juliana hatte durchblicken lassen. Jeden Morgen und jeden Abend gingen die Beginen zum Gottesdienst in die Hauptkirche der Stadt, Saint Pierre, was zum Glück keinen langen Fußweg durch die Stadt erforderte. Es ging über die belebte Place de l'Ange, durch die Rue Saint Pierre und dann durch das Korbflechterviertel. Sie gingen in geschlossener Gruppe, schweigend und rasch, mit gefalteten Händen. Auf der Place de l'Ange traf sie manch unfreundlicher Blick. Doch im Korbflechterviertel wohnten hauptsächlich ärmere Leute. Viele von ihnen hatten schon Wohltaten von den *sorores* erfahren, und so wurden sie meist freundlich gegrüßt.

An diesem Abend kam eigens Bruder Calixtus, um die Beginen abzuholen. Er kam direkt von der Baustelle Saint Pierre, wusch sich Hände und Gesicht mit Wasser aus der Zisterne und konferierte eine ganze Weile mit der Meisterin in deren Scriptorium.

«Nun, wie macht sich mein Findling?», fragte er.

«Gut», antwortete Juliana. «Leider erinnert sie sich immer noch an nichts.»

«Hm, das könnte uns Schwierigkeiten machen. Du weißt ja, dass Geisteskrankheiten als eine Strafe für Sünde angesehen werden. Zeigt sie irgendwelche Anzeichen von abartigem Verhalten? Redet sie in fremden Sprachen? Ist sie launisch oder angriffslustig?»

«Nein, sie verhält sich in keiner Weise sonderbar, allenfalls ist sie außergewöhnlich ruhig und freundlich. Sie arbeitet hart und beklagt sich nie. Die anderen Schwestern haben sie innerhalb einer Woche ins Herz geschlossen – bis auf eine, aber die ist ohnehin nie zufriedenzustellen.» Sie schaute aus dem Fenster in den Hof und sah, wie Danielle mit der kleinen Küchenfrau am Brunnen stand und ihr half, rasch noch einen Fleck aus ihrem Rock zu entfernen.

«Ja, manchmal ist es fast schmerzhaft zuzusehen, wie Danielle sich bemüht. Immer schaut sie dabei auf die anderen, wie ein Hund, der Schläge von seinem Herrn erwartet. Sie möchte so sehr gefallen, dass sie sich in den Wünschen ihres jeweiligen Gegenübers spiegelt.»

«Wie soll sie sich da selbst wiederfinden», sagte Calixtus, «bei so vielen verschiedenen Wünschen. Aber die wahre Natur wird sich auf Dauer schon Bahn brechen.»

«Das fürchte ich nicht. So sehr kann sich kein Mensch verstellen. Wäre da etwas Schlechtes, so bin ich sicher, dass ich es jetzt schon spüren oder in ihren Zügen sehen könnte. Sonst hätte ich sie nicht aufnehmen können. Ich habe ja immerhin eine Verantwortung gegenüber meinen Schwestern.»

«Gott gebe, dass du recht behältst», sagte Calixtus.

Juliana und Calixtus traten aus dem Haus und brachen zusammen mit den Frauen zum Kirchgang auf. Der Spott ließ nicht lange auf sich warten: «Héhé! Ein einziger Hahn und so viele Hühner!», rief ein Gevatter aus dem Fenster. Und sein Nachbar, am Fenster gegenüber, in der engen Gasse kaum zwei Armlängen entfernt: «Brauchst du Unterstützung, Mönch? Bist ja nicht mehr der Jüngste!» Doch weder

Calixtus noch die Beginen schenkten den Spöttern Beachtung.

Magdalène, die neben Danielle ging, raunte ihr zu: «Nur Mut! Der Abbé ist auch ein Mensch! Ich könnte dir Dinge von ihm erzählen ...» Juliana drehte sich um und warf Magdalène einen strengen Blick zu.

«Aber wenn es doch wahr ist!», verteidigte sich Magdalène.

Die Place Saint Pierre war ein enger, halbrunder Platz an der Innenseite der nordöstlichen Stadtmauer. Die Häuser hier waren nur einstöckig. Das Kirchlein selbst hatte schon mehrere Jahrhunderte auf dem Buckel, und man sah sie ihm an. Die Mönche von Montmajour hatten es errichtet, nachdem Guillaume Le Libérateur, derselbe, der die Sarazenen aus der Provence vertrieben hatte, ihnen die Stadt Pertuis geschenkt hatte. Man fürchtete, dass mit der Ankunft des Jahres 1000 der Weltuntergang käme, und das Schenken war groß in Mode gekommen. Als nun aber das Jahr vorüberging, ohne dass jemandem der Himmel auf den Kopf gefallen war, da wurden viele Geschenke zurückgenommen. Und so hatten sich auch die drei Söhne des Befreiers ihres verlorenen Erbes wieder bemächtigt. Sie hatten es aber so eilig, zu Geld zu kommen, dass sie das Städtchen nur hastig plünderten und abbrannten. Danach schenkte es ihre reuige und entsetzte Mutter wieder an die Mönche zurück. Gleichzeitig verpflichtete sie sich, jährlich zwölf Dutzend Pfund Kerzen und sechs Pfund Räucherwerk zu spenden. Dieses Kirchlein hatte also schon allerlei Ungemach gesehen. Gedrungen und flach, aus gelblichem Sandstein erbaut, war es von schwarzen Zypressen eingerahmt, die es inzwischen überragten. Es war für vielleicht hundert Gläubige gebaut worden, und nun zählte die Stadt Pertuis bereits 322 Herdfeuer, also an die 3000 Bewohner.

Vor dem Eingang standen die Gemeindemitglieder bereits in kleinen Grüppchen, Frauen und Männer getrennt, und schauten der Schar Beginen neugierig entgegen. Laura winkte den Schwestern freundlich. Einige der anderen Damen blickten kühl, reckten aber dennoch die Hälse: «Wo ist sie denn?»

«Ist es die da?»

«Sie sieht ja ganz manierlich aus», hörte Danielle es wispern. Am liebsten wäre sie im Erdboden versunken, doch sie beherrschte sich und zeigte der Welt ein ruhiges Gesicht. Ein wohlgekleideter und würdevoller Herr löste sich aus einer Gruppe und kam auf sie zu. Er trug gelbe Strümpfe aus feinstem Leinen, darüber eine weizengelbe mit roten Stickereien abgesetzte Houppelande mit trichterförmigen Ärmeln, die sich um die Handgelenke herum weit öffneten und bis auf halbe Oberschenkelhöhe herabfielen, darunter ein gefüttertes Wams. Jung war er nicht mehr, doch sein braunes Haar war noch voll und fiel ihm bis auf die Schultern herab. Der gerundete Bauch, den er vor sich hertrug, verriet Wohlleben, die Falten um Mund und Augen Lachlust. Er verbeugte sich knapp vor den Frauen und wechselte ein paar leise Worte mit Juliana.

«Das ist Mestre Marius de Vidal», flüsterte Magdalène. «Lauras Ehemann.»

«Ach, wie elegant er wieder angezogen ist, ganz nach burgundischer Manier!», sagte Gebba bewundernd.

«Ja, elegant», sprach Annik es ihr nach.

«Ich finde ihn ja ein wenig eitel und gockelhaft», flüsterte Anne. «Aber solange man ihm nicht in die Quere kommt, ist er schon angenehm.»

Marius kehrte zu den Ratherren zurück. Im Vorübergehen nickte er Danielle lächelnd zu: «Kopf hoch, meine Liebe, der Pfaffe wird euch schon nicht fressen.»

Während des Gottesdienstes hatte Danielle Gelegenheit, diesen «Pfaffen» genau in Augenschein zu nehmen: Er war ein junger Mann, klein und schlank, wohl gestaltet. Man hätte ihn hübsch nennen können mit seinen rabenschwarzen Locken und den dunklen Augen, der geraden, feinen Nase, den geschwungenen Lippen und einem Kinn, das Willensstärke verriet. Doch waren die Mundwinkel abfällig nach unten gezogen und sein Blick kalt. Danielle war es, als hätte sie so einen Blick schon einmal gesehen.

«Weib, was maßest du dich an, der Natur ins Handwerk zu pfuschen? Wenn Gott gewollt hätte, dass diese Sache einfach wäre, dann hätte er sie einfach gemacht.»

Doch nein: Fiel dieser Blick auf die wohlhabenden, die reichgekleideten Bürger in den vordersten Reihen, dann wurde er freundlich, beinahe unterwürfig. Nur wenn er die hinteren Reihen streifte, von wo der Geruch nach ungewaschenen Kleidern, Kohlsuppe und Armut aufstieg, verfinsterte er sich.

Nach dem Segen blieben die Beginen im Mittelgang zurück. Einige Gemeindemitglieder, die bereits aus ihren Bänken getreten waren, verweilten in der Nähe des Ausganges und gafften neugierig. Sie spürten, dass sich etwas Interessantes ereignen würde.

Bruder Calixtus winkte der Neuen, ihm zu folgen, und Juliana nickte ihr aufmunternd zu. Beklommen erhob sich Danielle und trat aus der Bank. Die Röcke ihrer Mitschwestern raschelten, das Holz der Bank knarrte vernehmlich. Sie ging hinter Calixtus auf den Altar zu. Langsam und in einem gewissen Abstand folgten die Beginen. Ihre Schritte hallten auf dem Steinboden, schienen förmlich bis in die Kuppel aufzufliegen und dort herumzuschwirren wie ängstliche Vögel.

Der Priester stand am Altar, mit dem Rücken zu ihnen.

Sein Messgewand war so steif von Goldbrokat und edlen Steinen, dass es vom Körper abstand und ihn voluminöser erscheinen ließ, als er wohl war. Es war ein prächtiges Gewand, viel zu prächtig für diese bescheidene Kapelle. Abbé Grégoire hatte eine Seite in der silbergefassten, illuminierten Bibel aufgeschlagen und fuhr mit dem Finger geradezu zärtlich über die purpurne Initiale.

Calixtus räusperte sich. Abbé Grégoire drehte sich um. «Was ist denn noch?», fuhr er ihn an. Von nahem wirkte sein Gesicht eher unzufrieden denn unfreundlich.

Calixtus faltete die Hände und deutete eine Verbeugung an. «Ehrwürdiger Abbé Grégoire, wenn Ihr gestattet, so möchte ich Euch einen Neuzugang in der Gemeinschaft der frommen Frauen von Sainte Douceline vorstellen. Ihr Name ist Danielle. Ihr habt sicher von ihr gehört.»

«Allerdings!», entgegnete der Abbé.

Danielle fühlte, wie ihr der Schweiß ausbrach. Der Priester drehte ihnen den Rücken zu und beschäftigte sich noch etwas länger mit dem kostbaren Buch. Abbé Grégoire wusste, wie er mit kecken Lügnern und Sündern umzugehen hatte: Er ließ sie erst einmal warten, um ihnen keine falsche Vorstellung von ihrer Bedeutung zu vermitteln. Ganz still war es in der Kirche. Die harten Pergamentseiten der Bibel wisperten beim Umblättern und erzeugten ein Echo im Gewölbe. Endlich schlug der Priester das Buch zu und hüllte es in ein besticktes violettes Seidentuch ein. Er stieg zu den beiden herunter, blieb aber auf der untersten Stufe stehen, da Danielle ihn sonst überragt hätte. Kampflustig reckte er den Hals und betrachtete Danielle etwa so, wie man eine tote Viper betrachten würde.

«So, du bist also die, die ihre Erinnerung verloren hat? Oder behauptest du das nur, um dich vor Bestrafung zu schützen? Wo kommst du her, Weib? Was hast du getan, dass man dich teerte und federte?» Abbé Grégoire war kein Freund langer Umschweife.

Danielle schaute ihm ruhig ins Gesicht. «Ich weiß es nicht. Möge die Gottesmutter meine Zeugin sein: Mir ist nicht, als hätte ich großes Unrecht auf mich geladen», sagte sie leise.

Abrupt streifte sich der Abbé das juwelenbesetzte Kreuz über den Kopf, das er auf der Brust getragen hatte, und berührte drei Male ihre Lippen damit. Es fühlte sich an wie Schläge. Das Metall war kalt, doch sie zuckte nicht zurück.

«Lege deine Hand auf diese Bibel dort!»

Danielle verneigte sich ehrerbietig und bekreuzigte sich, bevor sie ihre Hand auf das heilige Buch legte. Kein Blitz fuhr aus der Kirchenkuppel, kein Dämon fuhr heulend aus ihrem Mund.

Grégoire blies sie heftig an, eine der leichteren Arten, Dämonen aufzuspüren. Sie schloss die Augen. Speicheltröpfchen landeten in ihrem Gesicht. Der Atem des Geistlichen roch nach Zwiebeln und Wein. Nichts geschah. Von der Kirchentür her, wo die Gaffer standen, war ein Seufzer der Erleichterung zu hören.

Das Volk, das an der Tür gestanden hatte, und etliche Schaulustige von draußen waren unterdessen näher herangekommen. Sie drängten sich um die kleine Gruppe der Beginen am Altar. Immer wieder knarrte die Kirchentür, noch mehr Leute kamen hinzu. Niemand wollte sich das Schauspiel entgehen lassen.

Abbé Grégoire war noch nicht zufrieden. Forschend sah er Danielle an. Seine stechenden Augen bohrten sich in die ihren, bis sie den Blick niederschlagen musste. Plötzlich machte er einen raschen Schritt auf sie zu, packte Danielle am Handgelenk, zerrte sie die Stufen des Altars hinunter und hinter sich her, zur *cuppa*, zum Taufbecken.

Überrascht wichen die Beginen zurück, die Menge teilte sich, um gleich darauf zurückzufließen und sich hinter den beiden zu schließen wie ein Brei. Die Leute raunten und tuschelten, reckten die Hälse, drängten sich aneinander und stießen einander fast um vor Eifer, sich auch ja nichts entgehen zu lassen.

«Omnes Sancti et Sanctae Dei, intercedete pro nobis!», intonierte Grégoire laut. «Propitius esto, parce nobis Domine!»

Das Taufbecken war eine Spende der Grafen von Forqualquier, aus einem Block roten Sandsteins in der Form eines gedrungenen Pokals gehauen, mit Ranken und Kreuzblüten reich verziert und von einem schweren vergoldeten Deckel in der Form einer Krone bedeckt.

«Ab omni malo libera nos, Domine, ab omni peccato, ab insidiis diaboli, ab ira et odio et omni mala voluntate!»

Der Abbé schleuderte Danielle vor dem Becken auf den Boden. Sie landete schmerzhaft auf den Knien und stützte sich mit beiden Händen ab. Die Beginen bekreuzigten sich, einige stöhnten vor Angst oder seufzten vor Mitleid, andere beteten laut mit dem Abbé.

«Christe audi nos!»

Beide Hände und die gesamte Kraft seiner Arme musste er einsetzen, um den schweren Deckel vom Taufbecken zu heben. Er verbreitete einen Missklang, als er schwer auf dem Boden aufsetzte, wie eine zerborstene Glocke.

«Christe exaudi nos!»

Wieder griff der Priester nach der kauernden Begine – «Kyrie eleison!» – und zog sie am Kragen ihres Kleides hoch wie eine ertappte Diebin. Vor Schreck und Angst war sie gelähmt. Ihre Muskeln, ihre Knochen wurden zu Milch in ihrem Leib. Aber es gab keinen Ausweg, nichts, was sie hätte tun können.

Der Abbé versetzte ihr einen Schlag auf den Hinterkopf.

«Neige dein hoffärtiges Haupt, Sünderin!», zischte er.

Juliana trat einen Schritt vor, und ihre Hände zuckten, als wolle sie eingreifen. Auch einige andere Beginen hatten die Hände erhoben. Doch Calixtus, der vor ihnen stand, dem Priester zunächst, breitete die Arme aus und hielt die Menge zurück.

«Christe eleison!»

Ehe Danielle einen klaren Gedanken fassen konnte, packte der Priester sie im Genick und drückte ihr Gesicht unter Wasser. Einen Augenblick wehrte Danielle sich, doch dann ließ sie es geschehen. Es war eine Probe, die sie durchstehen musste, koste es, was es wolle, und sie bekämpfte den Instinkt, sich zu wehren, obwohl sie größer und stärker als der Priester war. Unter Wasser wurde der Drang einzuatmen immer stärker, schließlich fast übermächtig. Und immer noch ließ Grégoire sie nicht los, sondern drückte ihr Gesicht weiter unter Wasser, länger und länger. Die Unmöglichkeit, Atem zu holen, erfüllte sie mit heftiger Angst, der Puls hämmerte in ihren Ohren.

«Im Namen Jesu und im Namen Mariä befehle ich euch, ihr höllischen Geister, weichet von dieser und waget nicht wiederzukehren und sie zu versuchen und ihr zu schaden. Jesus! Maria! Jesus! Maria! Jesus! Maria! Heiliger Michael, streite für uns! Heilige Schutzengel, bewahret uns vor allen Fallstricken des bösen Feindes!»

Die Stimme des Abbés mit seinen Gebeten hallte mächtig unter dem Kirchendach. Entsetztes Raunen und Jammern kam von den Schwestern. Einige Zuschauer glotzten mit weitaufgerissenen Augen, andere hatten die Hände vor die aufgerissenen Münder gelegt; manche bissen sich in Fäuste oder Lippen oder weinten.

In Danielles Ohren war ein gewaltiges Sausen; ihre Lunge drohte zu bersten. Blitze und Lichtfunken explodierten vor dem Inneren ihrer Augenlider. Die Kraft verließ sie. In diesem Augenblick ließ der Abbé ihren Nacken los. Hustend und nach Luft ringend kam sie hoch. Doch schon packte er sie wieder und stieß sie wieder hinein.

«Weiche, Dämon! Verlasse dieses Haus!»

Dreimal wiederholte er die Prozedur, bis Danielle das Bewusstsein schwand. Alles drehte sich um sie. Ihre Lungen brannten wie Feuer, und sie sah nur noch Dunkelheit.

«So ist es also zu sterben», dachte sie. In diesem Augenblick fühlte sie sich losgelassen aus dem Klammergriff. Ihr Kopf schnellte hoch aus eigenem Antrieb; sie riss den Mund weit auf, holte Luft in krampfartigen, laut röchelnden Zügen, während ihr Körper am Rand des Taufbeckens entlang dem Boden entgegenglitt. Dort fiel sie auf die Knie und verharrte vornübergekrümmt, bis sich ihr Herzschlag beruhigte.

Immer noch hielt Calixtus die Arme weit ausgebreitet. Seine Lippen bewegten sich in leisem Gebet.

Danielles Gesicht war dunkelrot. Das Wimpeltuch hatte sich gelöst und schwamm aufgebläht auf der Oberfläche des Taufwassers. Wasser troff aus ihren Haaren. Sie öffnete ihre blutunterlaufenen Augen und sah zu dem Priester hoch, immer noch schwer atmend.

«Ich trage keinen Dämon in mir», flüsterte sie stockend und rang um Luft. «Bitte glaubt mir: Was immer an Dunklem in meiner Vergangenheit sein mag – ich bin gewiss ein sündiger Mensch –, so bin ich doch festen Willens, es in Zukunft besser zu machen und ein Gott gefälliges Leben zu führen.» Sie hob die Hände vor ihm, geöffnet in bittender Gebärde, in absoluter Demut. «Bitte, ehrwürdiger Vater, gebt mir Euren Segen dazu. Verjagt mich nicht.»

Das harte Gesicht des Priesters entspannte sich ein wenig.

«Wer bittet, dem werde gegeben. Wer klopfet, dem werde aufgetan. Also gut. Wir erlauben dir zu bleiben. Aber wir beobachten dich! Mache deinen Schwestern keine Schande, hörst du?» Dann legte er seine Hand auf Danielles Kopf und murmelte einen Segen. «Geht nun!» Er ging wieder zum Altar, stieg die drei Stufen empor und blieb dort stehen, bis Calixtus und Magdalène ihr aufgeholfen hatten und sie, von ihnen gestützt, zum Ausgang humpelte.

«Man wird sehen, man wird sehen», murmelte er und zog die Stirn in Falten. «Gedächtnis verloren – *ma foi!*»

Fast fluchtartig verließen die Beginen die Kirche. Kaum waren sie draußen unter freiem Himmel, begannen sie aufgeregt durcheinanderzurufen, wie eine Gänseschar, unter die der Fuchs gefahren ist: «Heilige Jungfrau! Das war ja entsetzlich!»

«Hast du seine Augen gesehen, Schwester? Wie der Leibhaftige hat er dreingeschaut!»

«Als wollte er unsere arme Schwester ersäufen!»

«Ich schwöre, mir wäre fast das Herz stehengeblieben!»

«Geht es dir gut, Danielle?»

«Kannst du aus eigener Kraft nach Hause laufen?»

Laura stand da, ihr zartes Gesicht ganz weiß. Marius stützte sie. Er hatte sie daran gehindert, in der Kapelle zu bleiben und die Prozedur bis zum Ende anzuschauen.

«Bist du wohlauf? Allen Heiligen sei Dank! Danielle!»

Danielle nickte. «Es ist vorbei. Beunruhigt Euch nicht meinetwegen. Es ist alles gut.»

Magdalène und Manon nahmen sie in ihre Mitte und halfen ihr, sich mit einem Zipfel ihres Mantels das Weihwasser aus dem Gesicht zu wischen und die Haare notdürftig zu trocknen. Anne lieh Danielle ihren Schleier.

«Gütiger Himmel, hat er wirklich geglaubt, du seist besessen?!» Manon schüttelte fassungslos den Kopf.

«Ja, das hat er», sagte Calixtus. «Ihr Erinnerungsmangel kann als Geisteskrankheit ausgelegt werden. Es ist nicht normal. Ich habe zwar nicht mit dem gerechnet, was eben geschehen ist, aber ich hätte damit rechnen müssen! Der Abbé ist ein Mann plötzlicher Entschlüsse. Es tut mir leid, Danielle, wenn ich es geahnt hätte, dann hätte ich dich davor gewarnt.»

«Ich hätte es selber wissen können», sagte Danielle und wischte sich die Nase mit einem Ärmel. «Es ist das übliche Verfahren. Ich habe sogar einmal gesehen, wie man eine Heilerin in einen Teich geworfen hat, um sicherzugehen, dass sie keine Hexe war. Fast wäre sie ersoffen. Dass sie unterging und nicht schwamm, nahm man als Zeichen ihrer Unschuld!» Sie lachte schwach. «O ja, aber man glaubt ja nie, dass einem so etwas selber passieren kann.»

«Zum Glück hast du beherrscht reagiert! Wenn du dich gewehrt hättest – nicht auszudenken!»

Danielle nickte nur, noch halbtaub von Atemnot und Wasser in ihren Ohren.

«Jetzt bin ich mehr denn je davon überzeugt, dass du ein guter Mensch bist», sagte Juliana. «Nun kann niemand mehr etwas gegen dich sagen. Wir werden jetzt wohl unsere Ruhe haben. Und gut, dass du ihn so demütig um seinen Segen gebeten hast! Eine überaus kluge Geste. Gib dem Priester, was des Priesters ist, sage ich immer. Gott bedarf unserer Unterwerfung nicht, aber Abbé Grégoire ist ein stolzer Mann.»

Danielle wurde vom Abendessen im Gemeinschaftsraum und der anschließenden Lesung entschuldigt. Sie durfte gleich hinauf in den Schlafsaal gehen, wo sie sich entkleidete, ein trockenes, frisches Unterkleid anzog und sich auf ihren Strohsack legte.

Mit weitgeöffneten Augen lag sie in dem stillen, dämmrigen Raum und sah durch das Fenster auf das winzige Stück Madonnenblau, das langsam dunkel wie Tinte wurde.

Später kam Magdalène zu ihr herauf und brachte ihr Suppe und ein Stück Brot.

Danielle richtete sich auf und fing an zu löffeln, während Magdalène ihr sanft den Rücken streichelte.

«Wie tapfer du warst! Ich glaube nicht, dass ich das so hätte ertragen können wie du! Ich hätte gekratzt und gespuckt wie eine Katze!»

‹Das hätte ich auch getan, wenn es mir wichtig gewesen wäre, am Leben zu bleiben›, dachte Danielle. Laut sagte sie: «Ich wusste, dass es eine Probe war. Was mich nur gewundert hat: Warum hat es der Priester selbst getan? Wird für so etwas nicht eigens ein Exorzist gerufen? Ich habe immer gedacht, dass so ein Ereignis mit größerer Vorbereitung geschieht. Hatte er überhaupt das Recht, mich so plötzlich anzugreifen?»

«Er hat sich das Recht genommen. Abbé Grégoire hält sich für den persönlichen Vertreter des Papstes, und uns Beginen hat er besonders im Auge.»

«Ich habe gehört, dass man andernorts die Beginen in Frieden lässt. Ist das hier im Süden nicht so?»

«Ach, dann weißt du es gar nicht», sagte Magdalène erstaunt. «Na ja, woher auch. In Pertuis liegen die Dinge etwas anders: Pertuis gehört dem Papst persönlich.»

Danielle ließ den Löffel sinken.

«Ja, es ist so», fuhr Magdalène fort: «Die Stadt Pertuis wurde vom König dem Ritter von Blanchefort, Bertrand de Got, zum Lehen gegeben, demselben, der vor fünf Jahren zum Papst gewählt wurde. Letztes Jahr hat er sich in Avignon festgesetzt, und das liegt ziemlich in der Nähe. Unser guter Abbé Grégoire, der möchte sich gern bei seinem Herrn beliebt machen. Ach, er hätte es so genossen, wenn es sich erwiesen hätte, dass wir mit deiner Aufnahme einen Fehler begangen hätten. Wie gern hätte er als erfolgreicher Exorzist dagestanden!»

«Dann sollte ich vielleicht gehen, damit ich diesem Priester keine Handhabe gebe, euch zu schaden», flüsterte Danielle. Aber Magdalène wollte nichts davon hören.

«Was redest du denn?! Unsinn: Du hast die Weihwasserprobe überstanden und vor ihm die Knie gebeugt. Er wird dich vergessen. Mach dir keine Sorgen. Wir stehen alle hinter dir. Und Mestra Laura mag dich. Jeder hier mag dich!»

‹Mindestens eine Schwester mag mich nicht›, dachte Danielle und hatte Gebbas saures Gesicht vor Augen.

3.

Mit mahlenden Rädern, klappernden Hufen und hallenden Tritten rasselten sie durch das Stadttor in südöstlicher Richtung, der «Porte de Durance». Die Straße führte vom Tor schnurgerade zum großen Fluss und zum Flusshafen Saint Nicolas, aus dem die Stadt großen Gewinn zog. Man hatte dort ein natürliches Becken ausgebaut, eine Ausbuchtung des tiefsten der Flussarme, wo die Durance sich in den kalkigen Boden gefressen hatte. Die Anlegestelle war mit starken Eichenbalken befestigt worden, jeder aus einem hundertjährigen Baum gehauen. Da wurden kostbare Waren aus- und eingeladen und besteuert: Silber und Edelsteine aus den Bergen, Spezereien aus Venedig, die auf Mauleseln über die Alpen gebracht worden waren, ehe die Reise auf dem Fluss weiterging; Wollstoffe, Olivenöl und Wein aus Pertuis, Salz aus Marseille und dem Peccais. Nicht zu jeder Jahreszeit war die Durance schiffbar: Im Frühjahr schwoll sie vom Schmelzwasser mächtig an und überflutete Felder und Wiesen, im Sommer wurde sie mager und träge. Pertuis selbst lag auf einer kleinen Anhöhe, wo es vor den frühjährlichen Überschwemmungen sicher war.

Danielle blieb einen Augenblick wie angewurzelt stehen, so überwältigt war sie von der Weite, die sich vor ihr öffnete. Plötzlich wurde ihr bewusst, was sie in den letzten Wochen vermisst hatte: das freie Land und darüber den unendlichen Himmel, nicht nur kleine Stückchen und Flicken davon, durch Lücken zwischen Mauern und an Ziegeln vorbei erhascht.

Die Beginen verließen den Konvent nur zum Kirchgang und in Geschäften – und dann auch nur mindestens zu zweit und immer eine jüngere in Begleitung einer älteren Schwester. ‹Als hätten alleinstehende Frauen nichts anderes im Sinn, als auf dem schnellsten Wege die nächste Gelegenheit zur Unzucht zu nutzen …›, dachte Danielle belustigt. ‹Wer käme denn da in Frage? Schau, schau, vielleicht der schmerbäuchige, glatzköpfige Gastwirt dort, der mit öligem Grinsen im Türrahmen steht? Oder der krummbeinige Alte, der unter seinem Bündel Brennholz daherkeucht? Oder das grüne Jüngelchen da, mit dem ausgestopften Hosenlatz und dem grindigen Kopf? Ja, wahrlich, die Welt ist voller Einladungen! Und sogar der junge Mann dort mit seiner glatten, gebräunten Haut und den festen Muskelpaketen an seinen Armen, warum sollte ich ihn begehren, nur weil er ansehnlich und greifbar ist? Es ist ja nicht so, als ob wir Tiere wären. Und nicht einmal die sind immer dazu aufgelegt.›

«Es geht nicht darum, was wir tun, sondern es geht darum, was andere denken, dass wir tun», hatte die Meisterin geseufzt.

«Oder was sie möchten, dass wir täten», hatte Danielle hinzugefügt. Doch in ihrer Probezeit war der Ausgang bis auf die Messen ohnehin verboten. Und je weniger die guten Bürger von Pertuis von der «Bettelbegine» zu sehen bekamen, desto besser war es für alle.

An diesem Tag aber durfte sie hinaus.

«*Ohé!* Heute ist Waschtag! Wir gehen waschen! Hinaus in die Natur, zum Fluss! Und wir machen ein *gousteto*, ein Pique-nique!», jubelte Magdalène und tanzte schon in der Dämmerung durch den Schlafsaal wie ein Kind. Dabei war der Waschtag an sich kein Spiel. Ein hölzernes Wägelchen war beladen worden mit allen Utensilien der Reinlichkeit, mit hölzernen Bottichen, Seifen, *bacèou*, den paddelartigen hölzernen Schlegeln zur Bearbeitung der Wäschestücke, einer Vorrichtung zum Wringen und vielem mehr. Sechs Maultiere trugen die gesammelte schmutzige Wäsche des Winterhalbjahrs und dazu noch eine Ladung Vliese, die zu schmutzig zum Verspinnen waren. Das alles versprach einen langen, harten Arbeitstag, aber auch einen Tag im Freien, im Grünen und in der Sonne, einen Tag, an dem sich die braven Beginen einmal aufführen durften wie junge Mädchen, scherzen und planschen und um die Mittagszeit im Schatten alter Bäume ein gutes Mahl genießen.

Danielle atmete tief durch und genoss den Rundblick. Der Himmel verfärbte sich eben von Zartrosafarben über Goldorange und Weizengelb in ein klares, hartes Meerblau. Es versprach, ein heißer Tag zu werden. So früh am Morgen war das Grün der Wiesen noch frisch. Oberhalb der Dunstschleier sah sie die Bergdrillinge «Die drei Brüder» schweben, als seien sie nicht mit der Erde verbunden, und weit in der Ferne, kaum von Wolkenbänken zu unterscheiden, die schneebedeckten Alpen nach dem Piemont zu. Nach Süden hin fiel das Land ab bis zu den hellen Bändern der Durance. Hinter sich wusste sie den langgezogenen blauen Bergrücken des Luberon-Gebirges, vor ihr schimmerte in einem hellen Grau der Mont Aventure, wo der römische Feldherr Marius die Teutonen geschlagen hatte, am Horizont die Spitzen der Meeralpen und nach Südosten das braune Sainte-Baume-Massiv, wo die heilige Maria Magdalena begraben lag, dahinter, nur zu ahnen im Dunst, das Meer …

Steile Felsen ragten auf über ein hellgrünes Meer, Gischt schäumte. Fischernetze waren am Strand zum Trocknen aufgespannt. Frauen in Schwarz suchten zwischen den Felsen nach Muscheln. Eine Stadt schmiegte sich an den Hang, bunte Häuser und steile Kopfsteingassen. Ganz oben auf der Kuppe ein weißes Gebäude, Säulen. Ein alter Mann in einem weißen Gewand kam über den Strand auf sie zu, er rief etwas und lächelte – sie strengte sich an, ihn über dem Tosen der Brandung zu verstehen …

«Komm schon! Was hältst du Maulaffen feil», rief Magdalène. Danielle riss sich aus ihrer Träumerei und rannte den Schwestern hinterher. Sie waren ausgezogen, in leichtem Sommerleinen, Sandalen an den Füßen und mit weitkrempigen Strohhüten über den Wimpeltüchern auf den Köpfen. Eine halbe Stunde Fußmarsch hatten sie wohl vor sich, durch Bohnen-, Korn-, Zwiebel- und Weinfelder, vorbei an hellblauen Olivenhainen, unter denen jetzt, Anfang Juni, weiße Milchsterne in großer Zahl blühten. Die schwarzen Fackeln der Zypressen ragten rechts und links der Straße auf.

In einiger Entfernung vor dem Hafen Saint Nicolas bog die kleine Karawane nach links auf einen Feldweg ab. Gewaschen werden musste flussaufwärts, da an den Anlegestellen viel Unrat ins Wasser geworfen wurde.

Eine Biegung oberhalb des Hafens kamen sie zu einer mit Weiden bestandenen Wiese. Der mächtige Fluss, der im Frühjahr so tobte und weit über die Ufer trat, hatte sich in sein Kiesbett zurückgezogen. Flach abgeschliffene Felsquader ragten aus dem Wasser, wie die Rücken riesiger grauer Tiere, zum Waschen wie gemacht. Etliche Frauen aus der Stadt waren bereits dort, meist Mägde aus den besseren Häusern. Sie begrüßten die frommen *sorores* ehrerbietig.

«Bonjour!»

«Olà!»

«Einen schönen guten Tag, Schwester Guilhelme! Ich dank dir auch nochmal für die gute Medizin, die du meinem alten Vater im Winter gebracht hast! Sein Husten ist ganz fort. Es geht ihm gut!»

«Dank euch für den Sack Linsen nach *carnaval*! Ohne das hätten wir nicht weitergewusst!» Sie hatten am *Mardi Gras* im

Festrausch ihre letzten Vorräte aufgegessen. Die Zeit bis zur ersten Ernte wäre ihnen lang geworden ohne die Spende.

«Vergelt's Gott!»

Die Beginen begannen die schmutzige Wäsche und die Gerätschaften abzuladen. Renata legte den Maultieren Fußstricke an, sodass sie weiden, aber sich nicht davonmachen konnten. Magdalène raffte quietschend und lachend ihre Röcke hoch, streifte im Laufen die Sandalen ab und rannte ins flache Wasser. Guilhelme und Danielle trugen zwischen sich einen Korb mit Kleidungsstücken zum Fluss, knieten auf einem flachen Stein nieder und begannen mit der Arbeit.

Geübt tauchte Guilhelme ein Wäschestück ins Wasser, schwenkte es, bis es sich vollgesogen hatte, seifte es von allen Seiten ein und warf es dann auf den flachen Stein, um es klatschend mit dem Wäscheklopfer zu bearbeiten.

Danielle tat es ihr nach. Binnen kurzem hatte auch sie ihren Rhythmus gefunden.

«Nicht zu stark, sonst zerreißt die Wäsche – nein, das ist zu schwach, so wird sie nicht sauber», kommentierte Guilhelme freundlich. «Also eine Wäscherin bist du auch nicht. Aber dafür machst du es schon ganz gut.»

Eine der anderen Frauen kicherte: «Du hättest sehen sollen, wie sie sich in der Küche angestellt hat! Annik hat ihr das Schälmesser aus der Hand gerissen und geschrien: ‹Nicht so viel abschneiden! Was für eine Verschwendung! Wenn du kochst, dann verhungern wir alle!›»

Die anderen Beginen lachten. «Und dann hat sie gesagt …», die Erzählerin stemmte die Hände in die Hüften und machte die energische kleine Küchenfrau mit ihren vogelartigen Bewegungen nach: «‹… die hat nie und nimmer für sich selbst gekocht! Nie und nimmer nicht!›»

Guilhelme stieß Danielle gutmütig den Ellbogen in die

Seite: «Na, vielleicht bist du ja doch eine Prinzessin, wie Jeanne meint!»

«Ganz bestimmt nicht, das weiß ich.»

«Aber das ist es doch gerade, dass du nichts weißt! Wie kannst du dann so sicher sein? Wäre das nicht schön, wenn sie dich abholen kämen mit einer Sänfte, dich in ein Schloss trügen, und da lebtest du glücklich bis an dein Lebensende?»

«In einem Schloss habe ich nichts verloren», sagte Danielle. Und während sie es sagte, wusste sie, dass es stimmte.

Nach einer Stunde schmerzte Danielles Rücken, als müsse sie in zwei Teile brechen. Ihre Hände waren verkrampft und die Fingerspitzen vom Wasser runzlig und aufgequollen. Doch sie biss die Zähne zusammen und versuchte, sich nichts anmerken zu lassen.

Ein Stück weiter flussaufwärts waren sich zwei Wäscherinnen in die Haare geraten. Immer lauter wurden die Stimmen, bis man verstand: «Du lässt die Finger von meinem Jean! Ich habe genau gesehen, wie du dir in seiner Gegenwart immer das Dekolleté herunterzerrst, bis dir bald die Äpfel rausfallen, und wie du ihn anlächelst, du Rabenaas, du Miststück, du schlampige, faule, freche, unanständige … du, du, du schmutzige …»

Jetzt war die andere beleidigt: «Ich bin *nicht* schmutzig», schrie sie und schubste ihre Gegnerin ins Wasser. Die zog sie am Rockzipfel hinterher. Die anderen Frauen standen auf und feuerten die beiden an, bis sich die Begine Philippa ihrer Christenpflicht erinnerte und eingriff: «Schämt euch, so zu streiten wegen eines Mannes! Du sollst nicht begehren …», fing sie an, doch die beiden nassen Katzen unterbrachen sie und riefen wie mit einer Stimme: «Halt du dich da raus!»

Mittags hatten sie die nasse, aber saubere Wäsche auf der

Wiese zum Trocknen ausgebreitet. Jeder Busch und jeder erreichbare Ast im weiten Umkreis trug seine Last von Unterkleidern, Umhängen, Tüchern, Decken, Röcken, Miedern, Hemden und Beinkleidern. Die Frauen zogen sich in den Schatten der Bäume zurück und breiteten die mitgebrachten Leckereien aus. Annik hatte die halbe Nacht gebacken, um ihre Schwestern für die harte Arbeit zu belohnen.

«*Fougasses* – Brot mit eingebackenem Speck, Oliven, Wein, Schafskäse, Nüsse und sogar ein Kuchen! Hasenpastete! Kinder, geht's uns gut heute!», seufzte die dicke Manon und ließ sich auf einen Stapel Wolle fallen. «Seid ihr sicher, dass ihr wirklich alle von dem Kuchen wollt?»

«Ganz sicher! Mein Stück kriegst du nicht!», lachten die anderen.

«Du kannst meins haben», sagte Danielle ruhig.

«Ah! Danke! Eine Heilige bist du», rief Manon.

Die Beginen sprachen ein rasches Dankgebet und fielen über das Essen her. Manon brach das Brot und reichte jeder ein Stück. Danielle roch daran. Es duftete nach Milch und süßem Korn. Die hellbraune Kruste des Brotes brach mit leisem Knacken unter ihren Zähnen, darunter gab es leicht und flaumig nach. Der Weinkrug, der den ganzen Vormittag im kühlen Flusswasser gestanden hatte, wurde herumgereicht. Danielle wischte sich den Mund mit dem Handrücken ab und nahm einen langen Zug. Die Wirkung setzte sofort ein, diese angenehme Unschärfe im Kopf. Sie schloss die Augen und lauschte auf die Stimmen ihrer neuen Schwestern, auf das Rauschen der Blätter in der Sommerbrise, das Murmeln der Kiesel im Fluss, und ein großer und wunderbarer Frieden überkam sie.

Magdalène rüttelte sie wach. «Komm, Danielle, ich habe dort hinten Walderdbeeren gesehen. Hilf mir, sie einzusammeln!»

Danielle blinzelte schläfrig ins Blätterdach, wo die Weidenzweige schwankten und hier und da blendend weiße Sonnensterne durch die Blätter blitzen ließen.

Aber Magdalène ließ sich nicht abweisen. Sie stieß sie sanft mit der Fußspitze an:

«Los, Faulenzerin! Auf!»

Seufzend folgte ihr Danielle. Die anderen Frauen hatten es sich unter Bäumen und auf zusammengerollten Stoffballen bequem gemacht. Vorsichtig suchten sie sich ihren Weg über die Wiese durch die Wäschestücke hindurch in einen lichten Wald aus wilden Pflaumenbäumen und Erlen.

«Hier» Magdalène hatte die Stelle wiedergefunden. Sie warf ihren Strohhut auf die Erde. «Wir tun sie da hinein! Sieh nur, wie viele es sind! Es ist alles voll davon!» Die breiten, dunkelgrün gezackten Blätter der wilden Erdbeeren hoben sich von den helleren Lanzen der Gräser ab. Unter ihnen schimmerten weiße Blüten und die winzigen roten Beeren. Sie hockten sich ins Gras, pflückten und naschten dabei, bis sich ihre Lippen und Fingerspitzen röteten.

«Wie bist du eigentlich zu den Beginen gekommen?», fragte Danielle.

«Calixtus hat mich gefunden und gerettet», lachte Magdalène. «Ich stand vor einer Wirtschaft und wartete auf Kundschaft. Ich wäre vielleicht nicht mit ihm gegangen, wenn mir der vorige Freier nicht ein blaues Auge verpasst hätte, aber so … es war einer dieser Momente, wo mein Beruf mir so gar keine Freude gemacht hat, verstehst du? Und da kam dieser gute Bruder und hat auf mich eingepredigt vom Leben in Sünde und Eitelkeit und vom verlorenen Sohn, dass Gott einen aufnimmt, wenn man wirklich bereut, und dass er einem ein neues Gewand schenkt und all das. Na! Es war ein regnerischer, kalter Tag, und mein Gesicht tat mir weh, und die Kerle waren mies. Da kam mir ein frommes Leben schon sehr verlockend vor!» Danielle schaute entsetzt. Magdalène steckte sich eine überreife Beere in den Mund, zerdrückte sie mit der Zunge am Gaumen und leckte sich genüsslich die Finger ab.

«Nun schau nicht so, du Lämmchen! Hast du gedacht, wir hätten alle eine persönliche Einladung von einem Engel bekommen? Oh, gewiss, einige von uns behaupten, sie hätten eine Vision gehabt – von mir aus! Mir hat sich einfach ein Weg eröffnet, an den ich vorher nicht gedacht hatte.»

«Aber wie bist du denn … hm … also …».

«Warum ich Hure geworden bin?», sagte Magdalène. «Mir ist nie etwas anderes eingefallen. Meine Mutter war eine, und ich sollte, sobald ich so weit war, auch eine werden.» Sie lachte unbekümmert. «Sie hat mir alles beigebracht, was man als Hure wissen muss. Wie man Männern Freude bereitet. Meine Jungfernschaft hat sie meistbietend versteigert. Es war gar nicht so übel das erste Mal.»

«Aber wie kannst du denn … so einfach mit jedem Mann …», Danielle schüttelte es bei dem Gedanken.

«Ich habe ja nur die genommen, die mir nicht zuwider waren. Mir hat es nichts ausgemacht. Im Gegenteil: Ich habe es als meine Kunst und Pflicht verstanden, die Männer so recht zufriedenzustellen. Die Liebe ist keine so leichte Sache, wie man es immer darstellt, vor allem für die Männer nicht. Immer sollen sie stark und immer potent sein. Was glaubst denn du? Mancher kam ängstlich und unsicher zu mir geschlichen, und ich hatte meine liebe Mühe mit ihm! Und wenn sie dann stolz und erleichtert wieder gegangen sind, dann war ich zufrieden mit mir. Manche Hure gibt einfach ihren Körper hin, liegt da und tut gar nichts. Und wird noch unwirsch, wenn die Kerle nicht zum Ende kommen. Das ist nichts wert. Es ist nachgerade Betrug! Liebe zu geben, sodass sie davon mehr haben als einen Augenblick der Lust, sodass sie sich nachher besser vorkommen, schöner, stärker, mutiger, verwegener – das ist eine Kunst»

Danielle schaute ungläubig.

«Aber ja! Wenn's dir selbst nicht gefällt, dann kannst du den Beruf nicht ausüben. Na – aber es gibt auch gemeine Freier und schlechte Tage …»

«Und wenn du schwanger geworden wärst?»

«Dagegen gibt's Kräuter, Hysop und Anis und Petersilienwurzel …»

«Das ist doch alles Unsinn», sagte Danielle. «Schwangerschaften kannst du mit keinem Kraut der Welt verhindern.»

«Und wenn schon. Aber ich hab Glück gehabt.»

«Hast du keine Angst gehabt, in die Hölle zu kommen?»

«Warum? Weil ich Freude gegeben habe? Nein. Ich glaube, das ist Pfaffengeschwätz. Wenn's gute Pfaffen sind, so wie Calixtus, dann verstehen sie nichts davon, weil sie's selber nicht tun – und wenn's schlechte Pfaffen sind, dann kommen sie eher in die Hölle als ich, denn im Gegensatz zu ihnen habe ich nie geschworen, es bleiben zu lassen!»

Danielle musste lachen über diese Logik: «Du hast wahrscheinlich recht. Und die anderen aus unserem Konvent? Wie sind die dazu gekommen?»

«Also, die Anne, die Kopistin, das weiß ich: Die hat lernen wollen und Bücher lesen, das hat sie einfach mehr interessiert als Männer. Gebba ist Witwe geworden, und um an das Vermögen ihres Mannes ranzukommen, wollten ihre Kinder sie schnell wieder unter die Haube bringen. Da ist sie in den Konvent gegangen und hat ihr Vermögen mitgenommen. Da ist auch eine, die ist von ihrem Onkel missbraucht worden. Sie hat sich hierher geflüchtet, damit es nicht wieder passiert. Ich werde dir nicht sagen, wer es ist, das wäre ihr nicht recht. Sie wird es dir vielleicht einmal selber erzählen.»

«Oh», sagte Danielle. «Das arme Mädchen. Es ist schrecklich, wenn jemand, dem du vertraust und der dir Schutz bieten sollte, dich so misshandelt.» Sie pflückte eine Weile schweigend weiter, und Magdalène hatte das Gefühl, ihrer Freundin sei möglicherweise etwas Ähnliches passiert. Aber sie wagte nicht zu fragen. Da war eine Tür ins Schloss gefallen, das spürte sie. Also versuchte sie, wieder einen heiteren Ton anzuschlagen: «Wir haben auch eine ganz Gebenedeite unter uns!»

Danielle lachte: «Du meinst Justine?» Das war eine magere Blonde, die so fein und empfindsam tat, als schwebe sie ständig eine Handbreit über der Erde.

«Sie hat wohl wirklich eine Vision gehabt. Ihr ist die heilige Martha erschienen und hat ihr befohlen, ein keusches Leben zu führen und den Armen zu dienen. Aber wenn du mich fragst, für die meisten von uns ist das ein guter Weg, der Ehe zu entgehen, in der man jedes Jahr schwanger ist und mit dreißig Jahren alt und verbraucht, und der Kerl prügelt einen täglich durch»,

«Aber so ist es doch nicht immer.»

«Oft genug. Auf jeden Fall hast du selbst nichts zu melden. Du gehörst dem Vater oder dem Ehemann wie ein Stück Vieh. Dann schon lieber keusch und fromm.»

Obwohl Magdalène stets in rauem Ton über «Das-in-die-Kirche-Rennen» sprach, so hatte Danielle wohl beobachtet, dass ihre Freundin mit der Inbrunst und dem Vertrauen eines Kindes betete.

Hand in Hand schlenderten sie zurück. Danielle schaute die andere verstohlen von der Seite an. Magdalènes Profil war dunkel gegen den gleißenden Sommerhimmel: die aufgeworfenen Lippen, die kurze Stupsnase, das gerundete Kinn, Haarsträhnen, die aus dem Wimpeltuch entwischt waren und sich am Hals entlangkräuselten, die großen weichen Brüste, die sich unter dem Gewand abzeichneten. ‹Sie ist wie ein Füllhorn. Sie gibt und gibt, und es ist nie ein Ende›, dachte Danielle. ‹Warum kann ich nicht so sein wie sie? Im Vergleich mit ihr bin ich wie eine kleine, bittere Frucht: eine Menge Kerne und wenig Fleisch. Ich bin misstrauisch und geizig mit meinen Gefühlen. Wann bin ich so geworden?›

Berge schmutziger Wäsche und Wolle türmten sich immer noch entmutigend hoch am Flussufer, doch als der Nachmittag kühler und das Licht matter geworden war, hatten sie schließlich alles geschafft.

Die Maultiere wurden beladen, das Wägelchen angeschirrt, und der Zug bewegte sich wieder heimwärts. Dort, wo der Feldweg in die Straße mündete, blieb Manon plötzlich stehen. «Halt, Kinder. Da kommt ein Haufen Kerle. Lasst uns lieber warten, bis sie vorüber sind.» Sie wollten sich in den Schutz einer Baumgruppe zurückziehen, aber es war zu spät. Sie waren schon entdeckt worden.

Es war eine Gruppe von Flussschiffern auf dem Weg zur Stadt. Ganz offenbar stand ihnen der Sinn nach Vergnügungen. «Nun schaut doch mal, was uns der gütige Himmel da schickt!», rief der Anführer.

«Ein ganzer Haufen Weiber, für jeden zwei!», johlte ein anderer.

«Das sind doch keine richtigen Weiber, das sind bloß Kirchenkrähen», schimpfte ein Dritter.

«Ach, sind die Kleider erstmal runter, dann sind es ganz normale Weiber, genau wie andere auch.»

«Lasst uns nachschauen!»

Die Beginen drängten sich ängstlich aneinander.

«Ihr guten Männer, lasst uns in Frieden. Wir sind fromme Frauen und tun keiner Seele etwas!», rief Justine. «Geht weiter und sucht euer sündiges Vergnügen anderswo!»

Doch die Kerle ließen sich nicht abweisen. Angetrunken, wie sie waren, kamen sie direkt auf sie zugewankt.

«Da sind doch ein paar ganz junge, hübsche dabei. Her mit euch, Mädchen!», schrie der Anführer.

«Die alten Schachteln sollen ruhig beten, während wir sündigen!» Röhrendes Gelächter begleitete seine zotige Geste. Einer von den Männern hatte Magdalène ausgemacht:

«He! Du da, Hübsche, du bist doch eine richtige Frau! Komm her! Ich hab hier was, was dir gefallen wird!» Selbstgefällig grinsend legte er die Hand auf seinen Schambeutel.

Die Männer waren jetzt herangekommen, sie stießen die älteren grob beiseite und begannen die jüngeren Beginen zu behelligen. Philippa schlug sich die Hände vors Gesicht, und Justine begann zu weinen.

«Warum denn so zimperlich? Ihr seid doch gar keine Nonnen. Ihr treibt's doch allenthalben unter dem Vorwand der Frömmigkeit, das weiß doch jeder!»

Eine Brise vom Hafen her trug den Geruch von Teer heran.

Harte Hände greifen nach ihr und zerren sie aus dem modrigen Dunkel ans Tageslicht. Sie ist nackt bis aufs Hemd, hält die Hände vor die Brüste, vor die Scham, krümmt sich. Eine johlende Menge empfängt sie, grell verzerrte Flecken die Gesichter, klaffende Mäuler, aus denen sich Unflat ergießt. ‹Freunde, Mitbürger! Ihr kennt mich doch! Ich habe nichts getan! Ich bin unschuldig! Unschuldig!› Niemand hört sie. Gelächter gellt in ihren Ohren, böses Gewieher und Geschrei. Sie wird auf die Knie in den Straßendreck gedrückt. Einer greift in ihr Haar und zerrt es hoch – die Menge grölt: ‹Runter damit!› Metallisches Schnappen. Kalt ratscht die Klinge über ihre Kopfhaut, reißt mehr, denn dass sie schneidet. Hüftlange braune Locken fallen. Der Kopf ist so leicht plötzlich und so entblößt. Auf einem offenen Feuer ein Kessel mit Teer, ölig und scharf. Man zerrt sie wieder auf die Füße, hält sie an den Armen, rechts und links, ihre Knie werden weich. ‹Nein, bitte, nicht.› Ungehört verstummt sie, schließt die Lippen und presst die Augen zu, um nicht zu erblinden. Ein Eimer mit heißem, zähem Teer ergießt sich über ihren kahlen Kopf. Es brennt, es schmerzt. Sie schreit, windet sich. Ihre Haut rötet sich, schrumpft und zischt; ätzender, heißer Brei verklebt ihre Lider, ihre Ohren, die Nase, den Mund. ‹Feee-dern! Feee-dern! Feee-dern!› Der Schlachtruf eines Tieres mit hundert Kehlen. Etwas Weiches, Weißes rieselt auf sie herab und bleibt an ihr kleben. Man lässt sie abrupt los. ‹Fliiieg, Vogel, fliiieg!›

Der Wäscheklopfer traf auf berstende Knochen. Der Mann fiel hintenüber wie ein gefällter Baum – zu überrascht, um zu schreien. Blut spritzte aus seiner Nase. Die anderen Männer waren erschrocken zurückgewichen. «Die ist ja wahnsinnig!», rief einer. Ein anderer hielt sich den rechten Arm, der dritte presste beide Hände auf seinen Brustkorb.

«Verdammt, Weib! Wir wollen doch nur ein bisschen Spaß! – Und ihr wollt fromme Frauen sein? Haltet bloß das Bärenweib zurück.»

«Was für eine Furie! Kommt, wir holen uns unser Vergnügen da, wo man unser Geld zu schätzen weiß!» Sie hoben ihren verletzten Kameraden auf und machten sich fluchend davon.

«Danielle!»

Sie schaute an sich herunter und bemerkte erst jetzt, dass sie mit beiden Händen einen der hölzernen Wäscheklopfer hielt. An der einen Kante klebten Blut und schwarzes Haar. Angeekelt ließ sie ihn fallen. Sie hörte sich selbst keuchen. Ein trockenes Schluchzen schüttelte sie. Und wieder war es Magdalène, die sie in die Arme nahm und wortlos tröstete, sie festhielt, bis ihr Atem wieder ruhiger ging. Justines Haar war zerzaust, ihr Gesicht gerötet vom Weinen und vor Scham. Ein wenig ängstlich blickte sie auf Danielle. «Du hättest sie nicht schlagen sollen», bemerkte sie in zimperlichem Ton.

«Quatsch!» Manon rappelte sich aus dem Gras auf: «Helft

mir hoch, Kinder!» Philippa und Guilhelme zogen sie auf die Beine. «*Ouf!* Das geschah ihnen nur recht! Ich wünschte nur, ich hätte noch solche Kräfte wie Danielle. Du meine Güte! Ich hab gedacht, sie schlägt sie alle zu Brei, eine einzige Frau gegen so viele!»

«Es muss der Geruch gewesen sein», berichtete am Abend Renata. «Ich hatte mal einen Esel, der war schwer misshandelt worden, und sein Besitzer war ständig betrunken. Also, wenn *der* Wein zu riechen bekam, dann spielte er verrückt – der Esel.»

«Was war denn da für ein Geruch?», fragte Juliana.

«Es roch plötzlich nach Teer – vielleicht haben sie eines der Boote unten im Hafen frisch kalfatert. Das muss es gewesen sein. Das hat sie erinnert an … an das, was ihr passiert ist, oder?»

«Gewiss. Und sie hat sich tatsächlich geprügelt?» Die Meisterin schaute streng, doch sie konnte ein gewisses heiteres Zucken um die Mundwinkel nicht unterdrücken.

«O ja, und wie! Die Kerle sind gelaufen wie die Hasen!»

«Hmm. Ist sie also doch nicht so sanft und so gleichmütig, wie sie immer tut – und sicher selbst auch glauben möchte. Nein, lammfromm ist sie nicht.»

«Glaubst du, sie verstellt sich?», fragte Renata.

«Verstellen – nein. Falsch ist sie nicht. Das hätten wir schon bemerkt. Ich denke, sie weiß selbst nicht, was in ihr steckt. Aber eines Tages wird es sich seine Bahn brechen. Alles kommt einmal zutage, du wirst sehen.»

«Was für ein Schlag!», erzählte Manon im Speisesaal bewundernd und demonstrierte auch gleich noch mit der Suppenkelle, wie Danielle sie verteidigt hatte.

«Wie bitte? Sie hat sich geprügelt? Na, ich hab's euch ja gleich gesagt!» Gebba rümpfte die Nase: «Wie ordinär! Und was wirft das für ein Licht auf uns alle?»

«Ein gutes, nämlich dass wir unsere Tugend zu verteidigen wissen.»

«Hättet ihr euch lieber gleich von den Männern ferngehalten!»

«Na, hör mal! Die haben *uns* belästigt und nicht wir sie!»

«Sie werden schon provoziert worden sein», sagte Gebba mit einem bedeutungsvollen Blick, da Magdalène gerade den Speisesaal betrat. Die hatte die Bemerkung gehört und ließ sich nichts schenken: «Das nächste Mal gehst du besser mit, Schwester. Dann machen sie einen Bogen um uns.»

Manon kicherte und hielt sich rasch eine Hand vor das Gesicht. Gebba zog die Lippen zusammen, sodass ihr Mund aussah wie ein zusammengenähter Socken.

Doch zur guten Nacht bot sie Danielle die Hand und einen schwesterlichen Kuss – unter den wachsamen Augen der Meisterin. Es stand in den Hausregeln, dass keine Begine zu Bett gehen sollte, ohne sich vorher mit all jenen zu versöhnen, mit denen sie sich während des Tages gestritten hatte.

«Ich heiße nicht gut, was du getan hast. Auch wenn euch die Männer mit ihrem Verhalten gereizt haben, so steht es doch einer Frau nicht an, gewalttätig zu werden. Und hat nicht unser lieber Herr Jesus die andere Wange hingehalten?»

«Mit einer Wange wären die kaum zufrieden gewesen, da hättest du schon was anderes hinhalten müssen», murrte Magdalène.

«Ich wollte das nicht, es tut mir leid. Ich weiß gar nicht, was in mich gefahren ist», sagte Danielle beschämt. «Ich hoffe, ich habe der Gemeinschaft nicht geschadet mit meinem Verhalten.»

«Und ich hätte dich nicht so hart tadeln sollen», gab Gebba zurück. «Ich habe es nur gut gemeint, verzeih. Wir wollen einander liebhaben wie Schwestern.» Sie umarmte Danielle.

«Oh, mach dir nur keine Sorgen, dass die Kerle etwa davon in der Stadt erzählen», kicherte Magdalène. «Die werden sich hüten. Da stünden sie ja schön da vor ihren Saufkumpanen!» Und so war es auch.

4.

«Und was soll das darstellen?»

«Es ist gar nicht schlecht angelegt. Schau, wie sorgfältig sie die Kettfäden unten mit Tonscheiben beschwert hat, nicht zu viele zusammengebunden, damit das Gewebe keine Lücken bekommt … recht ordentlich. Das hätte ich nicht besser machen können», sagte Manon und befühlte mit Daumen und Zeigefinger sachkundig die Handbreit Stoff, die am oberen Rand des Hochwebstuhls bereits entstanden war. «Und seht nur, wie geschickt sie die Schussfäden angelegt hat, sodass die Knoten immer hinten landen. Sehr gut. Sehr gut!»

«Aber was soll das werden», nörgelte Gebba.

Die Weberinnen und Kämmerinnen und die Garnspinnerin standen alle um Danielles Webrahmen herum, der in der hintersten Ecke gegen eine Wand lehnte.

«Ich weiß noch nicht so genau.» Unbemerkt hatte Danielle den Raum betreten. Ein wenig schuldbewusst fuhren die anderen Frauen auseinander.

«Ich weiß nicht, ich weiß nicht!» Giftig ahmte Gebba Danielles unentschlossenen Tonfall nach. «Wie ich es leid bin, das ständig von dir zu hören, Schwester! Man muss doch wissen, wohin man will, wenn man ein Werk beginnt.»

«Ich denke, ich werde eine Frau in einem Blumengarten machen», antwortete Danielle ruhig. «Ich muss mich ja auch danach richten, welche Farben ihr mir im Restekorb lasst.»

Gebba hatte den anderen den Rücken zugewandt und war zurück zu ihrem Webstuhl gegangen, wo man sie ärgerlich mit den Schäften klappern hörte.

«Tatati und tatata! Alles Unsinn!» – «Rrrapp», schnarrte ihr Schwert, das den Schussfaden gegen die Gewebekante drückte. «Verschwendung, wenn ihr mich fragt!» – «Rrrapp!» und «Klipp-klapp!» Damit hoben und senkten sich Tritte und Schäfte.

Guilhelme ging näher an den Bildteppich heran: «Also, ich kann schon etwas erkennen. Das ist der Himmel, nicht wahr, Danielle? Hübsch – mit der unregelmäßig gefärbten Wolle sieht es aus wie von Wolken durchzogen. Und da sehe ich eine grüne Ranke mit Blättern. Und da in der Mitte, das ist der Scheitel eines Kopfes, oder?»

«Ja, richtig. Das wird der Kopf», sagte Danielle und wühlte im Korb mit den Wollabschnitten, die beim Abketteln fertiger Gewebe übrig geblieben waren.

«Sie hat braune Haare, wie du», stellte Manon fest

«Schon möglich», gab Danielle gleichmütig zurück. «Von der ungefärbten dunkelbraunen Wolle ist am meisten da. Was ich brauche, sind helle Fäden für die Haut und ein wenig einfach gefärbten Krapp für Wangen und Mund.»

«Mich brauchst du gar nicht anzusehen! Ich webe sparsam und überlege mir vorher, was es werden soll. Bei mir bleibt nicht viel übrig», ertönte es aus Gebbas Ecke.

Aber Manon hatte schon etwas gefunden: «Hier, Danielle, ich habe noch ein kleines Knäuel rosa Fäden in meinem Kasten aufgehoben, das kannst du haben. Das reicht dann noch für ein paar Rosen in deinem Garten, wenn du willst.» Und Guilhelme rief: «Ich bin gleich fertig mit meinem Stoff. Da fällt jede Menge hellbraunes Garn ab.»

Danielle setzte sich vor den Webrahmen, knüpfte einige Längen Garn zusammen und setzte ihr Bildwerk fort. Es ging langsam voran. Entweder war sie abends zu erschöpft, oder es fehlten die richtigen Farben. Der Himmel war von einem blassen grünlichen Blau. Welche Pflanze dafür verwendet worden war, wusste sie nicht. Sie hätte lieber ein dunkleres Blau gehabt. Nun hatte sie einige Längen Hellbraun, Blaugrün, rötliches Braun und Ockergelb. ‹Es ist wie im Leben›, dachte sie. ‹Da muss man auch die Farben nehmen, die der Herrgott einem zur Verfügung stellt und schauen, was man daraus macht. Viel habe ich bisher nicht vorzuweisen, scheint mir.› Sie wickelte einen hellbraunen Faden auf eine kleine Spindel und begann mit dem Gesicht. Dann kam ein Stück Dunkelbraun für das Haar und dann wieder mehr Blaugrün für den Himmel.

«Wir hatten das ganze Haus voller Wandteppiche, feinste flandrische Ware, mit Landschaften, schönen Rittern und Burgen darauf! Nicht solche klobigen Dinger wie das da», lästerte Gebba.

Niemand antwortete ihr.

«Schade um die gute Wolle!» – Sie betätigte die Tritte lauter und energischer als notwendig. – «Na ja, so tragen die einen zum Erhalt dieses Hauses bei, und die anderen spielen mit Fädchen.»

«Dein letzter Ballen Seidengewebe ist übrigens durchgefallen, Gebba», bemerkte Manon. «Es fehlte ein Stück an der Breite. Das kannst du nur unter der Hand verkaufen, und da wird es keinen so guten Preis erzielen.» Die Schäfte ihres Webstuhls gingen so flink wie eine Getreidemühle: klipp, klapp, klapp.

«Ach was! Eine Gemeinheit war das!» Heftig schnurrte das Schwert an den Kettfäden entlang. «Dahinter steckt doch bloß die Wollweberzunft. Die haben den Amtsdiener bestochen, damit er die besten von unseren Stoffen durchfallen lässt», murrte Gebba.

«Schon möglich», gab Manon zu. Sie verkniff sich die Bemerkung, dass Gebbas Stoffe weit häufiger beanstandet wurden als ihre eigenen. Gerade an diesem Tag hatten die

Weberinnen von Sainte Douceline ihre Waren zur Prüfung vorlegen müssen. Alle Stoffe wurden dabei peinlich genau vermessen, ob sie die vorgegebenen Maße hatten. Die Fadendichte wurde gezählt, die Stoffe gewogen. Erst dann bekamen sie das Bleisiegel der Stadt und durften nach auswärts verkauft werden.

Gebba legte Schiffchen und Kamm aus der Hand und streckte sich. «Ich fühle mich ein wenig schwach. Ich glaube, ich werde vor dem Essen noch ein wenig ruhen und erbauliche Literatur lesen.» Sie stand auf und ging hinaus.

«Ein wenig schwach, so so», kicherte eine der Kämmerinnen. «Ein wenig faul eher.»

«Übe Nachsicht, Schwester. Sie hat schlechte Laune, die hätte wohl jede von uns, wenn ihr Werk derart zurückgewiesen worden wäre. Schau hier, Danielle, das ist ein schönes Dottergelb. Kannst du damit etwas anfangen?» Manon wickelte das Garnende zu einem kleinen Ball und warf ihn Danielle zu.

Aber Danielle musste ihre Arbeit bald schon wieder unterbrechen, denn sie hatte Küchendienst.

«Ich bin schon wieder hungrig», bemerkte Manon mit einem listigen Blick zu ihr.

«Ich weiß schon», sagte die. «Wenn etwa zufällig ein Pastetchen herunterfallen sollte und zerbricht, dann bringe ich es dir.»

Im Hof vor dem Kücheneingang lag eine Pyramide aus hellgrünen Kugeln, die einen wunderbaren, zartsüßen Duft verbreiteten. Anniks Sohn war mit dem Fuhrwerk gekommen und hatte ein Ladung Melonen gebracht, frisch vom Feld.

Annik schoss wie ein aufgescheuchtes Insekt in ihrer Küche herum und versuchte gleichzeitig in einem Suppenkessel zu rühren, der über dem Kaminfeuer stand, den Brotteig zu Zöpfen zu flechten und Fliegen von der Speckseite zu vertreiben, die zum Aufschneiden auf dem Tisch lag.

«Oh! Endlich kommt mir jemand helfen! Ich kann mich doch nicht zerreißen! Da, schneide mir ein paar Scheiben Speck herunter, das wirst du ja wohl können! Mestra Laura kommt heute zum Abendessen, da muss es etwas Gutes geben! Nein, rühr mir den Teig bloß nicht an, sonst fällt er wieder zusammen. Du hast kein Geschick dafür! Manche Leute brauchen einen Brotteig nur anzuschauen, und er wird sauer oder fällt zusammen. Der Speck! Der Speck!»

Danielle machte sich ans Werk. Das Messer war stumpf, und sie sah sich in der Küche nach einem Schleifstein um. Es war ein großer, gewölbeartiger Raum mit einer Fassdecke aus Ziegeln und einem gewaltigen Kamin, dessen Schlot den anschließenden Speisesaal und die gemeinschaftlichen Schlafräume im ersten Stock beheizte. Doch so groß die Küche auch war, so vollgestellt war sie mit Tischen, Vorratsregalen, Wasserkrügen, Kornsäcken, Körben, Töpferwaren, Butterfass, Hackblock und Brothafen. Einige der Gerätschaften waren mit Seilen an den Dachbalken angebracht, von wo aus die winzige Küchenfrau sie sich bei Bedarf herunterlassen konnte. Danielle hatte einen Schleifstein entdeckt und schärfte das Messer. Annik sah ihr über die Schulter: «Ja, gut so. Merkwürdig für eine Frau bist du schon: Du kannst weder kochen noch backen, noch Käse machen, aber handwerkliche Dinge fallen dir ganz leicht. Und bei den Schultern, die du hast, da könntest du glatt ein Schmied sein! Aber du bist ein guter Kerl!» Im Vorüberhasten klopfte sie Danielle auf den Rücken. «Wenn du mit dem Speck fertig bist, dann bring ihn in die Vorratskammer. Häng ihn an einem Haken auf und schlag ihn gut in Leinen ein, hörst du – dass mir die Fliegen nicht drankommen! Und bring gleich einen reifen Käse mit, einen aus Kuhmilch, von den großen gelben. Nein, lass das lieber, ich muss ja doch selber schauen, welcher gut ist – du weißt das ja nicht. Danach könntest du die Melonen aufschneiden und entkernen. Die müssen bald gegessen werden, die gibt's zum Nachtisch!»

Sie schoss wieder zur Feuerstelle und rührte die Suppe um, dass sie überschwappte und die Tropfen in der Glut zischten. Schon war sie wieder am Tisch, nahm den Speck, den Danielle abgeschnitten hatte, und steckte ihn auf einen Spieß, um ihn über dem Feuer zu rösten. Auf dem Kaminrost legte sie Brotscheiben aus, um das herabtropfende Fett aufzufangen.

Magdalène kam hereingeschlendert und schnappte sich eine in Wein gekochte Feige aus einer Schüssel. Annik schlug ihr auf die Finger: «Hier wird nicht genascht! Du kannst anfangen, die Tische zu decken, du verfressenes Ding!» Aber sie lachte dabei, und kaum hatte sie den Rücken gekehrt, langte Magdalène noch einmal in die Schüssel.

«Ooooh, du …», schrie Annik, die es aus den Augenwinkeln bemerkt hatte. Magdalène ergriff einen Stapel Geschirr und floh aus der Küche. Annik warf ihr einen zusammengeknüllten Lumpen hinterher und zeterte: «Du sollst nicht stehlen!» Magdalène verschwand kichernd.

Danielle trug die Speckseite in die Vorratskammer. Sie lag zwischen Küche und Außenmauer zur schattigen Straße hin und hatte nur ein paar winzige Oberlichter. Im Halbdunkel stieß Danielle gegen einen mannshohen Ölkrug, tastete nach einem freien Haken und hängte gerade das Fleisch daran, als sie aus der Küche einen gellenden Schrei vernahm. Sie ließ das Leintuch fallen und rannte zurück in die Küche.

Annik hatte sich mit kochender Suppe den Arm verbrüht, von der Hand bis zum Ellbogen. Jammernd und weinend griff sie nach der Ölflasche, goss sich Öl auf die krebsrote

Haut und wollte schon Mehl darauf stäuben. Danielle riss es ihr weg.

«Was tust du da?! Doch kein Öl und auch noch Mehl dazu! Das macht es nur noch schlimmer. Das verschmutzt die Wunde, und sie entzündet sich! Kühlen musst du es!»

Sie zog die heulende Annik hinter sich her zu einem Krug mit Brunnenwasser.

«Da steckst du den Arm hinein und lässt ihn drin, bis ich wiederkomme!»

Annik hockte sich widerborstig hin und hielt den verbrühten Arm ins kalte Wasser.

«Aber das haben wir immer so gemacht! Öl und Mehl gehören drauf! Wasser! Was soll Wasser denn helfen?!» Aber sie wagte es nicht, Danielles Anweisungen zuwiderzuhandeln. Sie hatte mit solcher Autorität gesprochen, dass sie gehorsam sein musste.

Wie ein Mistral fegte Danielle ins Hospital.

«Jeanne! Rasch! Hast du Ringelblumensalbe? Nein?»

«Salbe nicht, aber geläutertes Schafsfett und getrocknete Ringelblumen. Wofür …?»

«Annik hat sich in der Küche den Arm böse verbrüht!», rief Danielle. Sie ergriff das Bündel getrockneter Ringelblumen, das Jeanne ihr reichte, und stürmte zurück in die Küche. Dort zerdrückte sie das Kraut in einem Steinmörser, goss es mit ein wenig kochendem Wasser auf und wickelte es in ein sauberes Leintuch. Sie schwenkte es mit geübter Hand, um es abzukühlen.

«Zeig her, den Arm», sagte sie ruhig zu Annik. «Na, so was tut erst mal ordentlich weh, aber das Kühlen hat gutgetan, oder?» – «Ja», nickte Annik und betrachtete mit aufgerissenen Augen den geröteten Arm. Danielle betrachtete die Stelle genau und berührte sie vorsichtig mit einer Fingerspitze. «Es ist nicht so schlimm. Die Flüssigkeit hat nicht mehr gekocht. Die oberste Hautschicht wird sich lösen, und danach wird die Stelle ein paar Tage dünn und empfindlich sein.» Vorsichtig legte sie das nasse Leintuch mit den Kräutern auf die Wunde. «So. Das lässt du drauf, bis du zu Bett gehst, dann wird dir Jeanne zur Nacht einen Verband mit Salbe machen. Wenn du Schmerzen hast, trink Weidenrindenaufguss. Morgen schon wird es besser sein.»

Erstaunt und dankbar schaute Annik sie an: «Woher hast du das gewusst? Ich glaube gar, du bist eine Apothekerin.»

Danielle stutzte einen Augenblick: «Nein», wehrte sie dann ab. «Nein, eine Apothekerin bin ich nicht gewesen. Das mit der Salbe muss ich irgendwo aufgeschnappt haben.»

Jeanne war Danielle in die Küche gefolgt und hatte alles mit angesehen.

«Na, in der Not weißt du ja doch zuzupacken. Das war ganz richtig mit den Ringelblumen. Ich hätt's nicht besser machen können.»

«Von mir aus», sagte Danielle. «Aber eine Apothekerin war ich nicht, und im Hospital will ich trotzdem nicht arbeiten. Alles, nur das nicht.»

«Schade», sagte Jeanne.

Danielle ergriff einen Stapel Schüsseln und ging die Tische decken. Man hörte, wie sie das Geschirr auf den Tisch knallte.

«Eh bèh!», bemerkte Annik. «Warum wird sie denn gleich so heftig?»

«Ich hab sie ein paar Male gedrängt, mit mir zu arbeiten, weil mir schien, sie habe das Mitgefühl und das Geschick dafür. Sie hatte wohl Sorge, dass ich wieder davon anfange», meinte Jeanne. «Na ja; sie wird es tatsächlich irgendwo aufgeschnappt haben. Gut für dich, dass sie es wusste, Annik! Mehl und Öl! So was!»

Zufällig kam wenig später ein junger Arzt vorbei, der gelegentlich im Hospital half. Er wurde von Jeanne in die Küche geführt. Annik saß auf einem Schemel und hielt ihren verbrühten Arm still. Danielle und Magdalène bemühten sich, nach ihren Anweisungen das Abendessen fertigzustellen.

«Danielle, das ist Carolus», sagte Jeanne. «Er macht ohne Bezahlung und aus reiner Nächstenliebe Krankenbesuche und gelegentlich Operationen – alles, was ich nicht kann. Carolus: Das ist unsere neue Schwester Danielle. Sie hat ihr Gedächtnis verloren.»

«Interessant», sagte Carolus. Danielle schaute vom Tisch hoch, wo sie gerade Zwiebeln schnitt. Ihre Augen tränten, und es wurde ihr im selben Augenblick bewusst, dass sie zweifellos eine rote Nase hatte. Sie fuhr sich mit der Hand über die Augen, um die Tränen fortzuwischen, was es natürlich noch verschlimmerte. Da stand sie nun mit laufender Nase und geschwollenen Lidern und hätte sich selbst ohrfeigen mögen, weil sie auch noch rot wurde. Und dabei war dieser Carolus der anziehendste Mann, den sie je gesehen hatte. Wütend drehte sie sich weg und verbarg ihr Gesicht in ihrer Schürze.

«O verflixt, das brennt sicher ganz scheußlich! Lasst mich …», sagte Carolus. Er hatte ein Leintuch genommen, es in den Wassereimer getunkt und leicht ausgewrungen. Nun kam er um den Tisch herum, zog Danielle die Schürze weg und tupfte ihr behutsam Augen und Nase ab

«Na, ist es besser?»

Danielle nickte, öffnete die Augen und blickte direkt in sein amüsiertes Gesicht. Sie vergaß zu atmen, sie vergaß, wo sie sich befand. Plötzlich war es ganz mucksmäuschenstill in der Küche. Man hörte das Herdfeuer knacken und die Schaben in den Wänden rascheln. Endlich riss Danielle ihren Blick los. «Ja, es ist schon gut. Danke», murmelte sie und wandte sich rasch wieder dem Tisch und ihrer Arbeit zu.

Jeanne hatte die Augenbrauen in die Höhe gezogen. Annik stand der Mund offen. Magdalène hatte die Arme in die Seiten gestemmt, den Kopf schief gelegt und grinste breit.

Carolus räusperte sich, drehte sich um und ging, um Anniks Verband zu überprüfen.

«Ausgezeichnet. Ringelkraut war hier das einzig Richtige», sagte er in sachlichem Ton. «Und wenn die Wunde sich geschlossen hat?»

«Beinwell», flüsterte Danielle.

«Genau: Beinwell – dann wird es prächtig heilen und nicht einmal eine Narbe hinterlassen.»

«Tè!», machte Annik in vielsagendem Ton.

Der Vorfall machte die Runde. «Aha! Ich hab's euch ja gleich gesagt. Das passt doch.» Gebba hegte die schlimmsten Befürchtungen. «Eine Apothekerin war sie, und ganz sicher hat sie sich vertan und jemanden umgebracht.» Das Letzte sagte sie mit einem lauernden Blick zu Danielle, die weiter schweigend den Tisch deckte. «Man sollte sie lieber nicht in der Küche hantieren lassen. Wer weiß, was sie uns unter die Suppe mischt, wenn Annik gerade nicht hinschaut.»

Mit einem lauten Knall stellte Magdalène den Teller vor Gebba hin, sodass diese zusammenzuckte.

«Aus Versehen, meinte ich doch», sagte sie scheinheilig. «Das kann doch vorkommen. Aber ich finde, wenn einem ein Felhler unterlaufen ist, dann sollte man ihn auch zugeben.»

«Jetzt halt aber dein loses Maul, sonst stopfe ich es dir», zischte Magdalène und warf Gebba einen bösen Blick zu. Gebba lächelte, offenbar zufrieden mit sich.

Maestra Laura erschien wie immer in Begleitung ihrer Schwester Catherine. Catherine war so still, wie Laura lebhaft war, deren Schwangerschaft jetzt für alle deutlich zu sehen war.

«Sie ist so jung und so schmal gebaut», bemerkte Danielle leise zu ihrer Freundin.

«Ja, meinst du, sie wird Schwierigkeiten haben? Ach, aber es heißt doch, dass junge Frauen leichter gebären als ältere, weil sie noch stark und biegsam sind.»

«Mag sein», erwiderte Danielle, doch sie betrachtete Lauras schmale Hüften ein wenig besorgt. «Ich wünsche es ihr auf jeden Fall. Sie ist ein so ein freundliches kleines Ding.»

Beim Essen plauderte Laura munter und berichtete über einen Fall von Erbbetrug, der sich vor kurzem zugetragen hatte. Ihr Ehemann Marius war Rechtsgelehrter und versah in der Stadt den Dienst eines Notars.

«Und stellt euch vor, da wird mein Marius gestern Abend spät zu einem Sterbebett gerufen – ich werde euch nicht verraten zu wem, das könnt ihr euch ja selbst zusammenreimen – und da sind auch richtig alle Verwandten um das Bett herum versammelt. Der alte Mann war ja schon lange krank, und so hat sich mein Marius zunächst nicht gewundert, dass er trotz der Hitze in Decken eingehüllt war, die Schlafmütze tief in der Stirn. Es schauten nur Mund und Nase heraus. – Ja, danke, liebe Annik, ich nehme gern noch etwas von dieser köstliche Gemüsesuppe! Ich schmecke Zitronenthymian heraus, das verleiht ihr einen so frischen Geschmack. Aber ich bediene mich schon selbst, schone nur deinen Arm!»

Mit zierlichen Bewegungen aß sie ein paar Löffel Suppe, während die anderen gebannt auf den Fortgang der Geschichte warteten.

«Nun, ihr wisst ja, dass die Witwe hier bei uns im Süden alles erbt, solange kein anderer Wille bekannt ist. Also, die Ehefrau des Sterbenden war nicht anwesend. Ja, und der

Sterbende fing also an und ratterte die Namen seiner Brüder und der Söhne herunter und wie alles unter ihnen aufgeteilt werden sollte.»

«Wo war denn die Ehefrau? Ist es nicht merkwürdig, dass sie nicht am Sterbebett war?», fragte die Begine Philippa.

«Ja, schon, aber man hatte Marius gesagt, sie sei von der Pflege und dem Kummer dermaßen erschöpft, dass sie bei ihrer Schwester sei, um sich auszuruhen, nicht wahr, Catherine?»

«So hat es Marius erzählt», bestätigte Catherine.

«Ja, und also: Es war nun alles verteilt, und mein Marius schreibt es brav auf eine Wachstafel, um das Dokument später ordentlich aufsetzen zu können – und da fällt ihm sein Griffel herunter.»

Sie lächelte schlau, kratzte mit dem Hornlöffel in Ruhe ihre Schüssel leer und wischte sie mit geröstetem Brot noch gewissenhaft sauber, während die Beginen atemlos und ungeduldig auf den Fortgang der Geschichte warteten.

Laura kicherte: «Ja, und da bückt sich also mein Marius …», sie machte es vor und schaute unter den Tisch, «… und will nach dem Griffel fassen, der halb unter das Bett gerollt ist, und was glaubt ihr, was er da unter dem Bett sieht? – Den Verstorbenen!»

«Wie ist das möglich, wenn er doch im Bett lag», staunte Annik.

«Im Bett lag ein anderer, bist du aber begriffsstutzig!», rief Gebba.

«Richtig», lachte Laura. «Marius zog dem angeblichen Sterbenden die Decke von der Nase, und da lag der älteste Sohn vollangezogen im Bett und mimte mit verstellter Stimme seinen Alten. Ihre Mutter hatten sie auf dem Dachboden eingesperrt. So wollten sie sich die Erbschaft sichern!»

«Was für eine Frechheit!»

«So eine undankbare Brut! Und was hat Euer Gemahl gemacht? Hat er sie alle einsperren lassen?»

«Nein», sagte Laura und tupfte sich die Lachtränen aus den Augenwinkeln. «Ach nein, so hart ist er nicht. Er ließ die Mutter vom Dachboden holen und las den Söhnen und versammelten Onkeln gehörig die Leviten. Er hat ihnen gedroht, wenn sie ihre Mutter nicht anständig und höchst ehrerbietig behandeln, dann werde er sie allesamt abholen und in Ketten legen lassen.»

«Da sind sie ja noch gut weggekommen!»

«Ja, die Mutter aber auch, denn wer hätte denn das Geschäft führen und sie versorgen sollen? Sie braucht ihr Mannsvolk ja. Sie ist schon uralt, über vierzig!»

«Eine weise Entscheidung», lobte Juliana.

«Und – Mestra Catherine – gibt es bald eine Hochzeit?», fragte Annik. Gebba schnalzte mit der Zunge und schüttelte den Kopf. Annik hob die Schultern. Sie war eben neugierig, was sollte man da machen.

«Noch nicht so bald», gab Catherine zurück. «Wir haben es damit nicht so furchtbar eilig.»

«Na – jung gefreit, nie gereut – hat meine Mutter selig immer gesagt. Wenn eine denn schon heiraten will, dann soll sie es frühzeitig tun. Das Gebären ist für den jungen Körper leichter; das Becken ist dehnbarer, und man erholt sich schneller. Man kann auch mehr Kinder bekommen. Einige sterben dann ja doch weg und …»

«Ja, danke, es ist gut, Annik», unterbracht Juliana die Küchenschwester.

Catherine hatte den Mund verzogen. Das Thema schien ihr nicht besonders zu behagen.

Magdalène und Danielle standen auf, räumten die gebrauchten Schüsseln ab und trugen Melone und die in Wein und Honig gesottenen Feigen auf.

Als Danielle Mestra Laura bediente, blickte diese sie lächelnd an. «Geht es dir gut? Hast du dich eingewöhnt?»

«Ja, danke», sagte Danielle. «Gott hat mich an einen guten Ort geführt.»

«Wenn es denn Gott war, der sie unter uns gebracht hat», murmelte Gebba halblaut, aber vernehmlich.

Laura lachte darüber und sagte nur: «Ach, Gebba, was bist du nur für eine misstrauische Natur. Aber du kannst eben nicht aus deiner Haut, nicht wahr?»

Gebba brummte etwas Unverständliches. Vor dem Schlafengehen aber entschuldigte sie sich für die Bemerkung. Sie umarmte auch Magdalène. Unter Julianas gestrengem Blick und dem verstohlenen Grinsen der anderen Beginen bezeugten sich die beiden Frauen gegenseitige Achtung und schwesterliche Gefühle, aber Danielle sah aus dem Augenwinkel, wie Magdalène die Finger hinter ihrem Rücken kreuzte.

«Ach, diese Versöhnungen würden mir ebenso fehlen wie der Streit mit ihr», lachte Magdalène beim Ausziehen im Schlafsaal. «Einen guten Feind braucht man ebenso wie Freunde, findest du nicht?»

Danielle konnte nur den Kopf schütteln. «Mir kommt es vor, als hätte ich schon genug Feinde für ein ganzes Leben gehabt.»

«Ich meine ja auch einen alltäglichen Gegner, an dem man sich abarbeiten kann. Aber sag …», lenkte Magdalène rasch ab, «… der Medicus ist doch ein hübscher Bursche, nicht wahr?»

«Kann sein.»

«Ha! Nun tu doch nicht so. Man hat genau gesehen, dass er dir gefallen hat – und du ihm übrigens auch!»

«Unsinn! Ich habe es schon einmal gesagt: Mit derlei Dingen bin ich fertig. Ich bin gewiss nicht in ein Haus mit keuschen, frommen Frauen gekommen, um dann doch wieder nach einem Mann zu schauen. Nein, ohne ist man viel besser dran», versicherte Danielle. Sie drehte sich auf die Seite und gab vor zu schlafen.

Magdalène grinste verschmitzt.

5.

Der Sommer war gekommen und die Luft violett und schwer. Die Hitze drückte Mensch und Tier nieder wie eine körperliche Last. Wer Feldarbeit zu verrichten hatte, stand im Morgengrauen auf, um wenigstens ein paar Stunden Tagewerk zu vollbringen. Doch bereits am späten Vormittag brannte die Sonne so unerträglich auf die Erde herab, dass die Olivenhaine flimmerten und, wer immer konnte, sich in den Schatten verkroch und die Augen abwandte vor ihrem Gleißen.

Es war kühl und still im Scriptorium. Juliana, die anfangs noch den Versuch unternommen hatte, geschäftig zu erscheinen, war längst in ihrem Sessel eingeschlafen. Anne saß über den Hauptbüchern des Konvents und übertrug Zahlen von einer Wachstafel: soundso viele Vliese gewaschener Wolle vom Schäfer Bertrand für soundso viele Kupferstücke, drei Brote und eine Kanne Bier.

Soundso viele Stränge gelber Wolle, soundso viele Stränge blauer Wolle, soundso viele Stränge grüner Wolle von den Wollfärbern aus Avignon für soundso viele Kupferstücke, acht Tiegel Beinwellsalbe und einen Krug Met. 10 Ballen ungefärbte Leinwand, drei Ballen gestreiften und vier Ballen karierten Damast an den Tuchhändler Bodin aus Pertuis für 25 Silberstücke. Drei Ballen krappfarbenen Seidendamast an den Tuchhändler Panpan aus Lyon für soundso viel.

Danielle stand am Pult und kopierte flink ein Buch, das Anne ihr gegeben hatte.

Sie hatte den ganzen Morgen im Kräutergarten gearbeitet

und war nun zufrieden, sich in der Kühle zwischen den dicken Steinmauern aufhalten zu dürfen.

Drinnen kratzten die Federn über Pergament. Draußen schrillten die Zikaden. Juliana schnarchte leise und schreckte dann hoch. «Ihr müsst entschuldigen, ihr Lieben, ich bin alt und müde. Am besten höre ich jetzt auf so zu tun, als sei ich zu irgendetwas nutze und gehe einfach ein wenig schlafen.»

Juliana stand auf. Sie stützte sich mit beiden mageren, altersfleckigen Händen auf den Lehnen ab und stand einen Augenblick ein wenig unsicher auf ihren Beinen, während sie sich langsam aus der gekrümmten Haltung aufrichtete. Sie nickte den jüngeren Schwestern zu und schlurfte hinaus. Sie hörten sie in ihrem Schlafzimmer rumoren. Die Bettstatt knarrte. Dann war Ruhe.

«Es ist wirklich zu schade, dass du nicht schön genug schreibst, um verkäufliche Kopien zu fertigen», sagte Anne. «Bei diesen hier kommt es nicht darauf an. Es ist wichtiger, den Inhalt zu vervielfältigen und zu verbreiten. Aber du schreibst flink. Wahrscheinlich zu flink – ich frage mich … ob du vielleicht irgendwo als Buchhalterin …? Erinnerst du dich, viel geschrieben zu haben? Das Tintenreiben und das Anspitzen der Feder, das Beschweren der Pergamentblätter mit der Bleischnur, das alles ging dir von der Hand wie eine alte Gewohnheit.»

Danielle zuckte die Achseln.

«Betrachte doch einmal genau die Federn, rieche an der Tinte, streiche mit den Händen über die Schreibhaut. Manchmal rufen Gerüche und Texturen die Erinnerung wach», setzte Anne nach.

Danielle tat, wie ihr geheißen, doch es bewirkte nichts Besonderes in ihr.

Die Tinte roch schwach nach der Gerbsäure der Dornenrinde und dem Rotwein, aus denen sie gemacht war. Das

Pergament war fein geädert und dort, wo es schon einmal abgeschabt worden war, etwas rau. Einige schlechtgebeizte Stellen trugen auf der Haarseite des Pergaments noch Reste von Stoppeln, wo die Tinte zu verlaufen drohte. Aber auf solche Dinge hatte sie nie geachtet. Was immer sie geschrieben hatte, das hatte der Schönschrift nicht bedurft.

«Nichts? Also eine einfache Hausfrau warst du nicht, so viel ist sicher. Hast du vielleicht Handel getrieben? Hm! Kennst du die gebräuchlichen Mengenmaße? Wie viel Getreide passt in ein *setier de Paris*?»

«Etwa dreißig mittlere Scheffel», antwortete Danielle, ohne zu zögern.

«So! Das weißt du also. Und ein *livre poid de Lyon*?»

«Etwas weniger als ein Scheffel.»

«Und wie viel kann ein Maultier tragen? Welche Strecke legt es an einem Tag zurück?»

«Das weiß ich nicht.»

«Schade. Dann warst du keine Händlerin. So etwas wissen die genau. Und das hätte auch erklärt, was man mit dir gemacht hat.»

Händler, die man mit falschen Gewichten erwischt hatte oder verdorbenen Waren wurden gelegentlich geteert und gefedert, um durch ihr Beispiel die anderen für eine Weile zur Besserung zu bringen. Das hielt tatsächlich immer ein paar Wochen vor. Danach ging alles weiter wie gewohnt: Nüsse wurden in Wasser gelegt, um mehr Gewicht zu erzielen, schlechter Wein mit Essig versetzt oder Daumen heimlich auf die Waagschale gedrückt.

Danielle runzelte die Stirn. Ihre Narben waren allmählich verheilt, wenn auch die Haut dort noch etwas verzogen und blass war, wo der heiße Teer sie verbrannt hatte. Sie hätte es lieber gehabt, wenn man nicht mehr davon gesprochen hätte.

«Entschuldige, ich wollte dich nicht kränken», sagte Anne und wechselte das Thema. «Dieses Buch, das du gerade abschreibst, wollen wir an andere Beginenhäuser weiterschicken. Aber vergiss nicht: Kein Wort darüber zu irgendjemandem! Auch nicht zu Magdalène. Die ist so vertrauensselig wie ein Kind, offen zu jedem und kann einfach kein Geheimnis bewahren!»

«Was ist das denn für ein Buch? Ich kann erkennen, dass es sich um einen religiösen Text handelt ... Und auf Französisch geschrieben, also wahrscheinlich von einem Laien», sagte Danielle.

Anne lächelte ein wenig traurig. «Ja, und es ist eine Schande, dass wir es verbergen und unter der Hand weiterreichen müssen. Dabei ist es ein so wundervolles Buch, dass man es in die Welt hinausrufen sollte, von Herolden und Marktschreiern verbreiten lassen – stattdessen können wir froh sein, wenn es die Zeiten überdauert, und sei es auch nur in einem einzigen Exemplar.»

«... dass die zu nichts gewordene Seele von den Tugenden Abschied nimmt und nicht weiter in ihrer Knechtschaft steht», las Danielle halblaut. «Die Seelen, über welche die Tugenden Gewalt ausüben, leben im Zwang. – Das klingt aber merkwürdig! Was hat der Schreiber denn gegen Tugend einzuwenden?»

«Dass die sogenannten Tugenden Menschenwerk und aufgesetzt sind», erklärte Anne. «Dass sie ein zwanghaftes Regelwerk sind, nur dazu bestimmt, diejenigen Seelen zu zwingen und zu züchtigen, die den Zustand der vollkommenen Gottesliebe noch nicht erreicht haben. Dass die Tugenden nur derjenige benötigt, der sich mit Gott noch nicht vereinigt hat – als Richtlinie. Übrigens ist es eine Schreiberin: Marguerite Porete – du erinnerst dich?»

Erschrocken setzte Danielle die Feder ab und sah Anne

an: «Doch nicht die Ketzerin, die vor kurzem in Paris verbrannt worden ist?»

«O ja, ebenjene. Du siehst also, welch großes Vertrauen ich dir entgegenbringe, indem ich es dich abschreiben lasse.»

Abbé Grégoire hatte sich die Gelegenheit nicht entgehen lassen, im Gottesdienst davon zu berichten, wie die Begine Marguerite Porete nach jahrelangem Prozess am 1. Juni 1310 in Paris lebendig verbrannt worden war:

«Höret, ihr guten Bürger von Pertuis», er hatte dabei aber unverwandt zur Bank geschaut, auf der die Beginen saßen, «höret gut zu, was sich in Paris zugetragen hat: Die Irrlehren der Begine Marguerite Porete sind vom Generalinquisitor Guilhelm Humbert verworfen worden. Dieses Weib hat sich erdreistet, ohne kirchliche Weihe oder Erlaubnis oder gar irgendeine theologische Ausbildung zu predigen, und sie hat abscheuliche Lügen verbreitet! Sie hat behauptet, der Mensch bedürfe weder der Kirche, noch müsse er nach Gottes Vergebung streben, sondern er könne aus sich selbst heraus vollkommen werden – vollkommen! Kann man sich so etwas vorstellen?!»

Die Stimme des Abbé hatte sich in immer schrillere Höhen geschraubt. Danielle aber hatte ihn kaum mehr gehört. Sie befand sich an einem anderen Ort, in einer anderen Zeit, vor Pertuis, bevor sie Begine geworden war:

Brennender Durst. Da war ein Wasserkrug. Er stand auf dem Boden nahe dem Gitter. Der Steinboden glänzte feucht im Licht eines blakenden Talglichts draußen auf dem Gang. Das Stroh auf dem Boden war ebenfalls feucht und stank bestialisch nach Kot und Urin, nach Fäule und Angst. Sie versuchte den Krug zu erreichen, doch die Kette an ihrem Fuß war zu kurz. Sie kroch auf den Krug zu, machte sich lang, streckte die Hand aus und versuchte den Henkel zu erwischen. Plötzlich Schritte auf dem Gang, laute Stimmen. Sie hob den Blick. Ein massiger Mann in langer roter Robe stürmte an ihr vorbei, gefolgt von Soldaten. Er hielt an, blickte auf sie herab. Sein ihr zugewandtes Gesicht war verschattet. Sie ahnte fleischige Züge, den harten, verächtlichen Blick und kroch in ihre Ecke zurück. ‹Nicht diese da – die andere dort!› Und sie fühlte Erleichterung, als sie weitergingen, und Scham, als sie zurückkamen, ein geschundenes, stöhnendes Bündel mit sich schleppten, Scham, weil sie Erleichterung verspürt hatte.

Der Abbé hatte Geifer vor dem Mund, so sehr erregte er sich: «Da stellt sich ein Weib hin, die Erbin der Urmutter Eva, das Sinnbild von tierhaften Gelüsten, von Schmutz und Verderbnis, von Unstetigkeit und Schwäche und behauptet – behauptet!, liebe Gemeinde, dass man nur der Natur freien Lauf lassen müsse, um gottgleich zu werden! – Ich hoffe doch sehr, dass ihr abschreckendes Beispiel einigen unter uns eine Lehre sein wird. Ich hoffe doch sehr, dass hier bei uns, so nahe am Sitz des Heiligen Vaters, Demut und Anstand herrschen. Gehorsam und Demut sind die Tugenden, die dem Weibe wohl anstehen!»

Es war die übliche Litanei von der Verantwortung gefolgt, die der Ehemann für seine Frau habe, und dass es nachgerade seine Pflicht sei, sie regelmäßig zu prügeln. Darin waren die Männer des Südens ohnehin nicht nachlässig.

Danielle riss sich mit einem Ruck aus ihrem Tagtraum und hörte, wie Anne fortfuhr:

«Dabei bin ich sicher, dass er das, worüber er redet, niemals selbst gelesen hat. Meistens erregen sich die Leute lieber über Gerüchte, statt sich selbst ein Urteil zu bilden.» Sie legte ihre Hand ehrfürchtig auf das kleine Buch, das aufgeschlagen auf dem Pult lag. «Dieses ist eine Originalhandschrift von Marguerite Poretes ‹Spiegel der einfachen Seele›. Eine Kostbarkeit, die gerade überall im Land auf Scheiterhaufen zu Asche brennt. Doch die Wahrheit findet immer einen Weg.»

Annes dunkle Augen glühten in ihrem schmalen Gesicht.

«Aber was meint sie denn nun genau mit den Tugenden – und wieso sollen wir der Natur freien Lauf lassen?», fragte Danielle verwirrt.

«Sie geht davon aus, dass es möglich ist, einen Zustand zu erreichen, in dem die Seele ganz frei ist von menschlichem Eigennutz, ganz auf Gott bezogen, so sehr auf Gott bezogen, dass sie zum Beispiel nicht nur Gutes tut, um seiner Vergebung oder irgendwelcher Vorteile willen – sondern weil sie selbst nur noch Liebe und Güte ist und also nicht anders kann. Stell dir vor: Sie könnte alles tun, was ihre Natur ihr aufgibt, weil diese Natur gut ist. Sie könnte sogar Zärtlichkeit geben und empfangen, küssen – all das! Diesen Zustand nennt sie ‹die freie Seele›, aber diejenigen, die sie verurteilt haben, nennen es Sünde, Häresie und einen Skandal. Doch was die Herren übersehen, ist die Tatsache, dass man, um diesen Zustand überhaupt zu erreichen, noch viel mehr Disziplin üben muss, als sie es sich vorstellen können, denn man muss zuerst ganz und gar tugendhaft sein und alles aufgeben, nach nichts streben in der Welt! Erst wenn man sich von jeglichen Wünschen und eigenem Willen frei gemacht hat, ist die Seele wirklich frei, sodass sie keinerlei Vorschriften mehr bedarf.»

Danielle sah auf das merkwürdige kleine Buch hinunter. «Davon bin ich weit, weit entfernt», flüsterte sie.

Anne war hinter sie getreten und legte ihr fast zärtlich eine Hand auf die Schulter: «Ich auch! Und siehst du, eine, die so hohe Maßstäbe hat, die haben sie als Ketzerin verurteilt. Es erinnert mich an die Geschichte von Jesus …»

«Ich werde mir sehr viel Mühe geben, diesem Buch die Ehre anzutun, die es verdient», sagte Danielle nachdenklich. «Aber es nimmt mich nicht Wunder, dass man es verboten hat.»

«Sicher. Dabei ist es so klug. Schwierig zu verstehen, oh, das sage ich dir! Einundzwanzig Professoren der Theologie waren vonnöten, um ihren Text bis zur Unkenntlichkeit zu zerpflücken und die Porete endlich als Ketzerin abzustempeln. Und weißt du auch, was diese Herren am meisten irritiert hat?»

«Ich kann's mir schon denken: Dass ein Laie, schlimmer noch: eine Frau sich über die Vermittlung der Kirche hinwegsetzt.»

«Ja, denn eine freie Seele, die mit Gott ganz und gar verbunden ist, die braucht ja keine Riten und keine Kirche mehr.»

«Gefährlich! Sie war eine Rebellin, deine Porete. Hat sich denn eigentlich der Papst dazu geäußert?»

«Nicht dass ich wüsste, nicht offiziell. So etwas überlässt er seinen Bluthunden. Zwölf der einundzwanzig Professoren in dem Pariser Prozess gegen die Porete waren übrigens dieselben, mit deren Hilfe Papst Clemens auch schon den Templerorden abgeurteilt hat. Sagt dir das etwas über seine Einstellung zu selbstgenügsamen Gemeinschaften?»

«Still jetzt! Genug!» Juliana stand in der Tür und hatte den letzten Teil von Annes leidenschaftlicher Rede gehört. «Die Beginen sind nichts weiter als einfache, fromme Frauen, die in Frieden zusammenleben wollen. Marguerite Porete war zu stolz, auch wenn sie drei Mal recht hatte. Ich habe dir erlaubt, das Buch zu vervielfältigen, und ich habe dir erlaubt, Danielle ins Vertrauen zu ziehen, weil ich sie für klug genug halte, um zu begreifen, wie wichtig in diesem Fall Diskretion ist. Also halte deine Zunge im Zaum, Schwester!»

«Ja, Meisterin.» Anne senkte den Kopf und ging wieder an ihre eigene Arbeit, doch ihre Miene war hart geworden.

«Anne», fügte Juliana beruhigend hinzu, «ich verstehe dich ja, und auch ich halte den ‹Spiegel› für ein gutes und wahrhaftiges Werk. Doch wir müssen uns in der Welt einrichten, und dazu gehört, unseren Feinden möglichst wenig Angriffsfläche zu bieten.»

«Ja, Meisterin.»

«Wir überzeugen sie durch ein gutes Beispiel, nicht durch aufrührerische Reden.»

«Ja, Meisterin.»

Danielle musste daran denken, wie oft ein gutes Beispiel mit Einfältigkeit verwechselt wurde.

Und sie betrachtete Anne mit neuer Hochachtung. Bislang hatte sie Beginen, wo sie ihr begegnet waren, für arme Schwärmerinnen gehalten oder sie wegen ihrer Unauffälligkeit nicht weiter beachtet. Sie hatte nicht gewusst, dass sie eine ganz eigene Philosophie und theologische Ausprägung besaßen, jedenfalls die Gebildeten unter ihnen, so wie Juliana und Anne. Und sie hatten einen eigenen Weg zur Seligkeit gefunden, «die sieben Stufen, auf welchen man aus dem Tal auf den Gipfel des Berges steigt, der so vereinzelt dasteht, dass man da außer Gott nichts sieht».

Sie schrieb weiter aus dem Buch ab, diesmal viel aufmerksamer als vorher. Eine Zeile prägte sich ihr besonders ein: «An die Demut müsst ihr euch halten, sie ist die Schatzmeisterin der Wissenschaft.» Es war ihr, als ob dieser Satz eine besondere Bedeutung für sie habe.

Am späten Nachmittag, als die Hitze sich einigermaßen gelegt hatte und die violetten Schatten sich unter den Bäumen hervorwagten, um lange Finger in den Hof und in die Beete zu schicken, kam die alte Begine Alix ins Scriptorium. «Guten Abend, Juliana. Seid Ihr mit der Italienerin fertig? Ich würde sie mir gern wieder holen. Die Pflanzen haben Durst.»

«Ja, nimm sie nur mit. Sie kann ein anderes Mal weiterkopieren. Das heißt – wenn du einverstanden bist, Danielle.»

«Ja, sicher.» Sie hatte an dem, was sie gelesen und abgeschrieben hatte, reichlich genug zu denken. Danielle reckte sich und ließ die Finger knacken. Sie winkte Anne zu und folgte Alix. Bevor sie die Tür hinter sich schloss, rief Juliana noch einmal ihren Namen. Sie drehte sich um, und Juliana legte einen Finger an die Lippen.

Da sie etwas von Heilpflanzen zu verstehen schien, hatte man beschlossen, sie für die Sommermonate der Gärtnerin zuzuteilen. Alix war alt und korpulent. Ihre Oberarme hatten die Ausmaße und das Aussehen von geräucherten Schweineschinken. Ihre Gelenke waren ständig geschwollen, und das Bücken und Knien auf dem harten Boden fiel ihr schwer. Aber sie liebte das Essen und den Wein. Sie war meist fröhlich, wenn auch mitunter etwas grob, und für die jüngeren Beginen war sie eine Vertraute und Kumpanin bei allem Schabernack.

«Was ist das?», hatte Alix gefragt und mit ihrem Stock auf eine kniehohe Staude mit unpaarig gefiederten Blättern und weißen Blütendolden gezeigt.

«Das ist Katzenkraut – echter Baldrian. Der ist warm und trocken, soll bei Seitenstechen und Kopfschmerzen und gegen Husten helfen. Ich habe aber auch festgestellt, dass seine getrocknete Wurzel in Teemischungen beruhigend wirkt – und nicht die schädlichen Wirkungen von Mohnsaft hat», hatte Danielle heruntergerasselt.

«Hast du festgestellt? So. Und das dort?» Sie stieß mit dem Stock gegen ein buschiges, silberblättriges Gewächs mit blauvioletten Blütenkerzen.

«Salbei. Man setzt die Blätter frisch oder getrocknet bei Diätfehlern, bei Rheuma, schlechtem Atem und gegen die Verschleimung der Säfte ein.»

«Schau an. Das mit den Diätfehlern wusste ich nicht. Ich nehm's gegen meine Gicht, die – wie ich sehr wohl weiß –

meinem Appetit geschuldet ist. Aber kochen oder zerstoßen kann es schließlich jeder. Weißt du auch, wie man das Kraut zum Wachsen bringt, Italienerin?»

«Vom Salbei nimmt man Kopfstecklinge jetzt im frühen Sommer. Er wächst und blüht aber viele Jahre. Baldrian ist auch mehrjährig, da weiß ich aber nicht, ob er aus Samen kommt oder aus Stecklingen.»

«Hmm, hmm! Dann wollen wir mal sehen, ob du auch ein Händchen für meine Pflanzenkinder hast. Da in dem Korb hab ich ein paar junge Setzlinge von Fenchel und Sellerie. Die pflanz mir ein, den Sellerie dahin und den Fenchel dort!»

Sie stach mit dem Stock Löcher in die Erde, um anzuzeigen, wo die Setzlinge hinkommen sollten.

Danielle ließ sich auf die Knie nieder und jätete flink die unerwünschten Kräuter aus. Sie lockerte den Boden und ließ die langen Wurzeln vorsichtig in die vorbereiteten Löcher gleiten.

Alix hatte dazu zufrieden mit dem Kopf genickt: «So ist es recht. Gut machst du das. Woher du die Kräutlein alle kennst, das weißt du wohl nicht?»

«Doch», hörte sich Danielle zu ihrem eigenen Erstaunen sagen, «meine Mutter hatten einen *giardino di semplice.*»

Eine schöne Frau mit dunklen Locken, die ihr lang den Rücken hinuntersprudeln. Da war nur dieses eine Bild von ihr, für immer jung: *Sie hockt sich hin zwischen den Beeten, und der Saum ihres grünen Kleides fließt über den Sand. Tauben picken Pinienkerne aus ihrer Hand.*

«Wenn du einverstanden bist, werde ich Juliana bitten, dass du mir öfter hilfst.»

Danielle war das sehr recht, lieber als Küchendienst und lieber als putzen oder das Hospital war es ihr allemal.

Der Garten nahm den gesamten Hof ein und war von

einer Buchsbaumhecke eingefasst. Eine Zisterne bildete das Zentrum. Nördlich davon, zum Hospital und dem Torhaus hin gelegen, lag der Herbularius, der Heilkräutergarten. Acht rechteckige Beete waren säuberlich mit Tonziegeln abgesteckt.

«Im Osten: Papaver, Ruta, Valerian und Feniculum», erläuterte Alix, wobei sie mit ihrem geschwollenen Zeigefinger auf die entsprechenden Pflanzen zeigte. Im Westen: Rosmarino, Salvia, Cumino und Ataregia, das Pfefferkraut, das trocken und wärmend ist und gut für Herz und Magen, gleichfalls für Rheuma, Gicht und alle Krankheiten, die von zu viel Feuchtigkeit und Kälte kommen. «Die Kümmelpflanzen haben wir aus Ägypten bekommen.»

Sie gingen hinüber zur anderen Seite, zum Hortulus, dem Gemüsegarten, der ebenfalls nach medizinischen Gesichtspunkten angelegt war.

«Im Osten: Cepas, die Zwiebel, die vielerlei nützliche Eigenschaften hat: sie wirkt generell kräftigend, ein Sirup aus Zwiebel ist gut bei krampfartigem Husten. Sie nützt als Kompresse bei Entzündungen der Ohren, für das alte Herz wirkt sie wahre Wunder, und eine Abreibung der Kopfhaut mit der rohen Frucht vertreibt Ungeziefer und lässt das Haar wachsen. Nicht dass wir solchen Schmuckes bedürften …», dozierte Alix.

«Du sprichst, als seist du in einem Kloster gewesen», sagte Danielle.

«War ich auch. Bin als Kind in Sankt Gallen gewesen. Habe dort als Magd im Garten gearbeitet, da habe ich alles *de culturam hortorum* gelernt.»

«Und warum bist du nicht mehr dort?»

Alix zwickte im Vorübergehen mit den Fingernägeln ein Ästchen ab, das vorwitzig in den Weg ragte. «Die Sankt-Gallener schließen sich zu sehr von der Welt ab, das hat mir nicht gepasst. Nur *vita contemplativa* auf Kosten der Gesellschaft, das heiße ich nicht gut. Ist im Übrigen auch nur für die hochwohlgeborenen Chorschwestern so bequem. Als Laienschwester bist du nur eine billige Dienstkraft, und für das Kontemplative bleibt dir wenig Zeit. Trotzdem wecken sie dich um Mitternacht zum Beten! Im Übrigen waren sie geizig mit dem Bier. Ich bin also dort weg, als ich alt genug war, um zu begreifen, was mir nicht gefällt.»

Als Danielle später eine Bemerkung über Alix' lockere Einstellung zum Konventleben machte, da widersprach Magdalène ihr überraschend: «Das scheint nur so. Tatsächlich ist Alix tiefgläubig, tiefer als die meisten von uns! Du musst sie nur einmal beobachten, wenn sie betet. Oder schau einmal, mit welcher Sorgfalt und Liebe sie die Blumen für unseren Hausaltar aussucht und wie sie diese Blumen stellt und dabei die Madonna anschaut. Sie liebt sie wirklich. Nein – es muss etwas vorgefallen sein in diesem Kloster, was sie von dort vertrieben hat. Sie hat ein paar Andeutungen über den sündigen Luxus der adligen Nonnen gemacht. Und wenn Alix etwas nicht für Recht hält, dann gibt sie sich auch nicht dafür her.»

«Wie – du bist einfach auf und davon?», fragte Danielle.

«Na, ich habe mich wandernden Beginen angeschlossen, Bettelbeginen, und bin mit denen umhergezogen. Dann kamen wir nach Pertuis, und da hatte Juliana gerade mit Hilfe einer reichen Stifterin dieses Haus eröffnet. Es hat mir gefallen, und ich bin geblieben. Da siehst du: Den Garten habe ich so angelegt, dass er unser Leben wiedergibt. Die Umrandung ist niedrig, das bedeutet: Wir gehen in die Welt hinaus und helfen. Wir führen eine *vita activa,* wir arbeiten. Der Garten sollte das widerspiegeln, verstehst du?»

«Ich sehe es», bemerkte Danielle. «Und auch die Schönheit hast du nicht vernachlässigt.» Da war eine Bank, von dichtem Lorbeer eingefasst. Meerblaue Schwertlilien blühten in Schalen aus grauem, verwittertem Kalkstein zu den vier Seiten des Brunnens. Und gegenüber der Bank bildete eine Heckenrose das optische Gegengewicht zum Lorbeer. «Ein ungewöhnliches, aber sehr harmonisches Arrangement», sagte sie anerkennend.

«Ja, das ist es», bestätigte die alte Begine zufrieden. «Und hier bei den Gemüsen siehst du weiterhin den Porros – Porrée; Apium – Sellerie; Fasiolo, die Bohnen. Im Südwesten sodann: Alias – Knoblauch; Pastinachus – weiße Rüben; Lubestico, den Liebstöckel, dazu noch Petrosilium und Anetum – Dill. Auf den Beeten zwischen Hospital und Apotheke findest du noch Schafgarbe, Katzenkraut, Benediktenkraut. Angelica und Calendula. Dort hinten …», sie gingen an der Weberei vorbei und um die Ecke des Gärtnerhauses, «vor den Latrinen sind noch ein paar Reihen Caulas – Kohl, wie du sicher schon bemerkt hast.» Die Kohlköpfe waren noch hellgrün und nicht einmal faustgroß und sahen aus wie Wintersalat. Erst später würden sie zu den harten, festen Kugeln werden, die man im Oktober ernten und einsalzen würde.

Die Tierställe schlossen an die hintere Mauer an. Hier waren die zwei Maultiere, ein Schwein und einige Hühner untergebracht. Die Hühner hockten im warmen Sand und gaben träge, glucksende Geräusche von sich. Alix und Danielle kehrten zurück in den eigentlichen Garten.

«Die Setzlinge brauchen Wasser, und alles andere auch.» Alix schob den Holzdeckel der Zisterne beiseite und spähte in die Tiefe. «Aber Wasser ist hier knapp. Würdest du welches vom Brunnen holen? Ja, ja, du darfst hinaus! Wenn ich es dir erlaube, wird Juliana nichts dagegen haben. Ich begleite dich.»

Danielle nahm zwei hölzerne Eimer und Alix einen Krug.

Sie gingen durch den überschatteten Gang vorbei an der Küche, aus der ein Dunst drang, der noch heißer war als die Luft draußen.

«Arme Annik!», sagte Alix. «Ich habe sie nie um ihre Aufgabe beneidet. Kannst du kochen?»

«Nein. Annik lässt mich höchstens noch Töpfe schrubben, nachdem ich einmal ein Gericht versalzen und ein anderes habe anbrennen lassen.»

Alix lachte. «Ich hab auch immer besser essen als kochen können.»

Marthe, die das Eingangstor hütete, stand auf und öffnete ihnen. «So, geht es hinaus? Grüßt mir meine Base, ihr trefft sie sicher am Brunnen zu dieser Zeit.»

Sie traten in die Gasse hinaus. Zwei Frauen säuberten die Straße; eine sprengte Wasser, die andere kehrte.

«Guten Abend, Alix, guten Abend Schwester.»

«Guten Abend und Gottes Segen!»

Sie überquerten die Rue Vaillante und gingen am Haus des Konsuls vorbei, hinter dem sich der öffentliche Brotofen befand, auf die Place de l'Ange. Am einzigen Brunnen in der Stadt war immer viel Betrieb. Frauen standen und warteten mit Krügen und Eimern, bis sie an der Reihe waren, und ließen auch schon mal andere vor, wenn sie ihren Schwatz noch nicht beendet hatten. Und wo sich Frauen aufhielten, waren auch die jungen Kerle nicht weit. Ein paar von ihnen lehnten an einer Hauswand unweit des Brunnens und kommentierten untereinander weithin hörbar die Vorzüge oder Nachteile einzelner Damen.

«O schau, die Beginen, immer paarweise, wetten, dass die andersrum sind?»

«Ja, normal ist das nicht, dass Frauen so zusammenwohnen, sind doch schließlich keine Nonnen!»

«Kennst du den schon», gab schließlich einer von ihnen

die neueste Zote zum Besten: «Kommt ein Mann zu einem Beginenhaus und klopft an die Tür. Macht eine Begine auf. Der Begine fällt ein, dass sie vergessen hat, den Schleier anzulegen, und vor Scham wirft sie sich den hinteren Teil ihres Rockes über den Kopf. Sagt der Mann: Unbedecktes Haar ist aber weniger anstößig als ein bloßes Hinterteil!» Die Kerle grölten los.

Sie weiß, sie hat einen Fehler begangen. So spät sollte sie in einem Dorf nicht unterwegs sein. Es ist schon dunkel, aber sie ist hungrig und hat darauf gehofft, etwas zu essen zu ergattern. Drei Männer kommen ihr entgegen. Ihr Gang ist schlingernd, schwankend, sie lachen zu laut. Sie beginnt schneller zu laufen, aber sie haben sie schon entdeckt. «Ein Weib! Die schnappen wir uns!» Sie rennt, verliert einen ausgetretenen, geflickten Schuh, läuft weiter. Zum Glück sind die Kerle betrunken und langsam. Über ein Mäuerchen, durch einen dunklen Garten und hinter einen Stall. Sie lehnt an der Bretterwand und hört drinnen die Tiere schnaufen und scharren. Ihr Herz rast.

«Und kennt ihr den: Bei einer Begine liegt ein Kleriker. Die Begine nebenan hört das Geturtel und geht hinüber, um ihre Schwester zu ermahnen. Sagt die Getadelte: ‹Du hast aber einen merkwürdigen Kopfputz, Schwester!› Sie hatte nämlich im Dunkeln statt des Schleiers die Hose ihres eigenen Liebhabers erwischt!» Er bog sich vornüber vor Lachen und schlug sich auf die Schenkel, so erfreute er sich an seinem eigenen Witz.

Danielle starrte sie finster an. Alix stieß ihr den Ellbogen in die Seite: «Wirst du wohl die Männer nicht so anstarren! Das gehört sich nicht! Schlag die Augen nieder!»

«Aber wenn sie doch so schmutziges Zeug über uns sagen?!»

«Na und? Beachte sie einfach nicht. Schämen müssen die sich und nicht wir.»

Sie stellten sich am Brunnen an. Die meisten Frauen waren freundlich und höflich, doch sie spürte wohl, dass sie hier eine Außenseiterin war. Zwei der besser gekleideten Bürgerinnen wandten sich demonstrativ von ihr ab.

«Es ist schon eine Schande, wie sie ganz offen zusammenleben und dann auch noch fromm tun», zischte die eine.

«Und auf uns herabschauen, als ob sie etwas Besseres wären», flüsterte die andere.

Danielle hielt ihren Frieden und wartete, bis sie an der Reihe war. Vor ihr stand eine hochschwangere junge Frau.

«Du solltest in deinem Zustand nicht so schwer tragen», bemerkte Danielle.

«Ha! Das sag mal meinem Ehemann! Der sieht seine Eselinnen die Karren ziehen und ihr Junges im Laufen werfen und meint, das müsste bei mir genauso gehen.»

«Männer!», sagte ihre Nachbarin empört.

Danielle drehte sich nach Alix um und schaute sie fragend an. Die nickte und machte es sich auf dem Brunnenrand bequem.

«Komm, lass mich! Ich trag dir rasch die Eimer nach Hause.»

«Ja? Ich dank dir sehr. Das wäre mir wirklich recht! Ich habe schon Angst, es geht wie beim letzten Mal.»

«Hast du ein Kind verloren?»

«Ja, nicht nur eins.»

«Na, dann gib mir die Eimer und lauf voran. Und wenn es meine Meisterin erlaubt, will ich gern morgen zur selben Zeit wieder hier sein.»

Danielle war bald zurück. Sie füllte die Holzeimer und hängte sie rechts und links auf den Tragbalken, bückte sich, schlüpfte unter den Balken, sodass er in ihrem Nacken zu liegen kam, und richtete sich mit der Last auf. Alix schleppte den Krug. Sechs- oder siebenmal mussten sie laufen, ehe alle

Pflanzen gewässert waren und noch zweimal, um Wasser für die Küche und Trinkwasser für die Tafel zu holen.

Marthes Cousine erschien am Brunnen mit ihrer Kinderschar. Die Jungen tobten auf dem Platz herum und machten Geschrei, während die Mädchen mit ihrer Mutter nach Wasser anstanden. «Ich danke für die Grüße. Sag ihr, uns geht es allen gut. Nur dass ihr Bruder noch humpelt, wo er sich mit der Axt ins Bein gehauen hat beim Holzschlagen. Und dass seine Milchkuh ihm weggelaufen ist. Und dass ihm der Schuppen abgebrannt ist. Aber sonst geht's uns allen gut», sagte sie und lächelte tapfer.

Endlich waren alle Pflanzen gewässert. Der Duft von feuchter Erde mischte sich mit dem sonnenwarmer Kräuter. Mit dem letzten Rest Wasser aus dem Krug spülten sie Schweiß und Staub von den Händen. Alix richtete sich auf und rieb sich ihre knotigen Gelenke.

«Wenn du jetzt noch eine Kräutermischung in Olivenöl ansetzen würdest, dann wären wir für heute fertig. Alles, was dafür nötig ist, steht schon auf dem Tisch im Schuppen.»

«Gern», erwiderte Danielle. Das war ihr die liebste Beschäftigung, gleich nach dem Gärtnern. Es war so friedvoll hier in diesem luftigen Gärtnerhaus mit den langen Bänken, auf denen Setzlinge keimten, mit den Regalen voller säuberlich beschrifteter Flaschen, den Schubladen mit Samen, dem steinernen Arbeitstisch. Danielle legte Alix' Rezeptbuch offen neben sich und überprüfte die Zutaten. Sie musste sich tief über das Buch beugen, um die winzige, krakelige Schrift lesen zu können. Gerade hatte sie begonnen, eine Handvoll Pfefferkraut grob zu hacken, als sie von draußen Lachen und Geschrei vernahm. Als sie vor die Tür trat, sah sie gerade noch, wie die alte Gärtnerin wütend und mit dem Stock fuchtelnd durch die Beete rannte.

Ein paar Gören stoben kichernd vor ihr davon, die Taschen voller Kirschen. Natürlich war Alix nicht schnell genug. Die Kinder entkamen über die hintere Mauer zwischen Stall und Latrine.

«Was stehst du da so herum? Warum hast du mir nicht geholfen?!» Wütend versetzte Alix der Mauer einen letzten Hieb mit ihrem Stock. «Diese Lausebengel! Die fressen uns noch die Haare vom Kopf! Letzte Wochen haben sie Rüben gestohlen, davor waren es die ersten Zwiebeln! Heute sind's unsere guten Kirschen!»

«Ach, lass sie doch», sagte Magdalène im Vorübergehen. «Du weißt doch ganz gut, wie es bei denen zu Hause zugeht. Die haben immer Hunger! Sieh es als eine andere Art der Armenfürsorge.»

«Dass sie bei uns klauen können? Feine Fürsorge, da lernen sie gleich was fürs Leben», brummte Alix.

Am Abend blieb Danielle noch ein wenig Zeit, um an ihrem Teppich weiterzuwirken. Ein Gesicht war nun zu erkennen, das Haar mit einem weißen Band zurückgebunden. Die Schultern wurden sichtbar und ein einfaches weißes Gewand. Auch der Himmel war nun abgeschlossen. Ranken und Blumen zeichneten sich ab, die den Kopf umschlossen und sich rechts und links des Körpers nach unten hin fortsetzten. Hinter dem Gewebe hingen kleine Bündel aufgewickelter Wollreste in verschiedenen Farben herunter. Und es kamen immer mehr hinzu, je mehr Schattierungen Danielle einarbeitete.

«Das war freundlich, dass du der schwangeren Frau die Wassereimer getragen hast. Alix hat es erzählt», sagte Guilhelme.

Magdalène war hereingekommen und schaute ihrer Freundin über die Schulter.

«Du hast aber auch ein besonderes Verhältnis zu Schwangeren. Wie du dich auch um Laura sorgst …»

«Klipp, klapp», machten die Tritte der Webstühle.

«Vielleicht hat unsere Danielle ja ein geliebtes Kind verloren oder mehrere und aus Kummer das Gedächtnis verloren», rätselte Philippa.

«Eher hat sie doch wohl ihr Kind umgebracht und ist dafür bestraft worden.» Das war unverkennbar Gebba.

«Unsinn! Für so etwas wäre sie ersäuft worden», kam es von Manon.

«Dann war sie vielleicht Hebamme und ist für eine Pfuscherei geteert und gefedert worden», ließ Gebba nicht locker. «Ja, das passt!»

«O nein, das glaube ich ganz gewiss nicht. Vielleicht wünscht sie sich nur sehnlich ein Kind», sagte Guilhelme.

«Oh, seid doch nicht so grausam zu ihr!», rief Magdalène. «Seht ihr denn nicht, wie ihr sie quält mit eurer Neugier und euren taktlosen Vermutungen?»

Doch es war schon zu spät. Danielle war aufgesprungen und hatte heftig die Spindel zu Boden geworfen. Mit Tränen in den Augen rief sie: «Ich wäre euch wirklich dankbar, wenn ihr nicht über mich reden würdet, als sei ich gar nicht da!» Weinend stürzte sie aus dem Raum. Magdalène lief hinterher, um sie zu trösten, doch sie konnte sie nirgends finden.

Danielle hatte sich im Stall versteckt. Sie vergrub ihr Gesicht im warmen, struppigen Fell eines Maultieres und weinte, bis ihre Augen zuschwollen. Renata fand sie nach dem Abendessen. «Hier steckst du also. Wir waren alle sehr besorgt.» «Bestürzt» traf es eher. So heftig hatten sie die neue Schwester noch nie erlebt. Sie war doch sonst immer so ausgeglichen und beherrscht!

«Ach, lasst mich doch in Ruhe», sagte Danielle und wandte sich ab.

Renata ließ sich nicht abweisen.

«Sie haben es nicht böse gemeint. Na ja, für Gebba würde

ich meine Hand nicht ins Feuer legen. Aber die anderen sind alle sehr zerknirscht. Die Neugier ist mit ihnen durchgegangen. Du solltest ihnen verzeihen.»

«Schon recht», erwiderte Danielle.

«Nein, nein», Renata klopfte ihr auf den Rücken, so wie sie es mit ihren Tieren tat. «Ich meine: wirklich vergeben. Sie sind deine Schwestern und Freundinnen.»

«Ich brauche keine Freundinnen. Allein war ich besser dran.»

«Kein Mensch ist allein besser dran. Und das weißt du auch ganz gut. Nun komm mit. Da, wasch dir das Gesicht!»

Danielle ging zum Trog und spritzte sich mit beiden Händen kaltes Wasser ins Gesicht, bis es etwas abgeschwollen war. Renata warf ihr einen Lumpen zum Abtrocknen zu.

Wie ein widerborstiger Esel ließ Danielle sich in die Küche führen. Annik gab ihr – ausnahmsweise wortlos – eine Scheibe Brot in die Hand, dick mit Honig bestrichen, und stellte einen Becher Ziegenmilch neben sie auf den Küchentisch.

Nach diesem Vorfall wurde Danielles Vergangenheit nicht mehr diskutiert, zumindest nicht in ihrer Gegenwart. Ein paar Tage lang schienen alle auf Zehenspitzen um sie herumzuschleichen. Dann kehrte wieder Alltag ein.

6.

Es war die einzige Regel, an die sich Magdalène einfach nicht gewöhnen konnte: der morgendliche Kirchgang mit nüchternem Magen. Sonst fand sie sich mit allem ab – mit dem frühen Aufstehen, mit dem häufigen Beten zu festgelegten Zeiten, mit dem Mangel an Freiheit, der ständigen Aufsicht durch die Mitschwestern, dem verwässerten Wein, mit Gebbas Sticheleien, ja sogar mit dem Fehlen von Musik und Lustbarkeiten – aber zur Kirche ohne Frühstück, das war arg. Zum Glück ließ die Meisterin wenigstens im Anschluss daran eine gute und reichliche Mahlzeit auftischen.

Bei den einfachen Leuten gab es die Reste der Suppe vom Vorabend, wenn überhaupt etwas. Manche aßen ein Stück Brot, das sie vorher in verwässerten Wein getunkt hatten. Bei den reichen Leuten gab es kalten Braten oder Ei in Milch. In Marseille aß man angeblich eine ganze Knolle Knoblauch und trank den Wein dazu schon morgens unverwässert, das mochte Juliana aber nicht glauben. «Man soll sich nicht vollstopfen», pflegte sie zu sagen, «aber mit leerem Magen kann man kein ordentliches Tagewerk vollbringen. Und mit von Wein vernebeltem Kopf erst recht nicht.» Also hatte Annik während der Morgenandacht bereits eine große Kanne Fencheltee an der Glut warm gestellt. Es gab Brot, frischen weißen Ziegenkäse und gedämpfte Früchte. Jedermann wartete, bis Juliana fertig gegessen hatte. Sie sprach das Gebet für den Tag, rückte ihren Schemel zurück und ging hinaus, gefolgt von Anne. Magdalène stieg eilig aus der Bank und folgte ihnen. Im Hof holte sie die Meisterin ein.

«Juliana, auf ein Wort: Ich möchte einen Vorschlag machen, Danielle betreffend.»

«So?»

«Wir kommen nicht weiter mit ihr. Sie ist krank.»

«Mir scheint sie ganz gesund.»

«Äußerlich. Ja. Aber du weißt schon, was ich meine: Sie ist krank an der Seele. Da ist etwas, das unter der Oberfläche schwärt. Und dann, so wie neulich Abend, oder bei der Sache mit den Flussschiffern, da bricht es heraus, und es wird offenbar, dass da etwas ganz und gar nicht in Ordnung ist. Es ist nicht gut, wenn man sich selbst nicht kennt, wenn man sich nicht erinnert, wer man war.»

«Und wenn diejenige sich nicht erinnern möchte?»

«Dann erst recht nicht», beharrte Magdalène. «Es ist nicht gesund. Man muss mit sich selbst und mit Gott ins Reine kommen.»

«Und wie möchtest du im Kopf deiner Schwester Ordnung schaffen?»

«Carolus könnte versuchen, sie zu heilen.»

«Der junge Medicus? Warum sollte ihm gelingen, was uns nicht gelungen ist?»

«Nun, er ist freundlich, ruhig und geduldig. Ich traue ihm zu, dass er nicht nur die Krankheiten des Körpers, sondern auch die der Seele zu heilen vermag. Fragen wir ihn doch, ob er es versuchen will.»

Juliana ließ sich nicht so leicht hinters Licht führen. «Du meinst, dass er auf sie die übliche Wirkung hat. Und dass sie ihn gewähren lässt, damit sie in seiner Nähe sein kann. Meine liebe Magdalène. Was soll ich nun davon wieder halten?!»

Magdalène legte eine Hand auf ihren Busen, ganz die missverstandene Unschuld.

«Ach, er soll doch nur Gespräche mit ihr führen, weiter nichts. Was kann das schon schaden?»

«Und wie und vor allem wo soll das geschehen? Im Hospital?»

«Nein, da nun gerade nicht. Danielle hasst das Hospital. Dort würde sie sich niemals öffnen. Ich dachte an etwas Stilleres, Angenehmeres.»

«Eine Kammer? Wir können doch nicht einen Mann mit einer Schwester allein lassen. Das schickt sich nicht und verstößt gegen unsere Regeln», sagte Juliana streng. «Das kommt gar nicht in Frage!» Sie wollte sich schon abwenden.

Doch Magdalène hatte sich schon alles genau zurechtgelegt.

«Ich dachte, er könnte im Garten mit ihr sprechen. Alix wäre in der Nähe oder ich. Uns vertraut sie und würde es nicht als Einmischung empfinden. So wäre dem Anstand Genüge getan. Sie wären unter aller Augen und doch ungestört.»

«Im Garten.» Juliana schürzte die Lippen. «Hm, das wäre annehmbar. Aber nur am hellen Tag. Vor der Abendandacht muss er gehen! Nach Sonnenuntergang darf sich kein Mann in unserem Hause aufhalten.» Sie dachte nach und sagte dann: «Nun gut, einverstanden. Ich werde ihn fragen. Du unternimmst erst einmal nichts weiter, verstehen wir uns?»

«O ja, natürlich. Am besten, du redest auch mit unserer Schwester.»

«Überredest sie – meinst du wohl. Ich werde es ihr freistellen, ob sie sich auf so etwas einlassen mag oder nicht. Ich werde es ihr nicht befehlen.»

«Danke, Meisterin.»

Als Magdalène sich umdrehte und zur Küche zurückging, erlaubte sie sich ein zufriedenes, kleines Lächeln.

Sie sah nicht, dass Juliana ebenfalls lächelte.

«Soso, sie meint also, sie könne mich für ihre Zwecke einspannen», sagte Juliana zu Anne. «Aber es mag tatsächlich ein guter Einfall sein. Weißt du, woran mich unsere Danielle oft erinnert?»

«Nun?»

«An eine Schmetterlingspuppe.»

«Weil sie so zurückhaltend ist?»

«Mehr noch. Sie kommt mir so vor, als schliefe sie halb. Schliefe in einem Kokon, der sie vor der Außenwelt schützt. Als sei da etwas verschlossen, das doch einmal hinausmuss.»

«Muss es denn? Sie hat sich doch gut eingelebt. Sie ist sehr anstellig und hilfsbereit – und auch fromm.»

«Ja, das ist alles wahr. Aber sie ist nicht recht sie selbst. Davon bin ich überzeugt.»

«Vielleicht wäre es wirklich besser, die Vergangenheit ruhen zu lassen.»

«Vielleicht bin ich nur eine neugierige alte Frau, die sich übermäßig in das Leben anderer einmischt. Aber ich möchte doch zu gern diesen Schmetterling noch einmal fliegen sehen.»

«Und was, wenn es gar kein Schmetterling ist, nichts Schönes und Gutes, sondern wenn etwas Schlimmes ans Licht kommt? Was, wenn sie doch eine Verbrecherin ist?»

Die Meisterin öffnete die Tür zum Scriptorium und drehte sich dabei zu Anne um.

«Was sagt dir dein Gefühl?»

«Ich glaube es nicht. Aber Gefühle können täuschen.»

«Wohl wahr. Und das ist ein Grund mehr, die Sache nicht so einfach auf sich beruhen zu lassen: Wenn sich doch herausstellte, dass unsere Danielle etwas Unverzeihliches getan hat, dann könnte sie uns allen hier gefährlich werden. Man würde es dann nur zu gern gegen uns verwenden.»

Es war aber nicht so leicht, Danielle zu überreden, wie Magdalène es sich vorgestellt hatte. Ein hübsches Männergesicht, eine sanfte Stimme – und schon würde sie ihr Herz ausschütten, hatte sie gedacht. Nein. Danielle weigerte sich rundheraus, mit Carolus zu reden.

«Was soll denn dabei herauskommen? Ich werde mich schon erinnern, wenn es an der Zeit ist. Und wenn nicht, dann eben nicht. Und im Übrigen muss ich mich schon sehr wundern, dass mir ausgerechnet hier zugemutet wird, mit einem Mann vertraulich zu werden!», hatte sich Danielle empört. Doch auf Drängen der Meisterin hatte sie schließlich nachgegeben.

Der gute Medicus dagegen war von dem Fall fasziniert gewesen und hatte sofort eingewilligt, sich eingehend damit zu beschäftigen.

«Ich habe schon öfter davon gelesen, wie Menschen durch einen großen Schrecken oder einen Schlag auf den Kopf das Gedächtnis verlieren. Aber ehrlich gesagt, getroffen habe ich nur Lügner, die hinter einem angeblichen Gedächtnisschwund irgendwelche Missetaten zu verbergen trachten.»

«Dass sie uns böswillig hinters Licht führt, das glaube ich nicht. Es bleibt allerdings die Frage, ob sie sich nicht erinnern kann oder sich nur nicht erinnern will.»

«Was auf dasselbe hinauslaufen kann!»

«Überdies erscheint sie mir ständig ein wenig gedämpft und traurig.»

«‹Unter allen Leidenschaften der Seele bringt die Traurigkeit am meisten Schaden für den Leib›, sagt Thomas von Aquin. Ich hege den Verdacht, dass manche Krankheit auf solche Art zustande kommt. Doch in welchem Zusammenhang steht ihre Traurigkeit und dass sie sich nicht erinnern kann? Handelt es sich um eine Krankheit des Körpers oder der Seele? Ein interessantes Problem.»

«Es ist nur leider so, dass unsere Schwester im Augenblick

gar nicht geheilt werden will, sondern sich vielmehr ganz gesund wähnt.»

«Das ist oft so», entgegnete Carolus. «Wenn Ihr erlaubt, will ich gleich selbst mit ihr sprechen. Ich werde sie nicht bedrängen und will sie ganz gewiss nicht quälen. Ich darf mich ihr also nähern?»

«Das wird wohl notwendig sein, um mit ihr zu sprechen! Aber nur in den Grenzen des Anstands, junger Mann. Vergesst das niemals!»

«Was denkt Ihr von mir?», empörte sich Carolus.

«Fort mit Euch! Versucht Euer Glück», scheuchte ihn Juliana hinaus. Carolus trat auf den Hof und zog die Tür hinter sich ins Schloss.

Danielle hatte eine Hose unter einen alten, vielfach geflickten Rock angezogen, wie eine Bäuerin. Die kurzen Haare waren unter ein altes Tuch gebunden. Sie kniete im Garten und wühlte mit beiden Händen tief in der schwarzen Erde. Ein Teil des Heilgartens war bereits umgegraben und mit Stöcken und Stricken in Abschnitte eingeteilt. Sie hörte die Schritte des Doktors auf dem Kopfsteinpflaster und schaute sich um. Die Sonne stand hinter ihm und blendete sie. Als sie die Hand hob, um die Augen zu überschatten, beschmierte sie sich Nase und Stirn mit Erde. Carolus musste lachen.

«Ah, der Herr Medicus! Macht Euch ruhig über mich lustig», sagte Danielle ärgerlich. Sie versuchte, sich mit dem Rockzipfel den Schmutz fortzuwischen, und machte es nur noch schlimmer. Sie sah aus wie ein Mohr.

«Erlaubt bitte», sagte Carolus galant. Er zog ein Tuch aus dem Wams, tauchte es in einen Wassereimer und beugte sich über sie, um ihr Gesicht zu reinigen.

«Das scheint ja zur Gewohnheit zu werden», knurrte Danielle, doch sie lächelte dabei. Carolus fand ihr Lächeln bezaubernd. Sie übersah seine ausgestreckte Hand, richtete sich auf, ging zum Wassereimer und wusch sich die Hände. Sie brauchte erstaunlich lange dafür. Umständlich beklopfte sie sich die Kleidung. Endlich war sie so weit. Sie verschränkte die Arme und fragte:

«Nun also: Was muss ich tun?»

Carolus verspürte einen leichten Stich. Er war es nicht gewohnt, dass Frauen seine Anwesenheit als unangenehm empfanden, im Gegenteil. Manche erfanden sogar alle möglichen Beschwerden, nur um ihn zu sich nach Hause rufen zu können. Ein wenig irritiert schaute er sich um und entdeckte die Steinbank, halb versteckt zwischen Lorbeer und Wildrosen. Es sollte ihm doch gelingen, sie sich gewogen zu machen! Er nahm seinen Hut ab und fegte damit ein paar welke Blätter von der Sitzfläche.

«Setz Euch hierher zu mir.»

Danielle setzte sich auf die Bank, aber so weit wie möglich von ihm entfernt. Alix kam aus dem Stall mit einem Korb Eselsdung, den sie auf der frisch umgegrabenen Fläche verteilte. Sie begann den Mist mit der Hacke einzuarbeiten.

Gebba, die für einen Augenblick vor die Türe der Weberei gegangen war, um ein paar Atemzüge frische Luft zu schnappen und ihren Rücken zu strecken, sah Danielle mit Carolus auf der Bank sitzen. «Oh! Das ist richtig! Man muss nur ein großes Geheimnis um sich selbst machen, und dann wird man verwöhnt, während andere den Buckel krumm machen müssen!» Vor sich hin brummelnd ging sie wieder hinein.

«Ich bekomme richtig Lust mitzumachen, wenn ich das so sehe, aber leider bin ich dazu nicht richtig angezogen», erklärte unterdessen Carolus.

«Ihr macht Gartenarbeit?», fragte Danielle überrascht.

«O ja, oft! Nach all den Krankenbesuchen bin ich gern in meinem Gärtchen. Es klärt die Gedanken und erfreut mein Gemüt. Riecht es nicht herrlich am Morgen, wenn die Erde taufeucht ist, oder am Abend, wenn die Luft schwer ist von Blütendüften, von Ginster, Rose und Geißbart?»

Der Küchen- und Heilgarten der Beginen hatte an Blütendüften wenig aufzuweisen. Hier roch es vorwiegend nach Kräutern, sandig und scharf nach dem blauen Salbei, der gerade blühte, würzig nach violettem Pfefferkraut, ein wenig bitter nach Wermut, beißend und grün nach Zwiebelschluppen in der Sonne, süß nach dicken Bohnen, scharf und rein nach Minze, warm und trocken nach Rosmarin, nelkenartig vom Benediktenkraut.

«Ihr besitzt einen Blumengarten?» Nicht viele Leute hatten Gärten, die nur dem Vergnügen dienten.

Carolus hatte ein Minzeblatt gepflückt, zerdrückte es zwischen seinen Fingern und roch daran. «Ja, ich weiß, es ist ein Luxus und eine Schwäche, aber: ja.»

«Was für Blumen habt Ihr denn?»

«Oh, Iris natürlich, gelbe und weiße Milchsterne, weiße Lilien, Akelei, Eisenhut und Rittersporn, und eine Damaszener Rose …»

Danielles Gesicht belebte sich. Sie war ein klein wenig näher gerückt und schaute Carolus zum ersten Mal während dieser Unterhaltung offen an.

‹Ihr Gesicht mag etwas herb sein und zu kantig für unsere Begriffe›, dachte er. ‹Vielleicht sehen sie in Neapel anders aus. Aber sie hat wundervolle Augen – braun, mit kleinen goldenen Sprenkeln darin, wie dunkler Bernstein. Und diese Wimpern!›

«Eine Damaszener Rose?», wiederholte Danielle. «Ich habe noch nie eine gesehen. Wie sieht sie aus? Wie seid Ihr darangekommen?»

«Sie ist dunkler als die Hundsrose und gefüllt, und sie duftet so köstlich, dass man trunken davon werden könnte. Ein Duft zwischen Honigwein und Muskat. Ich habe sie mir von einem Kaufmann mitbringen lassen, der Verbindungen in den Orient unterhält. Angeblich stammt sie aus dem Garten des Osman Bey.» Carolus lachte ein wenig verlegen. «Sie hat mich ein kleines Vermögen gekostet, diese Rose, und ich habe sie sogar malen lassen, damit ich mich auch im Winter in meinem Haus an ihr erfreuen kann. Das ist ein wenig verrückt, nicht wahr? Ich liebe meinen Garten …» – ‹Ich schwadroniere›, dachte Carolus. ‹Aber ich muss doch irgendwie ins Gespräch kommen mit ihr. Worüber redet man mit einer Frau, die man kennenlernen will? Über Gedichte, über ihre Kleidung? Sie trägt ja nur diesen Hausmutterkittel. Wie kann ich da ein Kompliment machen, ohne dass es spöttisch klänge. Man fragt sie nach ihren Interessen. Was fragt man aber jemanden, der sich an nichts erinnert?›

«… Meine alte Mutter kümmert sich darum, und sie macht mir beständig Vorwürfe über diese Verschwendung. Ich soll lieber Kohl und Zwiebeln anbauen, meint sie.»

«Da hat sie nicht unrecht. Aber auch die Schönheit hat ihren Nutzen.»

«Meine Mutter ist der Meinung, dass Schönheit vergänglich und unnütz sei.»

«Ihr könntet ihr entgegenhalten, dass sich in allem Schönen auf Erden Gott offenbart, in Blumen, Farben und im Licht, und also solche Dinge geeignet sind, die Gedanken zu reinigen und der Seele einen schwachen Abglanz des Paradieses zu vermitteln.»

«Bist du etwa in einem Kloster erzogen worden?»

«Nein», antwortete Danielle kurz. Sie beobachtete, wie sich Alix ächzend nach einem Stein bückte. «Ich fühle mich nicht wohl dabei, die alte Frau die ganze Arbeit tun zu lassen, während ich hier sitzen und schwatzen soll», sagte Danielle.

«Anschließend soll sie auf der Bank sitzen, und ich werde

ihre Hände mit einer neuen Gichtsalbe behandeln, die ich für sie mitgebracht habe.»

«Also gut, dann vertändeln wir doch nicht unsere Zeit, indem wir über Rosen sprechen. Wie wollt Ihr es angehen?»

«Ich weiß nicht.»

Danielle lachte: «Das ist meine Zeile, Herr Medicus!»

«Ja», sagte der junge Arzt. «Von einem Arzt wird immer erwartet, dass er wichtig tut und alles weiß.»

«Wer wichtig tut, weiß meistens nichts. Allerdings wirkt eine Medizin besser, wenn der Arzt zumindest den Anschein erweckt, als ob er davon überzeugt sei. Aber Ihr habt nicht einmal eine Medizin.»

«Ich dachte, wenn wir miteinander sprechen …»

«Ich glaube nicht, dass das einen Zweck hat», sagte Danielle gleichmütig. «Was soll's auch. Ich bin nicht krank. Ich fühle mich wohl, und ich arbeite gern hier im Garten. Sicher war ich Gärtnerin. Wahrscheinlich ist mir ein Apfel auf den Kopf gefallen!»

«Gärtnerin? Wo? Was für ein Garten? Schließt Eure Augen, stellt Euch einen Garten vor und beschreibt ihn mir!»

Danielle sprang auf. «Was soll ich denn da beschreiben? Wir haben doch einen Garten vor uns! Genug geredet. Ich muss nun wirklich Alix helfen!»

Er sah Danielle hinterher, die Alix die Hacke aus den Händen nahm und mit ihrer Arbeit fortfuhr, ohne sich auch nur nach ihm umzudrehen. Alix kam herangewackelt und nahm neben ihm Platz.

«Hast eine neue Arznei für mich, Medicus?» Sie streckte die Hände aus. Ihre Knöchel waren geschwollen. Carolus hob seine lederne Tragetasche auf, die er neben die Bank gestellt hatte. Er zog ein irdenes Tiegelchen hervor und nahm den Stopfen heraus.

«Und? Hast du etwas erreicht bei ihr?», fragte Alix, während er ihre knotigen Gelenke mit der wärmenden Salbe einrieb.

«Nicht viel», knurrte Carolus, ein wenig ärgerlich auf sich selbst «Sie ist ein schwieriger Fall.»

«Hehe! Du hast gedacht, du musst nur lächeln und ihr tief in die Augen sehen, und schon wird sie dir ihr kleines Herzchen ausschütten!», sagte Alix.

Tatsächlich hatte er etwas in der Art gedacht. Aber Carolus setzte sein würdevollstes Gesicht auf: «Ich bin Arzt!»

«Als ob das was erklären würde! Jung und hübsch und ein bisschen eitel bist du. Glaubst du etwa, bloß weil ich alt wäre, wüsste ich nicht mehr, wie junge Männer sind?»

«Was hat mein Aussehen damit zu tun? Meine Kunst verlangt Einfühlungsvermögen aber auch einen gewissen Abstand zum Patienten. Sachlichkeit vor allem. Systematisches Vorgehen!», verteidigte Carolus sich.

«Genau!», lachte die alte Begine. «Vielleicht solltest du erst einmal Ordnung in deinem eigenen Kopf schaffen. Was genau willst du denn behandeln? Welcher Teil von ihr ist krank, wenn überhaupt? Welche Methode ist angemessen?»

«Ach, Alix», seufzte der junge Medicus. «Ich gebe mich geschlagen. Du hast völlig recht. Was ich brauche, ist ein Fachmann für Seelen. Aber mit dem Abbé kann ich nicht sprechen. Ich habe schon gehört, was er mit eurer armen Danielle veranstaltet hat! Aberglauben! Reinste Barbarei!»

«Dann sprich doch mit Bruder Calixtus. Der hat das Herz am rechten Fleck.»

«Richtig! Ich danke dir.» Er fühlte sich plötzlich so erleichtert, fast hätte er die alte Begine geküsst.

Carolus suchte den Franziskanermönch in seinem Kloster auf, im ärmsten Viertel der Stadt, nahe der Porte du Chien, dem Hundetor.

«In der Tat: Eine verzwickte Frage. Da würde ich gerne

den Infirmarius und unseren Bibliothekar hinzuziehen», sagte Calixtus nachdenklich, als er Carolus im Besucherraum empfing. Er eilte davon, seine Brüder zu holen. Der Medicus schaute sich um: Der Besucherraum gleich neben der Pforte, vom Klaustrum streng abgeteilt, war eine schlichte Zelle mit weißgekalkten Wänden. Ein Tisch stand darin und vier Schemel. An der Wand gegenüber dem hohen, winzigen Fenster hing ein geschnitztes und bemaltes Halbrelief von einem Mönch in brauner Kutte, der einem Wolf gegenüberstand.

Während er wartete, kam ein sehr junger Mönch herein, ein Kind noch mit rosigen haarlosen Wangen, und brachte einen Becher verwässerten Weins und ein kleines, mit Oliven gefülltes Brot. Schweigend stellte er die Gaben vor dem Gast auf die saubergeschrubbte Tischplatte aus Pinienholz und verschwand wieder.

Nach einiger Zeit hörte Carolus Stimmen auf dem Gang. Die Tür ging wieder auf, und Calixtus kam herein, gefolgt von zwei weiteren Mönchen. Er stellte sie ihm vor.

«Dies ist Basilio, unser Infirmarius.»

Der kam ohne Umschweife zum Thema: «Ich habe zwar noch nie mit Geisteskrankheiten zu tun gehabt, denn meine Brüder neigen eher dazu, sich bei der Feldarbeit in den Fuß zu hacken oder sich beim Knien in der kalten, feuchten Luft einen Schnupfen zu holen. Aber vielleicht fällt mir doch etwas Nützliches ein», sagte er, ein kräftiger, stämmiger Mann von etwa dreißig Jahren. Calixtus stellte den zweiten Mann vor: «Und das ist Athanasius, unser Bibliothekar.» Das war unschwer zu erkennen, da der so Bezeichnete etliche Pergamentrollen und Codices bei sich trug, die er auf dem Tisch verteilte. Athanasius' Körper wirkte weich und blass, wie der eines Menschen, der selten das Sonnenlicht sieht.

Carolus nickte beiden freundlich zu.

«Offenbar hat Calixtus euch schon ungefähr gesagt, um was für eine Art von Patientin es sich handelt. Als geisteskrank würde ich sie übrigens nicht bezeichnen, da sie ansonsten von klarem Verstand und normalem Verhalten ist. Sie lacht – wenn auch selten –, sie weint, sie spricht, sie arbeitet und betet. Sie scheint sogar die Fähigkeit zur Zuneigung und Verantwortungsgefühl zu besitzen, was man von Wahnsinnigen eher nicht sagen kann. Ich frage mich Folgendes», hier unterbrach sich Carolus und versuchte, seine Gedanken zu ordnen: «Ist sie überhaupt krank? Wenn ja, welcher Natur ist ihre Krankheit? Wo sitzt sie, in welchem Organ? Kann man sie behandeln? Soll man sie überhaupt behandeln?»

«Halt! Halt!», rief Athanasius. «Nicht so rasch. Die letzte Frage kann ich dir sofort beantworten: Da die Erinnerung vonnöten ist, um Sünden zu bereuen, ist es schon zum Wohle der unsterblichen Seele dringend erforderlich, diese wiederzuerlangen!»

«Also betrachten wir sie als krank und müssen sie behandeln. Welcher Natur ist aber ihre Krankheit? Welcher Teil ihres Körpers ist betroffen? Wo sitzt die Erinnerung?»

Der Bibliothekar suchte in den Dokumenten, die er mitgebracht hatte. Er zog schließlich eines hervor und legte einen dicken Zeigefinger mit sehr kurz geschnittenem Fingernagel auf die betreffende Stelle: «Platon beschrieb *epithymetikon*, die Triebseele, sie steuert die elementaren Bedürfnisse wie Schlaf und Nahrungsaufnahme, aber damit hat sie ja keine Schwierigkeiten, wie du sagst. Sodann: *thymoeides*, die Affektseele, zuständig für die Gefühle: Angst, Zuneigung, Wut und dergleichen. Auch dieser Teil der Seele scheint bei ihr funktionsfähig zu sein, wie ihr erwähnt habt. Es bleibt also das *logistikon*, die Vernunftseele, der das Denken, die Erkenntnis und das Gedächtnis unterliegt. Und da, wenn ihr mich fragt, sitzt das Problem! Und das ist umso schlimmer, als doch einige unserer Lehrer behaupten, dass nur die Vernunftseele unsterblich ist. Wie könnte also ein Mensch kränker sein als sie?» Er hob seine Hand in einer seltsam graziösen Gebärde, der Ellbogen leicht abgespreizt, die Hand mit dem gestreckten Zeigefinger halb geöffnet, als hätte er die Geste von einer Statue abgeschaut: «Wahrlich, ein schwerer Fall, Brüder! Eine fürchterliche Krankheit!»

«Und wo sitzt diese Vernunftseele, in welchem Organ?», fragte Carolus. «Ich habe an der Sorbonne gelernt, dass die Seele in den Eingeweiden beheimatet ist»

«Nein, nein! Das ist ganz falsch, Bruder! Sie sitzt in der Kehle!», rief Basilio. «In der Bibel steht vielfach zu lesen, dass der Geist, also die Vernunftseele, dem Menschen von Gott eingehaucht wurde, also auf demselben Weg wie der Odem.»

«Übrigens», warf Athanasius ein, «heißt das hebräische Wort *‹nafäsch›* für Seele auch ursprünglich ‹Kehle›!»

«Andererseits, wenn ich es recht bedenke, müsste die Seele eher in der Lunge zu finden sein, denn das ist der Ort, an den der Lebensodem geht. Hebt und senkt sich die Brust nicht mehr, dann ist die Seele gewichen und der Körper ist nur mehr eine Hülle. Das habe ich oft gesehen. Behandelt die Lunge!»

«Was für eine simple Vorstellung! Sagt nicht Thomas von Aquin, dass die Seele Form ohne Materie ist und nur deshalb unsterblich?! Man kann doch etwas Göttliches wie die Seele nicht mit Pflastern behandeln oder mit einem Aufguss aus Salbei», ereiferte sich der Bibliothekar. «Das stellst du dir zu einfach vor, mein lieber Basilio! Nein, nein, so geht das nicht.»

«Aber wenn es eine Form der Traurigkeit ist, dann versucht es doch einmal mit Süßigkeiten. Ich habe beobachtet, dass die Traurigkeit, die meine Brüder im Winter befällt, mit

Honigkuchen oder Mandelkonfekt gelindert werden kann», erwiderte Basilio.

«So einfach kann es nicht sein. Sie wird bei den Beginen gut genährt und bekommt auch süßes Kompott, Latwergen und Ingwerkuchen. Das hat aber alles nichts bewirkt», mischte Carolus sich ein. «Ich habe auch eine Menge gelesen von unangenehmen mechanischen Heilmethoden, die eigentlich nur auf den Körper zielen: Fesseln, Folter, plötzliches Untertauchen, Klistiere und Aderlässe.»

«Wie man hört, hat es unser tapferer Abbé Grégoire ja mit dem Untertauchen auch schon versucht!»

«Was ihren Zustand übrigens in keiner Weise gebessert hat», gab Carolus zu bedenken, «und auch Hippokrates hilft mir wenig, da er alle Störungen auf das Ungleichgewicht von Säften zurückführt. Ihr sagt mir aber, die Seele sei unkörperlich – und das denke ich auch. Übrigens leidet sie ja nicht an Traurigkeit, *Melancholia*, einem Übergewicht von schwarzer Galle. Nein, sie scheint meist ganz heiter und gelassen. Es ist allein ihr Gedächtnis, das betroffen ist.»

«Das Gedächtnis oder das Erinnerungsvermögen? Wir müssen genau sein», bemerkte Athanasius. «Ich habe hier eine Abhandlung des genialen, wenn auch leider heidnischen Aristoteles: ‹Über Gedächtnis und Erinnerung›. Wo war es noch gleich …» Er beugte sich tief über die Seiten des Codex und nahm wieder den Finger zu Hilfe: «Aha! Hier sagt er, das Gedächtnis sei nur indirekt eine Fähigkeit des Denkens, eher eine Funktion der allgemeinen Wahrnehmung, die wiederum auch Tiere besitzen.»

Er richtete sich auf und grinste Calixtus an: «Erinnerst du dich an den Köter, den du mal hattest, Calixtus?»

Calixtus lachte. «Ja, da war so ein wilder Hund, der sich immer in der Nähe der Kirche Saint Pierre herumtrieb. Nachdem ich ihm ein paarmal Futter gebracht hatte, verband er meinen Anblick so sehr mit Nahrungsaufnahme, dass ihm der Speichel immer schon herunterlief, wenn er meiner ansichtig wurde. Aber ist das nun Gedächtnis, oder handelt es sich um Erinnerung? Und was ist denn nun der Unterschied?»

«Hört zu!», rief Athanasius mit triumphierender Stimme: «Hier steht es nämlich: ‹Wenn man das Wissen oder die Wahrnehmung, die man früher hatte, wiedererlangt, dann ist dies Erinnerung … Weiter sagt er hier: ‹Erinnerung muss auf einem Prinzip gründen, das höher ist als das, von welchem ausgehend man sich zu erinnern lernt.›

Es ist also ein willentlicher Prozess. Der Gegenstand des Gedächtnisses ist eingeprägt als ein Abdruck des Seienden und daher immer noch vorhanden. Wie aber kann man darauf wieder zugreifen? Es ist Euch doch auch schon begegnet, dass ihr Euch an etwas zu erinnern wünscht, von dem Ihr genau wisst, dass es vorhanden ist, in Wirklichkeit und als Abbildung. Aber manchmal kann man es nicht aufspüren – so wie einen Gegenstand, den man verlegt hat. Man weiß, dass er vorhanden ist, aber man findet ihn nicht.»

«Aristoteles rät die Erinnerung in Form der Bewegung anzustoßen. Von einem Gegenstand zum anderen …», er vollzog mit den Fingern eine hüpfende Bewegung auf der Tischplatte. «Vom Korn zum Huhn zur Hühnersuppe zum Tag, an dem wir sie zum ersten Mal gegessen haben, an dem etwas Bestimmtes geschehen ist …»

«Dann muss ich nur noch das Korn finden, das die Assoziationsreihe in Gang setzt», rief Carolus. «Ja, das will ich versuchen!»

Er versuchte es mit einem einfachen Fragespiel, als er das nächste Mal bei Danielle im Garten saß. Oft genug war sie ihm ausgewichen, hatte angeblich zu viel Arbeit, versteckte sich im Stall, wenn sie ihn kommen sah, und war dann nicht aufzufinden – oder sie war schlicht «unpässlich», bis Juliana es satt hatte und einen festen Rhythmus für die Gespräche festlegte.

«Lilien?»

«Veilchen.»

«Salz?»

«Schinken.»

«Weiß?», fragte er.

«Wolken», antwortete sie. Und damit war das Spiel auch schon beendet. Er hatte gehofft, es würde zu einer Assoziationskette kommen: Weiß, Schnee, Alpen zum Beispiel – und dann zu einer Stadt, in der sie gewesen war. Oder: Weiß, Milch, Mutter … Aber das halsstarrige Weib gab immer Antworten, von denen aus man nicht weiterkam. Frustriert griff er in sein Wams und holte Walnüsse hervor. Er legte sie neben sich auf die Bank und begann zwei davon in seinen Händen gegeneinanderzudrücken, um sie zu knacken.

«Annik sagt, ich sollte Euch wenigstens füttern, während wir hier müßig herumsitzen.»

«Sie findet, ich sei immer noch so dürr wie eine alte Ziege.»

Das gab Carolus die Gelegenheit, ihre Figur genauer in Augenschein zu nehmen.

«Ich finde, Ihr seht genau richtig aus. – Ich spreche natürlich als Arzt», fügte er hastig hinzu und errötete.

Danielle errötete ebenfalls.

«Esst!» Er hielt ihr die Kerne der Nüsse in seiner offenen Hand hin.

‹Esst› – eine Männerhand, die ihr Nusskerne hinhält. Sie stehen unter einem alten Nussbaum. Nackte Zweige ragen in den Himmel. Eingerollte, fleckige Blätter bedecken den Boden, dazwischen die aufgeweichten braunen Außenschalen der Nüsse. Es ist Spätherbst, Regen tropft von den windgeschüttelten Zweigen. Nebelschwaden treiben

über die Wiese, aus dem Wald, ringeln sich um ihre Füße, Füße in ehemals gutem, aber jetzt abgelaufenem Schuhwerk. Sie ist hungrig. Wann hat sie zuletzt gegessen? Sie ist in den Garten gekommen, um zu stehlen, ja, zu stehlen. Ein Kind hat sie entdeckt, hat nach seinem Großvater geschrien: ‹Pépé! Komm schnell, ein Dieb! Ein Dieb in unserem Garten!› – ‹Dem werd ich helfen!› – eine Männerstimme, tief und heiser. Er kommt auf krummen Beinen angerannt, ein alter Mann, und fuchtelt mit einer Sense, lässt sie dann sinken. ‹Ach je! Es ist doch nur eine Bettlerin. Armes Ding. Du musst hungrig sein. Nimm, da! Iss!› Sie klaubt die frischen Nüsse aus seiner Hand, steckt sie hastig in den Mund, ohne den Mann aus den Augen zu lassen: weiche, milchige Nüsse, noch voller Saft. Da ist auch eine junge Frau, sie betrachten einander mit großen Augen. Die junge Frau bringt eine hölzerne Schüssel mit dicker Graupensuppe heraus. ‹Da, setz dich auf die Bank.› Die Frau setzt sich neben sie, das Kind nimmt vor ihr Aufstellung und betrachtet sie neugierig. ‹Bist du ganz allein auf der Wanderschaft – als Frau?›, fragt die Häuslerin. ‹Es hat mich keiner gefragt, ob es mir recht ist›, antwortet die Bettlerin. ‹Lebst du allein hier mit den Kindern und nur dem Großvater?› – ‹Ja›, sagt die Häuslerin. ‹Mein Mann ist voriges Jahr zum Kriegsdienst eingezogen worden. Seither haben wir nichts mehr von ihm gehört. Es ist schwer für uns, die Felder zu bestellen, aber die Kinder helfen schon. Es muss eben gehen.› Die Bettlerin nickt höflich und mechanisch. Sie ist benommen, taub für alles seitdem … Diese Nacht darf sie in der Scheune schlafen, trocken und halbwegs warm im Heu. Am Morgen sind die Grashalme und die abgefallenen Blätter mit Reif überhaucht. Der Winter kommt. Sie wandert weiter, gen Süden, und isst Nüsse im Laufen.

Annik schaute aus der Küchentür und wischte sich die Hände an ihrer Schürze ab. Magdalène drängte sich an ihr vorbei und machte einen langen Hals: «Was machen sie da?»

«Sie schaut verträumt, und er beobachtet sie», flüsterte

Annik. «So will er sie heilen? Indem er einfach neben ihr sitzt? Wie soll das gehen?»

«Er soll sie dazu bringen, sich zu erinnern. Und ich glaube, er mag sie!»

Annik kicherte: «Oh, bist du schon wieder bei deiner Lieblingsbeschäftigung? Du willst sie also verkuppeln!»

«Psst, nein, ich doch nicht! So was darfst du nicht einmal denken! Aber wenn seine Gegenwart ihr guttut und ihre Gegenwart ihm guttut – das kann doch nicht schaden, oder? Lassen wir sie in Ruhe!» Magdalène packte die kleine Küchenfrau bei den Schultern und schob sie wieder hinein.

«Sie waren aber ganz frisch», sagte gerade Danielle.

«Wie?»

«Die Nüsse. Sie waren frisch vom Baum.»

Carolus schaute sie von der Seite an.

«Ach nichts. Ich habe mich an andere Nüsse erinnert, die ich einmal gegessen habe.»

«Wo war das?», fragte Carolus plötzlich sehr interessiert.

Danielle machte eine Handbewegung: «Irgendwo im Norden.»

«Die Nüsse waren frisch, also wart Ihr im Herbst im Norden. Wie weit im Norden? Erinnert Ihr Euch an einen Namen, eine Stadt?» Er betete die Namen der großen Städte her, die an den Handelsstraßen lagen: «Lille inmitten von Weinfeldern, Cambrai – es ist dort alles voll mit Webereien und Tuchläden, vor den Türen sitzen die alten Frauen und klöppeln Spitzen –, die Kirchenstadt Arras; Rouen: Salzhandel, Austern und Fische? Nein?»

Danielle schüttelte den Kopf.

«Reims – eine gewaltige Kathedrale, erst vor zehn Jahren fertiggestellt, die dreischiffige Basilika, die Westfassade so reich mit Reliefs und Figuren verziert, mit Faltenwurf, sodass Ihr den Wind sehen könnt, der ihnen in die Kleider fährt da oben …» Er kam ins Schwärmen: «… über jeder Figur ein Baldachin aus Stein, und innen Netzgewölbe, die hoch in den Himmel streben, ja gleichsam den Himmel auf die Erde herunterbringen. Alle Formen und Verhältnisse sind perfekte Mathematik, die Musik des Göttlichen spricht dort zu einem … wenn Ihr dort gewesen wärt, könntet Ihr es nicht vergessen haben. Dijon, spezialisiert auf Senf? Nichts?»

Danielle war auf der Bank nach vorn gerutscht, saß nur noch halb, auf dem Sprung.

«Paris? Die Kathedrale Notre Dame, an der seit zweihundert Jahren gebaut wird, mit ihren beiden mächtigen Türmen und der Fensterrose, die das Tageslicht verwandelt in ein violettes und purpurnes Mysterium! Die Seineinseln, die Häuser auf den Brücken, die Mühlenräder unter der Mühlenbrücke? Und die Studenten in ihren bunten Kleidern auf dem linken Ufer, Saint Germain, die Buchläden und die Kopistenwerkstätten …»

Fast zornig schüttelte sie den Kopf und sprang auf. «Genug für heute!» Und verschwand in der Webstube.

«Paris», murmelte Carolus. Ob er wohl seinem Bekannten an der Sorbonne schreiben sollte? Unwahrscheinlich, dass der etwas wusste. Paris war eine so große Stadt! Aber in der Not griff man eben nach jedem Strohhalm.

7.

Lang liegt die Straße vor ihr wie ein ausgerolltes Band. Jede Meile bringt Abstand zwischen sie und das, was geschehen ist. Jeder Tag bietet einen neuen Anblick. Die Häuser haben sich verändert: Die Dächer sind flacher, die Fenster kleiner, Säulen schmücken die Eingänge der großen Höfe. Anbauten wuchern kreuz und quer, wo im Norden alles sich zusammendrängt, um der Kälte möglichst wenig Angriffsfläche zu bieten. Die Menschen haben sich verändert: Sie sind kleiner, gedrungener, viele von ihnen haben die schwarzen Haare, schwarzen Augen und die heftigen Gesten, die sie aus ihrer Kindheit kennt. Die Pflanzen haben sich verändert: Schwarze Zypressen säumen die Auffahrten statt Pappeln. Tannen, Schwarzkiefern und Heide haben Besenginster, Schirmpinien, flammendem Brautschleier und bläulichem Wacholder Platz gemacht. Die Luft hat sich verändert: Sie ist milder, weicher und duftet selbst so spät im Jahr noch süß. Sie hat sich verändert: Die Wunden sind verschorft, die Haare beginnen stoppelig nachzuwachsen. Ihr Körper ist mager und sehnig geworden, die Augen riesig in dem ausgehungerten Gesicht. Die Schuhe sind längst auseinandergefallen. Lappen um ihre Füße haben sie ersetzt. Sie hat Lyon erreicht, wo sich die Ströme treffen, die Saône und Vater Rhône. Die Halbinsel liegt im Abendlicht vor ihr, mit ihren großen Handelshäusern, den Schiffen, den Anlegestegen und Seilwinden, die aus den Dachluken der Lagerhäuser ragen. Es sind zu viele Menschen dort unten. Unentschlossen schaut sie dem Treiben zu, von ihrem einsamen Aussichtspunkt unter einer vom Wind gebeugten Pinie. Da entdeckt sie eine Herberge am linken Ufer. Es ist eine einfache Herberge für Bauern und Hausierer. Die reichen Handelsherren übernachten in der Stadt, dort, wo es Dienste und Vergnügungen aller Art zu kaufen gibt.

Niemand nimmt von ihr Notiz, als sie den Schankraum betritt. Der Boden ist aus gestampftem Lehm. Die Tische und Bänke sind aus rohen Brettern gefertigt. Es riecht nach Kohlsuppe und Essig. Eine junge Frau mit rosigem Gesicht steht hinter der Theke und füllt trüben Wein in Krüge ab. «Was willst du?», fragt sie.

«Hast du Arbeit für mich? Ich arbeite für ein Essen, einen Platz zum Schlafen ...» Unsicher sagt sie es, als ob sie erwartet, fortgejagt zu werden.

«Arbeit gibt es mehr als genug», sagt die Frau. Sie zögert. «Es tut mir leid, aber ich kann dich nicht servieren lassen, so wie du aussiehst. Kannst du mit Tieren umgehen? Mein Stallknecht hat sich bei einer Prügelei den Arm brechen lassen, der Trottel. Da könnt ich Hilfe brauchen.» Die Bettlerin nickt. «Zwei Mahlzeiten pro Tag; du kannst so viel essen, wie du magst. Der Wein ist für die Gäste. Wasser kannst du haben. Schlafen kannst du im Heu.»

Sie hat es schon schlechter getroffen. Dem Knecht schmerzt der Arm, daher lässt er die Finger von ihr. Sie reibt die verschwitzten Pferde und Maultiere mit Stroh ab, schleppt Wasser und Futter, schaufelt Mist bis zum Umfallen. Die Kohlsuppe ist unerwartet gut, und es gibt Brot dazu, das hart, aber nicht schimmelig ist. Und Wein. «Weil du eine Frau bist», sagt die Wirtin. «Dir kann man trauen. Die Männer wissen nie, wann es genug ist.» Der Wein ist mit Essig und Gewürzen versetzt, doch er betäubt die Gedanken. Es ist nicht übel hier. Nach einer Woche zieht sie weiter. Das Essen und der warme Schlafplatz halten sie nicht. Weiter nach Süden! Die Straße ruft nach ihr.

Danielle erwachte aus ihrem Tagtraum und sah auf die hohen Mauern, die den Beginenhof umgaben. Nach oben, das war die einzige Richtung, in der ein freier Blick möglich war. Sie legte den Kopf in den Nacken und starrte sehnsuchtsvoll in den Himmel, dort, wo die Schwalben pfeilschnell hierhin und dorthin schossen und ganz oben ruhig und erhaben ein Raubvogel seine Kreise zog.

«Wünschst du dir Flügel?», fragte Magdalène hinter ihr leise, schmiegte ihre weiche Brust, ihren üppigen Bauch an ihren Rücken und legte den Arm um ihre Taille. Danielle antwortete nicht. Stattdessen lehnte sie sich in die Umarmung und neigte den Kopf sacht ihrer Schwester zu.

«Ich kann mir vorstellen, wie dir das Eingesperrtsein der Probezeit auf das Gemüt schlägt. Das ging uns allen so. Und dir muss es besonders schwerfallen nach deiner Zeit auf der Straße», sagte Magdalène gutmütig.

«Hmm.»

«Na, da wird es dich sicher freuen, wenn ich dir sage, dass du heute Ausgang haben wirst. Ich habe Juliana schon darum gebeten, und sie hat ja gesagt», lachte Magdalène.

«Und womit habe ich das verdient?»

«Gar nichts hast du verdient, du Undankbare! Heut ist Saint Jean, der 23. Juni! Feiert man das nicht, da wo du herkommst?»

In Danielles Kopf tat sich wieder eine von diesen großen Lücken auf.

«Na, hier jedenfalls ist es eine große Sache, du wirst sehen! Am Vormittag ist die ganze Stadt ein einziger Markt mit Leckereien und Gauklern. Da werden wir Beginen einen eigenen Stand haben und Stoffe und Bänder verkaufen und Kuchen. Von dem Erlös werden die Armen gespeist. Und am Abend lässt der Magistrat auf dem großen Platz an der neuen Kirche Saint Nicolas ein Feuer errichten. Das wird schön! Früher sind wir da immer alle auf die Stadtmauer gestiegen und haben die Johannisfeuer im Land rundum angeschaut!» Sie ließ Danielle los, lupfte ihre weiten Röcke und tanzte summend im Hof umher. Eine Tür knallte. Es war natürlich Gebba, die, gefolgt von ihrer Magd, ihr Haus verließ, um sich den anderen Beginen zum Kirchgang anzuschließen. Schnalzend vor Empörung rauschte sie an der ehemaligen Hure vorbei. «Welch ein schamloses, kindisches Betragen», zischte sie aus zusammengekniffenen Lippen. Doch Magdalène ließ sich den Spaß nicht verderben: «Komm, Gebba, alter Sauertopf, lach einmal und tanz mit mir! Es ist das Fest des heiligen Johannes!» Sie ergriff Gebba bei den Händen und wirbelte sie ein paar Male herum.

«Om no sap tan dous repaire
Com de Rozer tro qu'a Vensa,
Si com claus mars e Durensa
Ni on tan fis jois s'éclaire!», trällerte sie das alte Lied des Troubadours Peire Vidal:

Ich weiß keinen süßeren Aufenthalt, als den zwischen Vence und Durance,
keinen Ort, der von solcher perfekten Freude erstrahlt …

Die Schwestern, die sich bereits im Hof versammelt hatten, lachten, und Gebba musste gute Miene zum Spiel machen. Der Weg der Beginen führte nun quer durch die Stadt, die Rue de la Fontaine de l'Ange und darauf die belebte Rue Saint Jacques entlang, seit die Kirche Saint Nicolas in ihrer neuen Pracht als Hauptkirche fertiggestellt war. Doch heute ließ man die braunen Schwestern in Frieden.

Selbst Abbé Grégoire war ungewöhnlich gut gelaunt. Er ermahnte seine Gemeinde lediglich, einem Übermaß an Wein zu entsagen, dem Heiligen nicht mit Ausschweifungen Kummer zu bereiten, und entließ sie in den Tag. Schon die ganze Woche hatten die Kinder in den Gassen gezündelt und mussten von ihren Eltern unter Kontrolle gehalten werden. Auf dem Vorplatz der Kirche trugen Bedienstete des Magistrats bereits Stroh und Holz zusammen und schichteten es zu einem gewaltigen Scheiterhaufen auf. Jedes noch so kleine Dorf würde sein eigenes Feuer haben, und da durfte sich die aufstrebende Stadt Pertuis nicht lumpen lassen.

Nach dem Frühstück stellten die Beginen ihren Stand auf der Place de l'Ange auf.

Danielle schleppte Stoffballen und fertig Gewebtes, Kleider, bunte Tücher und einen Korb voller Bänder vom Konvent heran. Das Bänderweben war ihr immer ein besonderes Mysterium gewesen. Es sah nach nicht viel aus: ein flaches, viereckiges Hölzchen, über das die Kettfäden gezogen waren. Aber was dann geschah, hatte sie bis heute weder nachahmen noch verstehen können, es ging so flink in Justines Händen. Am Ende kamen die schönsten gemusterten Bänder heraus. Am Stand riss man sie ihnen förmlich aus den Händen, denn einen hübschen bunten Gürtel oder ein Band im Haar konnten sich sogar die Bauersleute leisten.

«Billiges Zeug! Und die Wolle mit Olivenöl gefettet! In Lyon ist das nicht erlaubt», schnappte eine reiche Bürgerin. Sie nahm einen Stoff nach dem anderen mit spitzen Fingern vom Tisch und ließ ihn wieder fallen.

«Und warum nicht», wollte Manon erbost wissen. «Olivenöl ist gut, sauber und gesund. Sollen wir das Garn etwa mit Butter weich machen, wie die Flamen? Das stinkt doch!»

«Hippokrates hat gesagt: Honig innerlich und Olivenöl äußerlich hält jung und schön», murmelte Danielle.

«Da hört Ihr's!», rief Manon.

«Was so eine schon weiß», gab die Bürgerin hochnäsig zurück.

«Komm, lass uns woanders kaufen», zischte ihre Begleiterin und zog sie am Ärmel fort. «Das ist doch bloß ein Haufen loser Frauenzimmer, die sich als Nonnen verkleiden.»

Danielle sah ihr mit gerunzelter Stirn nach.

«Die kommt wieder», verkündete Philippa. «Sie will bloß den Preis drücken. Da muss sie sich aber ranhalten. Unsere

Stoffe sind hübsch und preiswert. Die gehen weg wie frisches Brot!» Womit sie recht hatte. «Kauft, Leute, und lasst euch nicht lumpen, der Erlös geht an die Armen. Gebt für die Armen, kauft für die Armen! Noch nie war es so angenehm, Gutes zu tun! Kommt! Schaut unsere schönen Stoffe, die bunten Bänder, kunstvoll gewebt! Kauft Leute, kauft für die Armen!»

«Du bist ja eine richtige Marktschreierin!», sagte Danielle. «Ich könnte das nicht.»

«Aber die Leute erwarten das. Sie geben mehr Geld aus, wenn sie sich dabei amüsieren», lachte Philippa.

«Ach je, diesen Kuchen kann man aber nicht verkaufen, der ist ja angebrannt», rief Manon und ließ das anstößige Stück in ihrem Mund verschwinden.

Ein junges Paar ging vorbei. Das Mädchen warf einen sehnsüchtigen Blick auf die gewebten Gürtel.

«Na, junger Mann, wollt Ihr Eurem Liebchen nicht etwas Schönes schenken? Es ist zu Eurem eigenen Besten! Wie könnte sie einen anderen umarmen, wenn sie Euren Gürtel in der Taille spürt?!»

Der junge Mann blieb stehen. Das Mädchen schaute ihn hoffnungsvoll an. Sie hob die Gürtel einen nach dem anderen hoch, besah sich die Muster, prüfte die Länge. Einer stach ihr besonders ins Auge, drei Finger breit, mit einem rotbraunen und gelben Rautenmuster. «Oh, ist der schön!» Sie legte ihn sich um.

«Was soll er kosten?» Er machte sich offenbar Sorgen um seine schmale Börse.

«Was Ihr geben wollt, junger Herr», rief Magdalène.

«Drei *Deniers*?» Das entsprach dem Gegenwert von einem Viertelscheffel Weizen.

«Was? Drei so kleine Kupferstückchen für die Arbeit eines ganzen Tages und die Wolle und die Farbe dazu? Damit können wir nicht die Weberin ernähren, geschweige denn noch einen einzigen Armen füttern!»

Magdalène zwinkerte Danielle zu. «Kommt schon! Ich kenne Euch! Seid Ihr nicht der Sohn des Salzhändlers Frédéric? Ich glaube doch nicht, dass Euer Herr Vater Euch so knapp hält!»

Ein Publikum hatte sich eingefunden. Die Leute lachten.

«Sechs *Deniers*!»

«Sechs lumpige Kupferstücke? He! Ist Euer Liebchen Euch keinen ganzen Sou wert? Ihr habt wohl noch eine andere zu unterhalten, Schlingel!»

Die Leute lachten. Das Mädchen schmollte. Der Junge zog seine Börse und warf Magdalène großspurig einen Sou hin. Sein Mädchen fiel ihm um den Hals und küsste ihn vor allen Leuten auf den Mund.

«Ho!», rief ein älterer Mann. «Und was würdest du mir geben, wenn ich dir den ganzen Stand kaufte?» Das Mädchen schaute ihn kokett an und senkte die langen Wimpern. Unter dem Gelächter der Umstehenden zog der Junge seine Braut weiter.

Laura kam an den Stand, am Arm von Marius. «Ein gesegnetes Saint Jean!», rief sie. «Marius! Kauf mir doch einen von diesen lecker aussehenden Früchtekuchen! Ich habe solchen Appetit! Nein, kauf gleich zwei, oder nein: drei! Für Cathi und deine Mutter!»

«Gern, Liebes. Was du magst, Liebes! Ist es dir auch nicht zu viel? Ist dir nicht zu heiß?» Er hielt sie, als könne sie jeden Augenblick zusammenbrechen, und ließ sie keinen Augenblick aus den Augen. Laura lachte ihn aus: «Ach, nun mach doch nicht ein solches Theater, mein Bärchen. Es geht mir gut. Frauen waren zu allen Zeiten schwanger! Das ist doch nichts Besonderes.»

Aber sie setzte sich gern auf einen Schemel hinter dem

Stand und ließ sich von Manon einen Minzsirup bringen. «Darf ich?» Magdalène legte ihre Hand auf den vorgewölbten Leib. «Wie weit ist es denn? Wann wird es so weit sein?»

«Ende des siebten Monats, wenn ich richtig gerechnet habe. Ach, ich wünschte, es wäre schon überstanden, der Rücken tut mir weh und …», sie senkte die Stimme zu einem verschämten Kichern, «ich muss dauernd Wasser lassen. Aber ich freue mich schon so sehr auf das Kind! Es wird bestimmt ein Junge. Ich fühle es genau. Und Marius wird stolz sein wie ein Gockel.»

«Es ist mir nicht wichtig, ob es ein Junge oder ein Mädchen wird», sagte Mestre Marius. «Hauptsache, es ist gesund, und vor allem: Du nimmst keinen Schaden, mein Goldstückchen, mein Juwel, mein Augenstern». Es schien ein wenig übertrieben, aber man musste wohl Verständnis dafür haben, wenn so ein Herr in gesetztem Alter noch einmal jung heiratete.

«Sind sie nicht rührend», flüsterte Magdalène Danielle zu. «Zwei richtige Turteltauben!» Danielle versetzte es einen winzigen Stich: ‹Das hätte ich sein können›, wusste sie auf einmal. ‹Nun werde ich nie ein eigenes Kind in den Armen halten. Nein, das ist nicht mein Geschick.› Aber sie gönnte Laura ihr Glück von Herzen.

Überall auf den Plätzen herrschte Geschiebe und Gedränge. Die jungen Männer führten ihre Liebchen spazieren, Töchter in gesetztem Alter ihre Mütter. Die älteren Männer standen beisammen und führten ruhige, ernste Gespräche. Horden von rotznasigen Kindern rannten schreiend zwischen den Marktständen herum. Es gab Hausierer, Jongleure und Akrobaten, Zigeunerinnen, die allen eine glänzende Zukunft voraussagten. Und Diebe gab es auch.

Am Nachmittag hatten die Beginen all ihre Vorräte verkauft. Sie durften noch ein wenig durch die Straßen schlendern, in Zweier- und Dreiergruppen.

«Zur Vesper sind alle wieder im Hof!», mahnte Manon, die Älteste.

«Aber bleiben wir denn nicht, um das Feuer anzuschauen?», fragte Danielle. Die älteren Beginen sahen sie empört an. «Unter keinen Umständen», antwortete Juliana streng .»Du weißt doch, dass wir nach Sonnenuntergang den Hof nicht verlassen, und heute Abend schon gar nicht. Da wird getanzt und getrunken, es wird wild und ausgelassen zugehen. Nein: Dabei haben wir nichts verloren.» Aber sie steckte Danielle ein paar kleine Geldstücke zu. «Da! Lass dir ein paar neue Schuhe anmessen. Dort am Brunnen habe ich einen fahrenden Schuhmacher gesehen, der preiswert arbeitet.»

«Komm! Ich weiß, wo!» Magdalène zog Danielle hinter sich her. Der Stand hatte gerade keine Kundschaft, als sie ankamen. Danielle genoss den Duft des saubergegerbten Leders und strich mit den Fingern über die Musterstücke. Ein Paar senffarbene Stiefel stachen ihr ins Auge, aber die waren für eine Begine viel zu auffallend. Sie wandte sich den einfachen braunen Häuten zu und hatte sich gerade für ein weiches dunkelbraunes Ziegenleder als Obermaterial entschieden, als ihr das Stück aus der Hand gerissen wurde.

«Das will ich haben!», ertönte dicht neben ihr eine schrille Stimme. Sie schaute auf und erblickte eine aufgeputzte junge Patrizierin.

Der Schuster blickte auf.

«Aber, aber, meine Damen. Es ist doch genug von allem da.»

«Aber ich will gerade dieses.»

Danielle zuckte die Achseln und wollte sich schon ein anderes aussuchen, aber Magdalène wurde zornig. «Nein, meine Freundin hat das zuerst gesehen. Gebt es wieder her.»

«Ich denke nicht daran! Was will denn diese Bettlerin mit einem guten Leder? Soll sie doch barfuß laufen. So ist sie doch hergekommen, oder nicht?»

Magdalène wollte aufbrausen. «Lass sie doch. Es ist nicht wichtig», sagte Danielle.

Sie wollte sich gerade abwenden, als eine tiefe melodiöse Stimme hinter ihnen sagte: «Das ist sehr ungezogen, Angèle! Entschuldigt Euch sofort, sonst sage ich es Eurer Mutter!» Die junge Dame warf den Kopf hoch und knallte das Stück Leder wieder auf den Tisch.

Die Stimme gehörte Carolus. «Was wolltet Ihr Euch machen lassen? Ah, ich sehe schon.»

Etwas verlegen blickte Danielle auf die abgetragenen Sandalen, die sie aus der Kleiderkammer der Beginen erhalten hatte.

«Kommt hier herüber, stellt Euren Fuß auf den Schemel. Ich muss den Abdruck nehmen», sagte der Schuster.

«Lasst Euch lieber erst ihr Geld zeigen!», rief Angèle. «So eine hat doch gar nicht genug für ein Paar neue Schuhe!»

«Darf ich Euch die Schuhe schenken?», fragte Carolus. Angèle, die junge Patrizierin, sah den jungen Arzt empört an und zischte ihrer Freundin etwas zu.

«Nein, danke. Es ist sehr freundlich, aber es wäre wohl kaum recht, so etwas anzunehmen», sagte Danielle leise.

«Warum denn nicht? Wir nehmen Eure Spende für den Konvent gerne an!», lachte Magdalène Carolus an.

«Mir ist es gleich, wer zahlt. Hauptsache ich bekomme meinen Lohn», schmunzelte der Schuster gutmütig und nahm Stift und Leder, um die Umrisse festzuhalten.

Neugierig blieb Carolus stehen und sah zu, wie Danielle ein ganz klein wenig den bodenlangen Rock anlupfte. «Was für feine, schmale Füße Ihr habt!», entfuhr es ihm bewundernd.

Danielle wurde dunkelrot.

«Kusch!», machte Magdalène. «Wirst du dich wohl umdrehen?» Aber sie zwinkerte Carolus zu. «Und ihr geht gefälligst weiter, ihr zwei dummen Hühner.»

Angèle zog ihre Freundin fort. Sie hörten nicht mehr, wie sie raunte: «Sieh an, der Herr Carolus ist großzügig! Er wird schon was dafür bekommen. Na, warte nur, das sollen gewisse Leute erfahren!»

Danielle hatte genug. «Danke, ich komme ein anderes Mal wieder», sagte sie und trat den Rückzug an. Enttäuscht schaute Carolus ihr hinterher. Magdalène beeilte sich, Danielle einzuholen. Als sie außer Hörweite waren, sagte sie:

«Warum läufst du denn weg? Ich glaube, Carolus hat sich gefreut, dich zu sehen. Wir hätten ein paar Schritte mit ihm gehen können.»

Danielle beschleunigte nur ihren Schritt. Das Ganze war ihr peinlich.

«Diese dumme Pute hat es doch nur darauf angelegt, Streit mit uns anzufangen», versuchte Magdalène sie zu beruhigen

«Eben, und ich will keinen», entgegnete Danielle.

Sie schlenderten noch eine Weile in den Gassen herum, probierten reife Mispeln, die ein Bauer ihnen schenkte, und sahen sich ein Puppenspiel an.

«Psst!» Magdalène hielt Danielle am Ärmel zurück, als die Beginen in den Speisesaal strömten. «Ich gehe aber doch die Feuer anschauen – heimlich. Willst du mitkommen?»

«Aber was ist, wenn es jemand bemerkt?»

«Ach, das merkt niemand. Ich mache das jedes Jahr so – als ob ich mir Saint Jean verderben lassen würde! Wir müssen uns nur nach dem Essen freiwillig zum Aufräumen melden. Dann putzen und räumen wir so lange, bis Annik einschläft.

Das dauert nie lang. Die ist abends völlig erschöpft! Und dann schleichen wir uns hinaus.»

«Und die Torhüterin?»

«Heute Abend hat Alix Torwache. Wenn wir ihr eine Extraration Wein bringen, schaut sie in die andere Richtung.»

Danielle sah besorgt aus, doch sie hatte das Eingesperrtsein satt.

«Gut», flüsterte sie. «Ich bin dabei. Aber nur auf eine halbe Stunde.»

«Sicher! Wir wollen nur zuschauen, wie sie das Feuer anzünden, und kurz auf die Mauer steigen. Dann gehen wir gleich wieder in den Konvent zurück, und die anderen im Schlafsaal werden denken, wir hätten so lange noch putzen müssen.»

Einige der jüngeren Schwestern wären auch gern noch in der Stadt geblieben, wie man an ihren langen Gesichtern erkennen konnte. «Was würde es schon schaden? Wenn wir zusammenblieben, könnte doch niemand etwas Böses denken», flüsterte Philippa.

«Kommt, kommt», Juliana hatte es gehört und klatschte in die Hände. «Wir haben solche Vergnügungen nicht nötig. Lasst uns beten und essen und eine erbauliche Geschichte hören stattdessen.»

Zum Trost hatte Annik ein Festmahl vorbereitet: gefüllte Schafsfüße mit Steckrüben und einen Brotpudding mit Kirschen und Zimt. Anschließend las Anne ein Kapitel aus der Vita einer Heiligen vor, ein Buch, das dermaßen erbaulich war, dass die Hälfte der guten Beginen bereits schnarchten, bevor sie zum Ende gekommen war. Danielle und Magdalène meldeten sich zum Küchendienst wie verabredet.

«Eine von uns sollte wenigstens morgen früh gehen und etwas Holzkohle vom Johannisfeuer holen, das schützt das Vieh bis nächsten Johannis vor Krankheiten. Nun, vielleicht ist ja morgen früh noch was davon da, wenn wir zur Kirche gehen. Man sagt, das sei ein Aberglaube, aber bei uns hat es immer gewirkt! Also stimmt es», plapperte Annik, während sie das Brot für den nächsten Morgen knetete. «Als ich klein war, hat mein Vater immer einen Walnusszweig über dem Stalleingang verbrannt, und wir mussten alle darunter durchlaufen, während er brannte. Einmal ist meiner Großmutter dabei ein Funken ins Haar gefallen, und sie ist zum Trog gelaufen und hat den Kopf hineingesteckt, um sich zu löschen.» Sie gähnte und rieb sich die Augen mit bemehlten Händen, sodass sie wie eine Schneeeule aussah.

«Arme Annik. Was für ein langer Tag! Du siehst müde aus. Warum legst du dich nicht schon hin. Wir erledigen den Rest», sagte Magdalène.

«Ja, wirklich? Das würdet ihr tun?»

«Aber gewiss, liebe Schwester. Hast du dir nicht heute besonders viel Mühe gegeben und uns mit einer köstlichen Mahlzeit verwöhnt? Dafür wollen wir dich gern etwas entlasten.»

Annik zögerte, ließ den letzten Teigklumpen in die Schüssel fallen und schaute sich in der Küche um. «Nun ja, es müssen noch die Pfannen eingeölt werden und die Ziegenkäslein gewendet und die gedämpften Pflaumen aus der Kammer geholt und in Schüsseln verteilt werden für das Frühstück – sie sind in dem blauen irdenen Topf im zweiten Regal unter dem kleinen Fenster –, und ich wollte auch noch ausfegen, es soll doch alles sauber sein an Saint Jean …»

«Das machen wir alles», beteuerte Magdalène und schob sie sanft hinaus. Als Annik unter Gähnen und Danksagungen verschwunden war, beendeten die zwei Jüngeren rasch ihre Aufgaben. Magdalène füllte einen kleinen Krug mit Wein aus dem Fass im Keller. Unter den Putzlumpen zog sie zwei bestickte Kopftücher hervor, von der Art, wie sie die Bäuerinnen an Festtagen trugen. «Da, leg das um und zieh es dir recht weit ins Gesicht. Dann erkennt uns auf der Straße keiner», flüsterte sie.

Kichernd huschte sie voraus, durch den dämmrigen Hof, zum Tor. Aus Julianas Haus drang noch Kerzenlicht. Das Schwein rumorte in seinem Verschlag. Sonst war alles still.

Als sie durch die Gasse, vorbei am Hospital zum Tor kamen, schaute Alix ihnen schon erwartungsvoll entgegen. Sie streckte beide Hände nach dem Weinkrug aus.

«Ach, Kinder, ihr seid gut zu einer alten Frau», sagte sie. «Es ist ja nicht so, als ob ich eine Säuferin wäre, aber es betäubt meine höllischen Gliederschmerzen, ja, ich trinke lediglich für meine Gesundheit: Wein brennt die ungesunde Dämpfigkeit aus dem Körper, auch wenn Jeanne das nicht einsehen will!» Sie nahm gleich einen tiefen Zug und setzte den Krug dann ab.

«Ah! Das tut gut. So, Kinder, jetzt muss ich zum Abort. Ihr werdet mir in der Zwischenzeit doch keinen Unsinn anstellen, etwa hinausgehen in diesen Trubel da?»

«Nein», beteuerte Magdalène mit unschuldig aufgerissenen Augen. Alix zwinkerte ihnen zu und schlurfte über den Hof zu den Latrinen. Magdalène zog den Riegel zurück und öffnete die Tür einen Spalt. «Es ist niemand auf der Straße.» Sie schlüpften hinaus. Die Hahnengasse war ruhig, bis auf ein Liebespaar, das engumschlungen in einem Hauseingang stand. Doch von der Place de l'Ange her klang schon ausgelassener Lärm.

Die beiden *sorores* betraten den Platz. Wo am Tage Marktstände gewesen waren, hatten jetzt Garküchen ihren Betrieb aufgenommen: geröstete Kuttelwürste und gekochte Eier wurden feilgeboten, eine Hammelseite drehte sich am Spieß, Fett tropfte in das Holzkohlenfeuer und in die Pfanne mit dem gekochten Korn und verbreitete einen appetitlichen Duft.

«Hier, Mädchen, esst mit uns! Trinkt!» Becher wurden ihnen entgegengehalten und Messer, an denen Stücke gebratenen Fleisches staken.

«Später!», rief Magdalène. «Wir wollen erst das Johannis-Feuer sehen!»

Sie drängten sich durch die Straßen und wurden mehrmals aufgehalten. Danielle fühlte sich von hinten gepackt und spürte einen heißen Atem an ihrem Hals. Jähe Angst stieg in ihr auf. Ohne nachzudenken stieß sie mit dem Ellbogen zu. Ein Schmerzensschrei zeigte, dass sie allzu gut getroffen hatte. «Au! Wildkatze! Sei doch nicht so grob. Man wird doch noch sein Glück versuchen dürfen?»

Sie riss sich los. Atemlos rannte sie Magdalène hinterher. Gerade rechtzeitig langten sie auf der Place Saint Nicolas an, um zu sehen, wie Abbé Grégoire eine Fackel an die Reisigbündel hielt. Der Scheiterhaufen war übermannshoch, aus Wacholder und gutabgelagertem Obstbaumholz sorgsam aufgebaut. Er fing sofort Feuer. Flammen züngelten an den Scheiten entlang, fraßen sich hinein, nahmen sie in Besitz. Rauch stieg geradewegs zum Nachthimmel. Ein zufriedenes Aufseufzen ging durch die Menge.

Abbé Grégoires Blick glitt über die Zuschauer. Danielle drückte sich in einen Hausschatten. Doch der Priester schien die beiden Beginen nicht zu erkennen.

«Komm», flüsterte Magdalène. «Lass uns auf die Mauer steigen. Ich kenne einige Männer von der Stadtwache, die lassen uns hinauf und verraten uns nicht.»

Danielle mochte nicht darüber nachdenken, auf welche Weise die ehemalige Hure diese Soldaten kennengelernt hatte. Doch was immer früher vorgefallen war: Sie benahmen sich gesittet und forderten keine Gefälligkeiten.

«Guten Abend, Magdalène! Na, wieder mal ausgerückt?» Und: «Grüß dich, du Hübsche. Ach, es ist ein Jammer, dass du unter die Betschwestern gegangen bist!», sagten sie freundlich.

Sie ließen die beiden Beginen in den Wachturm am Schloss, von dem aus sie die beste Sicht ins Tal der Durance haben würden.

«Sie haben nicht einmal versucht, einen Kuss zu stehlen», wunderte sich Danielle halblaut, als die beiden die enge Holztreppe hochstiegen. Ihre Schritte klangen hell und hohl und hallten wider von den Wänden.

«Warum auch? Sie haben akzeptiert, dass ich meine Wahl getroffen habe», erwiderte Magdalène.

«Hm!» Danielle ließ einen Laut des Zweifels hören.

«Ach, warum denkst du nur immer, alle Männer seien schlecht und nur ihren Trieben unterworfen?», fragte ihre Freundin.

Eine Grotte, eine Katakombe, ein Gewölbe unter der Stadt. Die Flammen beleuchten ein Gesicht aus der Vorhölle: Narbig, brutal, die Ohrmuscheln fehlen. «Glaubst du, meinen Schutz kriegst du umsonst?»

Danielle antwortete nicht. Sie waren oben angekommen und betraten die Plattform. Die Luft war cremig und süß wie Butter. Ein goldener Schein erleuchtete den Horizont und würde die ganze Nacht lang nicht vergehen: Es war der längste Tag des Jahres. Rund umher im Land, vom Mont Aventure, über die Durance bis hin zum Rand der Welt, wo die Alpilles im gelben Dunst verschwammen, sprangen nach und nach kleine Feuer auf. Jeder Ort, jedes Dorf, jede einsame Schäferei und jedes *mas,* die selbstgenügsamen Bauernhöfe in den Hügeln, hatte sein eigenes Johannisfeuer, in dem die Sünden des vergangenen Jahres verbrannten und das die Wünsche mit seinem Rauch in den Himmel trug.

Tausend kleine Feuer, tausend mal tausend Feuer – sie verwandelten die weite Ebene in einen irdischen Sternenhimmel.

«Da unten sammeln sie jetzt Johanniskräuter, als ob sie im Dunklen etwas rechtes erkennen könnten! Und morgen müssen die Großmütter das alles auseinandersortieren, was sie da zusammengerupft haben», lachte Magdalène. «Und manches Kind wird heute Nacht gemacht.»

Sie lehnten sich über die Brüstung und schauten, hinter ihnen die Musik und die Stimmen der Stadt, vor ihnen zirpten die Grillen ihren Schattengesang.

«Um nichts in der Welt möchte ich diesen Anblick missen», sagte Magdalène.

In der Stadt war die Stimmung inzwischen ausgelassen. Die hohen Herren samt dem Priester von Saint Nicolas speisten zweifellos im Schloss. Der Scheiterhaufen brannte lichterloh, und die Menge jauchzte jedes Mal, wenn es darin knallte und die Funken stoben. Auf dem Vorplatz der Kirche und in den Straßen wurde getanzt zu *galoubet*, Flöte und Tambourin. Die Umstehenden klatschten im Takt und ermunterten die Tänzer zu immer wilderen Figuren. Aus den Wirtshäusern klangen die Stimmen jetzt lauter und das Gelächter greller als zuvor. Weiber kreischten in der Rue Galante. Die erste Schlägerei brach aus.

Die Beginen rafften ihre langen Röcke und beeilten sich, nach Hause zu gelangen.

Plötzlich öffnete sich mit einem Ruck die Tür einer Herberge von schlechtem Ruf. Ein menschliches Bündel flog unsanft die Stufen herunter, Danielle vor die Füße. Oben in der Tür erschien ein Männergesicht, aufgedunsen und betrunken, puterrot vor Wut: «Pack dich! Ich tu noch immer, was mir passt, wann immer es mir passt! Jetzt kommst du mir schon ins Freudenhaus hinterhergekrochen! Verschwinde endlich, du hässliche alte Vettel! Ich will dich nie wieder sehen!»

Die Tür krachte ins Schloss. Das Bündel zu Danielles Füßen regte sich und schluchzte. Es war eine Frau, gut gekleidet, mit einer Flechtfrisur, wie sie die besseren Bürgerinnen trugen, nur dass die schöne Haartracht halb aufgelöst war. Strähnen hingen ihr ins Gesicht, und als sie es hob, sah man im Schein der Fackeln, dass sich auf ihrer Wange ein dunkler Fleck zu bilden begann. Danielle biss die Zähne zusammen vor Wut. Gemeinsam halfen sie der Frau auf die unsicheren Füße.

«Habt Ihr Euch weh getan? Könnt Ihr laufen?», fragte Magdalène.

Die Frau nickte benommen.

«Wo sollen wir Euch hinbringen?»

Sie wies mit einer zitternden Hand und schwieg. Danielle und Magdalène stützten sie rechts und links, und so steuerten die drei Frauen durch die Rue de la Fontaine auf das Haus eines stadtbekannten Ölmüllers zu. Davor blieben sie stehen.

«Habt Ihr Hilfe im Haus? Bedienstete? Braucht Ihr ärztlichen Beistand?»

Die Frau sah jetzt erst ihre Retterinnen an.

«Beginen? Ihr seid Beginen? Ihr gehört zu denen aus der Hahnengasse, nicht wahr?»

Danielle nickte und erwartete schon, mit Verachtung fortgescheucht zu werden. Doch die Frau richtete sich auf und rief: «Das ist ein Zeichen des Himmels. Ich will eine von euch werden! Nie und nimmer kehre ich zu meinem Mann zurück. Wartet einen Moment auf mich. Ich bin gleich wieder da!»

Ohne eine Antwort abzuwarten, stürzte sie die kleine Treppe hoch und bediente heftig den bronzenen Türklopfer. Eine Magd tat ihr auf. Sie stürmte an der verdutzten Bediensteten vorbei und kam nach kurzer Zeit zurück, beladen mit Kleidern und einem Brokattuch, in das sie offenbar eine Reihe von Gegenständen eingewickelt hatte.

«Das ist meine Aussteuer. Sie gehört mir allein! Die lasse ich ihm nicht», erklärte sie. «Und jetzt bringt mich bitte zu eurer Mutter Oberin oder Äbtissin, oder wie immer das bei euch heißt.» Sie stürmte voran, stieß in ihrem Eifer und in ihrer Erregung Passanten rechts und links beiseite. Den beiden erstaunten Beginen blieb nichts anderes übrig, als ihr zu folgen.

«Ho! Die hat es aber eilig, von ihrem Alten wegzukommen!», grinste Magdalène.

«Ja, kann sie denn das denn einfach tun?», fragte Danielle etwas atemlos.

«Schon», antwortete Magdalène, die sich mühte, mit der Frau Schritt zu halten, über die Schulter. «Wenn das ihr Ehemann war, den wir vorhin erlebt haben, dann hat er sie verstoßen, und zahllose Zeugen haben es mit angehört.»

Sie erreichten das Tor von Sainte Douceline.

«Aufmachen! Lasst mich sofort ein!», rief die Frau ungeduldig. Alix schaute misstrauisch durch das Fensterchen, sah Danielle und Magdalène und öffnete das Tor. Juliana wurde geweckt. Sie hörte sich die ganze Geschichte an und sagte dann: «Nun gut. Natürlich kannst du heute Nacht bei uns bleiben. Doch gleich morgen früh müssen wir den Vorfall beim Magistrat anzeigen. Du musst deine Aussage machen, und wir müssen Zeugen finden. Aber vielleicht überlegst du es dir ja noch einmal, wenn du erst eine Nacht darüber geschlafen hast.»

«Auf keinen Fall!», schrie die Frau wie wild. «Ich bleibe nicht bei diesem Vieh!» Sie schlug das Tuch auf und schüttete die darin mitgeschleppten Gegenstände vor Juliana auf den Tisch. Münzen, zwei silberne Kerzenleuchter, ein Bronzeteller, feingetriebene Zinnbecher und allerlei Zierrat polterten heraus, eine mit wertvollen Steinen besetzte Halskette, passende Armbänder und goldene Ohrgehänge. «Da! Ich kann für meinen Unterhalt bezahlen!»

«Das ist gut, aber es geht hier nicht ums Bezahlen. Wir sind keine Herberge», sagte Juliana. «Du musst erst verstehen, worauf du dich hier mit uns einlässt. Es ist bei uns auch nicht eitel Zuckerschlecken! Hast du Kinder?»

«Nicht mehr. Von den acht Kindern, die ich geboren habe, leben drei Söhne, und die sind erwachsen.»

«Dann hast du also niemanden im Stich gelassen. Gut. Schlaf dich erst einmal aus. Morgen reden wir weiter.»

Sie wandte sich an Danielle und Magdalène: «Und ihr beide? Was hattet ihr auf der Straße zu suchen? Des Nachts? In solch einer Nacht noch dazu? Schämt euch, was wirft das für ein Licht auf uns alle? Ich werde mir eine geeignete Strafe für euch ausdenken müssen!»

Damit wandte sie sich um und kehrte kopfschüttelnd in ihr Haus und in ihr Bett zurück. Die Ruhe währte nicht lange:

«Aufmachen! Aufmachen!» Fäuste hämmerten gegen das Tor des Beginenhofes. Das kleine Torhaus hallte davon wider wie ein Glockenturm.

«Wer? Was ist?», stammelte Alix, die ebenfalls eingeschlafen war.

«Garsende! Garsende! Komm sofort heraus!», schrie eine wütende Stimme.

Alix öffnete das Guckloch und spähte hinaus. Drei Kerle standen vor dem Tor, doch sie machten Lärm für mindestens zehn. Es war die graue Stunde kurz vor Sonnenaufgang. Pertuis lag in trunkener Betäubung nach den Ausschweifungen der letzten Nacht. Die Nachbarn fluchten in ihren Betten, mochten sich aber nicht erheben und hofften, dass der Lärm da draußen von selbst aufhören würde.

«Kommt zu einer vernünftigen Zeit wieder, meine Herren! Dann kann man über alles reden», versuchte Alix die Männer zu beruhigen.

«Was gibt es da zu reden, alte Vettel? Gebt mein Weib heraus, oder es soll euch übel bekommen!»

Es blieb nichts anderes übrig, als Juliana zu wecken, zum zweiten Mal in dieser Nacht. Natürlich war sie davon wenig erbaut. Alix rüttelte die Neue wach. Auch Danielle erwachte.

«Ich komme mit», sagte sie. «Je mehr von uns am Tor sind, desto besser wird es sein!» Sie zog sich ein Überkleid über das Hemd, in dem sie geschlafen hatte. Die Neue klammerte sich verzweifelt an Danielle, während sie zum Tor gingen.

«Ihr werdet mich doch nicht ausliefern?», fragte sie mit zitternder Stimme.

«Wer spricht denn von ‹ausliefern›? Wo denkst du hin?», sagte Juliana. «Hier wird niemand ausgeliefert. Wenn du bei uns bleiben willst, dann ist das dein gutes Recht!»

«Recht haben und Recht behalten sind zweierlei Dinge», murmelte Garsende vor sich hin, als sie am Garten vorbei über den Hof gingen. Sie ließ Danielles Arm nicht einen Augenblick los. Danielle ging sehr gerade.

«Aufmachen! Ihr Jesusschlampen! Gebt meine Garsende heraus!» Die Kerle grölten noch immer in der Gasse herum. Inzwischen schauten doch einige Nachbarn aus den Fenstern.

«Geht nach Hause und schlaft euren Rausch aus!», schrien sie, und: «Hört sofort mit dem Krach auf, sonst komm ich runter!» Erst als der Inhalt eines Nachttopfes über die Tobenden geleert war, wurden sie ein wenig ruhiger.

«Sprich mit ihm!», befahl Juliana Garsende, die am ganzen Körper zitterte.

«Geh nach Hause, Maudru», sagte sie so leise, dass man sie kaum verstand.

«Bist du das, Garsende?», kam es von draußen. Ein erneuter Fausthieb ließ das Tor beben. Die Frau zuckte zurück. «Was fällt dir ein, so einfach fortzulaufen, mitten in der Nacht? Und dich auch noch zu diesen Beginen zu gesellen? Willst du mich zum Gespött der ganzen Stadt machen, Garsende? Sofort kommst du heraus, hörst du?»

«Ich komme nicht», sagte Garsende.

«Dann kommen wir hinein, und gnade dir Gott, wenn du mich dazu zwingst, Weib!»

«Das würde ich euch aber nicht raten», rief Danielle, «dass ihr gewaltsam hier einzudringen versucht! Wir haben hier ein hübsches Mörderloch. Auf euch wartet ein Kessel siedenden Öls, solltet ihr es doch wagen!» Juliana schaute streng: «Du sollst nicht lügen», formten ihre Lippen, doch die Drohung tat ihre Wirkung, und Danielle glaubte, ein leises Lächeln um Julianas Lippen ausmachen zu können.

«Ihr seid ja verrückt, ihr Beginen-Weiber! Es ist eine Schande, dass man euch gewähren lässt. Lockt brave Ehefrauen von ihren Männern und Kindern fort! Morgen kommen wir mit der Stadtwache wieder, und dann müsst ihr sie herausgeben. Hörst du, Garsende, und dann kriegst du die Prügel deines Lebens, das schwöre ich dir!»

«Gebt Ruhe! Wir wollen schlafen!», riefen die Nachbarn.

Ein letzter Fausthieb, von dem die Tür erzitterte. Garsende zuckte zusammen.

Die Kerle zogen ab.

Garsende schmiegte sich an Danielle, die schützend einen Arm um sie gelegt hatte.

«Diesmal bringt er mich ganz gewiss um», schluchzte sie. «Ich hasse ihn!»

«Nun, nun, es ist nicht gut, von Hass zu reden oder ihn in sich zuzulassen», sagte Juliana, «sei er auch noch so verständlich. Jetzt geht schlafen, Kinder, nur noch ein Stündchen, bis unser Tag beginnt. Dann sehen wir weiter.»

Garsende ließ sich von Danielle in den Schlafsaal geleiten, ins Bett bringen und zudecken wie ein Kind. Erst als sie erschöpft einschlief, ließ sie Danielles Hand los.

Magdalène hatte alles von ihrem Lager aus beobachtet.

«Häng nur nicht dein Herz an sie», flüsterte sie, als Danielle sich neben sie legte. «Die geht zurück zu ihrem Mann.»

«Das glaube ich nicht», antwortete Danielle leise. «Hast du nicht gehört und gesehen, wie er sie behandelt hat?»

«Ach, das ist leider gar nicht ungewöhnlich. Und die meisten von ihnen bleiben lieber bei ihren Peinigern, als die Unsicherheiten eines selbstbestimmten Lebens auf sich zu nehmen.»

Danielle drehte Magdalène den Rücken zu.

8.

Es roch nach Holzkohle und frischgebackenem Brot. Der Brotofen hinter dem Haus des Konsuls war bereits in der Dämmerung angeheizt worden und verstrahlte eine trockene Hitze. Mannshoch war er und hatte vier Mäuler, die beständig gefüttert werden wollten. Die Frauen von Pertuis standen in einem weiten Kreis um das Ungetüm herum. Einige warteten, dass ihre Backwaren fertig würden, andere darauf, dass sie an die Reihe kämen. Annik und Magdalène hatten wie jeden Morgen den Weg durch die Rue Vaillante zur Place de l'Ange gemacht, beladen mit großen Holzbrettern, auf denen die vorgeformten und bemehlten Laibe lagen. Abends wurde der Teig geknetet und angesetzt. Über Nacht durfte er zugedeckt an der Kaminglut ruhen und hübsch aufgehen. Vor dem Kirchgang prüfte Annik den Teig. Sie stach mit dem Finger hinein und beklopfte ihn. Zäh und seidig glänzend gab die Oberfläche unter dem Finger nach. Eine Kuhle entstand und füllte sich sogleich wieder von innen. Weich musste der Teig sein und doch eine gewisse Spannung haben. Er war wie eine Frau: Was weich ist und nachgiebig, kann dennoch große Kraft entwickeln durch Stetigkeit. Zufrieden klopfte sie auf den Teigklumpen. Das Brot von Sainte Douceline war ihr ganzer Stolz. Noch nie war ihr der Teig zusammengefallen oder sauer geworden. Es war gut.

Liebevoll formte sie die Brote und legte sie auf die Tragebretter, auf denen sie während des Kirchgangs noch ein wenig aufquellen durften. Viermal hatten die Beginen um das Recht nachgesucht, einen eigenen Brotofen in ihrem Hof bauen zu lassen. Jedes Mal war ihre Eingabe zurückgewiesen worden.

«Warum wollt ihr denn einen eigenen Brotofen? Ihr könnt doch den hinter dem Haus des Konsuls nutzen», hatte man ihnen zur Antwort gegeben. Der Brotofen gehörte dem Herrn der Stadt ebenso wie die Getreidemühle, und jeder, der diese Einrichtungen benutzte, hatte eine Abgabe zu leisten.

«Wir wollen, soweit es möglich ist, in Abgeschiedenheit leben. Es ist nicht gut, dass sich meine Schwestern zu oft unter das Volk mischen, Tratsch und Anfeindungen ausgesetzt sind. Alle Klöster haben ihre eigenen Brotöfen», hatte Juliana gesagt.

«Aber ihr seid nun mal kein Kloster», hatte man sie beschieden.

«Wir haben uns nicht ganz aus der Welt zurückgezogen, das ist wahr. Doch wir verlassen unser Haus nur für den Kirchgang und die notwendigsten Besorgungen. Das will ich so, um meine Schwestern zu schützen, und ihr verlangt es doch auch! Sagt ihr nicht immer wieder, dass alleinstehende Frauen eine Gefahr für die guten Sitten sind? Dann gebt uns auch die Möglichkeit, unter uns zu bleiben.»

Aber alles Bitten und Verhandeln hatte nichts genützt. Und so stand Annik auch heute wieder mit den Bürgerinnen und Mägden zusammen am gemeinschaftlichen Ofen.

«Der junge Medicus ist ja recht oft bei euch in letzter Zeit», sprach eine Nachbarin Annik an.

«Er behandelt eine von uns wegen ihres verlorenen Gedächtnisses», erwiderte Annik.

«Ach, die Italienerin?»

«Genau dieselbe.»

«Und wie macht er das?»

«Er spricht zu ihr mit ruhiger und liebenswürdiger Stimme, er schaut ihr tief in die Augen. Er bringt ihr schöne Sachen mit, um sie fröhlicher zu stimmen. Und alles das tut er nur aus Freundlichkeit und Nächstenliebe, ohne einen einzigen Sou dafür zu verlangen», schwatzte Annik.

‹Nur aus Nächstenliebe! Wer es glaubt›, dachte die Nachbarin.

«So ein gutaussehender, freundlicher Mann, der Herr Carolus», redete Annik weiter, «dem würde ich alles erzählen. Er hat so eine Art, dass man gleich gesund werden möchte, nur wenn er mit einem spricht.»

«Sind sie etwa allein miteinander?», fragte die Nachbarin lauernd.

«Nein. Natürlich nicht! Sie sitzen im Garten, wo jeder sie sehen kann! Ich schaue manchmal aus der Küche und sehe ihnen zu. Da sitzen sie unter dem Lorbeer und sprechen ganz ruhig miteinander. Die Blumen duften und die Vöglein singen …»

«Die Vöglein singen, soso.»

Eine Frau aus der Rue Saint Jacques war hinzugetreten: «Ist es wahr, dass sich die Frau von Maudru zu euch geflüchtet hat? Na, verstehen kann man's schon!»

«Der hat sie arg gebeutelt, das kann ich bezeugen. Kaum ein Tag verging, an dem sie nicht grün und blau im Gesicht war!», sagte eine andere.

«Ihr ganzes Geld hat er versoffen und ins Bordell getragen, das ist wirklich wahr! Es war nämlich sie, die das Geld hatte. Sie hat eine Ölmühle geerbt und einen schönen Olivenhain draußen vor der Stadt. Er hat gar nichts in die Ehe gebracht. Und wenn sie ihn wirklich verlässt, dann besitzt er nichts als die Kleider, die er auf dem Leib trägt.»

«Da hast du den Grund, warum es ihn so heftig nach seiner Frau verlangt», raunte Magdalène.

«Und? Nehmt ihr sie auf, wird sie bleiben?», fragten die Frauen.

«Natürlich nehmen wir sie auf. Ob sie bleiben wird, das weiß ich noch nicht, da muss sie sicher erst mal sehen, ob es ihr gefällt, wie wir leben. Das ist ja nun nicht jedermanns Sache.»

Eine Ladung Brote wurde aus dem Ofen gezogen, und Annik war an der Reihe.

«Ich glaube nicht, dass die Garsende bei denen bleibt!», sagte eine der Frauen, als Annik am Ofen hantierte. «Sie ist doch eine anständige Bürgerin und hält was auf sich!»

«Was soll das heißen?», sagte Magdalène, die es gehört hatte.

«Na, das müsstest du wohl am besten wissen», erwiderte die Frau anzüglich.

«Ach, alte Geschichten. Wetz deine Zunge anderswo», gab Magdalène gleichmütig zurück.

Als die Brote fertig waren, holte Annik sie mit einem Schieber heraus. Sie waren goldbraun, und die Kruste knackte leise beim Abkühlen. Je ein Holzbrett unter dem Arm und eines auf dem Kopf balancierend, machten sich Annik und Magdalène auf den Heimweg.

«Du solltest denen nicht so viel von Carolus und Danielle erzählen, Annik», mahnte Magdalène.

«Warum denn nicht? Sie tun doch nichts Verbotenes. Und es ist doch wirklich wahr: Was dieser Doktor für ein guter Mensch ist und was er alles anstellt, damit unsere Danielle wieder ganz wird! Obwohl ich manchmal denke, dass Vergessen auch eine Erleichterung sein kann. Meine Mutter selig hat immer gesagt: Das Gedächtnis ist so kurz und das Leben so lang!»

Die Neue, Garsende, hatte sich gleich am nächsten Tag in der Weberei eingefunden.

«Ich habe all unser Tisch- und Bettleinen selbst gemacht», sagte sie. «Lasst mich bitte bei euch arbeiten.»

Man wies ihr einen leeren Webstuhl zu. Als Danielle am späten Nachmittag kam, um ihren Teppich weiterzuweben, hob Garsende den Blick von ihrer Arbeit: «Danielle! Schön, dass du auch hier bist!» Danielle nickte ihr freundlich zu und setzte sich vor ihr angefangenes Bildwerk.

«So, das ist also deines! Was soll es denn darstellen?», fragte die Neue interessiert.

«Wenn man das nur wüsste!», giftete Gebba, aber Garsende beachtetet sie nicht weiter.

Der Bildteppich war inzwischen von oben nach unten bis auf ein Drittel gewachsen. Man sah einen grünlich blauen Himmel, Kopf und Gesicht einer Frau. Braunes Haar fiel ihr bis auf die Schultern, war aber mit einem Band zurückgehalten. Das weiße Gewand war weit und über der Schulter gefältelt. Hinter der Gestalt sah man verschiedene Blumen.

«Es sind gar keine Ranken. Es wird eine Art Kranz», sagte Guilhelme. «Ist es vielleicht eine Maya, eine Frühlingsgöttin?»

«Nein, keine Göttin», antwortete Danielle.

«Was sind das für Blumen, die du dargestellt hast? Diese Rispe mit den rosenfarbigen Blüten wie kleine Lippen, die kenne ich. Ist das nicht Betonienkraut?», wollte Garsende wissen.

«Mag sein. Es waren eben gerade ein paar mit Waid gefärbte Enden übrig.»

«Und diese vierblättrige Blüte, ist das nicht Weinraute? Das ist sehr merkwürdig. Solche einfachen Blumen sind sonst nie auf allegorischen Darstellungen zu sehen. Sonst nimmt man Kornblumen für die Gottesmutter …»

«So ein reines Blau war aber nicht dabei. Waid ergibt

mehr ein helles Rötlichblau wie dieses. Deshalb habe ich Betonienkraut dargestellt», erwiderte Danielle.

«… Lilien für die Reinheit des Herzens …»

«Das hätte sich gegen das weiße Gewand zu wenig abgehoben.»

Sie legte den Kopf schief und betrachtete ihr Werk. Die Oberfläche würde unregelmäßig werden, da sie Reste verschiedener Wollqualitäten verwendete: weiche Unterwolle, die härteren langen Fasern der Überwolle, kurzes, glattes Haar aus dem Bauchfell ebenso wie längeres, lockiges vom Rücken. Es war Lämmerwolle darin und Wolle von Mutterschafen. Zum Glück verwendeten die Beginen nur Schurwolle, kein Material vom Schlachtvieh. Die Wolle vom toten Tier wurde rasch störrisch und trocken.

«Auf jeden Fall wird es ein hübsches Bild, schöne Farben, eine feine Darstellung!», lobte Guilhelme. Klipp, klapp, machten die Schäfte des Webstuhls. Klapp, klipp! Klapp!, folgten die anderen drei in einem regelmäßigen Rhythmus.

«Wenn es keine Maya ist, welche Heilige könnte es dann sein?», fragte Manon.

«Es ist keine Heilige», sagte Danielle.

«Irgendeine Frau mit gewöhnlichen Wiesenblumen. Wer würde so was kaufen oder sich an die Wand hängen? Es ist eine Verschwendung von guter Wolle, das ist es!» Das kam von Gebba.

«Mir gefällt es», sagte Garsende loyal.

Draußen entstand eine Unruhe. Annik kam aufgeregt hereingelaufen: «Garsende, dein Mann ist da mit zwei Ratsherren und Abbé Grégoire. Ach, schaut der Abbé wieder finster drein! Ich fühle mich wie eine Maus, die gerade einer Katze begegnet, wenn er mich so anschaut. Und diese beiden Herren …»

«Annik», mahnte Danielle.

«Du sollst ins Refektorium kommen», brachte die Küchenschwester die Botschaft auf den Punkt.

Garsende wurde kreidebleich und hielt sich am Webstuhl fest: «Nein. Ich komme nicht.»

«Aber du musst, haben sie gesagt! Nun komm doch. Du bist ja nicht allein mit ihm. Juliana ist da und auch zwei Leute von der Stadtwache. Er scheint alles zu bereuen, dein Mann. Er sieht ganz bedrückt aus, hat sich gewaschen, barbieren lassen und ein frisches Gewand angezogen – extra für dich! Vielleicht überlegst du dir die Sache nochmal. Meine Mutter selig hat immer gesagt: Die Frau erhält ihr Licht vom Mann, wie der Mond von der Sonne …»

«Annik, halt den Mund!», sagte Danielle barsch.

Garsende stand auf. «Wenn du mitkommst, Danielle, dann will ich hingehen und ihm vor Zeugen sagen, dass ich nicht zu ihm zurückwill und warum.»

Danielle stand ebenfalls auf. Garsende hängte sich bei ihr ein. Eng an die größere, kräftigere Frau gedrückt, schritt sie über den Hof.

Juliana hatte die Besucher in den Speisesaal gebeten, da kein Besucherraum vorhanden war, der groß genug gewesen wäre. Dort saßen sie am Kopfende des langen Tisches, der sauber geschrubbt war und nach Bienenwachs duftete. Annik flatterte um sie herum und bot ihnen zu trinken an. Alle nahmen einen Becher verwässerten Wein, nur der Priester lehnte ab.

Als die Frauen hereinkamen, Garsende und Danielle Arm in Arm, sprang Maudru auf: «So ist das also! Du hast dich von einem dieser unnatürlichen Weiber verführen lassen!»

Garsende erstarrte. Aber dann straffte sie sich und erwiderte bebend: «Du hast nichts als Schmutz in deinen Gedanken. Das wundert mich auch gar nicht, wenn man deinen

Umgang kennt. Bin ich nicht gestern Abend gekommen, um dich aus dem Hurenhaus zu holen?»

«Still!», fuhr einer der Ratsherren dazwischen. «Keine wilden Beschuldigungen. Wir sind hier, um diese Sache zu klären. Warum hast du deinen Mann verlassen, Garsende?»

«Das wisst ihr ganz genau. Die ganze Stadt weiß es: Er trinkt, und er arbeitet nicht. Er unterhält Kurtisanen mit meinem Geld und hat sie sogar an meinen Tisch und in unser Ehebett gebracht!»

«Das alles ist kein Grund», sagte Abbé Grégoire. «Ich billige es zwar nicht, doch das gibt dir nicht das Recht, das heilige Sakrament der Ehe aufzukündigen!»

«Er schlägt mich wegen Nichtigkeiten und sogar ohne Grund, nur wenn er schlechte Laune hat!», setzte Garsende nach.

«Das steht ihm zu», sagte der Abbé ruhig.

«Einmal hat er mir sogar die Frucht aus dem Leib geprügelt.»

«Ach, ich will es doch gar nicht tun, aber du reizt mich oft so sehr mit deiner ständigen Nörgelei», rief ihr Mann.

«Ich müsste nicht nörgeln, wenn du arbeiten würdest und wenn du nicht ständig in den Wirtshäusern herumlungern würdest!», entgegnete Garsende.

«Ich wäre nicht im Wirthaus, wenn du nicht ständig nörgeln würdest!»

Der Priester hob die Hand wie eine Mauer, die er zwischen den beiden Streithähnen errichtete. Garsende presste die Lippen zusammen. Maudru warf beide Hände in die Luft: «Also gut, also schön! Ich gelobe Besserung! Komm nach Hause, Garsende! Ich will auch das Trinken lassen, und ich werde in der Mühle arbeiten.»

«Das hast du schon so oft gesagt!»

«Sagt ihr, dass sie zurückkommen muss!», wandte sich der verlassene Ehemann an die Ratsherren.

«Ich sehe auch keinen Grund, warum man dir erlauben sollte, hierzubleiben», sagte der Angesprochene, ein alter Mann mit einem kantigen, herrischen Gesicht. Er stand der örtlichen Wollweberzunft vor und schätzte die Beginen nicht. «Es können die Weiber nicht einfach Haus und Hof verlassen, nur weil sie sich einmal über ihren Mann geärgert haben. Wo kämen wir da hin?»

«Aber er hat mich verstoßen!», schrie Garsende. «Alle haben es gehört, seine Hure, unsere Nachbarn! Fragt die Leute in der Rue Fontaine, man wird es Euch bestätigen!»

«Er hat laut und deutlich gesagt: ‹Pack dich! Verschwinde! Ich will dich nie wieder sehen!› Ich habe es gehört. Magdalène hat es gehört», sagte Danielle.

Garsende sah sie dankbar an. «Da habt Ihr's.»

«Eine Bettlerin und eine ehemalige Hure, was sind das für Zeugen?», schrie jetzt Maudru. Er war wieder aufgesprungen und stemmte beide Handflächen flach auf den Tisch. Sein Gesicht war rot angelaufen.

‹Er hat ein cholerisches Temperament›, dachte Danielle unwillkürlich, ‹einen Überfluss an gelber Galle.›

«Wenn sich gut beleumundete Zeugen dafür finden lassen, dass er sie verstoßen hat, dann hat sie das Recht, Euch zu verlassen, und darf ihre Mitgift zurückfordern», sagte einer der Ratsherren. «Wir geben Euch drei Tage Zeit, diese Zeugen beizubringen, Madame Garsende. Bestätigt niemand Eure Aussage, dann müsst Ihr zu Eurem Ehemann zurückkehren.»

«Was Gott zusammengefügt hat, soll der Mensch nicht scheiden», sagte der Abbé mit einem finsteren Blick auf Juliana. «Ich warne dich. Euer Seigneur Bertrand de Got, der jetzt Clemens V. ist, und ich, wir haben euch bislang geduldet. Wenn sich jedoch herausstellt, dass ihr für Unfrieden in der Stadt sorgt und brave Töchter und Ehefrauen von ihren Vätern und Männern fortlockt, dann werden wir euer Haus auflösen! Dies ist kein Kloster, es ist kein Arbeitshaus, es ist streng genommen gar nichts. Nehmt euch also in Acht!»

Die Herren standen auf und schickten sich an, den Konvent zu verlassen. Im Vorübergehen griff Maudru Garsendes Arm: «Garsende! Ich habe es nicht so gemeint. Wir haben uns doch noch nach jedem Streit wieder vertragen, und dann war es schön! Willst du nicht mitkommen?»

Seine Frau blieb sitzen und schaute ihn nicht an. Sie weinte. Danielle schob den Mann entschlossen weg von ihr: «Du lässt sie jetzt besser in Ruhe.»

Er warf ihr einen mordlustigen Blick zu.

Der Zunftmeister zuckte die Achseln und zog Maudru mit sich: «Reg dich nicht auf, Maudru. Du weißt ja: Der glückliche Mann verliert seine Frau, der unglückliche ein Pferd.»

Abbé Grégoire wandte sich auf der Schwelle zu Juliana um: «Ach – eh ich's vergesse: Man hat mir berichtet, dass sich deine Schützlinge des Nachts auf den Straßen herumtreiben, ganz wie gewöhnliche Dirnen. Ist das wahr?»

Juliana erwiderte seinen Blick ruhig: «Zwei von ihnen haben sich unerlaubt hinausbegeben, um das Johannisfeuer anzusehen. Sie werden bestraft.»

«Wer bestimmt diese Strafe und wer wacht darüber?»

«Ich. Die Franziskaner, vertreten von Bruder Calixtus, der, wie Ihr wisst, als unser geistiger Beistand fungiert.»

«So? Dieser Calixtus! Es kommt vielleicht bald eine Zeit, da ihr euch nicht mehr hinter seiner geflickten braunen Kutte verstecken könnt.» Mit diesen Worten ging der Abbé hinaus. Juliana winkte Annik heran: «Annik, nimm eine Schwester mit und gehe Calixtus holen. Ich brauche ihn.» Und zu Magdalène und Danielle: «Danielle, du bist noch nicht lange genug bei uns, und du bist dir über unsere prekäre Lage nicht im Klaren gewesen. Ich halte dich für klug genug, dass du auf den Ausflug sicher verzichtet hättest, wäre dir bewusst gewesen, wie sehr uns das gefährdet. Aber Magdalène! Du weißt es, und du hast mein Vertrauen missbraucht. Drei Tage Wasser und Brot für euch beide und vier Wochen keinen Ausgang, unter welchem Vorwand auch immer!» Und damit ließ sie die beiden stehen.

Magdalène biss sich auf die Lippen.

«Wasser und Brot, das macht mir nichts aus», sagte Danielle. «Das ist mehr, als ich lange Zeit gehabt habe. Aber sie schien so traurig, das tut mir weh.»

Sie wäre noch weitaus beunruhigter gewesen, hätte sie das Gespräch mit anhören können, das an diesem Abend im Scriptorium stattfand.

«Ich sehe nicht, wie Ihr anders hättet handeln können. Es wäre schon besser, wenn die Frau zu ihrem Mann zurückkehrte, aber zwingen sollte man sie sicher nicht.» Calixtus strich sich mit der Hand über sein stoppeliges Gesicht. Er rasierte sich täglich. Eigentlich wäre es auch zweimal täglich vonnöten gewesen, aber sein Abt hätte ihm das als Zeichen der Eitelkeit untersagt.

«Die ganze Angelegenheit ist recht unglücklich zu diesem Zeitpunkt. Abbé Grégoire wartet nur auf eine Gelegenheit, um euch unter seine direkte Aufsicht zu bringen.»

«Schlimm genug, dass überhaupt eine Aufsicht gefordert ist, als seien wir Kinder, die nicht für sich selbst sorgen können», zürnte Anne. «Wir sind erwachsene Frauen, und viele von uns haben selbst schon Kinder gehabt.»

«Aber ihr seid als alleinstehende Frauen doch Übergriffen ausgesetzt. Die Bulle Sacrosancta Romana Johannes' XXII. hat ja gerade deshalb die Beginen unter den direkten Schutz des Papstes gestellt – soweit sie in festen Häusern leben und nicht herumziehen; wenn sie ein keusches Leben führen, die Kirche besuchen und den Geistlichen gehorchen», wandte Calixtus ein.

«Ein merkwürdiger Schutz ist das, der sich mehr und mehr wie eine Fessel ausnimmt!»

«Ja, ich verstehe, was du meinst, liebe Schwester Anne. Aber es ist nun einmal so, dass es für Frauen nicht üblich ist, so zu leben, wie ihr es tut. Deshalb werdet ihr besonders scharf beobachtet.»

«Ja, und deshalb gibt man auch keine Ruhe, bis wir wieder unter der Aufsicht von Männern sind!»

Calixtus seufzte. «Mag sein. Aber ich bin euch doch noch nie anders als in innigster Freundschaft begegnet. Noch nie haben wir euch irgendwelche Vorschriften gemacht.»

«Ja, das ist wahr. Wir haben immer auf Euren Rat gehört. Und wir kommen mit euch Franziskanern weitaus besser zurecht als mit dem Pfarrer. Wir leben doch auch wie ihr: In Armut und von unserer Hände Arbeit.»

«Bedauerlicherweise schätzt Papst Clemens die Bettelorden nicht oder wenigstens die Spiritualen unter uns. Es ist ja noch nicht lange her, da galten wir Franziskaner als Aufrührer und halbe Ketzer – gerade wegen unseres Beharrens auf der Armut. Nun ja, einige verwirrte Brüder sind denn ja auch zu weit gegangen. Unglücklicherweise ist es Seiner Heiligkeit durchaus bewusst, dass ihr euch in vielen Dingen nach den Lehren Olivis ausrichtet, die ja postum für häretisch erklärt worden sind. Mit anderen Worten: Er traut uns nicht ganz und möchte die Zuständigkeit für ansässige Beginen lieber in den Händen des örtlichen Pfarrklerus sehen – auf jeden Fall möchte Abbé Grégoire, dass er es möchte.» Calixtus lächelte säuerlich. Es war bekannt, dass der Abbé und der Mönchszimmermann sich nicht ganz grün waren.

«Er sucht nur nach einem Vorwand, um zu beweisen, dass ihr einer härteren Hand bedürft.»

«O ja, der Fuchs möchte sich zum Beschützer der Hennen machen!», versetzte die Schreiberin.

«Anne!», rief Juliana.

«Aber so ist es doch: Wir leben nach Jesu Vorbild und nach dem Ideal der heiligen Martha, während Papst und Klerus sich im Reichtum wälzen, den sie zuvor den Armen abgepresst haben! In den Klöstern lebt man im Luxus. In Avignon bauen sie ein neues Babylon! Was wollen die uns schon über Gott erzählen?!»

«So wie du haben schon viele gedacht. Und alle sind sie auf dem Scheiterhaufen geendet: die Bogumilen, Katharer, die Patarener, Apostelbrüder und die Brüder und Schwestern des Freien Geistes!»

«Die Katharer waren ganz anders als wir. Wir haben auch nichts mit den Freigeistlern zu tun, die behaupten, die menschliche Seele stehe jenseits von Gut und Böse», warf Anne ein. «Marguerite Porete sagt ...»

«Oh, schweig nur still von Marguerite Porete. Ihre Asche ist noch nicht kalt!» Es war deutlich, dass diese Diskussion nicht erst seit heute im Gange war.

«Ihre Thesen wurden von drei berühmten Theologen für rechtgläubig erklärt!», wandte Anne ein.

«Aber am Ende für häretisch befunden! Es mag ja gut gemeint gewesen sein, aber sie hat sich auf gefährliche Abwege begeben. Abgründe!»

Calixtus und Anne standen sich kampflustig gegenüber. Juliana machte ein paar leise Schritte zum Schreibpult hin und verdeckte das dort zur Abschrift liegende Werk mit einem Tuch.

«Liebe Schwester Anne», lenkte Calixtus jetzt ein. «Ich bin ja gar nicht gegen die Schriften der Porete, und mir ist durchaus bewusst, dass sie keine Ketzerin war, sondern nur eine Fanatikerin – hm, ja, vielleicht sogar erleuchtet. Aber diesen Unterschied wollen viele aus der Umgebung des Heiligen Vaters nun mal nicht sehen. Man möchte die religiöse Landschaft säubern von allem, was das einfache Volk in Zweifel stürzen, was die Kirche spalten und damit entmachten könnte. Und da fürchten sie besonders diejenigen, die sich ihrem Einfluss entziehen und sich eigene Regeln geben. So etwas könnte Schule machen! Sie fangen schon an, ein Verbot aller Beginenhäuser zu fordern.»

«Wir wollen keinen Unfrieden stiften», sagte Juliana begütigend. «Dennoch, guter Freund, muss ich dich um einen Gefallen bitten: Kannst du nach Zeugen für Garsendes Version der Geschehnisse suchen und sie bewegen, vor dem Magistrat auszusagen? Es müssen doch Dutzende von Leuten gehört haben, wie er sie verstoßen hat. Danielle und Magdalène allein wird man nicht glauben.»

Ein wenig widerwillig ging Bruder Calixtus am folgenden Tag umher und sprach mit allen, die in der Rue Fontaine lebten. Fünf Nachbarn bezeugten, was Danielle erzählt hatte. Der Magistrat bestätigte, wenn auch ungern, dass Garsende das Recht hatte, bei den Beginen zu bleiben. Über ihren persönlichen Besitz könne sie frei verfügen. Das bedeutete, dass sie die Einkünfte der Mühle zum Gemeinschaftsvermögen beisteuern würde, eine schöne Pfründe.

«Wir wollen die Probezeit abwarten und noch nicht daran rühren», wies Juliana Anne an. «Wenn sie es sich anders überlegt, kann sie ihr Vermögen wieder mitnehmen. Es bleibt ihres.» Dabei hätte die Gemeinschaft das zusätzliche Geld gut gebrauchen können.

Der Juni mit seinen Düften und seiner Blütenpracht war vorübergegangen. Der Juli hatte Einzug gehalten und damit die trockene Jahreszeit. Die Wiesen verblichen zu Stroh, nur die Aleppopinien auf den Flanken des Luberon schimmerten in einem hell strahlenden Grün wie lebendige Edelsteine.

Laura, gefolgt von ihrem Schatten Catherine, erschien mit besorgtem Gesicht und verschwand im Scriptorium, wo sie sich lange mit Juliana und Anne beriet. Juliana ließ Magdalène und Danielle zu sich rufen.

Laura saß im einzigen Lehnstuhl. Sie hielt die Hände vor ihrem weit vorgewölbten Leib, als müsse sie ihn festhalten. Catherine hatte sich in eine Ecke des Zimmers zurückgezogen. Hätte sie sich nicht hin und wieder bewegt, um sich Luft zuzufächeln, hätte man sie für ein Möbelstück halten und übersehen können. Anne stand mit finsterem Blick am Pult, und Juliana ging im Zimmer auf und ab, die Hände hinter dem Rücken gefaltet.

Danielle klopfte an, öffnete die Tür und ließ Magdalène den Vortritt.

«Da seid ihr ja», sagte Juliana. «Seid ihr allein gekommen? Wo ist Garsende? Sie folgt Danielle doch sonst immer wie ein kleiner Hund.» Sie ging zum Fenster und schaute in den Hof.

«Schwestern, es gibt Schwierigkeiten. Mestra Laura berichtet mir, dass sich unter den Bettlern und Aussätzigen vor dem Stadttor ein paar Beginen aus dem Languedoc aufhalten. Wie es scheint, ist in Toulouse ein Haus geschlossen und die Schwestern teils vertrieben, teils als Ketzerinnen verurteilt worden. Einige von ihnen haben sich hierher geflüchtet.»

«Wie habt Ihr sie gefunden?», fragte Magdalène.

«Wir hatten gestern ein Gastmahl in unserem Hause», berichtete Laura. «Es ist viel übrig geblieben, und so wollten Catherine und ich die Reste heute Morgen unter den Armen vor dem Tor verteilen, nahe der Porte Murette; ihr wisst: dort, wo sie sich diese Bretterhütten an der Stadtmauer gebaut haben. Vor einer der Hütten habe ich eine Frau gesehen in einem Gewand, das dem euren ähnelt. Ich habe sie gefragt, ob sie eine Begine sei, und ihr gesagt, dass sich ein Konvent in der Stadt befindet. Sie hat mich gebeten, euch zu sagen, dass sie euch um einen Besuch bittet. Ihr sollt aber heimlich kommen, wenn es möglich ist. In die Stadt hätten sie sich nicht getraut.»

«Zweifellos will sie uns nicht gefährden. Wenn sie verurteilte Ketzerinnen sind, dann darf niemand ihnen helfen. Wer sie aufnimmt, dessen Haus kann niedergerissen und dessen Besitz eingezogen werden», sagte Anne bitter. «Sollen wir sie etwa ihrem Schicksal überlassen?»

«Wollt ihr sie aufnehmen und den Fortbestand dieses Hauses aufs Spiel setzen?», mischte sich Catherine ein.

«Nein, das geht natürlich nicht. Wir haben auch an die uns anvertrauten Schwestern zu denken, die sich in keinen Religionsstreit einmischen. Aber es gibt sicher noch andere Wege, diesen Unglücklichen zu helfen», antwortete Juliana ruhig. «Deshalb möchte ich, dass ihr beide, Magdalène und Danielle, in aller Stille zu ihnen geht und ihre Geschichte anhört.»

«Ich will auch mit!», sagte Anne.

«Nein, das würde auffallen. Du gehst sonst nie zur Armenpflege. Magdalène geht oft, und die Armen kennen und mögen sie. Und Danielle ist zuverlässig und verschwiegen. Im Übrigen ist sie auch in der Lage, sich und ihre Schwestern zu verteidigen, sollte es nötig werden. Also: Ihr beide lasst euch Sachen zum Verschenken aus der Kleiderkammer geben, auch angemessene Kleidung für unsere Schwestern da draußen, die sie nach der Flucht sicher gebrauchen können. Nehmt Brot und Korn mit, so wie wir es immer handhaben.»

«Ist unser Hausarrest damit beendet?», fragte Magdalène.

«Nein, keineswegs. Ich gebe euch nur für diesen Gang Dispens. Sorgt dafür, dass ich es nicht bereue!»

Magdalène und Danielle ließen sich von Annik zwei Buckelkörbe mit Gütern beladen, mit Korn, getrockneten Linsen und Brot sowie mit alten Kleidern, die von Bürgern für die Armen gespendet worden waren.

«Wo gehst du hin, Danielle?», rief Garsende über den Hof. «Kann ich mitkommen?» Sie fühlte sich fremd und einsam unter den Schwestern und hatte sich Danielle sehr angeschlossen.

«Nein, die Meisterin hat nur uns beide bestimmt. Aber ich komme ja bald zurück. Hebe du mir nur ein paar schöne bunte Enden Wolle auf, ja?» Danielle winkte Garsende zu. Ein wenig verloren blieb sie vor der Weberei stehen.

Die Porte Murette war eines der kleineren Stadttore, die hauptsächlich von Viehtreibern benutzt wurden. Als sie dort ankamen, gab es gerade einen Stau, weil ein Ochsenkarren sich mit dem Rad am Tor verfangen hatte.

Erst als die Stadtwachen sich bequemten und dem Bauern halfen, den Karren anzuheben und frei zu machen, ging es weiter.

In einiger Entfernung vom Tor hatten ein paar Bettler und andere arme Leute elende, winzige Hütten gebaut, meist Verschläge aus Brettern, die notdürftig zusammengezimmert gegen die Stadtmauer lehnten. Der Magistrat ließ die Leute in regelmäßigen Abständen vertreiben und die Hütten niederreißen, doch die armen Menschen kamen immer wieder. Die Verschläge waren rasch wiederaufgebaut, denn hier konnte man immer mit Spenden der Städter rechnen. Hin und wieder bekam man einmal eine Arbeit und einen Verdienst für ein paar Stunden oder Tage.

Kaum erblickten sie die Schwestern, da kamen auch schon Kinder aus den Hütten gelaufen, rotznasige, schmutzstarrende, magere Geschöpfe, die es doch fertigbrachten, zu lachen und diesem Leben etwas abzugewinnen. Johlend umringten sie die *sorores*. «Magdalène, du Hübsche! Danielle, du Gute!», schmeichelten sie. «Hast du was zu essen für uns? Hast du was Süßes?» Magdalène verteilte Nüsse und getrocknete Früchte an sie und ein paar zerbrochene Plätzchen, die Annik beiseitegelegt hatte. Hütte für Hütte besuchten sie und verteilten ihre Gaben.

Schließlich kamen sie zu einem Verschlag, der noch hastiger errichtet schien als der Rest dieser Behausungen. Vor dem Eingang hing ein Ziegenfell. Danielle kratzte daran: «Hallo?», rief sie. «Jemand zu Hause?»

Sie zog das Fell ein wenig beiseite und spähte in das Dunkel dahinter. Drei verängstigte Frauengesichter blickten ihr entgegen. Eine vierte Frau lag ausgestreckt auf einem Häufchen Zweige und trockenem Gras. «Seid ihr Seelschwestern?», fragten sie.

«Ja», antwortete Danielle. «Wir sind Beginen aus Pertuis, vom Konvent Sainte Douceline.»

«Jesus sei Dank! Kommt herein.»

Magdalène und Danielle traten in den Verschlag. Es war eng und stickig und furchtbar heiß darin. Sie setzten ihre Buckelkörbe am Eingang ab und hockten sich zu den anderen Frauen auf den Boden. Diejenige, die auf dem Boden lag, richtete sich stöhnend auf.

«Unsere Meisterin schickt uns, um nachzusehen, wie wir euch helfen können. Braucht ihr etwas zu essen? Kleidung? Medizin?»

«Alles», antworteten sie. «Wir mussten fliehen ohne einen Sou und ohne ein Stück Brot. Und unsere Schwester hier ist alt und völlig erschöpft.»

Die beiden Beginen packten aus, was sie an guten und kräftigenden Speisen mitgenommen hatten: eingelegte Oliven in Öl, Ziegenkäse, Mispeln und Wein. Die fremden Schwestern fielen aber nicht einfach darüber her, obwohl sie ausgezehrt wirkten, sondern legten die Speisen ordentlich auf ein Tuch und sprachen ein Dankgebet, ehe sie aßen.

«Was ist geschehen?», fragte Magdalène, als sie sich gestärkt hatten. Sie musste sich alle Augenblick den Schweiß mit ihrem Ärmel von der Stirne trocknen, so heiß war es in der Hütte.

«Was geschehen ist? Im Languedoc macht man Jagd auf Beginen und Begarden!», erzählte eine, die sich Maria nannte, und fragte: «Könnt ihr denn hier noch in Frieden leben? Habt ihr die Feindschaft von diesem Strauchritter noch nicht zu spüren bekommen, der sich jetzt Papst nennt?»

«In der Provence haben wir keine Schwierigkeiten», sagte Magdalène.

Maria zuckte die Schultern und entgegnete: «Ich wünsche euch, dass es so bleibt! Der Bischof von Toulouse hat die Inquisition auf uns gehetzt, weil wir französische Bibeln hatten. Waldenser Brüder hatten sie uns geschenkt. Wir haben Sterbenden daraus vorgelesen, um sie zu trösten. Daraufhin hat man uns vorgeworfen, Irrlehren zu verbreiten. Ja, es genügte schon, dass wir ärmliche und gleichaussehende Kleidung trugen, da hat man die Hunde des Herrn auf uns losgelassen. Sie wollen nicht, dass das Volk die Worte des Herrn selber lesen kann! Es könnte ja entdecken, wie weit sie vom Weg abgewichen sind. Uns nennen sie Ketzer, dabei sind doch sie es, die mit ihrer Fettlebe Jesus verhöhnen.»

Maria fuhr sich mit der Hand über die Augen. «Sie haben alle möglichen Leute aus der Gegend entweder eingeschüchtert oder bestochen. Und obwohl wir ihnen so oft Gutes getan haben, haben sie uns verraten.»

«Man muss das verstehen», sagte eine andere, die sich Schwester Barbara nannte. «Es ist noch nicht so lange her, dass sie die Katharer zu Tausenden auf die Scheiterhaufen geführt haben! Immer noch stehen bei uns viele Dörfer leer und wüst. Die Ruinen gelten als verflucht. Und die Leute haben Angst. Jedermann rennt in die Kirche und hüpft, wenn der Pfaffe pfeift, um auch nur ja als Papstgetreuer zu gelten. Sie haben genug von dem Morden! Aus Angst sagen sie dann einfach ja zu allem, was man sie fragt.»

«Sie haben sich dennoch gegen uns versündigt!», sagte wieder Maria. «Ich vergebe denen, die gegen uns Zeugnis abgelegt haben. Es sind arme, einfache Leute. Aber Gottes Gericht soll über die kommen, die unsere Schwestern verhört und gefoltert haben! Einige von uns haben dem Druck nachgegeben und alles gestanden, was man ihnen in den Mund gelegt hat. Ihnen sind Kirchenstrafen auferlegt worden. Sie müssen das Kreuz tragen und dann als Dienstmägde in ein reguläres Kloster gehen. Oder zu ihren Familien zurückkehren, so sie welche haben! Na, die werden sie nicht gerade mit offenen Armen aufnehmen!» Maria ließ ein heiseres, gequältes Lachen hören, das mehr wie ein Husten klang.

«Diejenigen, die sich nicht selbst gestellt haben, sind zum Verhör abgeholt worden, eine nach der anderen, und wenn sie sich geweigert haben zu schwören, hat man sie gleich als hartnäckige Ketzer behandelt und verurteilt. Sie wurden bei lebendigem Leib in unser Haus eingemauert, der Konvent geschlossen und enteignet», erzählte Barbara, und Maria fiel ihr ins Wort: «Viel war es ohnehin nicht, was wir hatten. Wir haben uns streng an die Armutsregel gehalten. Unseren einzigen wertvollen Besitz, einen guten Olivenhain, den haben sie einem Kloster zugeschlagen, in dem sie ohnehin leben wie die Fürsten, mit kostbarem Mobiliar und weichen Betten und Fleisch essen jeden Tag! Unsere Oliven sollen ihnen im Hals stecken bleiben, und das Öl soll ihnen bitter schmecken!»

«Maria, du darfst diesen Zorn in dir nicht zulassen! Wir sollen unsere Feinde lieben! Nur wer liebt und vergeben kann, dessen Seele wird befreit werden», mahnte Barbara.

Maria ließ den Kopf hängen. «Aber es ist so schwer, so schwer!»

Barbara umarmte Maria und streichelte sie. «Nur wir vier konnten fliehen», sagte sie an die Pertuiser Schwestern gewandt.

«Was wollt ihr jetzt tun? Wie können wir euch helfen?», fragte Magdalène.

«Zu euch können wir auf keinen Fall!», sagte Maria. «Wir würden euch in Gefahr bringen. Hast du nicht gehört, was denen geschieht, die Ketzer aufnehmen?»

«Aber ihr seid doch unsere Schwestern im Herrn. Wir können euch nicht im Stich lassen! Wer sollte es denn melden, wenn ihr heimlich kämt, als Bäuerinnen verkleidet, und dann still und friedlich bei uns lebt? Niemand kennt euch hier. Die Inquisitoren, das sind doch nur eine Handvoll fanatischer Mönche, die können nicht überall auf einmal sein. Wie sollten sie denn herausfinden, wohin einzelne Beschuldigte geflohen sind? Es dauert Wochen und Monate, ehe man Nachrichten von einem entfernten Ort bekommt. Und was am rechten Rhône-Ufer vor sich geht, hat wenig Bedeutung auf unserer Seite», überlegte Magdalène. Aber Maria winkte ab: «Das glaubst du vielleicht! Die Augen der Inquisition sind überall! Papst Clemens hat längst damit begonnen, ein Netz von Spionen und Folterknechten über das ganze Land zu verteilen. Es sind nicht nur einzelne, mit Vollmachten ausgestattete Mönche! Nein, ich sage euch: Sie sind überall schon fest installiert. Es ist eine Institution, mächtiger als die Fürsten, mächtiger als alle weltlichen Gerichte! Hast du das Ende der Templer vergessen? Das waren mächtige Herren, bewaffnet, mit Burgen im ganzen Land. Wenn selbst sie der Inquisition nicht widerstehen konnten, wie sollten es dann ein paar arme Weiber vermögen?»

«Aber was wollt ihr denn nun anfangen?»

«Wir drei, wir sind noch jung und kräftig», Barbara zeigte auf sich, Maria und eine dritte, sehr junge Frau, die still an der Mauer lehnte, fast noch ein Kind. «Wir werden als Bettelbeginen gehen.»

«Ja», sagte Maria, «Das ist dem Herrn wohlgefällig. Vielleicht sind wir bestraft worden, weil wir immer noch zu wenig vertraut haben, weil wir immer noch Besitz hatten und gefüllte Speicher. Gebt nur acht, dass es euch nicht genauso ergeht. Wir haben schon gehört, was für ein gutgehendes Geschäft ihr hier betreibt und wie ihr euch mit Handwerk und dem Erwirtschaften von Gewinn beschäftigt!»

«Maria!», mahnte Barbara, und zu Magdalène und Danielle: «Wir wollen euch nicht tadeln. In völliger Armut zu leben ist nicht jedermanns Sache. Und jemand muss ja auch die Armen versorgen. Habt nur acht, dass ihr keinen Neid auf euch zieht!»

«Wir jedenfalls wollen uns von nun an dem Herrn ganz ergeben, so wie Jesus es befohlen hat. Er hat nicht gesagt: Petrus, pack deine Netze auf einen Karren und lade viel Vorräte und Kleidung zum Wechseln ein, sondern er hat gesagt: Lass alles liegen und komm. Wir folgen ihm nach, und er wird für uns sorgen.»

Mit besorgtem Blick sah Maria auf die ältere Schwester hinunter, die auf dem Boden lag, und fuhr fort: «Aber unsere liebe Schwester Auda hier, die kann nicht mehr weiter. Wenn ihr das Risiko auf euch nehmen wollt und sie bei euch gesund pflegt, dann wäre es eine große Hilfe und Erleichterung für uns. Sie kann euch nicht zur Gefahr werden, da sie ein wenig simpel ist und sich an unseren religiösen Diskussionen nie beteiligt hat.» Sie beugte sich zu der älteren Frau hinunter. «Nicht wahr, Auda. Du nimmst es uns nicht krumm, wenn wir dich hierlassen?»

«Ohne mich kommt ihr besser voran», krächzte Auda.

«Selbstverständlich. Wir nehmen sie gleich mit», sagte Magdalène.

Sie kleideten Auda wie eine Bäuerin. Alles, was sie noch an Lebensmitteln und Kleidung hatten, ließen sie den Tolouser Schwestern. Sie halfen Auda auf die Beine, die sich unter Tränen von ihren Gefährtinnen verabschiedete.

«Jesus segne dich!»

«Und der Herr Jesus schütze euch», sagten sie, in der Art, an der alle Beginen sich untereinander zu erkennen gaben.

Danielle und Magdalène nahmen die alte Schwester zwischen sich und geleiteten sie in die Stadt. Auf halbem Wege riss das Fersenband an Danielles linker Sandale.

«Ach, verflixt! Jetzt ist sie endgültig hin!»

«Hattest du nicht auf dem Johannismarkt ein Paar neue bestellt?», erinnerte sich Magdalène.

«Ja, richtig. Aber der Schuhmacher hat sie nie geliefert. Ich glaube, ich habe vergessen, ihm eine Anzahlung zu geben. Sicher hat er gedacht, ich könne sie nicht bezahlen. Deshalb hat er sich wohl gar nicht erst die Mühe gemacht, welche für mich zu fertigen.»

«Hm – so wird es wohl sein», meinte Magdalène. Das Ende vom Lied war, dass sich Danielle ein Paar andere gebrauchte aus der Kleiderkammer holte.

9.

Wellen über Wellen von Ockertönen von hellstem Lehmgelb, lichtem Ocker, grünlichem Ocker, rosigem Fleischocker, Neapelgelb, Zimt- und Zinnoberrot bis zu gebrannter Erde breiteten sich vor ihm aus. Salpeter, Kalk und Flechten bildeten unregelmäßige Muster in Weiß und Grau. Die Schatten unter den zwei- und dreifach geziegelten Dachkanten schimmerten in einem ungewissen Blauviolett. Schwalben und Tauben waren die Bürger dieser Oberstadt, wie Calixtus die Dächer von Pertuis für sich getauft hatte, Eidechsen, Hornissen und Wespen. Dicht an dicht schlossen sich die Dächer aneinander. Nur die Türme der beiden Kirchen ragten heraus, die Wehrtürme und das Schloss. Die Gassen bildeten Schluchten, die sich von seinem luftigen Aussichtsplatz dem Blick entzogen. Die Oberstadt erschien als ungebrochene Ebene in lichten Orange- und Gelbtönen aus diesem Blickwinkel.

Calixtus hatte einen Teil des Schlafsaals abgedeckt und reparierte den Dachstuhl, der von Ameisen angefressen und morsch geworden war. Unter sich sah er den Hof des Konvents, den Herbularius und den Hortulus. Er sah Alix, die sich bei ihren Kohlköpfen zu schaffen machte, Garsende, die vor der Weberei stand und eifersüchtig zu den beiden auf der Bank herüberlugte, Magdalène, die mit einer irdenen Schüssel auf dem Schoß auf der Küchentreppe hockte und Gemüse putzte. Aus der Küche hörte man Annik ihre Helferin schelten, die etwas umgeworfen hatte. Aus der

Weberei klang das gleichmäßige Klappern und Rattern der Webstühle herauf.

Nur von Carolus und der Begine Danielle sah und hörte man keinen Ton, obwohl sie doch dort unten auf der Bank am Brunnen saßen. Calixtus reckte den Hals. Dort blitzte ein wenig brauner Stoff durch von Danielles Rock. Carolus war ganz und gar hinter dichtem Lorbeer verborgen. Calixtus zuckte die Achseln und hämmerte weiter. Was konnten die zwei schon tun, so im Freien und unter Beobachtung?

Sie konnten sich tief in die Augen schauen.

‹Es ist doch eigenartig. Ich habe mich nie besonders für Frauen interessiert›, dachte Carolus. ‹Es ist zwar abgemacht, dass ich heiraten soll, und sie ist auch hübsch, die Verlobte, die sie mir gegeben haben, aber noch niemals habe ich mehr als eine körperliche Regung empfunden, wenn ich an Frauen dachte. Dennoch: Diese hier – wenn ich in ihre bernsteinfarbenen Augen sehe, dann möchte ich diese Frau lesen wie ein Buch. Ich will wissen, was sie denkt und fühlt. Ich bin eifersüchtig auf die Geheimnisse, die sie mir vorenthält, auf das Leben, das sie ohne mich geführt hat, ja sogar auf ihre Schwestern. Carolus, Carolus! Denk an deine ärztliche Pflicht!›

Danielle sah in seine grauen Augen und fühlte sich, als versinke sie in tiefem Wasser. Keinem von beiden fiel es auf, dass sie seit einer guten Viertelstunde kein Wort gesprochen hatten. Die Geräusche aus der Küche, das Hämmern und Klopfen vom Dach, das Schwatzen und Lachen aus der Weberei, das Summen der Bienen in den Blüten – das alles hatte sich von ihnen entfernt und hatte einer samtigen, weichen Taubheit Platz gemacht.

Carolus kam jetzt alle zwei oder drei Tage. Sein Ehrgeiz sei geweckt, hatte er zur Infirmaria gesagt; er mache gewisse Fortschritte, zu Juliana. Doch es waren nur winzige Bruchstücke, die Danielle ihm hinwarf wie die Scherben einer in feinste Teile zerschlagenen Vase, die niemand mehr zusammensetzen kann.

«Wovor fürchtet Ihr Euch am meisten?», hatte er sie gefragt.

«Ich fürchte mich nicht.»

«Das ist nicht wahr. Jeder fürchtet sich vor etwas: Vor Wasser? Nein? Vor Feuer? Vor Spinnen? Vor Schmerzen?»

«Jeder fürchtet sich vor Schmerzen. Aber jetzt, in diesem Augenblick – welchen Grund hätte ich dazu?»

«Und wenn Ihr wieder auf die Straße müsstet? Fürchtet Ihr die Unsicherheit, den Hunger?»

Sie dachte nach. «Nein», erwiderte sie dann. «Ich wünsche es mir nicht. Aber Hunger ist nicht zum Fürchten. Und an die Unsicherheit kann man sich schnell gewöhnen. Man wird wie ein Blatt, das auf einem Fluss dahingetrieben wird. Man hört auf, vorauszuplanen, und setzt einfach einen Fuß vor den anderen.» Ihr Blick ging jetzt durch ihn hindurch. «Man glaubt immer, man brauche dieses und jenes und macht sich Sorgen um tausend kleine Dinge. Aber am Ende braucht man so wenig. Es genügt, einfach zu laufen und zu schauen.»

Sie war so kühl, so gelassen. Er konnte es nicht glauben und bohrte weiter.

«Aber es muss doch etwas geben, wovor Ihr Angst habt!»

Eine gesichtslose Menge stand ihr vor Augen.

«Vor Menschen», sagte sie.

«Vor welchen Menschen? Doch nicht vor mir? Vor Euren Mitschwestern hier, den guten Beginen?»

«Vor vielen Menschen zusammen fürchte ich mich, vor der vielköpfigen Bestie. Wer die nicht fürchtet, ist ein Narr.»

«Das bringt mich nicht weiter», verzweifelte Carolus. ‹Es muss damit zusammenhängen, was ihr zugestoßen ist. Aber immer wenn ich daran rühre, steht sie einfach auf und geht fort.› Wenn sie nicht sprach, dann redete er über sich selbst, nur damit sie bei ihm blieb.

«Ich bin in Pertuis geboren. Ich habe drei Schwestern, alle älter als ich», erzählte er.

«Die haben Euch sicher nach Strich und Faden verwöhnt», sagte Danielle.

Carolus lachte, gar nicht verlegen. «Ja, ein wenig verzogen war ich sicher, als einziger Sohn und als Nesthäkchen. Mein Vater war Arzt und wollte, dass ich ihm in seinem Handwerk folge. Darum und um mich von den Schürzenzipfeln loszumachen, hat er mich zum Studium in den Norden geschickt. Ich wäre lieber nach Bologna gegangen. Aber es musste Paris sein, weil er dort einen Kollegen hatte, bei dem er mich unterbringen konnte.» Wieder dieses Zusammenzucken, dieses kurze Aufleuchten in ihren Augen. Paris. Da musste etwas gewesen sein. Er würde seinem Studienfreund schreiben.

«Ich habe mich dort nie recht wohl gefühlt. Mein Vater hoffte, ich könnte als Hausarzt in einem reichen Hause unterkommen, aber ich hätte nicht dort im Norden leben mögen.»

«Die Sommer dort können sehr angenehm sein. Nicht so unbarmherzig wie hier. Alles bleibt grün und verbrennt nicht so wie bei uns. Die Sonne dort ist heiter, nicht grausam. Die Nächte sind lau. Es gibt so viele Ablenkungen, und die Stadt ist wunderschön, wenn nachts die Öllampen in den Fenstern brennen. Aber die Winter in Paris sind grausam. Die Seine friert vom Rand her zu. Am Ufer und an den Pfeilern der Brücken bilden sich Zähne aus Eis. Der Stein ist so kalt. Überall ist Stein», sagte sie und verstummte dann.

«Ihr wart also dort, wo habt Ihr gelebt, was habt Ihr dort getan?»

Danielle zuckte die Achseln. Immer versuchte er sie auszuhorchen. Paris lag so weit hinter ihr. Sie war nicht mehr dieselbe Person, die in Paris gelebt hatte. Es hatte keine Bedeutung mehr.

»Bitte tut mir einen Gefallen, ja?», versuchte er es erneut.

«Was soll ich machen?» Wachsam. Immer wachsam und misstrauisch.

«Nichts, wovor Ihr Euch fürchten müsstet! Schließt die Augen.» Sie tat es und blinzelte dabei.

«Nein, schließt sie ganz und lasst sie geschlossen. Ich verspreche, ich werde Euch nicht berühren. Wenn Ihr wollt, werde ich Euch nicht einmal anschauen dabei. So ist es gut. Atmet ganz ruhig und tief!» Wenn die Vernunftseele in der Lunge wohnt, so dachte er sich, dann wird sie wohl besser arbeiten, wenn man ihr Luft und Ruhe gibt. «Und jetzt denkt ‹Paris›. Denkt an einen Raum, wie sieht er aus?»

Ein heller Raum, ein gemalter Fries, kostbare Teppiche, Regale voller Pergamentrollen an den Wänden, ein Schreibpult, ein großer, langer Tisch auf niedrigen Beinen. Instrumente liegen darauf und ein menschlicher Knochen. Nein, halt! Das ist nicht wahr, ein Trug, es ist vorbei. Ich will das nicht sehen. Sie riss die Augen auf.

«Was habt Ihr gesehen? Beschreibt mir den Raum!»

«Hell, groß, zwei Stühle, ein Tisch.»

Carolus seufzte. Es war zum Verzweifeln. «Wie sieht der Tisch aus? Liegen Gegenstände darauf?»

«Da liegt nichts.» Zum ersten Mal glaubte er ihr nicht. Er begann von Paris zu erzählen, um ihre Erinnerung in Gang zu bringen, von der Universität, doch da wurde ihr Blick kühl und gelangweilt. ‹Das kennt sie nicht›, dachte er, ‹woher auch.›

Er brachte ihr Dinge mit, einen Ritterroman, den er von

einer seiner Schwestern entliehen hatte. Es war ein schönes Buch mit vielen Bildern, in hellblaues Leder gebunden und mit goldenen Initialen. Sie kannte es nicht, ebenso wenig wie die Stundenbücher, Heldensagen, den «Roman der Rose» oder irgend sonst etwas, das seine Schwestern mit so viel Begeisterung verschlangen.

‹Sie kann, mag aber nicht lesen›, sagte er sich und verspürte einen kleinen Stich der Enttäuschung. Er hatte sich immer eine kluge Frau gewünscht, eine, mit der er sich unterhalten könne. Seine Verlobte konnte lesen, schreiben und rechnen. Darauf hatte seine Mutter den größten Wert gelegt.

Er brachte ihr ein geflecktes Kätzchen mit und beobachtete entzückt, wie sie sich zu dem Tier in den Staub hockte. Ihr Ernst, ihre Gleichgültigkeit, ihre Härte waren für den Augenblick vergessen. Sie holte ein Ende Wolle aus der Weberei und ließ das Tierchen danach springen. Als es müde war, legte sie es in ihren Schoß und streichelte es selbstvergessen. Doch bei seinem nächsten Besuch hatte sie es nicht mehr bei sich.

«Wo ist das Katzentier?», fragte er.

«Ich habe es Annik gegeben. Es kann sich in der Küche und auf dem Speicher nützlich machen.» Das war nur vernünftig, sagte er sich. Aber ganz hinten in der unaufgeräumtesten Ecke seiner Gedanken regte sich etwas und sagte: ‹Warum kann sie nicht wie andere Frauen sein, weich und liebevoll, schnell gerührt von allen kindlichen Wesen? Warum ist sie so hart und widerspenstig?›

Er brachte ihr Dinge zu essen und zu trinken mit, auch destillierte Düfte und hoffte, damit eine Erinnerung hervorzulocken. Er verband ihr die Augen mit einem seidenen Tuch.

«Kostet!», sagte er.

«Ist es süß oder sauer?», fragte sie. «Ich mag es nicht, wenn ich das nicht vorher weiß.»

«Süß», sagte er und steckte einen Holzspatel mit Honig zwischen ihre vorsichtig geöffneten Lippen. Sie schmeckte, leckte sich die Lippen, volle Lippen, die noch mehr an reife Früchte erinnerten, wenn sie feucht waren. Er konnte den Blick nicht abwenden.

«Es ist Akazienhonig», stellte sie fest. «Ich erinnere mich, dass ich in meiner Kindheit einen anderen Honig gekostet habe. Er war bitterer, kräftiger. Honig aus der *macchia.*»

«Macchia?»

«Das wilde Land, wo Oleander wächst, Zyklamen, Myrten, Zistrosen, Korkeichen und Schirmpinien. Die Hirten flämmen es von Zeit zu Zeit, damit Gras wachsen kann. So wachsen nur wenige Bäume hoch. Meist ist es niedriges Gestrüpp.»

Ein Land aus Licht, knorrige Korkeichen, deren winzige, harte Blätter die Sonnenstrahlen durchlassen bis zum Boden. Graue Riesen mit dicker Borke, die an Brotkruste erinnert, auf den Wiesen kniehoch die Kräuter und wilden Blumen. Ein Schäfer sitzt im Gras bei seiner Herde, ebenso graubraun wie die Eiche, an die er sich gelehnt hat, wie das Gras, reglos, fast unsichtbar.

Zio Franco hält sie an der Hand und zeigt auf eine niedrige Trockensteinmauer. Lass dich nicht auf einer Mauer nieder, bevor du nicht weißt, was darin verborgen ist. Er dreht mit dem Stock einen flachen Stein um, und siehe: Darunter wimmelt ein Nest kleiner Schlangen.

«Ah! Bei uns heißt das *garrigue.* Aber hier gibt's keine Schirmpinien und Korkeichen, davon habe ich nur gehört, aber nie eine gesehen. Hier gibt es Aleppopinien, Grüneichen, Ginster, Salbei und Thymian. Habt Ihr in so einer Heide gelebt? Wo war das? Wann? Waren Eure Eltern Bauern oder Landbesitzer?»

«Keines von beidem.»

Wieder eine Sackgasse. Er sann auf einen neuen Reiz.

«Süß.» Er steckte ihr ein Stück Gebäck in den Mund.

«*Susamelli.* Aber mit einem Geschmack, den ich nicht kenne. So etwas habe ich noch nie gekostet.»

«Es ist Gewürzkuchen aus Belgien, mit Zimt, Muskat und Nelke.»

«Nein, so kenne ich das nicht.»

«Dieses ‹susamelli›, wie schmeckt das?»

«Nach Honig und Mandeln, nach Zitronenschale.»

«Und weiter? Denkt an diese … susamelli: Könnt Ihr sehen, wer sie gemacht hat, erinnern sie Euch an eine bestimmte Person? An eine Gelegenheit, zu der Ihr sie gegessen habt?»

La nonna Alba, Großmutter Alba. Dünn und länglich, als wäre sie aus Pastateig und man hätte eine dickere, kleinere Person in die Länge gezogen: Ein schmales Gesicht, eine lange Nase, lange, dünne Arme und lange, schmale Finger, die flink den Teig kneten, ihn rollen und wieder kneten. Es duftet nach gerösteten Mandelsplittern und nach Zitronenschale. Sie reicht knapp bis über den Tischrand und schaut der Nonna beim Backen zu. Großmutters Küche ist ein geschützter Ort voller Zauber. Es ist warm hier und riecht gut. Die älteren Brüder dürfen sie hier nicht ärgern. Niemand wird sie hier schelten, böse mit ihr sein, etwas von ihr verlangen. Hier muss sie keine Ansprüche erfüllen oder Regeln befolgen, um liebgehabt zu werden. Nonna Alba ist die Liebe und die Zuflucht selbst. Sie wünscht sich, sie könnte immer hier sein, an diesem Ort, in diesem Augenblick. Nonna Alba singt beim Teigausrollen und gibt ihr zwischendurch ein paar geröstete Mandeln. Sie wird eine Geschichte erzählen, während die Plätzchen backen, und dann werden sie die susamelli heiß essen, frisch aus dem Ofen. Nur sie beide, ohne die Brüder.

«Und? Ist Euch etwas eingefallen?»

«Nein.» Großmutter Alba gehörte ihr allein. Sie würde sie

nicht herausgeben. Unmöglich, es auch nur zu denken. Die kostbare Erinnerung müsste verblassen und ihren Zauber verlieren, ein für alle Mal, wenn man sie ans Licht brächte, unter fremde Augen, die sie nicht riechen und schmecken und fühlen können. Was könnte denn dieser freundliche, schöne, aber doch fremde Mann damit anfangen? Nichts! Worte waren zu schal dafür.

«Susamelli werden überall im Süden gemacht, denke ich, und jede Frau hat ihr eigenes Rezept. Aber ich habe vergessen, wie das geht.»

Mehr war aus ihr nicht herauszubekommen.

«Etwas zu trinken. Süßsauer.» Er setzte einen Becher an ihre Lippen und gab ihr Apfelwein zu trinken. Er beobachtete ihre Kehle, die leicht gebräunte Haut, wie sich der zierliche, kaum sichtbare Kehlkopf bewegte, als der Schluck herunterrann.

«Es ist Cidre. Das wird im Norden viel getrunken, wo sie keine Trauben haben. Er wird aus Äpfeln gemacht – im Herbst.»

Herbst, kalte Morgen, nasse Tage, verrottendes Laub, die Sonne, die an Kraft verliert … «Wir haben Wein getrunken, keinen Cidre.»

Carolus seufzte und versuchte es wieder mit Düften. Er schaute sich um und griff das Naheliegende, bückte sich und zerrieb eine Kamillenblüte zwischen seinen Fingern.

Sie neigte den schlanken, langen Hals, sog das bittersüße Aroma ein – richtete sich auf und saß ganz still. Ihre Augen waren in die Ferne gerichtet.

Ein Mann sitzt am Straßenrand. Er sitzt auf einem Stein inmitten des verwelkten Grases im fahlen Winterlicht. Raureif weißelt die gezackten Ränder der Gräser, die braunen Samenkapseln, die Grannen des wilden Korns und die zusammengerollten, vertrockneten Blätter. Sie läuft gen Süden, folgt der Straße, ohne nachzudenken, ohne Ziel. Es geht sich besser jetzt, da die ersten Fröste den Schlamm gefestigt haben. In den Wagenspuren haben sich Eiskrusten gebildet, die sie meidet, weil sich darunter noch schlammiges Wasser befindet. Ihre Schuhe sind verschlissen. Das Oberleder ist rissig, die Sohlen haben Löcher.

Als sie näher kommt, erkennt sie, dass es ein alter Mann ist, ein Bettler, wie sie. Er hat sich auf diesem Stein zum Bleiben eingerichtet. Ruhig sitzt er da, die Hände auf dem knotigen Griff seines Wanderstocks gefaltet, und wartet.

Sie wechselt die Straßenseite, bleibt vor ihm stehen. «Kann ich dir helfen, Väterchen?» Er hebt die Augen, lächelt ein Winterlächeln, matt und wissend. So trübe seine Augen auch sein mögen, so ist doch ein Schleier fortgezogen worden. Er sieht mit völliger Klarheit, und sein Blick sagt ihr, dass sie ihn nicht trösten noch aufmuntern kann. Die Zeit der Wünsche und Hoffnungen ist vorüber.

«Niemand kann mir helfen. Aber Gott segne dich dafür, dass du angehalten hast meinetwegen.»

«Was ist mit dir?», beharrt sie. «Kannst du nicht weiter? Hast du Hunger? Willst du ein Stück Brot?» Sie nestelt aus ihrem zerschlissenen Umhang einen alten Kanten, den sie sich aufgehoben hat für den Moment, da der Hunger schmerzen wird.

«Behalt dein Brot. An mich ist es verschwendet. Ich sterbe ohnehin.»

Sie ist empört. «Aber doch nicht hier! Nicht so, am Straßenrand.»

Er lacht, stoßartig, kurz und pfeifend. «Warum nicht? Auf der Straße hab ich gelebt, auf der Straße werd ich sterben.»

«Einfach so?»

«Einfach so. Ich kann nicht weiter. Also bleibe ich hier hocken, bis ich umfalle. Lang wird's nicht dauern.»

Damit gibt sie sich nicht zufrieden. Nicht eher gibt sie Ruhe, als bis sie einen besseren Platz für ihn gefunden hat.

«Warte!», sagt sie.

Er grinst schlau: «Ich geh nicht weg.»

Sie verschwindet, kommt wieder: «Ich habe eine leere Schäferhütte gefunden, nicht weit von hier. Da kannst du dich hinlegen. Das ist doch besser, oder nicht? Es wird bald regnen.»

Er schüttelt den Kopf, dass jemand sich so viel Mühe seinetwegen macht. Aber er lässt sich hochziehen, da es ihr wichtig zu sein scheint. Sie legt seinen Arm um ihre Schultern und schleppt ihn zu der Hütte. Mit Gras macht sie ein Lager für ihn, sucht Holz, macht ein Feuer.

«Tut das nicht gut? Ist das nicht besser?»

Ein angeschlagener Topf findet sich in einer Ecke. Sie reibt ihn mit Sand aus, schmilzt Schnee über dem Feuer, kocht ein paar verwelkte Kamillen darin.

Er trinkt in kleinen Schlucken. Sie taucht den Brotkanten ein, und sie essen ihn.

«Du bist keine von uns», stellt er fest.

«Wie – von uns?»

«Keine berufsmäßige Bettlerin. Dir fehlt es an Gelassenheit. Du wehrst dich gegen das Schicksal. Das ist nicht gut. Es macht es dir nur unnötig schwer.»

Sie schweigt, denkt, dass sie doch nichts anderes tun kann als laufen, laufen.

«Du glaubst noch, dir gebühre etwas Besseres.» Sein spöttisches Lachen geht in Husten über.

«Jedem gebührt etwas Besseres als das! Jedem Menschen!»

Er ist ein alter Bettler. Was weiß er schon? Doch er hat sie durchschaut. Am Morgen ist er tot. Sein Gesicht sieht friedlich aus. Die Erde ist gefroren, sie kann ihn nicht begraben, hat auch kein Werkzeug dazu. Sie geht weiter, gen Süden.

Tränen liefen über ihr Gesicht.

«Was habt Ihr gesehen? Ihr habt Euch an etwas erinnert, ich sehe es genau!»

«Ach, es war nichts. Nur ein alter Mann, der gestorben ist Ich habe ihn nicht einmal gekannt.»

«Wo war das, wann?»

«Irgendwo an der Straße. Irgendwann im Winter. Ich weiß es doch nicht!»

Die Erinnerungen kamen häufiger jetzt. Sie bemühte sich darum, sie vor ihm zu verbergen. Ja, sie bemühte sich darum, sie vor sich selbst zu verbergen. In den Erinnerungen zu baden, das war wie eine üble Sucht, als ob man den Drang verspürt, an einem Schorf zu kratzen, auch wenn die Wunde darunter dann von neuem aufreißt und das Blut hervorschießt.

Carolus trocknete ihre Tränen und kam sich schlecht vor, weil er sie zum Weinen gebracht hatte.

Calixtus war inzwischen zu einem Punkt auf dem Dach vorgerückt, von dem aus er eine bessere Einsicht in den Garten hatte. Stirnrunzelnd beobachtete er, wie Carolus mit seinem Taschentuch Danielles Gesicht betupfte. Es lag etwas Zartes darin, ein wenig mehr, als es die Fürsorge des Arztes für die Patientin erforderte. War das noch anständig? Sollte er eingreifen, sich bemerkbar machen? Und saßen sie nicht ein wenig zu nahe beieinander? ‹Ach was›, sagte er sich. ‹Du wirst noch so verbiestert wie Abbé Grégoire, der Frauen nachgerade verabscheut.› Da kam auch die alte Alix um die Ecke der Weberei geschlurft. Calixtus griff nach der Axt an seinem Gürtel und begann das neue Balkenstück einzupassen.

Unten auf der Bank wechselte Carolus den Ton, erzählte von den Einbildungen seiner Patienten und von abstrusen Kuren. Von der Patientin etwa, deren Schwermut angeblich mit keinem anderen Mittel zu heilen war als mit dem Muschelkonfekt aus der Apotheke, das aus Zucker und gestampften Mandeln bestand. Von der Frau, die bei Vollmond zum Fluss gegangen war, um einer Trauerweide ihre Warzen anzuhexen, und sich dabei einen Dauerschnupfen geholt hatte. Von dem Alten, der sich von einem Quacksalber ein Haarwuchsmittel hatte bereiten lassen, das er aber vorsichtshalber erst seinem Hund auftrug, der davon prompt kahl und räudig wurde. Von der jungen Frau, die die Heilige Jungfrau um einen Mann gebeten hatte und später behauptete, die habe es falsch verstanden und ihr ein Kind geschickt.

Danielle! Wie sich ihr Gesicht veränderte, wenn sie lachte! Ihr Lachen kam ihm vor wie die ersten Sonnenstrahlen nach einem schweren Regen, wenn alles glänzt und funkelt, der erste richtige Frühlingstag nach dem Winter. Ihre Züge belebten sich. Sie vergaß ihr Misstrauen und rückte auf der Bank näher an ihn heran, so nah, dass er die feinen goldenen Härchen auf ihrer Oberlippe sah und durch ihr hässliches, formloses Kleid ihren Duft wahrnahm.

Alix schlappte heran. «Na, ihr junges Volk, was gibt es denn zu lachen?»

«Das wird dir gefallen, Alix», lachte Danielle. «Er hat gerade erzählt, wie er einem Patienten mit Husten aus Versehen ein Kraut gegen Verstopfung mitgegeben hat!»

«Und, was ist passiert?»

«Als ich den Mann das nächste Mal getroffen habe», erzählte Carolus grinsend, «da habe ich ihn gefragt, ob er noch so viel hustet. Nein, hat er gesagt. Ich trau mich nicht mehr.»

Alix brüllte los wie eine Waschfrau, laut und mit weitgeöffnetem Mund, sodass man ihre braunen Zahnstumpen sah.

«Haaaa-ha-ha!» Sie schlug sich auf die Schenkel. «Das ist gut! Das ist wirklich gut! Dann hat es ja gewirkt! Haaa-haha!»

Sogar Calixtus auf dem Dach musste lächeln, obwohl er gar nichts verstanden hatte.

«Au, verflixt!», schrie in diesem Augenblick Magdalène.

«Das kommt davon, wenn man nicht hinschaut, was man tut!»

Danielle sprang auf und lief zu ihrer Freundin. Carolus folgte ihr. Magdalène hatte die Schüssel mit den geputzten und geschnittenen Pastinaken fallen lassen. Sie hielt sich den linken Arm und saugte daran.

«Lass sehen», befahl Carolus.

Es war nur ein winziger Schnitt, der kaum blutete. Das Küchenmesser lag auf der Erde, neben den verschütteten weißen Rübenstücken.

«Ich habe nach euch geschaut, warum ihr so schrecklich gelacht habt, und dabei weiter Rüben geschnitten. Da bin ich wohl abgerutscht und habe mich mit dem Messer geritzt. Es ist nichts. Nur ein winziger Pikser.»

«Ja, aber wasch ihn trotzdem gut aus», mahnte Danielle.

Annik kam aus der Küche gerannt und sah die Bescherung: «Ach herrje! Die schönen Rüben. Sieh nur, was du gemacht hast. Jetzt sind sie alle voller Sand! Wer soll denn das essen!»

«Nun hör schon auf zu zetern, Annik! Sie war doch nur einen Augenblick unaufmerksam», sagte Danielle.

«Man soll seiner Arbeit die ganze Aufmerksamkeit schenken und sonst an gar nichts denken! Unaufmerksamkeit hat das Schiff versenkt, hat meine Mutter selig immer gesagt. Die schönen Rüben!»

«Ich gehe sie waschen», sagte Danielle, las die Rüben wieder in die Schüssel und ging damit zum Brunnen.

Carolus betrachtete ihren Rücken und kam sich überflüssig vor. Er ärgerte sich. So kurz war er davor gewesen, da war er sich ganz sicher. Noch nie hatte sie ihre Vorsicht und Zurückhaltung so weit vergessen. Sie hatte geweint! Er hatte sie zum Lachen gebracht. Und – oh – was für ein Lachen das war! Wie schön sie war, wie warm, wie lebendig! Einen winzigen Augenblick lang hatte sie ihn durch einen Spalt blicken lassen, auf eine andere Danielle, eine, die leben und lieben konnte, auf die Frau, die er bei sich haben wollte, ja, bis ans Ende seiner Tage. Nur ein Traum. Hatte sie ihn überhaupt wahrgenommen? Jetzt schien er nicht mehr zu existieren für sie. Still drehte er sich um und ging.

«Worüber habt ihr denn heute geredet?», fragte Magdalène ganz harmlos am Abend beim Zu-Bett-Gehen.

«Über Honig. Über einen alten Mann. Über Paris», murmelte Danielle, wenig mitteilsam, selbst ein wenig erschrocken darüber, dass sie heute Nachmittag all ihre Vorsätze vergesen hatte – für eine kurze Weile.

«Über Paris?»

«Ja. Er hat dort studiert.»

«Ah! Er soll ja ein guter Arzt sein. Und er sieht so blendend aus, findest du nicht?»

«Ich bin nicht interessiert an Männern. Es ist mir ganz gleich, wie er aussieht. Wie oft muss ich es dir noch sagen?», wies Danielle sie ab.

«Man könnte den Eindruck bekommen, Magdalène, du wolltest Danielle mit diesem Mann verkuppeln», bemerkte Garsende spitz. «Und das hier, wo wir doch alle keusch leben wollen! Das gehört sich nicht!»

«Ich? Ich mache gar nichts. Ich frage doch nur.»

«Oh, hört schon auf zu schwatzen! Wir wollen einschlafen», murrten die anderen.

«Ich nicht! Ich will wissen, ob da etwas ist zwischen Schwester Danielle und Carolus!», kicherte eine.

«Gar nichts ist da!»

«Psst! Schlaf endlich!»

10.

«Ein schönes Plätzchen habt Ihr Euch ausgesucht!»

Die beiden alten Männer lustwandelten im Schatten alter Bäume. Es war angenehm frisch hier oben auf dem Felsen, der sich über der Biegung der Rhône erhob. Vom Fluss klangen die Stimmen der Schiffer herauf. Es war viel Verkehr auf dem Wasser: kleine Fischernachen, ein Floß, das Schlachtvieh von einem Ufer zum anderen beförderte, eine flinke *fusta*, auf deren Vordeck Jugendliche aus reichem Haus sich amüsierten, eine bauchige Nau, die stromabwärts segelte, und schwerfällige *carraches*, von Treidlern gezogen, die ihre Fracht nach Lyon hinaufbrachten.

Gärtner und Laienbrüder aus den Klöstern ganz Frankreichs waren im Begriff, den verwilderten Garten des ehemaligen Bischofspalastes umzugestalten. Die Anhöhe wimmelte von Arbeitern. Ein ununterbrochener Strom von Mauleseln mit ihren Treibern brachte frische, dunkle Erde in geflochtenen Körben herauf und beförderte den Abfall hinunter: ausgerissene Büsche, Astwerk, Steine, gejätete Unkräuter und Unrat. Rasenflächen, Beete mit Iris, Lilien und Päonien wurden angelegt, Hundsrosen und Efeu sorgfältig über Felsen gezogen, sodass es aussah, als wären sie immer schon hier gewesen.

«Was ist das?» Der Erzbischof zeigte auf ein Gewächs mit armlangen, dunkelgrünen, anmutig gezackten Blättern. Ein Bruder im weiß-schwarzen Habit eines Zisterziensers verneigte sich vor den beiden hohen Herren.

«Acanthus mollis, Euer Eminenz.»

«Ich wusste doch, dass ich die Blattform erkenne. Sie ziert viele Säulen und Friese in unseren Klöstern. Doch ist sie, glaube ich, bei uns nicht heimisch?»

«Sie stammt aus Griechenland, Eminenz. Dort ist sie seit der Antike ein traditioneller Schmuck. Der Bildhauer Kallimachos soll sie zuerst für seine Kapitelle verwendet haben. Römer und Byzantiner haben die Form in ihren Ornamenten übernommen, mit welcher Bedeutung, dieses Wissen ist uns leider verloren gegangen. Doch ähnelt die Blattform der Palme, welche ...»

«Ich danke Euch, Bruder, für die erschöpfende Auskunft.»

Seine Heiligkeit, Clemens V., fasste den Erzbischof am Arm und zog ihn weiter. «Wenn man Bruder Michael auf Pflanzen anspricht, findet er kein Ende!»

Sie passierten eine Gruppe von Männern, die mit Hilfe von Seilen einen überlebensgroßen Marmorengel aufrichteten. Er würde auf die Rhône hinunterblicken. Vom Bischofspalast her klangen Rufe, Sägen, Hammerschläge und andere Geräusche eifriger Bautätigkeit.

Die ganze Stadt war eine einzige große Baustelle.

«Ich wünschte, es wäre schon fertig!», seufzte seine Heiligkeit. «Ihr habt es gut. Aix ist schön und alles steht schon so, wie man es haben will.»

Clemens war vor dem Baulärm geflüchtet und wohnte im örtlichen Dominikanerkloster statt im Bischofspalast.

«Nun, das war ja zu erwarten. Ihr habt einen gewaltigen Strom umgeleitet! Die Welt folgt dem Heiligen Vater. Roms Handelswege trocknen aus. Alles sieht auf Avignon.»

Erzbischof Rostan de Noves lächelte nachsichtig über die Klagen und schlechte Laune seines Begleiters. Er war ein kleiner alter Herr, so mild und freundlich wie eine getrocknete Pflaume.

«Ja», ereiferte sich Clemens, «und die Römer schreiben täglich Bittbriefe und Drohungen. Sie fordern meine Anwesenheit, als hätten sie ein Recht darauf!»

«Nun, sollen sie schreiben. Hier seid Ihr ihrem Drängen und ihren ständigen, unverschämten Forderungen entzogen», erwiderte Rostan.

«Dafür aber denen Philippes ausgesetzt. Der König ist ein anspruchsvoller Freund, mein lieber Rostan! Kaum habe ich ihm die Templer ausgeliefert, schon schreien seine Beamten nach neuen Opfern und Zugeständnissen. Und auf der anderen Seite zehren die Abweichler und Ketzer an der Kraft der Mutter Kirche. Meine Schwierigkeiten sind wie ein Drache: Schlägt man ein Haupt ab, erheben sich sieben neue! Jetzt werden sogar schon die Weiber aufsässig!», schimpfte Clemens.

«Ihr meint die Beginen? Ach, das sind doch nur harmlose fromme Frauen, die in den Städten sogar viel Gutes tun», warf der Erzbischof ein. «Und falls ihr auf Marguerite Porete anspielt, so denke ich immer noch, dass sie falsch verstanden wurde.»

«Sie hat den Menschen einreden wollen, dass sie der Vermittlung der Kirche nicht bedürfen und aus eigener Kraft eins mit Gott werden können, das ist eine Anmaßung!»

«Aber doch nur durch eine so übermächtige Disziplin und Liebe, die nur sehr wenige aufbringen, und die höchste und letzte Stufe erreicht man erst nach dem Tod. Nichts anderes sagen wir doch auch.»

«Aber die Menschen werden die Porete missverstehen! Ihr wisst doch, wie sie sind: Sie lesen nur heraus, was ihnen gut gefällt. Dass ihre Seele frei werden kann ohne die Vermittlung des Klerus. Und den Abschnitt mit der Disziplin, den übersehen und vergessen sie dann gern. Sie sind wie Schafe ohne Schäfer: rennen drauflos, wohin es ihnen gutdünkt und fallen in die nächste Schlucht oder verirren sich und verhungern kläglich. Sie fressen drauflos, was ihnen vor das Maul kommt, am liebsten das, was süß und saftig schmeckt. Hinterher, wenn sie sich mit Luzerne vollgeschlagen haben, dann geht es ihnen schlecht. Nein, nein! Es kann nicht erlaubt werden, dass Laien die Schrift nach ihrem Belieben auslegen und Verwirrung schaffen. Ihr wisst so gut wie ich, wohin das führt. Wir haben an der Porete ein Exempel statuiert, statuieren müssen, weil sie uneinsichtig war. Ich hätte es lieber gesehen, sie hätte widerrufen. Und kürzlich diese Sache in Toulouse! Man wird eine Lösung finden müssen für alle diese Semireligiösen und Freigeistigen.»

«Beginen, Beginen ...» Der Bischof blickte nach oben und zupfte sich nachdenklich an der Nase. «Ah, ja! Da fällt mir ein, ich erhalte immer wieder Briefe von einem Priester aus Pertuis. Er beklagt sich über ein Beginenhaus in dieser Stadt. Er hat damit bereits den Bischof von Apt belästigt, der die Klagen überprüfen und als unberechtigt verwerfen ließ. Aber dieser Priester will sich damit nicht zufriedengeben.»

«Ich weiß von der Sache», antwortete Clemens, «Pertuis ist mein persönlicher Besitz. Und dieser Abbé Grégoire hat sich direkt an mich gewandt, weil weder der Bischof von Apt noch Ihr, mein Freund, etwas in der Sache unternehmen wollt.»

Rostan de Noves schaute unbehaglich drein. «Es war wirklich unnötig, Euch mit solchen Kleinigkeiten zu belästigen. Ich sage Euch doch, diese Beginen sind ganz harmlos. Sie wohnen in einem festen Haus. Sie ziehen nicht herum und betteln. Sie besuchen die Kirche und arbeiten für ihren Lebensunterhalt.»

«Sie maßen sich an, klösterliche Tracht zu tragen und sind doch keine Nonnen!» Papst Clemens V. zog aus seinem Ärmel einen zerknitterten und oft gelesenen Brief hervor: «Hier, er schreibt: ‹Sie leisten Krankendienste und Totenwachen und geben Tröstungen und nehmen Geld dafür an.›»

«Mir scheint, dieser Abbé Grégoire fühlt sich in seinen Geldbeutel gezwickt», lächelte Rostan.

«Hört weiter: ‹Sie haben eine Ehefrau von ihrem Manne fortgelockt um ihres Vermögens willen …›»

«Wahrscheinlich hat sie sich dorthin geflüchtet, und der Mann möchte das Vermögen wiederhaben, weniger die Ehefrau. Man kennt doch solche Fälle.»

«‹Sie beherbergen Frauen von zwielichtiger Herkunft …›»

«Ach ja, das hat er mir auch geschrieben. Sie sollen eine Neapolitanerin aufgenommen haben. Für dieses Volk dort sind doch alle Fremden ‹zwielichtig›.»

«‹… und ich habe Grund zu der Annahme, dass sie häretische Schriften lesen und verbreiten!›», las Papst Clemens weiter.

«Grund zur Annahme … mein sehr verehrter Freund, Euer Heiligkeit, *ich* vermute, es handelt sich bei dem Ganzen nur um den Versuch eines ehrgeizigen Kleinstadtpfarrers, Euch auf sich aufmerksam zu machen!», sagte Rostan.

«Das ist ihm gelungen. Sicher ist er ehrgeizig, wie Ihr sagt, doch mir gefällt es, dass er nicht lockerlässt!»

‹Unverschämt, über meinen Kopf hinweg an seine Heiligkeit selbst zu schreiben!›, dachte Rostan de Noves. Clemens steckte den Brief wieder weg, faltete die Hände hinter dem Rücken und sah nachdenklich auf den Fluss unter ihm.

«Dieser eifrige kleine Abbé hat mich auf eine Idee gebracht.»

«Was wollt Ihr tun?»

«Ich werde mich seiner bedienen. Ich überlege, ihm und allen Pfarrgeistlichen in jeder größeren Stadt, in jedem Sprengel, inquisitorische Vollmachten zu erteilen.»

Der Erzbischof erschrak: «Wie? Wollt Ihr Misstrauen unter Pfarrkindern und Geistlichkeit säen, aus jedem Beichtvater einen Schnüffler machen? Wollt Ihr denn ...»

Clemens runzelte die Stirn und schnitt Rostan mit einer Handbewegung die Rede ab.

«Schnüffler? Mein lieber Rostan! Nur weil Ihr mein Freund seid, dürft Ihr mir so etwas sagen! Ich weiß, Ihr mögt die Inquisitoren nicht.»

«Verzeiht, ich wollte Euch nicht kränken. Aber mir gefällt der Gedanke nicht, dass der Beichtvater, derjenige, dem doch alle vertrauen sollen, dem sie sich offenbaren, auch wenn sie sich einer Sache schämen, dass so einer sie dann vor ein Gericht zerren kann. Wer würde ihm dann noch etwas erzählen? Wie sollen sich die armen Seelen erleichtern? Es hat doch einen Grund, dass wir vom Beicht*vater* sprechen.»

«Und straft ein Vater nicht?», wandte Seine Heiligkeit ein, «wer beichtet und wer rechten Glaubens ist, dem geschieht ja nichts. Aber die Häretiker lügen und wühlen im Untergrund. Wie soll man ihrer habhaft werden, wenn nicht über ihre Ortspfarrer, Nachbarn und solche, die ihre Schliche kennen?»

«Ja, das ist alles richtig. Aber bedenkt auch: Ist in den letzten Jahren nicht genug Blut geflossen unter Christen? Katharer, Waldenser, Illuminati, Apostelbrüder – sie alle glaubten immerhin ...»

«Das sind keine Christen gewesen. Dolcino war ein Mörder!» Clemens schrie fast.

«Ich spreche nicht von Dolcino. Ich spreche von den kleinen Leuten, die sich von einem vorüberziehenden Wanderprediger eine französische Bibel aufschwatzen lassen, über Menschen, die der Kirchenzehnt drückt, über ein paar arme Weiblein, die beten und weben und von der *unio mystica* phantasieren! Das sind doch Nichtigkeiten, Tropfen.»

«Aus vielen kleinen Tropfen wird ein Fluss, aus einem Funken ein Brand. Ich habe schon lange überlegt, wie wir das alles unter Kontrolle bringen können. Glaubt Ihr, es gefällt mir, wenn Menschen in ihren Kirchen verbrannt werden? Es war ein Gräuel, ich erinnere mich, dass ich als junger Mönch damals geweint habe, als wir davon hörten! Und die Folterungen und Hinrichtungen der Tempelritter! Ich habe versucht, sie zu verhindern. Philippe hat darauf bestanden. Aber seht Ihr: Wenn etwas erst so groß ist, nein: wenn man zulässt, dass aus einigen Gleichgesinnten eine Organisation, eine Bewegung wird, dann bleibt nichts anderes als Feuer und Schwert! Ich will, dass das aufhört! Ich will Frieden in der Christenheit! Und deshalb will ich den Anfängen wehren», ereiferte sich Seine Heiligkeit.

Zwei Dominikaner gingen vorüber in ihren weißen Kutten mit schwarzen Mänteln und schauten aus den Augenwinkeln zu den zwei Männern.

«Ist nicht der Pfarrklerus zu sehr in die örtlichen Interessen verstrickt? Wäre es nicht besser, einen unabhängigen Inquisitor zu schicken?», warf Rostan ein, in dem Bemühen, das Schlimmste zu verhindern.

«Den kann man immer noch schicken, wenn die Pfarrer auf etwas stoßen. Ich bin fest entschlossen, und mit diesem Abbé Grégoire machen wir den Anfang. Wir werden ja sehen, ob er etwas herausbringt. Erteilt ihm die entsprechenden Vollmachten! Ich will es so!»

Die Beginen aus Toulouse blieben einige Tage vor der Stadt, um sich ganz zu erholen und abzuwarten, ob Auda sich in Pertuis einleben würde. Anne setzte sich bei Juliana durch und erhielt von ihr die Erlaubnis, die Toulouser Seelschwestern zusammen mit Danielle noch einmal zu besuchen, kurz bevor sie weiterziehen wollten.

«Warum seid ihr wirklich verfolgt worden in Toulouse?», wollte Anne wissen. «Bitte, sagt es mir. Man hat euch doch nicht so hart bestraft, nur weil ihr Waldenser Bibeln besessen habt. Ich muss wissen, welche Ideen, welche Vorstellungen andere Beginen haben. Sind wir denn nichts als nachgemachte Klosterschwestern, folgen wir ausgetretenen Pfaden, auf denen wir Frauen ohnehin nur Packesel sind? Oder können wir eine eigene, bessere Lehre entwickeln?»

«Und ob wir das können! Folgen wir nicht dem Herrn Jesus wahrhaftiger nach als alle diese Prälaten, die in einem unerhörten Luxus leben?», rief Marie leidenschaftlich. «Wir haben in der Tat eine Botschaft: Der Glaube allein macht selig, nicht die Sakramente. Nur die Zehn Gebote müssen beachtet werden, die von Gott kommen, und das, was Jesus selbst gesagt hat, so wie es in der Bibel steht. Es ist alles da, man muss sich nur daran halten, nicht aber an all dieses kleinliche Regelwerk, das Menschen geschaffen haben. Wenn wir uns daran halten, dann wird eines Tages die *intelligenzia spiritualis* herrschen, von der Joachim von Fiore gesprochen hat.»

«Wir versuchen, die Menschen zu Liebe und Herzensreue zu bekehren», sagte ganz einfach Barbara. «Wenn sie die haben, dann haben sie Gott.»

Annes Gesicht hatte sich gerötet von der Hitze in dem Holzverschlag und auch vor Begeisterung. «Wenn ihr so denkt, liebe Schwestern, dann werdet ihr auch sicher gern dieses Buch hier lesen und verbreiten.» Sie griff in den mitgeführten Korb, wo sie unter den Broten für die Armen drei kleine Bücher hervorzog, in schmuckloses Leder gebunden. Danielle erkannte sie. Eines davon hatte sie selbst kopiert. Es war der «Spiegel der einfachen Seelen».

Babara hatte von dem Buch und dem Prozess gegen die Autorin gehört. Die drei Frauen aus Toulouse erklärten sich gern bereit, die Bücher auf ihre Reise mitzunehmen und dorthin zu geben, wo man sie schätzen würde.

«Wohin werdet ihr euch wenden?», fragte Danielle.

«Wir haben uns entschieden, über Savoyen ins Piemont zu gehen. In den Bergen ist das Leben und Denken freier», sagten Barbara und Maria. Doch die dritte und jüngste Frau, die sich Anne als Prous Boneta vorgestellt hatte, sagte leise: «Ich werde nach Carcassonne gehen. Denn mir ist es bestimmt, das Dritte Zeitalter einzuläuten.»

Die anderen sahen sie überrascht und entsetzt an. Hatte sie vor Kummer den Verstand verloren? Doch sie schien ganz klar und nüchtern, nicht einmal besonders froh oder stolz darauf, dass ihr eine solche Ehre zuteilgeworden war.

«Mir ist im Traum ein Engel erschienen», sagte sie. «Er hat mir verkündet, dass Eva für das Zeitalter des Vaters stand, Maria für das Zeitalter des Sohnes, und dass ich den Heiligen Geist gebären werde.»

«Aber wie? Wann ist er dir erschienen? Warum hast du uns gar nichts davon gesagt?», wollten Maria und Barbara wissen.

«Ich weiß ja selbst noch nicht genau, was mit mir geschieht. Aber ich weiß, dass es mir bestimmt ist, nach Carcassonne zu gehen.» Prous Boneta wirkte sehr jung und verwirrt.

Barbara bekreuzigte sich, und Maria umarmte Prous. «Dann gehen wir natürlich mit dir», sagten sie.

«Kann es wahr sein, was sie sagt?», fragte Danielle, als sie mit Anne durch die engen Gassen von Pertuis zurück zum Konvent ging.

«Warum nicht? Alle diese gelehrten und großen Männer haben uns doch bisher keinen Frieden gebracht. Warum sollte die Hoffnung der Welt denn nicht in einer Frau liegen?»

«Aber in dieser? Sie sah so – alltäglich aus, so ängstlich. Sie war so still.»

«Wenn dir so eine Weissagung begegnen würde, wärst du dann nicht ängstlich und still?», entgegnete Anne.

«Hätten wir sie dann nicht überreden müssen, zu uns zu kommen? Sie beschützen?», fragte Danielle.

«Wenn Gott ihr eine solche Rolle bestimmt hat, glaubst du, sie hätte dann wohl unseren Schutz nötig?», fragte Anne zurück.

«Ich hoffe, dass es so ist, wie sie sagt», sagte Danielle. «Aber ich habe wenig Vertrauen darein, dass die Menschen etwas Großes erkennen, wenn sie es sehen. Ist nicht auch Jesus von Nazareth getötet worden?»

«Wir wollen ihre Gefahr nicht erhöhen, und deshalb wollen wir auch nichts von dem sagen, was heute vorgefallen ist», versetzte Anne, «wir haben den Bettlerinnen Brot gebracht, und das ist nicht gelogen.»

Die alte Auda erwies sich als Gewinn für Sainte Douceline. Sie war als Hebamme ausgebildet und hatte im Beginenhaus von Toulouse als Infirmaria gearbeitet. So hatte Jeanne endlich die Unterstützung, die sie sich lange gewünscht hatte.

Garsende bemühte sich redlich. Aber sie war niedere Arbeiten nicht gewohnt. In der Küche zankte sie sich mit Annik, weil sie augenblicklich versuchte, die Herrschaft zu übernehmen: «Wie? Du tust keine Eier an den Brei? Da gehören aber Eier ran, sonst rutscht es ja nicht!», oder: «Was? Kein Zimt? Ich mache Forellen immer mit Zimt.» Und ehe Annik etwas sagen konnte, hatte Garsende schon nach der Büchse mit dem kostbaren Gewürz gegriffen und den gesamten Inhalt zu dem Fischgericht gegeben.

«Warum stehen diese Krüge auf der Erde? In *meiner* Küche steht nichts auf dem Boden. Wie sieht denn das aus?!», schimpfte sie weiter.

«Wenn sie da oben stehen, komme ich nicht heran», wandte Annik ein.

«Na, dann steig doch auf einen Schemel», gab Garsende schnippisch zurück.

Als sie schließlich die Schlüssel zur Vorratskammer verlangte, warf Annik sie hinaus. «Das auch noch», keifte sie. «Geh bloß wieder an deinen Webstuhl, oder ich vergesse meine schwesterlichen Gefühle! Alles weißt du besser. Überall drängst du dich vor. Du nimmst mir die Dinge aus der Hand und stellst alles um, dass ich in meiner eigenen Küche nichts mehr finde! So geht das nicht! Viele Köche verderben den Brei, hat meine Mutter selig immer gesagt.»

Garsende war zutiefst gekränkt: «Was hat sie nur? Ich habe ihr doch nur helfen wollen. Ich weiß eben, wie man die Dinge richtig organisiert.»

«Igittigitt!», rief sie, als Juliana ihr auftrug, Philippa beim Latrinenleeren zur Hand zu gehen. «Dafür kann man doch jemanden kommen lassen!»

«Wir sorgen für uns selbst», sagte Juliana streng. «Wir halten hier keine Mägde oder Knechte, die tun müssen, wozu wir selbst keine Lust haben. Es ist eine gute Übung in Demut.»

Garsende beklagte sich über den zugigen Schlafsaal, den Strohsack und die harten Decken. Gebba, die Garsende als sich ebenbürtig betrachtete, schlug ihr vor, sie könne doch das leerstehende kleine Haus zwischen Hospital und Manufaktur der Gemeinschaft abkaufen und sich dort einrichten.

«Vielleicht später einmal», sagte Garsende zögernd. Sie wollte ihren Platz neben Danielle nicht aufgeben, an dem sie sich beschützt fühlte. Magdalène dagegen zeigte sie die kalte Schulter.

In der ersten Woche lungerte ihr Mann jeden Abend vor dem Beginenhaus herum. Abwechselnd versuchte er es mit Drohungen und Schmeicheleien:

«Garsende, komm heraus. Ich habe etwas Schönes für dich!» – «Schickt mir meine Frau heraus, oder ich brenne euch das Dach über dem Kopf ab!» – «Garsende, mein Täubchen, du fehlst mir!» – «Ihr schlechten Weiber, ihr habt meine Ehe zerstört! Dafür sollt ihr in der Hölle schmoren.» – «Garsende, wenn du jetzt nicht kommst und ich erwische dich auf dem Markt, dann kannst du was erleben.»

Als das nicht half, schickte er seine Söhne vor. Die beiden älteren kamen pflichtschuldigst, und Garsende ließ sich dazu überreden, im Torhaus mit ihnen zu sprechen, mehr aber auch nicht. Danielle, die dabeistand, fand, dass sie genauso rotgesichtig, stiernackig und brutal wie ihr Vater aussahen. Sie zeigten auch keine besondere Anteilnahme. Der Jüngste dagegen – der etwa dreizehn sein musste, war ein charmanter kleiner Halunke, blond und hübsch anzuschauen. Er legte sich gewaltig ins Zeug, umarmte seine Mutter, küsste sie und schmeichelte ihr, bis sie fast nachgegeben hätte. Danielle vermutete, dass der Alte ihm eine Belohnung versprochen hatte, wenn er die Mutter nur nach Hause lockte. Aber Garsende blieb.

Endlich kam Abbé Grégoire und verlangte nochmals eine Aussprache zwischen Mann und Frau. Die konnte man ihnen nicht verwehren.

Maudru musterte verächtlich das schmucklose grobe Wollkleid, das seine Frau trug: «Ich kenne dich gar nicht wieder, Garsende! Unsere Leibeigenen sind besser gekleidet als du», sagte er in abfälligem Ton, «willst du wirklich lieber bei diesen fremden Frauen Magd sein statt Herrin im eigenen Haus?» Er versprach wieder, sich zu bessern. Abbé Grégoire zitierte die Bibel. Schließlich gab Garsende nach.

«Wie kann sie nur zu diesem Prügelehemann zurückkehren?», ereiferte sich Justine.

«Sie ist das Joch gewöhnt», sagte Anne müde.

«Und siehst du, wie schnell sie sich plötzlich von dir verabschieden konnte, nachdem sie dir die letzten Wochen nicht von der Seite weichen mochte? Ich hoffe, du bist nicht enttäuscht», sagte Magdalène.

«Enttäuscht, nein», sagte Danielle. «Es tut mir nur leid für sie, weil ich mir nicht vorstellen kann, dass sie dort glücklich wird. Aber ich bin auch ein wenig erleichtert, dass sie fort ist. Ich mag es nicht, wenn man sich so an mich hängt. – Zeig mal deinen Arm her!»

Magdalène hatte den schweren Stapel Schüsseln auf den Tisch gestellt und deckte ungeschickt und langsam mit der linken Hand. Sonst klemmte sie das Geschirr stets in die Armbeuge und deckte flink mit rechts.

«Ach, es ist nichts», wiegelte sie ab.

«Zeig her!» Danielle zog Magdalène zum Fenster, wo das Licht in einem hellen, staubigen Strahl einfiel. Die kleine Wunde war längst verheilt. Doch der Arm war geschwollen. Und als Danielle prüfend mit dem Daumen auf die Stelle drückte, schrie Magdalène auf und zog den Arm weg: «Ich sage doch: Es ist gar nichts. Ich habe mich heute Nacht etwas verlegen.»

«Bitte, geh zu Jeanne. Sie soll sich deinen Arm anschauen. Seit ein paar Tagen sehe ich schon, wie du ihn schonst!», bat Danielle.

«Ach nein, warum denn», wich Magdalène aus.

«Gehst du, oder muss ich dich hinschleppen?», drohte Danielle.

«Ja, aber jetzt ist das Essen fertig. Nachher gehe ich.»

Magdalène ging tatsächlich ins Hospital. Schwester Jeanne war gerade damit beschäftigt, einen Köhler zu verbinden, dem ein wilder Eber einen Unterschenkel aufgerissen hatte.

Sein Blut tropfte reichlich in die untergestellte Schüssel.

Blutige Lappen lagen am Boden und auf dem Tisch, und Jeanne bemühte sich redlich, einen Druckverband anzulegen, während der Mann fluchte und versuchte sie wegzuschieben: «Nicht so fest, nicht so fest! Ich muss mich doch noch bewegen können! Wie soll ich denn damit weiterarbeiten?!»

Magdalène nahm seine Hände, sah ihm fest in die Augen und sprach auf ihn ein, um ihn abzulenken. Anschließend half sie Jeanne, das vergossene Blut aufzuwischen. Danach kam sie sich mit ihrem geschwollenen Arm so albern vor, dass sie ihn nicht erwähnte. Stattdessen ging sie zu Auda.

«Oh, damit gehst du besser zu Jeanne», sagte Auda, während sie eine Fiebernde mit Suppe fütterte. «Ich muss noch all diesen da ihr Essen verabreichen, zwei Leute zur Ader lassen und einen Zahn ziehen.» Still nahm Magdalène den Suppentopf und einen zweiten Löffel und half, die Patienten des Hospitals zu versorgen, die allesamt schlimmer dran waren als sie selbst. Danach hatte sie ihren schmerzenden Arm fast vergessen.

Am Markttag erschienen Ausrufer auf der Place de l'Ange. Die Einwohner von Pertuis wurden aufgefordert, am kommenden Sonntag allesamt und ohne Fehl in der Kirche Saint Nicolas zu erscheinen. Abbé Grégoire habe ihnen eine wichtige Mitteilung zu machen, und daher sei der Besuch dieses Gottesdienstes Bürgerpflicht.

«*Eh bèh!* Was kann er nur wollen?», fragten sich die Leute untereinander. «Es ist doch nichts Besonderes vorgefallen. Niemand ist gestorben, es gab keine Gewalt, von der Schlägerei im Wirtshaus Zum Ochsen einmal abgesehen – aber das ist doch kein Grund.»

Sie sollten es bald erfahren. Abbé Grégoire stieg auf die Kanzel. Er ähnelte mehr denn je einem giftigen kleinen Kampfhahn mit gespreiztem Gefieder.

«Ketzer sind unter uns!», donnerte er von seiner Kanzel. «Im harmlosen Gewand der Demut und Wohltätigkeit haben sie sich bei uns eingeschlichen und eingenistet, unser Vertrauen gewonnen – und es missbraucht. Sie spucken auf die Bibel und küssen den Anus des Teufels! Sie verbreiten Irrlehren mit süßen Worten und mildem Blick! Sie haben Verbindung zu anderen Ketzern, Beginen und Katharern aus dem verfluchten Languedoc!»

Juliana schaute ihn entsetzt an. Nun war allen ganz klar, wer gemeint war. Abbé Grégoire lächelte zufrieden. «Aber ich werde ihrem Treiben ein Ende machen. Der Heilige Vater in Avignon hat mich zum Inquisitor erhoben. Und deshalb fordere ich diese Ketzer auf, sich freiwillig zu stellen und bußfertig in den Schoß der Kirche zurückzukehren!

Denn wenn sie es nicht tun, dann wird es ihnen gehen, wie unser Herr Jesus gesagt hat: ‹Es wäre besser, dass du als Krüppel durchs Leben gehst, als dass du zwei Hände habest und fahrest in die Hölle, wo der Wurm nicht stirbt und das Feuer nicht verlöscht.› Denkt an den Platz vor der Stadt, wo wir die Kadaver toter Tiere und allen Unrat verbrennen, wie es raucht und wie es stinkt und wie die Raubvögel am verwesenden Fleisch picken und die Füchse sich anknurren über dem eklen Fleisch! Und denkt euch dies alles noch in höllischer Finsternis. Und denkt, dass das Fleisch derjenigen, die dieser Hölle überantwortet werden, niemals stirbt, während die Würmer sie von innen fressen und die Teufel sie plagen und das Feuer sie brennt!», Abbé Grégoires Augen leuchteten und flackerten, als schaue er direkt in dieses Höllenfeuer hinein. Er beugte sich über die Kanzel, und sein Finger wies auf Einzelne in der Gemeinde, die erschraken und sich tief in die Bänke drückten. «Und wenn ihr schon meint, dass dies alles wäre, dann irrt ihr euch, denn wer Gott verlässt, den wird er auch verlassen. Und er wird da ganz einsam sein, weit von Gott und jeder Hilfe, voller Angst, Bitterkeit, Scham, nutzloser Reue, tiefster Verzweiflung und Zorn!» Er richtete sich wieder auf und schwieg eine Weile, um seine Worte wirken zu lassen, und begann dann erneut: «Und wer hier denkt, es beträfe ihn nicht, dem sage ich: Alle, die jenen helfen, sie verstecken, für sie lügen oder auch nur schweigen und sie damit schützen, sind gleichfalls verdammt! Es ist ein Akt der Nächstenliebe, Ketzer und Abtrünnige anzuzeigen, denn es ist besser, dass ihr Körper hier auf Erden gezüchtigt wird, als dass ihre Seele ewig leidet! Oh, ihr Sünder, seid gewarnt: *tempus gratiae*, die Zeit der Gnade, beträgt sieben Tage!»

Lange Zeit war es ganz still in der Kirche. Keiner wagte es, sich zu rühren oder seinen Nachbarn anzuschauen. Die Luft schien so dick zu sein wie Brei. Danielle glaubte, ihr eigenes Herz schlagen zu hören.

Auf dem Heimweg drängten sich die Beginen aneinander und flüsterten. Gebba war kalkweiß und hatte die Lippen zu einem dünnen Strich zusammengepresst. Von der Kirche bis zum Tor sagte sie kein einziges Wort. Doch kaum hatte die Gruppe ihren eigenen Hof betreten, wandte sie sich mit dem Ausdruck äußerster Wut gegen Danielle.

«Das haben wir alles dir zu verdanken! Ach, wärest du doch …», sie hielt inne und jeder wusste, was sie eigentlich hätte sagen wollen, «… wärest du doch weitergezogen! Warum musstest du ausgerechnet hierherkommen – und warum bist du geblieben? Du mit deiner Leisetreterei und deinen schmutzigen Geheimnissen!»

«Gebba!», rief Juliana mahnend, aber die ließ sich nicht besänftigen.

«Es muss einmal heraus! Sie hat sich hier eingenistet und sich in eure Herzen geschlichen. Nun seht, wohin sie uns gebracht hat!»

«Was wirfst du mir vor?», fragte Danielle.

«Ich weiß nicht, was du getan hast, aber eines weiß ich genau: Dass du uns Unglück bringst!»

«Lass sie in Ruhe», rief Magdalène aufgebracht.

«Es geht doch gar nicht um sie. Eher geht es gegen mich und gegen Auda», warf Anne ein. Sie hatte sich halb vor Danielle gestellt. Die Beginen bildeten zwei lose Halbkreise auf dem Hof: Einige hatten sich um Juliana und Danielle geschart, die anderen um Gebba. Gebba wies mit anklagendem Finger auf die Italienerin: «Ach, Auda, wer sollte denn etwas gegen Auda haben. Sie kann doch nicht einmal lesen und schreiben. Die da ist es, diese allzu schweigsame Bettlerin, die Latein kann und wer weiß was für Hexenkunststücke! Du hast uns, seit du hierhergekommen bist, nichts als Unheil gebracht! Vorher sind wir mit dem Abbé und der ganzen Stadt gut ausgekommen. Niemals gab es irgendwelche Schwierigkeiten!»

«Außer den Schikanen der Wollweberzunft, den feindseligen Ratsherren, den sonntäglichen Predigten über lose Weiber, außer Kerlen, die sich einen Spaß draus machen, gegen unser Tor zu pissen, außer bösen Witzen und Übergriffen …», giftete Manon zurück.

«Ach, das war doch gar nichts! Erst die da hat den Pfaffen so aufgebracht und das allgemeine Misstrauen auf uns gezogen! Da kommt sie daher und hat offensichtlich ein Verbrechen begangen und tut einfach so, als wisse sie von nichts! Und siehe da: Die Inquisition ist uns auf den Fersen! Warum denn? Uns alle kennt der Abbé seit vielen Jahren. Sie ist die einzige Fremde, von der niemand etwas weiß!»

Danielle schwieg.

«Rede endlich! Spuck es aus! Was hast du ausgefressen?!», schrie Gebba.

Es pochte heftig am Tor. Alle schwiegen erschrocken, und

niemand rührte sich. Noch einmal wurde angeklopft. Alix drehte sich um und ging, um zu öffnen.

«Was ist denn hier los?» Calixtus musterte die beiden Gruppen. «Streitet ihr etwa? Das ist nicht gut! Ihr solltet zusammenhalten in solchen Zeiten, oder gibt es etwas, das ich wissen sollte?»

«Frag doch die da!», zischte Gebba und zeigte auf Danielle.

«Es reicht jetzt!», rief Juliana. «Gebba, du wirst sofort in deine Kammer gehen und beten! Zwanzig Ave Maria und zwanzig Agnus Dei! Und denke einmal nach über Splitter und Balken, hast du mich verstanden?!»

Gebba deutete eine Verbeugung an und ging, aber ihr Gesicht blieb feindselig und verbissen.

Juliana, Anne und Calixtus zogen sich zur Beratung ins Scriptorium zurück.

«Abbé Grégoire schickt seine Unterprediger in der ganzen Stadt herum. Sie stellen Fragen über euch. Was ihr tut, wie ihr euch aufführt, was ihr bei der Tröstung von Kranken und beim Totendienst sagt. Man hat einige Bürger ins Pfarrhaus gehen sehen, verstohlen wie lauter kleine Judasse.»

«Das wissen wir. Sollen sie nur gehen.» Julianas Blick war besorgter als ihre Worte.

«Habt ihr mir irgendetwas zu beichten?», fragte Calixtus streng. «Um Danielle kann es doch nicht gehen. Ihre Anwesenheit hat Grégoire doch, hm, wenn auch nicht unbedingt gebilligt, so doch auch nicht verboten. Was habt ihr getan?»

«Nichts!», sagte Anne rasch.

«Es waren geflohene Beginen aus dem Languedoc vor der Stadt, denen haben wir Essen und Kleidung gegeben. Auda war eine von ihnen», berichtigte Juliana.

«So! Und mich habt ihr in dem Glauben gelassen, sie sei aus der Gegend.»

«Das haben wir nie gesagt.» Anne begab sich sofort in Verteidigungsstellung.

«Aber ihr habt mich auch nie über ihre wahre Herkunft aufgeklärt. Es wäre besser gewesen, ihr hättet Vertrauen zu mir gehabt. Hat sie sich drüben etwas zuschulden kommen lassen?»

«Nein, dafür lege ich meine Hand ins Feuer!», sagte Anne.

«Hoffen wir, dass es so weit nicht kommen wird. Was könnte Grégoire sonst noch vorzubringen haben? Anne, hast du etwa über Marguerite Porete geredet in der Stadt?»

«Nein», antwortete Anne ruhig und wahrheitsgemäß. Welchen Sinn hätte es auch gehabt, einfachen Leuten einen derart komplexen philosophischen Text nahebringen zu wollen? Er richtete sich ja ausschließlich an diejenigen, die sich schon im irdischen Leben der Gottsuche verschrieben hatten. Menschen, die im Alltag standen, konnten damit doch nichts anfangen.

«Dann verstehe ich nicht, worauf er hinauswill. Bisher ging es dem Abbé immer nur darum, euch von meinem Orden abzutrennen und selbst die Aufsicht und Seelsorge zu übernehmen. Aber eine Ketzerpredigt ist immer der erste Schritt eines Inquisitionsverfahrens. Was kann er nur wissen? Was kann er nur erfahren haben?»

Keine der Frauen sagte ein Wort.

«Jemand muss euch denunziert haben! Wer hat Auda gesehen?»

«Niemand. Sie kam im Gewand einer Bäuerin und hat das Haus nicht verlassen seither.»

«Aber etwas müsst ihr doch getan haben. Ohne Feuer kein Rauch. Und warum hat der Erzbischof ihm inquisitorische Vollmachten erteilt? Sie müssen doch ein bestimmtes Ziel verfolgen damit.»

«Vielleicht klopfen sie auch nur auf den Busch und warten, was herausspringt», meinte Anne. «Also hüten wir uns zu springen.» Die drei schwiegen bedrückt, bis sich Calixtus schließlich erhob, grüßte und ging.

Gebba entschuldigte sich nicht vor dem Schlafengehen bei Danielle, und auch am nächsten Tag nicht.

11.

«Es ist gut, Maudru, dass du dein Weib dazu gebracht hast, zu mir zu kommen», sagte Abbé Grégoire. «Also sprich, Weib! Du tust niemandem einen Gefallen, wenn du etwas verschweigst.»

Garsendes linkes Auge war zugeschwollen, die Haut darum pflaumenblau. Ihre Unterlippe war aufgeplatzt. Sie schwieg. Maudru hob drohend seine schwere fleischige Hand. Die Frau zuckte davor zurück.

«Mach das Maul auf!»

«Aber was soll ich denn sagen», heulte sie.

«Sag ihm, dass sie nachts auf ihren Besen durch die Lüfte reiten. Dass sie bei Vollmond einem Ziegenbock die Eier geküsst haben! Sag's ihm! Los, oder du wirst es bereuen!»

Grégoires Gesicht verzog sich angeekelt. Er selbst stammte aus dem Norden und hielt die provenzalischen Männer für entsetzlich unzivilisiert, für stinkende Knoblauchfresser, Schwätzer, starrsinnige Rechthaber und Raufbolde dazu. Er räusperte sich und sagte: «Es ist nicht nötig, sich etwas auszudenken. Garsende, denk nach: Wurden merkwürdige Gebete gebetet, Formeln, die dir unbekannt vorkamen?»

«Lieber Vater, sei unser Gast ...», leierte sie.

«Unsinn! Das beten wir doch auch», schrie Maudru. «Sag ihm, dass sie den Teufel angebetet haben.»

«Wem hast du in der Zeit, als du dort warst, gebeichtet?», fragte Abbé Grégoire.

«Der Meisterin», antwortete Garsende.

«Soso. Der Meisterin. Hat sie dir etwa die Absolution erteilt? Eine Unverschämtheit! Das nützt dir gar nichts. Komme am Sonntag zu mir in den Beichtstuhl, sonst fährst du in die Hölle! – Und wurde aus Büchern vorgelesen?», fragte Grégoire.

«Ja, nach dem Essen.»

«Aus was für Büchern?»

«Aus dem Leben der heiligen Agnes von Rom.»

«Da hört Ihr's selbst, Hochwürden. Sie haben ihr erzählt, dass man heilig wird, wenn man sich Männern verweigert! Seitdem habe ich die größten Schwierigkeiten mit ihr!», beschwerte sich Maudru.

«Es ist deine eheliche Pflicht, deinem Manne beizuwohnen, um Kinder zu zeugen.», sagte salbungsvoll der Abbé.

«Aber ich wohne doch bei ihm, und Kinder kann ich keine mehr kriegen, hat die Hebamme gesagt», erwiderte Garsende mit unschuldigem Blick.

«Halt's Maul, du blöde Kuh!», schrie Maudru, rot im Gesicht.

«Mäßige dich, mein Sohn. Also zurück zu den Beginen. Ist dir nichts Ungewöhnliches aufgefallen? Haben sie Katzen?»

«Ja. Eine», antwortete Garsende.

«Und herzen sie diese Katze wie einen Menschen oder noch mehr?»

«Ja, ich habe gesehen, wie die Küchenfrau Annik die Katze geküsst hat.»

‹Aha!›, dachte Grégoire. Laut sagte er: «Feiern sie nächtliche Feste oder halten Rituale ab?»

«Sie schlafen in der Nacht.»

«Blöde Kuh, verdammte!», brüllte Maudru.

«Diese Bettlerin, die sich jetzt Danielle nennt – hat sie dir etwas aus ihrem Leben erzählt? Wo sie herkommt oder was sie vorher gemacht hat?», fragte Grégoire weiter.

«Sie kommt aus Neapel oder von irgendwo dort, sagte

Magdalène. Jeanne meint, sie sei eine verwunschene Prinzessin», berichtete Garsende.

«Ich habe dich nicht gefragt, was andere sagen. Du hast doch Tag und Nacht mit ihr zusammengelebt. Da musst du doch selbst einen Eindruck bekommen haben. Denk nach, Weib!»

«Sie stöhnt und spricht im Schlaf. Es war schwer zu verstehen», versuchte Garsende, sich aus der Affäre zu ziehen.

Abbé Grégoire fixierte sie mit eisigem Blick.

«Einmal hat sie im Schlaf geweint und gemurmelt: ‹Ich habe getan, was ich konnte› – ‹nicht meine Schuld› – ‹schwöre›, oder so ähnlich. Dann hat Magdalène sie geweckt und sie in die Arme genommen und gewiegt wie ein Kind.»

«Was war nicht ihre Schuld? Was hat sie getan?», setzte Grégoire nach.

«Ich weiß es doch nicht! Ich habe sie andern tags gefragt, aber sie konnte sich nicht an den Traum erinnern. Sie spricht nicht über ihre Vergangenheit. Aber sie hat gewiss nichts Schlechtes getan. Sie ist freundlich und mitleidig und gut.» Trotzig sah sie ihren Ehemann an.

«Blöde …», wollte Maudru wieder loslegen, aber Grégoire brachte ihn mit einer Handbewegung zum Schweigen.

«Waren sonst noch fremde oder dir unbekannte Frauen im Haus?»

Maudru grinste und hob die Hand. «Na? Wird's bald!»

«Da ist eine alte Frau. Auda.»

«Soso. Auda. Wo kommt sie so plötzlich her, diese Auda?»

«Ich habe gehört, sie sei aus Toulouse», sagte Garsende kaum hörbar.

‹Schau an. Dort hat man doch gerade so ein Nest ausgeräuchert›, dachte Abbé Grégoire und fuhr fort: «Kam sie aus einem anderen Beginenhof?»

«Ja, so heißt es», gab Garsende mit leiser Stimme zu.

Grégoire schickte seine Prediger herum und sammelte auch selbst unermüdlich Informationen. ‹Seine Heiligkeit hat meine Briefe erhalten›, sagte er sich. ‹Und im Gegensatz zu seinem faulen Bischof und seinem allzu nachsichtigen Erzbischof hat er danach gehandelt. Er verlässt sich auf mich. Ich werde ihm Ergebnisse liefern!› Er sah sich schon als Sekretär im frischrenovierten Palais zu Avignon sitzen.

Die Wachen am Tor Saint Antoine dachten sich nichts weiter dabei, als eines Abends, sechs Tage nach Grégoires Ketzerpredigt, ein einzelner Dominikanermönch auf einem Maulesel an ihnen vorbei in die Stadt ritt. Es war das Ende eines langen Tages. Müdes Licht ließ die Spitzen des Mont Aventure und den langen Rücken der Chaîne de la Trévaresse in einem staubigen Orange aufglühen. Die Schatten drangen schon tief in die Schluchten hinein. Vom Pflaster stieg der Gestank von Unrat auf und vermischte sich mit dem Geruch des Salpeters in den Mauern, den Kochdünsten und dem Rauch der Herdfeuer. Gemächlich zuckelte das Maultier durch die Straße der Seiler. Der Mönch hatte seine Kapuze übergezogen, obwohl es immer noch drückend heiß war. Unter der schwarzen Kapuze hervor schossen seine stechenden Augen hierhin und dorthin und in alle Winkel.

‹Das Nest ist zu groß, um sich vor den suchenden Augen der Inquisition zu verstecken›, dachte er. ‹Und es ist zu klein, als dass die Pestilenz des Ketzertums in der Anonymität gedeihen könnte. Ich glaube nicht daran, dass man hier etwas besonders Verabscheuungswürdiges finden wird, über die üblichen menschlichen Gemeinheiten hinaus: Eitelkeit, Käuflichkeit, Betrug, üble Nachrede, Hurerei und Ehebruch, Gier, Diebstahl, Gewalttätigkeit. Alles ganz normal. Danach suchen wir nicht. Wir suchen nach den Verirrungen des Geistes und nach jenen, die dem Heiligen Vater den Gehorsam verweigern.›

Es war etwas an ihm, das die Kinder im Spiel innehalten ließ und den Erwachsenen ein instinktives Schuldbewusstsein einflößte. Eine sehr nützliche Eigenschaft für einen wie ihn.

Vor dem Haus des Abbé stieg er ab. Die Haushälterin sah ihn kommen und rannte, um ihren Herrn zu holen. Abbé Grégoire erkannte ihn sofort als das, was er war: ein Agent der allmächtigen Inquisition. Hier war ein Mann von absoluter und unbeugsamer Rechtschaffenheit, ein Mann, ungehemmt von Hoffnungen, Gefühlen, Eitelkeiten; ein Mann ohne Schwächen und ohne Gnade, perfekt und daher zu fürchten. Sein Besuch war eine Ehre und ein Schrecken. Der Abbé verbeugte sich unterwürfig und bat ihn in sein Arbeitszimmer.

«Eine Erfrischung? Wein, Brot, Pasteten, kaltes Geflügel, Obst …?»

«Später. Zunächst ein wenig frisches Wasser, das genügt.»

Die Magd brachte einen Krug und einen Zinnbecher und eilte hinaus, ängstlich, die Augen niedergeschlagen.

«Der Heilige Vater lässt Euch grüßen und Euch ausrichten, dass er Euren Eifer schätzt.»

Der Abbé wollte schon in Dank ausbrechen, doch der Mönch hob die Hand und brachte ihn zum Schweigen: «Eifer ist gut, aber nehmt Euch in Acht vor Übereifer. Ich hoffe, Ihr seid nicht übereilt vorgegangen?»

«Ich habe eine Ketzerpredigt gehalten und begonnen, Beweise zu sammeln.»

«Das war voreilig, aber nun gut. Jetzt müsst Ihr das Beste daraus machen. Wisset, dass seine Heiligkeit für das nächste Jahr in Vienne ein Konzil plant. Der Armutsstreit, der unsere Kirche spaltet, ist seine große und ständige Sorge. Er hofft, auf diesem Konzil endlich Frieden unter unseren Brüdern zu schaffen. Außerdem bereiten ihm die Beginen und Begarden Kummer, die unter den Fittichen der Fratres Minores hervor viele schlimme Irrtümer verbreiten. Am liebsten würde er diese Pestilenzia ganz ersticken. Er bittet dich deshalb, sehr sorgfältig nachzuforschen und zu dokumentieren, was diese Beginen tun und sagen. Hier ist eine Liste von Fragen, die du ihnen stellen solltest. Unter Eid. Da sie sich ja für gottesfürchtig halten, werden sie sich dann entweder weigern zu schwören und sich damit entlarven oder aber die Wahrheit sagen und ihre abgründigen Vorstellungen offenbaren!»

Der Abbé las die Liste. Er hatte sich mehr um Störungen der Sittlichkeit gekümmert und darum, den *sorores* die einträglichen Totendienste abzujagen. Die Weberzunft hatte ihm in den Ohren gelegen und die Ehemänner, die fürchteten, ihre Weiber an die Beginen zu verlieren, so wie es Maudru fast ergangen wäre.

«Hm, von diesen Dingen habe ich sie nie reden hören. Und sie kommen auch pünktlich zweimal am Tag in die Kirche. In dieser Beziehung habe ich ihnen nichts vorzuwerfen.»

«Dummkopf!», zischte der Mönch. «Natürlich rennen sie nicht in die Kirche und predigen ihre Abartigkeiten direkt unter deiner Nase! Nein, du hast es hier mit Schläue und Bosheit zu tun. Sie wollen nicht gestehen und verbergen ihr Tun und Denken unter scheinbarer Frömmigkeit! Halte dich nur an die Fragen, dann wird es schon ans Licht kommen!»

Als die sieben Tage Gnadenfrist verstrichen waren, wurden die Beginen zur Befragung vorgeladen. Eng aneinandergedrängt gingen sie durch die Stadt, teils mit ängstlichen Gesichtern, teils mit erhobenen Köpfen. Die Bürger standen in den Haustüren und schauten aus den Fenstern. Ganz Pertuis wusste Bescheid.

Ein alter Mann spuckte ihnen vor die Füße, als sie vorübergingen, je eine Stadtwache vor und hinter dem Zug. «So ist es recht! So ist es recht!», keifte er.

«Jetzt kriegt ihr, was ihr verdient habt!», rief eine Frau aus dem Fenster.

Die Mauern verströmten Raubtiergeruch.

«Was wollt ihr denn? Es sind fromme Frauen, und sie haben nie etwas anderes als Gutes getan!», riefen andere. «Warst du es, die sie angeschwärzt hat, Céline? Schäm dich!»

«Es sind gute Menschen!»

«Nur Mut!»

«Es ist eine Schande, sie so vorzuführen!»

«*Courage*, Juliana, wir sind mit euch!», erklang es von allen Seiten.

Anniks Sohn, derselbe, der die Melonen gebracht hatte, war eigens in die Stadt gekommen und lief besorgt neben seiner Mutter her, die er um zwei Köpfe überragte.

«Maman, ich lasse nicht zu, dass sie dir was tun. Du hast uns so erzogen, wie es recht ist. Du hast uns das Beten beigebracht, warst eine gute Mutter und Ehefrau, bis Vater gestorben ist. Dir können sie nichts vorwerfen», tröstete er sie und legte ihr den Arm um die Schultern.

Die Beginen wurden direkt ins Schloss geführt. Es war eher eine Burg, klotzig, mehr stark als schön mit ihren dicken Mauern in der Form eines schiefen Rechtecks, den vier runden Wachtürmen an den Ecken und dem *donjon*, dem Wohnturm in der Mitte, der einer aufgereckten Faust ähnelte. Das Gebäude wurde beharrlich «*La domo nova comitis*» genannt, «des Grafen neues Haus». Graf Guillaume II. von Forqualquier hatte es schon vor mehr als hundert Jahren bauen lassen, gerade gegenüber der Kapelle Saint Nicolas und in Augenhöhe des Benediktiner-Klosters, um ein augenfälliges Gegengewicht zum Einfluss der Mönche zu setzen, mit denen sich die Grafen der Provence seit eh und je um die Vormacht in Pertuis stritten. In den Augen der Bürger hatten jedoch die Mönche das letzte Wort, indem sie jedes Mal, wenn im Kloster ein neuer Abt gewählt worden war, einen ihrer schwarzen Kapuzenmäntel auf der Spitze des Donjons hissten. So war es Brauch. Der Abbé hatte als Ort für die Verhandlung mit Bedacht den Gerichtssaal des Seigneur erwählt, denn so konnte er seiner absoluten Vollmacht Ausdruck verleihen: Die Inquisition, so wollte er damit zeigen, stünde über der normalen Gerichtsbarkeit. Hier waren Kirche und weltliche Gerichtsbarkeit ein und dasselbe.

Stolz thronte der Abbé auf einer Plattform in dem prächtig geschnitzten und mit Jagdszenen bemalten hohen Stuhl des abwesenden Seigneur, zu seiner Rechten saß der unbekannte Mönch, der sich auch nicht vorstellte und die Anwesenden mit durchdringenden Blicken musterte. Zur Linken saß Jean de Meaux, der Abt der Franziskaner, daneben mit gelangweiltem Gesicht Didier de Bonnefoy, der Vogt; unterhalb der hölzernen Bühne hatten die Ratsherren Platz genommen, Mestre Marius de Vidal und Mestre Honorat Tullo von der Wollweberzunft. Etwas seitlich stand ein Benediktiner als Protokollant an einem Pult.

In der Anklagebank saßen Juliana, Anne, Auda, Annik und Danielle sowie die Katze.

Die Beginen wurden nacheinander aufgefordert, den Eid zu schwören. Garsende, die ganz in der Nähe saß, fing an zu heulen: «Danielle, verzeih mir bitte, ich wollte euch nicht schaden. Ich hätt auch kein Sterbenswörtchen gesagt, aber Maudru hätte mich sonst totgeschlagen!» Die Haut um ihr Auge schillerte in Violett, Grün und Gelb.

«Ich verzeihe dir. Sei ganz ruhig. Es wird ja alles gut», tröstete sie Danielle flüsternd und wurde sofort zur Ordnung gerufen:

«Was fällt dir ein, hier jemandem Vergebung erteilen zu wollen, der seine Christenpflicht erfüllt hat! Wofür hältst du dich?»

Garsende schnäuzte sich in ihren Rock. Ihr Schluchzen ging in einen nervösen Schluckauf über.

Juliana wurde aufgerufen. Ohne zu zögern, schwor sie auf die Bibel, die Wahrheit zu sagen und nichts als die Wahrheit.

«Nach welchem Beispiel sind eure Regeln ausgerichtet?»

«Nach der Regel des heiligen Franziskus.»

«Aber nicht in allen Teilen!»

«Nein, denn wir sind ja kein kirchlicher Orden, sondern nur eine Gemeinschaft von einfachen Frauen, die sich bemühen, ein Gott gefälliges Leben zu führen.»

Die darauffolgende Befragung über die Hausregeln langweilte den fremden Mönch. Er zischte etwas ins Ohr des Abbé.

«Denkst du oder hast du jemanden sagen hören, in deiner Gemeinschaft oder unter den Franziskanern oder sonst wo, dass Geistliche, die wertvolle Gewänder tragen, gegen Jesu Gebote verstoßen?», fragte Grégoire.

«Nein. Das denke ich nicht und habe es nicht sagen hören.»

«Hast du in deiner Gemeinschaft oder anderswo sagen hören, dass Mönchsorden, die Güter haben oder Korn und Wein horten, gegen Jesu Gebote verstoßen?»

«Nein, das habe ich nicht. Wir haben ja selber einen Olivenhain, Weinstöcke und einen Kornspeicher. Wir leben bescheiden, aber nicht von der Hand in den Mund. Wie könnten wir da andere kritisieren!»

Als weiteres Nachbohren nichts zutage förderte, wurde Anne vereidigt.

«Hast du Kenntnis von den Schriften der Ketzerin Marguerite Porete?»

«Ich habe davon gehört», gab sie zu. Der fremde Mönch lehnte sich aufmerksam vor.

«Und was hältst du davon?», fragte weiter der Abbé, so wie er angewiesen worden war.

«Es wäre sehr schwer für einen sterblichen Menschen, solche Vollkommenheit zu erreichen», erwiderte Anne.

«Aber du hältst es für möglich», setzte Grégoire nach.

«Ich kann nur für mich sprechen, und ich könnte es nicht», sagte Anne fest.

«Wenn es aber eine schaffen würde, glaubst du, dass so eine vollkommene Seele es nicht mehr nötig hätte, beim Emporheben des Leibes Christi aufzustehen oder ihm sonst wie Ehrfurcht zu erweisen?»

«Ich erweise den Sakramenten die Ehre, und ich glaube, dass ein jeder das tun sollte», wich Anne aus.

Ein kleines herablassendes Lächeln umspielte die dünnen Lippen des Fremden. «So, glaubst du das», übernahm er die Befragung. Anne verschränkte die Finger und verkrampfte sichtlich. Dies war nicht der vertraute Priester, der zwar kein Freund der Beginen, mit dem aber dennoch zu reden war. Dieser Fremde mit den kalten Augen würde keine Argumente gelten lassen. Er war darauf aus, sie in eine Falle zu locken, und ihr Gewissen war nicht rein.

Der Mönch betrachtete Anne lange. Sie wurde bleich und hakte ihre Finger ineinander. Er lächelte.

«Du sagst also, dass du den ‹Spiegel› nicht selbst gelesen hast. Ist das richtig?»

Anne getraute sich nicht, die Lüge zu wiederholen. Sie schwieg und schluckte vernehmlich. Er hatte etwas gegen sie in der Hand. Fieberhaft überlegte sie, wem sie von dem Buch erzählt hatte. Wenn sie nur ihr Mundwerk besser im Zaum gehalten hätte! Sie wusste nur allzu gut, dass sie in der Begeisterung oft jegliche Vorsicht und Diskretion vergaß.

Der Inquisitor nickte dem Abbé Grégoire zu.

«Führt Aneta Bonelli herein!», rief der den Bütteln zu. Einer von ihnen ging nach draußen und kam mit einer kleinen, gedrungenen Frau zurück, die Anne sofort als eine der Wollweberinnen von Pertuis erkannte, Ehefrau eines Meisters der Zunft. Sie hatte sich herausgeputzt für die Gelegenheit und schaute halb ängstlich, halb stolz ob der Aufmerksamkeit, die ihr zuteilwurde.

Sie knickste ungeschickt, verlor ein wenig die Balance dabei und stolperte einen halben Schritt vorwärts.

«Hat eine von den Beginen mit dir über Dinge des Glaubens gesprochen?»

«Ja, die da!» Eifrig wies sie auf Anne. Unaufgefordert fuhr sie fort: «Sie hat versucht, mich vom rechten Weg abzubringen und hat mir schlimme Sachen gesagt!»

«Pfui, Aneta! Dreckschleuder! So dankst du es uns also, dass wir deine kranke Schwiegermutter gepflegt haben! Das nächste Mal kannst du dich allein um sie kümmern!», schrie Annik aufgebracht.

«Still, Weib», sagte der Mönch mit schneidender Stimme, «zu dir komme ich noch.»

Annik verstummte eingeschüchtert, hörte aber nicht auf, Aneta mit Blicken zu durchbohren.

«Ich tue nur meine Pflicht als gute Christin, wenn ich solche Sachen anzeige!», verteidigte sich die Wollweberin. «Es ist zu eurem eigenen Besten, auch wenn ihr es gerade anders seht!»

«Still! Was hat die Begine Anne dir erzählt? Versuche dich genau zu erinnern», mahnte der fremde Mönch.

«Sie … sie hat gesagt, sie besitze ein Buch, kostbarer als die Bibel! Das ist doch eine Sünde, oder? Kein Buch kann kostbarer als die Bibel sein.»

«Richtig. Du hast ganz recht gehandelt. Weiter!»

«Sie hat gesagt, das Buch sei von einer weisen Frau geschrieben und dass auch Frauen erleuchtet sein können. Sie … sie hat gesagt, in dem Buch stünde, wie man eins mit Gott werden kann ohne Priester und Kirche.»

«Blasphemie!» Der fremde Mönch wandte sich triumphierend Anne zu:

«Welches Buch war das, von dem du zu dieser Frau gesprochen hast?»

Anne zögerte. Doch dann hob sie den Kopf und sagte mit fester Stimme: «Das war der ‹Spiegel der einfachen Seelen› von Marguerite Porete.»

«So?! Gerade eben hast du uns noch glauben machen wollen, du habest von dem Buch nur gehört. Willst du nicht aufhören zu lügen und Ausflüchte zu gebrauchen? Ist es also wahr, dass du die Irrlehren der Ketzerin verbreitet hast? Hast du mit dieser Frau darüber gesprochen, wie sie sagt?»

«Ja. Ich habe mit ihr über das geredet, was ich gelesen hatte, weil ich dachte, sie sei eine vernünftige Frau. Ich gebe zu, ich war von dem Buch ergriffen und habe mich zu Schwärmerei hinreißen lassen. Wenn das falsch war und es diese Frau verwirrt hat, dann bitte ich um Vergebung und nehme meine Strafe auf mich.»

Der Mönch flüsterte wieder mit dem Abbé und sagte dann:

«Hast du nicht behauptet, die vollkommene Seele sei von den Tugenden befreit?»

«Nein, das habe ich nicht gesagt, und so steht es auch nicht in dem ‹Spiegel›», verteidigte sich Anne.

«Was steht denn da über die Tugenden?»

«Dass sich die Seele in Furcht bemühen soll, die Gebote zu halten, besonders das Gebot der Gottes- und der Nächstenliebe.»

«Das ist nur der erste Zustand von sieben, die in diesem Buch beschrieben werden!», sagte jetzt der Mönch mit eisiger Stimme. «Heißt es nicht in der zweiten Stufe, dass man auf Gehorsam gegenüber anderen verzichten soll?»

«Das werdet ihr besser verstanden haben als ich unwissendes Weib. Ich habe weder meiner Meisterin noch dem Abbé je den ihnen zustehenden Gehorsam verweigert.»

«Aber du meinst, dass es angemessen wäre auf diesem angeblichen Weg zur Seligkeit», bohrte er weiter.

«Gib dem Kaiser, was des Kaisers ist, und Gott, was Gottes ist. So steht es in der Bibel, und daran halte ich mich», sagte Anne.

«Mit welcher Frechheit sie mit Bibelsprüchen um sich werfen und sie für sich auslegen, wie es ihnen passt», murmelte der Mönch halblaut vor sich hin, «das hat man davon, wenn man Bibelübersetzungen in die gemeine Sprache zulässt.» Laut fuhr er fort:

«Da sieht man wieder, mit welcher Schläue und welchen Schlichen die Ketzer sich herauszuwinden suchen. Aber lassen wir doch die Zeugin wiederholen, was genau diese Begine gesagt hat.»

Die Wollweberin Aneta war guten Willens. Sie trat vor, warf Anne einen giftigen Blick zu und begann mit sichtlicher Anstrengung: «Sie hat gesagt, dass man sich in Tugenden nur üben muss, wenn man nicht, wenn nicht …»

‹Dummes Stück›, dachte Grégoire erbost. Tullo hatte sie zu ihm geschickt, und er hatte zwei Stunden darauf verwandt, ihr Marguerite Poretes verwerflichste Thesen einzubläuen, aber sie hatte sie nicht einmal annähernd begriffen.

«Wenn man nicht Tugenden hat, dann muss man sich in

ihnen üben, wenn man sie hat, dann muss man nicht mehr üben», brachte die Weberin den Satz mühsam zu Ende.

Marius und Bonnefoy brachen in Gelächter aus. Julianas Mundwinkel zuckten.

Der Mönch blickte ärgerlich und verächtlich. Damit war nun wirklich nicht viel anzufangen. «Ist das alles, was Ihr zusammenbekommen habt?», zischte er dem Abbé zu. Er war zutiefst erzürnt. Jetzt blieb also nur noch der strafbare Besitz einer verbotenen Schrift.

«Wo ist dieses Buch jetzt?», bellte er.

Anne schwieg verstockt.

Juliana sprang auf: «Sie besitzt es nicht mehr. Ich habe es verbrannt, nachdem wir gehört haben, dass es für ketzerisch befunden wurde.»

Mit einem Ruck fuhr Anne herum und schaute Juliana entgeistert an. ‹Das hast du nicht!›, sagten ihre Augen. ‹Das hast du nicht gewagt!›

Juliana gab ihren Blick fest und energisch zurück. «O ja, das habe ich!»

«Aber du hättest es weiterhin behalten, wenn deine Meisterin nicht eingegriffen hätte», sagte der Fremde.

«Ich sehe nicht, wohin diese Befragung noch führen soll», protestierte Jean de Meaux. «Ganz offensichtlich ist doch nichts Schlimmeres geschehen, als dass Anne ein Buch gelesen hat, als es noch nicht verboten war, und es vielleicht ein wenig länger behalten hat, als es streng genommen erlaubt gewesen wäre. Doch da es nun ordnungsgemäß vernichtet worden ist, denke ich, dass man auf eine Bestrafung verzichten kann.»

«Komm zu mir zur Beichte, und ich werde dir eine Buße auferlegen», knurrte der Abbé enttäuscht.

Erleichtert nickte Anne und setzte sich wieder in die Bank zu ihren Schwestern.

Auda wurde nach vorn gerufen. Auch diesmal begann der Abbé mit der Befragung.

«Ist es wahr, dass du aus jenem Beginenhaus in Toulouse stammst?»

«Ja, das ist wahr.»

«Diese Frauen sind für Ketzer befunden worden. Sie haben öffentlich gepredigt und Irrlehren verkündet. Warst du daran beteiligt?»

«Nein, Euer Eminenz. Ich hab bloß im Hospital gearbeitet und die Kranken zusammengeflickt mit Gottes Hilfe. Meine Aufgabe ist das Wohl des Leibes. Um die Seele sollen sich andere kümmern.»

«Hast du nicht den Sterbenden Tröstung gegeben, indem du ihnen versichertest, dass sie der Sakramente nicht bedürfen, weil sie ohnehin schon Teil Gottes seien?»

«Ja», sagte Auda schlicht. Juliana fuhr zusammen.

«Du hast den Sterbenden die Sakramente ausgeredet?», donnerte Grégoire.

«Nein.»

«Na, was denn nun?»

«Ja, Euer Heiligkeit. Ich habe nicht.»

Der Abbé schnaufte gereizt. «Das Weib versteht ja nicht einmal, was ich sage.»

«Ja, Euer Heiligkeit.» Auda ließ sich nicht aus der Ruhe bringen.

«Der Titel steht mir nicht zu. Sprich mich an mit ‹Vater› oder mit meinem Namen. Also nochmal ganz deutlich: Hast du, Auda, Sterbenden im Hospital oder sonst wo …?»

«Wenn einer die letzte Ölung haben wollte, dann habe ich den Pfaff… – äh – Priester geholt.»

Abbé Grégoire starrte, sie starrte zurück. Dann atmete er tief durch und sagte:

«Wir werden das überprüfen. Denke nur nicht, dass du,

weil du von dort fortgelaufen bist, auch deine Missetaten hinter dir gelassen hast. Wisse: Wenn du jetzt und hier freiwillig und bußfertig deine Verfehlungen gestehst, dann kommst du vielleicht mit einer leichten Strafe davon. Wenn du aber jetzt leugnest, und es stellt sich später heraus, dass du unter Eid gelogen hast, dann wirst du den Flammen überantwortet, so wie Jesus gesagt hat: ‹Wer nicht in mir bleibt, der wird weggeworfen wie eine Rebe und verdorrt, und man sammelt sie ein und wirft sie ins Feuer, und sie müssen brennen›! Bleibst du immer noch bei deiner Aussage?»

«Ja.»

«Kannst du schreiben und lesen?»

«Nein.»

«Gut. Dann lese ich dir etwas vor: ‹Alles was ist, ist Gott. In der Laus ist ebenso viel Gottheit wie in dem Menschen oder in irgendeinem anderen Geschöpf.› Hast du das schon einmal gehört? Antworte wahrheitsgemäß!»

«Ja. Ein Wanderprediger hat so etwas gesagt, und wir Schwestern haben uns deshalb gestritten. Da waren solche, die es geglaubt haben, und solche, die es für baren Unsinn hielten.»

«Und hast du es geglaubt?»

«Nein, das habe ich nicht, denn allein der Mensch ist ja nach Gottes Bild gemacht. Die Laus ist es nicht, also kann sie auch nicht so viel von Gott in sich haben wie ein Mensch. Ich hab den Leuten Mittel gegeben, um ihre Läuse abzutöten. Wenn sie nach Gottes Bild gemacht wären, dann wäre das ja Mord gewesen.»

Im Publikum entstand Heiterkeit.

«Du hast also nicht gepredigt?»

«Nein. Versteh nix davon», brummte die alte Begine.

«Immerhin eine, die es begriffen hat», sagte der Abbé zu Jean de Meaux.

«Und wie kommt's, dass du hier bist? Bist du nicht wie die anderen verurteilt worden?», fragte er weiter.

«Nein. Es sind ja auch nicht alle als Ketzerinnen verurteilt worden. Mich haben sie zu meiner Familie zurückgeschickt. Die wollten mich aber nicht mehr haben. Ich bin zu alt und hätte nicht mehr recht mit anpacken können.»

Der Abbé hieb mit der Faust auf den Tisch. Keine verurteilte Ketzerin? Das war aber auch zu ärgerlich! «Wir werden an die Inquisition von Toulouse schreiben. So lange, bis deine Aussage bestätigt wird, hast du im Konvent Sainte Douceline zu bleiben!»

«Könnte sowieso nicht mehr weiter», sagte Auda kratzbürstig. «Meine Beine bringen mich noch um.»

Marius beugte sich tief über ein Schriftstück, um sein Lächeln zu verbergen.

Der Abbé und der Mönch berieten sich flüsternd eine Weile miteinander, und der Abbé nickte dann.

«Du bist ja nicht allein gekommen», sagte unterdessen Didier de Bonnefoy. «Die Stadtwachen haben gemeldet, dass sich drei oder vier von euch einige Tage in den Quartieren an der Stadtmauer aufgehalten haben. Wie sind die Namen der anderen, die dabei waren?»

«Mit mir waren dort Marie Sonnier, Barbara Grandjean und Prous Boneta.»

«Und waren das verurteilte Ketzerinnen?»

«Nein», antwortete Auda. «Ich schwöre es beim Heil meiner Seele.»

Marie, Barbara und Prous hatten nicht vor Gericht gestanden, sie hatten sich vorher aus dem Staub gemacht.

«Wohin sind sie gegangen?»

«Was weiß ich? Zu ihren Familien, denke ich. Sie sind jung und können noch arbeiten.»

«Juliana!», rief Abbé Grégoire die Meisterin auf. «Warum,

wenn sie keine Ketzerin ist, habt ihr die Aufnahme dieser Frau geheim gehalten?»

«Wir haben sie nicht geheim gehalten. Sie wäre, sobald sie wieder besser laufen kann, auch in die Kirche gekommen.»

«Es scheint mir doch eher so, als hättet ihr sie versteckt. Nicht einmal der Mönch Calixtus, der euer Seelsorger ist, hat von ihr gewusst. Was ist das denn, wenn nicht Geheimhaltung und ein schlechtes Gewissen?»

«Da sie gebrechlich ist, hatten wir das Recht, sie ins Hospital aufzunehmen, ohne vorher jemanden um Erlaubnis zu fragen. Es schien mir nicht dringend geboten, Calixtus zu ihrem Krankenlager zu führen. Sie lag ja nicht im Sterben. Er hätte sie zu gegebener Zeit noch getroffen», erwiderte Juliana gemessen.

«Hm! Merkwürdig, dass sie bereits im Krankenhaus gearbeitet hat, da sie doch selber noch so schwach und bettlägerig war. War es nicht vielmehr so, dass ihr verurteilten Ketzerinnen die Gelegenheit zur Flucht geben wolltet?», bohrte Grégoire.

«Da offenbar die Stadtwache von der Anwesenheit fremder Beginen vor dem Tore wusste, war es ja nicht unsere Sache, irgendetwas zu vermuten oder irgendwen anzuzeigen.»

«Du hast jeden Fremden, der bei euch aufgenommen wird, sofort zu melden. Wenn ihr das in Zukunft noch einmal versäumt, werden wir euch das Recht aberkennen, ein Hospital zu führen.»

Damit war nun Herr Bonnefoy ganz und gar nicht einverstanden, denn die Stadt müsste sonst selbst für die Armenpflege sorgen. Er sagte leise etwas zum Abbé. Der winkte ärgerlich ab und wandte sich wieder den Beginen zu.

«Es ist doch merkwürdig, wie – immer wenn du fremde und verdächtige Weiber in euer Haus aufnimmst – sie entweder krank sind oder das Gedächtnis verloren haben. Lasst die vortreten, die sich Danielle nennt.»

Danielle gab sich herzlich Mühe, ruhig und gefasst zu erscheinen, doch als sie da stand und die Blicke dieser Männer auf sich spürte, trat ihr der Schweiß in dicken Perlen auf die Stirn. Der Abbé sah es wohl. Er beschloss, seine Taktik zu ändern, denn oft bringt ein Wechsel von Drohung und danach unerwarteter Freundlichkeit die besten Ergebnisse.

«Garsende, Ehefrau von Maudru, hat ausgesagt, dass du im Schlaf stöhnst und weinst und von einer Schuld sprichst. Willst du nicht dein Gewissen erleichtern und uns sagen, wessen du dich schuldig gemacht hast, meine Tochter? Willst du nicht deine Seele endlich erleichtern? Welche Schuld trägst du mit dir herum? Lass dir doch helfen!», sagte er in sanftem Ton.

«Ich bin ja offenbar für etwas verurteilt und gestraft worden», stammelte Danielle, die im Gesicht und an den Händen immer noch die Narben dieser Strafe trug. «Und hier vor euch zu stehen, macht mir Angst. Doch nur, weil ich nicht weiß, wie ich mich verteidigen soll und wogegen. Und weil ich schon einmal zu Unrecht angeklagt worden bin. Wozu sind Strafen gut, wenn einer hinterher noch ebenso schuldig ist wie vorher und man ihm nicht vergeben will?»

«Zur Abschreckung und zur Warnung! Denn hättest du diese Narben nicht, dann könntest du dich als einen vertrauenswürdigen Menschen ausgeben!», bellte jetzt gegen seine Absicht der Abbé, aber Jean de Meaux zog ihn am Ärmel und redete auf ihn ein, und Marius verlangte lautstark ein Ende dieser unnützen Befragung.

Der Abbé hatte aber von seiner Rolle als Inquisitor noch längst nicht genug und ließ verschiedene Zeugen auftreten. Doch keiner von ihnen konnte etwas anderes als Tratsch und Mutmaßungen vorbringen. Herr von Bonnefoy begann sich gelangweilt in den Zähnen zu stochern. Zwei Zeugen sprachen über merkwürdige Stimmen, die sie des Nachts am Beginenhof gehört haben wollten.

«Die haben beträchtliche Schulden bei uns, und was sie in der Nacht gehört haben, war sicher ihr Gewissen!», rief Anne.

Eine Nachbarin beschwerte sich bitterlich, dass ihre Milchkuh keine Milch mehr gab, seit Auda sie wegen einer Entzündung behandelt hatte.

«Das ist normal. Wärt Ihr nicht so geizig gewesen und hättet mich früher gerufen, hätte ich noch was machen können. Nächstes Jahr gibt sie wieder welche», sagte Auda ärgerlich.

Carolus bestätigte es: «Das stimmt. Ist die Milch einmal versiegt, dann ist es erst einmal damit vorbei. Das ist bei Tieren nicht anders als bei Menschen. Im Übrigen hatte ich im Hospital der Beginen Gelegenheit, Auda bei der Arbeit zu beobachten. Sie ist eine geschickte Heilerin und gewiss keine Hexe. Was für eine alberne Anschuldigung!»

Übrig blieb noch die Angelegenheit mit dem Teufelskuss. Ein Gerichtsdiener brachte auf Grégoires Geste hin den Käfig mit der Katze der Beginen.

«Ich habe sie ihnen selbst geschenkt!», Carolus sprang auf. «Übrigens ist sie gescheckt und nicht schwarz. Heißt es nicht, dass der Teufel sich nur in Gestalt von schwarzen Katzen zeigt?»

«Seit Johannis gibt's in der ganzen Stadt keine schwarzen Katzen mehr!», mischte sich Bonnefoy ein. «Sie haben alle eingesammelt und im Feuer verbrannt. Im ganzen Viertel ist überhaupt kaum noch eine Katze zu finden, was ein Unfug und ein Ärgernis ist. Die Mäuse tanzen allenthalben auf den Tischen!»

Die Katze maunzte erbärmlich. Sie fühlte sich in dem Käfig nicht wohl. Annik sprang auf, rannte zum Käfig, befreite das Kätzchen und hob es vor ihr Gesicht. «Ach, mein Zuckerschnäuzchen!»

«Nicht!», schrie Magdalène.

Annik küsste das Tier. Direkt auf das haarige, dreieckige Mäulchen.

«Igittigitt!», machte Garsende.

«Wieso? Ich küsse es doch bloß auf den Mund und nicht auf den A…», verteidigte sich Annik. «Da hinten ist sie ja schmutzig! Schaut nur, wie schmutzig sie da ist! Sie hat noch nicht gelernt, sich da richtig sauber zu lecken. Wer würde so was denn küssen wollen?! Was sind das nur für Einfälle, die die Leute haben?» Und sie hob den Schwanz des Tieres und hielt dem verblüfften Abbé den Katzenanus vor die Nase.

«Regina probationum – die Königin der Beweise!» Carolus stürzte eilig hinaus, um sich draußen vor der Tür so richtig auszulachen.

Mit verkniffener Miene und ohne ein weiteres Wort an den Abbé zu verschwenden, stand der fremde Mönch auf und ging hinaus.

Anne sagte auf dem gesamten Heimweg kein Wort. Erst als die Beginen ihr Tor hinter sich geschlossen hatten, ging sie auf Juliana los: «Wie konntest du? Hast du tatsächlich dieses herrliche Buch verbrannt? Das durftest du nicht! Das hättest du niemals tun sollen!»

«Ich durfte es, weil ich deine gewählte Meisterin bin. Und ich musste es, weil das Wohl unserer Gemeinschaft davon abhing. Hast du geglaubt, sie würden nicht danach fragen? Und hättest du einen heiligen Eid geschworen und dann gelogen?»

Anne ließ den Kopf hängen. «Natürlich nicht.»

«Siehst du, es war besser so. Soll es uns etwa so ergehen wie den Schwestern von Toulouse, nur weil wir ein einziges verdächtiges Buch besitzen?»

«Aber was, wenn dieses einzigartige Werk nun verloren geht? Wenn es alle so machen und man es vergisst?»

«Das wird ganz sicher nicht geschehen. Ich weiß ganz gut, dass du Kopien angefertigt und an andere Häuser geschickt hast. Nun gib schon Ruhe! Sei lieber froh, dass wir nochmal mit dem Schrecken davongekommen sind.»

«Aber es ist schrecklich! Zu denken, dass du es einfach verbrannt hast. Wie konntest du nur? Ich hätte das nicht fertiggebracht. Was soll ich jetzt nur tun?»

«Dich daran erinnern und dich bemühen, die Stufen zu erklimmen. Es war ein gutes Buch. Und es ist eine schlimme Welt, in der man gezwungen ist, es dem Feuer zu überantworten, um selbst am Leben zu bleiben.»

«Gestern Abend kam Juliana zu mir in die Küche», raunte Annik Danielle zu. «Ich habe mich schon sehr gewundert. Sie befahl mir, die gesalzenen Fische in der Vorratskammer zu zählen. Als ich in die Küche zurückgekommen bin, da hat es so merkwürdig gestunken!»

Anne hatte es gehört. «Das war ja dann nicht *gleich*, nachdem wir von der Verurteilung Schwester Marguerites erfahren haben. Du hast für mich gelogen, Meisterin!»

«Nein, gelogen habe ich nicht. Das würde ich nie tun, Anne, nicht einmal für dich. Ich habe mich nur ein wenig ungenau ausgedrückt», erwiderte Juliana.

«Aber Anne hat uns alle in Gefahr gebracht», rief Justine.

«Ja!» Gebba gab ihr eifrig recht. «Was, wenn sich die Wollweberin besser erinnert hätte! Oder wenn man eine von uns befragt hätte. Uns hast du auch aus dem ‹Spiegel› vorgelesen!»

«Ja, und ich bereue es nicht! Ich hoffe doch, dass du ihn besser verstanden hast!», gab Anne heftig zurück. «War es nicht so, dass gerade du davon sehr angetan warst?»

«Aber das Buch einer Ketzerin …!»

«Sie ist zu Unrecht verurteilt worden!»

«Steht es uns zu, das zu beurteilen?»

«Ja und abermals ja! Hat uns Gott denn unseren Verstand gegeben, damit wir ihn nicht benutzen?»

Aufgewühlt standen die Beginen im Hof herum und diskutierten hitzig. An eine geregelte Arbeit war heute nicht mehr zu denken, das sah die Meisterin ein. «Lasst uns in den Gemeinschaftsraum gehen und beten und Gott dafür danken, dass er seine schützende Hand über uns gehalten hat!», sagte sie. «Und danach soll Annik eine neue Amphore Wein anbrechen. Das wird uns helfen, uns zu beruhigen nach diesem Schrecken!»

Als Laura am frühen Abend kam, um den Beginen zum guten Ausgang der Befragung zu gratulieren, traf sie sie in gelockerter Stimmung an. Man konnte es schon eine kleine Feier nennen. Eine Schüssel mit kleinen Gewürzkuchen machte die Runde, und irgendwoher waren noch Mandeln vom Vorjahr aufgetaucht. Die Beginen saßen in kleinen Grüppchen beisammen, lachten und schwatzten.

«Lasst ihr es euch gutgehen? Das ist recht! Ich bin ja so froh, dass es gut ausgegangen ist für euch! Marius hat mir alles erzählt.»

Anne war aufgesprungen und hatte Laura umarmt. Andere Schwestern taten es ihr nach. Laura bekam einen Becher Wein in die Hand gedrückt und Kuchen gereicht. Sie setzte sich zu Anne und Juliana.

«Das muss ja ein schrecklicher Mensch gewesen sein, dieser fremde Mönch! Marius sagt, er kam direkt aus Avignon, ein Abgesandter des Papstes!»

«Mir hat es auf der Haut gekribbelt wie Ungeziefer, als er mich angeschaut hat», berichtete Anne schaudernd. «Als könnte er bis auf meine Knochen blicken.»

Laura ergriff Danielles Hände und drückte sie. «Und du Arme, hattest du Angst? Als ob du etwas dafür könntest, dass du dich nicht erinnern kannst! Wie soll man sich denn da verteidigen? Wie eine Verbrecherin haben sie dich behandelt! Ich hätte schreckliche Angst gehabt!»

Danielle hätte ihre Hände gern weggezogen. Immer noch konnte sie Berührungen schwer ertragen. Doch es war ja herzlich gemeint, und so zwang sie sich, den Händedruck zurückzugeben und Laura anzulächeln. «Angst? Nein, nicht wirklich. Ich habe mich wie erstarrt gefühlt. Ich konnte an gar nichts denken. Vielleicht fühlt sich eine Maus so, wenn sie von einer Schlange fixiert wird.»

«War es so, als man dich damals ... du weißt schon ... ach, ich bin wieder zu neugierig. Verzeih mir bitte! Ich will doch keine unangenehmen Erinnerungen in dir wecken oder dich kränken! Lass uns einfach über etwas anderes reden!»

Zu Danielles großer Erleichterung ließ Laura sie los und wandte sich Juliana zu. Das Gespräch kreiste nun um alltägliche Angelegenheiten. Sie sprachen über die Armenpflege in Pertuis und tratschten ein wenig über verschiedene Leute in der Stadt. Danielle lehnte sich zurück. Sie machte sich unsichtbar, wie es ihre Gewohnheit war, und hörte nach dieser und jener Seite hin den Gesprächen zu, ohne etwas dazu beizutragen.

Bevor Laura den Beginenhof verließ, nahm sie Gebba beiseite.

«Ich habe gehört, dass du einer von deinen Schwestern deine Zuneigung und Vergebung verweigerst. Das ziemt sich nicht. Wie kannst du einen solchen Groll gegen sie hegen, dass du dich sogar gegen die Hausregel nicht am Ende des Tages mit ihr versöhnst? Was hast du denn nur gegen sie?»

Da Gebba Laura verehrte und vor ihr nicht schlecht dastehen wollte, dachte sie nach, ehe sie antwortete.

«Ich weiß auch nicht, was es ist. Sie macht mich wütend, wenn ich sie nur sehe! Sie muss doch etwas verbrochen haben. Wie kann sie da den Kopf so hoch tragen und so verstockt schweigen?»

«Aber zieh doch einmal in Betracht, dass es nicht Verstocktheit ist, sondern dass sie wirklich nichts sagen kann. Wie würdest du dich fühlen, wenn du unter lauter fremden Menschen wärst und nicht mal zu dir selber Vertrauen haben könntest?»

«Dann soll sie nicht so ruhig und so hochnäsig sein! Wenn ihr Stolz doch nur einmal zusammenbrechen würde, wenn sie einmal zugeben würde, dass sie gefehlt hat! Wenn sie mich nur ein einziges Mal bitten würde, ihr zu helfen, dann würde ich es ja gern tun.»

«Ja, das ist es, Gebba: Du möchtest gebeten werden. Du willst unbedingt, dass sie Schwäche zeigen soll. Du nimmst ihr ihre Stärke übel, statt sie dafür zu bewundern. Vielleicht muss sie sich so eine Rüstung anlegen, weil sie sich von dir ständig angegriffen fühlt. Vielleicht würde sie sich dir öffnen, wenn du freundlicher wärst. Willst du es nicht versuchen?»

Gebba schnaufte widerwillig. Was für ein Wesen um diese Frau gemacht wurde! Jetzt setzte sich auch noch Mestra Laura für sie ein.

«Tu es doch deinen anderen Schwestern zuliebe! Diese Missstimmung ist für alle schwer zu ertragen.»

Am späten Nachmittag des nächsten Tages kam Danielle aus dem Garten in die Weberei und setzte sich an ihren Hochwebstuhl. Still zog sie das Schiffchen durch das Fach und ließ das Bild nach unten wachsen. Ein schöner Faltenwurf wurde in dunkleren Wolletönen sichtbar. Blumen und Grün leuchteten vor dem nachtschwarzen Hintergrund: gelb von

Birkensaft, grün vom Saft des Perückenstrauchs, rotbraun vom Krapp, blau von Waid. Geschickt verschränkte sie die Enden der Farbflächen, sodass keine Löcher im Bildwerk entstanden. Die Tonringe, mit denen die Kettfäden unten beschwert waren, klapperten aneinander wie ein Glockenspiel im Wind.

Immer wieder schaute Gebba zu ihr herüber. Endlich gab sie sich einen Ruck. Sie stand auf und ging zu Danielle hinüber. «Es wird wirklich hübsch», sagte sie versöhnlich. «Da, ich habe dir ein paar besonders kräftig gefärbte Enden aufgehoben.» Sie hielt ihr ein kleines Bündel bunter Fäden hin, gelb, grün und blau. Verdutzt hielt Danielle inne und schaute zu ihr hoch.

«Hast du einen Augenblick Zeit, Schwester? Ich möchte gern mit dir reden», fuhr Gebba fort.

Danielle nickte. Gebba ging voraus, hinaus in den Garten. Danielle folgte ihr. Die anderen stellten ihr Geklapper und ihr Plaudern ein und schauten den beiden hinterher.

«*Eh bèh!* Was ist denn jetzt passiert?», wunderte sich Manon. «Wer von euch hat Gebba Kreide unter den Brei gemischt?»

«Heilige Jungfrau! Ich glaube gar, die wollen sich versöhnen!»

«Na, das wäre ja mal was!»

Gebba und Danielle gingen im Garten spazieren. Alix stützte sich auf ihre Hacke und sah ihnen mit offenem Mund nach.

«Ich war ungerecht und gehässig zu dir. Es tut mir leid», sagte Gebba.

«Und ich danke dir aufrichtig dafür, dass du den ersten Schritt getan hast. Es ist dir sicher nicht leichtgefallen», stellte Danielle fest. «Es fällt dir umso schwerer, als du mich nicht magst.»

«Aber nein, ich mag dich», protestierte Gebba.

Danielle winkte ab. «Nein, lass uns einander nicht belügen. Du magst mich nicht und du misstraust mir. Und ich kann leider gar nichts sagen, um dich zu befriedigen oder zu beruhigen.»

«Dann ist es also wirklich, wirklich wahr? Ich kann mir überhaupt nicht vorstellen, wie das ist, wenn man sich selbst nicht kennt.» Sie machte eine Pause und bückte sich nach einem heruntergefallenen Apfel. «Obwohl ich zugeben muss, dass ich manchmal gerne eine andere sein würde.»

«Warum?»

«Nun, ich weiß ganz gut: Ich habe manchmal ein unangenehmes Temperament. Ich bin sauertöpfisch und leicht beleidigt. Und ich kann so stur sein wie ein Esel.»

Danielle musste lachen. «Na, so schlimm ist es wirklich nicht. Du bist eben ernsthafter als andere und leicht zu kränken, weil dir alles tiefer unter die Haut geht. Und Sturheit kann auch etwas Gutes sein. Du gibst nicht leicht auf.»

Jetzt war es an Gebba, überrascht zu schauen.

«So? Findest du? Ja, weißt du, es ist manchmal nicht einfach. Wenn man ernsthaft und fleißig ist, dann finden einen die Leute langweilig. Ich will doch nur, dass alles richtig ist und die Arbeit gut getan wird! Dass jede sich anständig beträgt und die Regeln befolgt. Ich verlange doch nichts, was ich nicht selber vormache. Und lieben sie mich dafür? Nein! – Und dann kommt eine wie du daher und weiß gar nichts und kann gar nichts und hat vielleicht sogar was ausgefressen. Und sie mögen dich mehr als mich. Es ist einfach ungerecht. Das hat mich so wütend gemacht.»

«Eigentlich ist es wirklich ungerecht. Aber ist es vielleicht so, dass du ihnen ein Stachel im Fleische bist? Die Menschen mögen die Vollkommenen nicht so besonders.»

«Aber so vollkommen bin ich ja gar nicht, im Gegenteil.

Ich bin die ewige Zweite! Was glaubst du, wie das ist! Mein Mann hat mich genommen, weil ich eine große Mitgift hatte, hat aber sein Leben lang andere Frauen gehabt, die schöner und jünger waren als ich. Manon ist eine viel bessere Weberin als ich, obwohl ich hart arbeite. Und bei ihr sieht immer alles so mühelos aus! Und wusstest du, dass Juliana und ich Sainte Douceline gemeinsam gegründet haben? Doch jedes Jahr wieder wird sie zur Meisterin gewählt und niemals ich. Sie fährt nie aus der Haut und kann besser mit Menschen umgehen. Das weiß ich ganz gut. Und das macht mich eben noch sauertöpfischer, weil ich weiß, dass die anderen hinter meinem Rücken über mich lachen. Und dann wünschte ich eben, dass ich eine andere wäre.»

«Ja, siehst du», sagte Danielle. «Und ich habe mir offenbar so sehr gewünscht, eine andere zu sein, nicht so zu sein, wie ich gewesen bin, oder dass mir das, was mir zugestoßen ist, nicht zugestoßen wäre, dass ich es einfach alles vergessen habe. Bitte, dränge mich nicht mehr und lass mich einfach Danielle sein, eine Seelschwester. Es ist ein Geschenk des Himmels. Und wenn ich dir zu stolz erscheine, dann verzeih mir, wenn du kannst. Es ist nicht Stolz, eher eine gewisse Leere, die ich erst langsam wieder füllen muss. Ich weiß ja gar nicht, worauf ich stolz sein sollte.»

Gebba dachte immer wieder über diese Worte nach. Sie verstand sie nicht recht, aber sie bemühte sich von nun an, freundlicher zu Danielle zu sein.

12.

Eine Pomeranze. Er hatte ihr eine Pomeranze mitgebracht. Weiß der Himmel, wie sie nach Pertuis gelangt war. Auf dem Landweg oder auf einer Caravelle von Genua über Marseille, durch die Sümpfe und die *marais salants*, die Salzgärten der Bouches du Rhône bis Avignon, dann über die Treidelwege die Durance hinauf? War sie für den Tisch der Grafen von Forqualquier bestimmt gewesen, oder sollte sie die Gemächer eines Bischofs parfümieren? Carolus freute sich wie ein Kind, als er ihr die Frucht überreichte. Er sah sie erwartungsvoll an.

Die Pomeranze war birnenförmig und grünlich mit nur einem Anflug von Hellrot, unreif gepflückt. Sie roch bitterfruchtig und ein wenig nach Seeluft. Ihr Duft prickelte in ihrer Nase, säuerlich würzig und belebend. Danielle rollte die Frucht in ihren Händen hin und her, ritzte die pockige Schale mit einem Fingernagel und roch noch einmal daran.

«Pomum aurantium, der goldene Apfel der ewigen Jugend. Das Geschenk Gaias an die Göttin Hera. Und Herkules, der große Held, hat sie nicht einmal selbst gestohlen, sondern hat einen Dummen gefunden, der es für ihn tat.»

Sie lachte und warf die Frucht in die Luft, fing sie wieder auf, schnupperte wieder daran. «Wo habt Ihr sie gefunden?»

«Ich bin heute Morgen zum Hafen gerufen worden, um einen kranken Kaufmann zu behandeln. Er hatte eine Ladung Spezereien für die Grafen von Forqualquier an Bord und zeigte mir stolz diese Früchte. Da hab ich ihn – als Honorar – um eine gebeten.»

«Und Ihr schenkt sie mir? Ich weiß nicht, ob ich das annehmen kann.» Sie lächelte ihn fast ein wenig spitzbübisch an. «Danke! Es freut mich. Es freut mich wirklich! Und jetzt möchtet Ihr sicher wissen, ob sie mich an etwas erinnert. In der Tat, das tut sie. Sie erinnert mich an den Frühling meiner Kindheit. Ja. Ich weiß jetzt, dass ich in Neapel geboren bin, aufgewachsen an den rauchenden Hängen des Vesuvio, unter einer anderen Sonne als der euren, heißer und doch freundlicher. Unter einem Himmelsblau, das härter ist und doch fröhlicher. Unter Menschen, die euch ähneln, aber doch ganz anders sind. Wir sind von sanguinischem Temperament, wo ihr cholerisch seid; lebenslustiger und lauter sind wir. Nicht so heimlich und verschlossen, so voller Angst. Ich weiß, dass ich eine sorglose Kindheit hatte. Das spüre ich in meiner Einstellung zur Welt. Es ist ein Vorteil, behütet und im vollen Vertrauen aufzuwachsen, dass einem die Welt offensteht, dass sie freundlich ist. Aber es ist auch ein Nachteil. Man wächst auf ohne Schale, ohne Rüstung. Ganz nackt und verletzlich. Wehe, wenn dann die Welt ihr wahres Gesicht zeigt.»

Ein Ausflug aufs Land. Papa, mit einem Falken auf dem Arm, reitet voran. Über die Hügel des Vomero, durch Pomeranzen- und Zitronenhaine, durch Felder und dazwischen lichte Eichenwälder, vor ihr der alles überragende schwarze Kegel des Vesuvio, auf dessen heißem Sand die besten Weinreben wachsen. Der Himmel ist heiter, viel heiterer noch als in der Provence, das Meer smaragdgrün, die Zukunft ist ein Märchen. ‹Ich werde einmal Ritter›, ruft ihr Bruder Flavio zu, ein dicklicher, kleiner Bursche auf einem kleinwüchsigen Pferd. ‹Ich auch! Ich auch!› schreit Basilio, der Zehnjährige. ‹Und ich werde …›, beginnt sie. ‹Du bist ein Mädchen, du wirst gar nichts; du heiratest!›, sagt Flavio mit der ganzen Verachtung eines Jungen, der soeben das große Ausmaß des kleinen Unterschieds entdeckt hat. ‹Ich heirate gar nie und ich werde, ich werde …›

Aus der Küche erscholl ein Aufschrei, und gleich darauf hörte man das Zerbersten von Geschirr.

«Was machst du denn, was machst du denn bloß? Meine guten Schüsseln!», zeterte Annik. «Pass doch auf, du Tollpatsch. Was ist denn bloß los mit dir, du bist doch sonst nicht so ungeschickt, Magdalène! Meine Mutter selig …» Es entstand eine Pause. «Magdalène!», kreischte Annik.

Danielle war aufgesprungen, die Pomeranze war vergessen. Sie lief zur Küche, Carolus folgte ihr.

«Was ist? Was ist passiert?»

Annik stand mit dem Rücken zur Tür. Magdalène war auf einem Schemel am Tisch zusammengesunken, bleich, vornübergebeugt und hielt sich den linken Arm.

«Hast du dich verletzt?», fragte Carolus.

«Wie denn», sagte Annik. «Sie hatte doch gar kein Messer in der Hand.»

Auf dem Küchenboden lagen Stücke und Scherben von irdenen Gefäßen, hier ein Henkel, der nichts mehr zu tragen hatte, dort ein Häufchen feiner roter Splitter und überall Mehl.

Magdalène zog den Ärmel hoch, und da war der Arm, noch ärger geschwollen als vorher und dunkel verfärbt. Auf der fleischigen Seite des Unterarms, eine Handbreit über dem Gelenk, saß eine bläulichviolette Beule.

«Ist das die Stelle, wo du dich neulich geschnitten hast?», fragte Carolus und nahm behutsam den Arm in die Hand. Er drückte ein wenig auf das entzündete Fleisch in der Umgebung des Abszesses. Magdalène schrie auf.

«Ich hatte dir doch gesagt, du sollst es gut auswaschen!» Carolus runzelte die Stirn. «Da scheint etwas in der Wunde zurückgeblieben zu sein. Komm mit ins Hospital. Ich muss die Stelle aufschneiden, säubern und ausbrennen.»

Magdalène stand schwankend auf und schaute sich hilfesuchend nach Danielle um. Die winkte ab. «Sei mir nicht böse, ich kann gar nicht hinsehen! Carolus macht das bestimmt sehr gut.»

‹Frauen sind doch recht zimperlich›, dachte Carolus bei sich, doch das setzte sie nicht herab in seinen Augen, im Gegenteil. Es war eben ihre schwächliche und schützenswerte Natur.

Danielle war etwas blass, als sie Annik half, die Küche aufzuräumen.

«Meine Güte, du bist aber empfindlich, eine große, kräftige Frau wie du!», wunderte sich Annik. «Was willst du denn machen, wenn du mal Kinder kriegst? Glaubst du, das geht so einfach wie 's Brezelnbacken? Ha! Rein geht 's leicht, hinaus ist eine andere Sache! Und du hättest sehen müssen, wie ich mir mal mit dem großen Bratenmesser in die Hand gesäbelt habe. Ich hätte nicht gedacht, dass wir so viel Blut in uns haben! Und meine Tante Agathe …» Danielle floh, bevor sie die Einzelheiten von Agathes Schicksal erfahren musste.

Carolus machte einen entschlossenen Schnitt in den geschwollenen Arm. Eiter quoll heraus und schließlich ein Metallstückchen. «Da haben wir es!», sagte Carolus und wandte sich an Jeanne. «Ich schreibe dir ein Rezept auf für eine Salbe, mit der die Wunde bestrichen werden soll.» Er setzte sich im Arztzimmer an einen kleinen Tisch und schrieb etwas auf ein Stückchen Pergament, das bereits so oft abgeschabt und wiederverwendet worden war, dass die Tinte stellenweise verlief.

«Da, kannst du das machen?»

Jeanne las: «Je eine Handvoll Salbei, Wegerich, Bibernelke, Beifuß und Ochsenzunge, im Mörser mit Widderfett zerstoßen, in Öl gekocht. Setze zwei Unzen Wachs hinzu. Wenn es flüssig ist, durchseien; dann füge noch je eine Unze Mastix, Weihrauch und Kolonium hinzu. Warm auf die Wunde aufzutragen.» Sie brummelte vor sich hin. «Deine Rezepte sind immer so aufwendig, Medicus! Würde es nicht auch Schafgarbe tun?»

«Nein, die Wunde ist schlecht geworden, wir wollen lieber sichergehen. Du kannst ja gleich mehr davon machen für das Hospital. Die Salbe hält sich lange. Und sie soll den Arm nur locker mit einem Tuch bedecken!»

Nachdem Carolus gegangen war, sah sich Jeanne die Wunde noch einmal an und stopfte sie fest mit einem zusammengerollten, mit Salbe getränkten Leintuch aus. «So macht man das!», sagte sie. «Man muss das doch trockenlegen, diese Schweinerei!»

Später kam Magdalène zu Danielle in den Stall, wo diese gerade Stroh vom Heuboden herunterwarf. Ihr Arm war fest verbunden, und sie sah ganz gefasst und ruhig aus. Danielle stieg sofort die Leiter herunter. «Hat der Medicus dich sehr gequält?», fragte sie mitfühlend.

«Nein, es war halb so schlimm. Es fühlt sich gleich viel besser an jetzt», erwiderte Magdalène.

«Siehst du. Das nächste Mal gehst du lieber gleich hin. Was war es denn?»

«Die Spitze von dem Messer war abgebrochen und steckte noch im Arm.» Sie zeigte das feine Splitterchen vor, kaum zu erkennen. «Dass so ein winziges Ding so viel Ärger machen kann!»

«Und ich dachte, du wärest damit längst bei Jeanne gewesen», sagte Danielle.

«Ich wollte ja, aber sie hatte so viel zu tun, dass ich mich nicht vordrängen wollte. Es hat sich nicht so ergeben. Immerhin ist es erledigt. Dass man aber auch mit so einem kleinen Ritzer so viel Ärger haben kann!»

Danielle spießte mit der Gabel Stroh auf und verteilte es auf dem Boden des Stalls. Renata hatte die Tiere zum Weiden vor die Stadt geführt. Es sollte alles fertig sein, wenn sie zurückkehrten.

Magdalène setzte sich auf einen Balken und schaute Danielle bei der Arbeit zu.

«Sag mal, wie geht es denn eigentlich voran?»

«Wie – voran?»

«Na, mit dem Erinnern.»

«Hm, jaja», machte Danielle, ohne die Arbeit zu unterbrechen.

«Man könnte den Eindruck bekommen, dass du dich gar nicht erinnern willst.»

«Und wenn es so wäre?», fuhr Danielle auf und sagte dann freundlicher: «Komm, ich zeig dir etwas, das Carolus mir heute mitgebracht hat.»

Sie gingen zusammen zur Bank, und da lag noch die Pomeranze.

«Oh! So was habe ich noch nie gesehen! Die sollen ja sehr teuer sein.» Ehrfürchtig nahm Magdalène die Frucht in die rechte Hand. Sie roch daran und leckte vorsichtig an der Schale. Danielle lachte und nahm sie ihr wieder weg,

«Nein, die kann man nicht einfach so essen. Sie ist bitter. Aber man kann ihren Saft in einen Kuchen mischen, und mit der Schale lässt sich trefflich Wein würzen. Komm, wir geben sie Annik, dann verzeiht sie dir die Sache mit den Schüsseln.»

Zwei Tage später wurde Magdalène am Abend von einem heftigen Fieber befallen. Ihr Arm war wieder angeschwollen, diesmal auf den doppelten Umfang. Die Haut um die Wunde herum hatte sich schwärzlich verfärbt, und als Danielle den Tampon herausnahm, wirkte das Gewebe an der Oberfläche so brüchig wie mürber Teig. Danielle und Guilhelme brachten sie ins Hospital. Jeanne besah sich die Sache und bat Danielle: «Nimm Philippa mit und gehe Carolus holen, so schnell du kannst – Und sag Juliana Bescheid, wohin du gehst und dass ich dich geschickt habe!»

Mit gesenkten Köpfen hasteten die beiden Beginen durch die Straßen. Die Tageshitze hielt sich noch in den engen Steinschluchten zwischen den Häusern und strömte aus den aufgeheizten Mauern. Die Alten saßen auf ihren Schemeln und Bänken vor den Türen und warteten darauf, dass die Kühle der Nacht von den Feldern in die Straßen kriechen würde. Gesprächsfetzen flogen von Haus zu Haus, von Fenster zu Fenster und hallten in den Gassen wider.

«Wohin so eilig?» und «Was gibt's?!», schallte es ihnen entgegen, aber sie gaben nur knappe Antworten und hielten sich nicht weiter auf.

Der Medicus bewohnte mit seiner Mutter ein schönes zweistöckiges Haus im Quartier Vinoria. Die Tür war aus Nussbaum und mit Bronzenägeln verziert, Reliefsäulchen und Nischen für Statuen waren in den Sandstein der Fassade gemeißelt.

Eine Magd öffnete die Tür: Der Herr Medicus sei zu einem Krankenbesuch außer Haus. «Kommt herein und wartet hier auf ihn. Sonst verpasst ihr euch noch, wenn er einen anderen Weg nach Hause nimmt. Er ist schon länger fort und muss bald zurückkommen.»

Die Beginen wurden in einen kleinen Raum gebeten, und die Magd brachte ihnen einen Trunk kühles Wasser. Carolus' Mutter nahm die Gelegenheit wahr, sich die neue Begine anzuschauen, von der ihr Sohn so viel Aufhebens machte.

«Soso. Du bist das also. Und wie gefällt es dir bei uns?», fragte sie freundlich.

Danielle war abgelenkt von der Sorge um Magdalène, doch sie antwortete höflich: «Es gefällt mir hier gut, danke. Pertuis ist eine hübsche Stadt, gut angelegt und in einer angenehmen Umgebung.»

«Das will ich meinen. Wir profitieren von der guten Schwemmerde und vom Fluss und sind doch auf unserem Hügel vor ihm geschützt. Ich habe gehört, Ihr kommt aus Neapel? Das ist natürlich etwas ganz anderes! Viel größer und prächtiger», plauderte die alte Dame weiter.

«Größer – mag sein, aber auch lauter und voller. In Neapel wimmelt es wie in einem Ameisenhaufen, und es gibt viele arme Leute. Es lebt sich gut in Pertuis.»

‹Sie ist eine angenehme Person und weiß sich zu benehmen›, dachte Carolus' Mutter bei sich. ‹Ich habe sie mir ganz anders vorgestellt. Kaum zu glauben, dass sie als Bettlerin hier angekommen ist! Sie wirkt wohlerzogen und selbstbewusst.›

Sie wechselten noch eine Weile Höflichkeiten, doch Danielle wurde unruhig.

«Verzeiht, es dauert mir doch zu lang! Unsere Schwester ist schwerkrank und ich möchte doch lieber nicht länger warten. Wo habt Ihr gesagt, hält er sich auf?»

«Er wurde ins Quartier Belioc gerufen, Rue Notre Dame, genau dort, wo sie einen scharfen Knick macht, wenn ihr vom Kirchplatz kommt. Ihr erkennt das Gebäude an dem steinernen Kopf mit der Narrenmütze, der über den Haupteingang gemeißelt ist. Wenn ihr meinen Sohn verpassen solltet, dann schicke ich ihn in euer Hospital!»

«Vielen Dank, *adessias*!»

Es wurde schon dunkel, als sie die bezeichnete Straße erreichten. Die meisten Menschen waren zu Bett gegangen. Nur in wenigen Fenstern flackerte noch Kerzenlicht. Auf dem Marktplatz gegenüber der Kirche Saint Nicolas hielten sie an. Danielle mühte sich mit Flintstein und Zunder, um die kleine Öllampe für den Weg anzuzünden. Schwarz und massig ragte die Kirche vor ihnen auf. Wolkenfetzen trieben darüber hin. Die Glocke im Glockenturm schlug im Wind an, ganz sachte nur, ein hoher dünner Klang, fast wie ein Seufzer. Philippa bekreuzigte sich.

Plötzlich tauchte eine düstere Gestalt vor ihnen auf. Die beiden Frauen erstarrten.

«Was sucht ihr Weiber auf der Straße in der Nacht?», wurden sie barsch angesprochen.

Endlich fing der Zunderschwamm Feuer. Die Lampe leuchtete auf und warf ihr flackerndes, ungewisses Licht auf das Gesicht der Gestalt.

«Abbé Grégoire! Der Heiligen Jungfrau sei Dank! Wir suchen den Medicus. Magdalène ist schwer erkrankt. Wir brauchen Hilfe!», sagte Danielle.

«Dann kommt. Ich weiß, wo er ist!» Der Abbé ging im Sturmschritt voraus, und die beiden Frauen mussten rennen, um ihm folgen zu können. Er brachte sie zum Haus eines Patriziers. An der Tür wurden sie schroff abgewiesen:

«Mein Kind ist krank! Der Medicus kann jetzt nicht mit euch kommen», rief die Dame des Hauses und warf ihnen die Tür vor der Nase zu. Doch der Abbé klopfte erneut, und als die Dame ihn im Schein der Laterne erkannte, ließ sie sich dazu herbei, den Arzt zu holen.

Carolus hörte sich nur kurz an, worum es ging, und verabschiedete sich dann umgehend von der hohen Dame.

«Aber mein Kind! Mein armes Kind leidet so! Ihr müsst Nachtwache bei ihm halten!», rief die Frau empört.

«Nein, meine Beste. Es hat sich nur an Süßigkeiten überfressen! Wie gewöhnlich! Das nächste Mal gebt ihm ein Abführmittel und lasst mich in Ruhe!», antwortete Carolus. «Kommt, schnell», sagte er halblaut zu Danielle. «Es ist nicht zu glauben, mit was für einem Unsinn ich meine Zeit vertrödeln muss, wenn woanders Schwerkranke sind, die meiner viel dringender benötigen!» Die Patrizierfrau schaute ihnen empört hinterher.

Carolus eilte direkt ins Hospital. Dort hatte man Magdalène auf ein freies Bett gelegt. Carolus sah sich den Arm an und rief sofort nach Jeanne: «Habt Ihr die Wunde etwa ausgestopft?», fragte er aufgebracht.

«Ja, natürlich! Was ist denn falsch daran?»

«Das Fleisch darunter fängt an zu faulen! Das ist falsch! Habe ich Euch nicht gesagt, Ihr sollt nur lose ein Tuch darumbinden?»

«Ja, aber ich habe gedacht, eine nässende Wunde muss man zuerst trockenlegen! Basilio hat es mir so beigebracht», entgegnete Jeanne kleinlaut.

«Das ist längst überholt! Basilio ist alt. Heute lehrt man das anders. Merkt es Euch für das nächste Mal! Die Wunde muss Luft haben. Der Eiter sollte fließen und nicht unterbunden werden, denn er transportiert die schlechten Säfte nach draußen. Das Fleisch darf niemals derart abgeschnürt werden», dozierte Carolus.

Kleinlaut ließ Jeanne die Arme hängen.

«Nun schaut nicht so, Ihr konntet es ja nicht wissen. Es ist zu dumm, dass man die Frauen nicht richtig ausbildet, wenn sie nachher als Hebammen oder Krankenschwestern arbeiten sollen.»

Danielle war in der Küche verschwunden, um das Herdfeuer anzufachen und einen Kessel Wasser anzusetzen. Wenig später kam Jeanne hinzu. «Hast du kochendes Wasser? Gut gemacht. Hier hast du …»

«… Eisenkraut», beendete Danielle den Satz, «ich habe es mir schon aus der Apotheke genommen!» Sie wickelte das Kraut in ein Leintuch, kochte es auf und gab es Jeanne. Danielle blieb in der Küche und setzte frisches Wasser auf. «Was tut er», wollte sie wissen.

«Er hat die Wunde noch einmal gereinigt und setzt Fliegenmaden darauf. Brrr! Er behauptet, sie würden das verdorbene Fleisch fressen. Ich hoffe, er weiß, was er da tut! Diese Viecher fressen sie noch auf!», erwiderte Jeanne.

Danielle nickte zufrieden. «Er macht es richtig. Die Maden fressen nur das kranke Fleisch. Sobald sie auf gesundes stoßen, hören sie auf und fallen ab.»

«Ist das so? Pfui, ich finde es trotzdem abstoßend!» Sie schüttelte sich. «Und woher weißt du das?»

«Ich habe das schon einmal gesehen.» Was bei Jeanne Ekel erregte, weckte Danielles Zutrauen: «Er ist auf der Höhe der Zeit», dachte sie bei sich. «Er ist ein guter Arzt und tut das Richtige für Magdalène. Es wird alles gutgehen.»

«So?», sagte Jeanne. «Hoffen wir das Beste! Du sollst Basilikum in Wein kochen und Honig dazugeben! Ich komme wieder und hole das Getränk.»

Im Morgengrauen war sie am erkalteten Herd eingeschlafen. Carolus war längst fort, und Magdalène ging es besser. Doch drei Tage später hatte sie wieder hohes Fieber, und man trug sie in eine abgeschiedene Kammer, damit sie für sich sein konnte und wegen des Gestanks. Sie verbrannten Weihrauch in dem Krankenzimmer, doch der süßliche Verwesungsgeruch war kaum auszuhalten.

Danielle ging ihrer Arbeit in Stall und Garten nach.

Renata wunderte sich darüber.

«Magdalène braucht Tag und Nacht jemanden, der an ihrem Krankenbett wacht. Ich muss auch einmal schlafen. Wer meldet sich freiwillig?», rief nach dem Abendessen Jeanne.

Fast alle Hände gingen hoch, nur Danielles nicht. Magdalène war sehr beliebt. Und so nahmen die Schwestern es ihr übel, dass sie weder am darauffolgenden Tag noch in der Nacht die Kranke besuchte oder sich meldete, um bei ihr zu wachen.

«Warum gehst du nicht zu ihr? Ist sie nicht deine beste

Freundin?», schimpfte Gebba. «Deine Freundin wäre ich ja nicht gern. Du hast ein Herz aus Stein!»

Carolus kam und klagte: «Ich verstehe das nicht! Die Maden haben ihre Schuldigkeit getan. Aber die Wunde schließt sich nicht, und das Fieber verbrennt sie! Wenn es bis morgen nicht besser wird, muss ich den Arm amputieren», sagte er. Danielle verzog auch jetzt keine Miene und erntete damit finstere Blicke. Selbst Manon, die sie sonst immer verteidigte, konnte ihr Verhalten nicht verstehen.

«Ich kann nicht mit Kranken umgehen», verteidigte sich Danielle. «Ich würde ihr nur Schaden zufügen.»

«Du sollst sie ja auch nicht behandeln, sondern mich rufen, wenn es ihr schlechter geht», knurrte Jeanne. «Jeder hier tut das Seinige! Es ist jetzt nicht die Zeit, um zimperlich zu sein!» Aber Danielle blieb dem Krankenbett fern.

Eine bedrückte und gereizte Stimmung legte sich über Sainte Douceline.

«Ich kann einfach nicht begreifen, was in unsere Danielle gefahren ist!», sagte Annik in der Küche zu Guilhelme. «Sie ist doch sonst so hilfsbereit und drückt sich nicht vor den schmutzigsten Arbeiten, nur vor dem Krankendienst. Das könnte ich ja auch noch verstehen, mancher hat eben nicht den Magen dafür. Aber es ist doch Magdalène, die in Not ist, nicht irgendwer, sondern ihre Freundin, die ihr geholfen hat und zu ihr stand, als wir alle noch misstrauisch waren. Und sie war noch nicht ein einziges Mal am Krankenbett! Na ja: ‹Freunde in der Not, gehen zehen auf ein Lot›, hat meine Mutter selig immer gesagt.»

«Vielleicht kann sie es nicht ertragen, sie krank zu sehen. Wer weiß, was sie erlebt hat», sagte Guilhelme, die sich um Verständnis bemühte.

«Nicht ertragen? Was muss denn die arme Magdalène ertragen? Wie kann man denn nur so gefühllos sein! Was ist denn schon dabei, ein paar Stunden an ihrem Bett zu sitzen und ihr ein wenig Tee einzuflößen oder ihr die Stirn abzuwischen! Ich habe Danielle nicht einmal weinen sehen! Sie wirkt völlig unberührt davon. Ich glaube fast, dass sie doch nicht wie unsereins ist. Das ist doch nicht normal, sich so kalt zu verhalten! Was ist das nur für ein Mensch?»

«Ist dir nicht aufgefallen, wie wenig sie isst, seit Magdalène krank ist? Dass sie kaum spricht?», verteidigte Guilhelme die Italienerin. Aber sie tat es halbherzig und aus christlichem Pflichtgefühl.

«Und wenn schon! Sie wird sich ihrer Haltung schämen und das zu Recht! Was ist das für eine Schwester, die so handelt», sagte Annik hitzig.

«Sie wird ihre Gründe haben.» Juliana war in die Küche gekommen. «Im Übrigen verweigert sie ihr ja nicht die lebensnotwendige Hilfe. Magdalène ist so gut versorgt, wie es irgendein Kranker sein kann. Was ihr wollt, ist: Sehen, dass sie ein Opfer bringt. Es geht euch gar nicht um Magdalène. Es geht euch darum, Danielle zurechtzuweisen, ihr etwas abzuverlangen, nur um des Rechthabens willen. Das ist nicht gut und schwesterlich gedacht.»

Annik schwieg, doch sie bedachte weiterhin Danielle mit finsteren Blicken, ebenso wie alle anderen. Beim Abendessen knallte sie die Schüssel derart unsanft vor sie hin, dass sie schepperte. Sie bot ihr auch keine zweite Portion an: «Du hast ja doch keinen Hunger vor lauter Sorge um deine beste Freundin.» Nicht einmal Wein bekam sie, nur Wasser, und sie verlangte auch nicht danach. Niemand wandte sich an sie oder bezog sie in die Gespräche mit ein. An Danielle aber schien das alles abzuprallen.

Im Schlafsaal schwatzte niemand mehr, so bedrückt waren sie alle. Danielle schaute nicht auf den leeren Strohsack neben sich. Sie lag auf dem Rücken und beobachtete eine verirrte Taube, die sich auf dem Dachbalken zur Ruhe begeben hatte. Der Vogel steckte den Kopf unter einen Flügel. Endlich waren auch die anderen Beginen eingeschlafen. Sie hörte ihre gleichmäßigen Atemzüge, unterbrochen von Manons leisem, röchelndem Schnarchen.

Behutsam erhob sich Danielle und ergriff einen Beutel, den sie unter dem Kopfkissen verborgen hatte. Auf bloßen Füßen schlich sie durch den Gang zwischen den Schlafstätten und die Treppe hinunter, durch den Speisesaal und hinaus. Erst auf dem Hof zog sie ihre Kleider und Schuhe an. Leise ging sie in die Küche und setzte einen Kessel Wasser auf. Sie blies in die Glut, um sie anzufachen, und legte ein paar Scheite trockenes Holz auf.

Während das Wasser zum Sieden kam, schüttete sie einen Rest Wein in den Hof, der noch in der großen Kupferkanne war, aus der sich alle bedient hatten. Sie spülte die Kanne mit Wasser aus und stellte sie an ihren Platz.

Dann prüfte sie Anniks Messer, entschied sich für eines und schärfte es nochmals am Schleifstein. Sie steckte das Messer in den Beutel, ergriff den Kessel mit dem kochenden Wasser, in den sie einige Kräuter geworfen hatte, und ging durch die Apotheke neben dem Hospital die enge Stiege hinauf in die Dachkammer, wo Magdalène lag.

Danielle blieb vor der Türe stehen und horchte. Sie stieß die Türe auf, und da lag Justine, die Nachtwache halten sollte, auf dem zweiten Bett und schlief fest. Eine kleine Öllampe blakte in einer Nische in der Wand. Danielle band sich ein Tuch um den Kopf und zog es sich tief ins Gesicht. Magdalène stöhnte und wälzte sich. Danielle hob ihren Kopf und träufelte etwas zwischen ihre Lippen.

Wenig später war die Fiebernde ruhiger geworden und lag still. Danielle machte sich an die Arbeit.

Die Hähne hatten ihre liebe Mühe an diesem Morgen, die

faule Gesellschaft wach zu bekommen. Anne schlug als Erste die Augen auf. Die Sonne schien bereits zum Fenster herein. Sie setzte sich auf und rieb sich die Augen. «Lieber Himmel! Ich habe verschlafen!», murmelte sie. Eine nach der anderen kamen die Beginen aus ihren Betten gekrochen, aus dem Schlafsaal und aus den Häusern und wunderten sich, dass die Sonne schon so hoch am Himmel stand.

Ein wilder Aufschrei weckte auch noch die letzten Schlafmützen. «Sie ist tot! O Gott! Lass es nicht wahr sein! Sie ist tot!» Justine kam laut schluchzend durch die Apotheke herausgestürzt in den Hof: «Magdalène ist gestorben, und ich habe geschlafen! Oh, wie schrecklich! Wie konnte ich nur? Ich habe geschlafen!»

Jeanne kam aus dem Hospital, ebenso verquollen und träge wie die anderen. Als sie Justine schreien hörte, lief sie die kleine Stiege hinauf, so rasch sie konnte.

Die anderen Beginen standen still im Hof. Sie lauschten. Danielle kam als Letzte aus dem Schlafsaal. Sie sah noch müder aus als die anderen.

Eine ganze Weile war von dort oben nichts zu hören. Dann lehnte sich Jeanne aus dem Fenster: «Halleluja!», schrie sie. «Halleluja und gedankt sei Jesus Christus! Magdalène lebt! Sie ist gerade aus dem Fieber erwacht!»

Alle Beginen drängten auf einmal in das kleine Haus hinein. Es gab einen Stau auf der Treppe. Wer konnte, steckte seinen Kopf zur Tür der kleinen Kammer hinein.

«Es geht ihr besser», rief Jeanne, Tränen in den Augen. «Sie ist über das Schlimmste hinweg!»

Schlaftrunken schaute Magdalène von ihrem Lager hoch. Sie hustete, räusperte sich und bat um Wasser.

«Schwestern!», krächzte sie, und dann lauter: «Schwestern! Ein Wunder ist geschehen! Ein Engel ist heute Nacht bei mir gewesen.»

«Ich habe nichts gesehen», flüsterte Justine.

«Ich habe ein Licht gesehen, ein helles Licht, und es hat plötzlich so süß geduftet! Da war eine verhüllte Gestalt. Schlank war sie und hoch! Sie hat meinen Arm berührt und meine Stirn gekühlt und zu mir gesprochen. Ein Engel hat mich gerettet!»

«Halleluja!» und «Amen!», sagten die Beginen, aber sie schrieben die Erscheinung Magdalènes Fieberwahn zu.

«Hast du etwas mit dem Arm gemacht?», fragte Jeanne Justine. «Und hast du ihr kalte Wickel um die Beine gemacht?»

«Nein. Ich habe geschlafen», sagte Justine zerknirscht. «Ich wollte, ich wäre es gewesen. Aber ich habe sie nicht berührt.»

Carolus wurde geholt.

«Es geht ihr tatsächlich besser!», sagte er. «Das grenzt an ein Wunder.» Da entdeckte er auf dem Tisch ein Schälchen mit einer weißlichen Paste. «Was ist das?»

Jeanne trat hinzu und besah es sich. «Ich habe keine Ahnung. Es ist ein Schälchen aus der Apotheke, ich erkenne es, doch dieses Zeug …» Sie roch daran, steckte einen Finger hinein und leckte vorsichtig daran. Sofort spie sie aus. «Ungelöschter Kalk und Honig! Man kann damit verdorbenes Fleisch wegätzen. Sehr gefährlich, wenn man es nicht genau dosiert!»

«Und was ist das für ein Pulver, mit dem die Wunde bedeckt wurde?» Carolus beugte sich über Magdalènes Arm und schnüffelte daran. «Es riecht nach … nach Schimmel, nach gewöhnlichem Brotschimmel! Ich habe gehört, dass er nützlich sein soll. Angeblich haben es die römischen Ärzte bei verwundeten Soldaten verwendet – hm! Schimmel! Ich habe diesem Gerücht nie getraut. Es schien mir doch zu unsauber. Aber – kein Zweifel: Es hat geholfen. Und da ist noch ein Briefchen mit dem Pulver. Seid ihr ganz sicher, dass ihr nicht wisst, wer das getan hat?»

Sie schüttelten alle den Kopf.

«Das ist merkwürdig und höchst sonderbar. Aber ein Engel hätte ihr die Hand aufgelegt und ein Wunder bewirkt. Ich habe noch nie von einem Engel mit chirurgischer Ausbildung gehört! Und das hier, das hat ein Arzt getan, ein besserer Arzt, als ich es bin.» Nachdenklich schüttelte er den Kopf. «Aber wer? Wer um alles in der Welt könnte das gewesen sein?! Du schwörst mir auf die Bibel, Jeanne, dass du es nicht warst und auch keine deiner Helferinnen? Auda vielleicht? Sie kommt aus dem Languedoc. Vielleicht handhabt man dort die Dinge anders als bei uns ...»

«Nein, nein! Ich habe alle befragt. Außer Auda und mir hat hier niemand medizinische Kenntnisse. Und wir zwei waren es nicht!»

«Ich wünschte, ich könnte mit diesem – hm – ‹Engel› sprechen. Was gäbe ich nicht für eine sichere Arznei, um Wundbrand und Infektionen zu verhindern!», sagte Carolus nachdenklich.

Er wies Jeanne an, das Pulver weiterzuverwenden, obwohl er nicht genau wusste, worum es sich handelte. Wer würde sich schon die Mühe machen, eine Kranke erst zu pflegen und sie danach doch noch zu vergiften? Danach würde man weitersehen.

«Aber ich wüsste doch zu gern, wie dieses Wundpulver hergestellt wird. So etwas könnte ich gut gebrauchen. Vielleicht jemand von draußen?»

«Niemand ist im Hof gewesen! Ich bin zwar eingeschlafen, wie ihr alle», meldete sich Alix. «Aber ich hatte meine Haxen quer vor der Tür. Wenn jemand sie geöffnet hätte, dann hätte ich es gemerkt.» Das war nämlich ihre Gewohnheit, weil sie immer schlief, wenn sie Tordienst hatte.

«Hier, Doktor Carolus! Da, seht! Das habe ich in der Küche gefunden!» Annik drängte sich in den kleinen Raum. Misstrauisch und mit spitzen Fingern trug sie ein Bündel Kräuter vor sich her. «Zeig her.» Er nahm ihr die Kräuter ab und untersuchte sie im Licht am Fenster. «Das sind alles fiebersenkende Kräuter und solche, die allgemein die Konstitution stärken, soweit ich sie identifizieren kann. Verwendet sie ruhig und kocht ihr einen Aufguss daraus, von dem sie so viel wie möglich trinken soll, damit die Giftstoffe ausgespült werden.»

«Ich möchte bloß wissen, warum ich so lange und so tief geschlafen habe», wunderte sich Anne. «Das ist mir doch noch nie passiert!»

«Ein Wunder?!», schnarrte der Abbé ungehalten, als er davon hörte. Warum sollte der Herr ein Wunder ausgerechnet an diesen aufsässigen Weibern tun, und noch dazu an einer ehemaligen Hure? Wahrscheinlich hatte diese Begine sich das alles nur eingebildet. Wahrscheinlich hatte sie, verwirrt wie sie war und im Fieberrausch, sich etwas zusammengeträumt. «Nicht jede Heilung ist gleich ein Wunder. So unwahrscheinlich sie einem auch vorkommen mag!»

«Aber die Wunde war in nur einer Nacht so gut wie geheilt, obgleich der Arzt die Begine fast aufgegeben hatte», berichtete die Haushälterin des Priesters, die es auf dem Markt gehört hatte. «Und dann das Pulver, das der Engel hinterlassen hat.»

‹Pulver! Seltsam geformte Steine, Schlangenhäute, Disteln, Wurzeln in Menschengestalt, Formen, Zeichen! Immer wieder dieselbe alte Geschichte. Die Leichtgläubigen klammern sich an Äußerlichkeiten, und wenn es keine gab, dann müssen sie welche erfinden. Also ist eine Frau in kritischem Zustand doch genesen durch Gottes Gnade. So etwas kommt alle Tage vor. Man erkrankt und überlebt es oder stirbt – da ist nichts Außergewöhnliches!›, dachte der Abbé. Laut sagte er:

«Da seht ihr es: Engel tun Wunder durch eine Berührung, ein Wort! Sie haben es nicht nötig, durch irgendwelche Pülverchen zu wirken.» Auf keinen Fall würde er seiner Heiligkeit mit einem Wunder im Beginenkloster kommen. Wahrscheinlich hatte die Infirmaria die Heilung selbst herbeigeführt und wollte jetzt Kapital daraus schlagen. Oder – und das war am wahrscheinlichsten – war die Kranke so siech gar nicht gewesen.

Doch die Beginen ließen es sich nicht nehmen, eine armdicke Kerze aus Bienenwachs und ein Ex Voto zu stiften, einen aus Silberblech geschnittenen kleinen Arm. Sie bestanden darauf, ihn vor der Mutter Gottes in der Kapelle Saint Pierre aufzuhängen. Ganz Pertuis sprach davon. Der Abbé fühlte sich genötigt, dem Gerücht von einem Wunder offiziell zu widersprechen. Demnächst würde es noch Pilgerfahrten zum Konvent Sainte Douceline geben. Nicht auszudenken!

Magdalène genas rasch. Innerhalb weniger Tage konnte sie aufstehen und auf dem Hof herumgehen. Die anderen sahen, wie sie mit Danielle auf der Bank im Garten saß. Die beiden steckten die Köpfe zusammen.

«Unsere Magdalène ist doch eine gute Seele!», sagten sie. «Sie nimmt es Danielle überhaupt nicht krumm, dass sie sich so wenig um sie gekümmert hat. Ja, so ist sie eben.» Aber schließlich vergaben auch sie ihrer Schwester, und es kehrte wieder Frieden ein in Sainte Douceline.

Es war ein paar Tage später, dass Jeanne die Meisterin beiseitenahm: «Ich muss leider einen Diebstahl melden. Jetzt ist mir auch klar, warum wir neulich so lange geschlafen haben, und vor allem, warum selbst diejenigen geschlafen haben, die doch Nachtwache halten sollten.»

«Schlafmohnsaft», sagte Juliana.

«Ja! Woher weißt du das?»

«Es kann ja gar nicht anders gewesen sein.»

«Mein ganzer Vorrat ist fort! Ich habe es eben erst entdeckt! Gut, dass der Mohn blüht. So kann ich gleich für Nachschub sorgen. Aber ich möchte doch wissen, wer das war!»

«Der Dieb dürfte identisch sein mit dem Engel, der Magdalène gerettet hat. Also war es wirklich kein Wunder, jedenfalls keines der üblichen Art», lächelte Juliana.

Durch das offene Fenster drang das Geräusch einer Hacke. Sie schauten hinaus und erblickten Danielle, die energisch dem Unkraut in den Beeten zu Leibe rückte.

«Du glaubst doch nicht …?» Jeanne ließ den Satz unvollendet. «Unmöglich!»

«Unmöglich?», fragte Juliana leise zurück.

Jeanne kniff die Augen zusammen und zupfte sich nachdenklich an der Unterlippe.

«Aber sie hat doch geschlafen, wie wir alle», wandte sie dann ein.

«Woher willst du das wissen, wenn du doch geschlafen hast?»

«Ausgerechnet sie? Die keinen Kranken anrühren kann?»

«Nicht kann oder nicht will? Hat sie nicht gezeigt, dass sie eine ungewöhnlich große Kenntnis von Heilkräutern hat? Du erinnerst dich doch, wie rasch sie das Richtige getan hat, als Annik sich verbrüht hatte! Also ich denke, dass sie Kranke absichtlich meidet. Und wenn sie nichts mit ihnen zu tun haben will, dann ergibt sich die Frage: Warum will sie nicht, wenn sie es doch kann?»

«Aber dann belügt sie uns, was ihre verlorene Erinnerung betrifft.»

«Nicht unbedingt. Du weißt ja: Die Hand erinnert sich … Aber ich vermute schon, dass wir ihrem Geheimnis auf der Spur sind», sagte Juliana nachdenklich.

«Du meinst, sie war doch Apothekerin oder Krankenpflegerin?»

«So etwas in der Art. Ja, ich bin mir fast gewiss.»

«Ob sie jemanden umgebracht hat?»

«Warum gleich das Schlimmste denken? In dem Fall wäre ihre Strafe sicher weitaus härter und endgültiger ausgefallen, denkst du nicht, Jeanne? Es wäre ja auch möglich, dass sie nur einen Fehler begangen hat.»

«Ach, ich möchte es doch zu gerne wissen! Wenn man es nur irgendwie herausfinden könnte …», sagte Jeanne.

Im Garten richtete sich Danielle auf und schaute in ihre Richtung. Juliana zog Jeanne vom Fenster weg. «Lass uns vorerst nicht über unsere Vermutung sprechen. Wenn wir recht haben und sie damit konfrontieren, fürchte ich, dass sie davonläuft. Lass uns schön stille sein und sehen, wie sich die Sache weiterentwickelt.»

13.

Carolus war zurück im Besucherzimmer des Franziskanerklosters.

«Und? Habt Ihr Fortschritte gemacht?», wollte Basilio wissen.

«Nun ja, es geht voran, vielleicht nicht so rasch und gründlich, wie ich es mir wünsche, aber wir führen tiefe Gespräche. Sie öffnet sich langsam. Ja, man könnte sagen, dass kleine Fortschritte am Horizont …»

Calixtus lächelte. Er hatte ja einen Teil dieser Gespräche belauscht. ‹Er ist jung und sich seines Könnens nicht sicher›, dachte er. ‹Er scheut sich, seinen Misserfolg zuzugeben. Für die Patientin tut er damit nichts.› Laut sagte er:

«Ich hatte eher den Eindruck, dass Ihr mehr geredet habt als die Patientin und dass überhaupt viel geschwiegen wurde.»

Carolus' Wangen überzogen sich mit einer leichten Röte. Er nahm den Zinnbecher, der vor ihm auf dem Tisch stand, und nippte am Wein, ohne ihn zu schmecken. Der Bruder Infirmarius und der Bruder Bibliothekarius schauten ihn erwartungsvoll an.

Schließlich setzte Carolus den Becher ab und breitete die Hände aus.

‹Er kapituliert›, sagte sich Calixtus. ‹Das ist auch nicht gut.›

«Also, wenn ich ganz ehrlich bin: Wir kommen gar nicht voran. Ich habe es mit Assoziationsketten versucht; ich habe es mit Gegenständen versucht, mit sinnlichen Reizen, um ihrem Erinnerungsvermögen einen Fokus zu geben – leider scheint nichts davon anzuschlagen. – Doch, manchmal, ein wenig: Sie hat sich an Nüsse erinnert, die ihr früher einmal jemand gegeben hat. Sie sagt, sie weiß, dass sie in Neapel geboren wurde. Sie kennt den Namen eines Gebäcks aus der Gegend. Doch sie scheint die Erinnerung nicht in ein Zeitgefüge einordnen zu können. Und so ging es von da aus nicht weiter, wie wir es uns gedacht hatten.»

«Dann ist es wohl so, dass die Eindrücke ihrer Wahrnehmung derart durcheinandergewirbelt wurden, dass sie untereinander die Verbindung verloren haben.» Basilio rieb sich das stoppelige Kinn. Er brummte eine Weile vor sich hin. «Athanasius, sieh doch noch einmal genau nach, was Aristoteles über das Verhältnis von Gedächtnis und Erinnern sagt. Was war da mit den Vorstellungsbildern?»

Athanasius blätterte in einem der mitgebrachten Codices und fand die Stelle: «Er vergleicht hier die Sinneseindrücke mit einem Abdruck, einem Siegel, das die Wirklichkeit auf der Seele hinterlässt. Leute, die sich in Erregung befänden, könnten nicht auf diese Siegel zurückgreifen, weil ihr Gedächtnis einem fließenden Wasser gleiche.»

«Da! Vielleicht ist sie innerlich zu unruhig», sagte Basilio.

«Aber sie hat doch schon alles, was Hippokrates empfiehlt: Ruhe, Kontemplation, Arbeit, eine einfache, reizarme Diät ... und was könnte ruhiger sein als ein Gespräch im Garten», gab Athanasius zu bedenken. «Dann ist möglicherweise Ruhe die ganz falsche Behandlung. Vielleicht braucht es das Gegenteil! Vielleicht muss man sie noch einmal heftig durchschütteln, damit alles wieder an seinen Platz fällt? Wenn Sanftmut und Geduld nicht fruchten, muss man doch zu gewaltsameren Methoden greifen. Celsus beschreibt den heilsamen Schmerz, den heilsamen Schrecken.»

Er zwirbelte seinen Bart. «Das könnte interessant werden!»

«Nein, auf keinen Fall werde ich dieser armen, zarten, geschundenen Seele noch mehr Leiden aufbürden, als sie ohnehin schon ertragen hat», wehrte Carolus heftig ab.

«Freund, ist es möglich, dass du deine Unvoreingenommenheit verloren hast?», lächelte Calixtus.

«Wie? Habt Ihr Gefühle für diese Patientin?», fragte nun Basilio streng. «Das wäre der Sache aber sehr abträglich! In dem Fall sollte vielleicht ein anderer Arzt sie behandeln!»

«Nein, nein! Ich habe keine Gefühle für sie, nichts, was über das angemessene Maß an Mitleid und Sympathie hinausginge», behauptete Carolus und glaubte sogar daran. «Es ist nur ... Ich weiß, es gibt zwei Methoden, mit Krankheit umzugehen, wenn man die Ursache kennt: Mehr vom Gleichen oder das Gegenteil. Wir nehmen an, dass ihr Leiden durch Schrecken und Entbehrungen ausgelöst worden ist.»

«Dann lass sie erbrechen und fasten; jage ihr Schrecken ein, drohe ihr, zeige ihr Folterinstrumente! Lasse sie auspeitschen, reiße sie nachts unsanft aus dem Schlaf, tauche sie in Wasser, lege sie auf die Streckbank.» Athanasius hielt eine Abhandlung hoch. «Hier!» Er nahm ein anderes Pergament vom Tisch und wedelte damit dem jungen Medicus vor der Nase herum: «Und hier! Alle großen Ärzte empfehlen gerade bei Störungen des Geistes gewaltsame Maßnahmen. Celsus empfiehlt Dunkelheit und Schmerz!»

Basilio hatte Bedenken: «Hippokrates sagt, man soll bei traurigen Patienten fröhlich und bei fröhlichen, hysterischen Patienten traurig und still sein.»

«Nein, das dulde ich nicht – das halte ich für falsch!» Carolus war aufgesprungen und lief in dem kleinen Zimmer auf und ab. «Ein Körper kann nicht genesen, wenn man ihm Nahrung vorenthält, und ebenso ist es mit der Seele. Ihr würdet doch auch nicht einem Sünder die Gebete vorenthalten! Augustinus sagt: ‹Die Seele nährt sich von dem, worüber sie sich freut.› Deshalb bin ich der Meinung, dass man einen Menschen, der gelitten hat und also seelisch beschädigt und ausgehungert ist, nur mit Freundlichkeit, Liebe und angenehmen Sinneseindrücken wieder gesund pflegen kann!»

Basilio brummte zustimmend. Athanasius vertiefte sich wieder in seine Schriftrollen.

«Schade. Aber wenn ihr es also durchaus mit Freundlichkeit versuchen wollt, dann bietet auch wieder Celsus Möglichkeiten. Er arbeitete auch mit Alkohol, Liebe und Musik!»

Calixtus lachte auf: «Alkohol und Liebe fallen hier wohl aus! Jedenfalls dort, wo sie über Messwein und die Liebe Gottes hinausgehen. Dann bleibt nur Musik.»

«Also schön», überlegte Athanasius. «Musik ist eine Form der sanften Gewalt. Platon hielt sie für erzieherisch. Er sagt: ‹Rhythmen und Töne dringen am tiefsten in die Seele und erschüttern sie am gewaltigsten.› Aristoteles sieht sogar eine Verwandtschaft zwischen der Seele und den Harmonien.»

«Musik wird auch gerne aufgenommen, weil sie genussreich ist, im Gegensatz zu vielen anderen Heilmitteln», sagte Basilio. «Also versuch es ruhig damit. Und erzähl mir, wie die Sache ausgeht. Ich würde gerne wissen, wie diese Methode wirkt und ob sie vielleicht auch auf andere Krankheiten anwendbar ist, etwa solche, die mit innerer Unruhe, Zorn oder anderen Gemütsbewegungen einhergehen.»

«Ah!» Athanasius hob den Zeigefinger. «Aber was für eine Art von Musik, Brüder? Es gibt da große Unterschiede.»

«Welche denn?», fragte Carolus.

«Am heilsamsten wäre es, wenn sie die *musica coelestis* hören könnte, die himmlische Musik, denn sie kommt direkt von Gott. Doch das ist natürlich nicht möglich, denn sie ist für Sterbliche nicht wahrnehmbar.»

«Woher weiß man dann, dass sie existiert?»

«Wir nehmen an, dass sie existiert. Sie ist allenfalls durch Kontemplation sozusagen vorstellbar, wie die Erinnerung an eine Melodie. Jede andere Musik gründet sich darauf. Die *musica instrumentalis, organica* oder die *musica sonora* ist dagegen wahrnehmbar, weil sie von Menschen erzeugt wird. Gute und christliche Musik sollte immer ein Abglanz der himmlischen Musik sein, und sie sollte so wirken, dass man nicht ihre Struktur wahrnimmt, sondern dass sie das Gemüt bewegt.»

So kam es, dass Carolus von der Grande Dame die Erlaubnis erhielt, einen Musicus in den Beginenhof zu bringen.

«Wie? Musik? Hier? Ich glaube, ich höre nicht recht!», hatte sie sich empört, als er ihr diesen Vorschlag unterbreitete. «Jetzt hört sich doch alles auf! Was ist das wieder für ein närrischer Einfall! Ich habe erlaubt, dass ihr lange und ungestörte Gespräche mit einer unserer Schwestern führt! Ich habe erlaubt, dass ihr im Garten nebeneinander auf der Bank sitzt, fast wie ein Liebespaar! Das ist von einigen Schwestern sehr schlecht aufgenommen worden!»

Gebba hatte sich bitter darüber beklagt und auf die Anstößigkeit hingewiesen.

«Sie hört genug Musik in der Kirche.»

«Das ist eine andere Situation. Hier geht es um Therapie», wandte Carolus ein.

«Wollt Ihr etwa behaupten, ein Kirchgang sei keine Therapie?», ereiferte sich Juliana.

«Nein, doch – schon, aber in der Kirche spricht man ja nicht. Man betet und besinnt sich auf Gott. Wir wollen doch, dass sie sich auf sich selbst besinnt.»

«Ich sage: nein!»

«Musik ist ein Labsal für die Seele. Sogar die Engel musizieren.»

«Und auch der Teufel. Der sogar noch viel häufiger und lauter. Und jetzt wollt Ihr mir ein Orchester ins Haus schleppen? Wo jeder weiß, was Musiker für ein loses Volk sind? O nein! Das kommt nicht in Frage!», sagte Juliana entschlossen.

«Ich dachte weniger an eine Gruppe von Musikern als an einen einzelnen.»

«Ach, womöglich solche heimtückischen Gesellen, die Frauen mit süßen Melodien umschmeicheln, ihnen schöne Augen machen und sie auf Abwege bringen? Nein!»

«Es muss ja kein Sänger sein. Wie wäre es mit einem Lautenspieler?»

«Zu verführerisch!»

Carolus blieb hartnäckig: «Ein Flötenspieler?»

«Vielleicht. Flötenspiel ist alles andere als erotisch, insofern wenigstens anständig. Und Ihr meint wirklich, weltliche Musik könnte unserer Schwester helfen?»

«Ich bin mir sicher – beinahe sicher. Es wäre einen Versuch wert. Sanfte Musik könnte ihre Ängste beruhigen und ihr Gedächtnis wieder in Harmonie mit Zeitablauf und Wirklichkeit versetzen. Nicht ich habe mir das ausgedacht. Ich habe mich mit dem Infirmarius und dem Bibliothekarius der Franziskanermönche beraten, und sie haben gesagt, dass große Ärzte der Antike diese Methode empfohlen hätten.»

Juliana gab nach: «Also gut, wenn die Mönche es für schicklich befunden haben. Aber es muss anständige Musik sein!»

«Ja, Meisterin Juliana.»

«Ruhige, schlichte Musik!»

«Ich verspreche es: nur Melodien, die ihre Seele beruhigen und erquicken. Der Körper soll davon unberührt bleiben.»

Juliana drohte dem jungen Mann mit einem dürren Zeigefinger: «Wehe, wenn du ihre Tugend gefährdest, Medicus. Dann spiele ich auf deinen Gedärmen Fidel!»

Und so machte sich Carolus auf die Suche nach einem geeigneten Musikanten. In seinem Freundeskreis waren verschiedene, die ein wenig Laute spielten oder auf dem *galoubet* zu pfeifen vermochten, doch erquickend war das nicht, jedenfalls nicht für den Zuhörer.

«Mutter, du warst doch neulich bei einem Gastmahl des Innungsmeisters und warst so begeistert von der Musik, die dort aufgeführt wurde. Weißt du noch, wer die Musikanten waren?»

«Das weiß ich doch nicht. Musiker sind Bedienstete, sie spielen im Hintergrund, während man sich unterhält und isst. Aber ich frage Madame Tullo, sie kann dir sicher jemanden vermitteln.»

Doch Madame Tullo kannte nur Lautenspieler und Sänger ziemlich gewöhnlicher Liebeslieder, wie Carolus feststellen musste. Um wahre Künstler zu beschäftigen, war der Innungsmeister zu geizig.

Mehrere Abende lang besuchte der junge Arzt die Wirtshäuser der Stadt, doch die Musikanten, die dort auftraten, waren entweder so schlecht, dass man sehr betrunken sein musste, um ihr Kratzen und Brummen zu ertragen, oder sie spielten laut und viel zu wild, und eine dritte Sorte gab es noch, die sang Texte, bei denen Carolus rote Ohren bekam, obwohl er sich doch als Arzt für gebildet in körperlichen Dingen hielt.

Die Chorsänger der Kirchen wurden von den Mönchsklöstern gestellt, das ging natürlich gar nicht, das hätte ein Gerede in der Stadt gegeben, selbst angenommen, dass man die Mönche für so ein Unternehmen überhaupt hätte gewinnen können.

Carolus war schon kurz davor, die Idee fallenzulassen, da

lud ihn Didier de Bonney eines Abends ins Schloss. Er hatte einen bekannten Troubadour bei sich zu Gast. Die beiden Herren hatten gespeist und es sich im Kaminzimmer bequem gemacht, als Carolus von einem Diener hineingeführt wurde.

Das Erste, was er von dem Sänger sah, waren ein Paar lange schlanke Beine in bunten Strümpfen und eine feingliedrige, beringte Hand, die auf einer Sessellehne lag.

Bonnefoy stand auf und begrüßte Carolus herzlich: «Mein lieber junger Doktor! Darf ich dir Apollon de Sète vorstellen? Ich habe ihm von deinem Vorhaben erzählt – in aller Diskretion natürlich. Wir wollen ja die guten Bürger von Pertuis nicht beunruhigen, nicht wahr. Sie sind so gern beunruhigt!» Er lachte verschmitzt.

Der Troubadour erhob sich, und Carolus begriff auf den ersten Blick, warum die Damen der Gesellschaft mit gedämpften Stimmen sprachen und so einen Kuhblick aufsetzten, wenn von Apollon de Sète die Rede war. Man erzählte sich, es mangele ihm nie an anschmiegsamer Gesellschaft. Ein Mann in den besten Jahren, an die dreißig Jahre alt, war er von hoher, schöner Gestalt, einen Kopf größer als der Medicus. Er besaß schmale Hüften, ein muskulöses Gesäß und hatte die Bewegungen eines Katers. Seine Schultern waren breit, und kastanienfarbene Locken fielen wie ein Sturzbach darüber. Sein Gesicht hätte einer dieser griechischen Götterstatuen gehören können, die man bei Rom allenthalben wieder ausgrub.

«Nein!», beschloss Carolus augenblicklich. «Diesen Mann lasse ich nie und nimmer in Danielles Nähe!»

«Ihr sucht Musik, die geeignet ist, Herz und Sinne einer Dame aufzuschließen?», sagte mit wohltönender, voller Stimme Apollon. «Da seid Ihr bei mir bestens aufgehoben. Ich verstehe mich auf die Weiber.»

‹Das glaube ich gern›, dachte Carolus missmutig.

«Ich beherrsche ein weites Feld von Musikgattungen und Stimmungen. Habt Ihr eher etwas Fröhliches im Sinn oder eine *planh*, ein Klagelied? Ich sage Euch, es gibt keinen schnelleren Weg zum Herzen einer Frau als Mitleid! Oder vielleicht doch lieber etwas Ruhiges, vollkommen Harmonisches? Eine *serena*, ein Abendlied?»

«Die Meisterin des Beginenhauses wünscht keinen Gesang.»

«Schade, aber ich habe auch instrumentale Musik in meinem Repertoire – obwohl natürlich die Stimme das umfassendste und flexibelste Instrument von allen ist.»

«Ach, wenn ich es recht bedenke, verehrter – hm – Apollon, dann kann ich Euch so eine Sache ja doch nicht zumuten – eine dumme Idee von mir! Es ist ein medizinisches Experiment, und ich kann Euch dafür so gut wie gar nicht bezahlen.»

«Das macht nichts. Messire Bonnefoy war sehr großzügig. Ich kann mir so einen kleinen Ausflug schon erlauben.»

«Aber, es sind praktisch Nonnen! Alte Jungfern, trockene Betschwestern. In Säcke gekleidet. Gar nicht die Art von Zuhörern, die Ihr gewohnt seid.»

Apollon ließ ein tiefes, sattes Lachen hören, wie das Läuten großer Bronzeglocken.

«Gerade das reizt mich ja. Ich wollte schon immer einmal wissen, was es mit diesen Frauen auf sich hat, die tun wie Nonnen und doch keine Gelübde ablegen. Sie halten sich alles offen. Interessant, nicht wahr?»

Fieberhaft überlegte Carolus, wie er diesen singenden Halbgott davon abbringen konnte, vor seiner Danielle aufzuspielen.

«Vor nächster Woche geht es nicht. Bis dahin seid Ihr sicherlich schon andernorts engagiert», gab er zu bedenken.

«Ich bin bereit, für dieses außergewöhnliche Experiment alles andere zu verschieben. Das heißt – wenn mein Freund Bonnefoy mich so lange in seinem Hause duldet», sagte Apollon. Bonnefoy machte eine ausholende Gebärde: «Mein Haus ist dein Haus, werter Gast!»

Carolus brach der Schweiß aus.

«Nun denn, in dem Fall, äh – Oh! Da fällt mir ein: Leider ist im Beginenhof eine ansteckende Krankheit des Kehlkopfes ausgebrochen. Ich komme gerade von dort. Es wäre wirklich zu riskant für Euch!»

Bonnefoy zwinkerte Apollon zu, und die beiden Männer brachen in wissendes Gelächter aus.

«Also, ehrlich gesagt, ich hätte mir das vorher überlegen sollen, und ich bitte um Vergebung, aber – hm – jetzt, da ich Euch gesehen habe, halte ich es einfach für keine gute Idee, Euch in den Beginenhof zu bringen. Wenn Euch nun jemand hineingehen sieht! Bonnefoy!» Carolus wandte sich hilfesuchend an den Vogt. «Ihr wisst doch, wie die Leute reden!»

«Glaubt mir, wenn ich eine Dame unerkannt aufsuchen will, dann erwischt mich niemand. Ich bin die Mensch gewordene Diskretion», versicherte Apollon.

Bonnefoys Heiterkeit verstärkte sich.

«Nein, ach, Ihr seid viel zu freundlich! Nein, danke!», stieß Carolus hervor und entfernte sich eilig. Das Gelächter der beiden Männer folgte ihm die prächtige Galerie entlang und die gewundene Treppe hinunter. Als die Tür hinter ihm ins Schloss fiel, stand Carolus einen Moment schwer atmend im Hof. ‹Da habe ich ja einen rechten Esel aus mir gemacht!›, dachte er.

Bedrückt schlenderte er unter der Stadtmauer entlang seinem Haus zu. Der Mond war aufgegangen und die Zikaden sangen. Er beschloss, noch einen Spaziergang zur Porte

Durance zu machen und ins Tal zu schauen, um sich zu beruhigen. Der Nachtwächter kam ihm mit seiner Fackel entgegen und grüßte ihn. Auch die Wachen am Tor erkannten ihn gleich und ließen ihn passieren.

«Entfernt Euch nicht zu weit vom Tor!», sagte einer von ihnen. «Es ist wildes Volk da draußen.»

«Zinganes!», fügte der andere mit halb verächtlichem, halb ängstlichem Blick hinzu.

Der Medicus machte ein paar Schritte vor das Tor. Weit unten glitzerte die Durance im Mondlicht. Er atmete tief durch, und ein Seufzer entrang sich ihm. «Was soll ich nur tun? Ach, Danielle, du Widerspenstige! Ich wünsche mir nichts sehnlicher, als dich lächeln zu sehen, als deine Geschichte zu hören.» Dankbar sollte sie sein und ihn lieben! So gern wäre er ihr Heiler und Held.

Und da hörte er es: Eine schwermütige, anrührende Musik drang aus den Hügeln herauf, Gesang und ein Instrument, dass er nicht identifizieren konnte. Die Melodie kroch über die Hügel, vom Wind getragen. Mal war sie deutlich zu hören, dann wieder nicht. Carolus lief auf den Klang zu und kam in einen Olivenhain, wo das Fahrende Volk lagerte, jede Familie um ihr eigenes Feuer.

Einige Männer standen auf und kamen drohend auf ihn zu. Er hob beide Hände, mit nach außen gerichteten Handflächen. «Frieden, ihr Leute», sagte er. «Ich bin der Musik gefolgt. Darf ich zuhören?»

Sie entspannten sich sichtlich und führten ihn zu einer alten Frau, die auf einem mit Saiten bespannten Holzkasten spielte.

«Cimbal», erklärten sie und wiesen auf den Kasten, «Dulcimer.» Der Sänger war ein bartloser Junge. Carolus war überrascht: Er hätte ihn dem Klang seiner Stimme nach für älter gehalten; sie klang sanft, aber lebenserfahren, so alt wie die

See. Die Frau bedeutete ihm, sich auf den Boden zu setzen. Jemand drückte ihm einen Becher in die Hand. Er hörte zu, trank und vergaß seine Umgebung. Eine solche Sehnsucht packte ihn, dass er am liebsten aufgesprungen wäre, um alle seine Feinde zu umarmen, um die Traurigkeit der ganzen Welt zu trösten, eine Frau zu lieben.

«Ja», sagte er nach einer Weile. «Ja. Das ist es.» Er hatte die Lösung gefunden. Diese Musik würde Danielles ängstliche, verschlossene Seele beruhigen und erschließen, den Damm brechen und den Strom ihrer Erinnerungen wieder fließen lassen. Er spürte es ja am eigenen Leibe, wie ihn diese Weisen ins Mark trafen, ihm Tränen in die Augen und ein Lächeln auf die Lippen brachten. Einem solchen Ansturm würde sie nicht widerstehen können.

Die beiden *Zinganes* erklärten sich nach einigen Verhandlungen bereit, am nächsten Tag in die Stadt zu kommen. Bezaubert von der Musik, trunken von Mondlicht und Wein stolperte Carolus zum Tor zurück und war voller Hoffnung.

Als er die Alte anderntags an der Porte Durance traf, kamen ihm leise Zweifel. Sie hatte ein hartes, wildes Gesicht, genau wie er sich immer eine Hexe vorgestellt hatte. Doch er begrüßte sie ehrerbietig: «Gott grüße dich, Mütterchen. Komm, ich geleite dich zu dem Haus der Kranken. Ich hoffe, du kannst sie mit deiner Musik heilen.»

Sie zuckte gleichmütig die Achseln und hielt ihm eine knochige Hand entgegen.

«Bezahlung im Voraus!», übersetzte der Bengel und grinste frech.

Carolus kramte in seinen Taschen und legte ihr schließlich das vereinbarte Silberstück in die Hand, eine großzügige Entlohnung, wie er fand. Doch nun streckte auch der Junge seine Hand vor. «Entlohne mich ebenfalls!», verlangte er. Und als Carolus auffahren wollte: «Meine Stimme ist Gold wert. Du hast Glück, dass du sie so billig bekommst.» Der junge Arzt gab nach.

Er führte sie an der Mauer entlang und durch die schattigsten und entlegensten Gassen zum Konvent Sainte Douceline. Ein Hund lief ein kleines Stück hinter ihnen her. Der Bengel drehte sich nach ihm um und tat so, als bücke er sich nach einem Stein. Der Hund jaulte auf und rannte davon. In der Hahnengasse schaute Carolus sich besorgt um, bevor er an die Pforte klopfte. Die Gasse war leer. Doch von ihm unbemerkt erschien oben, im Haus gegenüber, ein Gesicht am Fenster. Ein anderes spähte durch den Vorhang eines Eingangs. Als Alix öffnete, schob Carolus die beiden Musikanten rasch hinein. Ein letzter Blick über die Schulter. Carolus kam sich verwegen vor.

«Sing leise, etwas Ruhiges!», forderte er den Jungen noch einmal auf.

«Weiß schon», war die Antwort.

Neugierig schaute Alix den *Zinganes* hinterher.

Danielle saß bereits auf der Bank und erwartete ihn.

«Was soll ich heute tun?», fragte sie ihn. Sie lächelte. Es rührte sie zu sehen, welchen Aufwand er betrieb. «Und alles das nur, um die armseligen Erinnerungen einer Bettlerin zu hören? Ach, Medicus! Welche Verschwendung!»

Die Alte setzte sich auf einen Schemel, der vor Julianas Haus für sie bereitgestellt worden war. Danielle sollte die Musik nur hören, jedoch nicht durch den Anblick der Ausführenden abgelenkt werden.

«Jetzt schließe bitte deine Augen und denke an etwas Angenehmes. Oder noch besser: Lasse deine Gedanken einfach laufen, wie ein paar Ziegen, die gemächlich mit ihrem Schäfer über die Hügel ziehen und hier und da etwas naschen.»

Eine ruhige, wehmütige Weise erklang hinter ihr, ein Hirtenlied, ein Lied vom Staub der Landstraße, von steinigen Weiden, einsamen Bergen und kühlen Quellen.

«In den letzten Tagen und Wochen haben wir viel über die richtige Diät für Choleriker und Sanguiniker gelernt, über wohltuende Kräuter und Essenzen und das maßvolle Leben, die gute Verdauung sowie die ausgleichende Wirkung des Aderlasses, wann und auf welche Weise er anzuwenden sei, ob bei abnehmendem oder zunehmendem Mond und in welchem Verhältnis zu den Sternbildern, die den betreffenden Menschen unter ihrem Regime haben, was zu außerordentlich befriedigenden Ergebnissen führen kann, wenn die Methode genauestens beachtet wird. Heute jedoch möchte ich euch ein Heilmittel vorführen, das manchem wie ein Wunder vorkommen mag, ein ganz erstaunliches Heilmittel deshalb, weil es keine stofflichen oder irgendwie messbaren Bestandteile besitzt und daher auch die enge Verbindung zwischen Körper und den vier Einheiten der Seele beweist, ohne dass wir jedoch … ähem, nun, kurz: la musica, die Musik. Die antiken Autoren, deren Schriften uns dank Meister Constantinus Africanus wieder zur Verfügung stehen, obschon sie im Dunkel der Geschichte bereits verloren schienen, haben dieses Mittel bereits beschrieben, nachdem ja sogar wilde Tiere und wütende Geisteskranke, die der Vernunft und Logik an sich nicht zugänglich sind, sich damit beruhigen lassen und folgsam werden. Allerdings, wie ihr wisst, war Platon der Meinung, dass Menschen, die dem Staat und der Gesellschaft nicht nützen, auch nicht gepflegt werden sollen, während die arabischen Autoren dem am Geiste Kranken mit Milde und Fürsorge begegnen, da …»

Bruder Nikolaus' Stimme ist einschläfernd in ihrem gleichmäßigen Auf und Ab. Er ergeht sich in langen, gewundenen Sätzen, deren Ziel er selbst oft aus den Augen verliert.

«Ssstt! Alessa! Sssst!», flüstert es vom Fenster her. Einer der jungen Männer von drüben hat sich in den Frauentrakt geschlichen und winkt. Sie schaut ihn nur kurz aus den Augenwinkeln an und schüttelt unmerklich den Kopf.

«Alessa!»

Sie ist hübsch in ihren weißen Kleidern mit den langen, dunkelbraunen Locken und diesen lebhaften Augen. Und sie ist ernsthaft und ehrgeizig. Bruder Nikolaus ist zwar ein Langweiler, aber er weiß ungeheuer viel, und sie möchte nichts verpassen.

Ein zu einem Vogel gefaltetes Pergament segelt durch die Luft und trifft sie am Hinterkopf. Bruder Nikolaus hat die Bewegung wahrgenommen und blinzelt kurzsichtig in die Runde.

«Wie bereits gesagt: Abu al-Walid Muhammad ibn Ahmad ibn Muhammad ibn Ruschd, den wir auch als Averroes kennen, den Kommentator …»

Der Zettel steckt in ihren Haaren fest, und sie zieht ihn heraus, faltet ihn unter der Bank auf und muss lachen: Da ist eine perfekte Karikatur von Bruder Nikolaus mitsamt Knollennase, dickem Bauch und Sandalen. Sie dreht sich zu dem Zeichner um, der grinst und gestikuliert. «Gehst du nachher mit mir in die Stadt, einen Met trinken?», heißt das.

«Alessa!» Bruder Nikolaus steht vor ihr und schnappt sich den Zettel. «Was ist das?» Er schaut enttäuscht. «Meine beste Schülerin! Gerade von dir hätte ich das nicht gedacht.» Der Zettel verschwindet in seinem Ärmel, der Kopf am Fenster taucht ab.

Ein Patient wird hereingeführt. Zwei starke Wärter sind nötig, um ihn festzuhalten. Er stößt unartikulierte Laute aus und wehrt sich, hat Schaum vor dem Mund. Da hebt Bruder Nikolaus eine Panflöte an die Lippen und spielt eine friedvolle Hirtenweise. Die Sonne perlt förmlich durch die Noten, man sieht die Lämmer springen. Und der Patient beruhigt sich augenblicklich. Er lächelt, gluckst und grapscht nach der Flöte. Der Mönch gibt sie ihm. Der Kranke setzt sie an die Lippen und spielt, keine Melodie, nicht einmal etwas annähernd Harmonisches. Er tutet hinein, ist aber fröhlich und läuft seinen Wärtern nach, friedlich und ohne Angst.

«Da seht ihr es», sagt Bruder Nikolaus. «Ich wusste allerdings, dass er Töne zu machen versteht. Sonst hätte ich ihm die Flöte nicht

gegeben. Wenn sie frustriert werden, sind sie sofort wieder unleidlich. – So, ihr könnt zum Essen gehen. Alessa, du bleibst doch noch und hilfst mir, einige Texte für den Unterricht zu kopieren?» Er hat ihr vergeben.

Sie erinnerte sich an etwas, er war sich ganz sicher. Es musste etwas Gutes gewesen sein, denn ihre Mundwinkel hoben sich an, die Falte auf ihrer Stirn hatte sich geglättet.

«Woran hast du gedacht? Es ist dir etwas eingefallen, nicht wahr?»

«Ich habe an einen Lehrer gedacht, den ich hatte, einen fetten, alten Benediktinermönch. Er war ein sehr kluger Mann. Das Laufen ist ihm schwergefallen, doch er hat es sich nicht nehmen lassen, jeden Morgen die Leprakranken vor der Stadt zu besuchen. Zwei junge, kräftige Mönche waren nötig, um ihm auf sein Maultier zu helfen!»

Das war ein Fortschritt! Nun wusste er mehr: Sie musste aus einem reichen und guten Hause stammen, wenn sie, ein Mädchen, einen eigenen Lehrer gehabt hatte. «Was hast du bei ihm gelernt?»

«Was man als Frau eben so lernt.»

Das konnte nicht so viel gewesen sein: Schönschrift, erbauliche Literatur, Gedichte und dergleichen. Aber immerhin.

Sie beobachtete ihn aus den Augenwinkeln. Carolus' Gesicht war ihr zugewandt, sein ganzer Körper war ihr zugewandt, aufmerksam, offen, ruhig; er wirkte wie einer, auf den man sich verlassen kann, eine feste Mauer, ein sicheres Haus. Er hatte sich so bemüht, sie wollte ihm gern vertrauen. Vielleicht sollte sie ihm alles erzählen; sie hatten so vieles gemeinsam; er würde verstehen. Sie zögerte, schaute ihn an, forschend, abwägend, öffnete den Mund. Doch genau diesen Moment wählten die *Zinganes*, um eine lebhaftere Musik anzustimmen. Der Junge stieß einen heiseren Schrei aus, seine Stimme wurde lauter, rauer, der Gesang fordernd und wild. Er klatschte mit den Händen im Takt.

Unbemerkt von Arzt und Patientin, waren nach und nach die anderen Beginen in den Garten gekommen. Die Weberinnen strömten aus dem Weberhaus.

«Unerhört! Jetzt bekommt sie auch noch Musik vorgespielt!», zischte Gebba. «Sie wird verhätschelt und verwöhnt! Wasser und Brot und harte Arbeit, das wäre angemessen für sie.»

Doch ihre Schwestern hörten nicht auf sie. Sie freuten sich an der Musik. Hatten die Melodien zuerst fremd und ein wenig schläfrig geklungen, so erkannten die Schwestern jetzt so etwas wie die beliebte Farandole darin, die den Flug der Kraniche nachahmte. Es bereitete ihnen Mühe, nicht im Takt den Kopf zu wiegen. Es war ihnen beinahe unmöglich, nicht die Hände zu heben und mit den Fingern den Flügelschlag des großen Vogels nachzuahmen. Es kam ihnen schier ausgeschlossen vor, nicht die Hüften zu bewegen und den Oberkörper zu biegen. Es war ihnen eine zu große Anstrengung, die Füße still zu halten. Zu mächtig war die Musik.

Annik hatte sich auf der Küchentreppe niedergelassen und schlug mit einem Holzlöffel an eine Pfanne, Magdalène begann zu tanzen. Schneller und schneller spielte die Alte. Der Junge sang und klatschte wie ein Besessener. Renata kam aus dem Stall und ergriff ihre Freundin Manon am Arm. Sie wirbelten herum, dass die Röcke flogen. Guilhelme forderte Justine auf, Philippa tanzte mit Marthe. Sogar die alte Auda hatte ihre Röcke angelupft und hüpfte um den Brunnen wie ein übermütiges Kind. Alix hatte ihren Platz am Tor verlassen. Sie lehnte an einer Mauer und tappte mit dem rechten Fuß im Takt.

Juliana kam aus ihrem Haus und versuchte, dem Treiben Einhalt zu gebieten. Aber sie war über dem Trubel nicht zu hören. Anne stand hinter ihr und lachte über das ganze Gesicht. Wütend drehte Juliana sich nach ihr um, ihr Grinsen verschwand sofort. Gezwungenermaßen erinnerte sich Anne ihrer Pflichten als Subpriorin. Sie steckte zwei Finger in den Mund und ließ einen gellenden Pfiff los.

Die Musik erstarb abrupt. Die Tanzenden blieben mitten in der Bewegung stehen.

«Was ist das für ein babylonisches Getobe?!», rief die Meisterin aus. «Zurück an eure Arbeit!» Sie klatschte in die Hände. Die Beginen besannen sich und verschwanden in Webhaus und Stall, in Küche und Keller. Ein paar Gassenjungen, die rittlings auf der Mauer hinter dem Stall saßen, sprangen enttäuscht wieder auf die Straße hinunter.

«Nun, Medicus? Bist du zufrieden? Hast du genug Aufruhr gestiftet?», wandte sich Juliana zornig an Carolus.

«Ich bitte um Verzeihung, Meisterin. Es ist etwas aus den Fugen geraten.»

«Das kann man wohl sagen», bemerkte sie. Ihr Finger wies zum Tor. Carolus sprang auf, winkte den Musikern, verbeugte sich vor Danielle und vor der Meisterin und verließ den Konvent.

In der Rue de Courtrasse stand ein kleines Grüppchen von Neugierigen. Sie machten lange Hälse. «Was war denn da drin los? Was hatten die zwei *Zinganes* bei den frommen Schwestern zu suchen?», wollte ein Nachbar wissen.

«Man hat ihnen das richtige Beten beigebracht», antwortete Carolus.

Die Alte lachte zahnlos.

«Ich hoffe, wir haben dir keine Schwierigkeiten gemacht», sagte der Junge. «Aber wir sind einfach nicht für lauwarme Unterhaltung gemacht. Ihr *gadsche*, ihr haltet eure Seelen in Käfigen. Und diese Frauen da, sie sind wie Vögel mit gestutzten Flügeln in Käfigen.»

Als Abbé Grégoire davon hörte, war er entrüstet: «Das ist ja wohl der Höhepunkt der Sittenlosigkeit! Zigeunermusik im Beginenkonvent! So sieht also deren Vorstellung von einem gottgefälligen Leben aus: Tanzen und Singen statt Beten und Arbeiten! So hat man das also mit dem Abschied von den Tugenden zu verstehen!»

«Es war nicht so geplant, und ich bin allein dafür verantwortlich.» Carolus erklärte ihm seinen Plan.

«Wenn sie Musik hören soll, dann bringt sie in die Kirche. Musik ist nur dann nicht sündig, wenn sie dem Lobe Gottes dient. Nicht dass Gott unseres Lobes bedürfte. Im Gegenteil: Wir bedürfen der Musik und des Gotteslobes, um uns seiner bewusst zu werden. Jede Musik aber, die allein dem hiesigen und fleischlichen Vergnügen dient, ist des Teufels!»

«Ihr habt recht, vergebt mir meinen Missgriff und rechnet es nicht den guten Frauen von Sainte Douceline an!», sagte Carolus zerknirscht. «Meisterin Juliana hatte mich gewarnt und mir äußerste Vorsicht aufgetragen, doch ich habe mich geirrt.»

«Getanzt haben sie!» Der Abbé war empört und nicht so leicht zu beruhigen.

«Aber doch nur miteinander.»

«Das tun auch die Hexen, wenn sie sich treffen, um dem Teufel zu huldigen.»

Carolus suchte Calixtus auf. Er fand ihn in der Werkstatt des Klosters, wo er eine Bank reparierte, von der ein Fuß abgebrochen war.

«Ah, mein Freund! Ich habe schon von deinem Missgeschick gehört. Ist das Experiment jetzt beendet? Oder lässt dich die Meisterin fortfahren?»

«Ich werde lieber ein paar Tage verstreichen lassen, ehe ich sie frage. Vielleicht hat sie mir bis dahin vergeben», sagte Carolus zerknirscht.

Calixtus lachte lautlos. Sorgfältig strich er Leim auf einen Zapfen, mit dem er die Bank und den Fuß wieder verbinden wollte.

Basilio kam über das Kopfsteinpflaster des Hofes angerannt. Vor lauter Eile raffte er seine Kutte. «Was ist? Hat es gewirkt?», rief er schon von weitem. «Hat die Musik den erwünschten Effekt gehabt?», wollte er atemlos wissen, als er heran war. Athanasius kam in würdevollerem Tempo hinterher.

«Ich weiß nicht recht», sagte Carolus. «Einen Augenblick schien es mir so.»

«Ich habe gehört, Ihr habt ein paar von diesen Zigeunern in den Konvent gebracht! Das war gar nicht gut!», tadelte ihn Athanasius.

«Warum denn? Ich habe nach Musik gesucht, die das Gemüt bewegt und die ihre schien mir am Geeignetsten.»

«Wollüstige, heidnische Musik! Die Beginen sollen getanzt haben!»

«Das Tanzen ist nicht per se als sündig einzustufen, Bruder», widersprach Basilio. «Sich zu Musik zu bewegen zeigt den Grad der Bewegtheit der Seele. Man hat schon von Völkern gehört, die sich durch Musik in kontemplative Zustände versetzen. Und hat nicht sogar kürzlich ein gewisser Rabbi ben Salomo spanischen Mönchen einen geistlichen Tanz beigebracht?»

«Jüdische Magie!», schimpfte Athanasius.

Carolus wurde ärgerlich: «Das ist das Schlimme mit euch Religiösen. Ihr seid so voller Angst und Misstrauen, dass ihr überall Teufel und Hexen seht! Eure Angst macht euch ganz taub und blind!»

«Der Teufel kennt viele Wege zur menschlichen Seele!», dozierte Athanasius. «Am gefährlichsten ist er, wenn er sich hinter schönen Masken verbirgt!»

«Aber meine ganze Natur war von diesen Melodien ergriffen», wandte Carolus ein.

«‹Die naturhafte Neigung ist der Anfang der Tugend›», sagte Basilio beruhigend. «Und vielleicht war der Versuch so schlecht nicht, wenn auch etwas unkonventionell.»

Athanasius brummelte unwirsch vor sich hin.

«Was hat sie denn nun eigentlich erzählt?», fragte Calixtus.

«Sie hat gesagt, dass sie sich an einen ihrer Lehrer erinnert hat. Einen Benediktinermönch.»

«Das ist ungewöhnlich. Ich habe noch nie gehört, dass Benediktiner als Hauslehrer arbeiten, schon gar nicht für Mädchen. Meist sind es Dominikaner oder welche von unserem Orden, die als Lehrer gehen. Was hat er sie denn gelehrt?»

«Das hat sie nicht gesagt.»

«So!» Calixtus setzte den abgebrochenen Holzfuß mit dem Zapfen auf die umgedrehte Bank und hämmerte ihn fest. Dann stellte er die Bank auf und prüfte ihren Stand. «Weißt du, was ich denke? Sie führt dich an der Nase herum.»

«Nein, das glaube ich nicht!»

«Carolus, weise die Möglichkeit nicht gleich von der Hand, nur weil dir die Patientin sympathisch ist!» Er legte ihm eine Hand auf die Schulter. «Ich habe einige Male den Eindruck gehabt, dass sie lange schwieg und dann nur eine sehr kurze Antwort gab. Denk nach: Was wäre, wenn deine Behandlung doch anschlüge, sie es dich aber nicht merken ließe?»

Carolus schwieg.

«Wenn sie etwas verbirgt, dann erinnert sie sich auch an ihre Sünden. Sie ist fähig zur Reue und muss nicht wie eine Kranke behandelt werden», warf Basilio ein. «In diesem Fall kann man sie entweder ganz in Ruhe lassen oder maßvolle Gewalt anwenden, wenn es nötig erscheint, ihre Vergangenheit zu erfahren.»

«Ist es denn überhaupt notwendig?», fragte Calixtus.

Carolus nahm einen tiefen, langen Atemzug und stieß die Luft heftig wieder aus.

«Ich muss wissen, was mit ihr ist.»

«Du – nicht ihre Schwestern.»

«Ihre Schwestern auch. Es wäre für alle besser, wenn die Wahrheit ans Licht käme. Sogar für sie selbst.»

«Da bin ich mir nicht sicher. Aber – gut. Welchen Grund sollte sie haben, dir Dinge zu erzählen, die sie lieber geheim halten will?»

«Sie könnte ihr Herz und ihr Gewissen erleichtern. Sie sollte sich einmal aussprechen!»

«Wäre dafür nicht zuerst ihre Meisterin da?»

«Ich will, dass sie mich als ihren Verbündeten empfindet», beharrte Carolus.

«Wie kann sie dich als Verbündeten sehen, da du doch in allem ihr Gegenteil bist», bohrte Calixtus. «Sie ist eine Frau – du bist ein Mann. Deine Gefühle sitzen in den Nieren – ihre in der Gebärmutter. Ihr Wesen ist nach innen gerichtet – deines strebt in die Welt. Du bist frei – sie ist den Entscheidungen anderer unterworfen.»

Athanasius schüttelte den Kopf. «Das ist die natürliche Ordnung der Dinge. Wie könnte ein Mann ein Weib verstehen?»

Calixtus beruhigte die Meisterin so weit, dass Carolus es wagen durfte, sich wieder außerhalb des Hospitals zu zeigen. Er hatte lange überlegt, wie er es anstellen müsse, Danielles Vertrauen zu gewinnen.

«Ich bin zu zielstrebig vorgegangen», dachte Carolus bei sich. «Wenn ich sie dauernd so drängend nach ihrer Vergangenheit frage, dann fühlt sie sich in die Enge getrieben und ist noch weniger geneigt, sich mir mitzuteilen. Also ist es am besten, wenn ich mit ihr wieder über ganz harmlose Dinge spreche. Über meinen Garten zum Beispiel. Ja, ich werde einen neuen Anfang mit ihr machen.»

Er schnitt mit Sorgfalt eine einzelne Blüte von seiner persischen Rose, die schönste von allen, gerade am Morgen frisch erblüht. Auf dem Weg zu den Beginen malte er sich aus, wie sie sich freuen würde, wie sie ihren Nacken beugen würde, um daran zu riechen, wie sie ihn anlächeln würde. Und wie sie sich in ein Gespräch über Gärten vertiefen würden, über das Wesen der Schönheit in Kunst und Natur.

Doch als er sich vor ihr verbeugte und ihr die Rose übergeben wollte, zogen sich ihre dichten, dunklen Brauen zusammen. «Eine Rose? Wie kannst du es wagen!», rief sie, rannte durch den Garten davon wie ein erschrecktes Reh und versteckte sich in der Küche.

Fassungslos sah er ihr hinterher. «Was habe ich nun wieder getan? – Frauen!», sagte er. Er legte die Rose auf die Steinbank und stürmte an Alix vorbei, ohne sich zu verabschieden.

«Was ist?», fragte Magdalène.

«Er hat mir eine Rose geschenkt. Eine Rose! Wie kann er Andeutungen von Liebe und Wollust machen, hier in diesem Haus? Was denkt er nur von mir?», rief Danielle aufgebracht.

«Vielleicht hast du ihn falsch verstanden. Sagt man nicht auch: sub rosa dictum? – Ist sie nicht auch das Zeichen für Verschwiegenheit? Vielleicht hat er damit nur gemeint, dass deine Geheimnisse bei ihm sicher sind.»

Doch das schien Danielle auch nicht zu gefallen. Immerhin ging sie in den Garten zurück und nahm die Rose von der Bank. Gebba hatte vom Webhaus aus alles beobachtet.

«So, hast du es endlich geschafft!», rief sie empört.

«Was meinst du?», fragte Danielle überrascht. Mit der Linken hielt sie die Rose, mit der Rechten versuchte sie das Geschenk zu verbergen.

«Geschenke, Musik und jetzt eine Rose! Schämst du dich denn gar nicht?»

Danielle stand starr. Gebba kam durch die Beete auf sie zu, vorbei an den Zwiebelgewächsen. Gereizt fegte sie einen Ast eines Apfelbäumchens beiseite, der schwer von Früchten herunterhing.

«Verlobt ist er!», schrie Gebba.

Danielles Augen wurden groß.

«Wie, hast du das etwa nicht gewusst? Er ist Catherine versprochen, der Schwester unserer Wohltäterin. Jeder hier weiß es!» Gebba war ganz nah herangekommen und sah Danielle forschend ins Gesicht. «Nun gut, du bist ja nicht von hier», fügte sie in ruhigerem Ton hinzu. «Aber jetzt habe ich es dir gesagt. Ich hoffe, du benimmst dich von nun an entsprechend. Du hast ihn doch nicht ermutigt, oder?»

«Nein, gewiss nicht», sagte Danielle.

Als sie am Abend nebeneinanderlagen, wandte Danielle ihren Kopf zu Magdalène.

«Warum hast du mir das verschwiegen?»

«Was verschwiegen?»

«Tu nur nicht so unschuldig. Du hättest mir sagen müssen, dass Carolus mit Catherine verlobt ist.»

«Oh, ist er das? Stimmt. Das hatte ich schon ganz vergessen. Sie sind einander ja schon so lange versprochen, und es wurde nie mehr daraus. Es hat wohl nichts mehr zu bedeuten.»

«Wie kannst du nur! Du fragst mich, ob er mir gefällt, und weckst Hoffnungen in mir, die ich doch längst begraben wollte. Und nun das! Und wie kann er es wagen, mich so zu beleidigen? Er ist verlobt und will auch noch mit mir etwas anfangen!»

«Will vielleicht. So genau weißt du das doch nicht», flüsterte Magdalène in die Dunkelheit.

«Das wäre ja noch schlimmer. Er hat mir schöne Augen gemacht und meint es nicht einmal ernst? Erbärmlich!», empörte sich Danielle.

«Der arme Carolus. Er kann es dir nicht recht machen», sagte Magdalène still.

«Es ist auch ganz gleich. Nie würde ich einer anderen Frau den Mann stehlen!»

«Schscht! Hört schon auf zu wispern, ihr zwei da hinten!», riefen die anderen. «Lasst uns teilhaben oder lasst uns schlafen.»

14.

Die Flügel des Engels waren weiß. Die Tauben hatten sie ihm eingefärbt. An den Füßen trug er dicke, weiche Schuhe aus Moos. Wer ihn gemacht hatte, das wusste niemand mehr. Er war klobig und grobschlächtig, etwa eine Armlänge hoch und hatte im Ganzen eine Figur wie ein Baumstumpf. Da stand er auf einem Gefäß, das ein Pokal, aber auch eine Urne gewesen sein konnte, und wies mit seiner Rechten zum Erdreich hin. Der Sage nach war er es gewesen, der einem Hirten an dieser Stelle eine Quelle gezeigt hatte. Um diese ergiebige Quelle herum hatte sich die erste Siedlung auf dem Hügel oberhalb des Überschwemmungsgebietes der Durance gebildet. Um diese Quelle herum war Pertuis entstanden. Der Engel hatte dem Platz seinen Namen gegeben. Von seinem erhabenen Platz aus, mitten im Brunnenbecken, hatte er vieles gesehen und vieles gehört: friedliches Markttreiben und Feilschen, Streit, zerbrochene Krüge und Hoffnungen, Arbeit und Hast, Menschen, die andere Menschen in Ketten vorbeiführten. Der Anblick brennender Menschen und Katzen, der Anblick der Unglücklichen am Pranger blieb ihm erspart. Galgen und Scheiterhaufen wurden auf dem Marktplatz vor dem Schloss errichtet.

Es waren vor allem die Frauen, denen er zuhörte, Frauen, die Wasser holten, Mägde, einfache Bürgerinnen, arme Weiber. Und wenn er ihren Streitereien lauschte – dass dieser Vorrang gebührte, weil sie einem der bessergestellten Häuser diente, oder jener, weil sie wegen ihres Alters den Respekt der Jüngeren verdient hatte –, dann hätte er nachsichtig gelächelt, wenn es ihm seine steinernen Züge erlaubt hätten.

Vielleicht floss die Quelle reichlicher von seinen Tränen, wenn er die Bosheiten und Intrigen anhören musste, die Frauen dort am Brunnen ausheckten und spannen. Niemals hätte er der Aussage zugestimmt, die Weiber seien schwach und von Natur aus friedfertiger als der Mann. Aber natürlich: Niemand fragte ihn.

«Oh, liebe Catherine, du Gute! Wie duldsam und sanftmütig du bist. Das ist zu bewundern», sagte die Wollweberin Aneta, die mit den anderen Frauen nach Wasser anstand an diesem Morgen. Catherine oblag es, den Vidal'schen Haushalt zu überwachen, da Laura hochschwanger und unpässlich war. Sie hatte sich dazu entschlossen, mit den Mägden zum Brunnen des Engels zu gehen an diesem Morgen. Sie musste zwar das Wasser nicht selbst nach Hause tragen, doch sie nahm gern die Gelegenheit zu einem kleinen Spaziergang in der Morgenfrische wahr und traf Bekannte.

Catherine zog die Augenbrauen hoch.

«Ja, ist sie nicht verehrungswürdig, eine Heilige fast? Catherine, ach, arme Catherine, wie schmerzt es mich zu sehen, dass dein Vertrauen so schmählich hintergangen wird!», fuhr Aneta fort.

‹Oh, wie plump und doch immer wieder wirksam›, dachte der Engel. ‹Menschliche Schliche! Niemand wird gern auf diese Weise bemitleidet, denn eine jede versteht, was damit gemeint ist: Schau nur, wie dumm du bist, wie schwach. Man kann alles mit dir machen! Und wer es mit sich machen lässt, der hat es nicht anders verdient.› Das meinten sie doch, nicht wahr? Der Engel wäre gern beweglicher gewesen; ach, wie sehr wünschte er sich wenigstens eine Stimme. Er witterte den bösen Gestank seines alten Feindes.

«Catherine, du solltest vielleicht doch darauf dringen,

dass aus dieser Verlobung endlich eine Hochzeit wird, sonst geht er dir durchs Netz», warnte Aneta.

Da hielt es Catherine nicht mehr aus. «Wovon redet Ihr, Frau Nachbarin?», fuhr sie die Wollweberin an.

«Nun, von Eurem Verlobten. Wisst Ihr es etwa nicht?» Allseits mitleidiges, entsetztes Zungenschnalzen und Kopfschütteln.

«Die Gute. Natürlich ist sie die Letzte, die es erfährt!», flüsterte eine Magd, die dabeistand.

«Was? Was ist vorgefallen?!» Catherine wurde ungeduldig.

«Ach, das sollte Euer Herr Verlobter Euch vielleicht doch besser selber sagen. Es steht uns nicht an, uns in Liebesdinge zu mischen.»

«Ihr habt Andeutungen gemacht, jetzt sprecht es auch aus!», forderte Catherine. Ihre Mägde wandten sich ab und kicherten heimlich. «Heraus damit oder seid still!», schrie sie.

«Dann wisst Ihr es tatsächlich nicht? Dass der Herr Carolus und diese Bettelbegine …», sagten die Mädchen.

«Dass sie was?!»

Die Frauen rückten näher zusammen. Diejenige, die gerade an der Reihe war, ihren Krug unter dem Speier zu füllen, vergaß ihn, das Wasser quoll über den Rand und floss ins Brunnenbecken zurück.

«Der Herr möge mir vergeben, aber es ist mir ganz unmöglich, diesem Treiben länger schweigend zuzusehen. Ich muss es Euch offenbaren: Der Medicus trifft sich beinahe täglich mit dieser Begine, dieser Danielle.»

«Nein!», rief es und: «Oh, doch, allerdings!», antwortete die Sprecherin. «Sie sitzen beieinander im Garten dieses sogenannten Konvents – Konvents! Als ob es ein Kloster wäre! – und halten Händchen! Ich habe es selbst gesehen!» Sie ließ vorsorglich unerwähnt, dass die Beobachtung sie erhebliche Mühe gekostet hatte. Man konnte nämlich nur aus einer Luke ihres Dachbodens in den Garten von Sainte Douceline einsehen, und dann auch nur, wenn man sich gefährlich weit aus dem Fenster beugte.

«Ja, es ist eine Schande! Mein kleiner Bertrand hat es auch gesehen!» Bertrand war der Rotzbengel, der regelmäßig auf die Mauerkrone hinter dem Stall kletterte, in der Hoffnung, eine dieser geheimnisvollen Frauen unbekleidet zu sehen.

‹Was versteckt ist, reizt die Menschen umso vieles mehr, als das, was offen unter ihren Augen vor sich geht›, dachte der Engel. ‹Seit der Vertreibung aus dem Paradies haben sie sich nicht sehr geändert.›

Catherine war ihnen auf den Leim gegangen und vergaß jegliche Würde. «Sie sitzen im Garten und halten Händchen? Ist das auch wirklich wahr?»

«Ja! Es ist wahr, bei meiner Seele!»

«Ich hab es auch gesehen – na ja, fast.»

«Beinahe jeden Tag sieht man den Herrn Medicus bei den Beginen ein und aus gehen!»

«Warum auch nicht. Er arbeitet ja aus Nächstenliebe in ihrem Hospital.» Catherine beruhigte sich wieder.

«Und dazu bringt er Musikanten mit? Ins Hospital?»

«Und bringt er den Kranken neuerdings Rosen?» Eine der Frauen kicherte boshaft.

«Rosen?!»

«Ach, so einen Arztbesuch wünsch ich mir auch mal!»

Catherine lief rot an im Gesicht, machte auf dem Absatz kehrt und stürmte mit solch finsterer Miene durch die Gassen, dass man unwillkürlich vor ihr zurückwich. Die beiden Mägde mit den vollen Wasserkrügen folgten in gemächlicherem Tempo. Die eine genoss das Unglück ihrer Herrin, die andere war ehrlich empört: «Das kommt davon, wenn man diesen Frauen erlaubt, ohne jede Aufsicht zusammenzuleben! Es ist einfach nicht schicklich! Was wäre, wenn das jede täte?!»

«Ich werde ihn zur Rede stellen! Er macht mich zum Gespött der ganzen Stadt!», rief Catherine, als sie zu Hause angekommen war.

Laura lag auf einer gepolsterten Bank, eine mit Werg gestopfte Rolle unter den Knien. Tapfer bemühte sie sich zu sticken.

«Ach, Catherine! Nun mach doch nicht so ein Geschrei! Carolus tut nichts Unrechtes. Er behandelt diese arme Frau, weil sie ihr Gedächtnis verloren hat. Weiter nichts.»

«Du weißt davon?»

«Ja, und ich dachte, du wüsstest es auch. Es ist doch gar nichts dabei. Er ist Arzt. Er behandelt eine Kranke, Catherine! Und jetzt sei doch so gut und massiere mir ein wenig die Füße, bitte, Liebes! Niemand kann das so gut wie du. Wenn es doch nur schon so weit wäre. Wenn ich gewusst hätte, dass Schwangerschaften so scheußlich sind, dann hätte ich mir das noch einmal überlegt mit dem Heiraten!»

«Das meinst du nicht wirklich.»

«Nein, natürlich nicht. Ich liebe Marius. Aber jedes Jahr schwanger sein und unförmig anschwellen und watscheln wie eine Ente, das möchte ich nicht.» Sie ließ den Stickrahmen sinken. «Ach, ich weiß gar nicht, wie ich die Stickerei halten soll über diesem Bauch! Ich habe gehört, dass manche Frauen geradezu aufblühen, wenn sie schwanger sind, und es gern haben, aber auf mich trifft das bestimmt nicht zu!»

«Dann überzeugst du ihn lieber davon, eine Josefs-Ehe zu führen.»

«Damit wird er wohl nicht einverstanden sein, fürchte ich. Es ist hart genug für ihn jetzt …», sie lächelte verschämt.

«Ich muss mich ja glücklich schätzen, dass er sich in dieser Zeit keine andere nimmt.»

«Kinder zur Welt zu bringen, das ist nun einmal das Los der Frauen», sagte Catherine altklug. Sie selbst mochte sich das allerdings nicht vorstellen. Rasch verdrängte sie den unangenehmen Gedanken und brachte sich dazu, den Tratsch zu vergessen, doch als sie das nächste Mal zu den Beginen ging, um Spenden zu bringen, da konnte sie nicht umhin, Danielle argwöhnisch zu mustern.

Sie war nicht hübsch, oder doch? Ach nein, sie war viel zu gewöhnlich, wie sie dort im Garten arbeitete, die Hacke führte wie ein Bauer, Schweiß auf der Stirn, Dreck an den Händen. Aber sie war schlank und hochgewachsen. Ihr Profil war klar und ebenmäßig, die Lippen leicht aufgeworfen wie Rosenblätter. Aber der Mund war viel zu groß! Das Tuch war ihr in den Nacken geglitten und gab den Blick auf volles, glänzendes Haar frei – kurz, immer noch, aber von einem tiefen Schwarzbraun wie der Pelz eines Zobels. Nein! Es konnte nicht sein. Carolus und sie kannten sich schon so lange. Sie waren sich seit der Kindheit versprochen, stammten beide aus den besten Familien der Stadt.

Danielle blickte von ihrer Arbeit auf und sah Catherine dort stehen. Ihre Blicke trafen sich. Und rasch, ein wenig zu rasch, senkte Danielle die Lider. Hatte sie etwas zu verbergen? Was ging hier vor?

‹Wie kann ich Carolus nur danach fragen?›, überlegte Catherine. ‹Carolus, sag, ist etwas zwischen dir und dieser Italienerin, der Begine, du weißt schon?› – Nein! ‹Carolus, ich habe gehört, du behandelst eine der Beginen …› Ach nein. ‹Carolus, wollen wir nicht endlich heiraten?› Nein, den Vorschlag musste er schon machen. Er kam seltener dieser Tage, und wenn er kam, schien er geistesabwesend. Er unterhielt sich mehr mit Marius als mit ihr. Ja, mehr als einmal behandelte er sie wie eine Verpflichtung, derer er sich womöglich gern entledigt hätte. Etwas war falsch, ganz und gar falsch zwischen ihnen. Jetzt wurde ihr das klar.

‹Vielleicht habe ich ihn auch zu selbstverständlich genommen, mir zu wenig Mühe gegeben›, dachte Catherine. ‹Will ich ihn denn haben? – Aber ja! Er gehört mir. Ich lasse mir doch von so einer den Mann nicht ausspannen!› Und sie beschloss, die Dinge zu beschleunigen, die sie so lange hatte schleifen lassen. «Laura, Liebes, wie geht es dir heute? Besser?» Sie setzte sich zu ihrer Schwester aufs Bett und strich ihr eine verschwitzte Haarsträhne aus dem Gesicht. «Du Arme! Wie muss dir die Zeit lang werden. Meinst du, wir sollten uns Gesellschaft zum Essen einladen? Carolus vielleicht. Er ist ja kein Fremder, und es müsste dir nicht peinlich sein, wenn er dich so sieht.»

«Aber ja. Lade Carolus ein. Wie unaufmerksam von mir! Hast du ihn deshalb ferngehalten, um mich nicht anzustrengen? Oh, Catherine! Gleich schicken wir einen Diener zu ihm. Heute Abend noch soll er kommen und mit uns speisen!»

«Wird es dir auch nicht zu viel?»

«Nein, bestimmt nicht. Ich würde mich freuen, wieder etwas Abwechslung zu haben, da ich doch gar nicht mehr auf die Straße gehen kann.»

Die notwendigen Vorbereitungen wurden getroffen. Etliche Täubchen mussten es mit dem Leben büßen. Der Hals wurde ihnen umgedreht. Sie wurden gerupft, ausgenommen, mit Rosinen und Nüssen ausgestopft und auf Spieße gesteckt. Keller und Gemüsegarten wurden ausgeräubert und eine schöne Tafel gedeckt.

«Borg mir dein blaues Kleid, Laura, ja? Kann ich die Haarspange mit den Schwänen haben?»

«Aber sicher, Liebes. Das Kleid passt mir ohnehin nicht

mehr. Du betreibst aber einen Aufwand heute», wunderte sich Laura. «Das machst du doch sonst nie.»

Catherine war wie im Fieber. Sie ließ sich die Haare bürsten und flechten und zog sich sorgfältig an.

«Bin ich hübsch?», fragte sie ihre Schwester, einen polierten Bronzespiegel in der Hand.

«Aber ja, ich habe es dir ja immer gesagt: Du könntest noch schöner aussehen, wenn du dir nur ein wenig mehr Mühe geben würdest. Was hast du vor, Catherine? Oh!» Laura glaubte zu verstehen. «Ist es endlich so weit? Ich habe schon gedacht, dass ihr nie heiraten wollt. Immer stand etwas im Wege: Erst hat Carolus so lange studiert, dann waren die Sterne nicht günstig, dann ist unser Vater gestorben, dann wolltest du noch Zeit haben ...», plauderte Laura.

Ja, sie hatten es stillschweigend hinausgezögert. Zu lange?

«Ich erwarte, dass er mich heute fragt», sagte Catherine. Sie hoffte es. Ein schönes Mahl, dann ein Spaziergang im Garten und dann ... Das würde allen Gerüchten ein Ende machen.

«Liebes, ich freue mich so!»

Carolus kam zu spät.

«Ein Patient! Ich wurde aufgehalten», entschuldigte er sich und pickte Catherine ein pflichtschuldiges Küsschen auf die Wange. Die gute alte Catherine. Sie war ihm so vertraut wie ein Paar bequemer Schuhe. Dass sie ein besonderes Kleid angezogen hatte ihm zuliebe, das fiel ihm gar nicht auf. Während des Essens sprach er mit Marius über lauter langweilige Dinge: über den Ausbau des Hafens, die Salzsteuer, ein geplantes neues Hospital. Beim Nachtisch ging es um ein neues Gesetz. Laura schützte schließlich Müdigkeit vor, nahm Marius bei der Hand und zog sich in den oberen Stock zurück.

«Wir müssen den beiden die Gelegenheit geben, ein wenig allein zu sein miteinander», lächelte sie.

Unten sah Catherine Carolus lange an. Er fühlte sich ganz unwohl unter ihrem Blick.

«Was ist?», fragte er.

«Das sollst du mir sagen. Habe ich etwas getan, das dich gekränkt hat? Ich sehe dich so selten», sagte Catherine.

«Ich hatte viel zu tun.»

«Ach ja? Im Beginenhof?», entfuhr es Catherine. Ihr Ton war schärfer, als sie es geplant hatte.

«Ist das ein Verhör?», antwortete Carolus, und dann: «Verzeih, Catherine. Du hast ja recht. Ich war oft dort.»

Catherine wusste: Auf diesem Wege konnte es nur zu Streit kommen. Das wollte sie auf keinen Fall. Stattdessen holte sie tief Luft und nahm all ihren Mut zusammen: «Carolus, wir sind einander so lange schon versprochen. Sollten wir nicht allmählich etwas deswegen tun?»

Er missverstand es und sah sie überrascht an, überrascht und erleichtert: «Ach Catherine! Du empfindest es also auch? Dass wir nicht füreinander geschaffen sind? Ja, ich denke es auch. Ich habe es nur nicht sagen wollen, weil ich dich nicht als Freundin verlieren will. Ich schätze dich und …»

Die Schüsseln auf dem Tisch klirrten, ein Becher fiel um. Wein floss auf den gefliesten Boden. Catherine war aufgesprungen.

«So ist es also wahr? Du hast etwas mit dieser Begine, mit dieser Italienerin? Wie kannst du nur? Die ganze Stadt lacht über mich und mein blindes Vertrauen: arme Catherine, dumme Catherine!»

Carolus stand ebenfalls auf. «Ich weiß nicht, wovon du sprichst. Du hast mir nichts vorzuwerfen. Sie ist nur eine Patientin. Es ist nichts zwischen ihr und mir!» Und im selben Augenblick, da er dies ausgesprochen hatte, da spürte er einen ziehenden Schmerz in der Brust – ‹dort sitzt also die Seele, nicht in der Lunge›, sagte ihm fachmännisch sein Verstand. Ja, es war tatsächlich nichts zwischen ihm und Danielle, und das schmerzte ihn mehr als irgendetwas.

«Catherine, sei vernünftig. Das ist deiner nicht würdig! Du liebst mich nicht und ich liebe dich auch nicht. Lass uns die Verlobung auflösen, dann bist du frei und kannst dir einen Mann nach deinem Geschmack suchen. Ich kenne Dutzende, die sich glücklich schätzen würden …»

«Aber nicht du! Du willst dich nicht binden, willst keine Verantwortung tragen. Du willst es lieber mit dieser schamlosen Papelarda treiben ohne Bindung und ohne Anstand, wie ein Tier auf dem Feld!»

«Catherine!», schrie Carolus. «Du vergisst dich! Was hast du nur mit diesen braven Beginen? Sie sind fromm und grundanständig. Ja, sie haben sogar Keuschheit geschworen.»

«Nichts haben sie geschworen! Das ist es ja eben. Sie halten sich alles offen!»

‹Ja, das ist wahr›, dachte er. ‹Eigentlich ist sie ja frei zu tun, was sie will. Ach, aber das ist es ja: Sie will mich nicht.›

«Catherine, ich gehe jetzt besser. Ich schwöre dir, du hast keinen Grund, die Beginen so zu schmähen! Danielle hat dir kein Unrecht getan, sie hat sich nie anders als sittsam und ehrenwert betragen. Über unsere Angelegenheit reden wir ein anderes Mal, wenn du dich beruhigt hast.»

Er verließ das Haus. Catherine trocknete ihre Augen und litt still vor sich hin. Vor ihrer Schwester und Marius ließ sie sich nichts anmerken. Dafür hatten die Mägde umso mehr unter ihr zu leiden. Sie ließ das Haus von oben bis unten putzen, als sei es Frühjahr, und fand immer noch ein Stäubchen. Im Keller ließ sie Bestand aufnehmen und beschuldigte den Koch, vom guten Wein aus dem Fass getrunken zu haben.

Der Speck war versalzen, der Käse zu hart, das Obst zu weich. Die Wäsche roch nicht frisch genug. Alles war falsch. Überall sah sie nur Fehler und Betrug. Nichts konnte man ihr recht machen.

Carolus betrachtete das Verlöbnis als beendet. Es war für beide besser so, sagte er sich. Catherine hatte niemals sein Herz bewegt. Eigentlich war ihm das ganz recht gewesen. Aber plötzlich waren da Empfindungen, die er bei anderen immer belacht hatte: Er fühlte sich abwechselnd himmelhoch jauchzend und dann wieder betrübt. Sein Appetit schwand, er verlor an Gewicht. Wenn er aß, dann schmeckte er nichts, wenn er trank, dann nur, weil man einen Becher vor ihn hinstellte. Er ertappte sich beim Tagträumen und ging auf der Straße an Leuten vorbei, ohne sie zu bemerken. Ja, er bemerkte bei sich selbst einen erhöhten Pulsschlag, Herzrasen und einen fieberhaften Anstieg der Körpertemperatur.

Er ging zu Bruder Basilio. Der untersuchte ihn gründlich, nahm eine Harnschau vor, ließ ihn zur Ader und befand schließlich grinsend: «Mein lieber junger Medicus, Ihr leidet an einer weitverbreiteten Krankheit. Sie befällt meist junge Menschen, doch auch alte Narren können sich damit anstecken. Ja, es ist ganz klar, der große arabische Gelehrte Ibn Arabi hat die Symptome beschrieben und auch Avicenna: Auszehrung, Umherirren, Seufzer und Melancholie!»

«Was ist es? Was habe ich? Was kann ich dagegen tun?!», rief Carolus erschrocken.

Basilio grinste noch breiter im festen Vertrauen darauf, dass ihm so etwas nie zustoßen würde: «Man nennt es die Liebeskrankheit, mein armer Collega. Dagegen gibt es nur ein Mittel.»

«Welches? Oh, gebt es mir!», flehte Carolus.

«Die Erfüllung Eurer Sehnsucht», sagte Basilio schlicht.

Das war unmöglich. Traurig schlich Carolus davon.

Und Danielle, die Urheberin all dieser Sorgen? Der Engel sah auch sie, jeden Abend, wenn sie mit Alix zum Brunnen kam, um Wasser für den Klostergarten zu holen. Sie machte einen äußerlich ganz unbeteiligten Eindruck. Ruhig reihte sie sich in die Warteschlange ein. Die Frauen grüßten sie freundlich und tuschelten hinter ihrem Rücken.

«Oh, sie ist eine ganz Raffinierte, die da!»

«Ja, schaut nur, wie sie tut, als könne sie kein Wässerchen trüben.»

«Wisst ihr noch, wie sie hier angekommen ist mit nichts als den Fetzen, die sie auf dem Leibe trug?»

«Und nun angelt sie den jungen Medicus der guten Dame Catherine vor der Nase weg. Das ist nicht richtig!»

«Nein, es ist schlimm!» Und lauter dann: «Guten Abend, Alix! Gott zum Gruß, Danielle. Wie geht es immer? Ist Magdalène wieder gesund?»

«Ja, danke, allen geht es gut», sagte Danielle dann, und gelegentlich: «Das ist zu schwer für Euch, *Nonna*, lasst mich Euch helfen.»

«Ihr seid eine gute Seele», versicherte das Großmütterchen, um dann zu Hause bei sich zu räsonieren: «Verstehe einer diesen jungen Spund! Tauscht eine angesehene Frau aus gutem Hause und mit großer Mitgift gegen so eine Hergelaufene, von der man gar nichts weiß und die keinen Sou in der Tasche hat!»

Danielle jätete Unkraut, schleppte Wasser, half Anne beim Kopieren, kämmte Wolle, webte ihren Teppich weiter und ließ niemanden in ihr Herz sehen. ‹Sei still mein Herz!›, sagte sie sich. ‹Die Liebe ist nichts für dich. Nein, in diesen Sumpf begebe ich mich nicht noch einmal. Ich habe hier ein neues und gutes Leben angefangen, und das werfe ich wegen eines Mannes nicht fort.›

Sie hatte bei Juliana gebeten, die Gespräche nicht fortsetzen zu müssen.

«Es führt zu nichts, und es verstößt gegen die guten Sitten», hatte sie gesagt. Ab und zu ertappte sie sich dabei, dass sie zur Pforte sah und enttäuscht war, wenn es nicht Carolus war. Oder dass etwas in ihrer Brust stach, wie ein kleiner spitzer Dorn, wenn er dort stand, aber nicht in den Garten kam, sondern ohne Umwege sofort ins Hospital strebte. Eine Rose vertrocknete unter ihrem Kopfkissen.

«Wie? Kein Konzert heute? Womit wirst du uns als Nächstes überraschen?», fragte Gebba spitz, als Danielle in das Webhaus kam.

«Es wird keine Überraschungen mehr geben», antwortete Danielle kurz. Sie setzte sich an ihren Webstuhl in der hintersten Ecke des Raumes und begann, die Garnreste aus dem Abfallkorb nach Farben und Längen zu sortieren. Sie hätte noch ein wenig Rot gebrauchen können und sah zu Gebba hinüber, die gerade ein schönes Stück krapprot und gelb gestreiftes Tuch abgekettelt hatte.

«Ja, komm nur», sagte Gebba, die ihre spitze Bemerkung bereits bedauerte. Sie hatte sich doch so fest vorgenommen, sich freundlicher zu verhalten und das auch bislang leidlich durchgehalten.

«Da hast du.» Sie schnitt die Überlängen der Kettfäden ab und wickelte sie zu einem Knäuel auf. Danielle machte sich an die Arbeit. Die Tongewichte klickten leise gegeneinander. Ihr Teppich reichte nun vom oberen Warenbaum bis zu ihren Knien herab. Man sah eine Frau in weißer römischer Tracht, umgeben von einem Blumenkranz. Ihre Hände waren gefesselt.

Philippa, die Rohwolle kämmte, lehnte sich weit zu Danielle hinüber. «Ich möchte bloß wissen, was sie da zusammenwebt. Ist es etwa die Geschichte einer Heiligen?

Guilhelme, hilf du uns, da unsere Schwester Danielle uns so im Ungewissen lässt. Du weißt doch solche Sachen immer: Welche Heilige ist das?»

«Die heilige Afra. Sie wird oft dargestellt, wie sie an einen Pfahl oder einen Baum gefesselt ist. Das könnte stimmen, denn die Frau auf Danielles Bild ist auch an einen Pfahl gefesselt, und sie trägt römische Kleider.»

«Weshalb nochmal ist sie zur Märtyrerin geworden?»

«Sie hat einen verurteilten Christen versteckt und sich geweigert, den römischen Kaiser anzubeten.»

«Aber die da trägt keine Märtyrerkrone. Sie hat nicht einmal einen Heiligenschein!»

«Sie ist keine Heilige», Danielle lächelte, «weiß der Himmel, das ist sie nicht.»

«Dann hast du also doch einen Plan. Du hast die ganze Zeit gewusst, was du darstellen willst, und es uns nicht gesagt!», rief Gebba erbost.

Danielle schwieg und knüpfte ein neues Stück Wolle an.

Manon betätigte die Trittbretter des großen Webstuhls vorne an der Tür. Klipp, klapp. «Streiten die beiden schon wieder?», fragte sie ihre Gehilfin.

Philippa war aufgestanden und hatte sich hinter Danielle aufgestellt, ohne das Kämmen zu unterbrechen.

«Das ist aber kein Pfahl, an den sie da gefesselt ist. Es sieht eher aus wie ein Stock, den sie hält, ein Hirtenstock, um den sich eine Ranke windet.»

Danielle lächelte, sagte aber nichts.

«Schwester, das ist wirklich gemein von dir, uns so auf die Folter zu spannen. Nun sag uns doch endlich, was es wird! Ist es die heilige Afra?»

«Eine Heilige ist es nicht.»

«Oh! Danielle!» Gebba warf ein Wollknäuel nach ihr.

15.

Es war ein flaches Paket, nur etwa daumendick, in gewachste Leinwand geschnürt und versiegelt. Salzwasser, das inzwischen wieder getrocknet war, hatte weißgeränderte Flecken darauf hinterlassen. An den Ecken war es angestoßen und schmutzig geworden von vielen Händen, die es berührt hatten, aber das Siegel war unverletzt. Und auf welch verschlungenen Wegen hatte es Carolus erreicht! In Paris war es vor mehr als einem Monat mit dem Kurier eines großen Handelhauses auf die Reise geschickt worden. Das Haus Fabre unterhielt Relaisstationen, in denen die Pferde gewechselt werden konnten, und so war es über Land rasch bis nach Lyon gelangt. Dort lag es eine Weile im Kontor herum zwischen Pfeffersäcken, eingesalzenem Fisch, Safran aus Albi und Teppichen aus Flandern, bis sich eine Möglichkeit des Weitertransports ergab. Mit einer Ladung Pergament aus Savoyen ging es schließlich nach Avignon und wartete dort in der Umhängetasche eines jener Makler, die im Hafen Käufer und Verkäufer zusammenbringen und ihren Schnitt dabei machen. Für die Vermittlung des Briefes nahm er nichts; es war nur ein Gefallen, den er dem Kapitän tat.

Schließlich hörte er von einem kleinen Schiff, das Seide und Edelsteine nach Forqualquier transportierte, und so war das Päckchen nach Saint Nicolas gekommen.

«Ein Brief nach Pertuis! Ist hier einer aus Pertuis?», hatte der Bootsmann gerufen. Und Honorat Tullo, der eben ein paar Ballen Damast nach Avignon verschiffte, nahm den Umschlag an sich.

«An unseren jungen Medicus, soso! Ich werde es ihm heute noch geben», sagte er, doch dann vergaß er das Päckchen auf seinem Schreibtisch, und dort lag es, bis seine Frau es sah, die es auf dem Markt Carolus' Mutter übergab.

Nun endlich hielt er es in den Händen. «Aus Paris!»

«Etwa von jenem Taugenichts, mit dem du dort fast das Erbe deines Vaters versoffen hättest?!», rief seine Mutter. «Was schreibt er denn?»

«Ich muss es erst lesen, Mutter!»

Ungeduldig brach er mit einem Messerchen das Siegel auf. Der Stoff war durch die Einwirkung von Hitze, Kälte und unsanfter Behandlung so fest verklebt, als sei er genäht. Carolus rupfte an den Enden und schlitzte das Ganze schließlich an einer Seite auf. Ein dünnes Büchlein fiel ihm entgegen. Der Ledereinband war gewellt, Deckel und Bindung von häufigem Gebrauch abgenutzt. Er drehte es in der Hand und las den verblassten Titel: «Passionibus Mulierum Curandum» – ein Buch über Frauenleiden und deren Heilung. Er sah hinein, erblickte eine detaillierte Zeichnung und klappte das Buch gleich wieder zu. Vielleicht sollte er es lieber den Schwestern Jeanne und Auda übergeben. Er entfaltete den Brief:

«Lieber Freund,

ich habe mich gefreut, nach langer Zeit endlich von dir zu hören. So hast du dich also tatsächlich in deiner Heimatstadt als Arzt niedergelassen? Du warst ja bei uns im Norden nie glücklich. Ich habe zunächst einige Jahre als Gehilfe bei dem Medicus gearbeitet, den du auch kennst, und mich jetzt selbstständig gemacht. Ich habe geheiratet und schon drei Kinder.»

Er berichtete sehr ausführlich von den Vorzügen dieser Frau und von den Tugenden seiner Kinder und pries den Stand der Ehe derart an, dass Carolus verächtlich schnaubte: «Er hat geheiratet. So wie er schreibt, bereut er es und möchte gerne, dass ich in dieselbe Falle gehe, damit es ihm nicht allein schlechtgeht.»

«Er hat geheiratet? Brav», sagte seine Mutter. «Wann heiratest du endlich? Du warst doch gestern bei Vidals zum Diner. Hast du mit Catherine gesprochen?»

«Ja, Mutter, ich habe das Verlöbnis gelöst.»

«Was hast du?!», schrie seine Mutter. «Wie konntest du? Warum? Ihre Familie gehört zu den besten der Stadt! Jahre lang sind dein Vater und ich um ihren Vater herumgetanzt, damit du eine gute Partie machen solltest! Was fällt dir ein, du Lausebengel? Wenn dein Vater das noch erlebt hätte, er hätte dir die Ohren langgezogen! Warum hast du das getan?»

«Weil wir uns nicht lieben», sagte er geistesabwesend, während er den Brief weiterstudierte.

«Nicht lieben? Bist du verrückt geworden? Was hat denn Liebe mit Heiraten zu tun? Gleich gehst du hin und entschuldigst dich bei Mestra Catherine, und dann legt ihr den Hochzeitstermin fest! Nächsten Donnerstag wäre ein guter Zeitpunkt!»

«Ja, Mutter», murmelte Carolus mechanisch und las weiter.

«Wegen der Sache, nach der du dich erkundigt hast, kann ich dir Folgendes mitteilen. Es hat hier voriges Jahr einen großen Skandal gegeben. Eine Frau, die sich …» Hier hatte der Brief leider einen großen Salzwasserfleck und war ganz unleserlich: «fanden sich … Zeugen bestochen … gleichwohl … aus der … bereits Zustand … Winter …» Das war aber auch zu ärgerlich! Was sollte er nun daraus machen? Eine Frau, die was? Jetzt hatte er noch mehr Fragen als vorher! Konnte da von Danielle die Rede sein? Paris war so groß, die Wahrscheinlichkeit, dass gerade sie dort einen

Skandal verursacht hatte, geradezu verschwindend gering. Aber wenn doch, was um alles in der Welt hatte sie getan? Hatte die Gegenseite Zeugen bestochen? Das hieße ja, sie wäre unschuldig angeklagt worden. Und nichts anderes als das konnte sie in seinen Augen sein: unschuldig und unfähig, etwas Böses zu tun. Er war derart verliebt, dass er sich um nichts auf der Welt vorstellen konnte, sie habe auch nur einen geringen Fehler – nein, sie war vollkommen!

Etwas weiter unten kam noch: «… wahrscheinlich nicht überlebt. In diesem Zustand und im Winter hätte sie es nie so weit in den Süden geschafft. Es war sehr traurig und ein Schandfleck auf der Sorbonne, ein weiterer von vielen! Lieber Freund, lebe wohl und lasse von dir hören. Und wenn du mir vielleicht ein Quäntchen Teufelsdreck zukommen lassen würdest, der hier sehr schwer zu bekommen ist, wäre ich dir sehr verbunden. Beatus.» Und dann noch ein Nachsatz: «Ich schicke dir ein Buch mit, das von ihrer Hand stammen soll. Ich habe es mir abgeschrieben; es enthält hauptsächlich Ratschläge schwangere Frauen betreffend, ist also für uns nicht von besonderem Belang. Doch einige der beschriebenen chirurgischen Praktiken sind recht originell. Sodass es – wenn man es recht bedenkt – wahrscheinlich gar nicht von einer Frau stammt. Aber du warst ja immer an solchen Kuriosa interessiert. Gehab dich wohl!»

Carolus trug das kleine Buch in sein Studierzimmer, wo ihm seine Mutter nicht über die Schulter sehen konnte. Nicht auszudenken, wenn sie es in die Hände bekäme. Er versteckte es unter lateinischen Texten und Anleitungen zum Aderlass, die seine Mutter nie anrühren würde. Bei nächster Gelegenheit würde er es Jeanne zeigen. Aber derzeit mied er das Beginenhaus. Seufzend erinnerte er sich an seinen letzten Versuch, mit Danielle Frieden zu schließen.

Sie war gerade dabei, den Stall auszumisten. Als sie ihn

kommen sah, verdoppelte sie ihre Anstrengungen, bis der Mist in hohem Bogen aus dem Stall flog.

«Danielle!» Er musste sich halb hinter dem Tor verstecken, um nichts davon abzubekommen. «Hört doch einen Augenblick auf damit!»

«Wozu? Der Stall säubert sich nicht von allein.» Eine weitere Schaufel Mist flog heraus.

«Lasst das! Seid doch vernünftig. Ich muss mit Euch sprechen! Ich komme jetzt!» Er wagte sich aus seiner Deckung und tat einen Schritt durch das Tor in den dunklen Stall hinein. Es quietschte feucht unter seinen neuen gelben Schnabelschuhen, und sein rechter Fuß versank in einem warmen Haufen Dung. Fluchend zog er erst einen Fuß hoch und danach den anderen, um den Schaden zu betrachten.

Sie lachte. Es klang ihm wie perlendes Wasser, wie eine der kleinen Kaskaden in der Schlucht des Verdon, heiter und klar. Aber das schöne Lachen versiegte gleich wieder, und sie zog die Stirn in Falten.

«Was wollt Ihr, Schürzenjäger? Wollt Ihr Euch an meinem Kummer weiden?»

«Nie würde ich Euch kränken wollen. Glaubt mir doch!»

«Warum habt Ihr mir eine Rose gebracht?»

Ihm wurde bewusst, wie missverständlich diese Geste gewesen war. «Ich – ich wollte … es war kein unsittlicher Gedanke dabei. Ich schwöre es!»

«Dann wolltet Ihr mir damit Eure Verschwiegenheit zusichern?»

«Das auch, ja, aber eigentlich wollte ich mit Euch über meinen Garten sprechen.»

Sie lachte wieder. Das Herz ging ihm auf dabei. Ja, jetzt hatte er den richtigen Ton gefunden. Es gab Hoffnung! Er würde ihr helfen, ihr Gedächtnis wiederzufinden, und dann würde sie sich endlich eingestehen, dass sie ihn liebte. Er würde sie hier herausholen und sie heiraten – ‹Wie? Denkst du wirklich an heiraten, du, der du dir geschworen hast, dich niemals einfangen und dich nicht mit einem Haus voller Kinder beschweren zu lassen?› Es überraschte ihn.

‹Ja›, antwortete er sich selbst. ‹Mit dieser Frau will ich mein Leben verbringen. Ich will sie, ganz gleich, was sie verbirgt. Ich kenne sie auch so schon gut genug.›

Laut sagt er: «Ich wollte einmal so richtig unbeschwert mit Euch reden, damit Ihr nicht immerzu auf der Hut seid vor mir. Und da dachte ich, der Garten wäre unverfänglich.»

Er merkte nicht, wie sehr das nach einer Schliche klang. «Ich wollte so gern, dass Ihr mir vertraut. Wenn Ihr mir doch nur erzählen würdet, was Euch zugestoßen ist! Es wäre bei mir so sicher wie bei Eurem Beichtvater.»

«Ich erinnere mich an gar nichts.»

«Das ist nicht wahr. Hört auf, Euch und andere zu belügen. Es tut nicht gut, und am Ende kommt es doch heraus. Was immer es ist, was auch immer Ihr fürchtet, Ihr könnt darauf bauen, dass ich zu Euch stehen werde.»

Sie stand da, den Rock geschürzt, die Haare unter einem unförmigen schmutzigen Tuch verborgen, eine Mistgabel in der Rechten, deren Zinken auf ihn gerichtet waren. Und er fand sie schön, schöner als Catherine in ihrem besten Kleid, weit schöner noch als Laura, weiblicher, lebendiger. Sie reizte ihn, so wie ihn noch nie eine Frau gereizt hatte. Er roch das Stroh auf dem Heuboden und die Brunst der Tiere im Stall und blickte auf ihre schweißnasse Haut am Halsausschnitt des Kittels.

Sie stand nur da und hatte wieder diesen abwesenden Blick, mit dem sie ihn ausschloss aus ihrer Welt. Er wollte sie gern packen und schütteln. Eine fast gewalttätige Lust kam in ihm auf.

«Ich kenne sie nicht.»

Man hat ihn gezwungen, zur Verhandlung zu kommen. Wochen hat sie im Kerker verbracht ohne ein Wort, ohne ein Zeichen von ihm. ‹Sie lassen ihn nicht zu mir›, denkt sie. ‹Sie halten seine Briefe zurück und stecken die Bestechungsgelder ein, die er ihnen bringt, damit man mich gut behandelt.› Sie stellt sich vor, wie er täglich seine Dienstboten schickt mit Körben voller guter Lebensmittel, mit weißem Brot und Wein. Sie wissen ja beide zu gut, wie man Gefangene behandelt, welchen Dreck man ihnen zu essen gibt, schimmeliges Brot, dünne Suppen, abgestandenes, schmutziges Wasser. Dürr ist sie geworden. Die Kleider starren vor Schmutz, ebenso wie sie selbst. Wasser zum Waschen gibt es nicht. Ihr langes Haar kämmt sie täglich mit den Fingern und versucht es zu flechten und aufzustecken, so gut es geht. ‹Wie sehe ich nur aus? Was, wenn er jetzt plötzlich hereingeführt wird und mich so sieht?› Doch er kommt nicht.

«Du kannst darauf bauen, dass ich zu dir stehe», hat er gesagt, als der Ärger anfing, als sie begannen, ihr nachzuspionieren. Als sie ihre Kunden belästigten und bedrängten, ihre Dienstboten bestachen, als die erste Vorladung kam.

«Was können sie dir tun? Es sind nur kleine Pinscher, die dich anbellen, Neider, die gern deinen Erfolg hätten, aber zu faul sind, um ihn sich zu verdienen. Mach dir keine Sorgen, Liebste.»

Doch als die Schlinge sich zuzog, da war er nicht zu finden. Sie schickt einen Boten zu seinem Haus. Er kam zurück mit leeren Händen: «Der Herr ist verreist», ließ man sie wissen. «Es ist ungewiss, wann er wiederkommt.»

‹Er hat es mit der Angst bekommen, das ist ja zu begreifen. Wir stehen alle mit einem Bein unterm Galgen in unserem Metier. Aber er wird da sein, wenn es darauf ankommt.›

Er ist da, sehr fein gekleidet in Gelb mit hellblauen Streifen, mit blauen Strümpfen und einem Barett, von dem eine einzelne lange Feder wippt. Wer ist die Frau an seinem Arm? Sein Blick streift sie. Er kann ihr nicht in die Augen schauen. Was er sagt, hört sie mit ihren Ohren, aber ihr Verstand will es nicht aufnehmen.

«Wart Ihr nicht mit der Angeklagten verlobt? Habt Ihr nicht mit ihr gearbeitet?»

«Nein», sagt er. «Meine Verlobte sitzt hier neben mir. Die da kenne ich nur flüchtig, sie wurde mir als Kollegin vorgestellt. Aber ich hatte gleich den Verdacht, dass sie eine Hochstaplerin ist. Ich habe nie mit ihr gearbeitet.» Und noch einmal: «Nein, eigentlich kenne ich sie nicht.»

«Vertrauen?!», schreit sie, und die Zinken der Mistgabel senken sich bedrohlich. «Ich soll Euch vertrauen? Euch, der Ihr Rosen schenkt und mich mit sanften Worten umschmeichelt? Und dann erfahre ich, ja, erfahre ich hier von einer Schwester, die mich hasst und nur darauf aus ist, mir eine Verfehlung anzuhängen – erfahre ich, dass Ihr verlobt seid? Und Ihr macht mir schöne Augen! Hier!»

Er wich zurück, konnte dem wütenden Wortschwall kaum folgen, hob abwehrend die Hände.

«Aber hört doch! Ihr missversteht mich! Meine Absichten sind ehrenhaft!»

«Ihr seid verlobt und habt es mir verschwiegen!»

Nun hätte er darauf kommen können und fragen, warum sie so darauf beharrte: Seit wann musste ein Arzt seiner Patientin seinen Familienstand mitteilen? Warum nur ärgerte sie dies Verlöbnis so sehr?

Aber er war viel zu aufgeregt.

«Ich habe das Verlöbnis gelöst!»

«Meinetwegen?»

«Ja, aber …»

«Das wollte ich nicht! Wie könnte ich Mestra Catherine ein Leid zufügen? Ach ihr Männer. Ihr seid so wankelmütig und den niedrigsten Trieben unterworfen! Ein Mann bedeutet nichts als Kummer für eine Frau. Nie mehr lasse ich mich auf so etwas ein, niemals, hört Ihr! Gleich geht Ihr zurück zu ihr und erklärt ihr, dass ich nichts damit zu tun habe! Ich habe der Liebe und dem Leben da draußen entsagt, und jetzt sehe ich, wie recht ich damit hatte!»

«Aber Danielle …»

«Spart Euch Eure sanften Reden und Eure Rosen! Packt Euch und sprecht mich nie wieder an!» Sie schwenkte drohend die Mistgabel, und er konnte sich nur durch einen schnellen Sprung vor einer weiteren Ladung Dung retten. Alix wollte loslachen, aber das Gelächter blieb ihr im Hals stecken, als sie sein Gesicht sah.

«Was war denn?», fragte sie Danielle. «Worüber habt ihr gestritten?»

Danielle antwortete nicht, sondern bearbeitete den Stallboden, dass man davon hätte essen können. Ihre finstere Miene vertrieb alle Schwestern, die sich nach ihr erkundigen wollten.

«Ein Streit unter Liebenden gehört zum Übelsten, was einem begegnen kann», sagte Alix zu Auda. «Dem geht man lieber aus dem Weg.»

«Ja, das habe ich auch oft erlebt. Aber ich habe mich immer gefragt, warum das so ist. Wenn zwei sich lieben, dann sollten sie doch besonders Sorge tragen, wie sie miteinander umspringen. Wenn man jemanden liebt, dann will man ihn doch nicht verletzen.»

«So sollte man meinen. Und doch tun Liebende gerade dann das Gegenteil. Je leidenschaftlicher sie sich lieben, desto heftiger greifen sie sich gegenseitig an.»

«Aber warum, das habe ich nie verstanden.» Auda ließ sich auf die Bank am Lorbeer sinken und rieb sich die schmerzenden Knie.

Alix setzte sich neben sie und kaute auf einer Zwiebelschluppe. «Ich denke, die Liebe zwischen Menschen ist letzten Endes doch nie so vollkommen wie die Liebe zu Gott. Bei den Menschen bleibt immer ein Rest Selbstsucht und

Eitelkeit. Da schauen sich zwei an und vertrauen einander nicht. Und jeder möchte den anderen gern ganz und gar unterwerfen. Und statt einander Kummer zu ersparen, verdächtigen sie sich aller möglicher Verfehlungen. Da werden Kleinigkeiten zu Katastrophen aufgebauscht, Drohungen werden ausgestoßen, das ganze Gebäude ist vom Einsturz bedroht. Und doch wollen sie nur eines hören: ‹Ich liebe dich.› ‹Ich liebe dich so absolut, dass ich meinen eigenen Willen ganz zurückstelle. Ich gehöre dir. Du kannst mit mir tun, was du willst. Was immer du sagst, ist mir recht›, das wollen sie hören. Aber das kann man nur zu Gott sagen.»

«Weil man nur von Gott wissen kann, wie groß seine Liebe ist und sein Verzeihen», sagte Auda nachdenklich, «es ist ganz ähnlich, wie Marguerite Porete in ihrem Buch beschrieben hat: Liebe ist Selbstaufgabe. ‹Denn ganz so, wie das Eisen von Feuer umkleidet ist und dann sein eigenes Aussehen verloren hat, so wird die Seele, die Gott liebt, überkleidet, gespeist und verwandelt in mehr. Er ist, spricht die Seele. Daran mangelt es ihm nicht. Und ich bin nicht, und so fehlt mir auch nichts.›»

«Das ist ganz wunderbar gesagt. Und es ist den meisten Menschen völlig unmöglich. Es braucht lange Jahre der Disziplin, des Loslassens der Welt und des Betens, um diesen Zustand tiefer Liebe zu erreichen», stimmte Alix zu.

«Ja», sagte Auda. «Ich kann von mir längst nicht sagen, dass ich so weit wäre. Aber die Liebe zwischen Mann und Weib kann schon gar nicht so werden. Da will jeder der Stärkere sein mit seinen Mitteln. Keiner will nachgeben. Und aufgehen im anderen schon gar nicht. Und tut's einer doch, dann verachtet ihn der andere und nimmt es für eine Schwäche und wendet sich ab. Da ist mehr Kampf und Plackerei als Harmonie. Ich bin nur froh, dass ich schon so alt bin!»

«Ja», lächelte Alix. «Uns kann in dieser Hinsicht gar nichts mehr passieren.» Zufrieden saßen die beiden Alten da und beobachteten, wie Danielle ihre Wut im Stall austobte.

Als Abbé Grégoire von der Sache hörte, fügte er dem Sündenregister der Beginen einen weiteren Punkt hinzu. Er hätte sich sagen können, dass jeden Tag Verlobungen gelöst werden und dazu keine Beginen nötig sind. Aber das wollte er nicht. Und was verstehen Priester schon von der Liebe zwischen Mann und Weib?

«Passionibus Mulierum Curandum» – Eine Magd entdeckte das Buch beim Abstauben. Es fiel vom Tisch und öffnete sich. Sie bückte sich, um es aufzuheben, und sah die Bilder. Die Magd konnte nicht lesen, aber Bilder schaute sie nur allzu gern an. Fasziniert kniete sie sich auf den Boden und begann zu blättern. Carolus' alte Mutter wunderte sich im Nebenzimmer, dass die Geräusche von Geschäftigkeit zum Erliegen gekommen waren und kam, um nach dem Grund zu sehen. Die junge Magd errötete und schlug hastig das Buch zu, aber sie war nicht flink genug. Die alte Herrin hatte es schon entdeckt. Sie hob es hoch, schaute hinein und ohrfeigte die Magd.

«Carolus!»

Der junge Medicus kam angerannt. Er kannte diesen Ton.

«Was ist das für eine Schweinerei?»

«Es ist keine Schweinerei, Mutter! Es ist ein Medizinbuch», verteidigte er sich.

«Was?! Ein Buch über die geheimen Orte der Frauen? Wenn ich geahnt hätte, dass so etwas dabei herauskommt, wenn man dich studieren lässt, dann hätte ich dir das nicht gestattet!»

«Aber Mutter! Frauen werden krank, genau wie alle anderen Geschöpfe. Und um sie zu behandeln, muss man doch wissen …»

«So etwas hast du nicht zu wissen! Es ist unanständig! Eine Schande!»

«Aber Mutter, wie soll ich denn sonst eine Frau behandeln?»

«Gar nicht! Es schickt sich nicht, dass männliche Ärzte … nein wirklich! Pfui! Keine Frau, die etwas auf sich hält, würde einem Mann gestatten, sie so zu sehen. Gleich verbrennst du das! Ich dulde so etwas nicht in meinem Hause!»

«Aber Mutter …»

«Hinaus! Fort damit!»

«Ja, Mutter.» Er nahm es ihr aus der Hand und brachte es zu Schwester Jeanne.

«Das ist ja ganz wunderbar! Ein Kompendium sämtlicher bekannter Frauenleiden und deren Heilung! Rezepturen, chirurgische Verfahren! Ganz erstaunlich! Ich wusste nicht, dass es solche Bücher gibt», begeisterte sich Jeanne. «Wo hast du es her?»

‹Soll ich es ihr erzählen?›, fragte sich Carolus. ‹Sie würde sicher damit sofort zur Meisterin gehen oder Danielle damit konfrontieren. Und dann würde es so aussehen, als hätte ich sie hintergangen. Niemals könnte ich auf diese Weise ihr Vertrauen gewinnen.›

«Oh, ein Freund von der Sorbonne hat es mir kürzlich geschickt. Ich überlasse es dir gern leihweise. Aber es wäre vielleicht besser, wenn du es niemandem zeigen würdest. Mir scheint, dass es – hm – ungewöhnlich freizügig ist.»

«Das kann man wohl sagen! Aber es wäre gut, wenn diese falsche Scham endlich beseitigt würde. Wie soll man Frauen denn helfen, wenn es Ärzten verboten ist, ihren Körper zu kennen und die Frauen keine medizinische Ausbildung bekommen?»

«Du hast recht. Aber behalte es vorerst für dich und bewahre es gut auf.» Wenn er sich mit Danielle versöhnt hätte, dann würde er sie danach fragen. Sehnsüchtig schaute er hinüber in den Garten, als er das Hospital verließ. Danielle schaute hoch und entdeckte ihn. Doch ihr Blick war so finster, dass er sich seufzend abwandte und zur Pforte ging. Er würde wohl auf einen günstigeren Zeitpunkt warten müssen.

16.

Die Hitze drückte auf die Dächer wie das Mahlwerk der Ölmühlen auf einen dieser Maischesäcke, in die man das zerquetschte Olivenfleisch einfüllt. Heraus tropfte ein goldfarbenes Licht, in dem alles flach und schwer erschien: Die Olivenbäume, deren silbriges Laub in der Mittagssonne flirrte; die bläulichen Kräuter, die sich an die rote Erde drückten; die grauen Felsen, die über den Wiesen im Dunst schwammen; die Mauersteine, die Dachziegel; die Tiere, die sich in den kreisrunden Schatten unter den Bäumen zusammendrängten.

Eine einzelne Frau lief durch die Gassen von Pertuis. Niemand sonst war unterwegs. Sie mied die breiteren Hauptstraßen und hielt sich an die engen Gassen, wo es ein wenig Schatten gab. An der Place de l'Ange hielt sie inne. Grell und weit lag sie vor ihr, ein Brutofen, ein körperliches Hindernis, das es zu überwinden galt. Sie holte kurz Luft und fuhr sich mit dem Ärmel über die Stirn, bevor sie rasch den menschenleeren, glühenden Platz überquerte, und atmete auf, als sie die Hahnengasse erreichte. Die Pforte von Sainte Douceline lag in der Sonne. Ungeduldig betätigte sie den Ring des Türklopfers.

Drinnen schreckte Alix von ihrem Schemel hoch, auf dem sie den Mittag verschlief. «Ja, ja! Ja! Was ist denn!», rief sie unwirsch.

Das Klopfen hörte nicht auf. Alix rappelte sich hoch und öffnete das Guckfensterchen. «Hör schon auf! Du reißt uns ja noch den Klopfer ab!»

«Schnell, lass mich ein! Hier verbrennt man ja!»

Schnaufend öffnete Alix die Tür. Die Magd atmete erleichtert auf, als sie sich an ihr vorbei in die Kühle des Torhauses schob.

«Catherine Vidal schickt mich! Ich soll die Infirmaria holen!»

«Da lang geht's ins Hospital. Jeanne! Für dich!», schrie Alix und folgte der Frau, um zu erfahren, warum solche Eile nötig war. «Was gibt's denn?»

Die Infirmaria erschien in der Tür zum Hospital.

«Schwester Jeanne! Kommt rasch! Meine Herrin bekommt ihr Kind, und die Hebamme ist nicht aufzutreiben!»

«Schwester Auda ist Hebamme!»

«Umso besser! Kann sie gleich kommen? Domina Laura hat Schmerzen, und der Herr ist in großer Sorge!» Aufgeregt rieb sich die Magd die Hände.

«Schmerzen? Du meinst, sie hat Wehen? Das ist normal. Ist das Fruchtwasser schon abgegangen?»

«Nein, ich glaube nicht!»

«Dann haben wir noch ein wenig Zeit!»

«Ich weiß nicht, Mestra Catherine sagt, es ist nicht, wie es sein soll. Die Wehen gehen schon seit heute Nacht, und sie sind sehr unregelmäßig und ungewöhnlich schmerzhaft. Die Herrin schreit und weint!»

«Es ist eben ihr erstes Kind. Sie weiß nicht, wie das ist, und da ängstigt es sie eben über die Maßen. Geh du schon vor und sag Herrn Marius, dass wir kommen. Und Laura soll sich beruhigen. Wir kommen gleich. Lass schon Wasser aufs Feuer setzen, eine große Menge, und reine Tücher zurechtlegen!»

Die Magd rannte davon.

Jeanne rief nach Auda, die bei den Kranken geblieben war. Sie packten einen Korb mit Pomaden, Essenzen und den notwendigen Instrumenten und machten sich auf den Weg. Danielle beobachtete ihren Weggang mit beunruhigter Miene. Juliana wiederum beobachtete Danielle.

«Vermutest du, dass es schlechtgehen könnte mit Laura?», fragte sie.

«Wie kann ich das wissen? Ich fürchte allerdings, dass sie ein wenig zart und schmal ist. Aber das muss nichts heißen …» Abrupt wandte sie sich ab und ging in die Küche, um Annik bei Auftragen zu helfen. Beim Abendessen drehten sich alle Gespräche um Laura und ihr erstes Kind.

«Es wird schon gutgehen. Auda soll sehr geschickt sein, hat Jeanne gesagt.»

«Ich war auch erst vierzehn bei meinem ersten Kind. Es war eine Viecherei, ja, das war es. Aber die nächsten sechs gingen besser», erzählte Manon.

«Sie war so sicher, dass es ein Sohn wird!»

«Dann wird es einer. Frauen spüren so etwas.»

«Das kann man nicht ahnen.»

«Immer wenn ich Rückenschmerzen hatte in der Schwangerschaft, dann ist es ein Mädchen geworden. Meine Söhne haben mir nie solche Schwierigkeiten gemacht.»

«Man soll es beeinflussen können: Wenn man einen Jungen will, dann soll man in der Schwangerschaft viel Salziges essen, wenn man ein Mädchen will, dann soll man Süßes essen.»

«Ich habe gehört, wenn ein Mann einen Sohn will, dann soll er den getrockneten Magen und die getrocknete Vulva einer Häsin zerstoßen und in Wein auflösen und davon trinken, bevor er mit seiner Frau Verkehr hat», sagte Annik mit wichtiger Miene.

«Das ist ja lächerlich!», sagte Danielle. «Lass Jeanne das nicht hören!»

«Egal, was es wird, Mestre Marius wird den kleinen Engel

nach Strich und Faden verwöhnen. Und ein Engel muss ein Kind von unserer Laura ganz gewiss werden.»

«Gebba, hast du das Wickeltuch schon fertig, das wir Laura für ihr Baby schenken wollten?»

«Ja, es ist fertig, und kein Königskind müsste sich dessen schämen!»

Sie beteten gemeinsam für Laura und ihr Kind.

Doch am Abend kam Jeanne erschöpft und niedergeschlagen zurück.

«Die arme Laura! Das Kind will einfach nicht heraus! Sie hat sich den ganzen Tag gequält. Auda ist bei ihr geblieben. Und sie haben einen Arzt gerufen.»

«Carolus?»

«Nein, Doktor Renzi, den Leibarzt von Herrn Bonnefoy.»

Juliana warf Danielle einen prüfenden Blick zu, doch die drehte sich um und machte sich mit verschlossener Miene im Garten zu schaffen. Am anderen Morgen lief Jeanne noch einmal zum Haus der Vidal. Erst nach Stunden kam sie wieder. Die Beginen liefen zusammen und befragten sie aufgeregt, doch sie schüttelte nur stumm den Kopf. Eine nach der anderen schlichen die Schwestern wieder davon und an ihren Arbeitsplatz. Sie murmelten Gebete. Eine bedrückte Stille lag über dem Hof. Am Abend gab es immer noch keine besseren Nachrichten.

«Es dauert viel zu lange!», sagte Jeanne. «Beim ersten Mal ist es immer schwerer, aber so etwas habe ich noch nie erlebt. Und der Arzt – ich fürchte, er hat alles nur noch schlimmer gemacht. Er hat die arme zarte Laura hin und her gerollt, um das Kind in die richtige Lage zu bringen, und hat ihr ein Abführmittel gegeben, der Idiot! Kann man sich so etwas vorstellen?! Jetzt hat sie noch mehr Schmerzen, und ich fürchte um das Kind.»

Juliana konnte keinen Schlaf finden. Etwas nagte an ihr.

Da war ein Gedanke, der wie eine Motte am Rand ihres Verstandes entlangtaumelte. Sie versuchte ihn einzufangen, aber er entkam ihr. Endlich, gerade als der Schlaf sie überkam, da stand plötzlich ein Bild ganz klar in ihrem Geist. Sie öffnete die Augen und stand auf. Leise tappte sie durch das Scriptorium, wo Anne auf der Bank unter dem Fenster schlief.

«Anne!»

«Was …» Schlaftrunken richtete die Schreiberin sich auf.

«Nimm ein Licht und komm mit mir!»

Anne rappelte sich hoch und saß einen Moment benommen auf dem Bettrand. Juliana zündete zwei Öllampen an und gab Anne eine davon. Anne folgte ihr in den Hof.

«Wohin willst du? Was ist?»

«Psst!» Juliana legte den Finger auf die Lippen. Sie winkte Anne, ihr zu folgen, über den Hof und durch den Garten. Silbrig schimmerten die Heilkräuter, Fledermäuse sausten durch die Luft. Juliana ging am Brunnen vorbei, entlang an Ataregia und Feniculum, die in der Nacht süßer und intensiver dufteten als bei Tag. Eine Siebenschläferfamilie turnte im Apfelbaum und glotzte mit ihren großen schwarzen Perlaugen auf sie herunter. Sie waren daran gewöhnt, nachts den Garten für sich allein zu haben.

«Mir ist etwas eingefallen», sagte Juliana. Sie öffnete die Tür zur Weberei. Die ledernen Türriemen knarrten. Wie Walgerippe tauchten die hölzernen Gestelle aus dem Dunkel auf, voller Spinnweben und Fetzen. Anne stolperte über einen Korb mit Rohwolle und schrie leise auf.

«Aie!»

«Hier! Sieh es dir genau an! Was für ein Stab ist das, den die Figur hält?» Juliana beugte sich über Danielles Webteppich und hielt die Lampe daran. Anne fügte ihr Licht dazu.

«Es ist ein Hirtenstab mit einer Ranke, nein! Das ist eine Schlange!»

«Eine Schlange, die sich um einen Stab windet ...»

«Viertes Buch Mose, Vers 21», flüsterte die schriftkundige Anne. «‹Da sprach der Herr zu Mose: Mache dir eine eherne Schlange und richte sie zum Zeichen auf.› Glaubst du, man soll Laura von einer Schlange beißen lassen?»

«Dafür, dass du so belesen bist, bist du manchmal ungewöhnlich begriffsstutzig, meine liebe Anne!», sagte Juliana. «Denk nach. Die Schlange am Stab ist ein viel älteres Symbol! Griechisch ‹as›, die Schlange, und ‹klepi›, sich um etwas ringeln.»

«Der heidnische Gott der Heilkunde?»

«Richtig. Die Schlange wird Asklepios zugeordnet. Sie ist ein uraltes Zeichen der Heilkunde. Und nun schau auf die Pflanzen, die Danielle gewoben hat: Weinraute?»

«Man gibt sie Frauen, die in die Jahre kommen, gegen Hitzewallungen und gegen andere Störungen, die in dieser Zeit kommen. Ich bekomme sie zu den Mahlzeiten von Jeanne.»

«Ja, das habe ich beobachtet und mich daran erinnert, dass auch ich sie genommen habe und meine Mutter vor mir, als wir die Schwelle von der Frau zur alten Frau überschritten. Und da habe ich mich bei Jeanne erkundigt, welches die anderen Kräuter sind, die Danielle in ihr Bild gewebt hat. Und siehe da, es sind alles Kräuter, die Frauen nützen. Sieh hier!», sie wies mit einem knochigen Finger auf eine hellviolette Blüte. «Betonienkraut. Das sei gut gegen zu starke Monatsblutungen, sagt Jeanne. Und hier: Liebstöckel – gegen die Beschwerden davor. Und Johanniskraut – gegen die Traurigkeit nach Fehlgeburten. Goldkamille – Schwangere müssen sie meiden! Dieser Blumenkranz ist das reinste Kompendium der Frauenheilkunde!»

«Du glaubst, sie ist Hebamme?»

«Wenn nicht sogar Ärztin.»

«Eine Ärztin? Das gibt es doch gar nicht.»

«Doch. Es gibt eine einzige Schule für Heilkunst, in der auch Frauen ausgebildet werden – und die liegt in der Nähe von Neapel! Hat nicht Magdalène gesagt, dass Danielle wie ein Neapolitaner spricht?»

«Und du glaubst …»

«Allerdings. Und ich bin mir auch sicher, dass sie der ‹Engel› war, der Magdalène geheilt hat. Aber lass sie uns selbst fragen.»

Kopfschüttelnd folgte Anne ihrer Meisterin. Leise gingen sie durch den Speiseraum und hinauf in den ersten Stock, wo die Schwestern auf ihren Strohsäcken schliefen – bis auf eine. Danielle hatte mit offenen Augen gelegen und an die Decke gestarrt, wie sie es oft tat. Sie sah sie kommen, stand wortlos auf, zog sich ein Kleid über den Kopf und folgte ihnen. Einige der Schwestern murmelten schlaftrunken oder legten sich einen Arm vor die Augen, um sich vor dem Licht zu schützen, das durch ihre Lider drang.

Im Scriptorium stellten Anne und Juliana ihre Öllämpchen auf den Tisch.

«Wir haben diesen Bildteppich angeschaut», begann Anne.

«Hast du uns nichts zu sagen?», fragte Juliana.

«Habt ihr also mein Geheimnis herausgefunden», sagte Danielle. «Es war an der Zeit. Aber das ändert nichts. Ich werde nie wieder Kranke behandeln!»

«Warum?»

«Man hat mich wegen Kurpfuscherei verurteilt. Ich habe kein Recht, diesen Beruf auszuüben.»

«Und hast du dir etwas zuschulden kommen lassen?», fragte Juliana.

«Nein.» Danielle kam ihnen kein Stück entgegen.

«Aber du bist Ärztin. Ausgebildet in der berühmtesten Medizinschule unserer Zeit!»

«Das spielt keine Rolle mehr. Ich darf den Beruf nicht ausüben. Meine Hände sind gebunden, genauso, wie ich es auf dem Bild dargestellt habe.»

«Warum hast du dann Magdalène geholfen?»

«Ich konnte ihr nicht mehr Schaden zufügen, als bereits vorhanden war.»

Ungeduldig packte Anne Danielle an der Schulter und rüttelte sie.

«Hör auf mit diesen Ausflüchten. Ich kenne dich inzwischen besser! Tu nicht so unbeteiligt! Warum hast du so lange gewartet, um Magdalène zu helfen, wenn du es doch besser wusstest?!»

Danielle, die bislang Annes Blick ausgewichen war, sah ihr direkt in die Augen: «Ich hatte Angst, kannst du das nicht verstehen? Angst um mich, ja – und Angst, Magdalène zu schaden! Und wie hätte ich denn Jeanne und Carolus durch mein Eingreifen bloßstellen können. Jeanne ist erfahren, Carolus ist ein guter Arzt! Ich wollte ihnen nicht ins Handwerk pfuschen!»

«Bis es fast zu spät war!»

«Sie ist gesund und hat den Arm behalten.»

«Das war Gottes Wille.»

«Du liebst Magdalène.»

«Ja.»

«Und solltest du Laura nicht ebenso lieben? Willst du ihr nicht helfen?»

«Wer sagt denn, dass ich es kann?», rief Danielle heftig. «Ist nicht der beste Medicus der Stadt bei ihr, ein Mann, der Grafen und vornehme Leute behandelt für viel Geld? Er ist berühmt, reich, anerkannt – eine Autorität!»

«Aber diese Männer, diese Ärzte verstehen nichts vom weiblichen Körper, Danielle, ist es nicht so?»

Sie lachte grimmig.

«Meist ist es so. Sie kennen nur die Genitalien und den Uterus von Schweinen und meinen, das genüge schon. Es handelt sich ja nur um Weiber.»

Juliana hieb mit der flachen Hand auf den Tisch. «Wenn du das weißt, wie kannst du hier so ruhig sitzen, während die kleine Laura leidet? Soll sie etwa für deinen verletzten Stolz büßen? Kann sie etwas dafür, dass man dir ein Unrecht angetan hat? Ich appelliere an deine Pflicht als Ärztin, an dein Gewissen, an deinen Glauben an Gott und die Fähigkeit, die er dir geschenkt hat! Hilf ihr, versuche es wenigstens!»

«Und weißt du auch, was geschieht, wenn sie mir unter den Händen stirbt? Man hat mir unter Androhung der Todesstrafe verboten, je wieder zu praktizieren! Und selbst wenn mir mein eigenes Leben unwichtig wäre – was es ist –, denke darüber nach, was es für dieses Haus bedeuten würde! Man würde diesen Konvent der freien Frauen schließen, euch in alle Winde zerstreuen, als Mägde adliger Klosterfrauen oder prügelnder Ehemänner unterbringen gegen euren Willen, oder bei Familien, die nichts von euch wissen wollen! Das wäre das Ende von Sainte Douceline!»

Juliana nickte.

«Das will ich riskieren. Und ich bin sicher, alle anderen Schwestern auch.»

Danielle stand da mit hängenden Armen und geballten Fäusten. Ärger, Trotz, Trauer und Angst wechselten sich auf ihrem Gesicht ab.

«Quacksalberin! Kurpfuscherin! Verbrecherin! Wer weiß, wie du dir dieses angebliche Zeugnis, diese sogenannte Lizenz verschafft hast! In Neapel mag so etwas angehen. Aber wir sind in Paris. Hier herrscht Ordnung!»

«Ich habe niemandem geschadet und vielen geholfen. Fragt meine Patienten!»

«Da ist eine Patientin von dir.»

Sie zerrten sie vor den Richterstuhl, eine Frau in mittleren Jahren, die einmal hübsch gewesen sein mochte. Jetzt war sie bleich und gekrümmt vor Angst und Schmerzen.

«Die da hat mich zu der Abtreibung überredet. Ich wollte es nicht, aber die da hat gesagt: Mach es doch weg. Es ist ganz einfach! Eingeredet hat sie es mir. Fünf Goldstücke hat sie mir dafür abgenommen!»

«Sie lügt. Ich habe ihr den Eingriff verweigert und auch davon abgeraten. Ich habe den Eid des Hippokrates geschworen, der es Ärzten ausdrücklich untersagt, die Leibesfrucht einer Frau abzutöten. Diese Frau lügt. Fragt sie, wer sie dazu angestiftet hat.»

«Das haben wir schon getan. Und noch dazu haben wir Aussagen von diesen guten Doctores dort, dass es eine Stümperei war, was du gemacht hast. Du wirst nie wieder einem Menschen schaden. Dafür werden wir sorgen. Deine sogenannte Lizenz wird eingezogen, ebenso dein Vermögen. Wenn du dich noch einmal erwischen lässt, dass du dich als Ärztin, Hebamme oder Baderin betätigst, dann wird dir die rechte Hand abgeschlagen.»

«Also gut», sagte sie schließlich. «Die Heilige Jungfrau stehe mir bei! Aber das bitte ich mir aus: Ihr müsst darüber schweigen. Und es muss das einzige Mal bleiben. Danach will ich für immer Danielle bleiben dürfen, eine einfache Begine und Gärtnerin.»

«Wie du wünschst», antwortete Juliana. «Anne, wecke Jeanne. Sie soll Danielle begleiten.»

Danielle ging ins Hospital und suchte mit sicherer Hand Instrumente und Kräuter zusammen. Jeanne, noch etwas verschlafen, kam herein.

«Ich brauche ein Pflaster von Artemisia, um es ihr auf den Bauch zu legen. Außerdem einen Trank aus drei Drachmen

Kaneelblüten, zerstoßen, eine Unze Bohnenkraut, eine Unze Ysop und den Saft von Zitronenmelisse. Ich habe alles gefunden bis auf den Melissensaft. Hast du welchen?»

Jeanne stand wie versteinert da und starrte sie an: «Das stand in dem Buch! Wie kannst du das wissen?»

«Was für ein Buch?»

Jeanne zog es aus ihrem Umhang und hielt es Danielle hin: «Hier, das ist ein wunderbares Kompendium der Frauenheilkunde, vor drei Tagen erst habe ich es bekommen ...»

Danielle lachte bitter auf. «Ich habe es selbst geschrieben. Und ich bin dafür angefeindet und angezeigt worden. Du behältst es besser für dich. Und jetzt rasch: Hast du Melissensaft?»

«Ich habe gleich welchen gemacht, als ich davon gelesen habe.» Jeanne suchte in einem Schränkchen und warf in ihrer Hast allerlei um. Es klirrte. «Da ist es!» Sie hielt Danielle ein braunes, bauchiges Fläschchen hin.

Danielle zog den Stopfen heraus und roch daran. «Er ist gut! Wir müssen die anderen Zutaten zusammen mit dem Saft und viel Zucker aufkochen, sobald wir dort sind. Das erleichtert die Geburt und stößt die Nachgeburt aus. Als Erstes aber geben wir ihr ein wenig Schlafmohn.»

«Warum denn das?»

«Sie hat sich schon so lange gemüht und Schmerzen gehabt, dass ihr Beckengürtel sicher versteift ist. Wir müssen zuerst dafür sorgen, dass sie sich entspannt. Wir werden sie wärmen und ihren Unterleib mit Thymianöl massieren. Vermutlich ist sie in Panik und völlig verkrampft. Man muss sie beruhigen, wärmen und tief atmen lassen. So. Ich habe alles zusammen!»

Die beiden Frauen hasteten durch das nächtliche Pertuis. Ihre Schritte hallten in den engen Häuserschluchten, durch die Rue Saint Jacques, am Kornspeicher vorbei.

«Was tust du, wenn sie gerissen ist?»

«Sie mit ihrem eigenen Haar nähen. Darauf gibt man ein Pulver aus getrockneten Wermutblüten, Rosen und den Blüten des wilden Granatbaums. Ich vermute aber, dass wir ganz andere Sorgen haben werden mit ihr.»

Eine Nachtwache hielt sie auf: «Wohin?!»

«Zum Haus von Mestre Marius de Vidal. Seine Frau liegt in den Wehen.»

«Ich habe gehört, sie sei tot», sagte der Mann. «Der Arzt ist nach Hause gegangen.»

«Du hast zu lange gezögert! Warum hast du dich nicht früher entschlossen?», rief Jeanne vorwurfsvoll.

«Ich habe Angst gehabt! Du kannst nicht wissen, wie das ist, was mir geschehen ist! Da möchte ich einen sehen, der da noch helfen will!», rief Danielle, aber sie drängte sich an dem Mann vorbei, rannte über die Place Saint Nicolas und zu dem schönen dreistöckigen Palais der Vidal. «Komm schnell, vielleicht ist es nicht wahr!» Sie betete halblaut. ‹Bitte, lass es nicht zu spät sein! Wenn du mich ihr helfen lässt, dann will ich fortan wieder als Ärztin arbeiten, auch wenn es mich mein Leben kosten sollte. Gib mir ein Zeichen. Lass sie leben, ich bitte dich!›

Im zweiten Stock brannte Licht. Sie riss am Türklopfer. Jeanne war ihr gefolgt, so schnell sie konnte. Eine heulende Magd machte ihnen auf.

«Ihr kommt zu spät! Sie liegt im Sterben!», schluchzte sie. Aber sie ließ sie hinein. Das bleiche Gesicht von Catherine erschien oben am Treppenabsatz. «Du?!» Sie stellte sich ihnen in den Weg. «Was will die denn hier?», wandte sie sich wütend an Jeanne. «Die darf nicht zu meiner Schwester hinein!»

«Aber sie ist Ärztin! Sie kann ihr helfen!»

«Ärztin, die? Diese hergelaufene Bettlerin? Niemals! Sie

ist eine Lügnerin und Betrügerin! Eine Hexe! Auf keinen Fall lasse ich zu …»

Marius kam aus dem Zimmer, in dem Laura lag.

«Was ist hier los? Mit wem sprichst du, Catherine?» Er erblickte Jeanne. «Lass sie doch durch!»

Mit einem anklagenden Finger wies Catherine auf Danielle. «Jeanne darf hinein, aber die da nicht! Dass sie sich überhaupt traut, ihr Gesicht in diesem Haus zu zeigen!»

«Ich weiß nicht, was ihr mir vorzuwerfen habt, Mestra Catherine», versuchte Danielle sie zu beruhigen, «aber ich versichere Euch, dass ich tatsächlich eine ausgebildete Ärztin bin, spezialisiert auf Frauenleiden und Geburtshilfe.»

«So plötzlich? Das glaube ich nicht!», schrie Catherine voller Hass. «Eine Kurpfuscherin bist du. Und eine Hexe! Meinen Verlobten hast du mit deinen Zauberkünsten umgarnt, ihn von mir weggelockt! Und jetzt willst du auch noch meine Schwester umbringen, die dir nichts getan hat?»

Marius schob Catherine beiseite. «Was redest du da? Lass sie durch! Bist du wirklich Ärztin, dann geh zu ihr und hilf ihr, wenn du kannst. Und du schweig still, Catherine! Geh in deine Kammer, wenn du dich nicht nützlich machen willst. Über alles andere reden wir morgen. Jetzt ist nicht die Zeit!»

«Wenn meiner Schwester etwas zustößt, dann wirst du es bereuen!», schrie Catherine Danielle hinterher, drehte sich um und stürmte davon.

Jeanne ging mit der Magd in die Küche, um den Trank und das wärmende Pflaster zu bereiten.

Danielle lief hinter Marius die Treppe hinauf. Er führte sie in das Geburtszimmer. Dort lag Laura auf dem Bett, ihre Augen waren geschlossen, das Gesicht vom Weinen geschwollen und rot von geplatzten Äderchen, das Haar schweißverklebt. Das Zimmer sah verwüstet und trostlos aus. Tränke, Öle und

Decken lagen überall verstreut. Der Geburtsstuhl stand nutzlos in einer Ecke. Die alte Auda war in einer Ecke zusammengesunken und schnarchte leise. Danielle beugte sich über Laura und horchte auf ihren Atem. Sie schlug die Decke zurück. Verächtlich riss sie den Geburtsgürtel aus roten Sardersteinen ab und warf den Eselshuf weg, den man ihr auf den Venushügel gelegt hatte. «Fort mit diesem abergläubischen Kram!» Sanft befühlte sie Leib und Muttermund.

«Das Kind bewegt sich. Es lebt», verkündete sie. «Es ist aber so, wie ich gedacht habe: Das Kind liegt richtig, der Kopf ist ins kleine Becken eingetreten. Aber es ist zu groß, und sie ist zu schwach, um es herauszupressen. Es gibt nur einen Weg: Ich muss einen Dammschnitt machen.»

Auda war aufgewacht. Sie bekreuzigte sich. «Was ist das für ein Hexenwerk?»

«Das ist keine Hexerei, es ist ganz normal. Ich habe diesen Eingriff schon oft vorgenommen. Schnell jetzt! Eines noch, Herr Marius: Wenn ich nur einen von beiden retten kann: Willst du das Kind opfern oder die Mutter?»

«Das Kind», sagte Marius bleich. «Rette Laura.»

Danielle nickte. Sie schob ihn hinaus und schloss die Tür.

«Die Kirche verlangt es anders. Sie wollen, dass man die Mutter sterben lässt und dann aus ihrem toten Leib das Kind herausschneidet, damit sie es taufen können», hörte Marius Auda sagen, doch Danielles Antwort entging ihm. Er begann zu beten.

Jeanne kam mit der Magd und brachte, was Danielle in Auftrag gegeben hatte. Die Frauen huschten in das Zimmer und wieder heraus. Die Magd war sehr blass, als sie herauskam, und musste sich übergeben.

Marius saß auf dem Treppenabsatz, die Ellbogen auf die Knie gestützt, das Gesicht in den Händen. Wenn von drinnen ein Geräusch zu hören war oder Laura gar stöhnte, dann zuckte er zusammen, als hätte man ihn geschlagen. Nach einer Weile wurde es drinnen sehr still. Marius sprang auf. «Laura!»

Plötzlich hörte er von drinnen den ersten Schrei seines Kindes. Es hatte eine kräftige, tiefe Stimme. Die Tür öffnete sich. Auda brachte ihm den Säugling heraus, einen roten, faltigen kleinen Menschenwurm, seinen Sohn. Er nahm ihn, überaus vorsichtig, andächtig. Winzige rote Fingerchen schlossen sich um seinen Zeigefinger. Ein Paar veilchenblauer Augen, riesig in dem kleinen Gesicht, schauten glasig durch ihn hindurch. Marius lachte, hob das Bündel hoch in die Luft, sah es wieder an, wiegte es in seinen Armen und weinte und lachte gleichzeitig.

«Und Laura?», fragte er plötzlich. «Was ist mit Laura?»

«Sie lebt und ist den Umständen entsprechend erschöpft. Aber sie wird sich erholen. Danielle wird Euch eine Diät für sie aufschreiben, die ihr rasch wieder auf die Beine hilft. Wartet noch einen Augenblick, ehe Ihr hineingeht. Wir müssen noch ein wenig aufräumen. Es ist kein Anblick für einen Mann.»

Als sie wieder hineinkam, hatte Danielle die Wunde genäht und versorgt.

Eine Magd half ihnen, Laura zu waschen, sie in ein frisches Hemd zu kleiden und das Laken zu wechseln, bevor sie Marius zu ihr hineinließen. Laura war schläfrig, aber bei Bewusstsein, als ihr Mann hereinkam und ihr das Kind an die Brust legte. Aller Schmerz, alle Angst waren vergessen. Ihr Gesicht war immer noch gerötet und geschwollen, doch Danielle dachte bei sich, dass Laura nie schöner ausgesehen hatte. Als die Beginen die jungen Eltern verließen, schlief Laura, und Marius hielt beseligt sein Kind im Arm.

Catherine stand an der Tür. Sie schien das Glück der Eheleute nicht recht zu teilen. Die Haare hingen ihr wirr um den Kopf, und ihre Miene war finster. Die Augen folgten Danielle, bis die Tür hinter ihr ins Schloss fiel.

«Das hätte ich nicht gedacht, dass ich in meinem Alter noch was lernen kann», sagte Auda, als die drei Frauen zum Beginenhof zurückgingen. Es begann hell zu werden, das kühle blaue Licht des Morgens wanderte am Himmel empor. Über dem Glockenturm von Saint Nicolas zogen hauchdünne gelbe Schleierwolken auf, die von unten sanft zu leuchten begannen. Die Glocken der nahen Benediktinerabtei riefen zum Morgenlob.

17.

«Laura Vidal ist tot!»

Der Ruf hallte wider in den dumpfen Gassen. Er drang durch die salpetrigen Mauern und die winzigen Fensteröffnungen, schraubte sich hoch bis zu den Dachtraufen, wo selbst die Schwalben für einen Augenblick innehielten, sich an ihren grauen Nestern festklammerten und mit flinken, ruckenden Kopfbewegungen Ausschau hielten nach der Quelle des Geschreis. Es war eine Magd aus dem Haus Vidal. Ihr Haar war aufgelöst, das Gesicht rot vom Weinen. Bräunlich getrocknete Blutflecken klebten an ihren Ärmeln, ihren Händen, ihrem zerrissenen Kittel und ihrem Rock.

«Meine Herrin ist tot! Sie haben sie umgebracht und das Kind gestohlen!» Wie eine Wahnsinnige rannte sie durch die Gassen, hieb im Vorbeilaufen an die Türen, die Fensterläden. Überall erschienen Gesichter an den Fenstern, liefen die Leute auf die Straße hinaus.

«Was ist?»

«Wer ist gestorben?»

Die Magd erreichte die Place de l'Ange.

«Helft mir! Zu Hilfe, jemand tue doch etwas! Diese Hexen! Sie haben meine Herrin getötet!»

Die Frauen ließen ihre Kannen und ihre Krüge am Brunnen stehen und umringten sie. Hinter dem Haus des Konsuls hervor kamen diejenigen gerannt, die am Brotofen gewartet hatten. Sie kamen angerannt, mit mehligen Händen, mit den Backbrettern noch auf dem Kopf und den Laiben unter den Armen. Der Schuster im Ladengeschäft an der

Ecke Saint Antoine ließ seine Ahle fallen und folgte dem Lärm.

«Was ist geschehen, Belota? Was ist mit Mestra Laura?!»

«Sie sollte doch ihr Kind gebären, gestern, und es dauerte so lange, und es fiel ihr so schwer. Meine arme kleine Herrin!» Die Frau schluchzte und schlug die Hände vor das Gesicht.

«Und was? Ist sie dabei gestorben?», riefen die anderen Frauen, mitleidig zwar, aber es war nichts Ungewöhnliches, dass eine Frau dabei zugrunde ging. Es geschah alle Tage.

«Die Hebamme konnte nicht helfen und auch der Medicus vom Herrn Bonnefoy nicht, und da sind in der Nacht diese Hexen gekommen, diese Beginen, und da war so viel Blut! So viel Blut!»

Ein entsetztes Raunen ging durch die Menge. Sie rückten enger aneinander. Aus den Straßen und den Gassen kam immer mehr Volk gelaufen.

«Hast du das selbst gesehen, Belota? Wie konnte Mestre Marius das zulassen?»

«Ach, mein armer Herr! Er war so verzweifelt, und als der Arzt am Ende seiner Kunst war und niemand mehr helfen konnte, da war er so verzweifelt! Er liebt doch seine Laura so sehr!»

«Ja, das stimmt! Keine Frau wird mehr geliebt und ist besser behandelt worden von ihrem Mann als Mestra Laura!»

«Er würde alles für sie tun!»

Laura war sehr beliebt im Ort. Man sprach von ihr fast wie von einer Heiligen. Doch das Hospital der *sorores* hatte ebenfalls einen guten Ruf.

«Und hat er Jeanne gerufen? Die ist doch eine gute Krankenschwester!»

«Ja, sie hat meine Tante gesund gepflegt! Sie würde niemandem willentlich schaden.»

«Die Neue, Auda, die ist Hebamme. Sie hat das Kind meiner Schwester entbunden. Und das hat sie so gemacht, wie es immer gemacht wird. Eine Hexe ist sie gewiss nicht! Weißt du, was du da sagst?»

«Die waren es ja nicht! Sie haben die Fremde gerufen, diese Italienerin!»

Ein zorniges Raunen ging durch die Menge. Sie kannten sie nicht, diese verschlossene Frau.

«Was hat sie getan?»

«Sie hat sie aufgeschnitten wie ein Tier! Oh, es war entsetzlich!»

Die Frauen bekreuzigten sich und stöhnten auf.

«Sie haben stinkendes Räucherwerk abgebrannt und zum Teufel gebetet und Zeichen auf das Laken gemalt mit Lauras Blut! Und das Kind haben sie mitgenommen!»

«Das sollen sie büßen, diese losen Weiber!»

«Dafür kommt sie auf den Scheiterhaufen!»

«Was? Scheiterhaufen? Wir machen kurzen Prozess mit ihr!»

«Lasst uns die Männer holen!»

Einige liefen los, um ihre Brüder, Ehemänner und Söhne zu holen. Andere bewaffneten sich mit Stöcken, Brotmessern, Schürhaken und allem, was gerade zur Hand war. Dicht gedrängt liefen sie und suchten Schutz beieinander. Wie ein einziges Tier schob sich die Menge durch die Rue Vaillante.

Alix, die Tordienst hatte, hörte sie kommen. Gerade als sie die Schlupftür geöffnet und hinausgespäht hatte, bogen die Ersten um die Ecke.

«Heilige Mutter Gottes, steh uns bei!», rief Alix, zog sich hastig zurück, schloss das Tor und legte von innen den Riegel vor.

«Kommt rasch, irgendjemand! Helft mir die Tür zu verbarrikadieren! Wir werden angegriffen!», schrie sie in den Hof hinein.

Jeanne kam aus dem Hospital und rieb sich die Augen.

«Was ist denn? Was schreist du so herum. Ich habe nicht einmal drei Stunden geschlafen!» Sie hob den Kopf und horchte nach dem Tor hin. Jetzt konnte sie es selber hören: ein wütendes Brummen und Summen wie ein Hornissenschwarm. Einzelne Rufe waren zu verstehen: «Gebt die ausländische Hexe heraus!»

«Mörderin! Mörderin!»

«An den Galgen mit ihr!»

«Ersäufen soll man sie! Wartet, bis wir sie zu fassen kriegen!»

Von außen warfen sich Leute gegen das Tor. Die Lederriemen knarrten, der Riegel verbog sich, das Tor öffnete sich einen Spaltbreit.

Die dicke Manon kam hinzu. Mit ihrem Gewicht konnten sie den Spalt so weit schließen, dass es Jeanne und Alix gelang, den schweren Querbalken vor das Tor in die Halterungen zu heben. Die Tür war aus dickem Eichenholz. Man würde sie schon abbrennen müssen, um sie von außen zu öffnen.

«Holt Juliana!», rief Jeanne. Alix war auf ihren Schemel neben dem Eingang gesunken. «Mein Lebtag habe ich so was noch nicht gehört! Was wollen die denn von uns? Was habt ihr denn letzte Nacht getan?»

«Wir haben Laura das Leben gerettet! Als wir gegangen sind, waren alle wohlauf, Laura, Marius und das Kind! Es muss ein Irrtum sein, ein böswilliges Gerücht!», verteidigte sich Jeanne.

Juliana kam und hinter ihr der Rest der Beginen. Danielle kam aus dem Dormitorium und blieb ein Stück weit von den anderen entfernt stehen. Sie war kalkweiß im Gesicht.

Juliana öffnete das vergitterte Guckfensterchen und versuchte sich verständlich zu machen. «Nachbarn! Lasst uns in Frieden! Wir haben nichts getan!»

«Die italienische Hexe hat Mestra Laura ermordet und ihr Kind dem Teufel geopfert!»

«Das ist nicht wahr!»

«Das ist wohl wahr. Wir haben eine Zeugin, die hat alles mit eigenen Augen gesehen!»

«Mörderin! Mörderin! Heraus mit ihr!»

Eine Faust schlug gegen das Gitter. Juliana fuhr zurück, versuchte es aber noch einmal im Guten. «Hört doch, ihr guten Leute! Ihr kennt uns! Wir haben euch nie etwas Böses getan. Handelt doch nicht unüberlegt! Hört uns an!»

«Gegen euch haben wir nichts! Wir wollen die Italienerin! Gebt sie heraus!»

Das war die Stimme von Maudru.

«Geht weg, Leute. Sie hat Laura geholfen, nicht sie getötet», rief Juliana.

«Lügen! Diesmal seid ihr zu weit gegangen, ihr Teufelshuren! Dafür werdet ihr bezahlen!»

Pflastersteine krachten gegen das Holz, und dazwischen hörte man ein feuchtes Klatschen: Sie warfen mit Mist. Juliana schloss hastig das Guckloch. Das Tor erbebte von Axtschlägen und Fausthieben, doch das Vorhaben wurde schnell aufgegeben.

«Hol doch jemand Stroh und Späne! Wir räuchern das Nest aus! Wir zünden die Tür an!», brüllte draußen Maudru. «Wenn sie die Hexe nicht freiwillig herausgeben, dann holen wir sie uns! Und ihr anderen, wenn ihr sie schützt, garantieren wir euch für nichts! Heraus mit ihr, sofort, oder ihr werdet es alle bereuen!»

«Was können wir tun?» Julianas Blick fiel auf die hintere Mauer am Stall. Mit raschen Schritten ging sie hin.

Gebba drehte sich zu Danielle um und hob einen anklagenden Finger: «Da steht sie, und tut wieder unschuldig, wie gewöhnlich! Bist du nun zufrieden? Deinetwegen werden sie uns noch das Haus über dem Kopf anzünden!»

«Warte, Gebba! Danielle hat nichts Böses getan. Im Gegenteil! Ich verstehe das nicht: Als wir gegangen sind, da waren sie alle wohlauf», rief Jeanne.

«Nun, dann wird sie wohl später gestorben sein an der Pfuscherei, die diese da veranstaltet hat! Wo ist der Säugling? Sag es gleich!»

«Ich habe ihn nicht», sagte Danielle.

«Gebba! Ich sage dir doch: Wir sind zusammen fortgegangen, und alles war in Ordnung. Was auch immer sich bei den Vidals abgespielt hat danach, Danielle kann nichts damit zu tun haben», beteuerte Jeanne.

«Aber warum ist das Kind dann weg? Gebba hat recht: Das ist doch alles sehr verdächtig, nicht wahr, Gebba?», meldete sich Annik zu Wort. «Sie muss etwas getan haben, sonst hätten wir diesen Ärger jetzt nicht. Warum musstest du sie denn da hineinziehen, Jeanne? Hättest du doch der Natur ihren Lauf gelassen. Ihr derart ins Handwerk zu pfuschen, das ist Gotteslästerung!»

Die alte Auda schüttelte fassungslos den Kopf. Jeanne machte einen Schritt auf Gebba zu, baute sich direkt vor ihr auf und ballte die Fäuste. Sie verspürte eine fast übermächtige Lust, ihrer Schwester den Hals umzudrehen. «Hätten wir Laura sterben lassen sollen? Jesus gib mir Geduld, oder ich vergreife mich an dieser Frau! Gebba, du kannst doch nicht alles, was schiefgeht, Danielle anlasten. Hör uns doch einmal richtig zu!»

Gebba gab kein Stück nach. «Seit sie zu uns gekommen ist, sind wir vor die Inquisition gezerrt worden, sie hat die Nachbarn gegen uns aufgebracht, ein Verlöbnis zerstört, eine gute Frau von ihrem Ehemann fortgelockt. Und kaum dass sie ein Wochenbett aufsucht, siehe da, da ist der Säugling verschwunden? Und du willst mir einreden, sie habe mit allem nichts zu tun?»

In der Hahnengasse waren inzwischen der Sohn von Annik, der Bäcker Guillaume und einige andere eingetroffen, die den Beginen verbunden waren. «Nachbarn! Was tut ihr hier! Nehmt doch Vernunft an!», riefen sie.

«Sie sollen die Hexe herausgeben. Dann tun wir ihnen nichts!», schrien die anderen zurück.

«Wenn sie etwas getan hat, dann soll sie ordentlich vors Gericht gestellt werden. Es ist nicht eure Sache zu richten.»

«Nichts da. Da redet sie sich bloß wieder heraus. Sie soll bezahlen, und zwar gleich!»

«Lasst sie in Ruhe!»

«Weg vom Tor!»

«Nichts da! Wir holen uns die Mörderin. Steht uns nicht im Weg, oder ihr kriegt selber was aufs Maul!»

«Das werden wir gleich sehen!»

Mit Holzknüppeln und Fäusten drangen sie auf die Menge vor dem Tor ein. Alix öffnete kurz das Fensterchen und schloss es gleich wieder, um sich umzuwenden und zu schreien: «Annik! Dein Sohn ist zu unserer Verteidigung gekommen. Jetzt prügeln sie aufeinander ein!»

«Oh, lieber Gott! Hoffentlich passiert meinem Adolphe nichts!»

Annik rannte zum Tor und schaute hinaus: Die Verteidiger waren eindeutig in der Minderzahl. Sie steckten Prügel ein, und es gelang ihnen nicht, die Menge vor dem Tor zu zerstreuen. Einige hatten Stroh und Kleinholz unten vor dem Tor aufgeschichtet. Das Holz der Tür begann bereits zu schwelen. Annik roch den Qualm und musste das Guckloch sofort wieder schließen. Rauchschwaden drangen durch die Ritzen.

«Sie haben einen Brand gelegt!»

«Seht ihr? Lasst sie uns herausgeben. Dann haben wir Ruhe!», sagte Gebba.

«Judas!»

Juliana war unterdessen zur rückwärtigen Mauer gelaufen und sprach mit Renata. Renata holte einen kleinen Schemel aus dem Stall, stieg darauf und sah über die Mauer. Unten stand der übliche Pulk Bengel und glotzte herauf.

«Du da, Olivier!», sprach sie den größten Jungen an. «Willst du dir einen ganzen Sou verdienen? Lauf rasch zur Porte Murette und hol die Stadtwachen, die dort stehen! Sag ihnen, sag ihnen … ach, sag ihnen einfach, wenn sie nicht sofort kommen, wird es Mord und Totschlag geben. Schnell! Beeil dich! Und danach gehst du zum Franziskanerkloster und bittest Calixtus herzukommen! Erst die Wache, dann Calixtus, hast du verstanden?»

Der Junge nickte eifrig und sauste davon.

Einige Beginen umstanden Danielle: Magdalène, Manon, Guilhelme, Jeanne, Auda, Alix. Ein anderer Teil von ihnen hatte sich hinter Gebba aufgestellt: Annik, Justine, Philippa, Marthe. Danielle fühlte einen harten, kalten Klumpen anstelle ihres Magens. Ihr war, als würde sie in tiefem Wasser versinken. Alles wiederholte sich ganz so, wie sie es schon einmal erlebt hatte. Ganz eingeschrumpft war sie, hörte nur noch undeutlich die Worte, sah kaum noch die Schwestern. Das Blut pochte in ihren Ohren, ihren Wangen. Sie spürte nicht, wie Magdalène ihr einen Arm um die Schultern legte. Alles war weit in die Ferne gerückt. Sie stand auf einem gläsernen Berg.

«Gebba! Von Anfang an hast du es auf Danielle abgesehen, du Luder!», rief Magdalène. «Ständig hast du sie mit deinen Sticheleien und Verdächtigungen verfolgt! Warum willst du ihr nicht zuhören? Sie sagt doch, dass sie das Kind nicht genommen hat, und Jeanne und Auda bestätigen es. Was willst du noch?»

«Warum sollten wir jetzt ihren Lügen Glauben schenken?», rief Gebba. «Die ganze Zeit über hat sie uns hingehalten und uns etwas vorgespielt. Aber wie es scheint, holt ihre Vergangenheit sie jetzt ein! Steh da nicht so trotzig! Zeige endlich Reue! Auf die Knie mit dir und gestehe!»

Anne war hinzugekommen und hielt Danielle wortlos eine Bibel hin. Danielle legte die Hand darauf und sagte: «Ich schwöre, bei meiner Seele, dass ich Ärztin bin. Ich habe Laura nach allen Regeln meiner Kunst behandelt. In den frühen Morgenstunden habe ich sie mit Gottes Hilfe von einem gesunden, kräftigen Sohn entbunden. Auda hat ihn Marius selbst in die Arme gelegt. Mestra Laura war so wohlauf, wie man es erwarten kann.» Doch selbst für sie klang ihre eigene Stimme taub, ohne Überzeugungskraft.

«Das kann ich auch beschwören», sagte Jeanne. «Es ist die Wahrheit!»

Aber Gebba ließ sich nicht beruhigen: «Wenn es die Wahrheit ist, dann soll sie sich stellen. Sie soll hinausgehen und sich dem Gericht überantworten!»

Alix hatte die Meute gesehen. «Gebba, das da draußen ist kein Gericht und keine Gerechtigkeit! Sie werden sie in Stücke reißen!»

«Das wird uns auch geschehen. Warum sollen wir ihretwegen leiden?!»

«Gebba! Es reicht!», rief da Juliana. «Ich habe endlich genug von dir und deiner scharfen Zunge, von dem Unfrieden, den du stiftest! Du bist wie eine Spaltaxt in unserer Gemeinschaft. Du bist diejenige, die ausgestoßen werden sollte!»

«Und du bist nicht fähig, uns zu leiten! Was für eine Meisterin bist du denn? Hier darf jede tun, was ihr gefällt. Es herrscht keine Zucht! Wäre ich Meisterin, dann wäre es gar nicht erst so weit gekommen.»

«Aha, darum ging es dir also die ganze Zeit. Jetzt hast du dich entlarvt!», schrie Magdalène.

«Ich wähle Gebba!» Das war die kleine Annik, die sich hinter der Witwe versteckte. «Es ist gut und schön, milde zu sein, wie Juliana es ist. Doch ihr seht ja, was es uns eingetragen hat. Zucht bringt Frucht! Hier muss ein strengeres Regiment einkehren! Alix trinkt, Manon hat sich der Völlerei ergeben, Anne verbreitet Ketzerei! Das kommt dabei heraus, wenn man die Dinge schleifen lässt! Meine Mutter selig hat immer gesagt: Die beste Zucht ist eine harte Strafe!»

«Ich und Völlerei? Bei deiner Küche? Da kommen ja einem Schwein die Tränen!», kreischte Manon.

«Was, du missgönnst mir die paar Schlucke Wein? Na komm du erst mal in mein Alter. Dann wirst du sehen, wie es ist!», wehrte sich Alix.

«Und was hast du plötzlich gegen Danielle?», fragte Anne ganz ruhig.

«Nun, ohne Rauch kein Feuer. Kennen wir sie denn? Wer nichts zu verbergen hat, der macht auch nicht solch ein Geheimnis um sich!», gab Annik trotzig zurück.

«Gebba soll Meisterin sein!», sagten einige. «Sie würde uns nicht so in Schwierigkeiten bringen.»

«Niemals! Juliana ist und bleibt unsere Grande Dame!», sagten die anderen.

Feindselig standen sich die Gruppen gegenüber.

«Es ist euer gutes Recht, eine andere zur Meisterin zu wählen. Ich habe nichts dagegen», sagte Juliana beschwichtigend. «Aber jetzt ist nicht der richtige Zeitpunkt dafür.»

«Jetzt ist genau der richtige Zeitpunkt», erwiderte Gebba kampflustig.

«Da ist sie! Greift sie euch!» Drei Männer, allen voran

Maudru, waren über die Stallmauer gestiegen und rannten durch den Garten auf Danielle zu. Sie lief nicht weg vor ihnen. Sie stand da, mit hängenden Armen, bereit, alles mit sich geschehen zu lassen.

«Rührt sie nicht an!» Magdalène stellte sich ihnen in den Weg und wurde beiseitegeworfen wie eine Lumpenpuppe. Zwei der Kerle griffen Danielle. Maudru spuckte vor ihr auf das Kopfsteinpflaster: «Haben wir dich! Die ganze Zeit über hat es mich schon gejuckt, dass du mir meine Garsende dumm geredet hast, du Schlampe. Jetzt werden wir dich lehren, was passiert, wenn ein Weibsstück die Nase zu hoch trägt! Platz da!» Drohend ging er auf die Beginen zu. Justine und Gebba wichen zurück, doch die anderen bildeten eine Mauer um Danielle.

«Ihr werdet unsere Schwester nicht mitnehmen! Eher müsst ihr uns alle umbringen!», sagte Anne, bleich, aber entschlossen.

«Die Stadtwachen sind da!», schrie Alix am Tor. Sie mühte sich, die Balken hochzuhieven, die sie vorher so mühevoll vorgelegt hatten. Jeanne kam ihr zu Hilfe. Gemeinsam öffneten sie das Tor und ließen die *gens d'armes* ein. Die Menge draußen war ruhiger geworden und hatte sich ein kleines Stück vom Tor zurückgezogen.

«So, jetzt kriegt ihr's!», murrte es.

Maudru und seine Gesellen mussten Danielle loslassen.

«Ihr wartet jetzt draußen, bis unser Hauptmann kommt. Das hier wird ordentlich gemacht, so wie es sich gehört.»

Wütend stelzte Maudru an den Beginen vorbei auf die Straße. «Es sind doch nur zwei. Wollt ihr euch von denen etwa was vorschreiben lassen?», hörten sie ihn in die Menge rufen, doch keiner hatte Lust, sich mit den Bewaffneten einzulassen.

Der Hauptmann der Wache erschien, Bélibaste, ein vierschrötiger Mann von mittlerer Statur. Er hatte eine lange, hässliche Narbe im Gesicht, die vom rechten Augenrand bis zum Mund verlief und die ihm ein finsteres Aussehen verlieh. Jedermann hatte Respekt vor ihm, sogar Maudru wich zurück und schwieg lieber. Mit sich brachte er Marius Vidal und Abbé Grégoire.

Marius' Augen waren gerötet. Er sah müde und traurig aus, über Nacht um Jahre gealtert. «Bürger!», rief er vor dem Tor von Sainte Douceline. «Geht nach Hause. Laura lebt! Ihr seid einem Gerücht aufgesessen. Die Beginen haben ihr beigestanden und sie gerettet, nicht umgebracht!»

«Mestra Laura lebt?»

«Sie lebt! Laura lebt!», setzte sich die Nachricht durch die Menge fort, wie Wellen auf einem See, in den man einen Stein geworfen hat.

«Laura lebt!», rief man über die Place de l'Ange.

Die Magd wurde nach vorne geschoben. «Sie hat es überall herumgeschrien, dass ihre Herrin tot sei!», hieß es.

«Ich hab's gesehen!», verteidigte sie sich. «Ach, Herr Marius, ich bitte um Vergebung, aber als ich heute Morgen in das Schlafzimmer kam, um nach der Herrin zu sehen, da sah ich Euch über ihr Bett geworfen wie in einem großen Kummer. Und sie war ganz bleich und still! Und von dem Säugling war nirgends eine Spur.»

«Seht ihr, es ist ein Missverständnis!», rief Bélibaste.

«Was ist aber mit dem Säugling?», fragten diejenigen, die Marius zunächst standen.

«Ich weiß es nicht. Es stimmt: Unser Kind ist verschwunden.»

«Habt ihr denn alles abgesucht?»

«Das ganze Haus haben wir durchsucht vom Keller bis zum Dachboden. In jeden Winkel haben wir geschaut. Aber wie sollte sich denn so ein hilfloses Wesen aus eigener Kraft fortbewegen? Wir haben alle Dienstboten befragt und die Nachbarn gerufen. Es gibt keine Spur von meinem Sohn. Es ist, als habe er nie existiert! Wir können es uns nicht erklären. Meine arme Laura ist ganz verzweifelt!»

«Fragt die Hexe!»

«Brennt sie, schlagt sie, werft sie ins Wasser, dann wird sie schon sagen, was sie damit getan hat!»

«Die Begine Danielle hat nichts damit zu tun. Als sie das Haus verließ, da waren wir noch alle drei zusammen. Laura gab dem Kind die Brust. Dann bin ich eingeschlafen. Als ich erwachte, war es einfach fort.» Tränen liefen über sein Gesicht. Einige in der Menge fuhren sich über die Augen, ein paar weinten offen mit.

«Sicher ist sie im Schutz der Dunkelheit wiedergekommen», sagte Abbé Grégoire. «Es ist ja bekannt, dass Hexen von dem Blut ungetaufter Neugeborener angezogen werden. Vor allem, wenn sie bereits in das betreffende Haus eingeladen wurden. Dann können sie dort frei ein- und ausgehen. Sie muss in den Kerker geworfen und befragt werden!»

«Das wird nicht nötig sein», sagte Marius. «Meine Frau hat dieser Person vertraut, und ich tue es auch. Schaut sie euch doch an. Sieht so eine Hexe aus?»

«Wie sieht denn eine Hexe aus? Der Satan zeigt sich oft in schöner Gestalt, und so tun es auch seine Werkzeuge. Nein, ich sage, sie muss gefangen gesetzt und verhört werden. Heute noch!»

«Durchsucht doch den Hof, durchsucht alles, ob ihr das Kind findet!», rief die Menge.

Ein paar weitere Büttel waren dazugekommen. Auf den Befehl ihres Hauptmanns hin suchten sie alle Gebäude und Keller des Beginenhofes ab. Annik schrie auf und lief ihnen hinterher, als sie es aus Küche und Vorratskammer poltern hörte. Sie warfen die Körbe um, sahen in die Ölkrüge, schlitzten Kornsäcke auf. Auf dem Heuboden und im Stall suchten sie. Lautstark machten die Maultiere ihrer Empörung Luft. Die Büttel drangen sogar in den Schlafsaal ein und hoben alle Decken hoch, schauten in alle Truhen. Zu Jeannes Entsetzen sahen sie auch in den Betten der Kranken nach.

Doch sie kamen mit leeren Händen zurück.

«Hier ist es nicht!»

«Da seht ihr es. Wir sind gottesfürchtige Frauen. Ihr kennt uns seit vielen Jahren. Wie könnt ihr nur annehmen, dass wir Kinder stehlen!», schalt Anne die Nachbarn.

«Euch verdächtigen wir ja auch nicht. Aber was ist, wenn euch die da behext hat?»

Anne schnaubte verächtlich. «Euch dampft noch der Wein von letzter Nacht aus dem Hirn! Geht nach Hause und schlaft euren Rausch aus.»

«Wir müssen Sieur de Bonnefoy fragen, was nun geschehen soll. Ihm obliegt die Gerichtsbarkeit im Namen seines Herrn», sagte Bélibaste. «Bis er entschieden hat, sollen die Beginen ihren Hof nicht verlassen und für ihre Schwester bürgen. Zu ihrer Sicherheit stelle ich Wachen vor dem Tor und an der hinteren Mauer auf.» Er gab seinen Männern ein kurzes Zeichen mit der Hand, woraufhin sie Aufstellung nahmen.

«Ein Fall von Hexerei obliegt der Kirche und nicht der weltlichen Gerichtsbarkeit! Übrigens ist der Herr dieser Stadt ja auch das Oberhaupt der Kirche. Schon deshalb muss mir das Weib überantwortet werden! Sofort werde ich den Bischof um die Entsendung eines Inquisitors bitten», rief Abbé Grégoire, der seine Chance nicht ungenutzt vorbeiziehen lassen wollte. Hatten ihn diese Weiber nicht schon einmal angeführt? Diesmal würde es ihnen nicht gelingen, sich herauszureden.

«Wie Ihr wünscht, Herr Pfarrer. Aber ich würde dennoch

nicht dazu raten, die Begine in eine unserer Zellen zu bringen. Sie sind sämtlich mit schlechten Kerlen belegt, mit Schlägern, Säufern, Vergewaltigern und dergleichen. Das kann man einer Frau doch wohl kaum zumuten, sei sie nun schuldig oder nicht», gab Bélibaste zu bedenken.

Dem musste sogar der Abbé widerwillig zustimmen.

«Wo ist Calixtus? Fragt ihn doch, er wird für uns bürgen», sagte Anne.

«Calixtus ist nicht in der Stadt. Diesmal wird er euch nicht helfen, den Kopf aus der Schlinge zu ziehen», sagte Abbé Grégoire und konnte ein befriedigtes Lächeln nicht unterdrücken.

Die Leute zogen ab, einer nach dem anderen. Sie waren unzufrieden und murrten untereinander: «Herr Marius ist zu nachsichtig. Man hätte das Weib sofort der Peinlichen Befragung unterziehen sollen!»

«Ja! Wer weiß, vielleicht hat sie das Kind versteckt, und es wäre noch zu retten, wenn man es schnell fände!»

«Na, aber die Hexe ist doch eingesperrt und kann nicht fort, um ihr Werk zu vollenden.»

«Das denkst du! Wenn sie eine Hexe ist, dann kann sie fliegen. Sie beschmiert sich mit einer Flugsalbe aus Fledermauskot und Krötenblut, und dann kann sie durch die Lüfte fliegen und tun, was sie will.»

«Wo könnte sie es hingebracht haben?»

«Vielleicht zu den Bettlern an der Stadtmauer! Mit denen sind die Beginen doch immer so vertraut.»

Einige Männer machten sich zu den Bretterverschlägen auf, die an der Porte Durance an der Stadtmauer lehnten. Dort kühlten sie ihren Mut an den armen Leuten, die dort hausten. Sie drangen in die elenden Behausungen ein, rissen die Kinder aus ihren Wiegen, stießen die Frauen herum und stellten Fragen. Ein Neugeborenes fanden sie nicht.

Daraufhin beschlossen sie, ins Wirtshaus zu gehen und ihre Heldentaten zu begießen.

In der Rue de Courtrasse sah es aus wie nach einem Krieg. Pflastersteine und zerschlagene Möbel lagen herum. Die Verzierungen an den Türpfosten waren abgeschlagen, so weit die Meute hatte hoch reichen können. In der Tür waren Axthiebe zu sehen, und unten waren die Bretter angekohlt. Still schlossen die Beginen ihr Tor und verriegelten es von innen.

Alle wandten sich Danielle zu.

«Ist es jetzt nicht an der Zeit, dass du mit der Sprache herausrückst?»

«Ja», sagte Danielle. «Ich will euch meine Geschichte erzählen. Und dann sollt ihr über mich urteilen. Was immer ihr dann beschließt, dem werde ich mich unterwerfen.»

18.

Sie hatten die Tische im Refektorium an die Wand gerückt und die Stühle im Kreis aufgestellt. Es war schattig und einigermaßen kühl hier drinnen. Ein Lichtstrahl, der durch eines der kleinen, hohen Fenster fiel, ließ Danielles dunkles Haar rötlich schimmern.

Danielle begann: «Ich wurde in Neapel geboren, als mittleres Kind, Tochter eines wohlhabenden Kaufmanns. Zwei Brüder habe ich. Ich weiß nicht, ob sie noch leben.

Meine Kindheit war schön und harmonisch, also gibt es darüber weiter nichts zu berichten. Nur dass mein Vater, vielleicht weil er sich das Lesen und Schreiben und das Rechnen unter großen Mühen selbst aneignen musste, großen Wert darauf legte, seine Kinder von den besten Hauslehrern unterrichten zu lassen, sogar seine Tochter.»

«Das Geld hätte er sich sparen sollen!», zischte Gebba.

«Psst! Sei still», flüsterten die anderen.

«Einer der Lehrer war Benediktinermönch, die – wie ihr wisst – durch ihre Regel auch zur Krankenpflege verpflichtet sind. Und er muss es gewesen sein, der in meinen kleinen Kopf die Idee einpflanzte, ich solle ein wenig Heilkunst lernen. Das stünde auch einer Frau gut an und sei nützlich in einem großen Haushalt und bei der Kindererziehung, sagte er mir.

Diesen Gedanken habe ich mit Begeisterung aufgenommen und habe gleich begonnen, verletzte Tiere zu pflegen. Ich erinnere mich, dass ich zunächst meinen Eifer an unseren Katzen und den Jagdhunden meines Vaters gekühlt habe. Ich strich sie mit duftenden Salben ein, die ich meiner Mutter entwendet hatte, und legte ihnen bauschige Verbände um. Das gefiel ihnen gar nicht. Die Katzen haben mich gekratzt, und die Hunde nagten so lange an den Verbänden, bis sie das Zeug los waren. Danach gingen sie mir aus dem Wege.»

Ein leises Lachen ging durch die Runde.

«Mit der Zeit aber und unter der Anleitung des Benediktinermönchs gewann ich an Geschicklichkeit, und bald brachte man mir aus der ganzen Nachbarschaft Vögel mit gebrochenen Flügeln, Kitze, die von Raubvögeln verletzt worden waren, Hunde, die in Fallen gegangen waren und dergleichen. Ich hatte im Hof eine Ecke mit Käfigen, in denen meine Patienten aufbewahrt wurden. Mutter nannte es meine Menagerie, und meine Brüder wagten es nicht, meine Patienten zu stören oder zu ärgern.

Als ich älter war, hatten wir dann einmal einen jungen Doktor der Medizin zu Besuch. Er war ein entfernter Cousin meines Vaters und ein sehr ansehnlicher Mann. Ich schwärmte für ihn, und er erzählte mir von der «Civitas Hippocratica», der Medizinschule von Salerno. Ist sie euch ein Begriff?»

«Allerdings!», rief Jeanne. «Ich habe davon reden hören.»

«Ich habe keine Ahnung, was es damit auf sich hat, erzähl uns mehr!», sagten die anderen.

«Salerno ist ein Ort am Tyrrhenischen Meer.» Die wenigsten der Schwestern hatten je das Meer gesehen. «Das Meer ist eine riesige Wasserfläche, größer und tiefer als jeder See. Das Wasser ist salzig. Stellt euch vor: eine Bucht, das Wasser lau und grünbläulich schimmernd, die Ufer felsig und von lichten Eichen und Pinien bestanden. Über die Felsen wuchern die fetten, stacheligen Blätter der Feigenkakteen. Eine sanfte Hügelkette steigt an vom Ufer gen Horizont, und aus einem Einschnitt der Hügel in der geschützten Mitte der Bucht, da ergießt sich ein Strom von geweißten Häusern bis an den Strand. Das ist Salerno. Auf einem der Hügel steht ein Kloster, ein Ableger des Klosters von Monte Cassino, das vom heiligen Benedikt selbst gegründet wurde. Und weil das Klima so angenehm, die Umgebung so schön und die Pflege der Mönche weithin berühmt war, sind die Kreuzfahrer dorthin gekommen, um ihre Wunden behandeln zu lassen und sich zu erholen. Immer mehr Herbergen, Garküchen und Wirtshäuser wurden gebraucht, um alle diese Ritter und ihr Gefolge zu versorgen. Die Stadt wuchs, wurde wohlhabend und bekam einen sehr guten Ruf. Jeder wollte dorthin, nachdem man sogar den Heiligen Vater von hartnäckigen und schmerzhaften Blasensteinen kuriert hatte.

Mit der Zeit gewöhnten sich auch die Leute in der Umgebung, vor allem aber die Adligen daran, jedes Mal, wenn jemand aus ihrer Familie krank wurde, die Mönche von Salerno rufen zu lassen. Das führte dazu, dass sie häufig aus dem Kloster abwesend waren und auch mit Frauen zusammenkamen. Dieser Misstand musste schließlich behoben werden, und so gründete man eine Laienschule für Medizin, um die Mönche zu entlasten. Ihr berühmtester Lehrer war Constantinus Africanus. Der war in seiner Jugend weit gereist und hatte im Orient und Okzident, bei den Indern und den Arabern viele medizinische Schriften gesammelt und ins Lateinische übersetzt, sodass in Salerno die Heilkunst der Antike wiederentdeckt und durch die Mönche weiterentwickelt wurde. Das ist nun schon dreihundert Jahre her. Ihr müsst verstehen, dass es damals kaum vergleichbare Schulen für Medizin gab. Bis heute sind die anderen medizinischen Fakultäten in ihrer theoretischen und praktischen Erforschung ziemlich eingeschränkt, weil sie unter kirchliches Edikt fallen. Salerno aber fiel unter weltliche Herren, und die erlaubten vieles, was anderswo untersagt war.»

«Zu Recht untersagt», warf Gebba ein.

«Du redest Unsinn, weil du nichts davon verstehst», wies Jeanne sie zurecht.

«Viele berühmte Leute haben hier gelernt und gelehrt, unter anderen auch Thomas von Aquin, daran könnt ihr sehen, dass beileibe keine Ketzerei oder Zauberei vorkam», fuhr Danielle unbeirrt fort, nun, da sie sich einmal entschlossen hatte, alles zu erzählen. «Es ging alles sittlich und christlich zu. Das berühmte Lehrgedicht ‹Regimen Sanitatis Salernitatum› – die Gesundheitsregeln der salernitanischen Schule – wurde für Prinz Robert, den Sohn Wilhelm des Eroberers, verfasst, als er auf der Heimreise von Palästina eine Armwunde durch einen vergifteten Pfeil behandeln ließ.»

«Erbse kann ich empfehlen und nicht empfehlen,
denn ihrer Hülse beraubt, sei sie als gut dir erlaubt,
aber von dieser umringt, sie Schaden und Blähungen bringt!»,

zitierte Jeanne. Jemand machte ein entsprechendes Geräusch, und Annik kicherte.

«Ja. Das Gedicht hat zu allen Lebensmitteln etwas zu empfehlen. Wein ist gut –»

«Seht ihr: Das ist vernünftig», brummte Alix.

«Frisches Brot ist schlecht.»

«Schmeckt aber am besten!», warf die dicke Manon ein.

«Man soll sich waschen und die Zähne putzen am Morgen, ihr kennt das alles. Die Regeln stammen aus Salerno. König Roger von Sizilien und nach ihm Friedrich der Staufer haben Salerno gefördert und Gesetze gegen Pfuscherei erlassen. Niemand sollte sich medizinisch betätigen, der nicht eine entsprechende Ausbildung gemacht und seine Lizenz von den königlichen Beamten bekommen hatte. Ach, wie stolz war mein Vater, als ich dieses Dokument in den Händen hielt!»

«Das haben sie auch Frauen gegeben?», fragte Gebba misstrauisch.

«Ja. Und es waren sogar weibliche Lehrer dort, wenige zwar, und sie haben nur Geburtshilfe und Kinderpflege gelehrt, wie Constantia Mammana, doch wer wollte, konnte alle Gebiete hören, sogar Chirurgie!»

«Frauen, die Leute aufschneiden? Pfui!», schimpfte Gebba.

«Wenn es zur Heilung führt, warum denn nicht? Aber ich gebe zu, dass diese Kurse fast ausschließlich von jungen Männern besucht wurden.»

«Hast du das Schneiden gelernt?», fragte Annik mit vor Aufregung zittriger Stimme.

«Ja, das habe ich. Und Anatomie! Wie soll man denn einem Menschen helfen, wenn man nicht weiß, wo seine Organe sitzen und wie sie aussehen? Wir haben allerdings nur an Schweinen geübt. Die Kirche hat das Aufschneiden von Leichen verboten.»

«Das ist gut!»

«Nein, das ist ganz schlecht, denn das Schwein ist dem Menschen nicht in allem ähnlich!», gab Danielle zu bedenken.

«Nur im Charakter», murmelte Anne, ohne jemand im Besonderen anzuschauen dabei. Doch Gebba drehte sich giftig nach ihr um.

«Zum Beispiel lernen die Geburtshelferinnen die weiblichen Genitalien nur an Säuen kennen und operieren dann an Frauen, ohne sie anzuschauen. Sie fühlen nur unter dem Rock. Deshalb wird so viel verdorben, und viele Frauen müssen unnötig leiden um der Scham willen.»

«Ich würde lieber sterben, als mich so anschauen zu

lassen, noch dazu womöglich von einem Mann!», Gebba errötete.

Danielle ging nicht darauf ein. «Wie auch immer. Man lehrte uns zu helfen, so gut es ging, und man lehrte uns vor allem, nicht zu schaden. Das ist das oberste Gesetz der Medizin. Der Patient darf hinterher nicht schlechter dran sein als vor der Behandlung.»

«Daran hättest du denken sollen, ehe du Lauras Kind getötet hast!», keifte Gebba.

«Ich habe dem Kind nichts getan. Jeanne und Auda sind meine Zeuginnen. Es war gesund und munter, als wir es in den Armen seiner Mutter ließen», sagte Danielle, der Wiederholung müde.

«Das stimmt! Ich schwöre es», warf Jeanne ein.

«Jaja, das hatten wir schon. Lasst sie weitererzählen! Gebba, hör auf, ständig zu unterbrechen!», sagte Juliana streng.

«Die Zeit in Salerno war die glücklichste Zeit meines Lebens. Ohne dass Verantwortung auf meinen Schultern lastete, konnte ich meinen Wissensdurst nach Herzenslust befriedigen. Ihr würdet es nicht glauben, was schon die Alten wussten, die Griechen im Athen vor mehr als tausend Jahren! Das alles war in der dunklen Zeit vergessen worden! Und die Lehrer erst, die ich hatte! Da war einer, Nikolaus de Cretacio, ein hässlicher kleiner Mann, ein fetter Gnom. Doch was für einen faszinierenden Verstand er hatte, und er war immer freundlich, immer ausgeglichen.»

«Wie habt ihr denn nun gelernt, Menschen zu behandeln, wenn man euch nur anhand von Büchern und Schweinebraten hat studieren lassen?», wollte Jeanne wissen.

«Wir haben schon an Menschen gelernt, mit der Zeit. Diejenigen unter uns, die schon ihr Grundstudium der Philosophie, Arithmetik und Astrologie hinter sich gebracht hatten, die durften die Lehrer auf ihren morgendlichen

Krankenbesuchen begleiten. Es gab zahlreiche Hospitäler in der Stadt, und die Schule betrieb selber das größte davon. Jeden Morgen und jeden Abend gingen die Ärzte und Lehrer von der Schule mit ausgesuchten Schülern hinüber ins Hospital, und da durften wir zuschauen und lernen. Ich ging auch mit Bruder Nikolaus zu den Armen. Die behandelte er umsonst.»

«Ach, an die haben sie dann euch Grünschnäbel rangelassen! Natürlich nicht an die hohen Herrschaften, aber die armen Leute mussten sich das wohl gefallen lassen?»

«Nein, nicht ganz so, Annik. Bruder Nikolaus war ja dabei und überwachte jeden Handgriff, den wir taten. Und vorher hat er uns vorgestellt und sie gefragt, ob es ihnen recht wäre. Manche sagten ja, andere sagten nein.

Ach, und wie anregend die Gesellschaft war! Wir Studenten lebten in Dormitorien, das heißt, es gab ein großes Haus für die Jungen und nur ein sehr kleines, in dem die weiblichen Studenten zusammen mit den Lehrerinnen wohnten, damit unsere Eltern uns behütet und bewacht wussten. Die älteren und berühmten Lehrer hatten schöne Villen in der Stadt. Die ganz jungen Lehrer und Ärzte, die lebten ebenfalls auf dem Gelände der Schule und aßen mit uns im Speisesaal. Die Diskussionen, die da geführt wurden! Und manchmal ziemlich raue Scherze …» Danielle lächelte in sich hinein. «Ich hätte lieber dort bleiben und weiter Lehrbücher verfassen sollen.»

«Dann hast du das Buch dort geschrieben?», rief Jeanne.

«Welches Buch?», fragte Gebba.

«Oh, sie hat ein wunderbares Buch über Frauenleiden geschrieben! Ich wünschte, jeder Arzt und jede Hebamme hätte es. Wie viel besser könnte den Frauen dann geholfen werden!», schwärmte Jeanne.

«Ach, das ist nicht mein Verdienst», wehrte Danielle

bescheiden ab. «Ich hatte ja in Salerno eine riesige Bibliothek zur Verfügung mit den Schriften der berühmtesten Gelehrten: Hippokrates, Aristoteles, der Jude Maimonides; Soranus, der Hofarzt bei Königin Cleopatra war, Johannes Akturios, Ibn Ruschd aus dem alten Bagdad und Abulkasim aus Córdoba; eine lateinische Übersetzung der Pharmakologie des Dioskurides und sogar indische Schriften hatten sie dort …»

Annes Augen wurden groß und sehnsüchtig. «Ach, wenn ich doch nur einmal in eine solche Bibliothek käme!»

«Und hast du alle diese Autoren gelesen?», fragte Jeanne beeindruckt. Die Schwestern lauschten atemlos.

Niemand bemerkte, wie Gebba aufstand und leise hinausging.

«Ich habe sie alle gelesen und zusammengetragen, was sie über die weiblichen Organe und über Frauenleiden geschrieben haben. Bei allem Respekt muss ich doch sagen: das war nicht eben viel. Sie haben sich nicht allzu sehr für Frauen interessiert, doch aus den Bruchstücken und dem, was die Lehrerinnen mir beigebracht haben, ergab sich ein ziemlich genaues Bild.»

«Ja, wärst du doch Lehrerin geworden!»

«Warum hast du es nicht getan?»

«Ich fand, es sei nicht genug, sich bequem in der Welt der Wissenschaft und Lehre zu bewegen. Ich meinte, das Wissen hinaustragen zu müssen. Ich wollte es dorthin bringen, wo es am nötigsten war, dorthin, wo es den Frauen nicht zur Verfügung stand. Ja, vielleicht war ich auch stolz. Ich meinte, mit meiner königlichen Lizenz in der Tasche stünde mir nun die ganze Welt offen. Ich wollte der Welt beweisen, dass auch Frauen gute Ärztinnen sein können. Und weil ich geglaubt habe, dass ich mit meinem frischerworbenen Wissen den vielen Frauen helfen sollte, die von Kurpfuschern und abergläubischen alten Weibern zu Tode behandelt wurden und immer noch werden. Ich wollte es der Welt zeigen.»

«Und was war dann?»

«Dann bin ich nach Paris gegangen. Der Stern von Salerno ist im Sinken begriffen. Die Universität von Neapel nimmt der Schule mehr und mehr Studenten fort. Und man sprach viel von der Sorbonne. Aber an den französischen und alemannischen Universitäten sind Frauen nicht erwünscht.

Ich ging also nach Paris. Ich nahm Abschied von meinen Eltern und Brüdern und schiffte mich auf einer der großen Galeeren nach Genua ein. Ich kann euch sagen, dass ich bei der Gelegenheit das salernitanische Rezept gegen Seekrankheit ausprobiert habe, Wein mit Seewasser vermengt, aber es hat nicht geholfen! Ach, was habe ich gelitten auf der langen Überfahrt. Und immerzu war da das Geräusch der langen Ruder, die ins Wasser eintauchen, tief durchziehen und tropfend wieder hochgezogen werden im stetigen Rhythmus wie riesige Libellenflügel. Als ich in Genua an Land ging, da wankte der feste Boden unter meinen Füßen, so sehr hatte ich mich an die ständige Bewegung gewöhnt. Und ich hatte noch lange das Rauschen und Tropfen der Ruder in meinen Ohren und das Dröhnen der Trommel. Von Genua ging es nach Nizza und dann nach Marseille. Mein Vater hatte mir Papiere für einen Kaufmann mitgegeben, mit dem er Geschäfte machte. Der nahm mich sehr freundlich auf. Wart ihr je in Massilia? Was für eine Masse von Häusern, was für ein Schmutz und was für ein Lärm, und was für ein großartiges Abenteuer für eine junge Frau! Kommt man mit dem Schiff darauf zu, denn gleitet man zunächst entlang an zerklüfteten grauweißen Felsen, an die das Meer gischtet. Zahlreiche Einschnitte hat es ins Land gefressen, so tief, dass sich ganze Flotten von Seeräubern darin verbergen können. Und dann taucht die Stadt auf, ein Häusermeer. Die Hafenmauern umgürten das Wasser, Leuchttürme stehen beiderseits der Einfahrt. Weiter hinten in den Hügeln sieht man eine Anzahl von Windmühlen stehen. Und die Stadt selbst ist dicht bevölkert von einem bunten Menschengemisch. Es gibt wohl keine Sprache der drei Kontinente, die dort nicht gesprochen wird.

Dort blieb ich einige Zeit, bis sich ein schneller Segler fand, der mich die Rhône hinaufbrachte bis Lyon. Und dann fand der Kapitän mir eine Gesellschaft von Kaufleuten, die zu Pferd nach Paris reisten. Ein halbes Jahr lang war ich unterwegs. Im Frühjahr war ich aus Neapel aufgebrochen, als die Feigenkakteen, die Pomeranzenbäume und die Mimosen blühten. Als ich in Paris ankam, fegten die Herbststürme durch kalte graue Gassen. Die Bäume waren fast kahl, und der große Fluss, die Seine, hatte die Farbe von Blei.

An der Sorbonne wies man mich ab. Man unterrichte keine Weiber und habe deshalb auch keinen Bedarf an Lehrerinnen. Also war ich zunächst einmal gestrandet. Mein Geld ging zur Neige. Ich kam bei einer Witwe unter, die Zimmer vermietete. Sie war geizig und gab mir nur wenig Holz, um mein Zimmer zu beheizen. Aber sie kannte viele Leute und verschaffte mir bald meine erste Arbeit. Die Bezahlung war schlecht zuerst, weil man mich nur rief, um Dienstboten zu behandeln, einmal sogar einen Esel! Die Leute meinten, einer Frau nicht so viel bezahlen zu müssen wie einem männlichen Arzt, obwohl ich doch die gleichen Leistungen erbrachte und beim Apotheker gewaltige Rechnungen machte. Ihr könnt euch gar nicht vorstellen, welche Preise die Apotheker in einer großen Stadt für ganz gewöhnliche Kräuter nehmen! Ich habe zuerst kaum genug beiseitebringen können, um meine bescheidene Behausung bezahlen zu können. Paris war schlecht zu mir in diesem Winter. Ich habe gefroren und bin mit allen meinen Kleidern einschließlich Mantel zu Bett gegangen! Ich habe mich von grauem Brot ernährt, aus ungesiebtem Mehl, und von der dünnen bläulichen Milch, die nach dem Buttern übrig bleibt. Sie machen alles mit Butter dort. Das kannte ich nicht, und es ist mir auch nicht gut bekommen. Doch Olivenöl war mir zu teuer zu der Zeit.

Dann hatte ich einmal richtig Glück: Ich kam dazu, als die junge Frau eines reichen adligen Herrn auf der Straße in Ohnmacht fiel, weil sie ein viel zu enges Schnürgewand getragen hatte. Ich ließ sie rasch in ein nahes Gasthaus tragen und öffnete ihr Gewand. Da sah ich, dass sie auch noch schwanger war. Wenn sie so fortfahren würde, dann würde sie das Kind schädigen. Das gab ich ihrem Mann in aller Deutlichkeit zu verstehen. Und als er bei mir Sachverstand erkannte und ich ihm meine Lizenz zeigte, da engagierte er mich vom Fleck. Ich zog in sein Haus und leistete ihm, seiner Frau und seiner Familie gute Dienste. Als ich sie dann von einem gesunden Sohn entband, da belohnte er mich reich, und mein Glück schien gemacht.

Binnen kurzem war ich bekannt als die ‹Frau aus Salerno›. Ich bildete mir ein, jemand zu sein, und war doch nur eine nützliche Kuriosität, wie ich heute weiß. Damals wurde ich stolz. Ich konnte mir nun leisten, ein schönes Haus auf dem rechten Seineufer zu kaufen, nahe der Brücke Notre Dame. Das Haus wurde hübsch eingerichtet, nach und nach mit wertvollen und schönen Dingen gefüllt, mit Truhen aus kostbaren Hölzern, geschnitzten Stühlen, Silberzeug und Wandteppichen. Ein Gärtchen war auch dabei mit einer weinbewachsenen Laube. Es war wieder Frühling, und Paris erschien mir angenehm.

Wenn man etwas Geld in den Taschen hat, dann hat Paris viel zu bieten. Ich ließ mir schöne Kleider schneidern, wurde zu Soireen eingeladen, wo es Konzerte und Theateraufführungen gab, wo Troubadoure sangen. Man machte mir Komplimente, weil ich wie ein Mann über Philosophie zu reden verstand. Und ich konnte mich vor Aufträgen nicht retten. Dass sie oft unter meiner Würde und unter der Würde der ehrwürdigen Schule von Salerno waren, das wollte ich nicht sehen: Ich behandelte die Hysterien junger Frauen, die verdorbenen Mägen ihrer verzogenen und viel zu fetten Kinder; ich rührte Antifaltencremes und solche gegen Sommersprossen und viele solcher läppischen Sachen. Nun gut, ich habe auch alte Damen von ihrer Gicht befreit, indem ich ihnen Diäten und Schlammbäder verschrieb. Ich behandelte Kinder gegen Fieber, Blattern, Blutfluss und einmal einen Fall von Antoniusfeuer. Die Jungfrauen mit ihren Ängsten, die Schwangeren und Frauen mit zu starken Monatsblutungen mochten sich mir lieber anvertrauen als männlichen Ärzten. Aber alles in allem: Ich wurde wohlhabend und habe mir viel zu viel darauf eingebildet.»

«Hast du nicht die Armen behandelt, so wie dein Vorbild, dieser Benediktinermönch?», fragte Jeanne.

«Doch, das habe ich, und ich bin froh, dass ich mir wenigstens das anrechnen kann: Ja, ich habe zweimal in der Woche die Armen besucht und umsonst behandelt, immerhin. Ich konnte es mir ja leisten. Und ich machte mir Feinde. Es ist wahr: Gerade bei der Behandlung von Frauenleiden stieß ich bei Kollegen auf so viel Unwissen, gepaart mit Aberglauben und Desinteresse, dass es mich wütend machte. Es wäre klüger gewesen, die Missstände still und bescheiden zu korrigieren, statt mich darüber zu verbreiten. Und Spott, war er noch so geistreich, hätte ich lieber unterlassen sollen.

Und einmal wandte sich eine Frau an mich, die nach vier Jahren Ehe kinderlos geblieben war. Ihr Mann wollte sie nun verstoßen und sich eine Jüngere zulegen», erzählte Danielle.

«Ja, ja! Das kenn ich!»

«Wer sagt denn, dass es an ihr lag?!»

«Ganz recht! Das habe ich auch bezweifelt, als ich ihn sah, einen unmäßigen Fresser und Säufer. Ich habe also beide zu einer Probe aufgefordert. Er wollte erst nicht, aber als ich öffentlich gesagt habe, er habe wohl Grund, den Test zu vermeiden, da willigte er endlich ein.»

«Und was hast du getan?»

«Ich habe sie beide Haferkörner in einem Töpfchen mit ihrem jeweiligen Urin benetzen lassen. Das lässt man dann ein paar Tage am Licht stehen. Die Körner von dem unfruchtbaren Teil verfaulen, die vom fruchtbaren Teil keimen.»

«Und das klappt wirklich?»

«Ja. Auch in diesem Fall. Es erwies sich, dass es an ihm lag. Er war nicht sehr erfreut, und ich bekam natürlich kein Honorar von ihm. Aber die halbe Stadt lachte darüber, und mein Ruhm wurde noch gemehrt. Man hat natürlich versucht, mich bloßzustellen. Einmal überreichte mir ein Fürst auf einer großen Gesellschaft einen Becher mit Urin, den er als seinen ausgab, und forderte mich auf, meine Kunst mit einer Harnschau zu beweisen. Ich roch daran und hielt ihn gegen das Licht, und mir war vollkommen klar, dass es nicht seiner war. Ich roch nochmals daran und sagte dann: ‹Messire, Ihr seid nicht nur wohl anzusehen, reich, mächtig, elegant und sehr gebildet, nein, Ihr seid auch ein lebendes Wunder!› Er schaute etwas verblüfft drein. Ich fuhr fort: ‹Sire, ich gratuliere Euch von Herzen: Ihr werdet in einigen Monaten ein Kind zur Welt bringen. Bitte erweist mir die Ehre, Euch beistehen zu dürfen. Meine Dienste wären in diesem Fall kostenlos. Es ist für mich von hohem wissenschaftlichem Interesse!›»

Die Beginen lachten und kicherten.

«Ihr ahnt es schon. Er hatte mir den Urin einer seiner Hofdamen präsentiert. Die Angelegenheit war einigermaßen pikant, denn sicher war das Kind von ihm. Aber er lachte und ließ mir einen Beutel mit Goldstücken überreichen. Derart verlief mein Leben in Paris. Ach, und ich hätte fast vergessen euch zu sagen: Ich verliebte mich in einen jungen Mann von Stand. Der fünfte Sohn eines Adligen, der ebenfalls Medizin studierte an der Sorbonne. Er war – ist – zwei Jahre jünger als ich. Er bewunderte mich und sang des Nachts Liebeslieder unter meinem Fenster. Er schickte mir Rosen. Es war alles gut, zu schön für das neidische Geschick.»

Gebannt hingen die Beginen an Danielles Lippen.

«Was geschah dann? Ist dir ein Fehler unterlaufen?»

«Nein. Das war gar nicht nötig. Meine Konkurrenten brachten mich zu Fall. Einer von ihnen hatte ein armes Weib dabei erwischt, wie sie versucht hatte, ihre Frucht abzutreiben, ja, zuerst mit gekochten Petersiliensamen, dann mit einem spitzen Gegenstand. Sie war zu mir gekommen und hatte mich um ein Mittel gebeten, doch natürlich musste ich es ihr verweigern. Ich redete ihr gut zu und führte ihr vor Augen, dass Abtreibung eine Sünde wäre, dass sie vorher hätte daran denken müssen, ehe sie sich auf eine Liebschaft einließ. Und ich habe ihr gesagt, dass ein Kind doch auch ein Geschenk sei und sie es mit der Zeit liebgewinnen würde. Aber das alles waren nur wohlfeile Worte. Ich hätte ihre Notlage ernster nehmen sollen!»

«Aber du hättest doch kaum in Betracht gezogen …?», sagte Jeanne schockiert und entsetzt.

«Natürlich nicht. Aber ich hätte vielleicht länger mit ihr reden sollen, eindringlicher, ihr Geld anbieten, ich hatte ja welches. Vielleicht hätte ich auch mit dem Vater des Kindes sprechen können. Irgendein Weg hätte sich vielleicht finden lassen. Aber ich habe sie weggeschickt, und da hat sie versucht, die unerwünschte Schwangerschaft selbst zu beenden. Als es arg blutete, da bekam sie es mit der Angst und suchte diesen Arzt auf. Es gelang ihm, die Blutung zu stillen – das muss man immerhin sagen –, doch er überredete diese Frau, mich anzuzeigen. Erpresste sie, das ist eher wahrscheinlich. Er war einer meiner schärfsten Konkurrenten. Ich wurde vor Gericht gezerrt, und sie sagte gegen mich aus. Die Angst stand in ihrem Gesicht. Ich weiß nicht, was man ihr angedroht hat. Sie war Witwe und hatte sich mit einem verheirateten Mann eingelassen; es war ein großer Skandal.»

«Aber wie konnte sie dich beschuldigen, wenn du doch nichts damit zu tun hattest?»

«Aus Angst sicherlich. Sie war nun ausgerechnet bei dem Kollegen gelandet, der mich am meisten hasste, weil ich mich einmal über ihn lustig gemacht hatte und weil ich ihm die Gräfin von – na, lassen wir den Namen weg –, weil ich ihm eine sehr reiche und gute Patientin ausgespannt hatte. So jedenfalls sah er es. Dafür musste ich jetzt büßen. Bei der Verhandlung sagten auch Patienten gegen mich aus, die einfach ihre Rechnungen nicht bezahlen wollten. Ihr würdet überrascht sein, wie schnell die Ratten aus ihren Löchern kriechen, wenn eine erst einmal den Anfang gemacht hat. Es fanden sich andere Ärzte, die meine Eignung und meine Lizenz anzweifelten. Salerno war weit. Ich war ja nichts als eine verdächtige Ausländerin.»

«Gab es denn niemand, der für dich ausgesagt hätte? Wo waren all deine fürstlichen Gönner, wo war dein Verlobter?»

«Das traf mich am härtesten: Er war ein Feigling. Er löste die Verlobung sofort auf, damit kein schlechter Ruf auf ihn fallen sollte, und präsentierte bei der Gerichtsverhandlung eine junge Adelige als seine Verlobte. Und ich habe gehört, dass sein Vater ihn nach Bologna schickte, auf die dortige medizinische Fakultät, um ihn so weit wie möglich von mir zu entfernen. Als man mich nach Monaten im Kerker schließlich herauszerrte, um mich öffentlich zu teeren und zu federn, da war keine Spur und keine Hilfe von ihm.»

Es war ganz still im Raum geworden. Teeren und federn. Wie das wohl war? Keine der Beginen getraute sich zu fragen, nicht einmal Annik.

«Ich wurde aus der Stadt gejagt und mein Vermögen eingezogen. Ich könnte euch nicht sagen, wie sich das angefühlt hat, nackt und mit heißem Teer übergossen, Gänsefedern, die an mir klebten. Der Schmerz, die Rufe, der Dreck, mit dem man mich bewarf, die Steine, ich habe kaum etwas davon gefühlt, als ich durch die Straßen rannte. Ich rannte und rannte und hatte nur Angst, und ich schämte mich entsetzlich! Irgendwann erreichte ich ein Stadttor und rannte hinaus, in südlicher Richtung, einem inneren Streben nach. Inzwischen war es dunkel geworden, und ich fand mich auf der Landstraße wieder. Es war wieder später Herbst, an der Schwelle zum Winter und schon empfindlich kalt. Da hörte ich hinter mir Hufschlag. Ich dachte, dass sie noch nicht genug hatten und mich einer von ihnen verfolgte. Aber ich war zu erschöpft, um noch zu laufen. Mein Verfolger holte mich rasch ein.»

Die Schwestern saßen unbeweglich da, klebten an ihren Stühlen. Annik kaute an einem Fingernagel. Manon knüllte einen Zipfel von ihrem Kittel in den Händen, ohne es zu merken.

«Er holte mich ein und warf mir eine Decke zu. ‹Da! Verhüllt Euch! Habt keine Angst vor mir. Ich bin geschickt worden, um Euch zu helfen. Kennt Ihr mich nicht? Ich bin Jean-Marie.› Ich bedeckte mich notdürftig. Da hob er mich hinter sich auf den Gaul. Wie sich herausstellte, war er der Leibdiener eines meiner wohlhabenden Patienten. Er bracht mich zu einer Hütte, wo seine Mutter mich in Empfang nahm. Sie war Torhüterin auf dem Landsitz meines Patienten. Sie half mir, mich zu waschen, den Teer mit Butter abzureiben und meine Wunden notdürftig zu behandeln. Ohne das hätten die Verbrennungen, die ich erlitten hatte, sich sicher infiziert, oder ich wäre an Hunger und Kälte gestorben. Als ich einigermaßen gesäubert war, gab sie mir Kleidung, einfach, aber warm, und festes Schuhwerk. Der Diener überreichte mir eine kleine Börse mit einer Menge Kupferstücke darin.

‹Mein Herr glaubt nicht, was über Euch gesagt wurde. Er bittet Euch um Vergebung, dass er nicht mehr tun kann›, sagte er.

‹Es ist schon gut. Sag ihm, ich bin ihm sehr dankbar. Gott möge es ihm und seiner Familie vergelten!›, antwortete ich.

Ich durfte dort bleiben, etwas essen und mich ausruhen. Im Morgengrauen gab die Frau mir einen Hanfsack zum Umhängen. Darin waren ein Brot, ein Messerchen und eine Zunderbüchse zum Feuermachen. Die Börse versteckte ich unter meinem weiten Rock. Sie war jetzt mein ganzer Besitz. Ich schlich mich davon, um den guten Leuten nicht zu schaden.»

«Wie hast du gelebt? Wie hast du zu essen bekommen? Wo hast du geschlafen?», wollten die Schwestern wissen.

«Am Anfang habe ich nach Arbeit gefragt. Doch wer würde jemandem Arbeit geben, der so aussah wie ich? Man sah ja ganz deutlich, was mir geschehen war. Später, als sich Schorf bildete und die verbrannte, abgestorbene Haut sich in Schuppen und Fetzen ablöste, da dachten sie wohl, ich hätte Lepra. Die Kinder sind schreiend vor mir weggerannt, und man schrie mir zu, ich solle gefälligst eine Rassel benutzen. Manchmal bewarf man mich mit Steinen. Der Inhalt der geschenkten Börse reichte nicht lange, aber mehr hatten sie mir nicht geben können. Wenn du als Bettler mit Silber erwischt wirst, dann meint jeder, du hättest es gestohlen. Nun, ich bin planlos immer weitergelaufen, immer nach Süden, nur fort von dem schlechten Wetter und der Kälte.

Ich habe gebettelt. Das musste ich erst lernen. Es ist eine Kunst für sich, wisst ihr?»

Danielle lachte ohne Heiterkeit. «Unterwegs habe ich andere Bettler getroffen. Einige waren feindselig und fürchteten, dass ich ihnen ihre Beute streitig machen oder erfolgreicher das Mitleid auf mich ziehen würde, so übel, wie ich zugerichtet war. Andere waren freundlicher und brachten mir das Handwerk bei.

‹Kannst du fromme Lieder singen? Nein? Flöte spielen, das ist immer gut. Auch nicht? Hm, dann musst du eben bedürftig aussehen›, sagten sie.

‹Aber jammere nicht zu sehr. Schau nicht zu elend drein, das mögen die Leute nicht. Dann fühlen sie sich unwohl und sehen woandershin. Du musst hungrig und ein bisschen traurig aussehen, dann greifen sie in die Börse. Und dann lächle ein klein wenig, ganz schüchtern – so … – und lobe sie: Ihr seid ein guter Mensch! Der Herr vergelt's! Du musst genau das richtige Maß an Elend und Demut zeigen, dann geben sie gern und fühlen sich gut dabei. Manche, ja, die können auch richtige Plagen sein. Sie kreischen und weinen und greifen den Leuten an die Kleider, sodass sie geben, nur um die lästigen Gestalten loszuwerden. Aber du kannst das nicht, also versuch es gar nicht erst.› Sie hatten recht, und ich lernte, dass ein leerer Magen über den Stolz geht.

Und dann ist es gut, wenn man die Tage beachtet. Du musst den Kalender im Kopf haben! An Sonn- und Feiertagen und zu kirchlichen Festen, da versucht man es einzurichten, dass man sich an einer Klosterpforte aufstellen kann. Da gibt es dann Brot. Aber man muss sich umschauen, wer noch da ist. Es sind immer ein paar dabei, die nehmen den Schwächeren das Brot weg, sobald sich die Pforte geschlossen hat. Da heißt es zugreifen und dann schnell wegrennen. Und sich im Laufen den Mund vollstopfen. Schlafen tut man, wo es sich eben ergibt. In leerstehenden Schäferhütten, wenn man Glück hat; unter Bäumen, im Graben. Man muss darauf achten, dass es möglichst niemand sieht, wohin man sich legt, sonst kann es geschehen, dass man nachts bestohlen wird, oder es geschieht noch Schlimmeres, wenn du als Frau zu erkennen bist.

In den Städten, da sind die Bettler organisiert wie eine Zunft. Da musst du als Erstes herausfinden, wer der Chef ist. Den fragt man dann um Erlaubnis. Dafür muss man abends einen Teil vom Tagesverdienst abliefern. Ist man neu und fremd, bekommt man die schlechtesten Plätze, wo kaum jemand langgeht. Aber in den Städten bin ich nicht lange geblieben. Mich hat es immer weiter nach Süden gezogen. Und dann hat mich der Winter eingeholt.»

Gebba war unterdessen wieder hereingekommen. Sie wirkte sehr zufrieden mit sich.

«Oh, die armen Leute! Ich habe mir nie so recht bewusst gemacht, was sie zu erdulden haben», sagte leise Justine. «Und wie gemein die Welt sein kann.»

«Wenn ich es bedenke», sagte Danielle, «dann ist mir auf der Wanderung nicht nur Schlechtes begegnet, im Gegenteil: Viele Menschen haben mir geholfen. Merkwürdigerweise musste ich erst so tief fallen, um zu begreifen, dass es viel mehr Freundlichkeit in der Welt gibt, als ich gedacht hatte.

Da war der Fuhrmann, der anhielt und mich hinten auf der Ladefläche mitfahren ließ. Da war eine Marktfrau, die mir einen zerbrochenen Kuchen gab, einfach so. Ein einsames Gehöft, wo man mich im Stroh schlafen ließ bei den Kühen. Da war es schön warm. Freundlichkeit ist eine Form von Magie.

Und dann wurde ich auch langsam kräftiger, zäher. Einige Male konnte ich Arbeit bekommen gegen eine oder zwei Mahlzeiten am Tag und einen Schlafplatz. So bin ich über den Winter gekommen. Den Rest kennt ihr.»

«Also hast du uns die ganze Zeit über eine Komödie vorgespielt mit deiner verlorenen Erinnerung!», sagte Gebba.

«Nein, zumindest am Anfang nicht», antwortete Danielle. «Als ich in eurem Hospital erwachte, da habe ich mich erst wirklich an nichts mehr erinnern können. Und dann wollte ich es nicht mehr wissen. Es hat mir zu weh getan und meinen Stolz zu sehr verletzt. Ich wollte unbedingt einen ganz neuen Anfang machen. Es erschien mir als ein Gottesgeschenk, versteht ihr das? Und da habe ich alles, was nicht zu diesem neuen, ganz sauberen Leben passte, einfach ganz nach hinten in meinen Kopf geschoben, in einer Rumpelkammer sozusagen, und habe die Tür fest zugemacht. Ich habe euch niemals belügen wollen. Ich wollte nur nicht zurückschauen. Das war alles.»

«Aber nun holen deine Sünden dich ein! Dafür habe ich gesorgt!», rief Gebba.

Alle drehten sich nach ihr um.

«Was hast du nun wieder ausgeheckt?», fragte Juliana.

«Ich habe ihr Buch der Stadtwache gegeben. Sie werden es Abbé Grégoire bringen.»

«Gebba!»

«Nein!» Jeanne sprang auf und wollte zum Tor laufen, doch Gebba hielt sie zurück.

«Es ist bereits unterwegs.»

«Was fällt dir ein? Du bist einfach ins Hospital gegangen und hast in meinen Sachen herumgestöbert, hast mich bestohlen?», schrie Jeanne.

«Ich habe nur Schlimmes verhindert, wie es meine schwesterliche Pflicht ist vor Gott! Wenige Blicke haben mir verraten, dass es ein Buch voller Unflat ist und voller Trug! Ein satanisches Buch von übelster Verkommenheit, ein einziger böser Gestank!»

Einige der Schwestern bekreuzigten sich.

«Darin sind Bilder der gemeinsten Art, Zeichnungen der weiblichen geheimen Orte! Pfui! Und Anleitungen zur Eitelkeit habe ich gesehen und, denkt euch: Es steht sogar darin, wie man eine Frau wieder in eine Jungfrau verwandelt! Lug und Trug! Es war meine Pflicht, dieses Schandwerk aus unserem frommen Hause zu entfernen.»

«Da wird sich die Stadtwache aber freuen», sagte Danielle ungerührt.

«Ich habe das Ding eingewickelt und den Mann schwören lassen beim Heil seiner Seele, dass er es nicht ansieht!»

«Es ist ein medizinisches Buch, nichts weiter! Du intrigante Diebin!»

Jeanne wollte tatsächlich auf Gebba losgehen. Doch Danielle hielt sie zurück.

«Lass sie. Sie ist nur unwissend.»

«Aber das Buch! Wenn der Abbé es in die Finger bekommt!», schrie Jeanne.

«Es ist, wie du sagst, eine Anleitung zum Heilen. Er wird es dir zurückgeben müssen», entgegnete Danielle ruhig.

Jeanne brummte ärgerlich in sich hinein und setzte sich wieder. Doch Juliana war nicht so leicht zu beruhigen. «Gebba. Diesmal bist du zu weit gegangen. Du säst Zwietracht in unserer Gemeinschaft.»

«Das tue nicht ich, das tut sie!»

«Nein, du bist es. Und du bestiehlst eine Schwester. Du hintergehst mich und zeigst eine von uns an. Du befolgst die Hausregeln nicht und weigerst dich, dich vor dem Zubettgehen zu versöhnen. Es wäre vielleicht besser, wenn du unser Haus verlassen würdest», fuhr Juliana zornig fort.

«Wie? Du willst mich hinauswerfen? Mich?!», kreischte Gebba, sodass die anderen aufsprangen. «Ich habe dieses Haus mit dir zusammen gegründet und es aufgebaut! All die Jahre habe ich hier für Ordnung gesorgt und nur Gutes getan. Sie aber ist noch kein halbes Jahr hier, und schon hat sie Gesetze gebrochen, hat uns belogen, die Kirche und die ganze Stadt gegen uns aufgebracht. Sie ist es, die gehen muss! Sie!»

19.

«He, Medicus! Carolus! Hast du es schon gehört? Eine der Beginen ist eine Hexe. Sie hat Mestra Lauras Säugling gestohlen und dem Teufel geopfert! Dafür wird sie brennen!»

«Es ist die Fremde, die Italienerin!»

«Ach, die anderen sind auch nicht besser!»

«Haben wir es nicht immer schon gewusst, dass mit diesen Weibern etwas nicht stimmt? Es ist eine Schande, dass man sie hat gewähren lassen, diese Schlampen!»

Carolus war vor zwei Tagen zu einem Gehöft außerhalb der Stadt gerufen worden, wo der Verwalter eines Weinbergs erkrankt war. Er war von einer Viper gebissen worden, als er eine Weinrebe aufrichten wollte. Carolus hatte ihm die Bisswunde ausgebrannt und einen Heilstein aufgelegt, der das Gift herausziehen sollte. Zum Glück hatte er sich darauf nicht verlassen, sondern dem Mann außerdem ein herzstärkendes Mittel gegeben. So hatte er überlebt.

Am Stadttor erfuhr er die Neuigkeit. Die ganze Stadt schwirrte von Gerüchten und mörderischer Lust.

«Sie haben diese Weiber in ihrem eigenen Haus eingesperrt, und bald wird man ihnen den Prozess machen», riefen die Leute.

«Zuerst haben sie gesagt, Laura wäre tot», berichtete seine Mutter ihm. «Dann wieder hieß es, sie lebe, aber das Kind sei fort. Geh doch rasch einmal zu den Vidals und schau nach, was nun wirklich passiert ist.» Die alte Dame brannte vor Neugierde und war doch nicht mehr in der Lage, zu gehen und ihren Wissensdurst selbst zu befriedigen.

Carolus war müde und hätte gern etwas geschlafen, doch er eilte sofort zu Marius und Laura. Catherine empfing ihn kühl. «Was willst du hier?»

«Ich habe Gerüchte gehört. Jetzt will ich sehen, wie es deiner Schwester geht und von Marius selbst hören, was geschehen ist.»

«Deine Papelarda hat sich unter dem Vorwand, Ärztin zu sein, hier eingeschlichen und das Kind gestohlen. Das ist geschehen!»

«Catherine! Das sollst du nicht behaupten!» Es war Marius. Er schob sie beiseite und zog den jungen Arzt herein. «Komm, sprich du mit Laura. Sie ist dermaßen verzweifelt über den Verlust, dass ich nicht mehr weiß, was ich tun soll. Ich habe Angst, dass sie mir stirbt. Sie weigert sich zu essen und weint nur und spricht kaum ein Wort.»

Laura lag blass, klein und still auf ihrem Bett. Carolus bat sie untersuchen zu dürfen. Sie ließ es geschehen.

«Sie ist ausgezeichnet versorgt worden. Die Brüste sind eingebunden, wie ich sehe, um die Milchproduktion zu unterbinden. Das ist gut. Körperlich fehlt ihr nichts. Aber Ihr müsst unbedingt etwas essen, Laura!»

Sie schüttelte den Kopf.

«Laura! Ich weiß nicht, was passiert ist, aber ich weiß genau, dass Danielle nichts damit zu tun hat. Sie ist ein guter Mensch und eine hervorragende Ärztin! Jemand anders muss das Kind genommen haben. Wir werden es herausfinden. Iss etwas und bleibe stark. Dein Kind braucht dich, wenn wir es finden. Und ich finde es sicher!»

Laura ließ sich überreden, etwas gezuckerten Rotwein zu trinken, aber essen mochte sie nichts.

«Wer war denn im Haus in der Nacht?», fragte Carolus seinen Freund.

«Eine ganze Menge Leute: Die Mägde Belota und Magali,

mein Leibdiener Tommasius, aber der ist bei meiner Familie, seit ich ein kleiner Junge war. Er ist uns treu ergeben! Nie würde er Laura schaden. Und die Mägde haben dazu sicher auch keinen Anlass. Wir haben sie immer gut behandelt. Doktor Renzi war etwa eine Stunde da. Dann die Beginen Jeanne und diese neue, Auda, sie soll Hebamme sein. – Und dann kam mitten in der Nacht diese Italienerin dazu, Danielle. Ich habe immer gehört, sie sei bettelnd durch die Lande gezogen. Und plötzlich sollte sie Ärztin sein? Carolus, ich hoffe nur, ich habe keinen Fehler gemacht, dass ich sie zu Laura ließ! Aber Laura hat sich so gequält, und ich hatte Angst um sie – da habe ich es zugelassen, dass diese Danielle … Carolus: Sie hat sie aufgeschnitten und das Kind auf diese Weise geholt. War das falsch?»

«Nein, mein Freund, das war vollkommen richtig! Ich hätte diesen Eingriff nicht gewagt, aber ich habe es mir angesehen. Es ist gut gemacht und wird bald heilen!»

«Wie kann sie erst Bettlerin sein und plötzlich Ärztin? Wer hat je von weiblichen Ärzten gehört? Was, wenn sie doch eine Hexe ist?» Marius war ganz blass vor Sorge.

«Sie ist ganz sicher keine Hexe, beruhige dich. Dass sie Ärztin sei, wusste ich nicht, aber ich habe so etwas geahnt. Nach dem Brief, den ich aus Paris bekommen habe … irgendwie habe ich mir die Sache nicht zusammenreimen können. Ich war ja so blind in meinem Vorurteil! Aber das tut jetzt nichts zur Sache. Zuerst müssen wir das Kind finden und dann dafür sorgen, dass die guten Beginen nicht zu Unrecht bestraft werden.»

Carolus sprach mit den Dienstboten.

«Ich weiß nichts. Es hat alles so lange gedauert, und wir mussten den ganzen Tag und die halbe Nacht treppauf, treppab rennen, Wasser schleppen, Leinen bringen, Gebräue aufsetzen, stinkende Pasten rühren – meine Waden sind angeschwollen wie Melonen, Herr! Bitte um Vergebung, ich hab geschlafen, als das Kind gekommen ist», sagte Belota, die ältere der beiden Mägde, «ich habe hinterher die Herrin und das Kind waschen helfen. Ich habe es mit meinen Händen gehalten. Ein hübscher strammer Junge war's, bei Gott! Wir haben ihn der Herrin in die Arme gelegt, und sie hat sich so gefreut! Und dann ist der Herr gekommen und hat sich dazugesetzt. Mehr weiß ich nicht. Danach habe ich die blutigen Leintücher in kaltes Wasser gelegt, damit sie weichen konnten bis zum Morgen, und bin auf meinem Strohsack eingeschlafen, noch ehe ich ihn mit dem Kopf berührt hatte. Ganz gewiss! Und wären danach auch hundert Hexen durchs Haus geritten auf Besen oder wilden Böcken oder was sonst die so machen, ich hätte nichts gehört.»

Ein kleiner Junge saß am Tisch und putzte Gemüse. Er schniefte und wischte sich die Nase am Ärmel.

«Wer ist das?», fragte Carolus.

«Das ist Claude, mein Sohn. Er hilft schon in der Küche! Die Herrin ist so gut und lässt mich ihn hier behalten. Sein Vater ist auf und davon.» Carolus erinnerte sich daran. Das Kind war unehelich empfangen. Die Leute hatten sich das Maul zerrissen und Mestra Laura auf übertriebene Weise gelobt, wie gut sie war, dass sie Mutter und Balg nicht auf die Straße gesetzt hatte.

«Hast du jemanden mit dem Baby fortgehen sehen, Claude?»

«Nee», sagte er und zog den Rotz hoch.

Carolus ging noch einmal nach oben, um mit Catherine zu sprechen. Ihre Kammer lag neben der von Laura. Er klopfte an. Catherine riss die Tür auf, als habe sie nur darauf gewartet. Wütend funkelte sie ihn an: «Ja, natürlich, durchsuche nur mein Zimmer! Ich habe das Kind gestohlen, warum? Aus … aus … aus Neid! Ja! Weil ich unverheiratet bin, eine alte Jungfer und selbst keine Kinder habe.»

«Ach, Catherine!»

Sie schlug ihm die Tür vor der Nase zu.

«Ich weiß nichts. Ich habe geschlafen», kam es von drinnen.

Achselzuckend ging Carolus die Treppe wieder hinunter und verließ das Haus. Sein nächster Weg führte zu Doktor Renzi. Der war nicht eben hilfreich: «Junger Mann. Als ich dort war, da war das Kind noch im Mutterleib! Und auch noch als ich wegging! Wie soll ich wissen, was hinterher geschehen ist? Aber es nimmt mich doch wunder, wie dieses Weib es geschafft hat, dass die Geburt doch noch vonstatten ging!»

«Dieses Weib, wie Ihr beliebt, ist eine Ärztin, eine Kollegin», sagte Carolus.

«Kollegin? Na, von mir aus. Es geht abwärts mit der Welt! Nächstens ziehen die Weiber Hosen an, und die Kerle kriegen die Kinder», brummte der alte Doktor. «Immerhin: Vielleicht wäre es ja nicht so schlecht, wenn Frauen andere Frauen behandeln. Hat sie es ordentlich gemacht?»

«Hervorragend! Ich sage es Euch ganz ehrlich. Sie könnte uns in dieser Hinsicht allerhand beibringen», erwiderte Carolus.

«So?!» Der Alte zog die Augenbrauen hoch. «Aber wo hat sie das Kind gelassen, das frage ich. Man hat schon von Fällen gehört, wo die Kinder getötet wurden, um die Mutter zu retten. Vielleicht haben sie das getan und anschließend den Leib des Kindes verscharrt, um ihr Verbrechen zu vertuschen. Die Kirche hat das verboten, und die Todesstrafe steht darauf. Aus ärztlicher Sicht finde ich es zumindest fraglich, ob das richtig ist. Aber das steht hier nicht zur Diskussion.»

«Aber das hat Danielle ganz sicher nicht getan!», rief Carolus. «Nein, das kann ich nicht glauben!»

«Und weil Ihr es nicht glaubt, ist es nicht so? Ich habe schon von Euren merkwürdigen ‹Behandlungsmethoden› gehört! Ihr sollt in die Begine verliebt sein und das Verlöbnis mit der Dame Catherine gelöst haben. Euer Urteil ist wohl kaum ungetrübt.»

Ernüchtert trabte Carolus davon. Aber so schnell würde er nicht aufgeben. Er überquerte den Platz vor der Kirche Saint Pierre und sah, wie Abbé Grégoire gerade aus seiner Kirche kam.

«Ah, Carolus, habt Ihr es schon gehört?», begrüßte dieser ihn.

«Ja, falls ihr von Mestra Laura und dem verschwundenen Säugling sprecht. Ich habe auch schon gehört, dass Ihr die Beginen dafür verantwortlich macht. Aber es gibt mehr als genug Zeugen, dass sie das Haus Vidal auf ganz normale Weise und ohne das Kind verlassen haben. Wie wollt ihr daraus eine Anklage wegen Hexerei machen?», fragte Carolus zornig.

«Ich will gar nichts, Medicus. Unterstellt mir das nicht. Aber was soll man denn da denken? Diese Weiber besuchen eine Schwangere mitten in der Nacht, und anderntags ist das Kind verschwunden! Übrigens hat mir die Begine Gebba, eine aufrechte und fromme Christin, ein sehr verdächtiges Dokument zukommen lassen!» Kerzengerade richtete sich der Abbé auf und hob triumphierend den Zeigefinger. «Ein Dokument, das von dieser angeblichen Bettlerin, dieser Danielle, mit eigener Hand geschrieben wurde, ein Buch …!»

Carolus blickte den Priester entgeistert an. «Ein Buch? Ich bitte Euch, zeigt es mir.»

Er folgte dem Priester zu seinem Haus nahe der neuen Kirche Saint Nicolas.

Der Abbé bewohnte ein zweistöckiges Haus aus gelbem Sandstein, zwischen dem Schloss und der Kirche, am Rand des Friedhofs gelegen. Geißbart wucherte über die Mauer des Friedhofs und verströmte seinen Honigduft. Dunkle Zypressen und wilde Rosen umrahmten den Eingang des Hauses.

Die Haushälterin öffnete ihnen. «Eine Erfrischung für Euren Gast, Hochwürden?» Aber er winkte sie ungeduldig fort. Nichts da, keine Erfrischung für diesen sehr jungen und unbedeutenden Medicus!

Im Studierzimmer nahm der Abbé ein Buch vom Tisch. Carolus erkannte es sofort an seinem Umfang, an dem verschossenen dunkelroten Ledereinband und dem eingeprägten und mit Gold belegten Symbol auf der Vorderseite, einer zusammengerollten Schlange, dem Zeichen für ewiges Werden und Vergehen. Carolus nahm dem Abbé das Buch ab und schlug es auf. Er war sich sicher jetzt. Es war ihre Handschrift, sie passte zu ihr: ungeduldig, großzügig, selbstbewusst.

«Passionibus Mulierum Curandum», sagte der Abbé überflüssigerweise.

«Das Buch gehört mir. Wie ist es zu Euch gelangt?», fragte Carolus.

«Es ist Eures? Aber man hat mir versichert – die Begine Gebba hat es mir mit einem Mann von der Stadtwache geschickt.»

«Ich hatte es Jeanne, der Infirmaria geliehen. Gebba muss es gestohlen haben. Es war nicht für sie bestimmt!»

Der Abbé war empört und verwirrt.

«Und Ihr behauptet, es gehört Euch? Wisst Ihr denn auch, was Ihr da auf Euch nehmt? Wisst Ihr, was für schmutzige Bilder und Rezepte es enthält? Anleitungen, Schwangere zu schneiden und die Frucht des Leibes mit Gewalt herauszuholen, auf unnatürlichem Wege?! Hexentränke! Weibliche Ränke und Betrügereien!»

«Lieber Abbé, Hochwürden, Ihr könnt das nicht wissen, und Euer Pflichtgefühl ehrt Euch. Aber ich versichere und schwöre Euch, hier steht nichts, was nicht von den medizinischen Fakultäten von Neapel, Bologna und Paris anerkannt und gebilligt wurde.» Das war, wie er wohl wusste, höchst zweifelhaft, aber auch schwer zu widerlegen. «Es ist ein Buch der Heilkunde, speziell für Frauen. Nicht zu Gewalt gegen Mutter und Kind fordert es auf, sondern es zeigt Methoden, beide zu retten.»

«Unnatürlich sage ich!», wiederholte der Abbé.

«Wenn Ihr Euch ein Bein brecht, ist es unnatürlich, es zu richten? Wollt Ihr dann lieber, dass man es so zusammenwachsen lässt, wie es gebrochen ist, und als Krüppel durchs Leben gehen?», gab Carolus zu bedenken.

«Aber …»

«Wenn Euch eine Schlange beißt, soll man Euch dann eines natürlichen Todes sterben lassen, der übrigens sehr schmerzhaft und langwierig wäre, oder soll man die Wunde reinigen und Euch einen ‹Hexentrank› geben, um Euch zu heilen? Hat nicht Gott in seiner Gnade, als er uns aus dem Paradies warf, gleichzeitig mit den Krankheiten auch die Kräuter dagegen wachsen lassen, auf dass wir uns ihrer bedienen und uns heilen?»

«Ja schon, aber …»

«Und was in dem Buch steht, ist auch gar nicht neu», fügte Carolus hinzu.

«Ist es nicht?»

«Nein, was hier steht, stammt von berühmten und erprobten Männern und von Hippokrates, dem größten aller Ärzte, nach dem wir uns heute noch richten», erklärte der junge Arzt.

«Er lebte in dunklen Zeitaltern, da Christus noch nicht geboren war, doch ich gebe zu, dass seine Ethik so hochstehend war, dass man sie ohne weiteres auf unser christliches Gedankengebäude übertragen kann. Thomas von Aquin hat das gesagt.»

«Da seht Ihr es. Und wenn ich Euch nun schwöre und versichere, dass in dem Buch nichts als anerkannte Kuren für Frauenleiden stehen, nichts, aber auch absolut gar nichts, was dem hippokratischen Eid widersprechen würde, wollt ihr die Sache dann fallenlassen und es mir zurückgeben? Diese Gebba ist doch nur ein unwissendes Weib, das alles falsch verstanden hat», sagte Carolus.

Kein Zauberbuch? Wie schade. Doch Abbé Grégoire gab sich geschlagen. Er hatte wenig Lust, als Trottel dazustehen.

«Es bleibt allerdings noch die Angelegenheit mit dem verschwundenen Kind. Dass Laura Vidal ihr Kind selbst hat verschwinden lassen, ist ja wohl ausgeschlossen. Es ist ehelich, und die beiden haben sich so sehr darauf gefreut», fing der Abt wieder an.

«Das ist wahr, Hochwürden. Das glaube ich auch nicht. Ebenso wenig denke ich aber, dass die Beginen die Hand im Spiel hatten», entgegnete Carolus.

«Das werden wir noch feststellen.»

«Herr Marius sagt, er habe das Kind im Arm gehalten, und es sei gesund gewesen.»

«Wo ist es dann? Für mich bleibt da nur Hexerei!» Abbé Grégoire war wieder in seinem Element.

«Erlaubt mir bitte, dass ich mich weiter umhöre in der Stadt», bat Carolus bescheiden.

«Wie Ihr wünscht. Ich verstehe schon, dass Ihr diese Begine reinwaschen wollt. Mestre Marius hat ebenfalls für sie gesprochen. Doch wenn der Säugling nicht bald gefunden wird, dann werden wir die drei Frauen befragen müssen, allen voran natürlich diejenige, die einen so zweifelhaften Ruf hat.»

«Ja, das verstehe ich. Ich bitte Euch nur um der Gerechtigkeit willen: Lasst mir noch einen Tag Zeit, um die Wahrheit herauszufinden. Ihr wollt doch keine Unschuldige foltern lassen. Als Arzt habe ich oft die Folgen solcher Befragungen gesehen, und sie waren nicht rückgängig zu machen, selbst wenn sich anschließend die Unschuld der Beschuldigten erwies.»

«Ein Tag, Medicus!»

Carolus verbeugte sich, schnappte sich das Buch und verließ den Abbé.

«Keiner darf hinein und keiner darf hinaus», sagten die Wachen am Tor von Sainte Douceline. Besorgt betrachtete Carolus die Scharten in der Tür und die Beschädigungen am Mauerwerk. «Aber ich darf ja wohl durch die Tür mit ihnen sprechen.»

«Ich weiß nicht, ob das erlaubt ist. Da müsst Ihr erst unseren Hauptmann fragen.»

«Ach was! Abbé Grégoire hat mich selbst damit beauftragt, Nachforschungen anzustellen. Also geht schon beiseite. Ich gehe auch nicht hinein.»

«Ja, wenn das so ist.» Sie rückten ein Stück beiseite und ließen Carolus gewähren. Er pochte ans Tor. Drinnen hörte man es rappeln. Dann fiel etwas um. Das Guckfenster ging von innen auf.

«Wer da?» Ein Auge war zu sehen. «Ach, du bist es, Carolus. Das ist ja eine schöne Bescherung, die man uns da eingebrockt hat, nicht wahr?» Es war unverkennbar die raue Stimme von Alix.

«Und wie geht es euch da drinnen?», fragte Carolus.

«Gut so weit. Es ist genug zu trinken da. Und zu essen haben wir auch. Aber sie haben sich überworfen!»

«Wer?»

«Na, alle. Wegen Danielle. Juliana und Gebba sprechen nicht mehr miteinander, und unser ganzes Haus ist in zwei Lager geteilt. Es ist schrecklich, Herr Carolus!», seufzte Alix.

«Das tut mir leid, und es ist auch dumm! Aber, Alix, jetzt sei so gut und hole mir Jeanne. Ich muss einen Augenblick mit ihr reden», bat der junge Arzt.

«Warte.» Das Fensterchen schloss sich. Wenig später öffnete es sich wieder, und Jeannes Stimme war dahinter zu hören.

«Carolus, dem Himmel sei Dank! Das Büchlein, das du mir gegeben hast …»

Er hielt es vor das Guckfenster, sodass sie es sehen konnte. «Schon gut. Erledigt. Ich habe es dem Abbé abgeschwatzt. Habe ihm gesagt, dass es mir gehört. Wie geht es Danielle?»

«Ach herrje, das weißt du natürlich auch noch nicht! Wir haben es bis jetzt geheim gehalten. Sie ist fort!»

Carolus fühlte, wie seine Knie nachgaben.

«Nein! Wann? Wie?»

«Gestern Abend hat sie noch ihren Bildteppich fertig gewebt und abgekettelt – ich wünschte, ich könnte ihn dir zeigen, es wird einem so vieles deutlich, wenn man ihn betrachtet! In der Nacht ist sie dann über die hintere Mauer geklettert und entwischt. Ich kann es ihr nicht verübeln, so wie die Dinge hier stehen. Dabei hat sie Laura gerettet oder mindestens das Kind. Es wäre ganz sicher nicht lebendig zur Welt gekommen, wenn Danielle nicht so beherzt gehandelt hätte. Sie ist eine fabelhafte Ärztin, weißt du das?»

«Ja, das ist mir inzwischen auch klar geworden. Was für ein verbohrter Dummkopf ich doch war! Da waren so viele Anzeichen, Andeutungen … Hat sie sich etwa erinnert, wer sie ist?»

«Ha! Erinnert! Alles hat sie uns erzählt, von Anfang an. Dass sie aus Neapel stammt und in Salerno Medizin studiert hat. Eine richtige Ärztin war sie, kannst du dir das vorstellen? Mit Lizenz und allem. Hat in Paris praktiziert, und da haben sie ihr eine Abtreibung angehängt, die sie gar nicht vorgenommen hatte. Haben sie geteert und gefedert und aus der Stadt getrieben. Als Bettlerin hat sie sich durchgeschlagen bis hier, bis Calixtus sie gefunden und zu uns gebracht hat!»

Er fühlte sich ein wenig vor den Kopf geschlagen. War er nicht ein vernünftiger und fortschrittlicher Mann? Warum nur hatte sie ihm nicht vertraut?

«Aber warum hat sie uns das verheimlicht?», fragte Carolus, der seine Enttäuschung nicht verbergen konnte.

«Hat sie gar nicht, oder nicht wirklich. So ganz habe ich das nicht verstanden. Na ja, jetzt ist sie wieder unterwegs, das arme Ding. Ich glaube, sie ist nicht aus Angst fortgelaufen, sondern weil sie nicht wollte, dass wir uns ihretwegen entzweien.»

«Aber man wird es für ein Schuldbekenntnis halten.»

«Ja. Das wird man. Aber ich war die ganze Zeit mit ihr im Zimmer. Ich kann auf die Bibel und zu allen Heiligen schwören, dass dem Kind nichts geschehen ist, solange wir da waren», sagte Jeanne fest.

Carolus hörte kaum noch zu. «Ich muss sie suchen!», sagte er.

«Danielle? Ja, und mit einem Pferd hast du gute Chancen, sie einzuholen. Sie ist zu Fuß und hat kein Geld. Aber vorher solltest du das Kind noch finden, wenn du kannst. Sonst wird es uns allen schlecht ergehen. Jemand aus der Nachbarschaft muss es genommen haben. Vielleicht jemand, der auf Marius neidisch war. Da gibt's so einige!»

Der Büttel machte Anstalten, Carolus wegzuschieben. «Was

flüstert ihr da miteinander? Genug! Nachher kriegen wir noch Schwierigkeiten.»

«Einen Moment noch! – Jeanne? Hat sie gesagt, wohin sie will?», rief Carolus Jeanne hinterher, die sich bereits zum Gehen gewandt hatte.

«Nein. Wir haben erst heute Morgen gemerkt, dass sie gegangen ist. Sie wird versuchen, sich an die Küste durchzuschlagen und dort ein Schiff nach Neapel zu besteigen. Sicher ist sie nach Marseille oder besser gleich nach Toulon. Mit welchen Mitteln sie die Überfahrt bezahlen will, das weiß der Himmel. Aber wenn ein Mensch ganz verlassen ist und alle seine Pläne und Ziele gescheitert sind, dann bleibt nur noch, dahin zurückzukehren, wo er herkommt, oder nicht?»

Carolus verspürte eine große Niedergeschlagenheit. Wie hatte ihm das nur passieren können! Sein ganzes bisheriges Leben hatte er in dieser Stadt verbracht, er kannte sie wie sein eigenes Haus, ihren Geruch, die wohlangelegten Gassen, die gelblichen Mauern aus Feldstein, die Kirchen, Türme und Palais. Es war ihm immer befriedigend vorgekommen, hier zu leben. Er hatte seinen Weg klar vor sich gesehen. Und plötzlich war alles anders. Das Sonnenlicht erschien ihm trüb, der Himmel ohne Farbe, die Straßen eng, die Stadt hässlich.

«Es ist alles nichts ohne sie», dachte er. «Warum habe ich das nicht schon früher erkannt?»

Er hatte mit sämtlichen Nachbarn gesprochen und in jedem Haus ein Glas Wein trinken und Oliven essen müssen. Sein Kopf dröhnte. Er war müde und ratlos. Keine Menschenseele wollte etwas gesehen haben. Dafür hatte er sich oft genug anhören müssen: «Die arme Catherine! Warum wollt Ihr sie denn nicht? Was ist denn vorgefallen?»

«Das ist nicht recht von Euch, junger Mann, die Verlobung so einfach zu lösen, nach so vielen Jahren!» Aber auch: «Recht hast du, mein Sohn. Soll sie doch flennen. Ein Mann sollte leben und sich nicht einfangen lassen. Du siehst, was es mir eingetragen hat: Rechnungen und einen Stall voll hungriger Kinder.»

Ohne genau zu wissen, warum, hatten ihn seine Wanderungen wieder vor das Palais Vidal geführt. Er stand auf der anderen Straßenseite und starrte eine lange Zeit hinüber. Die Dunkelheit fiel herab wie ein Vorhang. Carolus taumelte vor Müdigkeit. Er wollte sich schon auf den Heimweg machen, da zupfte ihn etwas am Ärmel. Er blickte herunter. Das war der kleine Junge aus der Küche, nicht wahr? Wie hieß er doch gleich: «Claude?»

«Psst!», machte der und wedelte mit der Hand: Ich bin nicht da. Du hast mich nicht gesehen. Er huschte voraus in einen Ziegenstall. Carolus folgte ihm. Wärme und die Geräusche vieler Tiere im Dunkeln empfingen ihn: Kauen und Mahlen, Niesen und Schnaufen, Blasen, Ohrenschütteln, Scharren und ein leises Klicken, wenn sich zwei Paar Hörner berührten. «Sie stinken nicht», fiel es Carolus auf. «Im Schafsstall stinkt es, im Kuhstall stinkt es, aber Ziegen riechen wie Pferde, sie verbreiten eine grasige Süße.»

«Hast du mir etwas zu sagen?», flüsterte er.

Der Junge zog geräuschvoll eine Ladung Rotz hoch und spuckte sie dann aus.

«Verzei'ng, Herr Mimikus, die Mudder schickt mich. Ihr müsst aber versprech'n, sie nicht zu verraten. Sie hat mir hier 'n Kreuz gegem. Das sollt Ihr in der rechten Hand halt'n und schwör'n, dass Ihr uns nicht verrat'n tut.»

Carolus tastete nach dem Kreuz, das ihm entgegengehalten wurde.

«Ich schwöre es und verspreche es. Nun heraus mit der Sprache. Sie hat was gesehen, stimmt's?»

«Jo, meene Mudder hat geseh'n, wie die Herrin, die andre, die Cath'rin, wie die aus'm Haus gegan' iss. Nachts.»

«In *der* Nacht.»

«Jo.»

«Nach der Geburt. Nachdem die Beginen gegangen waren.»

«Jo.»

Catherine! Kein Wunder, dass die Magd sich fürchtete, mit der Wahrheit herauszurücken, ihre eigene Herrschaft zu beschuldigen. Sie musste ja damit rechnen, auf die Straße gesetzt zu werden mit ihrem unehelichen Balg, und dann? Kein anständiges Haus würde sie mehr nehmen.

«Gut gemacht, Junge! Keine Angst. Von euch habe ich nichts erfahren. Jetzt zurück in die Küche mit dir!»

Die Stalltür ging auf wie von Geisterhand, und der kleine Schatten löste sich in den größeren Schatten der Hauswände auf.

Carolus wartete einige Zeit, um dem Jungen Gelegenheit zu geben, wieder durch die Hintertür in die Küche zu gelangen, wo man ihn zweifellos vermuten würde. Dann ging er zur Vordertür des Vidal'schen Hauses und klopfte.

«Herr Carolus, so spät?» Es war Belota, die Mutter des Jungen. Ihre Augen waren weit aufgerissen, und sie flehte ihn mit Blicken an. Er schloss ganz kurz die Lider und kniff die Lippen zusammen, dann drückte er ihren Arm.

Marius kam.

«Was steht ihr in der Tür herum. So lass ihn doch ein! Komm Carolus, hast du irgendwelche guten Nachrichten?»

«Ich hoffe, mein Lieber. Aber lass mich vorher mit Catherine sprechen – allein.»

«Na, hör mal, das ist aber ungewöhnlich. Allein?» Er forschte in Carolus' Gesichtszügen und begann zu verstehen. «Catherine? Nein! Das ist nicht möglich! Sie liebt Laura.»

«Lass mich mit ihr reden, bitte. Es wird sich alles aufklären.»

Im Vorübergehen warf Carolus einen Blick in die Küche. Da saß der Junge am Tisch und löffelte Suppe. Er schaute ihn nicht an.

«Catherine?! Sie ist bei Laura. Sie kümmert sich aufopfernd um sie, tröstet sie, füttert sie – ich kann unmöglich glauben, was du da andeutest», sagte Marius.

Catherine erschien oben am Treppenabsatz.

«Was will er hier? Ich habe nichts mehr mit ihm zu schaffen.» Sie wandte sich ab und ging in ihr Zimmer. Carolus war in drei Sätzen die Treppe hinauf und stieß die Tür auf.

«Was fällt dir ein?! Marius, hilf mir!»

Marius rührte sich nicht.

«Catherine, liebe Catherine», sagte Carolus leise. «Höre auf mit diesem scheußlichen Spiel. Ich weiß, was du getan hast. Man hat dich weggehen sehen.»

«Das ist nicht wahr! Wer will mich gesehen haben? Lügen!», schrie sie.

«Catherine, hör auf damit. Es ist meine Schuld, nicht deine. Ich verstehe dich ja. Ich habe dir wehgetan. Verzeih mir. Ich tue, was immer du willst, aber sag, wohin du das Kind gebracht hast, denn dass du es umgebracht hast, das kann ich nicht von dir denken. Dazu bist du nicht fähig», bat Carolus.

Da brach Catherine zusammen.

«Ich habe es zu einer Milchamme gebracht. Es geht ihm gut», schluchzte sie. «Ich wollte das nicht. Ich habe nicht nachgedacht! Ich wollte …»

«Ich weiß, was du wolltest, aber nun sage mir schnell, wo es ist! Wo ist das Kind deiner Schwester?»

«In der Rue Basse beim Turm Saint Jacques. Die Frau heißt Bianca.»

Carolus stürzte hinaus, Marius ihm nach. Die beiden Männer eilten durch die Straßen. Das Kopfsteinpflaster hallte wider von ihren Schritten.

«Wie konnte sie das tun? Warum?», stieß Marius hervor.

«Morgen. Ich erkläre alles morgen. Jetzt – das Kind.»

Die Rue Basse war eine schmutzige kleine Gasse, «basse», niedrig, untere Gasse genannt, weil der Hügel hier stark abfiel und der Weg steil nach unten auf die Stadtmauer zuführte. Unrat lag auf dem Pflaster. Marius fiel über ein schlafendes Schwein und schlug lang hin. Carolus hämmerte an eine beliebige Tür.

«Wo wohnt Bianca?!», rief er.

Es rappelte drinnen, und jemand knurrte: «Das letzte Haus vor der Mauer auf der linken Seite. Und jetzt geht zum Teufel!»

Gerade noch konnte Carolus zur Seite springen, da wurde oben der Inhalt eines Nachttopfes aus dem Fenster geleert.

«Danke für die freundliche Auskunft!»

Sie fanden die Tür und polterten dagegen.

«Aufmachen! Sofort aufmachen!», schrien sie.

«Geht weg und kommt am Morgen wieder, wenn ihr ehrliche Leute seid!», schallte es ihnen entgegen.

«Frau Bianca? Ich bin es, Marius Vidal. Ihr habt mein Kind, das mir gestohlen wurde. Wenn Ihr es nicht sofort herausgebt, dann komme ich mit der Stadtwache wieder und lasse sie die Türe eintreten, Euer Haus anzünden und Euch einsperren.»

«Genug! Genug! Ich geb dir das Balg!» Die Tür öffnete sich, und eine gewaltig fette, ungepflegte Person schaute heraus im Licht einer Talgkerze. Sie stank nach billigem Wein. Marius stieß sie beiseite. Im schwachen Licht der Kerze sah er eine Menge Leiber auf der Erde liegen, Kinder in den verschiedensten Größen.

«Anzeigen sollte man dich! So versorgt man doch keine kleinen Kinder!», schrie Marius außer sich.

«Erbarmen, Moussen!», jammerte die Milchamme. «Von irgendwas muss man ja leben. Es geht ihnen nicht schlecht bei mir, ich schwör's! Das da, das ist deines oder jedenfalls das, was die Frau mir gebracht hat vor zwei Nächten. Aber das Geld gebe ich nicht wieder heraus!»

«Behalt das Geld!» Marius ging zu der Ecke, die sie ihm gezeigt hatte. Da lag in einem Weidenkorb auf einem Haufen Lumpen ein männlicher Säugling. Er schlief und sah recht zufrieden aus. Als Marius ihn hochnahm, fing er zu plärren an, tief und laut.

«Gerade war er eingeschlafen, dieser Schreihals. Nimm ihn bloß mit!»

Marius wiegte das Kind ungeschickt in seinen Armen. «Mein Sohn, mein Sohn! Ich erkenne seine Stimme!»

Den ganzen Heimweg lang brüllte der Säugling. Über ihnen gingen die Fensterläden auf, und die Leute schimpften.

«Ruhe, verflucht nochmal!»

«Bringt das Balg zum Schweigen, oder ich stopfe ihm den Hals!»

«Habt ihr kein Bett?!»

«Was soll denn der Lärm?»

«Kinderquäler!»

Aber Marius ließ sich nicht stören. Er tanzte und wiegte das Kind und schrie: «Hört ihr ihn? Das ist mein Sohn! Hat er nicht eine kräftige Stimme?! Das wird mal ein großer, starker Mann!»

«Wir hören ihn!», hieß es. «Haut bloß ab.»

20.

Am frühen Morgen hatte sie die Durance erreicht, den unsichtbaren Fluss. Das Wasser hatte sich weitgehend zurückgezogen. Es war in der Sommerhitze verdunstet. Was vom Fluss übrig blieb, das strömte unter der Erde, von wo aus es die Quellen versorgte. Der Schiffsverkehr war beinahe eingestellt, die Treidler arbeitslos bis zu den Herbstgewittern, die das Becken wieder auffüllen würden. Friedlich und matt lagen die Flussarme da, die noch im Frühjahr Häuser, Wagen und eine ganze Schafherde verschluckt hatten. Eine Anreihung von harmlosen Pfützen in einer Wüstenei aus schlammgrauen, rundgewaschenen Steinen, dazwischen Inseln von schnell aufgeschossenen Kräutern, Gräsern, Ziest und Blutweiderich. An den Ufern streckte der wilde Fenchel verdorrte Stängel in die Luft mit Kronen von gelblich braunen Samen.

Ein Ziegenhirte war schon da und ließ seine Schützlinge saufen.

Danielle folgte dem Trampelpfad und den Karrenspuren zur Furt. Sie zog ihre Sandalen aus, gürtete den Rock hoch und watete hindurch.

Am anderen Ufer warf sie einen Blick zurück. Pertuis lag auf seinem Hügel mit seinen dicken Mauern und seinen Türmen und warf ihr einen letzten, hochmütigen Blick zu. Das schmerzhafte Ziehen in der Brust, das dumpfe Bohren und Pochen drängte sie zurück, darin hatte sie ja Übung. Die grau ansteigende Felslandschaft der Haute Provence ließ sie hinter sich. Vor ihr lag eine Weite, die den Schmerz besänftigte, ein Meer von Zypressen wogte sanft in einer Brise. Das ockerfarbene Gras war mit Schatten getupft und gestreift. Sie sog tief die harzige Luft ein, schulterte ihren Knappsack und schritt aus.

‹Ich habe noch weniger als das letzte Mal›, dachte sie. ‹Keinen Mantel, keine Decke, nichts zum Feuermachen, keine festen Schuhe, keinen einzigen Sou.› Aber sie fühlte sich leicht dabei. ‹Ja, diesmal ist es wirklich ein neuer Anfang. Letztes Mal dachte ich, es wäre einer, aber es war keiner. Ich hatte noch Stolz und noch immer Wünsche und Träume. Ich war noch voller Bitterkeit gegen diejenigen, die mir unrecht getan hatten. Aber jetzt bin ich ganz und gar reingewaschen. Ich habe meinen Feinden vergeben. Ich will nichts und wünsche nichts mehr. Von der Natur lasse ich mich nun treiben, wohin sie will. Das muss der Zweite Zustand der Seele sein, von der Marguerite Porete geschrieben hat: Die Verachtung von Reichtum, Lustbarkeit und Ehre. Nicht mehr trachten nach Gehorsam und Gefallen. Von nun an will ich nur noch Werke der Liebe vollbringen um der Liebe willen und mich selbst ganz loslassen.›

Da war eine lästige kleine Stimme in ihrem Kopf, die fragte: Aber genügt dir das, diese allgemeine Liebe, so mild und ohne Gestalt? Was ist denn die Liebe zu Gott? Hat er Arme, die dich umfangen können? Spricht er zu dir, wenn du einsam bist? Ist das nicht eine zu große Liebe, zu fern, fremd und unfassbar?

‹Schweig still, Verführer!›, befahl Danielle, und um nicht weiter nachzudenken, schritt sie kräftig aus.

Die Landstraße nach Aix verließ sie schon bei Meyrargues und hielt sich lieber an die Hirtenpfade, mit Steinhügeln markiert und mit braunen Bohnen bestreut. Ein kleines weißes Büschel Wolle hing an einem Dornstrauch, ein Schaf war hier vorbeigekommen. Müßig rebbelte sie die Erdkrümel und Rindenstückchen heraus und verzwirbelte die Haare zu einem dünnen Faden. Sie hatte es nicht eilig. Als sie am ersten Abend auf eine kleine Grotte stieß, an einem namenlosen Bach, da machte sie sich ein Lager aus Zweigen und Gräsern und beschloss zu bleiben. Am zweiten Tage saß sie auf einem Hügel oberhalb der Landstraße und beobachtete das Treiben. Am Nachmittag sah sie einen einzelnen Reiter in großer Hast vom Fluss nach Aix zustreben. Er hielt nicht einmal an, um einem Bauern zu helfen, dessen Karren umgefallen war. Stattdessen gab er seinem Pferd die Fersen und trieb es mitten durch die heruntergefallenen Waren hindurch. ‹Ach, keiner hat Zeit für seinen Mitmenschen›, dachte Danielle milde. ‹Von all dieser Hetze und den nichtigen irdischen Zielen habe ich mich nun endgültig losgesagt.› Damit verließ sie den Hügel und vergrub sich tiefer in der Einsamkeit.

Sie saß vor ihrer Grotte und dachte nach. Sie dachte an Laura, arme Laura. Doch da war nichts, was sie tun oder was sie ändern konnte. Sie dachte darüber nach, was sie mit ihrem Leben anfangen könnte. Aber es drängte sie zu nichts mehr. Die Zikaden lärmten. Von Ferne hörte sie die Glocken der Ziegenherden und die Rufe und Pfiffe der Schäfer. Aber sie suchte sie nicht auf. Noch reichte das Brot, das sie aus der Küche genommen hatte. Sie teilte es sich sorgfältig ein und kaute jeden Bissen sehr langsam und lange, streckte die Mahlzeiten mit wilden Pastinaken, die sie ausgrub, mit wildem Knoblauch, Brombeeren und Fenchelsamen. Sie trank direkt aus dem Bach. Auf den Knien schöpfte sie das klare, kühle Wasser mit den Händen. Es schmeckte besser als das aus dem Brunnen des Engels, frischer, süßer, so wie die Luft um sie her, eine unschuldige Luft, die nicht von Herdfeuern verschmutzt und von den Gerüchen und Lungen unzähliger Menschen und Tiere verbraucht war. Das Alleinsein tat ihr gut nach all dem Übermaß an Nähe, dem Streit und den Ansprüchen, die auf sie eingeprasselt waren.

Als ihr Brot aufgegessen war, erforschte sie ihre Umgebung. Nach einer Weile des Umherstreifens stieß sie auf ein kleines Gehöft und Felder, in denen eine Frau Zwiebeln zog. Ihr Mann drosch Korn auf einem flachen Stück Erde hinter dem Haus. Dort hatte er das wenige, das sie geerntet hatten, auf dem harten Boden ausgestreut und ließ einen angepflockten Esel darüberlaufen, immer im Kreis.

Die Frau hatte sie wahrgenommen und schaute von ihrer Arbeit hoch. Ihre Hände waren aschfarben von der Erde. Ihr Kleid war aschgrau, die Füße waren nackt und aschgrau bis auf den dunkleren Schlamm zwischen ihren Zehen. Ihr Gesicht mochte von der Sonne gebräunt sein, wirkte aber ebenso grau wie der Rest von ihr. So hager war sie, zäh und knollig wie ein alter Weinstock. Sie stand auf und wischte sich die Hände am Rock, stand da und sah Danielle bloß an.

«Grüß dich», sagte Danielle. Ihre Stimme klang ein wenig eingerostet.

Die Frau nickte mit unbewegtem Gesicht, ging fort und holte ihren Mann, der ihr in allem glich, nur dass er einen Kopf größer war als sie, einen Wust schwarzer Haare auf dem Kopf hatte. Sein Oberkörper war entblößt, knotig von Muskeln und glänzend von Schweiß. Als sie zu sprechen begannen, war es in einer Mundart so schwer wie dicke Mayonnaise. Danielle verstand nur jedes dritte Wort.

«Que es aco?», fragte er seine Frau. (Was ist das?)

«Um Papelarda», antwortete sie. (Eine Begine.)

«Bonjour! Guten Tag», sagt Danielle.

«Bonjorn Madamo», antworteten beide.

Dann standen sie wieder schweigend da und warteten.

«Ich bin hungrig. Könnt ihr vielleicht ein Stück Brot erübrigen, ihr guten Leute?»

Sie hatten sie nicht verstanden. Danielle machte das universale Zeichen der Hand, die etwas zum Munde führt.

«Tè!» Die Frau lächelte zahnlos. *«Vouei.»* Sie winkte Danielle, ihr zu folgen, und ging zum Haus. Ihr Ehemann sah zum Himmel, schätzte rasch den Sonnenstand ab und beschloss dann, dass es auch für ihn Zeit zum Essen war. Danielle trat in einen düsteren Raum ohne Fenster. Nur durch die Tür fiel etwas Licht. Als sich ihre Augen an die Düsternis gewöhnt hatten, erkannte sie eine kalte Feuerstelle, eine Bank, die nachts wohl als Bett diente, zwei Schemel, eine rohgezimmerte Truhe, einen Tisch. Auf der Erde krochen zwei Kinder herum, eines etwa zwei, eines drei oder vier Jahre alt. Die Frau holte Fladenbrot aus einem Schrank, der in die Wand eingelassen war, und eine Schüssel mit Olivenbrei, stellte beides auf den Tisch und einen Krug Wasser dazu.

«Aco, mangar! Vai!» Sie brach zwei Stücke Brot ab, tauchte sie in die schwarze Paste und gab sie den beiden Kindern. Der Mann stieß Danielle mit dem Ellbogen in die Seite und wies auf das Brot. Sie tat es der Frau nach, brach ein Stück ab und nahm damit etwas Olivenpaste auf. Die Paste war fett und stückig, salzig und sehr wohlschmeckend nach den Tagen karger Kost. Sie aßen schweigend. Wer Durst hatte, wischte sich den Mund und trank aus dem Krug.

Das ältere Kind fing an zu husten. Danielle wies und schaute fragend. Es habe einen lange anhaltenden trockenen Husten, erklärte die Frau, von vielen Gesten begleitet. Danielle hockte sich auf die gestampfte Erde zu dem Kind, lockte es zu sich und horchte seine Brust und seinen Rücken ab. Sie stand wieder auf, fing an zu erklären, brach aber bald ab. Stattdessen ging sie in den Garten, schaute sich um und brach einen Stängel Wermut ab. Den trug sie wieder hinein und zeigte, dass man dieses Kraut in Olivenöl einweichen solle, sieben Tage, dann damit Brust und Rücken des Kindes einreiben. Und man solle ihm gekochte Zwiebeln zu essen geben. Die Frau bedankte sich überschwänglich. ‹Vor allem aber braucht es mehr zu essen und wenigstens eine warme Mahlzeit am Tage›, dachte Danielle bei sich, aber daran konnte man nichts ändern. Nach dem Essen sprach Danielle ein Dankgebet. Der Mann, der die Verhandlungen um das Kind interessiert beobachtet hatte, stand auf und bat sie, ihm zu folgen. Sie gingen hinter die Hütte, wo der Esel an seinem Pflock stand. Soweit der Strick reichte, hatte er alle Kräuter abgefressen. Nun stand er in der Nachmittagssonne, ließ den schweren Kopf hängen und schnaufte in die Spreu unter seinen Füßen. Mit weichen Lippen untersuchte er den Boden auf Körner, die liegen geblieben waren.

«Was ist mit ihm?», fragte Danielle. Das Tier sah dürr und abgearbeitet aus, aber das war nicht ungewöhnlich.

Der Mann gab dem Esel einen Klaps auf das breite Hinterteil. Er lief ein paar Schritte und blieb dann wieder stehen. Jetzt erkannte Danielle, dass er mit einem Hinterbein hinkte. Sie untersuchte den Huf auf einen eingetretenen Kiesel, der Mann schüttelte den Kopf – das hatte er selber schon getan. Sie befühlte den Knöchel des Esels. Da war eine leichte Schwellung, verstaucht, aber nicht gebrochen. Sie sah sich wieder im Hof um und entdeckte ein Büschel Schafgarbe, das an der Stallmauer wucherte.

Von Pantomime begleitet, erklärte sie: «Mache dem Tier damit Umschläge. Du musst die Pflanze kochen und in ein Tuch einwickeln und es dann um den verletzten Knöchel binden, so – verstehst du?»

Bis dahin hatte der Bauer kaum ein Wort gesagt und keine Miene verzogen. Doch nun lächelte er breit und nickte eifrig. Mit einem Schwall von Worten bedankte er sich und machte sich sofort daran, die Kräuter zu pflücken und sein

Tier zu versorgen. Danielle betrachtete ihn, wie er da bei seinem Esel hockte, den staubigen Haarschopf, den von der Sonne gegerbten Rücken, an dem die Rippen hervorstanden, die harten Hände, wie sie über das Bein des Esels strichen. Er hatte ihre Gegenwart bereits vergessen.

‹Der Esel ist ihm wichtiger als sein Kind›, dachte Danielle. ‹Nun ja, kein Wunder: Ohne sein Arbeitstier wird es ihm schwerfallen, seine Familie zu ernähren. Einen Esel zu besitzen, das macht den Unterschied zwischen einem hungrigen und einem satten Bauern. Und wenn er ihn hart arbeiten lässt, so wohl nicht härter, als er selber schuftet.›

Sie überließ ihn seiner Aufgabe und ging wieder um die Hütte herum, um sich von seiner Frau zu verabschieden. Sie hob ihren Tragsack vom gestampften Lehmboden auf und wollte schon gehen, da hielt die Frau sie am Arm fest. Sie griff nach dem Tragsack, steckte ein Fladenbrot hinein, lächelte zahnlos und wollte etwas dafür, aber was? «Ich habe kein Geld», sagte Danielle, aber das war es nicht.

Die Bäuerin zog Danielles rechte Hand an sich und legte sie sich auf die Stirn.

«Ich soll dich segnen? Aber ich bin doch kein Priester.»

Schließlich und mit reichlich schlechtem Gewissen ließ Danielle sich darauf ein. Sie machte das Kreuzzeichen auf den Stirnen der Frau und ihrer Kinder und murmelte ein Gebet über den Acker. Sie segnete sogar den Esel. Das war ihnen Bezahlung genug.

Nach drei Tagen hatte Danielle genug vom Einsiedlerleben in der Grotte. In gemächlichem Tempo wanderte sie weiter auf den Hirtenpfaden von einem Gehöft zum anderen. Mit Erstaunen stellte sie fest, dass sie kaum mehr zu betteln brauchte. Wohin sie auch kam, man gab ihr zu essen und Unterkunft und behandelte sie mit Respekt. Nur ein- oder zweimal stieß sie auf finstere Mienen und wurde davongejagt. Aber ja: Sie trug ja immer noch die Gewänder einer Begine! So war aus ihr also eine Bettelbegine geworden. Sie fühlte sich nicht recht wohl dabei, weil sie die Gaben unter falschen Voraussetzungen bekam. Aber sie nahm die Geschenke an.

Je weiter sie gen Aix kam, desto näher beieinander lagen die Höfe, desto mehr Land war unter dem Pflug. Zypressen und Sträucher waren Olivenbäumen und Obstplantagen gewichen. Jedes Joch Ackerfläche war hier unter den Pflug genommen. Nur noch selten sah sie die kleinen Schäferhütten, dafür trotzige Familienburgen, wuchernde Gebilde mit winzigen Fenstern und dickem Mauerwerk aus Feldstein. Man sah ihnen an, dass sie nach Art der Wespennester gewachsen waren: Jede neue Generation hatte ihre Behausung an die erste, an den inneren Kern angebaut, Ställe und Scheuern wurden angefügt, so wie es gerade notwendig erschien. Aix tauchte auf, und sie musste sich entscheiden, ob sie in Marseille oder lieber gleich in Toulon ihr Glück versuchen sollte. Hinein nach Aix wollte sie nicht, obwohl es den Bettlern dort wahrscheinlich gutging, so voller fetter Klöster und reicher Kaufleute, wie es war. Doch von Menschenmengen hatte sie vorerst genug.

Also setzte sie sich ins Gras und betrachtete die Montagne Aventure, deren langgezogene nördliche Flanke sich ihr in den Weg gelegt hatte. Wie die gebleichten Rückenknochen eines gewaltigen Urtieres lag der Berg inmitten der Eichenwälder. Weiße Rippen hoben sich über blaugrauen Abgründen und Falten. Sie würde sich zwischen Aix und dem Berg durchschlagen, dort bei den Mühlen, am Haupt des schlafenden Tieres vorbei und dann weiter nach Süden gehen, nach Toulon.

Die Landschaft wurde merklich trockener, als sie das fruchtbare Tal der Durance verließ. Ein warmer Wind von

Süden kam auf und ließ die trockenen gelben Blätter der Mandelbäume rascheln. Die Luft roch nach Kalk.

Zur selben Zeit, als Danielle der Durance den Rücken kehrte und in die fleckigen Schatten der Zypressenwälder eintauchte, da wurden in Pertuis die Wachen vor dem Beginenhof abgezogen.

«Das Kind von Mestre Marius, es hat sich angefunden», hieß es.

«Wie? Angefunden? Ein Kind verlegt man doch nicht wie einen linken Socken.»

«Belota sagt, es hat ein Missverständnis gegeben, und man hat das Kind gleich nach der Geburt zu einer Milchamme gebracht, weil Mestra Laura doch so schwach war.»

«Und zu welcher haben sie es gegeben?»

«Zu Bianca.»

«Zu der? Da will ich glauben, dass es ein Missverständnis war. Die Vidals können sich doch wohl jemand Besseren leisten als diese alte Säuferin!»

«Und die Beginen hatten gar nichts damit zu tun.»

«Das habe ich auch nicht angenommen.»

«Ich auch nicht.»

«Aber warum hat sich die Fremde, diese Italienerin, dann davongemacht?»

«Sie soll ein unanständiges Buch geschrieben haben.»

«Was für ein Buch?»

«Na, so eins über Weibersachen. Mit Bildern drin.»

«So? Das hätt ich gern gesehen.»

«Ich auch.»

So müde war Carolus nach Hause getaumelt, dass seine Mutter ihn schlafen ließ bis zum Mittagsläuten. Er schrak hoch: «Schon Mittag! Um Himmels willen!» Eilig spritzte er sich ein paar Tropfen Wasser ins Gesicht aus der Schüssel, die eine Magd ihm auf seinen Waschtisch gestellt hatte, putzte sich die Zähne mit einem rauen Tuch und fuhr in die Kleider.

«Wohin so eilig?», rief seine Mutter.

«Zu Catherine», erwiderte er atemlos.

«Das ist recht, mein Sohn. Jetzt, wo die Italienerin fort ist, kommt alles wieder in Ordnung.»

Carolus machte ein finsteres Gesicht und eilte zum Haus von Marius Vidal.

«Mein lieber Freund!», empfing der ihn. «Laura und ich können dir nicht genug danken! Komm, sag Laura guten Tag. Sie freut sich so! Das musst du sehen!»

Carolus war nicht recht bei der Sache. «Ich muss Catherine sprechen. Was wirst du mit ihr tun?»

«Ich hätte sie am liebsten einsperren lassen, aber Laura hat sich so für sie eingesetzt. Wenn sie ihr vergeben kann … ich bin noch nicht darüber hinweg. Sie ist in ihrer Kammer und traut sich nicht daraus hervor.»

Carolus klopfte an Catherines Tür. Sie machte auf und ließ ihn ein, ging zum Fenster und sah hinaus.

«Du brauchst gar nichts zu sagen. Ich schäme mich entsetzlich. Dein Angebot von gestern soll dich nicht binden. Du musst mich auch nicht aus Mitleid heiraten.»

«Catherine, ich habe es dir versprochen und dazu stehe ich.»

«Nein, ich will nicht», entgegnete sie.

Verstehe einer die Weiber! «Ach?! Was willst du denn nun? Es war alles abgemacht, und wir wären auch schon längst verheiratet, aber du hast immer wieder neue Ausreden gefunden, warum wir noch warten sollten. Du warst es, die gezögert hat!»

«Du hattest es auch nicht eilig», sagte sie.

«Nein, das gebe ich zu. Aber ich hätte es getan, weil es so abgemacht war und ich dich auch gut leiden kann.»

«Gut leiden?», fragte sie leise.

«Ja, was erwartest du? Sieh mir ins Gesicht, Catherine, und sag mir, dass du mich liebst. Dann heirate ich dich auf der Stelle!»

Sie wandte sich zu ihm um. «Nein, du hast recht: ich liebe dich nicht. Und eines ist mir endlich klar geworden: Ich will auch nicht heiraten. Dich nicht und auch sonst keinen anderen. Die vorletzte Nacht mit Laura, das war nur der letzte Tropfen. Ich will das nicht. Das, was zwischen Mann und Frau vorgeht, das Kinderkriegen und all das, es ist mir zuwider. Ich habe schon im Frühjahr um einen Platz im Dominikanerkloster von Aix nachgefragt, und sie wollen mich aufnehmen.»

«Aber warum hast du dann so getan, als ob du gekränkt warst? Warum hast du Danielle in Schwierigkeiten gebracht?»

«Ich war ja gekränkt. Ich war in meinem Stolz verletzt und eifersüchtig. Siehst du, ich wäre gern ins Kloster gegangen in einem Akt des heroischen Verzichts.» Sie lächelte über sich selbst. «Ich wollte diejenige sein, die die Entscheidung trifft. Ich wäre so gerne geliebt worden; ich habe mir gewünscht, dass du dich vor Sehnsucht nach mir verzehren solltest. Das war armselig von mir! Die Nachbarn und die Frauen auf der Straße haben mich mitleidig angeschaut und sich das Maul darüber zerrissen, dass ich eine alte Jungfer werden würde. Sie haben über mich gelacht! Und da war ich blind vor Wut. Da kommt so eine Fremde daher, eine Welsche und eine Bettlerin, und du ziehst sie mir vor – mir! Einer Dame aus guter Familie, mit einer guten Mitgift und – nun ja, ich weiß, ich bin nicht so hübsch wie Laura, aber ich habe doch gemeint …»

«Aber du bist sehr ansehnlich …», unterbrach Carolus, doch Catherine winkte ab. «Ansehnlich, ja. Aber nicht hübsch. Ich war wütend auf diese Italienerin, ich habe sie gehasst. Und schlimmer noch: Ich war neidisch auf Laura, auf meine eigene Schwester, die schön ist und die von allen bewundert wird. Solange ich denken kann, war ich unzufrieden, weil ich immer nur die Zweite war, ein Schatten gegen sie. Solange ich auch einen Mann hatte, einen Verlobten, da habe ich mich doch immerhin nicht ganz unbeachtet fühlen müssen. Aber als ich dann hintenherum hören musste, dass du diese Fremde umwirbst, da fühlte ich mich verraten und beiseitegeworfen. Oh, was für ein Durcheinander habe ich nur angerichtet. Verzeih mir!»

«Du musst deshalb nicht in ein Kloster gehen.»

«Aber ich will es so, verstehst du nicht? Das ist für mich das Beste. Im Grunde habe ich es mir immer gewünscht. Und hier kann ich nicht bleiben, nach allem, was geschehen ist. In ein paar Tagen schon werde ich abreisen und nie zurückkehren.»

«Ach, Catherine, ich hatte gehofft, wir könnten Freunde und Kameraden sein.»

«Können Männer und Frauen Freunde sein? Ich glaube es nicht. Ich wünsche mir etwas anderes, eine größere Freundschaft, eine reinere Liebe. Doch ich muss an mir arbeiten, um dessen würdig zu sein. – Und du? Was wirst du nun tun?»

«Ich werde sie suchen.»

«Und ich werde beten, dass du sie findest. Es liegt mir sehr schwer auf dem Gewissen, dass ich sie fortgejagt habe. Geh mit Gott! Finde sie und sag ihr, nein, sprich ihr gar nicht von mir. Werdet so glücklich, wie es Menschen zu sein verstehen.»

So viele Jahre hatten sie sich gekannt, und es gab nichts mehr zu sagen. «Geh, geh fort, ehe ich weinen muss und du mich auch noch mit geschwollenen Augen und einer dicken roten Nase in Erinnerung behältst», sagte sie in komischer Verzweiflung.

Wider Willen musste Carolus lachen.

«Jetzt geh schon!» Catherine lachte ebenfalls und scheuchte ihn hinaus. Sie wollte allein sein.

Carolus suchte Laura auf. Sie lag auf dem Bett auf einem Haufen Rollen und Kissen und sah sehr glücklich aus. «Carolus! Wie kann ich dir nur danken! Und Danielle!»

«Sie ist fort. Sie ist geflohen aus Angst vor den wütenden Leuten oder weil sie ihren Schwestern nicht zur Last werden wollte – vielleicht auch vor mir.»

«Oh, aber du musst unbedingt hinter ihr her! Bring sie zurück!»

«Wenn sie das aber gar nicht will?» Carolus hatte seine Zweifel.

«Aber ganz sicher will sie das. Sie liebt dich! Magdalène hat es mir erzählt», sagte Laura.

«Sie liebt mich?»

«Ja, du dummer Kerl. Sie hat deine Rose unter ihrem Kopfkissen bewahrt, sagt dir das nichts? Mach, dass du fortkommst und beeile dich! Komm nicht ohne sie wieder», mahnte Laura.

«Das habe ich nicht vor.» Carolus sprang auf.

«Ich gebe dir ein Pferd und meinen Leibdiener mit», sagte Marius.

«Behalt deinen Diener, er ist zu alt für solche Abenteuer. Aber wenn du mir ein gutes Pferd leihen willst, so wäre ich dir dankbar!»

Marius stattete Carolus aus, überließ ihm sein bestes Pferd mitsamt Zaumzeug und Sattel, ließ ihm die Satteltaschen mit Vorräten vollstopfen und gab ihm gute Ratschläge. «Nur Mut! Du wirst sie schon einholen. Sie ist zu Fuß und du zu Pferd!»

Carolus verabschiedete sich von seiner Mutter.

«Wie, mein Sohn will einer Frau nachlaufen?», empörte sie sich. «Lass sie gehen! Hier in der Stadt gibt es genügend Mädchen, die dich gerne nehmen würden.»

«Die will ich aber nicht», entgegnete Carolus schroff.

«Aber schau sie dir doch erst einmal an! Ich bestehe ja nicht darauf, dass du Catherine nimmst – obwohl es deinen Vater und mich viel Mühe gekostet hat, die Verbindung zu arrangieren. Aber was willst du denn mit einer Fremden, noch dazu mit einer, die keinen Heller mit in die Ehe bringt», redete sie auf ihn ein.

«Ich kann selbst genug verdienen, Mutter. Ich brauche die Mitgift nicht.»

«Leichtsinnig bist du! Geld kann man immer brauchen. Schönheit geht, Gold bleibt! Überleg es dir nochmal und bleib daheim.»

«Ich will aber diese und keine andere.»

«Na schön, na schön. Es ist aber schon Nachmittag! Bleib wenigstens noch die Nacht hier, iss ordentlich und schlaf dich aus!», sagte sie, aber Carolus wollte nichts davon hören.

Am Hafen Saint Nicolas nutzten die Arbeiter die Trockenheit, um das Hafenbecken zu säubern und zu vergrößern. Die Pfahlmuscheln an den Strebepfeilern der Kaianlage glänzten in der Nachmittagssonne, kantige schwarze Geschwüre. Ein Mann stand bis zur Brust im schlammigen Wasser und schabte die Muscheln mit der Klinge einer kleinen Axt ab. Drei andere mühten sich, einen hölzernen Steg aus der Erde zu hebeln. Ein neuer lag schon bereit, von drei Ochsen an Ketten herangeschleppt, ein Balken, aus einer einzigen hundertjährigen Eiche herausgeschlagen.

«Habt ihr hier eine Begine gesehen?», fragte Carolus einen der schlammbespritzten Männer.

«Ja, hier gibt es einige oben in der Stadt. Aber ich mache immer einen Bogen um diese verrückten Weiber, seit mein Schwager von einer dieser Irren den *bacèou* auf die Nase gekriegt hat, den Wäscheklopfer!»

«Nein, ich meine, ob ihr hier unten eine gesehen habt, die versucht hat, den Fluss zu überqueren, gestern früh ungefähr.»

«Ah! Ist eine abgehauen? Na, das wundert mich nicht. Immer nur beten und keinen Spaß, das ist doch nichts für eine richtige Frau! Hast du nicht was gesagt, gestern, Antoine?»

Antoine, eine großer, schwerer Mann mit einem Kindergesicht, richtete sich auf und kratzte sich den Schädel.

«Ouais – bèn! Ja, da war eine, jedenfalls hatte sie eins von diesen formlosen Nonnenkleidern an, die diese Weiber tragen.» Er zeigte mit den Händen etwas Weites, Sackartiges an. «Gestern in der Frühe, sagt Ihr? Ja, da war so eine.»

«Wir haben uns schon gewundert – eine Frau, so ganz allein», ergänzte der andere, «… Sie ist da unten durch die Furt gegangen, hast du doch gesagt, nicht wahr, Antoine?»

«Ouais.»

«Ja, na bitte, da habt Ihr's. Was wollt ihr denn mit der?»

«Ich will sie heiraten!», sagte Carolus.

«Heiraten?!»

Die Männer lachten und sahen ihn mitleidig an.

«Mein Herr, mir scheint, Ihr habt was Falsches gegessen oder zu viel Wein getrunken. Aber wie Ihr meint. Da entlang muss sie gegangen sein, nicht wahr, Antoine?»

«Ouais.»

«Da entlang», sagte Antoine, «die Landstraße nach Aix hat sie genommen.»

Carolus ritt flussabwärts, bis er an die Furt kam. Die Spuren vieler Hufe, Tierkot und Wagenrinnen zeigten ihm, welchen Weg er zu nehmen hatte. Am Fluss stieg er ab und zog seine Stiefel aus; er führte sein Reittier am Halfter über Kiesbänke und knietiefe Wasserlöcher, in denen kleine Fische schwammen.

Am anderen Ufer saß er auf und gab seinem Pferd die Fersen, um die verlorene Zeit aufzuholen.

21.

Es dauerte nicht lange, da musste Carolus einsehen, dass er das Pferd unmöglich im Galopp bis nach Aix treiben konnte. Dem armen Vieh troff Schaum vom Maul. Er sah sich gezwungen, es im Schritt laufen zu lassen, obwohl sein Blick und seine Sehnsucht vorausflogen. Eine solche innere Hast verspürte er, dass er am liebsten abgesprungen und gerannt wäre.

Davorn hinter den Hügeln lag Aix, einstmals Aquae Sextae, mit seinen zahlreichen warmen und kühlen Quellen, wo Gaius Sextus Calvinus und seine Legionen ihre Wunden kuriert hatten. Der Feldherr Marius schlug die Teutonen und tat es dann Gaius Sextus nach. Caesar und Augustus hatten Thermen bauen lassen, die ein Wunder waren in der barbarischen keltoligurischen Welt. Die Römer brachten Kultur, Bürokratie und Sauberkeit. Wunderbare Eigenschaften sagte man dem Wasser von Aquae Sextae nach: Alte fühlten sich erfrischt und verjüngt, Schwache und Sieche wurden wieder kräftig, wenn sie von dem Wasser tranken, Hautkrankheiten verschwanden, unfruchtbare Frauen empfingen nach einem Bad. Böse Zungen machten dafür allerdings eher die losen Sitten in den Badehäusern verantwortlich.

Die Grafen der Provence verschönerten die Stadt nach ihrem Geschmack. Wer etwas auf sich hielt, besaß ein Haus in Aquae Sextae. Aix, die Schöne, die Reiche, zog aus weitem Umkreis alles Leben an sich. Wo anders, dachte Carolus, konnte die sein, die er suchte? Viele Reisende strömten dorthin, nur wenige von ihr fort. Die Straße entlang zogen

Bauern mit Eseln, deren Tragekörbe überquollen von den Nahrungsmitteln, die in der Stadt benötigt wurden. Carolus überholte einen Alten, der einen Buckelkorb voller Porree schleppte und sich noch vier oder fünf Hühner um den Hals gehängt hatte. Da ging eine Gruppe Mönche zu Fuß und ein Korbflechter, hochbeladen mit seinen Produkten: Körbe in allen Größen und Formen standen von ihm ab wie das gesträubte Federkleid eines Vogel Roch. Zwei Jäger kamen zwischen den Zypressen heraus und reihten sich ein in den Zug. Sie hatten Fasane und Hasen geschossen, die sie in der Stadt verkaufen wollten. Ein Mann stand am Straßenrand und jammerte. Sein Karren war halb umgekippt, ein Rad hatte sich gelöst. Die Melonen, die er geladen hatte, waren von der Ladefläche gerollt, sie sahen aus wie hellgrüne Bälle, überzogen mit gelblichen Netzen. Ein paar von ihnen waren aufgeplatzt. Über dem hellen orangefarbenen Fleisch summten bereits die Fliegen.

Die wenigen, die ihm entgegenkamen, fragte Carolus: «Habt ihr eine einzelne Begine gesehen im weiten Rock und Kittel aus ungefärbter Wolle, mit einem Schleiertuch, wie eine Nonne?» Doch niemand konnte ihm die Auskunft geben, die er erhoffte.

Je näher er der Stadt kam, desto spärlicher wurde der Wald. Rundum erstreckten sich Felder, Weinberge und Obstgärten. Aix war so groß … wenn Pertuis ein Glas war, dann war Aix ein Fass. Wo sollte er zu suchen anfangen?

Er sah sich um und entdeckte nicht weit von der Straße eine einfache Herberge.

‹Sie hat kein Geld›, dachte er. ‹Wo wird sie also schlafen? Unter freiem Himmel? Lau genug ist es noch. Ob sie im Heuschober eines Bauern Unterschlupf gefunden hat?› Er konnte und mochte sich nicht vorstellen, dass sie mit anderen Bettlern nächtigte, unter einer Brücke, in einem unbewohnten, halbverfallenen Haus, auf einem Friedhof oder in einer Mauerecke.

Während er noch überlegte, entschied sein Pferd für ihn. Eigensinnig zerrte es am Halfter und schlug den Weg zum nächsten Stall ein, wo es seine Artgenossen witterte und Heu und Wasser im Trog.

«Ist gut, ist schon gut, du unverständiges Vieh. Bei dir wohnt die Seele im Magen, das steht fest», brummte er. Er beschloss, die Nacht hier zu verbringen und morgen frisch und bei Tageslicht mit seiner Suche zu beginnen.

Die Herberge war ein zweistöckiges Haus aus Feldsteinen, kompakt und vierschrötig wie ein alter Soldat und ebenso narbig und verwittert. Als Carolus abstieg, schoss von irgendwoher ein halbwüchsiges Kind heraus, dessen Geschlecht unter weiten Hosen und Kittel nicht zu erahnen war. Ohne Carolus anzusehen, griff es nach dem Halfter und wollte das Pferd wegführen.

«Halt! Ich weiß noch nicht, ob ich hierbleiben will», sagte Carolus.

Das Kind wies mit dem Kinn in Richtung der Stadt. «Alles voll», nuschelte es. «Es ist Weinfest.»

Es war ein Wunder, dass hier noch ein Mensch zum Arbeiten kam, bei all den Festen: Das Fest der «Belle Estelle», des schönen Sterns, die Sonnwendfeuer, das Frühlingsfest, die Feste der Schutzheiligen, die Prozessionen und die Stierkämpfe, Weinfeste, Käsefeste, Grands marchés, Grands Aiolis, Ölfeste und was nicht alles!

«Habt ihr denn noch Platz für mich?»

«Denk schon. Ihr müsst die Mutter fragen. Die ist da drin», antwortete das Kind

Carolus nahm die Satteltaschen ab und hängte sie sich über die Schulter. Den Gaul überließ er dem Kind und ging hinein. Drinnen umfing ihn augenblicklich ein Dämmerlicht und der Dunst von gerösteten Zwiebeln und Wein. Dichtgedrängt saßen die Gäste, meist Reisende wie er, ein paar Bauern dazwischen. Der eine lauste sich, nebenan spielten drei Kerle ein Würfelspiel, von Gepolter, ausholenden Gesten und Geschrei begleitet, andere daneben aßen oder unterhielten sich. Dazwischen rannten zwei junge Weiber geschäftig hin und her. Mit geübtem Hüftschwung wichen sie den Händen aus, die nach ihren Brüsten und Schenkeln grapschten, verteilten abwechselnd Kopfnüsse und Brot, füllten die Becher und trugen leere Schüsseln ab. Die jüngere von beiden, eine hübsche Kleine mit schwarzem Haar und einem Gesicht wie ein praller Pfirsich, bahnte sich einen Weg zu ihm durch und lachte ihn an.

«Nur trinken und essen, oder brauchst du einen Platz zum Schlafen?»

«Alles», antwortete Carolus.

«Du kannst ein Zimmer für dich allein haben, das kostet ein Silberstück, mit Essen und Wasser zum Waschen. Ein Strohsack im Gemeinschaftsraum kostet nur einen Denier, Essen inbegriffen. Zwiebelragout. Braten kostet extra», zählte sie auf.

Carolus hätte gern eine Kammer für sich gehabt, aber er war nicht allzu wohlhabend. Und wie lange seine Suche dauern würde, das wusste er nicht.

«Der Gemeinschaftsraum genügt mir», sagte er.

«Dann geh erst mal rauf und belege einen Schlafplatz. Es genügt, wenn du ein Kleidungsstück drauflegst, dann gehört er dir für die Nacht. Und dann komm herunter, und ich bring dir was Gutes.» Sie lächelte ihn an. Auf ihrer Wange entstanden Grübchen.

Er erklomm ein paar steile, enge Stiegen und fand oben den Schlafraum. Fast alle Plätze waren schon belegt. Er warf sein Barret auf ein Lager nah an dem winzigen Fenster, wo er etwas frische Luft haben würde, und ging wieder hinunter.

«Wo ist der Stall?», fragte er in die Runde.

«Hinten, auf der Rückseite!», rief ihm jemand zu. Er ging hinaus und um das Gebäude herum und vergewisserte sich, dass Marius' Pferd auch gut versorgt war. Jemand hatte es abgerieben und ihm einen Futtersack umgehängt. Es sah zufrieden aus.

Als er wieder in die Gaststube kam, suchte er sich einen Platz in einer Ecke. Die junge Frau kam und stellte Becher und Krug vor ihn hin. «Also: Braten oder Zwiebelragout?», wiederholte sie. Sein Magen knurrte vernehmlich. Einen Augenblick kämpfte er mit sich. Der Duft des gebratenen Fleisches stach ihm in die Nase: «Zwiebeln», sagte er entschlossen. «Und Brot!»

«Brot ist dabei!» Sie glitt durch die Bänke davon. Er schaute sich um und beobachtete die anderen Gäste. Plötzlich versperrte ihm ein gewaltiger Wanst den Blick. Er schaute hoch und in das fleischige, rote Gesicht der Patronne.

«Der Schlafplatz, Essen, Wein und der Platz für Euren Gaul – macht acht Deniers. Im Voraus!», krächzte sie. Carolus kramte in seiner Geldkatze nach den passenden Münzen. Ihre Augen schätzten den verbliebenen Inhalt genau ab. Rasch ließ er den Beutel wieder unter dem Hemd verschwinden. Finger wie Würste schlossen sich um seine Münzen. Der Blick in den Raum wurde wieder freigegeben.

Die junge Frau kam zurück und legte eine dicke Scheibe Brot vor ihn auf den Tisch als Teller und gab eine reichliche Kelle gebratener Zwiebeln darauf. Es waren sogar ein paar halbverbrannte Stückchen Speck darunter.

«Guten Appetit!», wünschte sie ihm. «Wenn du mehr willst, wink mir zu!»

Carolus zog sein Messer aus dem Gürtel und spießte damit die Zwiebeln auf. Als er die Brotscheibe leer gegessen hatte, ließ er sich noch einmal aufgeben. Zum Schluss aß er das saftgetränkte Brot. Der Wein schmeckte schauderhaft, aber immerhin roch er so nach Essig, dass er vermutlich allen Schmutz im Fass unschädlich gemacht hatte. Carolus verspürte wenig Lust auf mehr. Inzwischen waren nur noch wenige Gäste im Raum. Die junge Frau kam zu ihm und ließ sich neben ihm auf die Bank fallen.

«Das war wieder ein Tag!», stöhnte sie, lächelte aber dabei. «Und woher kommst du? Was führt dich nach Aix?»

Er erzählte es ihr.

«Oh, das ist ja herrlich! Wie galant von dir, ihr nachzureiten! Ich wünschte, das würde einer mal für mich tun.»

«Dazu müsstest du erst fortlaufen», sagte Carolus.

Sie prustete los und schüttelte die schwarze Mähne. «Warum sollte ich vor meinem Schatz weglaufen? Ich liebe ihn ja und möchte ihn keinen Augenblick missen.» Ihre Augen wurden groß. «Entschuldige! Das hätte ich nicht sagen sollen. Aber du hast ja gesagt, dass sie in Pertuis eines Verbrechens beschuldigt wurde. Sie ist sicher aus Angst und nicht vor dir weggelaufen.»

«Aber hätte sie nur einen einzigen Tag gewartet, dann hätte sich ja alles aufgeklärt! Sie hatte es ja nicht getan! Wie konnte sie nur so unvernünftig handeln?», sagte Carolus verzweifelt.

«Na, weißt du, Vernunft und Angst, die vertragen sich nicht gut. Wenn man Angst hat, dann macht man dumme Sachen. Wusste sie denn, dass du dich für sie ins Zeug legst?»

«Nein», erwiderte Carolus traurig.

«Hast du vielleicht eine Idee, wo in Aix ich anfangen könnte zu suchen?»

Das Mädchen rieb sich nachdenklich das Kinn. «Das Kloster Saint Saveur vielleicht? Die haben ein großes Hospital, wo sie auch arme Reisende aufnehmen, für eine Nacht. Das wird aber auch vollbelegt sein. Du müsstest alle Klöster in der Stadt abklappern, das Hospital Saint Jacques, die Frauen-Klöster Sainte Claire und Saint Barthelemy am ehesten, oder? Dann die Carmeliter, die Augustiner ...»

«Aber würden die auch eine Begine aufnehmen?», fragte Carolus.

«Das weiß ich wirklich nicht. Aber dahin würde ich gehen, wenn ich arm wäre und nicht wüsste, wohin. Ansonsten wäre ich jetzt während des Festes auf dem Schlossplatz. Da ist was los, da sitzt das Geld locker, da zieht es alle Bettler hin.»

«Louisa! Der Abwasch macht sich nicht von allein!», rief die Wirtin zu ihnen hinüber.

Die junge Frau sprang auf.

«Schlaf besser auf deiner Börse, pass gut auf!», flüsterte sie ihm zu, bevor sie zur Küche eilte.

Carolus schlief schlecht. Sobald es hell wurde, stand er auf und ging hinunter in die Schankstube, wo noch die Bänke auf den Tischen standen. Verschlafen und mit verquollenen Augen tauchte die Wirtin aus ihrer Kammer auf.

«Ich bleibe mindestens noch eine Nacht», sagte Carolus und zählte ihr das Geld in die Hand. Er holte sein Pferd aus dem Stall und ritt durch die Felder, vorbei an einer Ziegelei. Auf einem Hügel sah er Galgen stehen. Daran baumelte, was die Krähen übrig gelassen hatten. Schnell wandte er den Blick ab.

An der Porte des Augustins hieß man ihn absteigen.

«Ihr könnt nicht hineinreiten. Es ist zu voll da drinnen», sagten die Wachen am Tor. «Am besten lasst Ihr das Tier in einem Mietstall. Dort entlang, an der Innenseite der Stadtmauer in der Rue Sextius, da findet ihr den nächsten.» Carolus folgte ihrem Rat und stellte den Braunen dort ein.

«Eigentlich ist alles belegt», sagte der Patron. «Aber in

den anderen Ställen und Herbergen ist es ebenso. Wie lange wollt Ihr bleiben?»

«Das weiß ich noch nicht. Aber ich habe ein Quartier draußen vor den Mauern. Kann ich mein Pferd den Tag über hier lassen?»

«Ja, das geht, wenn es keinen Platz im Stall braucht. Bindet es da drüben an den Baum, dort hat es den ganzen Tag Schatten. Ich kümmere mich darum, dass es zu saufen und Futter bekommt.»

Carolus zahlte eine geringe Summe im Voraus und ging zu Fuß in die Stadt. Er pfiff einem der größeren Straßenkinder, einem dicklichen Jungen mit wachen Augen. «Willst du dir einen Denier verdienen?»

«Klar, Chef!», antwortete der.

«Dann führe mich heute durch die Stadt.»

«Gemacht! Exzellenz finden keinen besseren Führer als mich!» Der Junge maß Carolus von oben bis unten: ein junger Mann, gut gekleidet, gut in Form, flacher Bauch. Er musste unverheiratet sein. «Ich kenne die hübschesten Mädchen in der Stadt und alle Orte, wo man Spaß haben kann, ohne dass einem die Büttel auf die Nerven gehen», sagte er listig, «Mädchen, Wein, Spiel, oder wollt ihr zuerst in die Thermen? Dort könnt ihr alles auf einmal finden. Nur die Mädchen sind etwas gewöhnlich.» Carolus schaute ihn erstaunt an. Der Kleine hatte noch nicht mal Haare am Kinn und hörte sich schon so abgebrüht an!

«Danke, nein», wehrte er ab, «nichts dergleichen. Ich möchte, dass du mich zu allen Hospitälern führst, wo man Arme schlafen lässt und verköstigt. Ich suche jemanden.»

«Eine Frau?» Der Junge ärgerte sich. Hatte er sich etwa getäuscht? Von der richtigen Einschätzung der Kundschaft hing sein Verdienst ab. «Eure Frau? Ist sie Euch weggelaufen?»

«Nein, nicht meine Frau. Ich bin unverheiratet», erklärte Carolus.

Der Junge war zufrieden. Hatte er doch recht gehabt.

Carolus beschrieb sie ihm. «Sie ist erst seit ein paar Tagen hier. Vielleicht bettelt sie.»

Ein Denier pro Tag, das war kein fetter Verdienst. Diebstahl war lohnender, aber so war es sicherer. Und wer wusste das schon, vielleicht würde er bald genug haben von seiner Suche und sich doch im Badehaus erquicken wollen. Dann wäre noch eine Kommission zu holen. Der Junge war gewieft und entschlossen, seinen Kunden möglichst lange am Haken zu halten. Auf verschlungenen Wegen führte er Carolus durch die Gassen, bis er ganz die Orientierung verlor.

Die Schönheit und die Pracht nahm er nicht wahr, nicht die hohen Giebel, die vielen Brunnen, die auf jedem Platz die Luft erfrischten, nicht die Wasserspeier, die Steinmetzarbeiten, die Bögen und Türme, den neuen Getreidespeicher, die Thermen. Die Basilika Saint Sauveur mit ihren Mysterien und Spolien ließ er links liegen. Nach unten war sein Blick gerichtet, dorthin, wo die Bettler saßen und den Vorübergehenden ihre Schalen entgegenhielten.

Er hockte sich zu ihnen hin und verhandelte, während der Bengel gelangweilt danebenstand. Was vertrödelte der Narr seine Zeit mit Krüppeln und Aussätzigen, da doch Aix jede erdenkliche Vergnügung und jeden Luxus bot? Und dieser Mann war nicht einmal ein Mönch!

«Hast du eine dunkelhaarige Frau gesehen, eine Bettlerin in Nonnengewändern?», fragte Carolus einen Einbeinigen. «Dunkle, kurze Locken, Narben hier und da, ungefähr so groß?»

Der Bettler machte eine reibende Geste mit Daumen und Zeigefinger.

«Was zahlste denn, wenn ich sie gesehen habe?», fragte er.

«Ich gebe dir ein Kupferstück für eine ehrliche Antwort», erwiderte Carolus.

«Erst das Geld!», feilschte der alte Krüppel.

Er gab es ihm.

«Hab keine gesehen, so eine wie du sagst. Aber meine Schwester, die ist auch nicht zu verachten! Ist noch Jungfrau. Hat auch braune Haare und solche Augen!»

«Von wegen! Die kenn ich: Dem seine Schwester ist jedes Mal von neuem Jungfrau!» Der Junge spuckte aus und zog Carolus weiter. Sie klopften an die Klostertore, fragten in den Hospitälern und sahen in den Gossen nach, in den ärmsten Vierteln, unter den Brücken.

Jeden Abend fragte die schwarzhaarige Louisa ihn, ob er sein Mädchen gefunden hätte.

«Nein, wieder nichts», musste er jedes Mal antworten. Mitleidig brachte sie ihm noch einen Krug von dem grässlichen Wein und schob ihm eine Leckerei zu, einen kleinen Kuchen oder ein paar Mandeln.

«Ach, was ist das traurig! Wie dumm ist nur diese Frau, so einem netten Mann davonzulaufen! So einen wie ihn findet man nicht jeden Tag», sagte sie zu der anderen Serviererin, während sie die Töpfe mit Sand auswischte.

«Ich hätte nicht übel Lust, auch mal ein paar Tage zu verschwinden, um zu sehen, was meiner dann unternimmt.»

«Probier das lieber nicht aus. Nachher kommst du wieder, und er hat eine Neue», entgegnete die andere.

Am dritten Tag seiner Suche schließlich bat Carolus den Jungen, ihn zum Gefängnis zu bringen. Der Wachhabende steckte einen Sou ein, um ihn zum Kerkermeister zu bringen, der ein Stück Silber verlangte, um ihn durch den Frauentrakt zu führen.

«Wir kriegen jeden Tag ein Dutzend neue Weiber herein. Wie sie aussehen, ist mir gleich. Nach ein paar Tagen hier unten sind sie ohnehin alle dürr und grau und kriegen die Krätze.»

In einem langen feuchten Gang lagen vier Zellen nebeneinander, vergitterte, fensterlose Höhlen, aus denen ein unglaublicher Gestank drang. Leuchtete man mit der Fackel hinein, sah man Gestalten, die auf fauligem Stroh lagen, einzeln oder beieinander. Die Jüngeren kamen zum Gitter und drückten sich dagegen, murmelten flehentliche Bitten, Verheißungen oder rüttelten an den Stäben, einige fluchten und spuckten den Kerkermeister an. Carolus sprach ein Gebet und wischte sich den Schweiß von der Stirn, als er wieder auf der Straße stand. Am Mittag hatten sie Danielle immer noch nicht gefunden.

«Ich glaube nicht, dass sie hier ist, Eure Braut», sagte der Junge, der allmählich ein gewisses Mitleid empfand für diesen Verrückten.

‹Niemals werde ich mich verlieben, wenn es das ist, was einem dann passiert. Er hätte schöne Tage hier verleben können, saufen und huren und speisen wie ein Bischof! Stattdessen kriecht er in Verliesen und Hospitälern herum. Nein, so was passiert mir nie›, dachte er.

Entmutigt kehrte Carolus zum Mietstall zurück, um dort feststellen zu müssen, dass sein Pferd, Marius' Pferd, gestohlen war.

«Oh, da hol mich doch …! Das tut mir leid, mein Herr! Diese Halunken! Ich wette, das war diese Gruppe Söldner, die heute hier waren, um sich in den Badestuben zu amüsieren! Und in dem Durcheinander, das sie anschließend veranstaltet haben, da haben wir den Überblick verloren und nicht gemerkt, welche Pferde sie genommen haben. Wir waren nur froh, die Kerle wieder los zu sein!» Der Besitzer des

Mietstalls war empört und offenbar eine ehrliche Haut. «Ich ersetze Euch den Schaden selbstverständlich. Hier, nehmt das Geld und meine aufrichtige Entschuldigung an. Das ist mir furchtbar unangenehm!»

«Aber ich habe es eilig. Ich will Euer Geld nicht! Gebt mir ein anderes Pferd!», forderte Carolus wütend.

«Ich habe keines. Ich versteh ja, dass Ihr ärgerlich seid, aber das bringt den Gaul nicht zurück, Moussou. Was Ihr hier seht, sind alles nicht meine Tiere. Ich kann Euch kein Pferd verkaufen, und ich glaube auch kaum, dass in der Stadt für Geld oder gute Worte eines zu haben ist.» Der Mann zuckte bedauernd mit der Schulter.

Carolus sank der Mut. «Aber ohne ein Reittier hole ich meine Braut nie ein! Versteht Ihr denn nicht? Ich muss diese Frau unbedingt finden. Ohne sie will ich nicht weiterleben!»

«Ho! Man stirbt doch nicht aus Liebesleid. Das glauben nur die ganz Jungen.» Der Patron kratzte sich den Nacken. «Mein guter Mann, Euer Kummer und Eure Treue zu dieser Frau gehen mir ans Herz! Ich will Euch ja gern helfen. Lasst mich überlegen … ja, das Einzige, was ich Euch anbieten kann, ist mein altes Maultier! Es ist nicht schnell und manchmal etwas widerspenstig, aber dafür geht es über Steine und durch die *garrigue*, durch raues Gelände, wohin Ihr auch wollt. Wer weiß, wenn das Mädchen zu Fuß unterwegs ist, dann hält sie sich vielleicht nicht an die Landstraße, und Ihr holt sie so viel besser ein.»

Das Ende vom Lied war: Carolus nahm den Maulesel und bekam noch etwas Silber obendrein, um den Wertverlust auszugleichen. Das Tier hatte weiße Haare im Bart, kahle Stellen dort, wo es sein Lebtag lang Sättel und Taschen getragen hatte, und war so knochig wie das Abbild von Gevatter Tod auf einem Grabstein. Doch es hatte einen schlauen

Blick und viel Erfahrung im Vermeiden von übermäßigen Anstrengungen. Carolus taufte es Methusalem.

An der Porte des Augustins reihte sich Carolus in die Warteschlange ein, um hinauszukommen. Vor ihm stand ein Mönch in brauner Kutte. Auch er führte ein Maultier an einem Seil bei sich. Der Mönch wandte sich zur Seite und streichelte sein Tier.

«Calixtus!», rief Carolus. «Was machst du denn hier?»

«Ah! Der junge Medicus! Ich war beim Erzbischof in einer Angelegenheit, meinen Orden betreffend. Und du, was führt dich nach Aix?», sagte Calixtus sichtlich erfreut.

Carolus erzählte es ihm.

«Schlaft nicht ein! Weitergehen!», schrie es von hinten.

«Heilige Jungfrau!», rief Calixtus. «Das ist ja ein reizender Schlamassel! Und wie unglückselig, dass sie geflohen ist! Was macht das für einen Eindruck?!»

«Aber ich habe doch alles aufgeklärt. Sie hatte nichts damit zu tun. Im Gegenteil! Ohne sie wäre Laura gestorben. Marius hat sich sehr für Danielle ins Zeug gelegt», beteuerte Carolus.

«Warum ist sie dann weg, wenn sie kein schlechtes Gewissen hatte, das frage ich mich», wandte Calixtus ein.

«Sie wusste ja nicht, wie es ausgehen würde. Und die Beginen haben sich gestritten ihretwegen. Jeanne meint auch, dass sie deswegen fort ist.»

«Ja, das ist möglich. Das wäre ihr zuzutrauen. Übrigens hast du sie in Aix ganz vergeblich gesucht. Erzbischof de Noves lässt keine Beginen in seine Stadt», sagte Calixtus.

«Drei Tage verloren!», fluchte Carolus leise.

«Und was hast du nun vor?», fragte der Mönch, während er sein Tier durch das Tor zog.

«Ich werde in Richtung Toulon reiten – so schnell, wie dieser Klepper es vermag – und versuchen, sie einzuholen.»

«Ich komme mit», sagte Calixtus. Carolus starrte ihn entgeistert an.

«Warum?»

«Ich habe das Gefühl, dass ich irgendwie für sie verantwortlich bin. Schließlich war ich es, der sie zu den Beginen gebracht hat! Und was habe ich da nur angerichtet? Die Beginen sind zerstritten, Abbé Grégoire würde am liebsten die Inquisition in die Stadt bringen, Mestra Catherine versündigt sich an ihrer Schwester, deine Verlobung ist aufgelöst ...», zählte Calixtus auf.

«Das wäre ohnehin nie etwas geworden.»

«Wie dem auch sei. Ich komme mit. Sie ist jetzt als Bettelbegine unterwegs. Das könnte Schwierigkeiten geben. Papst Clemens hat vor, auf dem Konzil nächstes Jahr die Bettelbeginen ganz verbieten zu lassen. Am liebsten würde er sie alle exkommunizieren! Oh, du ahnst ja gar nicht, mein Freund, was sich da zusammenbraut! Um ehrlich zu sein, war ich auch wegen der Beginen von Sainte Douceline beim Erzbischof, nämlich um ihn über alles in Kenntnis zu setzen und ihn zu überzeugen, dass sie gute und christliche Frauen sind, die seines Schutzes bedürfen. Der Kirchenklerus im ganzen Land ist sehr schlecht auf Beginen zu sprechen, besonders auf solche, die herumwandern und betteln. Und da könnte es sich als sehr vorteilhaft erweisen, wenn ich dir helfe.»

«Aber gern! Ich bin froh, dass ich nicht allein suchen muss», gab der junge Arzt zu.

«So, habt Ihr Eure Braut gefunden? Über Geschmack lässt sich nicht streiten», spottete Louisa, als die beiden zusammen die Herberge betraten. «Sie hat zwar ein Kleid an, aber sie ist flach wie ein Brett und hat Stoppeln im Gesicht.»

Calixtus grinste gutmütig.

Später, nachdem der größte Ansturm auf Zwiebelragout

und Wein vorüber war, setzte sich Louisa zu ihnen, wie es ihre Gewohnheit war.

«Was wollt ihr tun? Wo wollt ihr sie suchen?», fragte sie.

«Wir vermuten, dass sie zurück nach Neapel will. Aber sie hat kein Geld für die Passage. Also nehmen wir an, dass sie versuchen wird, es sich zusammenzubetteln auf dem Weg nach Toulon», erklärte Carolus.

«Und wenn sie gar nicht nach Toulon geht? Wenn sie es stattdessen in Nizza versucht? Oder gleich bis nach Genua läuft? Du sagst, sie sei Italienerin. Vielleicht trifft sie dort auf einen mitleidigen Landsmann», gab Louisa zu bedenken.

Carolus' Miene verfinsterte sich. Dass sein uraltes Maultier es bis Genua schaffen könnte, hielt er für ausgeschlossen.

«Und welchen Weg wird sie nehmen?», fragte sich Calixtus laut. «Was, wenn sie die Landstraßen meidet?»

«Bist du verrückt?», rief Louisa. «Eine Frau allein in den Hügeln? Nein, sie muss die Landstraße nehmen. Vielleicht wird sie sich sogar einer Gruppe anschließen, wenn man sie lässt, Kaufleuten, wandernden Mönchen – so etwas in der Art. Wo viele Menschen sind, ist sie einigermaßen sicher.»

«Warum denn das?», fragte Carolus erstaunt.

«Na, du bist ja ein Unschuldslamm. Du weißt wohl nicht, wie die Männer sind. Aber du bist so ein netter Kerl, du hast ja noch nicht einmal versucht, mich anzufassen. Da sind wir aber anderes gewöhnt! Deine Begine wandert ganz gewiss nicht auf einsamen Wegen, wenn sie es vermeiden kann.»

«So hatte ich das noch gar nicht gesehen!» Carolus schöpfte wieder Hoffnung.

«Und wenn sie eine Begine ist, glaubst du, dass sie die Gelegenheit verstreichen lassen würde, das Grab der heiligen Magdalena zu besuchen, der Gefährtin Jesu?», überlegte die Wirtshausmagd.

«Sie ist nicht seine Gefährtin gewesen. Der Herr Jesus hat keusch gelebt!», ereiferte sich Calixtus.

«Ja, ja, ich weiß, das hättet ihr gern! Sie ist sehr wohl seine Gefährtin gewesen und hat ihm sogar ein Kind geboren!», beharrte Louisa.

«Das ist nicht wahr! Sie ist nur eine Sünderin gewesen, die ihm die Füße gesalbt hat», rief der Mönch.

«Seine Gefährtin ist sie gewesen! Sie wurde zusammen mit Martha und Lazarus von den Juden auf einem Schiff ohne Segel ausgesetzt und ist hier bei Marseille an Land gekommen. Sie war es, die das Christentum in die Provence gebracht hat!»

«Ja, sicher, sie und die schwarze Sarah! Lächerlich! Lass dir sagen: Die *apostola apostolorum* ist in Ephesus gestorben.» Calixtus hieb mit der Faust auf den Tisch, dass die Becher tanzten, aber Louisa ließ sich nicht einschüchtern.

«Ist sie nicht. Sie ist hier!»

«Hört auf zu zanken! Aber die Idee ist gar nicht schlecht, Calixtus. Was meinst du? Sollen wir nach Saint Maximin? Es liegt fast auf dem Weg», schlug Carolus vor.

Der Mönch rührte geistesabwesend mit dem Finger Weinstein und schlammige Ablagerungen am Grund seines Bechers um.

«Vielleicht. Ja, möglich wäre es», murmelte er.

Er schrieb ein paar Zeilen an seinen Abt und gab das Zettelchen einem Reisenden nach Pertuis mit, der versprach, es getreulich abzuliefern.

«Ich danke dir, mein Sohn, Gott segne dich. Und wenn du den Zettel verlierst oder ihn nicht abgibst, dann soll er dich mit Warzen bedecken, du weißt schon wo: dort, wo es höchst unbequem wäre.»

Am nächsten Morgen brachen sie gemeinsam auf, um unterhalb der Montagne de Cengle die Straße nach Trets zu nehmen. Das dauerte seine Zeit. Der Maulesel Methusalem ließ sich nicht antreiben. Spürte er die Gerte, dann ließ er alle Muskeln unter seinem räudigen Fell zucken, blieb stehen und sah sich nach seinem Reiter um: ‹Wenn du mich schlägst, gehe ich noch langsamer. Willst du nun vorwärtskommen oder nicht? Dann lass mich gefälligst in Ruhe meinen Gang gehen.›

Als Calixtus und Carolus Le Tholonet passierten, da bekam Danielle Gesellschaft.

22.

Von dieser Seite war der Berg golden wie eine Honigwabe und hatte wenig Ähnlichkeit mit einem Gerippe, eher mit einem gedrungenen, aber freundlichen Tier. Seine südlichen Flanken trugen ein dichtes Fell von Pinien, deren Kronen fast schwarz wirkten. Die Erde im Tal war dunkelrot wie der Staub an ihrem Rocksaum und auf ihren Füßen. Danielle hatte einen Tag bei der Weinernte geholfen gegen eine Mahlzeit und Quartier für die Nacht. Es waren freundliche, großzügige Leute, die sich nicht darum scherten, wer einer war oder welche Ansichten er hatte, wenn er nur ein Paar zupackende Hände besaß. Der Sohn des Weinbauern hatte sich in die Hand geschnitten. Das geschah öfter bei der Traubenernte. Man fasste mit der linken Hand unter die Traube, sodass sie schwer auf der Handfläche zu liegen kam, und schnitt den Stängel dann oberhalb davon mit der Rechten ab, in der man die Schere hielt. Doch manchmal saßen die Trauben ein wenig versteckt hinter dem Stamm, oder es sollte besonders schnell gehen, denn die Pflücker machten sich lachend Konkurrenz, wer am schnellsten und dabei am saubersten las. Einmal nicht richtig hingesehen und ratsch!, schon war es passiert. Der Junge hatte gründliche Arbeit geleistet und sich den Daumen halb durchgetrennt, so wie es aussah. Der Finger blutete stark, und der Junge bekam vor Schreck keinen Laut heraus. Er schnappte nur nach Luft.

«Zeig her», sagte Danielle. «Beweg den Finger. Gut. Die Sehne ist noch heil. Es ist nicht so schlimm.» Sie ging mit ihm zum Haus, ließ sich Nadel und Faden geben und flickte ihn zusammen. Seine Mutter stand mit großen Augen daneben. Danielle erklärte ihr, welche Kräuter sie zum Waschen der Wunde und welche sie abkochen und zum Auflegen benutzen solle, damit sie gut heilte.

«So, wie es geblutet hat, ist die Wunde wenigstens nicht verschmutzt. In ein paar Tagen kannst du den Faden auftrennen und herausziehen.» Am anderen Morgen drängten sie ihr Vorräte auf und wollten ihr Geld geben für die Behandlung, doch sie nahm nur das Brot, ein wenig Käse und ein paar Trauben, nur so viel, wie sie tragen und essen konnte.

Der Geruch des Herbstes lag schon in der Luft. Es war Zeit weiterzugehen.

Langsam änderte sich das Gesicht der Landschaft wieder. Sie sah mannshohe Heidesträucher, Erdbeerbäume und lichte Pinienwälder, die sie an ihre Kindheit erinnerten. An einer Wegkreuzung blieb sie stehen, unschlüssig, welchen Weg sie nehmen sollte. Geradeaus vor ihr verliefen Gebirgsfalten quer über ihren Weg, einen Weg, der, wenn sie ihn immer weiterginge, nach Genua führen würde – so glaubte sie. Zur rechten Hand war die Sicht unbehindert, und es ging ein wenig bergab.

Da hörte sie hinter sich eine Stimme, einen Gruß, der ganz offensichtlich ihr galt: «Jesus segne dich, Schwester!»

Sie wandte sich um und sah drei Beginen auf sich zukommen. Als sie näher kamen, erkannte sie die Gesichter. Sie hatte sie zuletzt in dem elenden Verschlag an der Stadtmauer von Pertuis gesehen: Marie Sonnier, Barbara Grandjean und Prous Boneta.

«Gott segne auch euch! Wo kommt ihr denn her? Wolltet ihr nicht nach Carcassonne?»

«Wir haben Prous überredet, damit noch zu warten, bis sich die Dinge dort beruhigt haben. Inzwischen nutzen wir die Zeit, um hier den Menschen zu predigen. Mir scheint, hier ist man viel zu schafsfromm und diesem sogenannten Papst hörig. Und du, warst du nicht in dem Haus in Pertuis? Warum bist du von dort weggegangen?»

Danielle gab ihnen eine kurze Version ihrer Geschichte.

«Ich wollte nicht, dass sie sich um meinetwillen zerstreiten. Da bin ich gegangen.»

«Das war recht von dir», lobte Maria. «Es ist ohnehin kein Ort von großer Frömmigkeit. Die Schwestern von Pertuis sind zu sehr dem Reichtum und den Geschäften ergeben.»

«Wo willst du hin?», fragte Prous.

Danielle wies gen Südosten. «Ich will nach Neapel zurück. Vielleicht leben meine Eltern noch, gewiss aber meine Brüder. Aber ich habe mich noch nicht entschieden, auf welchem Weg ich es versuchen will.»

«Dann haben wir zumindest ein Stück weit denselben Weg. Wir wollen zum Grab der heiligen Magdalena in Saint-Maximin-la-Sainte-Baume. Komm doch mit uns. Allein bist du zu vielen Gefahren ausgesetzt. Und von dort kommst du leicht nach Toulon, wo du sehr gute Aussichten hast, ein Schiff zu bekommen.»

«Aber ich habe kein Geld für die Überfahrt», gab Danielle zu bedenken.

«Das macht nichts. Wenn Gott will, dann wird sich schon etwas finden. Gott versorgt die, die auf ihn vertrauen», sagte Prous.

Danielle willigte ein. Sie freute sich darauf, das Grab der Heiligen zu sehen. Vielleicht würde ihr dort einiges klarer werden. Aber die Beginen schlugen nicht den direkten Weg die Hauptstraße entlang ein, sondern sie machten sich daran, bergab zu gehen in südlicher Richtung.

«Wo wollt ihr denn hin? Geht es nicht dort entlang nach Saint-Maximin?», fragte Danielle.

«Ja, aber wir wollen unterwegs die kleinen Dörfer besuchen, damit Prous ihnen vom Dritten Zeitalter erzählen kann, das sie gesehen hat», erklärte Maria.

«Ah, es ist wohl besser, das in größeren Orten zu unterlassen.» Danielle glaubte zu verstehen.

«Nein, es ist nicht Feigheit oder Angst, die uns von den Städten fernhält», berichtigte Barbara. «Es ist nur so, dass die kleinen Leute uns mehr benötigen. Sie wissen ja nicht einmal, was in der Bibel steht, weil sie nicht lesen können. Und der Klerus, wenn er sich denn einmal zu ihnen herablässt, dann nur, um sich zu bereichern und sie zu berauben und ihnen zu erzählen, dass sie ihre Belohnung im Jenseits haben werden.»

«Es ist allerdings wahr», fügte Maria hinzu, «dass wir in den kleinen Dörfern und auf den abgelegenen Höfen sicherer sind. Wir werden besser aufgenommen, und die Leute haben wenig Grund, die Pfaffen zu lieben. Sie hören unsere Botschaft gern und verraten uns nicht.»

‹Vielleicht sollte ich doch lieber nicht mit ihnen gehen.› sagte sich Danielle. Sie schienen ihr fanatisch zu sein. Aber sie war neugierig und wollte mehr über sie und ihre Vorstellungen wissen.

«Ich bin in religiösen Dingen weitaus weniger bewandert als ihr, aber ich will gern mit euch ziehen und euch zuhören. Und ich möchte auf den Dörfern Kranke behandeln, die mich nötig haben», sagte sie schließlich.

«Gegen Geld?», fragte Maria.

«Nein, ich habe mir vorgenommen, Gutes zu tun», erwiderte Danielle.

«Dann bist du uns herzlich willkommen», sagte Maria.

Abgesehen von ihren strengen Ansichten, erwiesen sich die drei als angenehme Weggefährtinnen. Prous Boneta war eine sehr junge Frau, vielleicht fünfzehn Jahre alt. Als Tochter eines Kaufmanns aus Montpellier hatte sie lesen und schreiben gelernt und sich frühzeitig für ein religiöses Leben entschieden. «Mein Vater ist früh gestorben und hat mich und meine Schwestern fast mittellos zurückgelassen. Oder jedenfalls haben seine Gläubiger das behauptet. An einen Platz in einem Kloster war für mich nicht zu denken.» Sie war sehr ernsthaft, aber freundlich dabei. In jedem Dorf rannten die Kinder immer gleich zu ihr. Sie zogen sie mit sich und vertrauten ihr ihre kleinen Geheimnisse an.

Barbara war praktisch veranlagt. Sie musste an die dreißig Jahre alt sein, war breit und kräftig und organisierte für die anderen beiden Essen und Unterkünfte. Sie verstand es auch, ein einfaches Lager im Wald bequem zu machen und mit wenigen Zutaten schmackhafte Mahlzeiten zuzubereiten. «Gott versorgt uns. Seht ihr: Ich habe einen Hasen in einer Schlinge gefunden und wilde Rüben. Dazu ein wenig Thymian und Salbei! Heute gibt es ein Festmahl, Schwestern.»

«Was hast du mit der Schlinge getan?», fragte Prous vorsichtig.

«Ich habe sie vergraben, wo sie keinen Schaden mehr anrichten kann. Doch da der arme Hase nun mal tot ist, können wir uns seiner doch erfreuen. Verschwendung ist Sünde», lachte Barbara.

Maria war die Predigerin in der Gruppe. «Ihr seid dem Paradies näher als die Vertreter einer Kirche des Fleisches!», rief sie auf den Dreschplätzen, an den Brunnen und vor den Dorfkapellen. «Jesus Christus hat nichts besessen und seine Apostel auch nicht. Sie waren ganz und gar arm in dieser Welt. So steht es im Evangelium geschrieben. Und nun schauen wir uns einmal die Kirche an oder die, die sich für Christi Nachfolger ausgeben! Sind sie zufrieden, von euch das zu nehmen, was sie heute essen und sich in das zu kleiden, was notwendig ist, um sich vor der Witterung zu schützen und sich anständig zu bedecken? Nein! Hat einer von euch je einen Bischof gesehen oder einen Erzbischof oder den, der sich Papst nennt?» Sie schüttelten die Köpfe und hörten ihr andächtig zu, wenn sie die Gewänder der Prälaten beschrieb, die von Goldfäden schwer waren und von Edelsteinen und aufgesetzten Perlen nur so strotzten; wenn sie die Paläste und Gärten beschrieb und die Tafeln, an die sie sich setzten. Für die Bauern klangen ihre Worte wie Märchen. Man hätte ihnen genauso gut von Königen und Prinzen erzählen können und von Riesen und Drachen. Aber dann sagte Maria ihnen: «Und diese stellen sich hin und wollen den minderen Brüdern die Armut verbieten und wollen ihnen vorschreiben, dass sie Vorräte anlegen und gegen das Gebot der Armut verstoßen sollen! Und deshalb sage ich euch: Dieser Papst ist selbst zum Ketzer geworden, und es ist nicht nötig, ihm zu gehorchen. Er hat seine Macht verloren. Rom ist Babylon geworden, und Avignon ist Babylon geworden! Hier seht ihr meine Schwester Prous Boneta. Ihr ist geweissagt, dass sie den Heiligen Geist gebären wird. Und dann hebt das Zeitalter des Geistes an. Die Fleischeskirche wird zerstört werden und alle, die arm sind, werden triumphieren!»

Das hörten die Bauern gern, obwohl sie sicher noch lieber reich gewesen wären. Danielle erkannte in Marias Predigten verstümmelte Teile der Lehren von Petrus Johannis Olivi, einem Franziskanermönch, der zwar aufsässig gewesen war, es aber doch immer wieder fertiggebracht hatte, sich mit seinen Vorgesetzten zu versöhnen, sodass seine Texte erst nach seinem Tod für häretisch erklärt worden waren.

Sie gab es bald auf, mit Maria diskutieren zu wollen. Prous' einfacher Glaube daran, dass Frauen eine wichtige Rolle bei der Errettung der Welt spielten, gefiel ihr weitaus besser. Sie hielt es durchaus für möglich, dass Prous etwas Besonderes war. Ein Strahlen umgab sie und eine große Unschuld. Und wer auch immer ein Zeitalter des Geistes und der Vernunft herbeiführen sollte, ob Mann oder Frau, sie hätte es gern gesehen. Aber sie glaubte nicht recht daran.

So zogen sie im Zickzack über die Dörfer. Wo immer jemand krank war, behandelte Danielle ihn unentgeltlich. Sie schnitt einen Dorn aus einem Fuß, sie kurierte eine junge Frau von übermäßig starkem und schmerzhaftem Monatsfluss, sie beriet Schwangere und tauschte sich mit den örtlichen Hebammen aus, sie heilte einen Säugling vom Fieber, und sie war zur Stelle, als ein Schäfer von einer Viper gebissen wurde. Ohne es zu beabsichtigen, unterstützte sie damit Maria.

«Diese Beginen sind gesegnet», sagten die Leute. «Sie erzählen uns nicht nur vom Jenseits, sondern sie tun uns hier etwas Gutes. Und diese da, die hat heilende Hände.»

In Trets kreuzten sie den Weg von Carolus und Calixtus, ohne es zu wissen.

Die beiden Reisenden trafen dort ein, wenige Stunden nachdem die Beginen weitergezogen waren.

«Habt ihr eine Begine gesehen, so eine große, dunkle, mit Narben an Kopf und Hals? Sie ist auch eine Heilerin. Vielleicht hat sie jemandem unter euch ihre Dienste angeboten?», fragten sie.

Die Leute betrachteten die fremden Männer argwöhnisch. Die Beginen waren so arm und schlicht gewesen, aber dieser da, das war ein Vertreter der Fleischeskirche. Nun ja, ein Franziskaner, aber sie wussten nicht viel von denen. Und das Kloster, dem sie ihre Abgaben zahlten, war nicht eben beliebt. Es hatte sogar den Leuten bei Strafe verbieten lassen, ihr eigenes Korn bei sich zu Hause in Handmühlen oder mit Hilfe von Steinen zu mahlen. Man hatte die Klostermühle zu benutzen – selbstverständlich gegen Gebühr. Also aßen die Leute kein Brot, sondern nur Kornsuppen. Nein, das Kloster war wahrhaftig nicht beliebt.

Und der andere dort? Ein junger Stutzer offenbar. Was hatte er nur für lächerliche Kleider an: Diese übertriebenen Schnabelschuhe und Ärmel wie Trichter! Er ritt zwar auf einem Maultier, aber er war keiner von ihnen. Ein Geck aus der Stadt, das erkannten sie auf einen Blick.

‹Sicher wollen sie unseren Beginen was Böses. Sie sind Spione des Papstes›, dachten sie. «Nein», sagten sie laut. «Wir haben keine einzelne Begine gesehen.» Streng genommen stimmte das. Gute Christen lügen nicht.

«Ich habe das Gefühl, sie beschwindeln uns», sagte Calixtus. «Diese Schlingel! Ja, ich bin mir ganz sicher, dass sie hier durchgekommen ist. Ich habe einen alten Mann mit einem frischen Verband am Bein gesehen. Du nicht?»

«Doch, jetzt, da du es erwähnst, ja. Es ist mir nicht weiter aufgefallen. Ärztliche Gewohnheit, weißt du: Ich habe gesehen, dass der Verband gut gemacht war und die Sache als erledigt betrachtet. Glaubst du, das war sie?» Sein Herz setzte einen Schlag aus. «Dann kann sie nicht weit vor uns sein!»

Methusalem hatte die Unaufmerksamkeit seines Herrn genutzt und tat sich in einem Gemüsegarten gütlich. Eine Frau kam aus dem Haus gelaufen und traktierte ihn mit Stockhieben.

«Verzeiht bitte!» Carolus zog sein Barett und zerrte mit der anderen Hand Methusalem aus den Rüben.

«Macht bloß, dass ihr wegkommt mit dieser Wurst auf vier Beinen!», schrie die Frau.

«Komm, mein *mulet*, hü!», machte Carolus und setzte sich obenauf.

Methusalem hing noch das Grün aus dem Maul. Er wollte lieber in Ruhe verdauen. Also ließ er die Beine etwas einknicken, die Ohren hängen und grunzte erbärmlich.

Carolus stieg wieder ab: «Ich laufe lieber und führe ihn

am Halfter. So kommen wir schneller voran.» Er legte einen guten Schritt vor. Ohne die gewohnte Last trottete Methusalem geradezu leichtfüßig hinter ihm her. Sie folgten der Landstraße, so schnell sie es vermochten, und hielten sich nirgends länger auf.

Und so kam es, dass sie zwei Tage vor den Beginen in Saint-Maximin waren.

Eine gewaltige Basilika wuchs zwischen den Häusern des Städtchens empor. Sie ließ alle Gebäude weit umher zwergenhaft erscheinen. Schon von weitem konnten die Reisenden sie sehen. Vor fünfzehn Jahren hatten die Könige von Neapel, Grafen der Provence, den Neubau in Auftrag gegeben, und immer noch wurde daran gearbeitet. Sie war bis obenhin eingerüstet. Steinmetze kletterten wie Ameisen auf den Stangen und Brettern umher. Calixtus war von dem Riesenbau fasziniert. Er lief, den Kopf in den Nacken gelegt, um die Baustelle herum, sprach die Zimmerleute an, ließ sich herumführen und alles genau zeigen. Fast zärtlich strichen seine langen Finger über die prachtvollen neuen Bänke und über das Schnitzwerk der Kanzel.

«Nussbaum! Das ist das beste Holz für so etwas. Sieh nur die schöne Maserung und den rötlichen Schimmer!», schwärmte er.

Von der alten merowingischen Kirche war nur noch die Krypta geblieben. Vier Steinsärge standen darin, von Baustaub und Schutt überkrustet. Die Wände rochen modrig, feucht. Ein trostloser Ort.

«Nein. Es tut uns leid, Euch keine bessere Auskunft geben zu können», sagte ein Dominikanermönch. «Es waren eine Menge Leute hier, aber keine Begine. Ganz sicher nicht. Das wäre aufgefallen, und jeder hier hätte davon gehört. Vielleicht ist sie aber nicht hierher in die Basilika gekommen, sondern zur Grotte gegangen, wo Maria Magdalena ihre letzten Jahre verbracht haben soll. Hier ist es schwer, Ruhe und Andacht zu finden wegen des Staubs und des Krachs.» Er wies mit gequältem Gesichtsausdruck auf die Gerüste und die wimmelnden Arbeiter. «Das Reliquiar der Heiligen haben wir ohnehin ins Kloster gebracht für die Dauer der Bauzeit. Fragt lieber bei der Grotte nach. Die meisten Wallfahrer gehen jetzt dorthin.»

Carolus war verunsichert. Er hatte es sich so einfach vorgestellt, als er in Pertuis losgezogen war. Aber nun tat sich vor ihm eine weite Welt auf. Die Wege verzweigten sich, und es gab so viele Möglichkeiten. «Es ist ein großer Umweg zur *Santa Bauma.* Glaubst du nicht, dass sie lieber auf direktem Weg nach Toulon gehen wird?»

«Ohne die Höhle gesehen zu haben? Das kann ich mir nicht vorstellen. Denk nur: Sie hat zum zweiten Mal ihren Halt verloren. Wo könnte eine Frau besser Inspiration finden als in dieser Grotte?», gab Calixtus zu bedenken.

Das Massiv de la Sainte Baume war der ausgedehnteste der provenzalischen Gebirgszüge. Er stieg von Süden her stetig an und brach auf der Nordseite wie eine gigantische steinerne Welle, ein immenser grauweißer Brecher, der über die grünen Täler darunter zu stürzen drohte. Die Grotte, in der die Heilige ihre Sünden gebüßt haben sollte, war in vorchristlicher Zeit einer Fruchtbarkeitsgöttin geweiht, ein angemessener Aufenthaltsort für eine «Prostituierte».

Die Wallfahrer näherten sich dem Heiligtum von Nordosten her. Methusalem wurde beim Aufstieg immer langsamer. Als es steil wurde und der Pfad über Geröll ging, stemmte er seine knochigen vier Beine gegen den Untergrund und schrie empört. So viel Carolus auch zerrte und auf ihn einredete, er weigerte sich, auch nur einen Schritt weiter zu tun. Schließlich ließ Carolus ihn an einem Wasserloch zurück. Calixtus band seinem Maultier die Vorderbeine zusammen, raffte seine Kutte und stolperte hinter dem liebeskranken Medicus her.

Unterhalb der schroffen grauen Klippen stand ein Kloster, das sich den Felsen angeglichen hatte wie eine Zikade der Rinde des Baums: Glatt und grau erhoben sich die Mauern aus den Schatten. Ein Weg durch einen Buchenwald führte zur letzten Wohnstätte Magdalenas, ausgetreten von Tausenden von Pilgern.

Die Grotte empfing sie still und kühl. Wände und Decken waren von rosenfarbenem Kalk überzogen, dessen versteinerte Tropfen an Zuckerguss auf einem Dreikönigskuchen erinnerten. Am Eingang, dort, wo das Sonnenlicht in die weite Öffnung fiel, hatten Algen und Moose den Überzug grün gefärbt. Wenige Schritte vor ihnen erhob sich ein schlichtes Grabmahl aus weißem Marmor. Von irgendwo drang ein leises, stetiges Tropfen an ihr Ohr. Bruder Calixtus bekreuzigte sich und kniete nieder.

«Ich dachte, du glaubst nicht daran, dass die heilige Magdalena hier war?», flüsterte Carolus und kniete ebenfalls.

«Wir können nicht wissen, nach all dieser Zeit, nicht wahr, ob es Magdalena war oder eine andere Eremitin, aber es ist ein heiliger Ort. Das spüre ich. Ein Ort von großer Reinheit», flüsterte der Mönch.

Eine Gestalt erhob sich von einem Stuhl neben dem Grabmahl, ein Dominikaner, ein bartloser junger Mann. Er bot ihnen parfümierte Kerzen und Weihrauchkügelchen an und zeigte ihnen den hinteren Teil der Höhle, eine rohbehauene Felsnische, in der jemand geschlafen hatte, Spuren einer Feuerstelle und eine Quelle. Als er mit ihnen hinaustrat ins Sonnenlicht, da fragte Carolus ihn: «Bruder, hast du vielleicht in den letzten Tagen eine einzelne Begine gesehen?» Er beschrieb sie ihm. «Wenn du sie siehst, dann sag ihr bitte, dass ich in Toulon auf sie warte. Am Hafen.

Sie soll nicht wegfahren, ohne dass sie noch einmal mit mir gesprochen hat.»

Der junge Mönch lächelte. «Habt keine Sorge. Ihr habt sie sehr gut beschrieben. Wenn sie hier auftaucht, dann wird sie Eure Nachricht erhalten.»

«Und nun?», fragte Carolus seinen Begleiter.

«Wir warten. Habt ihr einen Schlafplatz für uns?», fragte Calixtus den Dominikaner.

«Ja, sicher. Das Kloster unterhält ein Gästehaus für Pilger. Geht dort entlang und fragt nach Bruder Petrus. Er wird euch Plätze zuweisen.»

«Seid uns willkommen!», begrüßte sie Bruder Petrus. «Im Schlafsaal sind noch einige Plätze frei. Sucht euch einen aus, der euch gefällt. Essen gibt es nach dem Vespergottesdienst. Übernachtung und Verpflegung kosten drei Sou pro Person.»

«Das ist ein stolzer Preis für die Benutzung eines Strohsacks und eine wässerige Suppe», flüsterte Carolus. «Die Pilger sind wohl ein gutes Geschäft!»

«Deshalb lassen die Anjou von Neapel auch die große Basilika in Saint-Maximin bauen, eine Investition in die Frömmigkeit, die auch weltliche Quellen sprudeln lässt», raunte Calixtus zurück und konnte sich ein Grinsen nicht verkneifen.

Bruder Petrus sah sie streng an. «Ihr dürft auch gerne mehr geben – als Spende für die Armen.»

Carolus' Befürchtungen bestätigten sich nicht. Das Abendessen war gut und reichhaltig. Am dritten Abend gab es sogar Hasenpastete und Kürbisragout, dazu gutes helles Brot. Calixtus brach sich ein Stück von dem Laib ab und reichte ihn an seinen Nachbarn zur Linken weiter. Es war ein junger Adeliger aus dem Languedoc, der seine Mutter und Schwester auf der Wallfahrt begleitete.

«Habt Ihr schon gehört?», sagte er quer über den Tisch zu der Matrone, «nicht weit von hier haben sie gestern ein paar von diesen Lumpenpredigerinnen aufgegriffen.»

«Geht das jetzt hier auch schon los?», fragte einer von den anderen Pilgern. «Schlimm genug, dass das Languedoc immer noch voller Ketzer steckt. Aber bislang hatten wir auf dieser Seite der Rhône ja einigermaßen Ruhe vor ihnen.»

Carolus blieb der Bissen im Halse stecken. «Was meint Ihr mit ‹Lumpenpredigerinnen›?», fragte er nach.

«Wandernde Beginen, die das einfache Volk gegen die Obrigkeit aufhetzen. Drüben bei Roquebrussane haben sie welche von denen erwischt.» Zufrieden säbelte sich der junge Mann mit seinem juwelenbesetzten Messerchen einen großen Happen von der Pastete ab.

«Habt Ihr das selbst gesehen?», fragte Calixtus.

«Nein, aber ein Jäger hat es uns erzählt. Vier von denen sollen es gewesen sein. Sie werden nach Toulon gebracht und dort verbrannt.»

«Vielleicht reisen wir anschließend dorthin und schauen es uns an», sagte seine Mutter.

Carolus wollte auffahren, aber Calixtus legte ihm die Hand auf den Arm und brachte ihn dazu, ruhig sitzen zu bleiben, bis das Mahl beendet und das Dankgebet gesprochen war. Dann zog er ihn hinaus in den dunklen Vorhof.

«Wir müssen sofort los!», rief Carolus.

«Das hat doch keinen Zweck, mitten in der Nacht. Und du weißt nicht einmal, ob sie dabei war. Aber auch ich finde die Nachricht beunruhigend», erwiderte Calixtus.

Carolus rang die Hände und starrte verzweifelt in die Finsternis. «Hätte ich doch nicht auf dich gehört und wäre gleich nach Toulon gegangen!»

«Wenn sie wirklich unter den Festgenommenen ist, dann bleibt uns noch genug Zeit. Wir können für sie bürgen. Sie ist ja keine von den Bettelbeginen, und gepredigt hat sie ganz sicher nicht. Ich habe auch etwas, das uns helfen kann. Erzbischof Noves hatte die Güte, mir einen Schutzbrief für die Beginen von Pertuis auszustellen!»

Carolus umarmte ihn. «Dann wird noch alles gut! Wenn wir nur rechtzeitig kommen!» In der Dämmerung, kaum dass vom Kloster her die Laudes ertönten, brachen die beiden Männer auf. Den Maultieren gefiel es gar nicht, nach drei faulen Tagen im Schatten auf der grünen Wiese plötzlich so angetrieben zu werden. Grunzend verfiel Methusalem in einen Zockelschritt, der dem Medicus die Zähne durchschüttelte.

«O du Unglückstier!», rief er. «Warum musste ich mir auch das gute Pferd stehlen lassen? In diesem Tempo kommen wir nie zur rechten Zeit nach Toulon!»

23.

Danielle begann zu zweifeln. «Wäre es nicht besser, zu arbeiten und unser Brot selbst zu verdienen?», fragte sie Barbara. Sie hatten die Nacht bei einem Kleinbauern verbracht, ganz ähnlich denen, die sie bei ihrem Aufbruch getroffen hatte. Die ganze Familie, drei Erwachsene und fünf Kinder, lebten in einem einzigen Raum, der an den Schafsstall angrenzte. Zu essen gab es Fladen, die aus gemahlenen Kastanien gebacken waren, und selbst davon nicht reichlich. Vier Mäuler mehr mussten den Vorrat arg dezimiert haben, dachte sie. «Wir könnten wenigstens bleiben und ihnen helfen, das Korn auszudreschen. Es kann doch nicht richtig sein, den Ärmsten ihre Vorräte wegzufressen. Dann sind wir nicht besser als die Klosterbrüder, die von der Arbeit ihrer Leibeigenen zehren.»

«Das ist nicht richtig, was du sagst. Die Klosterleute haben mehr, als sie zum Leben brauchen. Wir aber haben gar nichts. Wir sind die Armen, von denen Jesus gesagt hat: ‹Was du diesen getan hast, das hast du mir getan.› Wir geben ihnen die Gelegenheit, ein gutes Werk zu tun», entgegnete Barbara.

«Aber sollten wir nicht lieber den anderen Menschen nützlich sein?», wandte Danielle ein.

«Was könnte nützlicher sein, als ihre Seelen zu erquicken? Wir erzählen ihnen vom rechten Glauben und vom Reich der Geisteskirche, die kommen wird. Das ist unsere Aufgabe.»

«Wenn ich wenigstens als Ärztin gebraucht worden

wäre …» Danielle fühlte sich wohler, wenn sie etwas tun konnte für ihre Mahlzeit, etwas ausrichten, etwas zum Guten verändern, nicht nur reden.

«Du bildest dir zu viel ein auf dein Heilertum», sagte Maria zornig. «Aber das ist gar nicht wichtig. Du bist wie der König Asa, von dem die Bibel berichtet, der den Ärzten mehr traute als dem Herrn und der doch starb, trotz ihrer Künste, und seine Seele war verflucht. Es ist wichtiger, die Seele zu retten als den Körper!»

‹Das sagen die Inquisitoren auch›, dachte Danielle bei sich. ‹Und jeder meint, er habe recht. Was richtig ist, das werden wir alle miteinander erst nach dem Tod erfahren.› Aber sie hielt ihren Frieden.

Kurz vor Roquebrussanne kamen sie durch einen Zedernwald und trafen Holzfäller.

«Was tut ihr mit den großen Stämmen?», fragte Danielle.

«Wir verkaufen sie nach Toulon. Dort werden sie für die großen Schiffe gebraucht.»

«Dann seid ihr Leute gut betucht», sagte Barbara.

«Wo denkt ihr hin. Das Holz gehört unserem Seigneur, und für den Einschlag bezahlt er uns auch nichts», sagten die Männer.

Doch als sie in dem Dorf anlangten, sahen sie überall Zeichen von Wohlstand. Die Häuser waren größer und besser gebaut als anderswo, und auf dem Dorfplatz stand eine schöne große Kirche. Maria stellte sich davor auf und begann gleich mit ihrer Predigt:

«Ihr Leute, Jesus segne euch! Ich habe Neuigkeiten für euch, oh, solche Neuigkeiten! Befreit euch vom Joch der reichen Pfaffen. Befreit euch von eurem Eigentum, von euren Vorratskammern, von den Sorgen um den nächsten Tag. Ein neues Zeitalter ist angebrochen! Die babylonische Kirche wird hinweggefegt werden. Derjenige, der sich Papst nennt, hat sich als der Antichrist offenbart, dem kein Gläubiger mehr Gehorsam schuldet. Denn er hat Jesus und denen, die ihm nachfolgen, den Krieg angesagt. Wer die Fleischeskirche verteidigt, wird untergehen in Feuer und Blut, hört mir genau zu! Aber wir haben hier bei uns diejenige, die uns alle retten wird. So wie Maria Jesus gebar, so ist sie dazu bestimmt, den Heiligen Geist zu gebären, und dann wird ein gesegnetes Zeitalter anbrechen …»

Aber die Leute in diesem Dorf kamen nicht in Strömen, um ihr zuzuhören. Nur wenige standen und gafften. Andere liefen in ihre Häuser und verschlossen rasch die Türen hinter sich.

Maria predigte umso lauter: «Ihr misstraut uns und denkt, wir spiegeln euch hier etwas vor. Wie könnte eine dahergelaufene Bettelbegine das neue Zeitalter bringen? Aber ich sage euch: Als der Herr Jesus in Palästina umherging, da haben die Menschen auch nichts anderes gedacht: Ein Bettler, ein Habenichts und ein Aufrührer dazu …»

Danielle zog Maria am Ärmel. «Maria, etwas stimmt hier nicht! Lass uns gehen!» Auch Barbara sah sich ängstlich um, eingeschüchtert von der ungewöhnlichen Reaktion. Nicht einmal der Priester ließ sich blicken, um gegen sie zu wettern oder sie vom Kirchplatz zu vertreiben. Danielle machte zwei, drei rasche Schritte von der Kirche fort, doch da war es schon zu spät.

«Fasst sie!» Von beiden Seiten kamen Bewaffnete die Dorfstraße herangeritten. Sie kreisten die vier Frauen ein und trieben sie mit dem Rücken zur Kirchentür. Danielle wich zurück. Eine Lanzenspitze berührte ihre Kehle. Sie wagte es nicht, sich zu rühren. Aber Maria ließ sich nicht beirren. Mit wildem Blick wich sie zurück und griff nach der Waffe, die auf Prous gerichtet war. Prous, klein und flink, tauchte unter einem der Pferdebäuche weg und rannte.

«Rettet sie! Beschützt sie! Sie ist eure Hoffnung! Lauf, Prous! Lauf!», schrie Maria, bevor die Lanze sie durchbohrte.

«Mörder! Ihr habt sie einfach umgebracht! Ihr Mörder! Ihr Teufel!», schrie Barbara.

Die Dörfler erwachten aus ihrer Erstarrung. Einige bückten sich, und ein Regen von Kot und Steinen hagelte auf die Soldaten. Die Pferde scheuten. Prous rannte im Zickzack wie ein Hase. Frauen stellten sich den Söldnern in den Weg, die die Begine verfolgten. Immer mehr drängten hinzu, Bauern und Holzfäller, mit Äxten, Dreschflegeln und Hirtenstöcken bewaffnet. Drei der Söldner hielten noch immer Danielle und Barbara fest, die anderen hatten ihre Lanzen fallen lassen, da sie ihnen in dem Gedränge nichts nützten. Sie zogen ihre Kurzschwerter und hieben rechts und links in die Menge. Es dauerte nicht sehr lange, dann war es vorbei. Drei Bürger von Roquebrussanne waren tot, etliche von den Hufen der Pferde verletzt. Der Hauptmann der Söldner hielt sich den Arm, wo ihn der Zinken einer Mistgabel aufgeschlitzt hatte. Danielle kniete über Maria und versuchte, die Blutung mit ihrem zusammengeknüllten Schleier zu stillen, aber die Lanze hatte eine Hauptader zerrissen. Das Blut sprudelte und lief unter Marias Rücken zu einer dunklen Lache zusammen. Blut lief ihr aus Mund und Nase.

Sie versuchte etwas zu sagen. Danielle beugte sich über ihre Lippen.

«Ist sie entkommen?»

Danielle sah hoch und schaute um sich. «Ja, die kleine Teufelshure hat sich davongemacht», knurrte der Hauptmann wütend. «Aber wir werden sie schon wieder aufgabeln!»

Maria lachte lautlos. Schaumiges hellrotes Blut sprudelte hervor. «Ihr bekommt sie nicht», las Danielle von ihren Lippen ab. «Jesus schützt sie.»

Der Dorfpriester trat aus der Kirchentür, hinter der er sich versteckt gehalten hatte.

«Sie stirbt!», sagte Danielle. «Rasch! Gebt ihr die Letzte Ölung!»

«Nein! Sie ist eine Ketzerin!», sagte der Priester, und auch Maria wehrte ab. Hasserfüllt sahen die beiden sich an, der Priester und die Begine.

«Sie braucht eure entweihten Sakramente nicht!», schrie Barbara zornig.

«Fahr zur Hölle!», sagte der Priester.

«Nein, die ist solchen wie dir vorbehalten!», rief Barbara. Einer der Söldner gab ihr eine Ohrfeige. Sie lachte.

Maria starb kurz darauf.

«Was sollen wir mit ihr machen?», fragte einer der Männer.

«Nicht auf den Friedhof! Sie hat keinen Platz in geweihter Erde.»

«Dann verscharrt sie am Dorfrand oder macht mit ihr, was ihr wollt. Ihr da!» Der Hauptmann rief zu den Dörflern hinüber, die ihre Toten wegtrugen. «Nehmt die da mit. Euch lag ja so viel an ihnen.» Sie kamen und ergriffen Marias Leichnam an Händen und Füßen. Barbara betete.

Vergeblich suchten die Söldner die Gegend nach Prous Boneta ab. Sie war ihnen entwischt.

«Wir sind unwichtig», belehrte Barbara den Hauptmann. «Sie allein war von Gott gezeichnet. Dass sie euch entkommen ist, trotz all eurer Stärke und eurer Waffen, das zeigt, dass wir im Recht sind und ihr im Unrecht. Zittert vor Gottes Zorn!»

Dem Mann war nicht wohl in seiner Haut.

«Hör auf zu predigen, Weib. Davon verstehe ich nichts. Ich tue, was mir aufgetragen ist. Mit diesem religiösen Händel habe ich nichts zu schaffen», verteidigte er sich.

«Und doch dienst du dem Antichrist», beharrte Barbara. «Glaubst du etwa, du könntest dich beim Jüngsten Gericht mit Pflicht oder Gehorsam herausreden? Du sollst niemandem gehorchen außer Gott.» Er antwortete ihr nicht.

«Lass mich deine Wunde versorgen», sagte Danielle zu dem Hauptmann.

«Und wie weiß ich, dass du mich nicht vergiftest? Du bist doch eine von denen.»

«Ich bin dieser religiösen Streitigkeiten genauso leid wie du, Soldat. Ich bin Heilerin von Beruf und sehe es nicht gern, wenn Menschen zu Schaden kommen, aus welchem Grund auch immer», sagte sie leise.

«Dann bist du aber eine merkwürdige Begine», brummte er, ließ es sich aber gefallen, dass sie ihm die Wunde mit gekochtem Wein auswusch.

«Au! Teufel! Das brennt», rief er.

«Besser ein wenig brennen jetzt, als dass es sich infiziert und du den Arm verlierst.»

Sie öffnete ihre Gürteltasche und entnahm ihr ein Briefchen mit einem weißlichen Pulver, das sie auf die Wunde streute. «Lass mich das morgen noch einmal anschauen.»

«Danke», sagte er.

Danielle versorgte auch die Verletzten des Dorfes. Drei hatten Schwerthiebe, einige gebrochene Glieder und Prellungen davongetragen.

«War sie wirklich eine Gesegnete, diejenige, die entkommen ist?», fragten sie Danielle verunsichert.

«Möglich ist es schon», erwiderte sie. «Ihr Name ist Prous Boneta. Vielleicht werden wir eines Tages von ihr hören.»

Am Morgen darauf brachen sie auf. Der Dorfschmied musste die beiden Beginen in Ketten legen. Zu Fuß gingen sie neben den Pferden ihrer Bewacher her.

«Wohin bringt ihr uns?», fragte Barbara.

«Nach Toulon. Dort werdet ihr vor ein Kirchengericht gestellt. Wir suchen schon seit ein paar Wochen nach euch.»

Bei der Mittagsrast sah sich Danielle die Wunde des Hauptmanns noch einmal an. «Es heilt schon», sagte sie. «Am besten ist es, wenn es an der Luft verschorft. Die Wunde darf nicht zu fest abgeschlossen sein. Ich binde nur ein paar Wegerichblätter darüber, damit die Fliegen nicht darankommen.»

Er bewegte den Arm probeweise. «Du scheinst dein Handwerk zu verstehen», sagte er anerkennend.

Sie nickte nur. Nach und nach kamen auch die anderen Söldner zu ihr und ließen sich versorgen.

«Du scheinst ja ganz in Ordnung zu sein. Es ist eine Schande, dass wir dich abliefern müssen», sagte einer von ihnen. «Aber wir haben nun mal unsere Befehle. Mit gefangen, mit gehangen.»

«Lasst sie nur laufen. Sie war ohnehin nicht wirklich eine von uns», sagte Barbara verächtlich.

‹Nein›, dachte Danielle. ‹Wie es scheint, gehöre ich zu niemandem.› Aber sie blieb angekettet und musste weiter mit den Söldnern ziehen.

In Toulon sperrte man sie in einen Kerker, zusammen mit zwei Huren und einer Frau, die ihren Mann vergiftet hatte.

«Ihr Armen», sagten die Huren, «uns lassen sie in ein paar Tagen wieder frei.»

«Mich werden sie ersäufen», seufzte die Mörderin, «aber ihr zwei werdet brennen, und das ist viel schlimmer, habe ich gehört. Was habt ihr getan?»

«Wir haben den Menschen von Jesus erzählt», sagte Barbara.

«Ach, solche seid ihr? Ketzerinnen!», riefen die Huren, bekreuzigten sich und wollten nichts mehr mit ihnen zu tun haben.

Schon nach zwei Tagen wurden sie vor einen Inquisitor geführt.

«Die haben es aber eilig mit euch!», murrte die Mörderin. «Mich lassen sie hier schon seit Wochen faulen!»

Man brachte sie in ein Amtszimmer im Bischofspalast. Die Büttel schoben sie durch eine Tür in einen Raum, dessen Wände mit dunklem Holz getäfelt waren. Da standen kostbare Möbel, Truhen, bemalt und mit Perlmutt eingelegt, und reichgeschnitzte Stühle, doch die waren nicht für sie bestimmt. Die beiden Frauen hatten stehen zu bleiben.

Danielle entdeckte ein Tryptichon an der Wand, ein Gemälde mit drei Bibelszenen von großer Eindringlichkeit: In der Mitte das Jüngste Gericht mit Gottvater, der Bischof Rostaing ähnlich sah, zur Linken ein umwölktes Himmelreich mit selig lächelnden Gläubigen, und zur Rechten sah man Jammergestalten in den Abgrund der Hölle fallen. Von unten schien das Höllenfeuer und tauchte die Gesichter, die schreckweit aufgerissenen Augen, die schreienden Münder in blutrotes Dämmerlicht. Unten warteten die Teufel mit aufgerichteten Spießen, Folterinstrumente in den Krallen.

«Eure Namen? Woher kommt ihr?», fragte man sie streng.

«Barbara Grandjean aus Toulouse.»

«Dan… Alessa di Ruggieri», gab Danielle an. «Ich stamme aus Neapel.»

Der Protokollant stand an einem Pult und schrieb alles säuberlich auf. Die Inquisition war ordentlich und gewissenhaft.

Der Inquisitor Eberhardus selbst war ein Mann von mittleren Jahren, ein wenig schwammig um die Körpermitte, wo eine breite seidene Schärpe saß. Er hatte ein freundliches, fast gütiges Gesicht.

«Und was haben wir denn da?», fragte er bekümmert.

«Welcher von euch gehört das? Wo habt ihr es her?» Vor ihm lag ein Buch. Danielle erkannte es sofort, sie hatte es selbst kopiert. Es war ein Exemplar des «Spiegels der einfachen Seele» von Marguerite Porete, die Anne den Toulouser Schwestern gegeben hatte.

«Das haben eure Knechte Maria gestohlen, meiner Schwester im Herrn Jesu, die sie ermordet haben!», stieß Barbara hervor. «Diese Hunde, diese Mörder, Vergewaltiger, Schweine, die sich im Blut des Volkes suhlen, die friedliche unbewaffnete Religiosen überfallen und verschleppen für ein paar Silberlinge!»

«Na, na! Wir wollen doch nicht übertreiben.» Der Inquisitor schnalzte mit der Zunge und redete zu Barbara wie zu einem ungehorsamen Kind. «Niemand wurde ermordet. Wir morden nicht. Haben die Soldaten des Heiligen Vaters euch etwa verletzt oder unsittlich berührt? Nein. Und wenn eure Schwester zu Schaden kam, dann nur, weil sie sich ihrer rechtmäßigen Verhaftung widersetzte und einer Hochstaplerin und gefährlichen Lügnerin zur Flucht verhalf. Und was dieses ketzerische Buch betrifft …»

«Die Zunge soll Euch verfaulen! Es ist ein Buch, so heilig wie die Bibel!», unterbrach ihn Barbara.

«Eine Ketzerbibel! Die verworfen wurde! Wer sie besitzt, ist so gut wie exkommuniziert. Das wisst ihr doch», sagte der Inquisitor.

«Barbara …», versuchte Danielle sie zu beruhigen.

Doch diese schüttelte ungeduldig Danielles Hand ab. «Siehst du nicht, dass sie uns bereits verurteilt haben? Es ist ganz gleich, was wir sagen oder wie wir uns verhalten – sie werden uns auf den Scheiterhaufen schleppen! Aber das ändert gar nichts! Ihr werdet unseren Körper vernichten und die Seele befreien, eine weitaus reinere Seele als Eure eigene, Herr Inquisitor. Ihr seid es, der vor Angst erzittern muss! Und Euer Papst kann exkommunizieren, soviel er will! Er hat seine Macht über unsere Seelen verloren! Nichts, was er sagt und tut, hat eine Bedeutung für uns», rief Barbara und machte dem Inquisitor mit zwei gegabelten Fingern das Teufelszeichen. Doch der ließ sich nicht aus der Ruhe bringen. «Dann bekennst du dich der Häresie schuldig. Das vereinfacht die Sache und erspart dir die Peinliche Befragung. Gut. Gibst du zu, auf öffentlichen Plätzen gepredigt zu haben, dass die Menschen dem Papst nicht gehorchen müssen, weil er der Antichrist sei?»

«Ja!»

«Und was ist deine Ansicht über die Apokalypse?»

«Sie steht bevor und wird kommen, und dann wird ein großer Brand die Ungläubigen hinwegfegen. Die Sarazenen werden bekehrt. Und der Heilige Geist wird über alle Armen und Rechtgläubigen ausgegossen. Ein Zeitalter der Vernunft und der Liebe wird kommen», rief Barbara.

«So? Das hat Petrus Olivi geschrieben und für das 13. Jahrhundert vorhergesagt. Aber das 13. Jahrhundert ist vorübergegangen, und nichts dergleichen ist geschehen!»

«Was sind schon hundert Jahre für den Herrn, der ewig ist?»

«Geschwätz! Halbwahrheiten, halb gelesen und zu einem Viertel verdaut! Aber du wirst keine Gelegenheit mehr bekommen, die einfachen Leute mit deinen Lügen zu verwirren. Dieses Buch stammt nicht aus Toulouse. Sag schnell: Wer hat es dir gegeben? Wer verbreitet dieses Machwerk im Land?»

«Ich habe es ihr gegeben. Ich habe dieses Buch unterwegs kopiert», sagte Danielle.

«Lächerlich! Hast du etwa auf dem Waldboden kniend geschrieben? Mit Tinte aus Gras und vielleicht einer Engelsfeder?», höhnte der Inquisitor.

«Ich habe abends in den Herbergen geschrieben, in denen wir genächtigt haben.»

«Du lügst. Sage mir, wo das Exemplar ist, aus dem du abgeschrieben hast. Und wer besitzt es? Wer hat dir seine Schreibstube zur Verfügung gestellt? Sage es lieber gleich. Wir bekommen es ohnehin aus dir heraus. Es stehen uns Mittel zur Verfügung, die noch jeden zum Sprechen gebracht haben. Nun?»

O nein, dieses Buch war nicht hastig in einer Herberge abgekritzelt beim Schein von Fackeln oder billigen Talglichten. Es war in einem Scriptorium entstanden, und so ein Scriptorium gab es in keiner simplen Herberge. Und Eberhardus bezweifelte, dass dies die einzige Kopie in Umlauf war. Doch es genügte nicht, einzelne Missetäter zu fangen, man musste auch ihre Helfer finden und bloßstellen. Kein Zweifler durfte im Verborgenen bleiben, keine Verfehlung ungestraft, wenn man den Glauben reinigen wollte. Ein Jahrhundert blutiger Aufstände hatte man hinter sich gebracht. Es war schmerzlich, aber notwendig, das Übel an der Wurzel zu packen und die Gemeinschaft der Gläubigen vor den Übereifrigen zu bewahren.

Seine Augen glitten zwischen den beiden Frauen hin und er. Er versuchte abzuschätzen, welche von beiden eher nachgeben würde. In Barbaras Augen sah er die Angst flackern. So, diese da gedachte also billig davonzukommen. Den Tod fürchtete sie nicht, aber die Folter wohl, Verstümmelung, langanhaltende Schmerzen. Er blätterte ein wenig in dem Buch.

«‹Ich bin ganz Schlechtigkeit, und er ist ganz Güte, und darum steht es mir zu, seine ganze Güte zu bekommen …› Steht mir zu? Ist das Demut, die daraus spricht?» Er fixierte Barbara. Seine Stimme wurde laut und voll. Er würde ihre Ohren mit der Gewissheit ihrer Verfehlungen füllen, so wie man ihre Glieder und ihre Gefäße mit Schmerz füllen würde. Von nun an gab es kein Entkommen mehr. Sie war ihm ganz und gar ausgeliefert: «Oh, ich kennen eure Methoden! Ihr kleidet das Gift des Teufels in fromme Worte und imitiert die Schule von Christus. Ihr tut tugendhaft und plappert Bibelsprüche und Gebote, borgt euch hier und da etwas, reißt es aus dem Zusammenhang und biegt es für eure satanischen Zwecke zurecht. Ihr gebt euch den Anschein von Propheten, um damit das einfache Volk zu verwirren und es euch zum Opfer zu machen. Aber wir, die wir geschult und gelehrt sind, wir fallen nicht darauf herein. Wir werden euch das Fleisch vom Leibe reißen, damit der Schmutz und der Schleim darunter hervortreten und alle sich mit Ekel und Entsetzen abwenden!» Genüsslich beschrieb er die Methoden und Stufen der Peinlichen Befragung. Er machte eine lange Atempause. Barbara zitterte. «Es sei denn …», er fixierte sie mit seinem Blick: «Es sei denn, ihr seid ganz und gar geständig und liefert auch eure Helfer und Helfershelfer aus. Dann mag Gott entscheiden, wer von uns recht hat …»

«Pertuis!», schrie Barbara in höchster Angst. «Es waren die Schwestern von Sainte Douceline, ein Beginenhaus in Pertuis! Die haben uns Porete-Bücher gegeben, damit wir sie verteilen sollten. Sie waren es!»

«Das ist nicht wahr», sagte Danielle müde. «Ich war es, ich ganz allein. Ich habe dort eine Weile gewohnt. Sie haben mich aus Güte aufgenommen, weil ich erschöpft und krank war von meinen Wanderungen. Ich habe es ihnen schlecht gelohnt. Ich habe das Buch in ihrer Bibliothek entdeckt, kopiert und weitergegeben ohne ihr Wissen. Die Meisterin von Sainte Douceline hat ihr Exemplar sogleich verbrannt, nachdem bekannt wurde, dass die Autorin als Ketzerin verurteilt wurde. Das kann Euch der Priester von Pertuis bestätigen. Er hat sie danach befragt.»

«Und dennoch hast du dieses geisteskranke Werk weiblicher Hoffart für dich behalten und es weiterverbreitet? Obgleich du wusstest, dass es sich um ein ketzerisches Buch handelt?», schrie der Inquisitor

«Ich habe es gelesen und konnte nichts Unrechtes darin finden. Sie spricht doch nur von Liebe und von Selbstaufgabe, nicht anders als der heilige Bernhard von Clairvaux», entgegnete Danielle gefasst.

Jede Spur von väterlicher Güte verschwand mit einem Schlag aus dem Gesicht des Inquisitors.

«Eine Unverschämtheit! Blasphemie! Was erdreistest du dich, den heiligen Bernhard mit diesem Porete-Weib in einem Atemzug zu nennen? Wie kommst du dazu, dich für klüger zu halten, als sämtliche hochweisen Theologen, die das Werk beurteilt, es sorgfältig abgewogen und für zu leicht befunden haben!? Anmaßung und Stolz, der nur noch von deiner Dummheit übertroffen wird!» Er war puterrot im Gesicht, Speichelfetzen flogen aus seinem Mund. «Warum wohl verbieten wir dem einfachen Volk, die Bibel zu besitzen und heilige Texte zu lesen? Und erst recht sollen Weiber sich des Lesens enthalten! Man sieht ja, was dabei herauskommt.»

«Ich bereue es», sagte Danielle demütig, aber unaufrichtig. «Ich wollte doch nur erkennen …»

«Die Ursünde!», unterbrach sie der Mann. «Das neugierige Weib greift nach dem Apfel der Erkenntnis!»

‹Und weil die Frauen zuerst nach Erkenntnis gestrebt haben, wollt ihr sie jetzt für alle Zeiten dumm halten›, dachte Danielle.

«Ich bekenne und bereue es», sagte sie laut.

«Wir werden sehen», sagte der Inquisitor. «Wir werden sehen.»

«Der Teufel hole dieses Maultier!», schrie im selben Augenblick, zwei Tagereisen vor Toulon, ein gewisser junger Medicus.

«Das *mulet* kann nichts dafür. Ehrlich gesagt, es ist schon viel weiter gekommen, als ich gedacht hatte, dass wir mit ihm kommen werden», beruhigte ihn Calixtus.

Methusalem lag auf der Seite und verdrehte die Augen. Seine Flanken hievten. Carolus zählte sein verbliebenes Kapital. «Da! Lass uns davon zwei Pferde kaufen. Wir werden sonst zu spät kommen!»

«Und wovon wirst du die Herberge bezahlen?», entgegnete der Mönch.

«Was brauche ich eine Herberge? Ich schlafe unter freiem Himmel!», rief Carolus.

«Und was wirst du essen?», fragte Calixtus.

«Das ist mir gleich! Ich brauche ein Pferd! Du da!» Carolus sprach einen verdutzten Bauern an, der gemütlich auf seinem Ackergaul daherkam. «Tausche mit uns. Ich gebe dir mein Maultier und fünf Silberstücke für dein Pferd.» Das Pferd hatte einen Tonnenbauch, einen Rücken wie ein umgedrehter Nachen und Hufe wie Butterfässer.

«Das Maultier da? Das ist ja schon halbtot», sagte der Bauer verächtlich.

«Ist es nicht. Es ruht sich nur aus.» Carolus gab seinem Reittier einen Tritt.

Methusalem schüttelte sich, stand auf und furzte lang anhaltend. Der Packsattel rutschte unter seinen Bauch.

«Da seht Ihr's. Es ist noch ganz lebendig. Es ist nur ein wenig müde. Ich habe es furchtbar eilig, sonst würde ich es nie im Leben hergeben, so ein treues, zähes Tier. Kommt schon, Ihr macht einen guten Handel damit!», drängte Carolus.

Der Mann blieb auf seinem Pferd hocken, hielt aber immerhin an. «Das andere Maultier würde ich nehmen. Und dreißig Livres dazu.»

«Wie? Dafür bekomme ich einen jungen Andalusier!»

Grinsend erhob sich der Mann halb aus seinem Sattel und machte eine große Schau daraus, sich nach allen Seiten umzusehen. «Möglich. Aber nicht hier und jetzt!», lachte er.

«Das ist ein klumpiger Ackergaul, den Ihr da reitet. Er ist höchstens fünf Livres wert!», schimpfte Carolus.

«Seht Ihr, wie breit und hoch er ist? Er hat das Blut eines Streitrosses in sich!», erwiderte der Bauer, jetzt schon ein bisschen beleidigt.

«Aber nur, wenn er davon gesoffen hat!»

«Das andere Maultier und 25 Livres Tournois.» Der Mann war hartnäckig.

«Mein Maultier steht nicht zum Verkauf», wehrte Bruder Calixtus ab. Am Ende steckte der Landmann zwanzig Silberstücke ein, nahm seinen Sattel ab und wandte sich Methusalem zu. Der grunzte übellaunig und stemmte die Beine gegen den Boden. Doch der Bauer fackelte nicht lange: Er gab ihm einen kräftigen Fausthieb zwischen die Ohren. Und siehe da: Der alte Schlingel gab seinen Widerstand augenblicklich auf. Leichtfüßig wie ein Fohlen trabte er an, mit Mann, Sattel und allem!

Calixtus sah zweifelnd zu Carolus hoch, der versuchte, auf dem breiten, struppigen Pferderücken irgendwie Halt zu finden. «Pass nur auf, dass du nicht herunterfällst», rief er. Carolus schnaubte nur. Immerhin ging es jetzt ein wenig schneller voran, denn Calixtus' Maultier zuckelte gutmütig neben dem Riesenross her.

Carolus' Laune besserte sich zusehends. Die Berge kamen in Sicht, die das Hafenbecken und die Bucht von Toulon gegen das Inland abschirmten. Ein gewundener Weg führte aufwärts.

«Wenn wir so weitermachen, dann müssen wir nicht einmal mehr übernachten, sondern erreichen diesen Abend schon Toulon», sagte Carolus hoffnungsvoll.

Aber als sie den Pass bei Solliès überquerten, war die Straße blockiert.

«Es hat einen Unfall gegeben!», rief Bruder Calixtus, der vorausgeritten war.

Etwas weiter unten, in einer Kehre, sahen sie umgestürzte Karren liegen. Sie kamen näher, stiegen von ihren Reittieren und eilten zu der Unfallstelle.

«Braucht ihr Hilfe?», fragten sie.

Ein Reisender wies auf das Durcheinander. Zwei, nein drei Karren waren umgestürzt. Ein Ochse lag mit gebrochenen Beinen auf der Seite. Einer der Karren musste auf ihn gefallen sein. Er brüllte kläglich. Weiß ragten sein Knochen aus dem blutigen Fleisch. Die restlichen Zugtiere hatten sich losgerissen, oder man hatte sie aus dem Joch herausgeschnitten. Sie liefen aufgescheucht am Berghang herum und blökten. Endlich schnitt jemand dem verletzten Ochsen die Kehle durch. Hölzerne Wagenräder und Waren lagen verstreut am Wegrand.

«Helft uns! So glotzt doch nicht, um Gottes willen, helft uns!», schrie eine Frau. «Mein Mann ist verletzt!»

«Ich bin Arzt! Führt mich zu ihm!», rief Carolus. Man zerrte ihn zu einem Mann, der auf der Wiese gebettet lag. Ein zusammengerollter Mantel diente ihm als Kopfstütze. Er stöhnte und hatte offenbar große Schmerzen. Vorsichtig befühlte Carolus seine Knochen.

«Ihr habt drei Rippen gebrochen», sagte er schließlich. «Das wird wieder. Ich mache euch einen festen Verband um den Brustkorb. Der muss einige Tage dort bleiben, und du solltest dich schonen.»

«Schonen? Und wer soll das da aufräumen?»

«Das kann deine Frau tun und wer sonst noch dabei war. Und jetzt halt still!»

Calixtus war unterdessen um die Wagentrümmer herumgewandert und fand einen jungen Mann, der auf der Erde saß und verzweifelt den Kopf in die Hände gestützt hielt. Ein anderer war gerade dabei, die verstreuten Waren einzusammeln.

«Wie ist denn das passiert?», fragte Calixtus.

«Bei seinem Wagen ist die Bremse abgebrochen. Und da ist er in die anderen vor ihm hineingeschossen!», sagte jemand. «Sie haben ihn zum ersten Mal selbst einen Wagen lenken lassen, und dann passiert gleich so was!»

Calixtus klopfte dem jungen Mann beruhigend auf den Rücken. «Na, na, es war nicht deine Schuld. Niemand kann dir einen Vorwurf machen. Jetzt komm und pack mit an!»

Bis zum Anbruch der Dunkelheit hatten die Frauen und die Fuhrleute alle Trümmer von der Straße geschafft und ihre Waren zusammengesucht. Zwei Wagen konnten notdürftig repariert und wiederaufgerichtet werden, aber der dritte war nicht mehr zu gebrauchen.

Es war zwecklos und gefährlich, die Abfahrt nach Toulon in der Dunkelheit zu unternehmen. Also machten die Fuhrleute ein großes Feuer aus den Bruchstücken. Die Reisenden, die es an diesem Tag nicht weiterschafften, setzten sich zu ihnen. Man teilte, was man zu essen hatte, Brot und geräucherte Würste. Sogar ein Weinschlauch machte die Runde.

Carolus hatte keinen Appetit. ‹Wieder einen Tag verloren!›, dachte er und blickte sehnsüchtig auf die Stadt hinunter. Man erkannte bereits Häuser im ungewissen Schein der Fackeln und Öllampen, die in den Fenstern brannten. Auf den Wachtürmen unterhielten Soldaten ihre Feuer. Der Rest der Welt rund umher war in tiefes Dunkel gehüllt.

24.

Toulon stank nach Fisch und verrottenden Algen, und die Gassen waren eng und gewunden. Es waren hauptsächlich Fischer und Soldaten, die den Reisenden begegneten. Fischer in blauen Kitteln, Soldaten in Wämsern aus gehärtetem Leder, mit Gold und Prunk aus aller Herren Länder behangen. Darunter schauten bunte Strümpfe und mächtig ausgestopfte Schambeutel hervor, geschlitzte Ärmel und seidene Hemden, weiß oder in grellen Farben. Träger ächzten unter den Waren, die sie zum Hafen oder aus dem Hafen zu den Speichern der Handelshäuser schleppten: Korn und getrocknetes Gemüse, Käselaibe, Zwieback, Zwiebelzöpfe, Knoblauchketten, Fässer mit Süßwasser und Wein, Leinwandballen, kuriertes Leder, neue Hanfseile, lebende Hühner und Zicklein. Schweine zerrten sie hinter sich her, um die ausfahrenden Schiffe zu verproviantieren. Und brachten Kupfer und Zinn aus der Levante, Weihrauch, Alaun, Gewürze, Zucker, ägyptisches Leinen, fremdartige Töpferwaren, Glaswaren und Seide. Für all diesen Überfluss hatte Carolus keinen Blick. Rücksichtslos bahnte er sich seinen Weg durch die Menge. Calixtus folgte ihm und entschuldigte sich ununterbrochen bei den beiseite Gerempelten: «Verzeiht, Exzellenz! Entschuldigt meinen Begleiter, meine Herren, habt Nachsicht, entschuldigt! Wir haben es sehr eilig! Es geht um Leben und Tod!»

«Wir haben zwei Beginen in Gewahrsam. Man hat sie in Roquebrussanne beim Predigen erwischt», sagte man ihnen am Gefängnis von Toulon. «Aber wir sind nicht befugt, Euch zu ihnen zu lassen. Wendet Euch an den Inquisitor Eberhardus im Palais des Bischofs! Der hat sich, soviel wir wissen, dieser Frauen angenommen.»

Zurück ging die ganze Drängelei, quer durch die halbe Stadt: «Verzeihung, Madame. Entschuldigt, meine Herren!» Am Bischofspalast wollte man sie zunächst nicht einlassen: «Welchen Inquisitor meint Ihr? Wir haben mehrere davon», fragte der Bruder Pförtner.

«Man sagte uns, Eberhardus bearbeite die Fälle, die uns angehen», antwortete Calixtus höflich.

«Eberhardus ... Eberhardus ... ja, der ist hier. Aber er ist sehr beschäftigt. Ihr müsst einen Termin machen mit seinem Sekretär, und der ist heute nicht im Hause. Kommt morgen wieder. Dann könnt Ihr den Inquisitor eventuell schon nächste Woche sehen.»

«Nächste Woche?», schrie Carolus außer sich vor Zorn und Ungeduld. «Das geht nicht! Ich bin ein Ketzer und wünsche heute zu gestehen. Sofort! Und nur dem Herrn Eberhardus! Sonst überlege ich es mir anders! Mein Fall hängt mit den Beginen zusammen.»

Calixtus stieß Carolus den Ellbogen in die Rippen.

«Nicht übertreiben, junger Freund!», raunte er.

«Und was Ihr?», fragte der Pförtner Calixtus.

«Ich bin ein wichtiger Zeuge in der Sache. Ich habe hier ein Schreiben des Erzbischofs von Aix für den Inquisitor. Da seht: sein Siegel!»

Der Pförtner kniff kurzsichtig die Augen zusammen und beugte sich über das Siegel auf dem Pergament, das Calixtus ihm vor die Nase hielt. Er wollte schon danach greifen, da zog Calixtus es ihm wieder weg. Der Bruder Pförtner schüttelte misstrauisch den Kopf. «Das ist alles sehr verdächtig, diese Eile. Und eine Selbstanzeige? Der Erzbischof von Aix? Was hat der damit zu tun?»

«Das können wir nur dem Herr Eberhardus selbst sagen. Aber wenn er keine Zeit hat, dann gehen wir eben wieder», sagte Calixtus und wandte sich zum Gehen.

«Wartet hier! Ich werde den Herrn Inquisitor verständigen», hielt der Pförtner ihn zurück. Er winkte einem Söldner, der sich Calixtus und Carolus in den Weg stellte. Langsam schlurfte er davon.

Nach kurzer Zeit kam er wieder, diesmal ganz dienstfertig und eilig.

«Ihr habt Glück! Der Herr Inquisitor hat sofort Zeit für Euch! Aber wehe Euch, wenn Ihr gelogen habt und nur seine Zeit verschwendet! Kommt, hier entlang.»

Er führte sie durch eine Seitentür der Eingangshalle und eine Wendeltreppe hoch in ein Turmzimmer, dasselbe, in dem Danielle und Barbara verhört worden waren.

Eberhardus erhob sich hinter seinem Schreibtisch.

«Danke. Es ist gut.» Er bedeutete dem Bruder Pförtner, der neugierig stehen geblieben war, sich zu entfernen.

«Das Dokument!» Eberhardus streckte gebieterisch die Hand aus, als sich die Tür von außen geschlossen hatte.

Calixtus übergab ihm den Brief des Erzbischofs und neigte den Kopf.

«Ich muss Euch demütigst um Nachsicht bitten. Das Dokument betrifft den vorliegenden Fall nur am Rande. Doch wenn es sich tatsächlich um die Begine aus Pertuis handelt, dann dürfte sie in die Zuständigkeit von Aix fallen.»

«Und Ihr, guter Mönch? Was habt Ihr mit einer Ketzerin zu schaffen?», fragte der Inquisitor.

«Sie ist keine Ketzerin. Das glaube ich nie und nimmer. Ich kenne sie. Sie hat still und fromm in dem Beginenhaus von Pertuis gelebt und sich nie das Geringste zuschulden kommen lassen», entgegnete Calixtus. Doch er war sich nicht ganz sicher und kreuzte vorsichtshalber die Finger hinter dem Rücken. ‹Lieber Gott, verzeih mir, wenn es nicht stimmen sollte. Ich lüge zu einem guten Zweck!›, dachte er.

«Wie war der Name? Danielle? Ich habe nie etwas von einer Danielle gehört. Allerdings waren die Beginen ursprünglich zu viert. Eine ist entkommen, eine andere getötet worden.»

Carolus erstarrte. In seinen Ohren dröhnte es, und sein Herz fühlte sich an wie gefroren. «Getötet?», stammelte er.

«Bitte, sagt mir, wie die zwei Beginen aussehen, die ihr in Gewahrsam habt», forderte Calixtus.

Eberhardus dachte nach. «Eine ist etwas kleiner und breiter, mit aschfarbenem Haar. Die andere ist groß, schlank und hat kurze braune Locken – ah, und Brandnarben am Hals.»

«Sie ist es!», jubelte Carolus. «Halleluja! Sie lebt!»

«Ja, es muss sich um die handeln, die wir suchen», sagte Calixtus. «Wie gesagt: Sie ist harmlos und steht unter dem Schutz des Erzbischofs. Sie ist Gärtnerin.»

«Gärtnerin? Das sieht diesen verlogenen Häretikern ähnlich. Sie tun harmlos und geben sich als alles Mögliche aus, um dann still und heimlich Streit unter den Gläubigen zu säen. Übrigens hat sie auch einen anderen Namen angegeben.» Eberhardus suchte in einem Stapel Pergamente auf seinem Tisch. «Ah, hier habe ich es: Alessa di Rugieri, so hat sie sich genannt.»

«Daran seht ihr, wie ehrlich sie ist», beeilte sich Calixtus zu erklären, «sie hat Euch ihren Geburtsnamen gegeben statt nur den angenommenen, den sie im Beginenhaus getragen hat.»

Eberhardus war davon nicht beeindruckt. «Mag sein. Dennoch hat sie zugegeben, ein ketzerisches Werk kopiert und verbreitet zu haben. Macht Euch also nicht die Mühe, sie zu verteidigen. Das Werk liegt uns vor. Die Handschrift wurde überprüft. Sie stimmt mit der ihren überein. Der Fall ist also abgeschlossen.»

«Aber ich kann es beschwören, Exzellenz! Sie war wirklich Gärtnerin – in einem Heilgarten. Und sie hat sich still und ordentlich betragen, solange sie in Pertuis gelebt hat», rief Calixtus.

«Still und ordentlich hat sie diese Ketzerbibel kopiert, das steht fest», entgegnete Eberhardus trocken.

Calixtus seufzte. «Ich weiß, dass im Beginenhaus von Pertuis eine Kopie des ‹Spiegels› existierte. Die Ideen darin waren ja durchaus verführerisch und denen des heiligen Bernhard im Kern nicht unähnlich. Deshalb wohl haben sich zwei oder drei der Frauen dort – diejenigen, die lesen können – damit befasst. Es hat sie gefreut, dass eine von ihnen sich mit einer solchen Schrift hervorgetan hat, dass die Beginen etwas Eigenes haben sollten. Verwerflicher Stolz, gewiss, aber doch verständlich. Als sie hörten, dass es verboten wurde, da haben sie das Buch verbrannt. Sie haben gefehlt, doch sie haben ihr Fehlverhalten eingesehen. Sollte man ihnen nicht die Gelegenheit zur Besserung geben? Und Danielle hat selbst keine andere Sünde begangen, als sich nicht von einem Buch trennen zu können. Sie hat es doch nicht selbst verfasst, sondern sich nur davon verführen lassen. Wenn Ihr sie hinrichten lasst, dann ist die Gelegenheit zur Umkehr verstrichen und die Seele für immer verloren», sagte Calixtus.

«Habe ich nicht gesagt, Ihr sollt sie nicht zu verteidigen suchen? Ihr seid ein guter Advokat, Mönch, doch dafür ist es jetzt zu spät», sagte Eberhardus. «Die Begine Barbara wird morgen auf der Place Sainte-Marie verbrannt.»

Carolus zuckte zusammen wie unter einem Peitschenhieb.

«Und Danielle? Sie wollte gewiss nichts Böses tun. Bitte, habt Gnade! Tötet sie nicht! Ich will sie heiraten!»

«Ihr seht», sagte Calixtus, «diese Danielle – oder Alessa –

ist nur ein einfaches, fehlgeleitetes Weib, nicht einmal eine richtige Begine. Dieser gute Christ ist gewillt, sie zur Frau zu nehmen, und wird für ihr Wohlverhalten bürgen.»

Carolus nickte eifrig und dachte bei sich: ‹Nur gut, dass sie das nicht hört. Sie ist gewohnt, allein ihr Leben zu meistern. Sie würde es übelnehmen, wenn man ihr zumutete, von meiner Bürgschaft und meiner Aufsicht abhängig zu sein. Wenn sie mich überhaupt will.›

Eberhardus erbrach das Siegel des Erzbischofs und las das Schreiben.

«Unter seinem Schutz? Und Ihr seid zu ihrem Beichtvater und Aufseher bestellt, Bruder … äh … Calixtus?», fragte er erstaunt.

«Das ist richtig.»

«Bitte, gebt uns Danielle heraus. Sie ist eine gute Frau, und ich liebe sie von ganzem Herzen!», flehte Carolus.

Mit ehrlichem Bedauern gab Eberhardus dem Mönch den Brief zurück. «Ja, dass sie keine gänzlich verhärtete Sünderin ist, das habe ich ebenfalls erkannt. Neugierig, ja, wie alle Weiber. Verwirrt, aber nicht böswillig. Wir sind keine Unmenschen! Aber es ist zu spät. Wir haben sie zur Deportation nach Neapel verurteilt. Sie hat gesagt, dass sie von dort gekommen ist.»

«Zur Deportation? Lässt sich das nicht rückgängig machen? Könnt Ihr sie uns nicht herausgeben?», bettelte Carolus.

«Das würde ich gern, mein Sohn. Wirklich von Herzen gern. Die Liebe ist eine große Wohltäterin und geeignet, jeden Menschen zu bessern. Aber die Begine ist nicht mehr in unseren Händen. Sie ist auf einem Schiff, das in diesem Moment abgelegt hat.»

«Nein!», schrie Carolus. Er drehte sich um, riss die Tür auf und stürzte hinaus.

«Verzeihung!», sagte Calixtus zum wohl hundertsten Mal an diesem Morgen und folgte seinem Freund.

«Ach, wärt Ihr doch nur ein wenig früher gekommen», seufzte der Inquisitor. «Wie würde ich mich freuen, wenn einmal eine Sache zu einem guten Ende käme.»

Calixtus bahnte sich seinen Weg zum Hafen. Die Häuser wurden ärmlicher und niedriger, je näher er an sein Ziel kam, aus Lehm gebaut und mit Schilf gedeckt. Der Fischgeruch wurde intensiver. Netze mit Korkstücken daran und geflochtene Reusen hingen zum Trocknen an den Fassaden. Hie und da sah man Innenhöfe, in denen Frauen und Kinder Fische einsalzten oder Purpurschnecken aufschlugen, um deren kostbare Farbdrüse zu gewinnen. Die Männer, soweit sie nicht mit ihren Nachen auf See waren, saßen vor ihren Hütten, flickten Netze und flochten Körbe und Reusen aus Rohr. Wenn er Zeit und einen Blick dafür gehabt hätte, dann hätte er staunen können über die vielartigen Formen der geflochtenen Reusen: Es waren bauchige Körbe darunter, flache Schüsseln mit eingewobenen Deckeln darauf, spitz zulaufende Schläuche, eckige Käfige und Hohlringe, je nach den Gewohnheiten und dem Lebensraum der Kreaturen, die darin gefangen werden sollten: Krebse, Muscheln, Tintenfische, kleine oder größere Fische, Aasfresser oder Jäger.

Endlich öffnete sich die Gasse und gab den Blick auf den Hafen frei. Er lag in einer Bucht, die nur von Osten befahrbar, im Südwesten aber von einer Insel begrenzt war. Das Hafenbecken war vertieft und ausgehoben worden, das Ufer mit einer doppelten Reihe mächtiger Holzplanken befestigt. Zu den Rändern der Bucht hin gingen die Planken in Sandstrand und groben Kies über. Mit leisem Rauschen und Klickern schoben die Wellen den Kies über den Sand, bewegten die Gehäuse toter Muscheln, warfen abgerissene Seegräser und sterbende Quallen ab, ein ermüdendes ewiges Spiel.

Kleine bläuliche Strandkrabben ließen sich ans Ufer tragen und rasten seitwärts durch den Sand auf Beutesuche. Möwen taten sich an Fischeingeweiden gütlich und stritten sich, als sei nicht genug da.

Zwei große Schiffe lagen im Hafenbecken vor Anker, ein bauchiges Handelsschiff aus dem Norden und ein Kriegsschiff, eine Dromone. Ruderboote verkehrten zwischen ihnen und dem Ufer, um Waren und Passagiere zu transportieren.

Wild schaute Carolus zwischen den beiden Schiffen hin und her.

«Welches ist es? Welches fährt nach Neapel?!», schrie er einem der Ruderer zu.

Der deutete mit dem Kopf hinaus auf das Wasser. Dort, wo zwei Wehrtürme die engste Stelle der Bucht kontrollierten, bevor es durch die zweite, größere Bucht hinausging aufs offene Meer, da sah man eine zweimastige Nau entschwinden.

Carolus stand mit hängenden Armen und schaute dem Schiff hinterher.

Calixtus stellte sich neben ihn. Zusammen sahen sie zu, wie das Schiff die Durchfahrt passierte. Die Segel waren schlaff und flatterten im Wind, bis das Schiff an den Felsen vorübergeglitten war. Dann blähten sie sich auf, und die Nau nahm Fahrt auf.

Carolus fuhr sich mit der Faust über die Augen.

«Du kannst zurück nach Pertuis. Ich folge ihr nach Genua, nach Rom, bis nach Neapel. Ich folge ihr bis ans Ende der Welt», murmelte er.

«Ist das nicht ein wenig übertrieben? Du weißt doch nicht einmal, ob sie dich haben will. Hat sie dir denn überhaupt Hoffnungen gemacht?»

«Sie hat sich mit mir gezankt», sagte Carolus geistesabwesend.

«Aha. Ein Anzeichen größter Zuneigung!», spottete Calixtus.

«Wenn ich ihr egal wäre, dann hätte sie sich nicht so mit mir gestritten», beharrte Carolus. «Sie war so wütend, als wir uns das letzte Mal gesehen haben. Und wenn ich nicht so vernagelt gewesen wäre, dann hätte ich sie dort gleich gefragt, ob sie meine Frau werden will. Ja, das hätte ich tun sollen. Stattdessen war ich gekränkt und bin fortgegangen. Und das war das letzte Mal, dass ich sie gesehen habe. Als sie mich gebraucht hätte, da war ich nicht da. Ich habe sie im Stich gelassen. Das ist die Erinnerung, die sie nun von mir haben wird. Es ist schrecklich, verstehst du das nicht?»

Die Wellen fuhren unbeteiligt mit ihrem Spiel fort. Die Nau verschwand hinter dem Cap Carqueiranne und der Festung. Dort drehte sie bei und folgte dem Küstenverlauf gen Westen, vorbei an den vielen kleinen Fischernestern, die wie Perlen aufgereiht lagen in ihren Pinienwäldern, im Schilfgestrüpp und zwischen den Feigenkakteen, bewacht und überragt von den rosigen und goldenen Hängen des Massif des Maures. Sie war fort. Der Horizont war weit und leer.

Carolus ließ sich in den Sand fallen und vergrub das Gesicht in den Händen. Er weinte.

Calixtus stand hilflos daneben. Ein paar Schritte entfernt kam wieder eines der kleinen Ruderboote heran. Er hörte, wie die Ruder scharrend eingezogen wurden und auf den hölzernen Boden rumpelten. Das Boot glitt auf den Sand und kam mit einem Ruck und einem Knirschen zum Stehen. Eine Gestalt sprang heraus. Calixtus schaute kurz in die Richtung und wieder fort. Es war ein einzelner Matrose.

Der Mann näherte sich, blieb vor Carolus stehen und sagte mit Danielles Stimme:

«Weinst du etwa meinetwegen? Nun fange ich wirklich an zu glauben, dass du mich liebst.»

Es war tatsächlich Danielle! Sie trug weite Kniehosen und einen Kittel und hatte das Haar unter einer Mütze versteckt.

Carolus sprang auf und schaute sie an wie eine Erscheinung. «Danielle! Du fängst an zu glauben …? Was muss ich noch tun, Weib, soll ich mir das Herz aus der Brust reißen und es dir in die Hände legen? Wenn es möglich wäre, weiß der Himmel, ich würde es tun!»

«Behalt dein Herz. Es ist dort gut aufgehoben, wo es ist. Solange es für mich schlägt», sagte sie zärtlich.

«Wie? Hatten wir nicht festgelegt, dass die Seele in der Lunge wohnt?», mischte sich Calixtus ein, der ein breites Grinsen nicht unterdrücken konnte.

«Nein. Sie ist im Herzen. Ich spüre es ganz genau», sagte Carolus. Er zog Danielle in seine Arme und ließ sie eine sehr lange Zeit nicht los. «Aber wie bist du entkommen?», fragte er endlich.

«Der Kapitän kannte meinen Vater. Sie haben schon oft Geschäfte miteinander gemacht. Und so habe ich auch erfahren, dass meine Familie noch lebt. Sie werden ihnen meine Grüße überbringen und ihnen sagen, dass es mir gutgeht.»

«Warum bist du zurückgekommen? Hast du uns erkannt?»

«Ja», sagte sie. «Ja! Ich habe zum Ufer geschaut und Lebewohl gesagt. Ich habe mich ganz verlassen gefühlt, und da habe ich dich am Strand stehen sehen.»

«Von dort draußen hast du mich erkannt? Was, wenn ich es nicht gewesen wäre?»

«Ich würde dich überall erkennen, Carolus. Und da habe ich den Kapitän gebeten, mich zu dir zu lassen.»

«Aber er macht sich eines Verbrechens schuldig, wenn er einer verurteilten Ketzerin hilft», sagte Calixtus.

«Pah, Verbrechen! Er ist Neapolitaner, dieser Kapitän. ‹Es ist ein viel größeres Verbrechen, Liebende zu trennen›, hat er gesagt. Er hat mir eines der Beiboote gegeben – das er meinem Vater sicher in Rechnung stellen wird –, und nun bin ich hier», lachte Danielle.

Calixtus schüttelte den Kopf. Diese Neapolitaner waren doch ein loses Volk! «Müsstest du nicht ein Büßerhemd tragen mit einem gelben Ketzerkreuz darauf?»

Übermütig vor Erleichterung raffte Danielle die weiten Hosen und machte ein paar Tanzschritte im feuchten Sand. «Das scheußliche Büßerhemd, das durfte ich gleich ablegen, als ich an Bord kam! Ein französischer Papst, der nicht einmal in Rom lebt, der hat bei uns nicht viel zu sagen», rief sie.

«Danielle!», rief Carolus und kniete vor ihr. «Ehe wieder irgendetwas Unvorhergesehenes geschieht: Willst du meine Frau werden?»

«Ach, Carolus», sagte Danielle. «Du glaubst, ich sei so sanft und beherrscht, wie du mich als Begine kennengelernt hast. Aber du ahnst ja nicht, was es mich gekostet hat, wie sehr ich mich bemüht habe, eine andere zu sein, als ich bin. In Wirklichkeit habe ich ein schreckliches Temperament!»

«Ich weiß, ich weiß!», rief Carolus ungeduldig. «Aber wenn ich eine sanfte Frau gebraucht hätte, dann hätte ich ja Catherine nehmen können.»

Für die Dauer eines Wimpernschlages zogen sich Daniells Augenbrauen wieder zusammen, doch dann lachte sie auf: «Also gut: Du weißt, was du bekommst. Und – natürlich will ich!»

«Calixtus! Traue uns! Hier und jetzt! Nach allem, was geschehen ist, will ich keinen Augenblick mehr warten.»

«Ich auch nicht», sagte Danielle.

Calixtus strahlte über das ganze stoppelige Gesicht. «Das

gefällt mir. Dann schenken wir uns jetzt die langen Vorreden und kommen gleich zum Wesentlichen. Wir sind schließlich lange genug in der Weltgeschichte herumgerannt. Also: Willst du, Carolus, diese hier anwesende … wie war der Name, den du Eberhardus gesagt hast?»

«Alessa, Alessa di Ruggieri, aber bleiben wir ruhig bei Danielle», entgegnete sie.

«Das mag auch besser sein, weil Alessa di Ruggieri als Ketzerin in den Archiven der Inquisition geführt wird. Also, willst du, Carolus, diese hier anwesende Danielle von Salerno zur Ehefrau nehmen und sie lieben und ehren, bis dass der Tod euch scheidet?»

«Ja, ich will», sagte er laut und vernehmlich.

«Und willst du, Danielle, diesen hier anwesenden Carolus von Pertuis zu deinem Ehemann nehmen, ihm gehorchen, ihn lieben und ehren, bis dass der Tod euch scheidet?»

«Ja, aber ich werde dir nur gehorchen, wenn es vernünftig ist», sagte sie an Carolus gewandt.

«Wir werden uns schon einigen, ich liebe dich doch», sagte er.

«Ja, ja, das sagen sie alle am Anfang. Aber warte nur, bis wir länger verheiratet sind und uns streiten.»

«Ich schwöre …», setzte Carolus an.

«Na, na! Was ist denn das für eine Antwort? Es heißt nicht: Ja – aber. Es heißt ja oder nein. Willst du ihn nun haben oder nicht?», protestierte Bruder Calixtus.

Danielle lachte. «Ja, natürlich will ich.»

«Amen. In Pertuis macht ihr das Ganze lieber nochmal feierlich und offiziell, weil es mir der Abbé sonst ewig nachtragen wird. Und Carolus, deine Mutter will sich ihr Vergnügen auch nicht nehmen lassen. Aber vor Gott seid ihr jetzt Mann und Frau.»

Einige Leute am Kai schauten herüber und wunderten

sich über das, was sie da sahen: ein Mönch, ein Matrose und ein junger Geck, was machten die da bloß? Und jetzt küsste der Matrose den Mönch! Sie schüttelten die Köpfe: «Was sind das bloß für sittenlose Zeiten? Früher hat es das nicht gegeben.»

«Ach, Calixtus, ich freue mich so, und ich bin auch so froh, dass gerade du hier bei uns bist», jubelte Danielle.

Calixtus' Wangen waren ein wenig gerötet. «Wenn ich mir vorstelle, ich sollte das Grégoire beichten», sagte er versonnen.

«Wie habt ihr mich nur gefunden?», fragte sie neugierig. Sie erzählten ihr alles, auch von dem Gespräch mit dem Inquisitor.

«Barbara! Können wir denn gar nichts für sie tun?», rief Danielle erschrocken.

«Nein. Nichts. Und es wäre besser, wenn wir so rasch wie möglich die Stadt verließen», drängte Calixtus.

«Nein», sagte sie. «Zumindest will ich dabei sein, wenn sie auf den Scheiterhaufen geführt wird. Das bin ich ihr schuldig. Wenigstens *ein* freundliches Gesicht soll sie sehen.»

«Das geht nicht! Sie würden dich erkennen», rief Carolus.

Danielles Miene wurde hart und entschlossen. «Ich bleibe und begleite sie auf ihrem letzten Gang. Davon könnt ihr mich nicht abbringen!»

«Eben gerade hast du mir Gehorsam geschworen, und schon widersetzt du dich mir?» Carolus hob ein wenig die rechte Hand in seinem Eifer und Schrecken. Danielle schlug sie ihm herunter. «Da, siehst du! Wenn du denkst, dass ich keinen eigenen Willen habe, dann täuschst du dich gewaltig. Diese Art von Gehorsam bekommst du von mir nicht. Und eines sage ich dir gleich: Lass dir niemals einfallen, mich zu schlagen. Ich schlage zurück.»

«Das wird ja eine interessante Ehe werden», mischte Calixtus sich ein. «Nimm doch Vernunft an. Es ist zu gefährlich. Wenn sie dich erkennen, dann giltst du als Ketzerin, die sich ihrer Strafe entzogen hat, und dann ist es aus mit dir. Für Barbara kannst nichts mehr tun. Aber für Carolus hier. Er ist dir so weit gefolgt, er hat alles daran gesetzt, dich zu finden und zu gewinnen. Willst du das alles jetzt aufs Spiel setzen wegen einer, die ohnehin sterben muss?»

Danielle ergriff Carolus' Hände. «Verstehst du nicht? Mir ist doch das Gleiche zugestoßen wie Barbara. Ich wurde zwar nicht umgebracht, aber ich werde nie vergessen, wie das war: allein, von allen geschmäht, gehasst, mit Schmutz und mit Steinen beworfen. Die Blicke, das Gebrüll der Meute, du weißt nicht, wie das ist. Ich muss bei ihr sein, ich muss!»

Zerrissen sah Carolus sie an: «Ich verstehe dich ja. Aber ich will dich nicht verlieren!»

«Also gut. Vielleicht gibt es einen Weg», sagte Calixtus. «Wir könnten ein Fenster am Richtplatz mieten. Es wird teuer werden. Das ist es immer bei solchen Gelegenheiten. Aber vielleicht kann ich einen Handel machen. Dann kannst du von oben unerkannt zuschauen.»

«Das genügt nicht. Sie muss mich auch sehen können. Sie muss um meine Gegenwart wissen.»

Carolus warf vor Verzweiflung beide Arme in die Luft. «Du wirst dich umbringen. Und uns dazu!»

Calixtus legte den Kopf schief und betrachtete Danielle nachdenklich. «Deine Verkleidung ist recht gut, aber man kann sie noch verbessern. Ob dich Barbara dann in der Menge wahrnimmt?»

«Wir haben ein Zeichen. Daran wird sie mich erkennen.»

Calixtus bückte sich, hob eine Hand feuchten Sand und Schlick auf und fuhr Danielle damit über die Wange. «Schon besser. Ich habe eine Idee. Kommt!»

Carolus und Danielle folgten dem Mönch durch die Gassen der Fischer, vorbei an den Korbflechtern und Netzflickern, und kamen schließlich in ein übel beleumundetes Viertel.

«Wartet hier», sagte der Mönch. Er ging über die Straße zu einem Haus, dessen Fensterläden zu dieser Tageszeit geschlossen waren. Eine Laterne mit rotem Glas hing über dem Eingang. Calixtus betätigte den Türklopfer. Nach einer Ewigkeit schaute eine Frau heraus. Danielle und Carolus beobachteten, wie der Mönch zunächst mit der Frau verhandelte. Schließlich ließ sie ihn ein.

Eine Matrone hatte das beobachtet. «Da sieht man's wieder, wohin es mit der Kirche gekommen ist, heutzutage!», schnaubte sie verächtlich.

«Auch Huren brauchen einen Beichtvater, die sogar noch mehr als andere», sagte Danielle.

«Tsk!», machte die Matrone nur und ging ihrer Wege.

Als Calixtus wieder erschien, winkte er Danielle. Sie ging zu ihm. Er zog sie ins Haus und stellte sie einer alten Frau vor. «Das ist Madame Hamza. Sie hat eingewilligt, uns zu helfen. Du bleibst bis morgen hier im Haus. Man wird dir eine Kammer geben. Lass dich ja nicht auf der Straße blicken, hörst du?»

«Ja, Bruder Calixtus.»

«Morgen Abend, wenn sie Barbara zum Scheiterhaufen bringen, dann werden diese Frauen dich schminken und ein wenig zurechtmachen, wie nur sie es verstehen. Dann bringen sie dich zur Richtstätte. Dort werden wir dich finden. Eins musst du mir aber versprechen: Wenn Barbara dich gesehen hat, dann kommst du ohne weitere Widerrede mit uns. Es wäre zu gefährlich, bis zum Schluss zu bleiben», sagte Calixtus eindringlich.

«Wie hast du die Huren überredet, uns zu helfen?», fragte

Carolus den Mönch, als die beiden sich auf die Suche nach einer geeigneten Herberge machten.

«Ich habe ihnen angeboten, für ihr Seelenheil zu beten. Es war nicht schwer, ihnen vor Augen zu führen, dass es sich für sie lohnt, ein paar gute Taten anzusammeln. Übrigens sind diese Damen oft sehr viel freundlicher und hilfsbereiter als die sogenannten guten Bürger», antwortete er.

«Calixtus, du überraschst mich.»

«Ich wäre dir allerdings sehr verbunden, wenn du diese ganze Geschichte für dich behieltest. Ich bezweifle stark, dass mein Abt mit meinen Handlungen und erst recht mit meinen Bekanntschaften einverstanden wäre.» Er bekreuzigte sich mit einem hastigen und schuldbewussten Blick gen Himmel.

Am nächsten Tag summte die Stadt förmlich vor Erregung und gespannter Erwartung. Schon seit dem Vormittag waren Männer damit beschäftigt, das Holz für den Scheiterhaufen aufzuschichten. Als Carolus und Calixtus dort ankamen, fanden sie den Platz vor der Kathedrale Sainte-Marie de la Seds zum Brechen voll. Ganz Toulon war zusammengelaufen, um das Schauspiel zu sehen. Aus jedem Fenster der umliegenden Häuser hingen die Gaffer in Trauben. Selbst auf den Dächern saßen rittlings Schaulustige.

Sie drängelten sich bis nach vorne durch. Die Leute protestierten laut und erbost. Aber wenn sie sich nach den Störenfrieden umdrehten und den Mönch erkannten, machten sie Platz. Carolus entdeckte eine Gruppe von Huren, grell geschminkt und in schreiend bunten Kleidern, die nach Kunden Ausschau hielten und offenbar in der allgemeinen Erregung schon Interessenten gefunden hatten. Aber so sehr er sich anstrengte, er konnte Danielle nicht unter ihnen finden.

«Nicht da», raunte Calixtus. «Die dort!»

Entgeistert blickte Carolus eine Begine an, aber was für eine seltsame Schwester war das! Die Kleidung ähnelte zwar dem Habit der frommen Frauen, aber sie war enger und verhüllte so gut wie nichts: Das Höllenfenster ließ beinahe die Brustknospen frei, die Taille war raffiniert geschnürt, der Rock geschürzt, sodass man wohlgeformte Fesseln sehen konnte. Und das Gesicht: grell geschminkt und gepudert –. Nein, das konnte nicht seine Danielle sein. Oder war sie es doch? Ja, sie war es. Er erkannte sie an einer winzigen Bewegung des Kopfes, an ihrer Haltung.

Lärm und Trommeln auf der Hauptstraße verrieten ihnen, dass der Richtkarren nahte. Bald sahen sie den Henker vorneweg schreiten, dann den Karren, der von vier Ochsen gezogen wurde, darauf einen Käfig, in dem die Begine eingesperrt war. Sie stand aufrecht und gefasst und hielt sich mit beiden Händen am Gitter fest, während Kot und Abfälle flogen, Fäuste geschüttelt, Verwünschungen und Schmähungen geschrien wurden. Ihre Lippen bewegten sich. Sie betete.

Der Karren hielt an, der Käfig wurde geöffnet. Barbara erblickte den Scheiterhaufen, und erst jetzt schien ihr so recht klarzuwerden, welches Schicksal sie erwartete. Von einem Lidschlag zum nächsten verlor sie die Fassung. Todesangst verzerrte ihre Züge. Sie begann sich zu wehren, als die Soldaten nach ihr griffen.

«Wie? Jetzt fürchtest du dich, deinem Herrn, dem Satan, zu begegnen? Das hättest du dir früher überlegen sollen!», schrien die Männer und zerrten an ihr. Sie hielt sich fest und entwickelte plötzlich unheimliche Kräfte. Sie mussten ihr mit Knüppeln und mit den Knäufen ihrer Schwerter fast die Hände zerschlagen, ehe sie die Gitterstäbe fahrenließ. Die Menge johlte und pfiff: Was für ein Schauspiel! Endlich hatte man sie herunter vom Karren.

Der Strick schnitt in ihren Hals, als man sie vorwärtsriss. Mit weitaufgerissenen Augen blickte Barbara um sich. Nur Feinde sah sie, hasserfüllte, verzerrte Fratzen, keinen einzigen Freund, kein einziges mitleidiges Menschengesicht. Einer der Büttel, der Barbara am Strick führte, stutzte und blieb vor der zweiten Begine stehen, vor der, die sich unter die Gaffer gemischt hatte. Carolus hielt den Atem an. Doch dann bemerkte der Büttel die grellgeschminkten Lippen und das Wangenrot. Er grinste wissend, zwinkerte Danielle zu und strich ihr im Vorbeigehen über die baren Brüste. Barbara hatte die als Begine verkleidete Hure ebenfalls entdeckt. Ihr Gesicht verfinsterte sich noch mehr, voll Wut jetzt. Sie wollte schon vor Verachtung ausspucken, da machte diese vermeintliche Hure ihr ein kaum wahrnehmbares Zeichen mit der Hand – Barbara verstand.

Sie senkte kurz ihre Lider zum Gruß. Dann ließ sie sich vollkommen gefasst zum Holzstoß führen. Eberhardus selbst trat noch einmal zu ihr und redete auf sie ein. Offensichtlich wies sie ihn zurück. Kopfschüttelnd wich er von ihr zurück und überließ sie dem Henker und seinem Knecht.

«Komm jetzt!» Calixtus war hinter Danielle in der Menge aufgetaucht und zog sie mit sich.

«Lass uns jetzt schnell die Stadt verlassen, solange noch alle von dem Schauspiel abgelenkt sind. Barbara wird nicht leiden. Carolus hat den Henker bestochen, dass er sie erwürgt, sobald der Rauch ihm Deckung bietet.»

«Ich muss noch bleiben. Sie soll dem Tod nicht ohne Trost begegnen müssen, nicht von allen verlassen.»

Calixtus verdrehte die Augen.

«Es ist zu gefährlich! Komm!»

«Nein!»

Die Umstehenden wurden schon aufmerksam und verspotteten den Mönch.

«He! Hast du dich nicht in der Adresse geirrt?!»

«Lass ihn doch, auch ein Klosterbruder muss mal seinen Spaß haben!», johlten sie.

Beschämt ließ Calixtus die falsche Begine los.

Danielle blieb stehen, bis der Rauch hochstieg. Durch die Schwaden hindurch meinte sie zu erkennen, wie der Henker Barbara flink eine Seidenschnur um den Hals legte und zuzog. Barbara sackte in sich zusammen. Danielle drehte sich um und bahnte sich einen Weg durch die Menge hinaus. Calixtus tauchte an ihrer Seite auf, als sie sich gerade mit dem Rockzipfel die Schminke von Mund und Wangen rieb.

«Kein Wunder, dass die Leute so schlecht von den frommen Frauen denken! Was für eine gemeine Scharade; so etwas gehört verboten», schimpfte Danielle.

Kurz vor dem Stadttor holte Carolus sie ein. «Wo hast du das falsche Beginengewand her?», fragte er erschrocken.

«Die Huren hatten eines oder sogar mehr. Sie haben mir gesagt, es würde häufig von ihrer Kundschaft verlangt.» Danielle zupfte verlegen am Stoff des Kleides, im hilflosen Versuch, ihre Brüste zu bedecken. Calixtus gab ihr seinen Umhang.

«Ich glaube, ich überlege mir das mit den Fürbitten noch einmal», brummte er ärgerlich.

«Habt ihr keine Reittiere?», fragte Danielle, als sie aus dem Stadttor traten.

Carolus sah sich ein wenig bedauernd nach dem Mietstall um, wo sie den Ackergaul und das Maultier von Calixtus hatten lassen müssen. «Wir haben sie verkauft, um Bestechungsgeld für den Henker zu haben. Zum Glück ist noch etwas übrig, wovon wir unterwegs leben können. Aber ich fürchte, wir müssen zu Fuß zurück.»

Ihr Nachtlager machten sie unter freiem Himmel auf

dem Pass, wo der Karren umgekippt war. Calixtus entfachte ein Feuer in einer Senke.

Danielle hatte auf dem ganzen Weg kein einziges Wort gesagt. Carolus riss sie aus ihren Gedanken. «Nie wieder spotte ich über weibliche Schwatzhaftigkeit. Sprich mit mir!», bat er sie.

«Was willst du denn wissen?»

«Alles, deine Kindheit, dein Leben vor Pertuis. Ein wenig hat mir Jeanne schon erzählt, aber du wirst dir schon die Mühe machen müssen, mir alles noch einmal und ganz genau zu erzählen.»

Das Feuer war zur Glut zusammengefallen, als sie endete: «Und so dachte ich, es sei besser fortzugehen, weil ich allen nur Schwierigkeiten gebracht habe.»

«Und fragst du gar nicht nach Laura?», sagte Calixtus.

«Ihr habt das Kind wiedergefunden, oder nicht? Ich war mir sicher, dass es auftauchen würde, sobald ich aus dem Wege war.»

«Es war Catherine.»

«Ja, ich weiß. Es gab ja gar keine andere Möglichkeit. Aber ich wusste auch, dass sie es nicht fertigbringen würde, dem Kind ihrer Schwester ernstlich zu schaden. Ich war es, der sie schaden wollte», sagte Danielle.

«Warum hast du das niemandem gesagt?»

«Wie? Ich soll eine Frau beschuldigen und ins Unglück stürzen, der ich schon den Mann genommen habe? Was ist ihr geschehen? Was habt ihr mit ihr gemacht, als es herauskam?»

«Ihr ist nichts geschehen. Marius und Laura haben ihr vergeben. Und wir haben uns ausgesprochen. Ist das nicht eigenartig: Solange wie wir verlobt waren, hat sie versucht, die Heirat hinauszuzögern. Und als ich mich von ihr trennen wollte, da wollte sie mich auf einmal haben.»

«Mein lieber Carolus, es ging nicht um dich, auch wenn das deiner männlichen Eitelkeit Abbruch tun mag. Kannst du dir nicht vorstellen, wie sie vor den Leuten dasteht? Sie ist fast zu alt, um zu heiraten, jedenfalls nach Meinung der Klatschbasen. Der Verlobte läuft ihr weg wegen einer anderen. Das Gerede, der Spott, die Sticheleien: Das muss eine Qual für sie gewesen sein.»

Carolus sah eine Weile nachdenklich in die Glut.

«Es wird für dich nicht einfach werden, wenn du mit mir kommst. Kein neues Leben, so wie du es dir gewünscht hast.»

«Das macht nichts. Mein altes Leben ist gut genug, wenn nur du darin bist», sagte sie sanft.

Sie schliefen am Feuer, in die Maultierdecken gehüllt. In Méounes konnten sie für Danielle etwas zum Anziehen kaufen. Es gab dort eine Näherin. «Du hast Glück. Ich habe etwas Fertiges da. Eine Kundin hat es bestellt, und dann gefiel es ihr nicht. Da, es ist dir vielleicht ein wenig kurz, so großgewachsen wie du bist.»

Es war ein geschnürtes Kleid im hellen Rotbraun von Buchenblättern im Herbst, an Rock und Ärmelsäumen grün bestickt, dazu ein Überkleid, das mit Eichhörnchenpelzen besetzt war. Es gab sogar einen gelben Schleier dazu.

«Du siehst noch hübscher aus ohne diese weiten Beginenröcke», sagte Carolus bewundernd, als sie aus der Nähstube trat. Danielles Wangen röteten sich. Sie hatte noch nicht vergessen, wie wohl sich eine Frau in einem neuen Kleid fühlt.

«Gegen bescheidenen Schmuck ist nichts einzuwenden», mahnte Calixtus. «Aber hüte dich vor Luxus und Eitelkeit! Sie haben dich schon einmal ins Unglück gestürzt.»

«Ach ja ...», murmelte Carolus plötzlich. Er wühlte in seinem ledernen Umhängebeutel und förderte schließlich ein paar feine rotbraune Frauenschuhe zutage. «Hier, die passen doch besser dazu als deine alten», sagte er und hielt sie Danielle hin. Sie erkannte das Leder und die Machart, und eine verräterischer Feuchtigkeit stieg ihr in die Augen. Es waren dieselben, die sie auf dem Johannismarkt in Pertuis bestellt, aber nie abgeholt hatte.

«Hast du sie etwa doch gekauft für mich und sie die ganze Zeit mit dir herumgetragen?»

Er nickte, etwas verlegen. «Irgendwie hat sich nie die Gelegenheit geboten, sie dir zu geben.»

Da stand sie nun, barfuß, Tränen in den Augen und die neuen Schuhe in der Hand.

«Willst du sie nicht anziehen? Gefallen sie dir nicht?», fragte Carolus.

Sie bückte sich rasch und zog mit zitternden Händen die Schuhe an ihre Füße.

«Und? Passen sie?», fragte er eifrig.

Sie konnte nur nicken. Diese Schuhe, sie würde sie hüten ihr Leben lang. Sie waren ihr wertvoller als eine ganze Truhe voller Schmuck es je würde sein können.

Auf der Weiterreise machte Carolus Pläne.

«Wir können zusammenarbeiten. Du behandelst die Frauen und ich die Männer. Wir können einander raten und helfen.»

«Du vergisst dabei, dass man mir die Lizenz weggenommen hat. Du weißt, was mir blüht, wenn man mich erwischt.»

«Aber das war in Paris. Diese Nordländer, die sind anders als wir. Hier bei uns herrscht römisches Recht, wir sind zivilisiert. Hier herrscht die Vernunft, verstehst du?», erregte sich Carolus. «Paris, ja die Sorbonne steht unter der Herrschaft der Kirche. Aber die Provence gehört zum Königreich Neapel, wo die Universitäten Sache der weltlichen Regierung sind.»

«Das Comtat Venaissin und Pertuis gehören der Kirche», erinnerte Calixtus.

«Mag sein, aber dennoch ist man bei uns im Süden toleranter. Danielle, wir könnten nach Salerno schreiben und um eine neue Lizenz für dich nachfragen. Sicher wird man sie dir dort nicht verweigern. Du wirst doch in den Büchern von Salerno registriert sein.»

Danielle zögerte: «Ja, schon, aber ...»

«Möchtest du denn nicht in deinem Beruf arbeiten? Ich dachte ...»

«Weil ich im Beginenhaus alles andere tun wollte, als Kranke anzurühren? Es hätte mich an das erinnert, was ich gern vergessen wollte. Ich war verbittert. Sie wollen nicht, dass ich meinen Beruf ausübe? Dann soll eben die Welt ohne mich zurechtkommen, habe ich gedacht. Aber auf meiner Wanderung, habe ich wieder erfahren, dass es Menschen gibt, die mich brauchen. Das hat mir gutgetan. Dennoch bleibt es eine Tatsache, dass man mir Exkommunikation und Todesstrafe angedroht hat, sollte ich es je wieder wagen, als Ärztin zu praktizieren.»

«Aber war es nicht Alessa di Ruggieri, die man in Paris verurteilt hat? Sie darf nicht mehr praktizieren. Danielle von Pertuis, die Frau von Carolus, die kann es schon», sagte Carolus.

«Das ist wahr», sagte Danielle nachdenklich. «Nur wäre ich dann keine ausgebildete Ärztin mehr.»

«Du könntest als meine Helferin arbeiten – wenigstens so lange, bis du deine Lizenz wiederhast. Ich weiß, es ist eine große Schande. Du bist eine viel bessere Ärztin als ich ein Arzt.»

«Das ist mir gleich. Wenn ich nur den Beruf ausüben kann, den ich gelernt habe. Wenn die Leute sehen, dass es gute Heilerinnen gibt, dann vergessen sie vielleicht ihre

Vorurteile. Eines Tages, das weiß ich genau, werden an allen Universitäten Frauen zugelassen werden.»

Carolus machte Pläne. Danielle beobachtete ihn ein wenig atemlos. Seine Augen glänzten im Licht der neuen fabelhaften Möglichkeiten. Sie liebte ihn schon allein für seinen Enthusiasmus. Sie musste wohl selbst ähnlich gewesen sein, früher einmal. Überrascht und ein wenig wehmütig durchforschte sie ihre Erinnerung nach jenem jüngeren, mutigeren, unversehrten Selbst, nach ihren alten Hoffnungen und hochfahrenden Erwartungen. Und siehe da: Es war doch nur verlegt und nicht verloren! In einem staubigen Winkel ihrer Seele schwelte noch ein Funke. Vielleicht – an Carolus' Seite – würde er wieder zu einer Flamme werden. Ganz bestimmt würde er das! Eine andere Art von Glut, aber besser als zuvor, weil es jetzt zwei Funken gab, die einander nähren konnten.

Die beiden fingen an, sich über Medizin auszutauschen. Unentwegt diskutierten sie Arzneien und Heilmethoden, doch als sie beim Abendessen in der Herberge davon anfingen, wie man am besten Abszesse öffnete, da protestierte der Mönch: «Es ist ja schön, dass ihr nun endlich etwas zum Reden gefunden habt. Aber nun hört einmal damit auf und lasst einen Christenmenschen in Ruhe sein Mahl genießen. Das ist ja nicht auszuhalten mit euch!»

«Bevor ich zu dir ziehe, Carolus, muss ich noch einmal zurück ins Beginenhaus», flüsterte Danielle.

«Warum denn das? Du kannst doch bei einer meiner Schwestern wohnen, wenn es der Anstand erfordert. Sie würden dich willkommen heißen», wandte Carolus ein.

«Nein, die Beginen haben mich bei sich aufgenommen, und ich habe mich ihren Hausregeln unterworfen. Also muss ich zurück und ordnungsgemäß darum bitten, dass sie mich aus ihrer Gemeinschaft entlassen.»

Danielle hatte Angst vor ihrer Rückkehr gehabt. Doch als sie die Ostseite des Mont Aventure hinter sich gelassen hatten und es auf Pertuis zuging, da fühlte sie sich beinahe zu Hause.

Sie übernachteten in derselben Herberge, in der Carolus auf dem Hinweg geblieben war. Als sie sich an einen Tisch in einer Ecke der Schankstube setzten, da kreischte die schwarzhaarige Louisa auf vor Vergnügen: «Nein! Der Herr Medicus! Na, sag bloß, das ist sie?!»

«Das ist meine Danielle! Jetzt ist sie noch eine Begine, aber nicht mehr lange. Dann werde ich sie ganz offiziell heiraten und sie mich», sagte Carolus stolz.

«Ich gratuliere! Danielle, du hast ja keine Ahnung, wie er uns allen die Ohren von dir vollgesungen hat. Da bin ich aber froh, dass er dich eingeholt hat!», freute sich Louisa.

«Reiß ihm nicht wieder aus, sonst schnappe ich ihn mir!», sagte das andere Mädchen.

«Ich habe nicht die Absicht», lachte Danielle.

Es ließ sich nicht umgehen, da Umsitzende den Austausch gehört hatten, dass die Hochzeitsfeierlichkeiten nachgeholt wurden gewissermaßen. Carolus hatte den Wein für alle zu bezahlen. Mit leerer Börse musste er anderntags den letzten Teil der Reise antreten.

Sie überquerten die Durance unter einem stürmischen grauen Himmel.

«Es wird regnen!», murrten die Leute, unzufrieden wie immer. Den ganzen trockenen Sommer lang hielten sie Ausschau nach Wolken am Himmel und sehnten den Herbstregen herbei. Wenn er aber kam, dann war es zu viel und zu heftig.

Sie kamen durch die Porte Durance.

«Ah, bonjour, Herr Carolus, grüß Euch, Bruder Calixtus», sagten die Wachen. «Und ist das nicht … doch! Tatsächlich, das ist die Italienerin! Komm einmal hier herüber, Antoine, und schau sie dir an. Unglaublich, wie Ihr Euch verändert habt. Seid Ihr nun keine Begine mehr?»

«Sie ist jetzt meine Frau», sagte Carolus stolz.

«Na, da gratulieren wir aber! Wir haben gehört, was Ihr für Mestra Laura getan habt, *dama,* bei meiner Frau ist es auch bald so weit. Ich würde es mir als eine Ehre anrechnen und es wäre mir eine große Beruhigung, wenn Ihr sie Euch mal anschauen würdet.»

Die Mauern umschlossen Danielle wieder, aber diesmal waren sie Schutz und Heim, kein Gefängnis mehr. Sie würde endlich einen Platz haben, an den sie gehörte, auch wenn sie nicht daran zweifelte, dass sie für die Bürger von Pertuis immer «die Italienerin» bleiben würde. Als sie in der Hahnengasse ankamen, betätigte Danielle den Türklopfer und hörte Alix drinnen fluchen, weil sie sich mühselig von ihrem Schemel erheben musste. Sie gab Carolus einen Kuss zum Abschied. «Gib mir noch eine kleine Weile», flüsterte sie.

Knarzend wie immer öffnete sich das Guckfensterchen. Gleich darauf erscholl drinnen ein Schrei: «Es ist Danielle! Danielle ist zurück!»

Die Tür ging auf, und Alix fiel Danielle um den Hals: «Du dummes Stück! Warum bist du denn weggelaufen? Hast du geglaubt, wir würden nicht zu dir halten! Dummes, dummes Luder!»

Quietschend und kreischend und lachend kamen sie alle gelaufen: Magdalène und Annik aus der Küche, die Weberinnen ließen die Webstühle stehen, Philippa im Garten ließ den Wasserkrug fallen. Alle kamen, um Danielle zu umarmen, und sie brach in Tränen aus. Einen solchen Empfang hatte sie nicht erwartet. Sie zogen sie in den Hof hinein, und die Tür fiel Carolus und Calixtus vor der Nase zu.

«Weiber!», sagte Carolus und ritt nach Hause, um seiner

Mutter zu erklären, dass er eine Braut ohne Mitgift und ohne Leumund heiraten würde. Calixtus hatte seinem Abt und Abbé Grégoire einiges zu erklären.

«Kannst du mir verzeihen? O ja, du verzeihst ja immer, du Gute, du Liebste. Das hat mir am meisten wehgetan, dass ich dich ohne ein Wort zurücklassen musste», wisperte Danielle Magdalène ins Ohr. Magdalène drückte sie an sich und legte ihren Kopf an Danielles Schulter. Als sie sich voneinander lösten, hatte sie Tränen in den Augen.

Sogar Gebba war herausgekommen. Sie war also nicht ausgeschlossen worden. «Bist du also wieder da. Eine schöne Bescherung hast du uns hinterlassen!», sagte sie streng, doch dann verzog sie den Mund zu einem Winterlächeln, machte ein paar Schritte auf Danielle zu und drückte ihr die Hand.

Danielles Blick fiel auf Juliana, die ihr mit gekrümmtem Finger zuwinkte.

«Was sollte denn das? Dich so einfach davonzumachen?», rief sie.

«Ich wollte nicht, dass ihr euch ganz entzweit um meinetwillen», sagte Danielle.

«Und Laura, war sie dir ganz gleichgültig?», fragte die Grande Dame.

«Nein, aber ich wusste ja, dass sie das Kind noch hatte, als ich gegangen war. Jeanne und Auda haben es bestätigt. Da war nichts, was ich tun konnte.»

«Hattest du gleich Catherine im Verdacht?»

«Die Idee ist mir gekommen.»

«Catherine wird in ein Kloster gehen. Nein, nicht deinetwegen. Nun hör schon auf, so schuldbewusst dreinzuschauen. Du bist nicht die Ursache von allem, was geschieht auf der Welt! Aber man hat unsere Pforte ruiniert deinetwegen. Der Teppich, den du gewebt hast, ist nicht zu verkaufen. Das Motiv ist zu ungewöhnlich! Alix hast du im Stich gelassen, wir mussten Philippa in den Garten beordern an deiner Stelle. Magdalène hast du viel Kummer bereitet. Annik ist zum ersten Mal in ihrem Leben das Brot misslungen, so durcheinander war sie. Es ist zusammengefallen, war innen klumpig und außen halb verbrannt. Und bei dem Büttel solltest du dich entschuldigen, dem deinetwegen etwas vom Sold abgezogen worden ist, weil er dich hat entwischen lassen. Der Abbé hat persönlich dafür gesorgt! Und dann ist da noch etwas», sagte Juliana.

«Noch mehr?» Die Rechnung war doch schon recht lang.

«Ja, allerdings. Du hast den Konvent unerlaubt verlassen in deiner Probezeit. Was schlägst du vor, wie soll ich dich bestrafen?»

«Ich könnte die Latrinen putzen. Zwei volle Wochen im Hospital arbeiten? Heute Abend allen Schwestern die Füße waschen? Fünfzigmal ‹Gebenedeit seist du Maria› beten?»

Juliana lachte auf.

«Nein danke. Ich werde dich rauswerfen», sagte sie fröhlich.

«Wie?», entgegnete Danielle erschrocken.

«Nun, bist du nicht gekommen, um mich darum zu bitten, dich freizugeben? Ich tue es hiermit. Ich habe mir von Anfang an gedacht, dass du nicht bleiben wirst. Du passt nicht zu uns», sagte die Meisterin.

«… aber ich werde unentgeltlich im Hospital arbeiten, einmal die Woche», erzählte Danielle Jeanne und Auda später.

«Das ist gut! Ich möchte, dass du dein Buch für uns abschreibst und uns alles über Chirurgie beibringst, was du weißt», sagte Jeanne eifrig.

«Dann sehen wir uns ja oft!», freute sich Magdalène.

«Ich vermisse dich jetzt schon», sagte Danielle.

Historischer Hintergrund

Die Beginen

Die Beginen waren Frauen, die in klosterähnlichen Gemeinschaften, aber weltoffen zusammenlebten. Die Frauenbewegung hat sie als frühes Emanzipationsmodell deuten wollen. Das ist insofern möglich, als sich den Frauen in diesen Gemeinschaften eine Alternative zum untergeordneten Leben als Tochter oder Ehefrau bot. Vermutlich war jedoch die religiöse Komponente weitaus wichtiger als ein – eher neuzeitlicher – Emanzipationsgedanke, denn Klöster standen lange Zeit nur adligen und reichen Frauen offen. In Beginengemeinschaften dagegen fanden sich Frauen aus allen Gesellschaftsschichten zusammen – sie strebten ein Leben in Armut und in der unverfälschten Nachfolge Jesu Christi an. Gleichzeitig folgten sie aber dem «Marthaprinzip», das heißt, sie kehrten sich nicht von der Welt ab, sondern versuchten sich nützlich zu machen.

Sie betrieben teils sehr erfolgreiche handwerkliche Zentren, webten, stickten, malten und kopierten Bücher. Damit machten sie oft den Zünften Konkurrenz, zumal sie wegen ihrer Wohltätigkeit meist von Steuern befreit waren. Ihr geschäftliches Engagement konnte so weit gehen, dass sie Geld verliehen oder die Bücher für Klöster führten. Daneben übernahmen sie in den Städten unentgeltlich Krankenpflege, Armenhilfe sowie Totendienste. Letzteres brachte sie häufig in Konflikt mit dem Pfarrklerus, dem dadurch Einnahmen entgingen.

Es gab aber auch Beginen, die wie die Angehörigen gewisser Mönchsorden bettelnd durchs Land zogen. Diese, als für Frauen unanständig empfundene Lebensweise zog die besondere Kritik des Klerus auf sich. Ebenso irritierte es die Autoritäten, dass hier Frauen selbstbestimmt lebten.

Das Beginentum entstand im Mittelalter im Rahmen der religiösen Aufbruchsstimmung des 13. Jahrhunderts, die sich gegen die Verweltlichung und den Reichtum des Klerus richtete. Einige Höfe brachten Mystikerinnen und Autorinnen geistiger Schriften hervor, wie die Begine Hadewijch aus Brabant und Marguerite Porete aus dem Hennegau. Marguerite Porete schrieb zu Beginn des 14. Jahrhunderts ein Lehrbuch in Französisch, den «Miroir des simples âmes», den «Spiegel der einfachen Seelen». Dort zeigte sie in sieben Stufen einen Weg, durch Disziplin und völlige Selbstaufgabe zu einer Einheit mit Gott zu gelangen. Einige angesehene Theologen der Zeit sprachen ihre Anerkennung über das Werk aus. Dennoch wurde Marguerite Porete von der Inquisition verfolgt, ihr Werk für häretisch befunden und die Autorin am 1. Juni 1310 auf der Place de Grêve in Paris verbrannt,

Marguerite Porete war eine Gelehrte. Ihr Werk dürfte nur wenigen gebildeten Frauen verständlich gewesen sein. Dagegen gab es in der Provence eine Mystikerin ohne große theoretische Bildung, die aber einen großen Einfluss auf die Beginen des Südens hatte. Sie vertrat auf der Basis der Ideen von Petrus Olivi und Joachim von Fiore eine Lehre vom Dritten Zeitalter, einem Zeitalter des Heiligen Geistes. Ihre Originalität bestand darin, dass sie Frauen als Ankerpunkte der Geschichte sah: Demnach stand Eva für Gottvater, Maria für Jesus; sie selbst, so sei ihr offenbart worden, würde den Heiligen Geist gebären. Den Papst lehnte sie als Vertreter einer unheiligen Fleischeskirche und des Antichristen ab. Es wird niemanden wundern, dass auch sie auf dem Scheiterhaufen endete, vermutlich 1325 im Alter von 30 Jahren. Durchaus nicht alle, wahrscheinlich die wenigsten Beginen folgten solchen Lehren. Die meisten bemühten sich lediglich um ein frommes, nützliches und selbstbestimmtes Leben.

Auf dem Konzil von Vienne 1311 und 1312 unter Papst Clemens V. (Bertrand de Got) erreichte die Verfolgung von Beginen einen vorläufigen Höhepunkt. Sie wurden in einem ziemlich konfusen Dokument (»Cum de quibusdam») mit anderen häretischen Sekten in einen Topf geworfen und als grundsätzlich verdächtig bezeichnet, denn sie schwören «niemandem Gehorsam, noch folgen sie anerkannten Regeln, obwohl sie besondere Kleidung tragen». Und: «Diese Beginen verführen viele einfache Leute und führen sie in verschiedenste Irrtümer. Sie schaffen zahlreiche … Gefahren für die Seelen unter dem Mantel der Frömmigkeit.» In der Folge wurden viele Beginenhöfe aufgelöst oder zwangsweise kirchlich anerkannten Orden unterstellt. Zahlreiche Frauen wurden verbrannt oder lebendig eingemauert. 1319 erließ Papst Johannes XXII. eine Bulle, die Beginen und Begarden (männliche Beginen), die sich dem Franziskanerorden anschlossen und der Regel unterwarfen, Gnade zusicherte. Dennoch hielten sich einzelne Gemeinschaften bis ins 16. Jahrhundert. Die letzten Beginenhöfe in Frankreich wurden während der Französischen Revolution aufgelöst.

Die Ärztin

Die Figur der Danielle vereinigt in sich verschiedene Aspekte mittelalterlicher Medizingeschichte. Frauen waren seit dem Altertum als Hebammen und als sogenannte Heilerinnen tätig, hatten aber selten eine formelle Ausbildung. An den medizinischen Fakultäten des Mittelalters und der Neuzeit waren sie praktisch nicht zugelassen. Soweit bekannt, war die berühmte Schule von Salerno in Kampanien im Süden Italiens die einzige Lehr- und Forschungsanstalt, in der Frauen sowohl lernen als auch lehren durften. Die *mulieres salernitanae* waren weithin berühmt und geschätzt. Eine von ihnen soll Trotula di Ruggiero gewesen sein. Sie hat das erste für die damalige Zeit umfassende Kompendium der Frauenheilkunde geschrieben: «Passionibus Mulierum», in dem auch erstmals der Dammschnitt beschrieben wurde.

Auch betonte sie, dass Sauberkeit während der Behandlung extrem wichtig sei. Viele Frauen starben damals im Kindbett aufgrund mangelhafter Hygiene. Wegen seiner Deutlichkeit wurde das Buch von Zeitgenossen als pornographisch empfunden, einem Mann zugeschrieben und später die Existenz der Ärztin und Autorin Trotula sogar komplett geleugnet. In England diente eine (überarbeitete) Abschrift ihres Hauptwerks lange Zeit als Basiswerk für die Geburtshilfe. Diese Kopie ist unter der Bezeichnung «Sloane 2463» bekannt.

Berufsverbot für Ärztinnen

Zu Beginn des 14. Jahrhunderts versuchte die medizinische Fakultät von Paris, ärztliche Dienste durch unlizenzierte Personen verbieten zu lassen. Mindestens fünf salernitanische Ärztinnen wurden daraufhin verhaftet und exkommuniziert, ihre Lizenz und ihr Vermögen eingezogen: 1312 Clarice de Rothomago, 1322 Jaqueline Felici de Alemania, Marguerite de Ypre, Belota Judea und Jeanne Cinversa.

Jaqueline Felici de Alemania verteidigte sich vor Gericht mit dem Hinweis darauf, wie unerträglich es einer Frau sei, sich an ihren «geheimen Orten» von einem Mann untersuchen zu lassen, und dass viele Frauen lieber sterben würden. Dennoch wurde sie verurteilt und ihr die Ausübung ihres Handwerks verboten. Frauenfeindlichkeit und Restriktionen erreichten aber erst später ihren Höhepunkt: Ab dem 17. Jahrhundert gab es sogar Berufsverbote für Hebammen. 1850 wurden in den USA erstmals wieder Frauen zum Medizinstudium zugelassen, in Deutschland dauerte es bis 1900.

Die Schule von Salerno

Die Schule von Salerno wurde von den Benediktinermönchen von Monte Cassino gegründet, deren Orden sich der Krankenpflege verschrieben hatte. Da sich erwies, dass die Mönche dadurch zu viel Kontakt zur Außenwelt, insbesondere auch zu Frauen hatten, wurde die Schule erweitert und mit weltlichen Lehrern besetzt. Sie wurde bald berühmt. Viele Kreuzfahrer kamen nach Salerno, um ihre Wunden behandeln zu lassen und sich zu erholen. Salerno wurde zur *Civitas Hippocratica*, zur Stadt der Medizin mit einer einzigartigen Heilkultur, hoher Moral und Professionalität. Die Schule hatte ihre Glanzzeit vom 10. bis ins 13. Jahrhundert und profitierte von einer großartigen Sammlung medizinischer Schriften der griechischen und römischen Antike sowie aus dem arabischen Raum. 1224 gründete der Stauferkaiser Friedrich II. die Universität von Neapel mit einer eigenen medizinischen Fakultät, die Salerno mit der Zeit den Rang ablaufen sollte. Friedrich II. formalisierte auch per Gesetz die ärztliche Ausbildung und trennte den Arzt- und Apothekerberuf.